Du même auteur, aux éditions Bragelonne, en grand format :

La Cité :
1. *La Cité*
2. *Le Trône Immortel*

Chez Milady, en poche :

La Cité :
1. *La Cité*

www.bragelonne.fr

Stella Gemmell

Le Trône Immortel

La Cité – tome 2

Traduit de l'anglais (Grande-Bretagne) par Leslie Damant-Jeandel

Bragelonne

Collection dirigée par Stéphane Marsan et Alain Névant

Titre original : *The Immortal Throne*

Cartes :
D'après les cartes originales de Liane Payne

ISBN : 979-10-281-0089-6

Bragelonne
60-62, rue d'Hauteville – 75010 Paris

E-mail : info@bragelonne.fr
Site Internet : www.bragelonne.fr

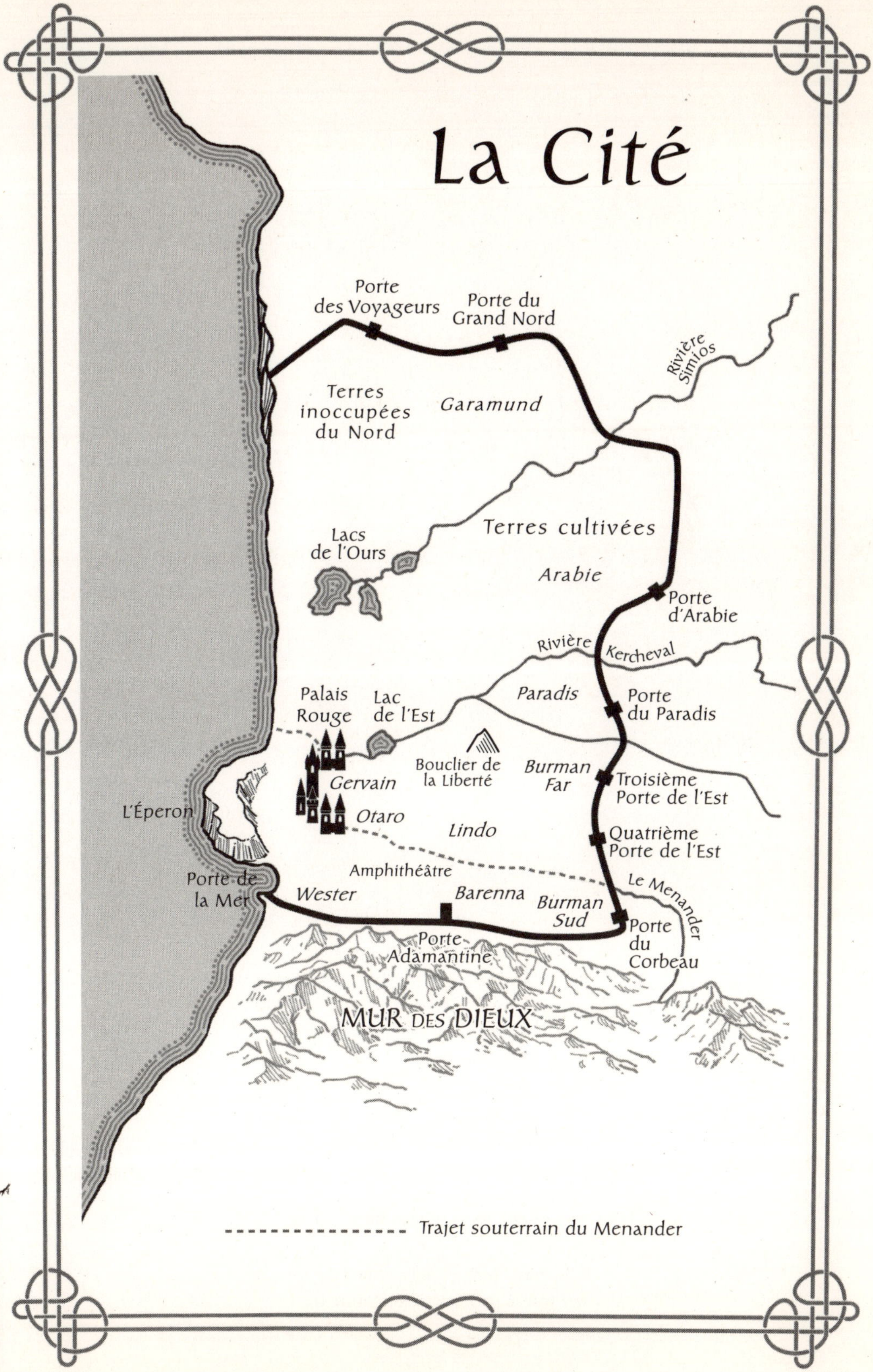
La Cité
Porte des Voyageurs
Porte du Grand Nord
Rivière Simios
Terres inoccupées du Nord
Garamund
Terres cultivées
Lacs de l'Ours
Arabie
Porte d'Arabie
Rivière Kercheval
Palais Rouge
Lac de l'Est
Paradis
Porte du Paradis
Bouclier de la Liberté
Burman Far
Troisième Porte de l'Est
Gervain
Otaro
Lindo
L'Éperon
Quatrième Porte de l'Est
Amphithéâtre
Porte de la Mer
Wester
Barenna
Burman Sud
Le Menander
Porte du Corbeau
Porte Adamantine
MUR DES DIEUX
Trajet souterrain du Menander

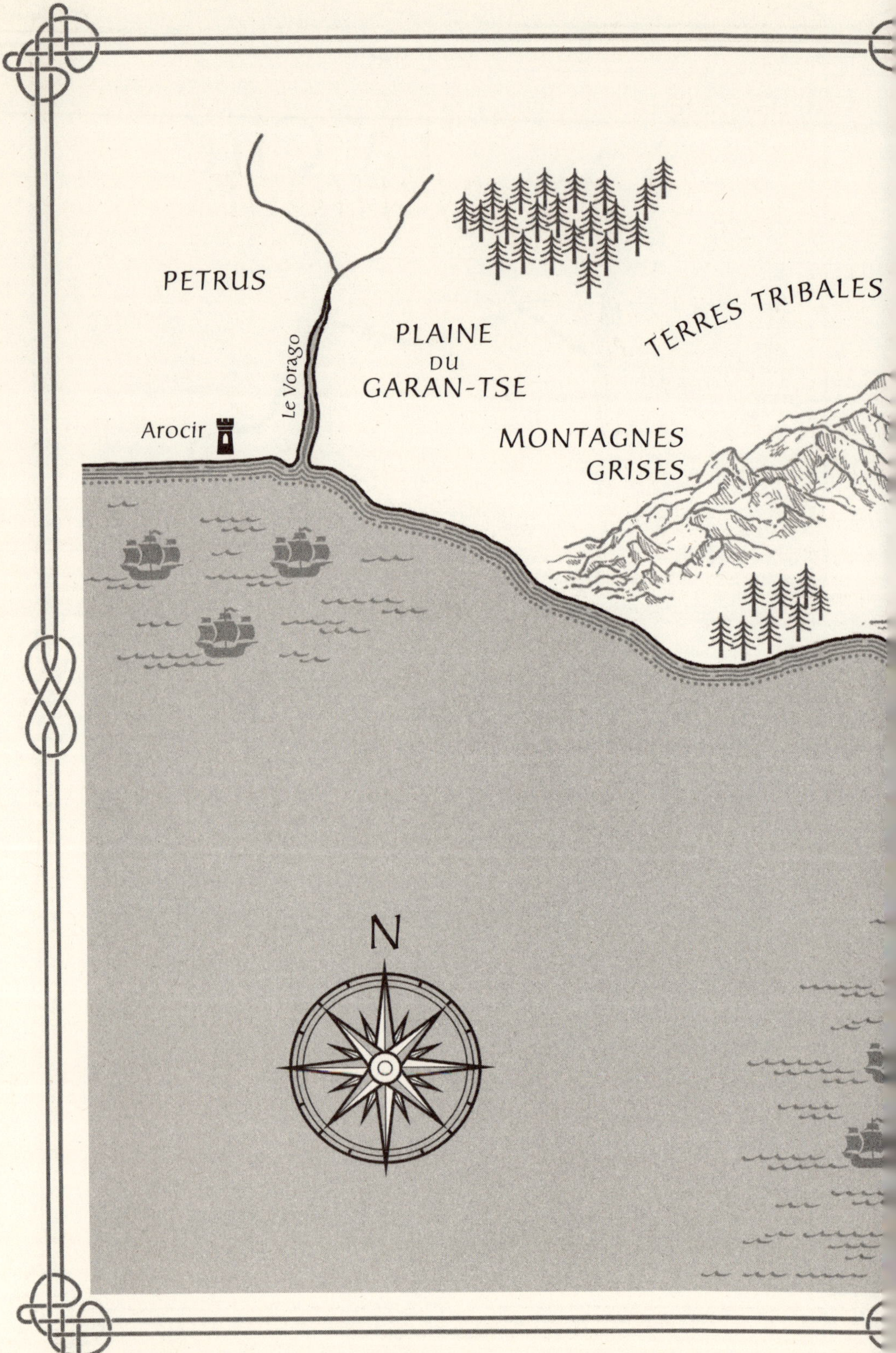
PETRUS
PLAINE
DU
GARAN-TSE
TERRES TRIBALES
Le Vorago
Arocir
MONTAGNES
GRISES
N

La Cité et ses alentours

Prologue

— Non, mon garçon, pas comme ça !

Le vieil homme arracha l'épée de la main de Rubin et le frappa du plat de la lame.

— Non, jeune idiot ! s'écria-t-il. Regarde ta sœur !

Rubin se frotta l'épaule et se tourna vers Indaro qui, insensible à la fureur du maître d'armes, fit la démonstration d'une fente avant avec grâce et puissance. Elle maintint sa position, immobile comme une statue, légère comme une feuille, ferme comme un roc, puis adressa à son frère un sourire qui n'avait rien de suffisant.

Brusquement découragé, Rubin déclara :

— J'en ai assez.

Il n'était pas jaloux d'Indaro. Il l'adorait, et ses performances l'émerveillaient. Pourtant, bien qu'il fût son cadet de deux ans, il savait que, même en s'entraînant tous les jours et en vivant longtemps, il ne deviendrait jamais un maître à l'épée, ni même un habile ferrailleur.

Ni sa sœur ni Gillard, le maître d'armes, n'esquissèrent un mouvement pour l'empêcher de gravir d'un pas leste les marches du jardin en contrebas où ils s'entraînaient durant l'été. Une fois au sommet, Rubin fut de nouveau giflé par le vent froid en provenance de la mer. La demeure des Guillaume, grise et rectangulaire, trônait sur l'Éperon, la falaise rocheuse qui se dressait entre la Cité et la mer. Le vent y soufflait toujours. Rubin regarda la bâtisse et, surpris, vit que son père l'observait depuis la haute fenêtre de son bureau. Il se corrigea aussitôt : *Ce n'est pas moi qu'il regarde,* comprit-il avec tristesse, *mais Indaro.*

Sur une impulsion, il s'élança à l'intérieur, emprunta des couloirs de pierre grise, et monta l'escalier quatre à quatre pour rejoindre le bureau de son père. Devant la porte, il s'arrêta dans une glissade.

Il n'avait pas peur de son père, la peur étant une émotion qu'il ne connaîtrait réellement que quatre ans plus tard, mais ce dernier l'intimidait.

Ils se voyaient rarement et se parlaient encore moins. Toutefois, lorsque cela se produisait, il semblait n'y avoir aucun lien entre eux, pas plus qu'il n'y en avait entre Reeve Kerr Guillaume et l'un de ses domestiques. Le fils frappa à la porte.

—Entrez.

Son père se tenait toujours à la fenêtre.

—Je ne veux plus prendre de cours d'escrime, lâcha Rubin à l'intention du dos de son père.

Reeve se retourna lentement, son long visage ascétique aussi imperturbable que d'habitude.

—Comme tu voudras.

—Je sais que je n'ai que douze ans, qu'il me reste quatre ans avant d'intégrer l'armée de l'empereur et que j'ai le temps de progresser d'ici là, poursuivit le garçon, offrant des arguments à son père puisque celui-ci n'en opposait aucun. Mais…

Il hésita.

—Mais l'infanterie ne requiert guère d'habileté au maniement de l'épée, proposa son père.

—C'est vrai, répondit Rubin, encouragé. En plus, je pense que je ralentis Indaro.

Reeve fronça les sourcils.

—Là, tu mens, répliqua-t-il sans toutefois paraître fâché contre son fils, ni même concerné. Indaro ne souffrira pas de te voir échouer dans une discipline où elle excelle, tu le sais. Tu exagères ta cause, mon garçon. Une cause que tu as déjà gagnée.

Rubin dansa d'un pied sur l'autre. Sous ses paupières tombantes, son père le considérait d'un œil impassible. Dans l'espoir de lui faire plaisir, Rubin lança:

—Indaro sera la meilleure combattante à l'épée de la Cité!

—Elle l'est déjà. D'ici à ses seize ans, elle sera également capable d'affronter les meilleurs combattants à l'épée. Elle est formidable.

Ces propos restèrent en suspens tandis que son père s'asseyait à son bureau et se penchait sur son travail, le signe évident que Rubin devait quitter la pièce. Mais le garçon s'attarda. Il contempla les murs tapissés de livres. Comment un seul homme pouvait-il avoir besoin de tant d'ouvrages?

—Vous ne punirez pas Gillard, n'est-ce pas?

—Pourquoi le ferais-je? s'enquit Reeve en levant les yeux.

—Pour m'avoir frappé.

—C'est un maître d'armes. À quoi t'attends-tu? (Puis il ajouta:) Peut-être espérait-il que tu te défendes.

Rubin s'attarda encore, mais, pour une fois qu'il avait l'occasion de parler à son père, il cherchait désespérément quelque chose à dire. Le silence n'était troublé que par les grattements de la plume sur du vélin.

Enfin, il demanda :

— L'empereur est-il réellement immortel ?

C'était un sujet dont débattaient les élèves avec qui il suivait ses cours. Les autres pensaient que l'empereur vivrait pour toujours, qu'il avait toujours vécu, mais Rubin affirmait que tout avait une fin, même les étoiles.

Son père ne répondit pas immédiatement. Rubin crut que sa question resterait ignorée, mais Reeve finit par lever de nouveau la tête et répondit :

— Non. C'est un titre. C'est un homme comme moi, et, comme moi, il mourra un jour.

— Alors qui prendra sa succession ?

— Marcellus, le Premier Seigneur.

— Pourquoi ? Il n'est pas le fils de l'empereur. L'empereur appartient à la famille Sarkoy. Marcellus est un Vincerus.

Rubin était fier de ses connaissances sur les nobles Familles de la Cité.

Reeve l'observa de ses yeux noirs. Peut-être était-il d'humeur introspective, car son regard se détacha de Rubin, traversa les murs de pierre grise et se perdit vers les falaises de l'Éperon. Il hocha la tête pour lui-même, comme s'il venait de prendre une décision.

— À l'arrivée des Serafim…, commença-t-il. (Rubin ne savait pas encore ce qu'étaient les Serafim, mais il n'osa interrompre cet instant d'échange inattendu.) Ils étaient fort nombreux. Mais, au fil du temps, la plupart moururent ou partirent, peut-être pour retourner d'où ils venaient. Il ne resta qu'une poignée des premiers arrivants, et ce monde était dur et dangereux. À l'époque, leur chef Araeon décida en accord avec les autres que, s'il venait à mourir, Marcellus prendrait sa succession. Ils avaient tous traversé bien des épreuves, vois-tu, et c'était toujours Araeon qui les maintenait soudés, forts, vivants.

— Il n'avait pas de fils ?

— Non. Mais bien des choses changèrent au fil de ces longues années. Il y eut des querelles, et pire, entre les Serafim. Certains en vinrent à se disputer âprement au sujet de la succession de Marcellus. L'un d'eux, Hammarskjald, tenta de s'emparer du pouvoir et de tuer Araeon. Il fut marqué comme criminel et banni de la Cité. Plus tard, la rumeur dit qu'il avait été assassiné sur ordre d'Araeon, et que son corps avait été brûlé. Puis, à mesure que la Cité s'enrichissait et se fortifiait, Araeon en vint à s'autoproclamer empereur, l'Immortel, et cessa d'écouter ce que les autres avaient à dire. D'autres Serafim, dont la femme qui avait été autrefois son épouse, conspirèrent contre lui. Cependant, Araeon était rusé et avait le bras long. Avec le temps, la plupart des comploteurs furent exécutés ou exilés. Seul Marcellus demeura loyal, envers et contre tout.

» La loyauté est la première des vertus, mon garçon, insista Reeve en ramenant son regard sur son fils. Il faut toutefois en choisir le destinataire avec soin. J'admire la fidélité qu'affiche Marcellus depuis toutes ces années, même si je pense qu'il s'est fourvoyé pour presque tout le reste.

» Aujourd'hui, ils ne sont plus que trois. Trois parmi les premiers. Araeon, Marcellus, Archange. Il existe d'autres Serafim, moi inclus. Des descendants des Premiers qui formèrent les sept nobles Familles de la Cité.

Sarkoy, Vincerus, Khan, Kerr, Gaeta, Guillaume, Broglanh, songea Rubin. *Tous les enfants connaissent ces noms.*

— Toutefois, reprit son père, ces trois-là sont de loin les plus puissants. Ils sont uniques. Ils sont donc liés entre eux d'une manière indéfectible. Ainsi, quand Araeon disparaîtra, car c'est le plus âgé de tous, alors Marcellus lui succédera.

Tout en étant tourné vers la Cité, Reeve afficha un air inquiet, comme s'il sentait venir le danger.

— C'est une conversation indigne d'une belle journée d'été, commenta-t-il.

Alors qu'il prononçait ces paroles, le ciel s'assombrit. Un instant plus tard, des nuages d'orage en provenance de l'ouest commencèrent à s'amonceler. L'air dans le bureau se rafraîchit brusquement. Rubin frissonna.

— Quand tu quitteras cet endroit pour t'enrôler dans l'armée, où j'espère que tu feras usage de ton intelligence, de ta vélocité et de ton courage plus que de tes talents au combat pour te maintenir en vie… (Son père s'interrompit. Rubin remarqua, fait rare, une lueur d'amusement dans ses yeux.) Je te conseille de rester à l'écart des gens de pouvoir. Les armées de l'Immortel grouillent de généraux qui ne sauraient différencier une épée bâtarde d'une hache de guerre, et les couloirs obscurs du Palais Rouge sont peuplés d'hommes et de femmes dont l'idée fixe est de poignarder les autres dans le dos tout en protégeant leurs arrières.

Il baissa la voix.

— Mes propos relèvent de la trahison, Rubin. Tu ne les répéteras pas au-delà de ces quatre murs. Même à ta sœur. Araeon est très âgé, plus âgé que la Cité elle-même, et a sombré dans une folie profonde. Mais il arpente les couloirs sous bien des apparences, et son pouvoir est toujours très étendu. Sa corruption morale et physique affecte tous ceux qui traversent le Palais Rouge.

Il marqua une pause. Rubin sentait l'emprise du regard sombre de son père.

— Marcellus a toujours été son bras droit. Quand il montera sur le trône, les gens lui souriront et diront de lui que c'est un empereur bienveillant, mais cela fait bien longtemps que Marcellus ne l'est plus. C'est un être arrogant, sans pitié, qui adore le pouvoir et les bienfaits qu'il en tire. Cependant, ajouta Reeve en se carrant dans son fauteuil, je crois qu'il mettra fin à la guerre, et, pour cette raison uniquement, je me réjouirai de le voir accéder au Trône Immortel.

— Il vaincra les Bleus ?

Reeve lui adressa un mince sourire.

— Non, il ne peut pas vaincre les Bleus, comme vous les appelez, tes jeunes amis et toi. Cela fait plus d'un siècle que nous sommes en guerre contre l'alliance des Petrassi, Odrysiens, Fkeni et autres dizaines de tribus voisines. Nous avons épuisé nos ressources dans ce conflit, comme eux, mais à présent la Cité est assiégée comme elle ne l'a jamais été. Tu as entendu parler du blocus, mon garçon ?

Rubin hocha la tête. Depuis les hauteurs de l'Éperon, on distinguait vaguement au loin les navires ennemis qui surveillaient, au sud, la Porte de la Mer, le port principal de la Cité, et au nord, l'entrée des Goulets.

— L'ennemi n'est pas à nos portes, expliqua Reeve. Il ne se bat pas au pied de nos remparts, pas encore, mais les terres qui entourent la Cité sont stériles. Rien n'y pousse, et seules les armées livrant bataille s'y épanouissent.

Il resta songeur un moment.

— Non, Marcellus ne vaincra pas les Bleus. Le Premier Seigneur est pragmatique. Il a voyagé dans de lointaines contrées tandis qu'Araeon rôdait dans le Palais Rouge. Il scellera des alliances, séduira les chefs ennemis grâce à son charme ineffable, et négociera la fin de la guerre. (Il secoua la tête.) La Cité ne pourra pas supporter la guerre encore longtemps.

Il se pencha de nouveau sur son bureau, écrivant rapidement, comme brûlé par ses propres mots. Rubin fit le tour de la pièce et regarda par la fenêtre : des gouttes de pluie s'écrasèrent sur les vitres. Il réfléchit à ce qu'il venait d'entendre.

— Et l'épouse de l'empereur ? Est-elle toujours en vie ?

Quand Reeve releva la tête, le garçon vit que son regard était troublé.

— Archange n'est plus son épouse depuis des lustres. D'ailleurs, elle a préféré quitter la Cité plutôt qu'y vivre en sa présence. Mais j'ai entendu dire qu'elle était revenue, ce qui n'est pas une bonne chose.

— Pourquoi donc ?

— Parce qu'Archange est peut-être la plus dangereuse de tous.

Première partie

Le troisième messager

Chapitre premier

L'aigle impérial construit son nid sur les hauteurs des montagnes, loin des menaces humaines. Bien que fait de sang, de tendons et d'os, comme le plus petit charognard coutumier des tas de fumier, il représentait dans l'esprit des guerriers, grâce à sa maîtrise naturelle du ciel et à son œil perçant, un symbole puissant de la domination et de la force de la Cité.

Il n'en fut pas toujours ainsi. Pendant des siècles, le phœnix avait tenu ce rôle emblématique, veillant sur l'expansion de la Cité et ses revers de fortune dus, au choix, à des séismes, à la guerre, à des bouleversements sociaux, et une fois, à un incendie impressionnant. Cependant, quand l'empereur nommé Saduccuss exigea que l'on en capture un et qu'on l'amène au Palais Rouge pour l'exhiber, son statut mythologique se révéla problématique. Contrarié, Saduccuss décréta alors que le paon, créature cédant facilement à la panique, dont la beauté n'avait d'égale que sa stupidité spectaculaire, le remplacerait en tant que symbole de la Cité. On en captura un et on le conduisit au palais, où, pitoyable, il se cacha dans les coins, perdant ses plumes et sa superbe, jusqu'à ce que l'un des gulons impériaux le libère de son calvaire en le dévorant.

Ce fut alors que l'aigle impérial, autrefois appelé aigle pourpre, fut promu au rang de symbole de la Cité, ayant l'avantage d'être insaisissable sans avoir l'inconvénient de ne pas exister.

S'élevant sur les courants aériens loin au-dessus des plus hauts sommets des montagnes de l'Arbre Noir, un tel oiseau se demanderait peut-être, en regardant en bas, ce que faisaient les soldats de la Cité à cette altitude, sur cette roche escarpée, au beau milieu de l'hiver. En temps normal et à cette époque de l'année, à mesure que les températures baissaient, les armées rangeaient leur barda et battaient en retraite, tels les ours argentés regagnant leur tanière aux premières gelées afin d'hiberner durant les longues journées de froid.

Si l'aigle impérial avait été concerné, ou capable de différencier les uniformes des guerriers de la Cité de ceux de leurs ennemis, il aurait pu croire la Cité assiégée. Certes, son armée était plus petite, mais elle obstruait l'accès à une vallée rocheuse profonde qui protégeait les Bleus ennemis : une armée alliée d'Odrysiens et de Buldekki. De plus, les soldats de la Cité étaient bien armés et mieux approvisionnés, tandis que les Bleus, sur le terrain depuis trop longtemps, manquaient d'armes, de ravitaillement, et étaient hors d'atteinte de toute assistance.

Ce jour-là, alors qu'il devait encore s'écouler une année complète avant la Chute de la Cité due à une inondation couplée d'une invasion, une compagnie d'Odrysiens, coupée de son armée principale, se trouvait dans une situation désespérée.

La morte ne voulait pas se taire.

Jan Vandervarr rabattit sa casquette de feutre sur ses oreilles dans une vaine tentative d'étouffer le bruit de ses faibles cris. Il était perché sur une saillie rocheuse nue, érodée par le vent glacé, dominant une vallée silencieuse enneigée qui, deux jours auparavant, avait été un champ de bataille.

Tous les autres cadavres, des centaines, avaient disparu sous les chutes de neige et formaient des monticules d'un blanc immaculé, courbes légères sur la terre adoucie. Mais la femme réchauffait la neige de son corps agonisant, et son uniforme faisait une tache noire, comme de l'encre versée sur une surface blanche. Elle remuait de temps à autre, tentant vaillamment de ramper vers ses lignes, bien qu'elle ignorât quelle direction emprunter. Pendant des heures, on ne l'entendait plus, et Jan espérait qu'elle avait succombé, puis elle se remettait à gémir, ou à chanter un rituel de la Cité. Jan regrettait de ne pas avoir le courage de descendre pour l'envoyer rejoindre ses dieux de la mort : il craignait la longue rangée d'arbalétriers de la Cité qui faisaient le guet et attendaient, sur les pentes lointaines de la vallée.

Il entendit derrière lui le pas traînant de quelqu'un qui émergeait de la grotte et sentit l'odeur âcre de la fumée dense et des corps crasseux. Ses camarades et lui, de la Dix-septième infanterie odrysienne, se terraient depuis deux nuits dans cette caverne trop étroite, et rien ne laissait espérer qu'ils pourraient bientôt s'en échapper. Il était soulagé de monter la garde, de fuir les bruits et la puanteur des quarante soldats mécontents piégés à l'intérieur. De plus, il n'y avait pas vraiment de menace potentielle. Rien ne bougeait sur cette terre silencieuse, hormis la morte.

— Quelqu'un devrait aller l'achever, déclara son ami Franken en s'accroupissant.

Il émanait de lui des odeurs de fumée.

— Vas-y, toi, répliqua Jan.

Ils avaient déjà eu cette conversation.

— Ces rats méritent tout ce qui leur arrive, décréta Franken.

Ces saletés de rats, comme les Odrysiens appelaient les combattants de la Cité, leur étaient tombés dessus avant le crépuscule alors qu'ils traversaient la vallée pour rejoindre le corps principal de leur armée. L'échauffourée leur avait fait perdre une centaine d'hommes. Enveloppés par les ténèbres, ils s'étaient retirés dans ces grottes pour panser leurs blessures, prêts à s'échapper dès le lendemain pour riposter. Mais il avait beaucoup neigé cette nuit-là, et la température avait chuté brutalement. À l'aube, le lendemain, ils avaient découvert une vallée tranquille, d'un blanc étincelant, aux sons étouffés.

— Sorcellerie de la Cité, dit Franken en émettant un bruit de succion avant de cracher dans la neige.

Il parlait toujours de la femme. Jan ne répondit pas.

Franken lui jeta un coup d'œil.

— J'aimerais pas être un rat.

C'était un sujet de discussion fréquent parmi les forces alliées. Tous savaient que les rats avaient la peau dure. Ils ignoraient pourquoi, même si les superstitions allaient bon train à propos de leur empereur, surnommé l'Immortel par les guerriers de la Cité, et ses pouvoirs magiques. Quelle qu'en fût la raison, et Jan Vandervarr se moquait bien de la connaître, elle faisait des soldats de la Cité de redoutables ennemis. Même les femmes. Personne ne voulait mourir. Pourtant, si l'on était mortellement blessé, on priait pour une mort rapide, ou pour être sauvé par la lame miséricordieuse d'un camarade. Personne ne voulait connaître le sort de cette femme, perdue dans la neige.

Jan soupira. Les années qu'il avait passées au sein de l'armée odrysienne lui avaient prouvé qu'il n'y avait pas de mort facile, ni de réponse simple. Il pensa tout à coup à sa femme Peg, décédée depuis dix ans, puis la repoussa sans s'attendrir. Cette vie appartenait à un passé révolu depuis longtemps. C'était cette vie-là qu'il menait, désormais.

Une autre vague de chaleur et de puanteur émergea de l'entrée de la grotte, et un troisième soldat vint s'accroupir à leurs côtés, sur la saillie. Jan lui jeta un coup d'œil. C'était l'officier roux qui les avait rejoints à l'automne. Sa compagnie avait été décimée à Brûle-Cuivre par l'armée Maritime de la Cité. Le nouveau venu était jeune, grand et d'une maigreur extrême, ses jambes semblables à des pattes de grue. Ses cheveux flamboyants étaient tirés en arrière en un chignon raide. Jan sourit intérieurement. Perchés ainsi côte à côte, tous trois devaient ressembler aux gargouilles qu'il avait vues sur le palais impérial dans l'ancienne Odrysia, et qui à présent appartenait à l'Empire dravidien.

De faibles bruits montaient de la vallée enneigée.

—Quelqu'un devrait descendre l'achever, répéta Franken avec insistance au nouvel arrivant.

L'officier acquiesça d'un signe de tête, se leva et quitta la saillie pour s'enfoncer dans la neige. Ses maigres jarrets percèrent la croûte glacée. Il faillit perdre l'équilibre.

—Qu'est-ce que tu fiches ? s'inquiéta Franken en saisissant le roux par l'épaule pour l'empêcher de tomber.

—Je vais lui régler son compte, comme tu l'as suggéré, répondit le jeune officier en recouvrant l'équilibre et en avançant d'un pas.

—C'est toi qui vas y passer avant que tu ne l'aies rejointe, prévint Franken. Leurs maudits carreaux t'embrocheront comme un porc.

L'officier le regarda et sourit. Jan s'aperçut qu'il avait les yeux du plus étrange violet qu'il eût jamais vu.

—Non, dit-il à Franken. Ils attendront que je sois sur le chemin du retour.

Puis il s'élança, s'avançant dans la neige qui lui arrivait aux hanches, agitant les bras comme s'il pagayait sur un bateau. Il progressait lentement et tomba à deux reprises, mais il lutta pour se redresser et poursuivit son chemin. À mesure que sa silhouette noire rapetissait, Jan s'attendait à le voir s'effondrer à tout moment, touché par un carreau d'arbalète, mais son camarade continua à avancer jusqu'à atteindre la femme. Là, il se pencha sur elle tel un échassier, prenant son temps.

—Qu'est-ce qu'il fabrique ? demanda Franken en plissant les yeux, comme si Jan en savait plus que lui. Il lui parle ! (Puis il ajouta :) Ce type est un idiot.

Les guerrières font de nous tous des idiots, songea Jan. Tous les Odrysiens méprisaient les rats d'inclure les femmes dans leurs rangs, mais personne n'hésitait plus à les éliminer avec les hommes aux côtés desquels elles combattaient. Dans une bonne bataille rapprochée, les femmes étaient plus faciles à tuer, mutiler ou désarmer. Mais la plupart des combats se déroulaient dans la précipitation, de nuit, par mauvais temps ou sur un terrain difficile. Les femmes étaient souvent plus véloces, présentaient une cible plus petite et, plus proches du sol, elles avaient un meilleur équilibre. Nombre de ses camarades décédés l'avaient compris à leurs dépens lorsqu'ils avaient hésité à tuer une femme. Jan n'avait plus de mal à les tuer, à présent, et il avait appris à les craindre au même titre que leurs pairs masculins.

—Il revient, fit remarquer Franken, pointant l'évidence comme à son habitude.

Jan observa l'officier qui, tournant le dos à l'ennemi, s'en retournait avec peine vers leur colline traîtresse.

— Ils vont l'avoir, déclara Franken, confiant.

Pourtant, le jeune homme continuait à avancer, indemne, jusqu'à se trouver hors de portée des arbalètes, puis il grimpa la pente abrupte sous la saillie. Jan et Franken lui tendirent chacun une main pour le tirer. Les bottes de l'officier glissèrent sur la roche glacée. Enfin, il se retrouva de nouveau à leurs côtés. Il tapa du pied pour ôter la neige sur ses jambes et se retourna vers la caverne.

— Elle est morte ? s'enquit Jan.

Le jeune homme hocha la tête.

— De quoi lui parlais-tu ? demanda Franken.

L'officier avança vers la grotte sans répondre.

— Alors, qu'est-ce qu'elle a dit ? insista Franken.

L'officier hésita et se retourna un instant.

— Elle a dit : « Marcellus arrive. »

L'officier aux cheveux roux, que les Odrysiens connaissaient sous le nom d'Adolfus, mais dont le véritable nom était Rubin Kerr Guillaume, écarta le lourd tapis de sol qui protégeait grossièrement les hommes du froid, pencha la tête et, avec un reniflement de dégoût, pénétra dans la grotte à l'odeur pestilentielle. Deux feux moribonds brûlaient : un pour les officiers, l'autre pour les simples soldats. Alimentés par des branches et de la végétation humides, ils émettaient plus de fumée que de chaleur. La fumée formait une épaisse couche au plafond de la grotte. On n'y voyait rien au travers et c'était irrespirable. Plié en deux, Rubin pressa le pas, piétinant des soldats blessés pour rejoindre son cantonnement. Il s'assit dos à la paroi rocheuse et respira avec parcimonie. Plusieurs élèves officiers le regardèrent avec défiance. Il savait qu'il n'était pas populaire, et, s'ils se demandaient ce qu'il était allé faire, personne ne lui posa la question.

Sous les ordres directs de Marcellus Vincerus, Premier Seigneur de la Cité, Rubin avait infiltré la compagnie odrysienne après l'épisode de Brûle-Cuivre, où la Maritime, corps vétéran de la Cité, avait écrasé une alliance de Bleus au cours d'une bataille de trois jours d'une atrocité inégalée. Rubin maîtrisait parfaitement la langue odrysienne et avait passé deux ans dans ce pays, période suffisamment longue pour convaincre les inquisiteurs les plus zélés qu'il en était originaire. Non, si les autres élèves officiers ne l'aimaient pas, ce n'était pas parce qu'ils le soupçonnaient d'être un espion ; ils ne l'aimaient pas parce qu'ils le soupçonnaient d'être un dilettante arrogant, aux idées arrêtées. Ce qui était vrai, du moins en partie, et ce qui convenait tout à fait à Rubin.

Il fouilla dans son sac et en sortit un vieux pain sec et de la viande caoutchouteuse. Il renifla la viande, conclut qu'elle serait encore bonne un jour ou deux, et mangea le pain, qui, lui, ne le serait plus.

Une silhouette sombre émergea de la fumée en toussant.

— Le général veut te voir.

Rubin soupira. Dans la précipitation pour se dégotter un abri après la bataille, deux jours auparavant, il n'avait pas quitté les officiers supérieurs et s'était retrouvé dans la même caverne que le général. Il aimait rester au cœur des choses. Mais à présent cela signifiait qu'il devait s'expliquer – ce qui lui déplaisait. Il se leva, se pencha de nouveau sous la fumée et rejoignit l'endroit où Arben Busch campait.

Rubin s'approcha de lui avec maladresse jusqu'à ce que le général, l'apercevant, lui fît signe de s'asseoir. Busch avait la peau noire et mauvais caractère, mais il avait la réputation d'être un brillant stratège – réputation dont Rubin commençait à douter, maintenant qu'ils se retrouvaient piégés à cent et quelques dans des grottes, en plein hiver.

— Tu l'as tuée ? demanda le général.

— Oui, monsieur.

— Pourquoi ?

— Elle nuisait au moral des hommes, monsieur.

Busch soupira, ses yeux pochés rouges et las.

— Cela ne t'est-il pas venu à l'esprit que, si elle nuisait à notre moral, elle nuisait encore plus à celui de l'ennemi ?

— Non, je n'y ai pas pensé, monsieur, répliqua Rubin avec sérieux.

Busch ricana.

— L'as-tu interrogée ? Qu'a-t-elle dit ?

— Que Marcellus allait venir et tous nous détruire.

— Marcellus se bat dans le Sud, intervint un autre officier, une grande gueule ignare du nom de Camben.

— À ce que l'on sait, ajouta pensivement le général. (Puis il secoua la tête.) Ce ne sont que des mots, conclut-il. Elle voulait faire passer Marcellus pour un croque-mitaine dans le seul dessein de nous effrayer.

Rubin lui répondit :

— Elle était aveugle. Elle m'a pris pour un camarade.

— Tu parles la langue de la Cité ? s'étonna Camben, suspicieux.

Il jeta un coup d'œil à son général pour voir si sa brillante déduction l'avait impressionné.

— Bien entendu, répliqua Rubin. « Connais ton ennemi et ses coutumes. » Ce n'est pas ton cas ? demanda-t-il en feignant la surprise.

— Je ne vole pas au secours de l'ennemi, rétorqua Camben en rougissant.

— Messieurs, intervint sèchement Busch. Comment est le terrain ?

— C'est sans espoir, répondit Rubin. De la neige jusqu'à la taille par endroits. Traverser la vallée nous prendrait une demi-journée. Ils pourraient nous éliminer à loisir avec leurs arbalètes.

— Nous ne savons même pas si les arbalétriers sont toujours là, objecta Camben. Ça fait plus d'un jour qu'on ne les a pas vus.

— Ils y sont toujours, affirma Rubin.

Camben le regarda avec mépris, mais Busch demanda :

— Comment en es-tu si sûr ?

Rubin haussa les épaules et sourit brièvement – sans effet sur le général renfrogné.

— Je sentais leur regard peser sur moi, mentit-il.

— Tu peux monter la garde ce soir.

Le général désigna d'un signe de tête l'entrée de la grotte, le congédiant par la même occasion.

Au moment où Rubin tournait les talons, de nouveaux venus, couverts de neige fraîche, venant du froid, tapèrent du pied, s'ébrouant comme des chiens mouillés. Les officiers des autres cavernes se réunissaient, et Rubin serait coincé dehors, incapable d'entendre ce qui se dirait. Il retourna auprès de son sac, en sortit une grosse écharpe de laine et une fine couverture, avala son dernier morceau de pain puis ressortit dans l'air glacé.

La neige tombait dru à présent. Il ne voyait rien d'autre qu'un mur blanc mouvant à quelques pas devant lui. Vandervarr et Franken avaient érigé un petit auvent à l'abri d'un affleurement rocheux. Ils avaient l'air douillettement installés. Rubin les rejoignit.

— Alors, on est puni ? s'enquit Vandervarr, à sa manière chaleureuse.

Rubin afficha un sourire fugace et acquiesça.

— Je peux peut-être retourner à l'intérieur, dans ce cas, proposa Franken, plein d'espoir.

Vandervarr grimaça.

— On pourrait tous retourner à l'intérieur. On ne sert à rien, dehors.

C'était vrai. Toute l'armée de la Cité pourrait marcher vers eux, ils ne la verraient que lorsqu'elle serait à une longueur d'épée de distance. Rubin recula jusqu'à ce que son dos touche la paroi rocheuse, puis il enroula l'écharpe autour de sa tête et passa la couverture sur ses épaules. Après coup, il dégaina un long couteau et le posa par terre, près de sa main gauche.

— C'est un vrai couteau de chasse que tu as là, commenta Franken.

— C'est celui de mon père, répliqua Rubin.

Les deux autres hochèrent la tête, satisfaits. C'était le genre de choses qu'ils s'attendaient à entendre.

— D'où viens-tu ? demanda Jan Vandervarr.

— De Parabel, répondit Rubin en choisissant une histoire familière parmi sa collection de mensonges tout prêts. Des Hauts Sommets. Mon père y tenait une auberge. (Il avait découvert que la simple mention d'une taverne mettait à l'aise n'importe quel guerrier.) Avant la Grande Catastrophe.

Se référer à la destruction du palais d'hiver et à l'exécution de la famille royale odrysienne créait un lien de perte.

Franken ricana.

— Dans ce cas, tu es riche.

Rubin haussa les épaules.

— Je saigne et meurs pour mon pays, comme tout homme, dit-il pieusement.

— Mais tes bottes sont affreusement vieilles, fit remarquer Franken en les observant.

— J'ai marché longtemps avec.

Franken lâcha un grognement de dérision.

— Tu es trop jeune pour avoir marché longtemps avec des bottes, quelles qu'elles soient.

Tu n'as pas la moindre idée de ce que j'ai fait, gros lard, songea Rubin. Toutefois, il se contenta de sourire aimablement.

— Tu es marié ? demanda Jan Vandervarr.

Rubin aurait pu éclater de rire, mais il secoua la tête, comme s'il le regrettait.

— Et toi ?

Il écouta Jan lui raconter l'histoire classique de l'épouse massacrée, des enfants perdus, puis tous trois échangèrent des propos sur les malheurs provoqués par la Cité. Franken était un fanfaron, mais Rubin appréciait Jan, sa manière discrète d'écouter et de réfléchir. Quand Rubin lui exposa les souffrances endurées par sa famille à cause des rats de la Cité – une histoire vraie en grande partie, mais qui n'était pas la sienne –, l'homme plus âgé hocha la tête avec compassion, avant de déclarer à voix basse :

— La vie est une drôle de chienne.

Au fil de leur discussion, la neige tombait, de plus en plus épaisse. Leur camaraderie les réchauffait. Rubin finit par se sentir somnolent, pourtant l'obscurité commençait à peine à tomber. La nuit allait être longue.

La guerre entre la Cité et les forces alliées qui la combattaient, surnommées les Peaux-Bleues, durait depuis plus d'un siècle, alimentée, comme le lui avait dit son seigneur Marcellus, par la jalousie et l'avidité. Les deux ennemis les plus puissants étaient les Odrysiens et les Petrassi, dont les territoires jouxtaient ceux de la Cité. Ils étaient cependant aidés par de nombreuses nations, tribus et bandes de criminels opportunistes venant des terres alentour. Ici, dans les montagnes de l'Arbre Noir, une armée odrysienne ainsi que des centaines de membres de la tribu buldekki défendaient un col vital débouchant sur le Nord, et la Cinquième Impériale, corps d'infanterie de la Cité, luttait pour le récupérer.

Le gros Franken leur racontait une vieille plaisanterie sur un fermier, sa chèvre et la fille d'un magicien quand Rubin entendit le chuintement subtil des épées qu'on tirait furtivement au clair. Il saisit son couteau et se leva d'un bond, des dizaines de silhouettes sombres, en armure et munies de lames brillantes, se dessinant à travers les flocons de neige. La peur lui serra la poitrine lorsqu'il distingua la livrée noir et argent des Mille, l'élite des guerriers de la Cité.

— Je suis un ami ! s'écria-t-il dans la langue de la Cité, levant les mains en signe de reddition. Je m'appelle Rubin Kerr Guillaume !

Tandis que les guerriers silencieux s'arrêtaient, épées brandies, il se pencha et fouilla la poche cachée de sa botte. Il en sortit un insigne doré.

— Vous voyez ? Je suis un homme loyal de la Cité ! Ceci m'a été donné par Marcellus en personne !

Le chef lui arracha le carré doré et l'empocha avant de désigner Jan et Franken, toujours pétrifiés, le visage blême, avec l'espoir pour seul moyen de défense contre les épées ennemies.

— Prouve-le, déclara le chef, la voix étouffée par son casque intégral.

Rubin se plaça derrière Franken, tira sa tête en arrière et lui trancha la gorge. Alors que le sang giclait, il se tourna vers Jan Vandervarr. Lorsqu'il lui transperça le cœur, il crut voir du soulagement dans les yeux de l'homme.

La vie est une drôle de chienne, Jan.

Le chef des soldats de la Cité hocha la tête et, avec son lourd gantelet, assena un coup sur la tempe de Rubin.

— Attachez-le. Ne le tuez pas, entendit Rubin en tombant, sonné, sur le sol enneigé.

Dans les heures qui suivirent, il reprit ses esprits et perdit connaissance à plusieurs reprises, attaché, traîné et malmené le long de montées et descentes glacées, vers une destination inconnue. Il glissait, on lui donnait des coups de pied, on le poussait et le tirait comme une carcasse. Ses deux gardiens avaient reçu l'ordre de ne pas le tuer, mais leur unique intérêt était de se débarrasser de lui au plus vite. Enfin, ils atteignirent un campement. Rubin fut introduit sans ménagement sous une large tente, parmi un amoncellement de provisions et d'armures. Il tomba à genoux. Le sol était recouvert de neige et l'air y était aussi froid que le sein d'une veuve. Sachant qu'il mourrait si on le laissait attaché et sans défense, Rubin implora ses gardes, qui s'éloignèrent en riant et en discutant.

— Je vais mourir dans l'heure si vous m'abandonnez là !

Ils s'arrêtèrent, échangèrent un regard et sortirent. Toutefois, peu de temps après, l'un d'eux reparut avec deux couvertures, qu'il lança à Rubin. Le jeune homme se leva avec difficulté et poussa deux caisses l'une contre l'autre. Il étala une couverture dessus, s'enveloppa dans l'autre et s'allongea. Il s'endormit aussitôt.

Il avait quatre ans, dans la maison de son père sur l'Éperon. Attablé par une matinée ensoleillée, il s'apprêtait à prendre son petit déjeuner. On demandait toujours au petit garçon s'il voulait un œuf à la coque ou deux. Il répondait à la servante « un », puis en réclamait un autre quand il avait fini le premier. Il était assis, sa cuillère en main, mais aucun œuf n'apparaissait, et aucune servante ne venait lui demander ce qu'il voulait. Au bout d'un moment, il descendit de son tabouret et trottina jusqu'aux cuisines, où régnait une agitation fébrile. Des cuisiniers et des domestiques, dont certains lui étaient totalement inconnus, couraient dans tous les sens en se criant des ordres. Quand son amie Dorcas, la plus jeune des servantes, le remarqua, elle se précipita sur lui, le prit dans ses bras et le cala contre sa hanche.

— Où est mon petit déjeuner ? geignit le jeune Rubin en tirant sur les nattes blondes de Dorcas.

— Sois sage. Va t'asseoir et je t'apporterai tes œufs.

— Où est maman ?

Tout à coup, le garçon s'inquiéta de l'atmosphère étrange qui planait sur la maison. Il était habitué à une routine calme et organisée.

— Ta mère est occupée. Prends d'abord ton petit déjeuner, ensuite nous irons la trouver.

Il eut à peine le temps d'avaler son premier œuf que sa mère apparut, l'air contente et enthousiaste. Elle le souleva et le tint contre elle. Rubin sentit son parfum qui lui chatouillait le nez, ainsi qu'une odeur de savon et, plus ténue, de cheval.

— Il faut que tu sois bien sage aujourd'hui. C'est un jour important pour nous tous. Marcellus Vincerus va venir rendre visite à papa.

— C'est qui ? Je pourrai le voir ?

— C'est le Premier Seigneur de la Cité, notre plus grand héros. Tu dois être très sage, rester avec Dorcas et bien lui obéir.

— Où est Indaro ?

Il tendit le cou pour regarder autour de lui.

— À ses leçons. Elle est très sage.

Toute la journée, le garçon entendit chuchoter à propos du grand seigneur Marcellus. Surexcité, il harcela Dorcas jusqu'à ce que la jeune fille, n'en pouvant plus, accepte de le laisser regarder le visiteur depuis un balcon du premier étage. Ils attendirent, tout comme le reste de la maisonnée, dans un état de frénésie pleine de suspense.

À la tombée de la nuit, le martèlement de nombreux sabots retentit au loin. Un groupe d'une vingtaine de cavaliers apparut dans l'obscurité.

Rubin, qui somnolait sur les genoux de Dorcas, se réveilla d'un coup et tendit le cou à travers les balustres en pierre.

— C'est lequel ? demanda-t-il à la servante, déçu que les nouveaux venus ressemblent aux cavaliers de la famille qu'il voyait tous les jours.

La plupart d'entre eux étaient barbus. Tous portaient une tenue de cavalier. Ils mirent pied à terre en bavardant joyeusement, leurs voix résonnant dans l'air froid.

Impatient, Rubin glissa la tête entre les balustres.

— Excusez-moi ! lança-t-il dans un chuchotement néanmoins audible.

Le cavalier le plus proche leva les yeux et sourit en apercevant le petit garçon.

— Bonsoir, dit-il.

— C'est vous, Marcellus ? demanda Rubin.

L'inconnu secoua la tête avec gravité.

— Non, jeune homme. Voici le Premier Seigneur.

Il désigna l'un des membres du groupe, mais Rubin ne sut lequel précisément.

— Qui ? souffla-t-il d'une voix aiguë.

L'un des hommes s'avança.

— C'est moi, Marcellus, dit-il en le regardant. Et toi, comment t'appelles-tu ?

— Rubin, répondit le garçon d'une petite voix, brusquement gagné par la timidité.

— Et cette maison, c'est la tienne, Rubin ?

Le garçon réfléchit à la question.

— Non, monsieur, c'est la maison de mon papa, répondit-il avec sérieux.

— Reeve Kerr Guillaume est ton père ?

Mais il ne comprit pas la question et secoua la tête. Les rires des hommes s'élevèrent jusqu'au balcon, et Rubin se cacha derrière les jupes de Dorcas.

Marcellus avait les cheveux blonds et les yeux noirs. Il était plus grand que la plupart des cavaliers. Il se tenait raide – la conséquence, apprit Rubin plus tard, d'une vieille blessure au dos. Il rappelait au petit garçon une pièce du jeu d'échecs ancien, en ivoire et obsidienne, de son père. Après quoi, durant de nombreuses années, dès que le nom de Marcellus était prononcé, Rubin voyait toujours le roi noir à la base en obsidienne ébréchée, entouré de ses pions.

Rubin fut arraché au sommeil par des rires bruyants. Il ouvrit les yeux : la tente froide était pleine de soldats qui, forts de leur succès, débordaient de bonne humeur. Ils avaient posé des tapis sur le sol nu, dressé des tables, et apportaient des lits de camp et des chaises pliantes. Une délicieuse odeur de viande rôtie flottait dans l'air nocturne. Au milieu de la tente, un étalon bai à la queue et à la crinière tressées mâchonnait bruyamment son grain dans une musette. Rubin lui trouva un air familier.

Il se redressa avec précaution, espérant n'avoir rien de cassé.

— Tu es blessé ? demanda une voix qu'il connaissait bien.

Rubin regarda autour de lui. Tout le monde dans la tente était bien couvert. Certains portaient encore leur armure maculée de sang séché, d'autres étaient enveloppés de fourrure et de capes chaudes. Un seul homme n'était vêtu que d'une chemise propre et d'un pantalon, rasé de près, frais comme une rose.

Rubin grogna.

— Difficile à dire, j'ai mal partout, répondit-il.

Marcellus lui sourit.

— Il faut avouer que tu as le don d'apparaître là où on t'attend le moins, jeune Rubin, dit-il.

— Les Odrysiens croyaient que vous vous battiez dans le Sud, dit Rubin à son seigneur lorsqu'ils se retrouvèrent seuls.

Drapé dans une chaude couverture de laine, il avait eu son content de porc rôti et buvait de grandes gorgées d'un gobelet de vin chaud. Il se sentait légèrement ivre.

Marcellus avait bel et bien combattu dans le Sud, mais cela remontait au long été précédent, qui avait vu la défaite de deux armées ennemies au lac des Deux-Oies. Le début de l'hiver avait mis un frein aux campagnes. Marcellus, toujours prêt à l'action, avait levé le camp et s'était dirigé vers le nord avec une centurie des Mille, rejoignant la Cinquième Impériale de la Cité qui luttait pour reprendre ce col vital donnant accès au Nord.

— Hmmm, grogna Marcellus en se versant du vin. S'ils consacraient autant de leurs ressources au renseignement qu'ils en prodiguent à inventer ces babioles, nous serions bien plus en difficulté que nous ne le sommes actuellement. Tiens.

Il lui tendit un objet rond argenté. Rubin le prit dans sa paume. Il était plus lourd qu'il n'y paraissait. Il le retourna avec curiosité. Un morceau de verre était incrusté dans le métal. Sous le verre, il remarqua une série de chiffres.

— Qu'est-ce que c'est ?

— On l'a trouvé sur l'un des officiers. C'est un outil qui mesure le temps.

Un frisson parcourut le jeune homme. Il dit d'un ton amer :

— Les Bleus nous accusent de sorcellerie, pourtant ils croient pouvoir emprisonner le temps dans une boîte.

Il s'empressa de rendre l'objet, que Marcellus observa d'un air insondable en murmurant :

— C'est beau.

Puis il le lâcha par terre et l'écrasa de son talon botté.

Il s'avança vers le cheval, qui hennit doucement lorsqu'il lui caressa le museau. Bien sûr, Rubin s'en souvenait : c'était le Caravage, la monture la plus estimée et la plus âgée de Marcellus – un prince parmi les chevaux.

— L'ennemi a-t-il été détruit ? s'enquit le jeune homme.

— Loin de là, répondit son seigneur. Le corps principal des Bleus ignore toujours notre présence, tout comme nos Impériaux. Mais l'une des compagnies odrysiennes a été anéantie, et Arben Busch est entre nos mains. C'était une bonne journée.

Rubin apprit que la petite force de Marcellus, composée de quatre cents soldats à peine et d'une poignée de chevaux, avait escaladé à la tombée de la nuit la crête escarpée appelée les Rochers de Corenna. Le bruit de leur approche avait été étouffé par la neige épaisse, et, comme des loups dans la nuit, ils avaient assailli la compagnie isolée d'Odrysiens. Pas un seul homme n'en avait réchappé à l'exception de leur général, qui serait conduit à la Cité s'il survivait à la séance d'interrogatoire. Et, bien entendu, Rubin lui-même.

— Arben Busch s'est laissé capturer ?

Il ne put s'empêcher de ressentir un soupçon de déception. Impossible de se battre aux côtés de certains hommes pendant toute une saison sans que leur loyauté déteigne sur vous.

Marcellus haussa les épaules.

— Il était inconscient à mon arrivée. Il a dû prendre un coup sur la tête pendant l'échauffourée, j'imagine. Ou bien il s'est levé et s'est cogné au plafond de l'une de ces maudites cavernes. Je n'ai pas l'intention de le tuer. C'est une ressource précieuse.

— Mais nous savons déjà tout ce qu'il sait.

— Eux ne le savent pas, lui objecta Marcellus. De plus, nous savons seulement ce que tu nous as rapporté. Ton visage a-t-il été vu par d'autres que les morts ?

— Si vous comptez Arben Busch parmi les morts, répondit gaiement Rubin. (Il comprit soudain que le ton de Marcellus s'était durci, aussi ajouta-t-il plus sérieusement :) Ce qui est bien évidemment le cas, seigneur. Dans ce cas, non, on m'a seulement vu en compagnie de la Dix-septième.

— Bien. Dans ce cas, j'ai une nouvelle mission à te confier.

Chapitre 2

Bien plus tard, au cœur de la nuit, Rubin se renversa sur sa chaise de toile et contempla le plafond de la tente de commandement, où de grosses gouttes d'eau se rassemblaient au-dessus de sa tête. Elles lui rappelaient les années passées dans les Halls, les égouts qui couraient sous la Cité. Il ouvrit la bouche pour en attraper une, mais les gouttes oscillaient sans jamais tomber.

— Est-ce que par hasard nous t'ennuierions, jeune Rubin ? demanda Marcellus qui siégeait en bout de table.

Rubin se redressa et jeta un coup d'œil aux vétérans assis autour de lui.

— Mes excuses, seigneur.

Comme toutes les réunions de Marcellus, ce rassemblement d'officiers supérieurs était concis, avec des objectifs précis. Il restait moins de six heures avant l'aube, lorsqu'ils devraient se préparer à l'attaque.

Le massacre de la compagnie odrysienne avait été confiné aux grottes, et Marcellus était persuadé que le corps principal de l'armée des Bleus, qui avait établi son campement à au moins deux lieues plus au sud, ignorait tout de son arrivée. La difficulté consistait à rejoindre la Cinquième Impériale de la Cité, positionnée derrière les Bleus. Le général de l'Impériale, Dragonard, ne se doutait pas non plus de la présence de Marcellus.

Rubin ignorait pourquoi le col nommé l'Encoche de la Couturière comptait au point que Marcellus avait passé de nombreux jours à traverser le territoire ennemi pour rejoindre cet avant-poste du Nord. Peut-être finirait-on par le lui expliquer. Pour le moment, on se fiait à lui pour obtenir des renseignements sur les Bleus.

Marcellus annonça aux guerriers rassemblés :

— Nos forces occupent l'autre côté de la vallée. Les Odrysiens ne font qu'entrer et sortir de leurs cavernes, craignant les arbalètes. Ils sont peut-être au courant de notre arrivée, mais ils ne savent pas quelle importance elle a.

— Peut-être l'occupaient-ils il y a deux jours, soutint Leona, chef de la centurie des Mille appelée les Chiens de Guerre, mais ils se sont retirés, d'après nos éclaireurs.

Rubin eut du mal à ne pas la dévisager. Il avait l'habitude de voir des femmes parmi les forces armées. Après tout, sa sœur Indaro en était une. Mais il ignorait qu'une femme pouvait avoir gravi les échelons jusqu'à atteindre les plus hauts rangs des armées de l'Immortel. Les troufions des deux camps s'accordaient à dire que les généraux et les officiers supérieurs n'étaient que des bouffons imbibés de vin, mais Rubin savait que les officiers proches de Marcellus étaient tous des combattants vétérans, qui avaient fait leurs preuves aussi bien sur le champ de bataille qu'au plan tactique. Il n'aurait pas laissé cette femme le conseiller si elle avait été incompétente.

Marcellus hocha la tête.

— Cela nous aurait été utile qu'ils y soient encore. Toutefois, je ne peux blâmer leur commandant. Répartis le long de la saillie, ils auraient été trop vulnérables. Il a eu raison de battre en retraite.

» Notre problème, poursuivit-il en jetant un coup d'œil aux encoches sur la chandelle qui marquait le passage implacable du temps, c'est qu'il nous reste moins de six heures avant l'attaque. Une fois le soleil levé, notre position sera probablement découverte et on nous livrera bataille. Nous devons donner l'assaut en coopérant avec la Cinquième Impériale, mais elle ne sait pas encore que nous sommes là.

Un guerrier aux cheveux blancs intervint :

— Nous avons envoyé deux messagers, seigneur.

Marcellus secoua la tête.

— Ils doivent contourner les flancs de l'ennemi pour l'atteindre. Avec ces intempéries, de nuit, je doute qu'ils arrivent à temps. Même s'ils ne sont ni tués ni capturés.

Le silence se fit, puis Leona demanda :

— À quoi pensez-vous, seigneur ?

— Je pense, répliqua Marcellus en posant les yeux sur Rubin, qu'il nous faut un troisième messager.

Rubin sentit son cœur se serrer. Marcellus avait dit avoir une mission pour lui, mais il avait espéré que ce serait dans un lointain futur, peut-être lorsqu'il serait de retour à la Cité, ou du moins quand il se serait reposé et aurait eu un répit dans cette vie faite de froid, de peur et de danger.

— Ce messager, reprit son seigneur, implacable, se fera passer pour un soldat odrysien et se présentera aux lignes ennemies comme survivant de la bataille d'il y a deux jours. Il prétendra avoir reçu un coup à la tête et échappé de peu à la mort. Personne ne se doutera de rien. Il sera accueilli et nourri.

Après quoi, à la faveur de la nuit, il s'échappera des rangs ennemis, trouvera les Impériaux et fera son rapport au général Dragonard.

— La première partie sera facile pour quelqu'un vêtu comme un Odrysien, dit Rubin en acceptant avec dignité l'inévitable. (Il baissa les yeux sur l'uniforme odrysien crasseux qu'il portait toujours.) Mais il pourrait se faire tuer sitôt l'armée de la Cité rejointe.

Marcellus se pencha sur la table et fit glisser vers lui l'insigne doré qu'on lui avait arraché un peu plus tôt dans la soirée.

— C'est peu probable. Il parle la langue de la Cité et porte le symbole de Marcellus. Il aura également sur lui une lettre de ma part adressée au général Dragonard.

Rubin se soumit gracieusement.

— Oui, seigneur. Ce sera un honneur.

Il promena son regard autour de lui et s'arrêta sur le Caravage, qui semblait somnoler.

— Pourrais-je y aller à cheval, seigneur ?

Marcellus fronça les sourcils.

— Non, mon garçon. Un survivant perché sur un cheval éveillerait aussitôt les soupçons. De plus, le terrain est trop accidenté. Nous avons perdu deux de nos bêtes en montant ici. (Lui aussi se tourna pour observer sa monture.) Le Caravage a le sabot aussi sûr qu'un bouquetin, mais je n'aurais pas dû l'emmener. Ce sera sa dernière aventure.

Son visage devint triste. L'atmosphère sous la tente s'assombrit.

Leona, chef des Chiens de Guerre, demanda :

— Comment allons-nous coordonner nos attaques ? L'aube point tard en ces jours d'hiver.

— J'ordonnerai aux Impériaux d'attaquer les premiers, répondit le seigneur. Même à cette distance et dans la neige, nous percevrons l'agitation, et ensuite nous pourrons agir. Aux premières lueurs du jour, les Bleus ne sauront pas ce qui leur tombe dessus.

L'esprit de Rubin vagabonda. Il cessa d'écouter la discussion puis, tout à coup, grossièrement, il interrompit son seigneur :

— Si chacun de nous avait l'un des instruments à mesurer le temps inventés par l'ennemi, nous pourrions coordonner nos attaques pour qu'elles aient lieu au même moment, proposa-t-il.

Marcellus prit un air renfrogné. Un silence menaçant s'abattit sur la tente. Il demanda :

— Je croyais que tu craignais leur sorcellerie, mon garçon ?

Rubin hocha la tête.

— C'est le cas. Mais on pourrait en tirer profit, si coordonner nos attaques permettait de sauver des vies.

Marcellus marqua sa désapprobation d'un grognement.

— Inutile d'en discuter. Nous ne disposons pas de ces instruments.

Rubin l'observa avec curiosité, évitant de regarder le sol où le mécanisme métallique gisait toujours, réduit en miettes. Il se demanda pourquoi son seigneur renonçait en toute conscience à utiliser ce genre d'appareil, sachant que cela le désavantageait.

— Tu seras richement récompensé pour la tâche qui t'attend, déclara brusquement le Premier Seigneur.

J'ai déjà entendu ça, songea Rubin.

Leona Farr Dulac ne sentait plus ses pieds. Alors que la commandante des Chiens de Guerre quittait la tente d'un pas lourd après la réunion, elle scruta ses bottes pour voir si celles-ci étaient prises dans un bloc de glace, car c'était son impression. Il avait fait assez chaud sous la tente, mais un froid pénétrant montait du sol gelé. Durant toute la réunion, Marcellus avait posé confortablement ses pieds sur la table, mais ses officiers, malgré leur grade élevé, n'avaient pas osé l'imiter.

Alors qu'elle avançait dans la lumière vacillante des torches du campement, Leona fut enveloppée d'une cape de laine bien chaude. Reconnaissante, elle la serra autour de son cou et leva les yeux vers le long visage lugubre de son auxiliaire.

— Comment as-tu fait pour qu'elle soit si chaude ? s'enquit-elle.

— Je l'ai posée sur la croupe d'un cheval.

Sceptique, elle renifla la laine. Effectivement, ça sentait le cheval. Elle se demanda si Loomis plaisantait. Il savait qu'elle détestait les canassons.

— Alors, quel est le programme ? demanda-t-il.

— Nous attaquons à l'aube.

— N'est-ce pas toujours le cas ? commenta Loomis.

Elle observa les alentours. Il y avait des guerriers partout : accroupis autour des feux, debout en groupes, tapant le sol du pied, se promenant en riant ou en se plaignant, comme le faisaient les soldats. Elle s'éloigna vers un endroit plus tranquille, Loomis claudiquant derrière elle. Il portait du pain sur un plateau pour elle. Elle en mangea un morceau en marchant.

Au-delà de la lueur des feux de camp, elle lui dit :

— Marcellus envoie un messager à travers les lignes ennemies pour donner l'ordre aux Impériaux d'attaquer.

Loomis laissa échapper un sifflement.

— Je n'aimerais pas être à sa place. Qui envoie-t-il ? Valerius ?

Valerius était un éclaireur vétéran, une légende parmi les armées de l'Immortel. Cette nuit-là, il se trouvait être avec la petite force de Marcellus. Il les avait guidés à travers les traîtres Rochers de Corenna.

— Non. Un espion.

Leona souffla dans ses mains, son haleine se matérialisant dans le froid glacial.

— Le roux maigrichon ? (Leona fronça les sourcils. Son auxiliaire haussa les épaules.) Je l'ai vu et je ne l'ai pas reconnu. C'est un gars courageux. Il sait ce qui l'attend s'il se fait attraper ?

Elle haussa les épaules à son tour.

— Le temps presse. Ça semble un coup désespéré, mais Marcellus connaît ses hommes et, s'il lui fait confiance pour mener à bien cette mission, il a sûrement raison. Il a souvent raison. De plus, ce garçon est plus âgé et expérimenté qu'il n'y paraît.

» Les éclaireurs sont partis, ajouta-t-elle, mais à leur retour Marcellus voudra organiser une autre réunion. Rassemble mes capitaines. Une tente m'a-t-elle été attribuée ?

— Une toute petite.

— Dans ce cas, nous nous réunirons ici. (Ils se tenaient dans un cercle dénué de neige, sous un pin à la large ramure. Une épaisse couche d'aiguilles rendait le sol souple sous leurs pieds.) Apporte-moi aussi du vin. Et une cape supplémentaire.

Il hocha la tête et retourna vers les feux de camp. Leona s'appuya contre le tronc d'arbre et mangea le reste du pain, profitant de ce bref moment de répit. Elle avait encore soif, froid et mal au dos. Celui-ci la faisait toujours souffrir par temps froid. Elle avait été blessée des années auparavant, lors de l'échec cuisant des armées de la Cité à la Retraite d'Araz. À l'époque, le chirurgien avait prédit que Leona serait réformée, mais elle s'était battue et avait retrouvé sa place parmi les Mille. Toutefois, elle n'était pas aussi forte qu'elle l'avait été. Elle compensait en réfléchissant à des stratégies de bataille comme elle ne l'avait encore jamais fait. Elle finit par être remarquée par son commandant, qui la promut second. Lorsqu'il mourut d'une crise cardiaque dans son sommeil, six mois plus tard, elle s'était demandé qui le remplacerait. Il ne lui était pas venu à l'esprit que ce serait elle, car il lui manquait l'expérience et l'ancienneté, en plus de ne pas être du bon sexe. Elle avait passé les quelques dernières années à essayer de faire aussi bien que les autres commandants des Mille tout en s'efforçant d'afficher un air froid et compétent.

Une fois ses capitaines présents, elle s'accroupit et déroula un parchemin vierge que Loomis avait apporté. Ses soldats étaient habitués à ses méthodes, même si des murmures de rébellion s'étaient élevés la première fois qu'elle avait procédé ainsi. Ils n'aimaient pas qu'on leur fasse des dessins, comme une mère dessinerait pour ses enfants, et ils avaient réagi de manière typiquement masculine : en raillant le sexe auquel elle appartenait.

Cependant, Marcellus lui-même avait recours à des cartes, nombre d'entre elles étant détaillées et magnifiquement illustrées. Leona avait donc persévéré, et désormais les capitaines l'acceptaient.

— Nous ignorons encore la nature précise du terrain, déclara-t-elle. Les éclaireurs ne sont pas encore rentrés. Mais Marcellus a procédé à des déploiements initiaux.

À l'aide d'un morceau de charbon, elle esquissa rapidement les lignes ennemies et les leurs, ainsi que les parties du paysage qui leur étaient connues : la crête, la vallée et la limite des arbres.

— Voici le corps des Impériaux, dit-elle en traçant un cercle hachuré, et voilà l'endroit où se trouve l'ennemi : entre eux et nous. Les Impériaux vont recevoir l'ordre d'attaquer à l'aube. Ensuite, quand nous entendrons que la bataille est engagée, nous frapperons les Odrysiens par l'arrière. Marcellus compte diviser notre force en trois. La division de droite, les Jambes Vertes, attaquera le flanc ennemi ici. C'est principalement une diversion. L'ennemi, ignorant le nombre d'attaquants, sera surpris dans la nuit et obligé de déployer ses forces…

— Ou de les regrouper en un carré défensif. C'est ce que je ferais.

Leona acquiesça, comme si la contribution du jeune Callanus était d'une quelconque utilité. Ce n'était pas le cas. Marcellus avait pris sa décision. Il ne servait à rien de la discuter.

— Marcellus pense qu'ils sont assez nombreux et confiants pour ne pas adopter aussitôt une position défensive. Nous attaquerons ensuite à la droite du centre pour couper leur aile. Pour que les Verts s'en chargent. Après quoi, nous avancerons vers notre gauche – leur centre.

— Et le troisième groupe ? s'enquit Loomis.

— Marcellus prendra sa décision en chemin. Cette partie de la vallée, dit-elle en indiquant l'est, sera leur voie de sortie.

Ils acquiescèrent. Tous avaient conscience de l'importance de laisser à l'ennemi la possibilité de s'échapper. Se précipiter vers le soleil levant semble souvent une bonne idée quand on se fait massacrer.

— Ils se tomberont les uns sur les autres en essayant de prendre la fuite, fit remarquer Callanus.

— Tu en sais sûrement quelque chose, commenta Loomis d'un air renfrogné.

Les autres s'esclaffèrent.

Callanus n'était pas vexé et sourit. Il n'avait jamais tourné le dos dans une bataille, mais, au cours d'une échauffourée récente, dans sa précipitation pour rejoindre le combat, il avait trébuché sur son épée et réussi à se briser les deux pouces. Leona aimait bien ce garçon. Il était issu d'une longue lignée de guerriers. Son père était l'un des généraux de l'Immortel, un homme qui n'était connu ni pour son intelligence ni pour sa bravoure. Mais Callanus Gaius Kerr avait maintes fois fait ses preuves sur le terrain et gardait toujours le moral, même lorsqu'il était dans l'incapacité de manier une arme. Leona voyait en lui un possible futur général – un général-soldat comme Marcellus, ou leur chef perdu Shuskara –, aussi utilisait-elle ses compétences et encourageait-elle son ambition.

— Le terrain enneigé entre ici et les Bleus est traître, prévint-elle. La neige arrive jusqu'à la taille par endroits et a été dégagée par le vent à d'autres. Notez aussi qu'elle dissimulera nombre de corps, de notre camp et du leur, datant de la dernière bataille. Nous devons progresser vite, mais surtout en silence. Pas d'armes ni d'armures qui s'entrechoquent. On peut espérer que toute leur attention sera tournée dans la direction opposée, vers les Impériaux, au sud. Dites à vos soldats de porter leur cape jusqu'au moment de l'assaut.

Plusieurs froncements de sourcils accueillirent cette dernière consigne.

— Pour étouffer les bruits, précisa-t-elle.

Et aussi pour nous tenir chaud, être souples et parés à charger, songea-t-elle, même si elle ne pouvait le dire à ces héros, qui se moquaient du froid et crachaient au visage de l'inconfort. Elle sourit intérieurement.

Après avoir congédié les capitaines, elle roula le parchemin, le tendit à Loomis puis se releva et regarda vers l'est. L'aube ne pointait pas encore.

— Quel est notre mot de passe, commandant ? demanda Loomis d'un ton solennel.

Elle y réfléchit.

— Rubin, répondit-elle.

Progressant difficilement dans la neige, Rubin gardait les yeux rivés vers l'est. Il savait que les premières lueurs pâles de l'aube n'apparaîtraient pas avant des heures, mais il avait pleinement conscience de tout ce qu'il devait accomplir avant cela.

Il n'avait jamais eu aussi froid de sa vie. Il voyait son souffle former des nuages devant lui. Il ne sentait plus son visage recouvert d'une barbe de plusieurs jours. Les couvertures élimées et humides pesaient sur lui, et ses vêtements étaient raides de sang – pas le sien, celui d'autres hommes qui étaient morts ce jour-là. La route était difficile. Parfois, il avançait dans une neige fraîche lui arrivant à hauteur de hanches, mais d'autres fois il devait se dépêcher de traverser la roche balayée par le vent, son chemin obstrué uniquement par des cadavres. Entendant et sentant le campement ennemi, il se dirigeait donc vers lui avec précision, mais ne le distinguait pas encore. Le bruit d'un campement militaire la nuit ressemblait à une rumeur, comme le ressac d'une mer lointaine, continu, mais augmentant et diminuant dans l'air nocturne. C'était le bruit des soldats se disputant, plaisantant, mentant, se plaignant, pétant, toussant, ronflant, rotant ou tout simplement respirant. Même au cœur de la nuit, il était impossible à une armée de plusieurs centaines d'hommes de rester silencieuse.

Cette armée de Bleus était plus forte que la plupart des troupes. Rubin était en permanence étonné de voir tout ce dont ils étaient capables après avoir essuyé tant de revers, malgré la puissance des forces de la Cité qu'ils devaient affronter. Ils continuaient à lutter, obstinément. Ils étaient à demi morts de faim, n'avaient plus de provisions, et se déployaient parfois sans armes, comptant sur celles qu'ils pourraient prendre aux morts. Pour chaque soldat de la Cité tué, ils perdaient deux hommes. Pourtant, leurs armées survivaient et s'accrochaient à leur position, parvenant même parfois à progresser.

De fait, la Cité était gênée ne serait-ce que par la taille du territoire qu'elle tentait de défendre. L'immense périmètre de ses frontières, encerclant une surface telle qu'à côté la cité étrangère la plus puissante passait pour un village, triplait voire davantage quand on incluait les plaines, collines et forêts avoisinantes, décrétées siennes par l'empereur. Les guerriers de la Cité étaient constamment sur le terrain, et leurs réserves s'amenuisaient. Le blocus maritime mené par les navires des Bleus durait depuis plus de dix ans à présent et se durcissait d'une saison à l'autre, privant les habitants de la Cité de nourriture, mais aussi du minerai et du cuir servant à la fabrication des armes et des armures. Rares étaient les soldats munis d'un attirail complet. Les épées étaient émoussées ou cassées, les flèches absentes, les ceintures et lanières déchirées, les casques fendus. Les prés d'élevage ayant disparu, les réserves de jeunes montures faisaient également l'objet d'une vive inquiétude chez Marcellus et ses généraux.

Rubin essaya de se remonter le moral en entonnant une marche odrysienne, mais il ne cessait d'en oublier les paroles, son cerveau pétrifié par le froid. La langue lui avait été enseignée par Gillard, le maître d'armes, un homme d'origine odrysienne qui, au cours de sa longue vie, avait combattu dans les deux camps. C'était lui qui avait appris à Rubin les paroles de cette chanson, sans doute amusé d'entendre un petit garçon répéter sans les comprendre les couplets grivois. Rubin avait rapidement appris la langue, sa mémoire prodigieuse absorbant les mots étrangers comme une éponge. Quand Marcellus sut qu'il maniait la langue aussi bien qu'un natif, l'avenir de Rubin fut en quelque sorte scellé. Il finit par passer deux ans au cœur des terres odrysiennes, puis dans la capitale temporaire du roi déchu, se frayant un chemin à la cour de Matthus et rapportant des informations à Marcellus. Averti par son seigneur, il s'était échappé de la cour peu de temps avant qu'elle ne tombe sous les épées affûtées du régiment vétéran de la Cité, la Quatrième Impériale.

Enfin, il aperçut les feux de camp des sentinelles odrysiennes. Se précipitant vers elles, glissant sur la neige compacte, il ne put s'empêcher de jeter un nouveau coup d'œil à l'est. Toujours aucune lueur à l'horizon.

— Qui va là ?

Les gardes étaient plus éloignés qu'il ne le pensait. Il s'arrêta brusquement et leva les bras bien haut, laissant tomber les couvertures de ses épaules.

— Aidez-moi ! s'écria-t-il en tombant à genoux, sans feindre son épuisement.

Deux silhouettes sortirent de l'ombre.

— Décline ton identité.

— Adolfus Cort, de la Dix-septième. Aidez-moi, répéta-t-il. Je suis blessé.

Sa seule vraie blessure était une coupure superficielle au front, mais on avait maculé son visage et son cou de sang frais, donnant l'impression que son état était suffisamment grave pour qu'il ait l'air désorienté.

Les gardes s'approchèrent, épées au clair.

— Mot de passe ? demanda l'un d'eux.

— Je ne sais pas, avoua Rubin. Mais le dernier que je connaissais, avant la bataille, était « courage ».

— Qu'est-il arrivé à la Dix-septième ?

— Ils sont tous morts.

Les hommes échangèrent un regard. L'un d'eux attrapa Rubin par l'épaule et le redressa sans ménagement. L'autre resta en retrait, aux aguets.

— Tes papiers.

Il sortit le faux souvent plié, trempé de sueur et taché de sang. L'un des gardes l'examina attentivement avant d'acquiescer. La plupart des soldats de la Cité étaient analphabètes, et Rubin était toujours surpris que tant de Bleus, considérés comme des barbares par les habitants de la Cité, sachent lire et écrire.

Il fut conduit au campement odrysien et confié à un sergent au regard trouble, totalement indifférent au sort de cet autre survivant en haillons. Il informa Rubin que le capitaine de la surveillance de nuit voudrait lui parler, puis qu'on l'affecterait à une nouvelle unité. Il lui proposa de l'eau, mais pas de nourriture. Rubin traversa le campement d'un pas chancelant en suivant le sergent, le regard rivé à l'est. Toujours aucun signe de l'aube.

Arrivé au milieu du campement, on le laissa devant une tente éclairée tandis que le sergent entrait. Rubin jeta un coup d'œil à travers un interstice du rabat et vit le sergent au garde-à-vous, attendant qu'on remarque sa présence. Des soldats d'un grade supérieur étaient engagés dans une conversation. Le temps passa. Inoccupé, Rubin regarda autour de lui. Il posa les yeux sur les fanions colorés qui ondoyaient au-dessus de sa tête. Ce devait être la tente du général. Piqué par la curiosité, il s'avança, oubliant sa peur et sa faim.

Il y avait une dizaine de personnes à l'intérieur. Rubin reconnut Yannus, le général odrysien, et s'étonna de voir Pieter Arendt, l'un des chefs des Petrassi, les principaux alliés des Odrysiens. Ceci était un combat odrysien. Que faisait ce supérieur petrassi si loin de son armée ? Il se pencha plus près, tendant l'oreille, pour en entendre et en voir davantage. Il connaissait de vue les autres officiers, mais il y avait également deux civils. L'un d'eux était un gros homme en habits de paysan. Il riait, le teint rougeaud. Rubin supposa qu'il était ivre.

L'autre civil était une femme. Elles étaient rares dans les armées des Bleus, même parmi les populations qui gravitaient autour des troupes. On ne les enrôlait pas, car on estimait que la vie militaire était trop dure pour elles. La femme était grande et mince. Vêtue d'un pantalon de cavalier en cuir poussiéreux, elle faisait les cent pas sous la tente, comme énervée ou impatiente. Elle avait l'allure d'une guerrière, pourtant elle ne pouvait en être une. Entre deux âges, elle était grise de la tête aux pieds : cheveux gris, teint pâle et, lorsqu'elle marcha en direction de Rubin, il remarqua que ses yeux globuleux avaient la couleur des galets. Il avait déjà vu cette femme quelque part.

Il saisit alors une bribe de conversation et comprit, choqué, qu'ils s'exprimaient dans la langue de la Cité.

— Nous perdons notre temps avec ces inepties, cracha la femme, agacée. Si Marcus soutient ce plan, vous pouvez être sûr qu'il est bon. Qu'avez-vous à perdre ? Rien. C'est nous qui prenons tous les risques, et vous qui récoltez tous les avantages.

Rubin se demanda qui était Marcus. C'était un nom de la Cité, mais les Marcus étaient légion. Il redoubla d'attention, avide d'informations qu'il pourrait transmettre à Marcellus une fois cette bataille terminée. Qui était cette femme ? Il fouilla dans sa mémoire, en vain. Il savait qu'il la connaissait.

L'un des officiers répliqua :

— Ce sera un carnage. Les frères les anéantiront jusqu'au dernier.

La femme secoua la tête, leur tournant toujours le dos, comme si son expression pouvait la trahir si elle leur faisait face.

— Je connais Marcellus, dit-elle. Il ne le fera pas – pas si sa catin est là. Et sa sœur. C'est le point essentiel de notre plan. En dépit de ce qui s'est passé, il se considère encore comme un homme d'honneur.

Les yeux rivés sur l'obscurité, elle regardait droit vers Rubin, enveloppé de ténèbres. Pendant un instant, il crut qu'elle l'observait dans les yeux, son regard focalisé sur lui. Le voyait-elle ? Il recula en silence. L'avait-elle repéré ? Si c'était le cas, était-ce grave ? Il n'était qu'un simple soldat, bien qu'un peu fouineur. Mais ce regard de pierre l'angoissait.

Tout à coup, une vague d'appréhension le frappa : il se rappelait où il l'avait vue. C'était au cours d'une réunion avec Marcellus et les administrateurs de son palais, plusieurs années auparavant. Une réunion à laquelle Rubin n'avait pas été convié, mais qu'il avait observée à la dérobée, comme il venait de le faire. Une fois qu'il se fut rappelé où il l'avait vue, il se remémora qui elle était. Il sut alors qu'il était témoin d'un rassemblement de la plus haute importance, dont l'avenir de la Cité pouvait dépendre.

Il fallait absolument prévenir Marcellus.

Sous la tente, l'un des officiers supérieurs remarqua la présence du sergent, toujours au garde-à-vous, comme si sa vie en dépendait, et s'avança vers lui. Le sergent expliqua qu'un survivant de la bataille attendait à l'extérieur. L'officier l'interrogea brièvement, le sergent secouant chaque fois la tête. Puis, congédié, il sortit rejoindre Rubin. Il lui montra la tente du mess et s'éloigna. Rubin prit la direction indiquée, jetant des coups d'œil en arrière jusqu'à ce que l'homme ait disparu. Il abandonna alors son attitude de soumission et se dirigea vers les lignes de front.

Passer entre les sentinelles fut tâche aisée : celles-ci surveillaient un signe ennemi à l'extérieur du campement. Rubin choisit son moment tandis que les gardes allaient et venaient. Il s'élança sans bruit derrière un affleurement rocheux, attendit, regarda, puis se mit à courir. Il ne tarda pas à être hors de vue. Avec un soupir de soulagement, il se dirigea vers le campement des Impériaux, avant de s'inquiéter de nouveau de l'aube. Pour la centième fois, il observa l'est. Était-ce son imagination, ou bien une lueur pointait-elle à l'horizon, comme la flamme d'une bougie au loin ?

Il pressa le pas, poussé par l'information cruciale qu'il détenait et par l'apparition imminente de l'aube. Il sut qu'il avait rejoint les forces de la Cité quand la lame d'un couteau fut plaquée sur sa gorge.

Chapitre 3

Les pépiements continus des oiseaux annonçaient l'aube. Les guerriers tirèrent leurs épées au clair en silence. Leona ne dégaina pas la sienne. Les épées étaient lourdes. Elle ne voyait aucune raison de courir sur un terrain enneigé accidenté en maniant la sienne – pas tant que c'était inutile. Toutefois, elle comprenait que nombre de soldats rechignent à affronter l'ennemi, même à cette distance, sans le contact rassurant d'une arme dans la main.

Elle se trouvait au milieu de la première ligne, face au sud-ouest, mais elle observait l'est, guettant l'ordre d'avancer. Les rayons roses de l'aube commençaient à transpercer les nuages noirs bas sur l'horizon. Les étoiles brillaient encore, et l'odeur qui régnait dans l'air charriait la promesse de nouvelles chutes de neige. Leona craignait qu'elles soient lourdes. Cela pouvait signer leur arrêt de mort. Une fois les Bleus vaincus, la neige les empêcherait de se rabattre en contrebas et romprait leurs lignes d'approvisionnement. Ils manquaient de nourriture. Tous avaient faim, mais pas autant que les Impériaux, sûrement. Quant aux Bleus, ils devaient être encore plus affamés.

Sa centurie et elle attendaient par rangées de vingt-cinq, observant le terrain enneigé qu'il faudrait traverser avant de donner l'assaut à l'ennemi, caché quelque part un peu plus loin. La neige était dure et craquante. Leona distingua une petite forme qui courait avant de plonger dans un terrier caché. Un lièvre blanc, ou un renard dans son manteau d'hiver. Une légère brume arrivait à hauteur de genoux et chatoyait dans la brise venue du nord. Il régnait un froid polaire.

Elle regarda d'un côté puis de l'autre. À sa droite se tenait Valla, une guerrière maigre, de haute taille, à qui Leona avait confié sa vie au cours de la dernière décennie. Elle dépassait Leona d'une demi-tête et ses cheveux, blancs comme la glace, étaient coupés court. Valla marmonnait discrètement pour elle-même, mais Leona devina ses paroles : « Bénissez-nous, Aduara, déesse des combattantes. Bénissez vos guerrières et baignez-les dans le sang des hommes. Bénissez vos guerrières et donnez-leur de la force. Bénissez vos guerrières et protégez-les jusqu'à leur retour en votre sein. »

Les adeptes de son culte croyaient que les femmes étaient faites de sang et les hommes de chair. La chair ne pouvait rien sans le sang. Puis il y avait l'étincelle, le présent d'Aduara, qui donnait vie au sang et à la chair pour former un être humain.

Leona vit Valla tendre son visage vers le ciel et l'imita. Il neigeait. De minuscules flocons glacés virevoltaient depuis le nord. Valla lui adressa un sourire. La neige était le symbole de l'étincelle de vie, comme l'étaient la pluie et les gouttes d'eau.

À gauche de Leona se tenait Callanus. Si Loomis ne pouvait être à ses côtés, Callanus valait bien n'importe quel autre guerrier. Loomis était à l'arrière, avec les estropiés. Il avait été amputé sous le genou cinq ans auparavant et marchait sur une jambe de bois sculpté, attachée à son moignon. Il maniait l'épée aussi bien que les soldats de première ligne, mais le protocole de la Cité exigeait qu'il combatte à l'arrière. Malgré tout, c'était rassurant de le savoir là.

Les soldats affichaient un visage de marbre, mais leur corps les trahissait. Du bout des doigts, ils vérifiaient constamment les lanières de leur plastron, trouvaient leurs jambières un peu trop serrées, ou pas assez. Ils formaient l'élite de l'armée, les meilleurs éléments de la Cité, mais, en tant que tels, ils avaient été témoins des façons aussi diverses qu'horribles d'être blessé, mutilé ou tué. Ils n'auraient pas été humains s'ils n'avaient pas été nerveux à un instant aussi crucial. Elle était fière d'eux.

— L'aube est là, murmura Callanus avec impatience en faisant rouler ses épaules. Il est temps d'y aller.

— Silence, souffla-t-elle.

Elle comprenait son sentiment. Le jour apparaissait peu à peu. Elle savait que Marcellus attendait de savoir si le messager avait accompli sa mission et si les Impériaux attaquaient. Ils les entendraient, malgré les bruits étouffés par la neige. Elle savait que la décision serait difficile à prendre. S'ils donnaient l'assaut trop tôt, ils risquaient de se battre à mort contre la force principale des Bleus. Trop tard, les effets de l'attaque double s'en verraient amoindris.

Elle tendit l'oreille, guettant les bruits d'une bataille, en vain. Puis, transportés par le vent du nord, des sons inattendus lui parvinrent. Elle tourna la tête pour les identifier. C'étaient de faibles tintements de clochettes. D'autres guerriers regardaient autour d'eux.

Des silhouettes sombres émergèrent de la brume, au nord. Certains soldats dégainèrent leur épée, mais attendaient les ordres pour agir.

Trois minuscules chèvres gracieuses, les côtes apparentes sur leurs flancs maigres, le cou orné de clochettes tintant avec une gaieté ridicule, menaient un petit groupe de réfugiés. Derrière elles apparurent les enfants qui les tenaient en laisse, puis deux hommes armés seulement de gourdins, l'air effrayés, le teint gris ; des femmes portant des bébés, et enfin des personnes âgées, avançant péniblement. Une vieille mule transportait leurs affaires.

Leona les compta : ils étaient douze. Ils avaient la peau brune et étaient de petite taille. L'homme le plus grand devait arriver seulement à l'épaule du plus petit des soldats de la Cité. Vêtus de haillons, ils avaient le visage émacié, l'air exténués. Leurs bêtes devaient être les derniers biens de valeur en leur possession. Leona s'avança, la main sur la poignée de son épée. Tous reculèrent d'un pas, à l'exception d'une jeune femme. Comme les autres, ses vêtements étaient en loques, mais elle avait noué un ruban de couleurs vives autour de son chapeau en peau de chèvre. Immobile, elle lança un regard noir à Leona, qui s'aperçut que l'un de ses yeux, dont l'iris formait une opale claire, était aveugle. L'un des hommes marmonna quelque chose à la femme d'un ton suppliant, mais celle-ci ne bougea pas. *Courageuse,* songea Leona, *mais imprudente.*

— D'où venez-vous ? s'enquit-elle avec douceur, consciente de la portée de sa voix dans ce paysage stérile.

Ils ne répondirent pas. L'une des vieilles femmes tomba à genoux dans la neige, terrassée peut-être par la peur ou le froid. Un enfant se mit à pleurer faiblement.

Leona demanda à la jeune femme :

— Où allez-vous ?

Mais soit ils ne la comprenaient pas, soit ils étaient trop terrifiés pour parler.

Un vétéran grisonnant appelé Aurelius s'avança.

— Ce sont des Fsaan, mon commandant, l'informa-t-il. Ils ne parlent pas notre langue.

— Des Fsaan ?

— Ces hautes vallées leur appartenaient. C'était autrefois un peuple puissant et instruit. Ils ont presque disparu au fil des siècles, et sont devenus des chevriers. Ils venaient faire paître leurs bêtes ici, l'été. Puis ils se sont retirés à l'arrivée des guerriers.

— Où vont-ils ?

Il haussa les épaules.

— N'importe où, du moment que c'est loin de nous.

— Laissez-les passer, ordonna-t-elle.

Les guerriers s'écartèrent. N'en espérant pas tant, les réfugiés se hâtèrent de passer, les yeux baissés, la vieille femme à demi portée par les hommes. Le tintement des clochettes disparut avec eux et les soldats de la Cité se remirent à regarder droit devant eux, dans l'attente.

— Ces chèvres nous auraient fait un bon repas, fit remarquer Callanus à regret.

Leona grogna :

— Pour nous tous ? Ils peuvent se les garder.

Un jour, ça leur sauverait peut-être la vie, songea-t-elle. Le sang chaud des chèvres les maintiendrait en vie un jour ou deux de plus, même s'il n'y avait pas grand-chose à manger dessus. Comment de si frêles créatures parvenaient-elles à survivre au milieu de cette guerre ? Elle souffla quelques mots à Aduara, la priant de veiller sur les femmes et les filles. Puis elle les oublia.

Elle attendit l'ordre d'avancer.

Pour la deuxième fois cette nuit-là, Rubin fut traîné, bousculé et rudoyé comme un criminel, pour pénétrer dans le campement de sa propre armée. Il présenta le message que lui avait donné Marcellus, mais les gardes de la Cité, illettrés, observèrent la missive comme si elle était ensorcelée, et il s'en fallut de peu qu'ils la piétinent. Mû par le désespoir, il répétait sans cesse : « C'est Marcellus qui m'envoie ! » et parvint finalement à les convaincre de ne pas le tuer. Il fut d'abord conduit auprès du capitaine de la garde puis, enfin, auprès du général des Impériaux. Pendant ce temps, le ciel s'éclairait rapidement à l'est. Rubin était terrifié à l'idée qu'il puisse être trop tard.

Le général Dragonard était un petit homme au visage triste, au front dégarni et aux yeux garnis de poches. On aurait plutôt dit un copiste que l'un des généraux supérieurs de l'Immortel. Quand Rubin fut poussé sous sa tente, l'homme était assis au bord de son lit de camp, les yeux rivés au sol. Il leva vers lui un regard las, comme pour dire : « Quoi, encore ? »

Rubin scruta les lieux. La tente exiguë, à la toile élimée, n'abritait qu'un lit, une chaise et un bureau pliants, une petite commode aux boutons de laiton et un support pour armure en bois. Tout était ordonné, mais miteux.

— Un messager, monsieur. Envoyé par le seigneur Marcellus, déclara sèchement le capitaine.

Le général se leva lentement et observa Rubin.

— Qui est-ce ?

— Rubin Kerr Guillaume, répondit Rubin avec empressement. C'est Marcellus qui m'envoie. Il est venu avec une armée. Ils attendent de l'autre côté de la vallée, à l'arrière des Bleus. Vous avez ordre d'attaquer. À l'aube. Maintenant !

Le capitaine tendit le message au général. Dragonard le prit, mais, au lieu de le lire aussitôt, il fit une chose des plus étranges. Il alla à son bureau prendre un objet léger constitué de deux pièces de verre rondes, assemblées par du fil de fer. Il accrocha les fils sur ses oreilles, puis cala l'ensemble sur son nez. C'était parfaitement ridicule. Sentant l'hystérie le gagner, Rubin étouffa un rire. Cet homme était-il simple d'esprit ? Il tourna la tête vers le capitaine, en quête d'un indice, mais celui-ci, impassible, regardait droit devant lui.

Scrutant le papier au travers des disques de verre, le général le lut lentement une première fois, puis une deuxième. Rubin dansait d'un pied sur l'autre. Enfin, n'y tenant plus, il s'écria :

— Il attend que vous attaquiez. À l'aube ! L'aube est là ! Elle est levée depuis un moment, déjà !

Le général lança un coup d'œil au capitaine, qui assena une violente taloche sur l'oreille de Rubin. Celui-ci tomba à genoux, complètement abattu, la tête bourdonnante.

— C'est Marcellus qui a écrit cette lettre ? s'enquit le général.

— Oui, monsieur, répondit Rubin à l'adresse du sol, au désespoir.

— Et tu as traversé le campement ennemi pour me la délivrer ?

— Oui, monsieur.

— Dans ce cas, tu es courageux, et tu seras richement récompensé.

Le général se tourna vers le capitaine.

— Préparez-vous à l'attaque !

Yannus, général des Odrysiens, n'était pas né de la dernière pluie. Il s'attendait à l'assaut des rats, et se doutait qu'il aurait lieu à l'aube. Les réserves s'amenuisaient dans les deux camps. L'une des manières de sortir vivant de ces montagnes était de gagner l'Encoche de la Couturière, le haut col qui menait au nord vers les douces collines de Varenne et, au-delà, la Petite Mer. Le col était désormais bloqué par la neige, mais un dégel soudain, pouvant survenir d'un jour à l'autre, le rendrait négociable, et les rats avaient besoin de le prendre. Non seulement il servait à approvisionner leur armée, la Cinquième Impériale, mais il constituait aussi une ligne d'approvisionnement pour la Cité elle-même depuis le début du blocus maritime.

Yannus savait que les rats n'avaient pas le choix. Cependant, attendraient-ils le dégel, ou frapperaient-ils dès à présent ? Il gardait donc ses troupes épuisées constamment en alerte, autant que pouvait l'être une armée lorsqu'elle maintenait une position, pétrifiée, des jours durant. De plus, les soldats devaient se reposer, et il leur était impossible de dormir en armure sous peine de mourir de froid. Jour et nuit, ils faisaient des rotations : une moitié était de garde sur le périmètre du campement, l'autre moitié protégée au centre pour essayer de dormir – une tâche difficile quand le froid pénétrant raidissait les poumons, et que la glace transperçait les articulations.

Lorsque la Cité attaqua, ce fut presque un soulagement. L'aube était levée depuis longtemps quand les Impériaux frappèrent, en provenance du sud, gravissant la pente qui conférait aux alliés un bel avantage, ralentis par la neige et le froid, mais avec toute la férocité attendue de la Cité. Mus par une décharge d'adrénaline, les Odrysiens de garde bondirent aussitôt à leur rencontre. Un instant plus tard, tout le campement, complètement réveillé, était en effervescence. Oubliés, le sommeil et le froid : les hommes luttèrent pour mettre leur armure, arrachèrent leurs épées et leurs haches de leurs étuis de protection et se bousculèrent pour affronter l'ennemi.

Quand les forces de Marcellus les frappèrent à l'arrière, Yannus fut surpris, mais pas inquiet. Manifestement, quelques rats s'étaient positionnés derrière eux. Toutefois, dans ces montagnes et avec ces conditions, cette division ne pouvait être qu'une manœuvre suicidaire destinée à faire diversion. Aussi décida-t-il d'agir logiquement et de dévier quelques-uns de ses soldats. Avec la Vingt-troisième, sa plus grosse force de frappe, il forma un triangle défensif au nord-ouest. Mais les ordres circulaient lentement et, avant qu'ils ne soient exécutés, les défenseurs assiégés furent attaqués au nord, contre toute attente, par une centurie des Mille, les guerriers les plus redoutés par ses hommes, la force armée d'élite de l'empereur.

Trouvant une ouverture dans l'armure de son adversaire, Leona enfonça son épée dans le ventre du Bleu. Il mit un genou à terre ; elle plongea son couteau dans le trou de son casque au niveau de l'œil. Le sang gicla. Pour faire bonne mesure, elle lui décocha un coup de pied dans la tête, puis se tourna vers la droite. Valla, sur un genou, frappait l'entrejambe d'un soldat ennemi blessé. Il ne tomba pas, mais ne se défendit pas, et Leona glissa son épée sous son aisselle. Quand il s'effondra, elle dégagea sa lame et fit volte-face, mais Callanus la couvrait, engagé dans un combat contre un grand Odrysien en armure noire. Elle se joignit à lui et vint à bout de l'homme, puis tous trois avancèrent, maintenant leur position.

Une nouvelle vague de Bleus, armés de lances, fondit sur eux. Leona baissa la tête pour en esquiver une qu'un soldat venait de lui lancer, et l'embrocha dans la foulée au niveau des parties intimes. Du coin de l'œil, elle vit Callanus chanceler mais, avant qu'elle ait pu se retourner pour lui venir en aide, la silhouette gigantesque d'Otho, armé de sa hache, apparut pour le couvrir. Une lance fut projetée sur lui. Otho la bloqua avec la lame de sa hache et, d'un revers, abattit son arme sur l'armure de cuir et les chairs qu'elle protégeait. Otho arracha son arme, para un coup d'épée timide et donna un coup de hache dans le visage de son adversaire. De nouveau à ses côtés, Callanus bloqua une épée avec son bouclier et, d'un geste fluide, enfonça sa lame dans le cou de son ennemi. Une lance lui écorcha la cuisse, mais il contre-attaqua et son assaillant tomba sur le tas de corps, de plus en plus gros. Le géant à la hache se retourna et, d'une main robuste, tapota l'épaule de Callanus.

Un grand guerrier franchit d'un bond le mur de cadavres ennemis et se rua sur Otho, épée brandie. La hache du géant s'enfonça dans sa poitrine, mais le poids de l'homme força Otho à reculer, lui arrachant l'arme des mains. Un deuxième ennemi bondit sur lui, le visant au cou avec son épée. De son bras protégé par des mailles, Otho repoussa la lame et décocha un puissant coup de poing dans la mâchoire de son adversaire. Tandis que celui-ci s'effondrait, Otho dégagea sa hache du premier homme en la faisant pivoter.

Il y eut une pause dans la bataille, un moment de calme. Les Bleus semblaient céder. Puis Leona entendit le chuintement familier des traits fendant l'air et hurla : « Des flèches ! » avant de lever son bouclier. Les trois ou quatre projectiles qui s'abattirent sur elle la déséquilibrèrent. Elle tomba sur un genou et se leva aussitôt, excitée par l'odeur de la victoire. Les Bleus étaient au désespoir, leurs ordres contradictoires. Ils décochaient des flèches au risque de toucher leurs propres lignes. Une deuxième volée de traits s'abattit sur leurs rangs, et les Bleus donnèrent de nouveau l'assaut. Leona para un coup d'épée courte puis, à deux mains, abattit sa lame sur la tête nue du Peau-Bleue, lui défonçant le crâne. D'un coup d'épée, elle tua un autre adversaire, suivi d'un troisième. Le sang bouillonnant dans ses veines, elle leur hurla après avec un air de défi.

Elle recula et fit signe à un soldat du deuxième rang de prendre sa place pour qu'elle estime la progression de la bataille qui faisait rage autour d'elle. Le jour était complètement levé à présent, et ils se trouvaient au pied d'une petite colline. Les Peaux-Bleues emplissaient leur champ de vision, recouvrant telle une colonie de fourmis la pente de la vallée devant elle. L'Encoche, objectif de Marcellus, n'était toujours pas en vue. Le gros des Bleus se trouvait à sa gauche, comme prévu. La mission assignée à sa compagnie était d'effectuer une percée à travers eux et de couper leur flanc droit. Mais sa propre gauche était durement frappée : ils s'enfonçaient trop loin, et trop vite. Ils risquaient de s'isoler eux-mêmes du reste des troupes.

— Tenez votre position ! cria-t-elle. Tenez votre position !

Elle entendit la consigne répétée le long de la ligne par des voix masculines.

L'ordre n'était pas de cesser le combat, mais de maintenir l'ennemi dans sa position, d'en éliminer autant que possible lorsqu'ils attaquaient, mais de ne plus avancer. C'était pour Leona une étape cruciale et périlleuse. Elle disait à ses soldats de passer d'une attitude agressive à une attitude défensive. En réalité, elle leur transmettait le message qu'ils ne gagnaient plus et risquaient d'être vaincus. Psychologiquement, c'était un cauchemar. Elle vit Valla lui jeter un regard perplexe avant de reprendre le combat. Leona haussa intérieurement les épaules. Si elle devait défendre ses choix devant Marcellus, elle le ferait.

Apparemment, les Bleus avaient repéré que c'était elle qui commandait. Deux lanciers se précipitèrent sur elle, un lance en haut, l'autre en bas. Elle se jeta à terre sur le côté, roulant sur les pieds d'un homme contre lequel Valla livrait bataille. Elle le déséquilibra et Valla en profita pour l'achever. D'un bond, Leona se leva et les deux femmes se tournèrent vers les lanciers. De son gantelet de mailles, Leona frappa une lance pour la dévier et, avec son épée, visa la poitrine de l'homme. Sa lame glissa et se logea dans les mailles qui lui couvraient l'épaule. Il tenait un couteau dans son autre main et l'atteignit au cou. Elle récupéra son épée en tirant dessus et lui entailla le poignet, lui tranchant les veines. Tandis que le sang coulait à gros bouillons, il la frappa faiblement de sa lance, mais Leona la saisit et fit tomber son adversaire. Valla embrocha l'autre lancier.

Leona jeta un coup d'œil à gauche, mais comme d'habitude Callanus protégeait son flanc. *Oui,* songea-t-elle, *un bon soldat, et peut-être un jour un bon général.*

Un autre lancier se rua en hurlant sur Callanus. Le jeune homme eut le temps de sourire à Leona avant d'esquiver le coup et d'éventrer l'assaillant. Un autre groupe de lanciers sauta par-dessus l'amoncellement des corps. À la gauche de Callanus, Otho balança sa hache et abattit deux hommes avant qu'ils n'arrivent à sa hauteur.

Callanus rit.

— Ces lanciers ! cracha-t-il. N'est-ce pas qu'ils… ?

Comme par magie, un Bleu surgit sur sa gauche, tenant bas sa lance. Il se mouvait avec une telle rapidité que ses adversaires semblaient évoluer au ralenti. Otho récupéra sa hache, mais trop lentement. Callanus fit volte-face, mais trop tard. Avant que Leona ait pu ouvrir la bouche ou s'interposer, la lance transperça profondément l'armure de Callanus au niveau du flanc. Du sang s'écoula de sa bouche. Impuissante, Leona vit son regard s'éteindre.

Callanus tomba à la renverse sur une pile de corps, sa gorge offerte au ciel, les yeux grands ouverts.

Hurlant de rage, Otho décapita le tueur d'un seul coup de hache. Deux guerriers s'élancèrent vers lui. Trop près pour frapper avec son arme, Otho baissa la tête et leur fonça dessus. L'un d'eux, déséquilibré, tomba à terre. L'autre se rua, épée brandie, sur le géant, puis s'effondra brusquement, la dague de Valla plantée dans la gorge. La guerrière blonde s'avança d'un bond et arracha sa lame tandis qu'Otho bourrait de coups l'adversaire suivant avec ses poings recouverts de mailles. Valla en poignarda un autre puis fut écrasée sous le poids des corps ennemis. C'était une véritable mêlée. Leona se fraya un chemin, transperçant les dos ennemis, les cous, tout ce qui était à sa portée. Les Bleus battirent en retraite. Valla se redressa avec difficulté et ramassa une épée abandonnée.

Leona jeta un regard en arrière, vers la dépouille de Callanus. Elle sentit ses larmes monter. Puis, comme elle l'avait fait mille fois auparavant, elle tourna le dos à son camarade mort et le chassa de son esprit.

— En avant! cria-t-elle.

La ligne se remit en marche.

Rubin n'avait pas vraiment songé à ce qui se passerait une fois sa mission terminée. Il s'était à moitié attendu à être exécuté par les Odrysiens, et, quand cela ne s'était pas produit, il avait craint d'être tué par les Impériaux. Une fois la bataille commencée, on lui confia une armure et une épée ayant appartenu à des soldats tués, et on l'envoya combattre l'ennemi. Exténué, perdu, désorienté, il se souvenait à peine qui était l'ennemi avant qu'ils n'essaient de l'occire.

Il ne se trouvait pas en première ligne, mais lorsqu'il vit ses camarades de la Cité se faire massacrer juste devant lui, il sut que son tour viendrait très rapidement. Quand le soldat à ses côtés s'effondra, il brandit son épée et, soudain pris d'un élan de fureur, donna l'assaut.

Ils combattaient en haut d'une colline contre un bloc compact de Bleus. Les soldats qui l'accompagnaient, une compagnie d'infanterie légère se faisant appeler les Fourrageurs, se battaient en montant la pente et en chantant, bien que chaque ennemi tué leur coûtât deux d'entre eux. Rubin ne distinguait pas les paroles de leur chant, mais au bout d'un moment il finit par en saisir le rythme et, à la fin de chaque couplet, il entonnait : « Rageurs ! » en chœur avec les autres.

Avoir l'avantage de la hauteur, c'est bien, songea-t-il, *mais ça fait des parties intimes une cible facile à transpercer pour du métal acéré, et personne ne veut connaître ça.* Il enfonça son épée dans l'entrejambe d'un guerrier de haute taille puis, tandis que ce dernier, terrassé par la douleur, tombait en avant, Rubin l'entailla profondément au cou pour faire bonne mesure. Il esquiva le corps qui basculait sur lui et remonta la pente au pas de course pour s'attaquer au suivant.

— Raaageurs! hurla-t-il en bloquant une attaque et en éventrant profondément son ennemi.

Une fois de plus, il s'écarta pour éviter que le mort ne lui tombe dessus. Le corps roula, les entrailles entremêlées.

Ils progressèrent peu au début, mais au bout d'un moment la masse d'Odrysiens sembla s'éclaircir, et Rubin crut entendre des cornes sonner, au loin. Ses camarades ne remarquant rien, il se dit que les ordres devaient être destinés à une autre division de l'armée, aux soldats de Marcellus, voire à l'ennemi. Il se demanda si le stratagème de Marcellus avait fonctionné, si sa mission désespérée avait été couronnée de succès. S'ils gagnaient.

Un homme à droite de Rubin s'effondra. Sa place fut prise par un grand vétéran au crâne chauve qui tua son premier adversaire d'un coup d'épée au cou, aussi vif que précis. Dedans, dehors. Du sang gicla. Il regarda Rubin et grogna quelque chose. Sans comprendre ce qu'il avait dit, Rubin se sentit rassuré par la présence de cet homme imposant. Tous deux avancèrent épaule contre épaule, le chauve se taillant la part du lion tandis que Rubin tranchait et lacérait, jouant le rôle de soutien.

Il y eut une pause dans les combats. Les deux hommes reprirent leur souffle.

— Tiens, dit Rubin en ramassant un casque buldekki abandonné. Tu en as besoin.

Repérant un mouvement furtif à sa gauche, il fit volte-face, épée brandie… Trop tard. Il vit la pointe de la lance fondre sur lui, mais ne la sentit pas lorsqu'elle s'enfonça profondément dans son ventre.

Quand une bataille est terminée et gagnée – ou du moins qu'elle n'est pas perdue – le simple soldat s'ausculte, à la recherche de blessures jusque-là passées inaperçues, vérifie qui parmi ses amis est encore en vie, puis se laisse choir pour dormir ou se plaindre.

Pour un commandant, c'est un plaisir oublié depuis longtemps. Le commandant se doit de rester debout et continuer. Il y a des amis blessés à soigner, des ennemis à achever ou à interroger. Tout un ensemble de décisions doivent être prises, et c'est au commandant de s'en charger. Pour Leona, dont le seigneur était Marcellus, il y avait aussi les réunions.

Certains prétendaient que Marcellus ne dormait jamais. Ce n'était pas vrai, car Leona l'avait déjà vu dormir. Une certitude cependant : il n'avait pas besoin de beaucoup de sommeil, et l'énergie qui l'animait était terrifiante. Après une bataille remportée, il semblait gagner en puissance et attendait de ses lieutenants qu'ils suivent son rythme. C'est pourquoi il arpentait le champ de bataille, pour sonder son nouveau territoire, mais aussi le moral des troupes. Il parlait et écoutait, discutant batailles passées et à venir, stratégies, tactiques – les siennes et celles de l'ennemi.

Enfin, il se retira sous sa tente de commandement en compagnie de Dragonard, laissant Leona accomplir son devoir. Elle redéploya ses capitaines puis se mit à la recherche de Loomis. Elle ne le trouva pas. Elle savait qu'il avait survécu, car elle l'avait aperçu après la bataille. Il devait sûrement s'occuper des blessés. Un garçon lui apporta un bol d'eau. Elle lava les dernières traces de sang poisseux qui maculaient ses mains et son visage. L'air froid mordait sa peau mouillée, mais l'eau la revigora légèrement. Elle était épuisée. Toutefois, comme sa tête attendait toujours le signal lui donnant l'autorisation de dormir, elle retourna sur le champ de bataille.

Le combat avait été un succès, dans le sens où le plan avait fonctionné : le groupe de Marcellus avait rejoint la Cinquième Impériale, coupé l'aile de l'ennemi et l'avait anéanti. De plus, ils avaient obligé la majeure partie des Bleus à battre en retraite vers la vallée. Mais cela avait été aussi un échec, car, malgré son effectif réduit, l'ennemi était encore assez vaillant pour se battre un jour de plus. Et il tenait toujours l'Encoche de la Couturière.

Leona leva les yeux vers l'Encoche, cachée derrière la courbe de la vallée. Il faudrait encore de nombreuses batailles difficiles avant de la prendre, se dit-elle. De plus, un net dégel s'était installé et la neige fondait à vue d'œil. D'ici à quelques jours, voire dès le lendemain, l'Encoche deviendrait praticable, et l'ennemi pourrait s'attendre à être relevé, ou du moins réapprovisionné.

Leona se tenait silencieuse au milieu d'une mer de corps, ceux des morts ou des mourants, éclairés par la lueur aqueuse d'un pâle soleil. Autour d'elle résonnaient les gargouillis d'eau qui coule. Elle imagina les ruisseaux et les rivières qui descendaient la vallée en chantant, rougis par le sang. Cela lui rappela le petit groupe de réfugiés fsaan qui devait être quelque part en contrebas, peut-être en train de s'interroger en observant les flots rouges. Une fois de plus, elle se demanda comment ils arrivaient à survivre. Pendant un bref instant, elle pensa aux enfants, puis elle ferma son cœur.

Elle balaya les alentours du regard. Une compagnie des Impériaux avait été désignée pour trier les corps, séparer les Bleus de ceux de la Cité, les morts des vivants. Tout soldat ennemi, vivant ou mort, avait le cœur transpercé ou la gorge tranchée. C'était une perte de temps et une entreprise risquée pour les soldats qui devaient s'accroupir et tâter les corps de chaque ennemi grièvement blessé, à la recherche d'un signe de vie. Leona les regarda avancer en ligne à travers le champ en pente, pareils à de grands corbeaux. Un coup d'épée par-ci, un appel pour un brancardier par-là. Elle n'avait pas encore le bilan officiel, mais d'après sa longue expérience Leona savait que, ce jour-là, la Cité avait perdu plus de cinq cents soldats.

Non loin d'elle, un soldat vêtu de noir marcha vers un corps recroquevillé. Il observa Leona pendant un long moment. Elle eut l'impression de voir toute la douleur du monde dans ses yeux. Il avait sûrement trouvé peu de camarades à sauver.

Le corps était vêtu d'un uniforme crasseux et couvert de sang séché qui ne laissait pas voir s'il appartenait au camp ennemi ou à celui de la Cité. Mais un casque buldekki à trois dents, clairement reconnaissable, gisait non loin de sa main. Du sang s'écoulait encore lentement d'une blessure qu'il avait au ventre. L'homme était donc en vie. Alors que le soldat chargé d'achever les blessés s'approchait, Leona vit quelque chose briller dans la paume ouverte du mourant. Piquée par la curiosité, elle s'avança. Que tendait-il vers elle, comme une offrande ?

Le soldat leva son épée, prêt à porter le coup fatal.

— Arrête ! ordonna-t-elle.

Il abaissa son arme et, indifférent, sans se poser de questions, passa au corps suivant.

Leona s'agenouilla et prit le carré doré dans la main du blessé. Stupéfaite, elle reconnut l'insigne de Marcellus, le cheval ailé, attribué seulement à ses lieutenants les plus proches. Elle avait le même dans sa poche de poitrine. Elle scruta le visage de l'homme à terre et se redressa avec difficulté.

— Brancardier ! hurla-t-elle.

Chapitre 4

Sur les doux contreforts loin sous l'Encoche de la Couturière, dans un campement médical temporaire qui devint permanent au fil des semaines, Rubin gisait, entre la vie et la mort. Il demeura ainsi jusqu'à ce que le printemps succède à l'hiver, puis que les jours se réchauffent lentement à l'approche de l'été.

Les infirmiers qui s'occupaient des blessés vérifiaient tous les jours son état, pensant qu'il s'éteindrait durant les longues veillées nocturnes. Pourtant, son pouls battait toujours, faible mais perceptible, et ils secouaient la tête, se demandant comment un tel miracle était possible. Le corps du jeune homme, naturellement mince, avait atteint une maigreur extrême, simple squelette recouvert de chair et de peau. Mais le sang de deux Familles de Serafim coulait dans ses veines. Comme il n'était pas mort tout de suite après avoir été blessé par la lance, il allait guérir, inévitablement.

De même que les batailles pour l'Encoche fluctuaient, des flots de soldats blessés entraient et sortaient des trois grandes tentes qui abritaient ceux de la Cité. Certains d'entre eux jetaient un coup d'œil à la frêle et pâle silhouette, immobile, respirant à peine. Quelques-uns l'entendaient répéter faiblement et inlassablement « Marcellus » entre ses lèvres craquelées et desséchées, mais Marcellus ne vint jamais.

Trois jours après la bataille au cours de laquelle Rubin avait failli mourir, le Premier Seigneur avait rassemblé ses lieutenants et trois compagnies puis était parti, confiant le combat pour gagner l'Encoche au vaillant Dragonard. Visiblement, Marcellus avait des batailles plus importantes à livrer, à la fois contre l'ennemi et chez lui, dans la Cité.

Le dégel arriva brusquement et fut suivi cette année-là d'un printemps précoce. Le chant de l'eau qui s'écoule résonnait dans les montagnes, et les fleurs sauvages aux couleurs flamboyantes s'épanouissaient sur le sol tiédi. Des loups gris descendus des hauteurs glacées au cœur de l'hiver retrouvaient leur territoire pour donner naissance à leurs petits. Au sein de la Cité assiégée, les hommes levaient les yeux vers un soleil voilé et, pétris d'espoir, se courbaient pour cultiver les champs de Garamund et de l'Extrême-Nord-Est. Des poulains, futures montures de cavalerie, s'ébattaient joyeusement dans les prairies gorgées d'eau.

Mais, alors que le climat printanier réchauffait la terre, une nouvelle ère commença dans la bataille pour la Cité. Et celle-ci n'avait pas le dessus.

Au sud, la dernière grande armée petrassi détruisit la Quatorzième Serpentine de la Cité dans une offensive qui dura quarante jours. Elle envahit les flancs des coteaux couverts de chênes qui fournissaient la Cité en bois pour ses navires, véhicules et bâtiments. Pis encore, l'ennemi saisit les deux contenants qui abritaient les réserves d'eau. Quant à la flotte qui avait réussi à bloquer les ports de la Cité depuis plus d'une décennie, elle avait été renforcée par l'arrivée de nouveaux navires en provenance de nations alliées. Le blocus s'étendit alors vers le sud, enfermant la Cité de manière efficace aussi bien en mer qu'à terre.

Puis, à l'est, au milieu de l'été, une catastrophe survint. La Troisième Maritime, la première infanterie de la Cité, qui n'avait pas connu la défaite depuis plus de deux ans, fut annihilée à la bataille de Salaba, surprise par une tempête et une inondation aussi violentes que soudaines. Le légendaire général Ren Thoring, à la tête d'une force combinée de Bleus, avait l'avantage du terrain au moment du déluge. Ses troupes tenaient une petite colline, et cette maigre élévation permit à ses soldats, quand l'eau commença à se retirer, de récupérer les premiers. Les fantassins de la Cité pataugeaient encore lorsque les Bleus lancèrent l'assaut. Plus de vingt mille guerriers de la Cité furent tués dès le premier jour, et trente mille autres les jours qui suivirent. Ce fut la pire défaite connue par une armée de la Cité depuis la Retraite d'Araz. La Cité se retrouva vulnérable sur son long flanc est. Pendant un moment, le coup qu'elle reçut au moral parut mortel.

Pendant ce temps, Rubin ne fit que dormir et rêver.

Les égouts de la Cité, qui s'étendaient au-delà de ses remparts et s'enfonçaient bien plus profondément que ses bâtiments ne s'élevaient, étaient habités depuis la nuit des temps par des milliers de personnes qui se faisaient appeler les Habitants. Ils avaient baptisé les égouts les Halls, car sous la Cité se cachaient des merveilles d'architecture, construites à une époque largement révolue, quand les meilleurs bâtisseurs et ingénieurs au monde s'attelaient à construire les souterrains les plus vastes que l'homme ait jamais connus.

Dans les Halls régnaient le désespoir et le danger. Ils constituaient pourtant un sanctuaire pour tous ceux qui, nombreux, fuyaient l'armée, les machinations de l'empereur, ou parfois la vie elle-même. Ils accueillaient les criminels, les victimes injustement accusées, les déserteurs de l'armée, et les garçons et filles de seize ans qui n'avaient d'autre choix s'ils ne voulaient pas connaître une fin misérable dans les rangs de l'infanterie. On y trouvait aussi des bouchers, des boulangers, des ciriers, des marchands d'épices et de teintures, privés de leur gagne-pain quand les embargos sur le commerce avaient commencé à se faire douloureusement sentir. C'était un lieu d'accueil pour les forts, et aussi – quoique brièvement – pour les faibles. Pour les cannibales et leurs proies. Pour les écumeurs. Pour les spectres.

Et, pendant deux longues années, pour Rubin Kerr Guillaume.

À sa majorité, contrairement à sa sœur Indaro, on ne lui avait pas imposé de suivre les agents de l'armée de la Cité venus le chercher chez lui, pour lui faire endurer un entraînement symbolique, lui attribuer l'armure et les armes d'un soldat mort, et l'envoyer dans les rangs de l'infanterie afin d'y vivre ou d'y mourir. Il n'avait pas, comme nombre de ses jeunes amis courageux, marché fièrement vers cette sombre destinée commune.

Au lieu de quoi, la nuit précédant son seizième anniversaire, il avait rédigé une lettre d'excuses à l'intention de son père et s'était faufilé par une porte de service de la maison grise qui trônait sur l'Éperon. Évitant les gardes, il avait descendu la falaise, se tenant à l'écart de la route en lacets qui menait vers la Cité, et avait fini par trouver l'escalier caché taillé dans la roche. Un homme adulte aurait éprouvé quelque réticence à se risquer en plein jour le long de ces marches raides, mais Rubin était alors dans la fleur de son arrogante jeunesse. Ce fut à la lueur de la lune qu'il entreprit de les descendre, et, à l'heure du petit déjeuner, il se trouvait au fleuve du Pied-de-Chèvre.

La Cité n'était rien d'autre qu'un charnier. Rubin avait senti l'odeur du sang et de la mort sitôt le bord de l'Éperon atteint. Ne distinguant rien dans la nuit, il avait baissé les yeux sur les centaines de lieues de brique, pierre, marbre, roche, bois et eau qui formaient la cité la plus puissante et la plus ancienne du monde. Bien qu'ayant vue sur elle depuis l'endroit où il avait toujours vécu, il n'y était encore jamais entré.

Du fait de son jeune âge, il croyait pouvoir vaincre l'adversité, quelle qu'elle soit, car il était le rejeton de deux grandes Familles qui avaient exercé leur pouvoir pendant des générations – mais pas au cours de ces derniers siècles, il était vrai. Lorsqu'il avait découvert l'étroit conduit dont on lui avait parlé, et qu'il s'était enfoncé pour la première fois dans l'obscurité des Halls, il l'avait fait avec un courage à la fois inné et découlant de sa fierté due à son rang et à son éducation. Ainsi qu'à son expérience cruellement limitée de la vie.

À l'intérieur, il s'attarda près de l'entrée et respira l'air sombre avec parcimonie. Il toussa et cracha. Ce n'était pas si mal. Il observa les alentours. Le Pied-de-Chèvre, qui lui avait paru si insignifiant à la lumière du jour, s'écoulait via un canal étroit dans un grondement assourdissant. Sur l'une des rives du large cours d'eau, des marches basses descendaient dans les ténèbres. Rubin s'accroupit et sortit de son sac à dos des bâtons de phosphore volés dans les cuisines familiales, et alluma la première de ses précieuses torches. Il avait conscience qu'elles ne dureraient pas longtemps, mais il était convaincu que, d'ici là, il aurait découvert quelle monnaie d'échange était utilisée par les gens qui vivaient là-dedans. Il avait confiance en beaucoup de choses.

Son brandon tenu bien haut et la main sur son long couteau, un cadeau de sa sœur, il inspira à fond et se mit en route.

Il marcha tout droit pendant ce qui lui parut des heures. Il ne rencontra personne et n'entendit rien hormis le bruit de l'eau qui coulait et le cliquetis des griffes de rats qu'il ne voyait pas. L'odeur devint plus forte. Il fut presque soulagé d'apercevoir une lueur au loin. Il resserra sa prise sur son couteau, sentant le contact familier du cuir doux dans sa paume. Rubin savait qu'il était mauvais au combat. Le maître d'armes, Gillard, le lui avait suffisamment répété. Il n'avait jamais repris les cours d'escrime, mais Indaro lui avait appris à manier le couteau, et il se savait rapide, ne serait-ce que pour prendre la fuite.

La lumière vacillante de la torche se rapprocha. Le garçon s'arrêta, le cœur battant. Trois hommes émergèrent de l'obscurité : deux minces, l'autre corpulent et barbu. Comment était-il possible de manger en quantité en ces lieux ? se demanda Rubin avec la partie de son cerveau qui n'était pas engourdie par la peur. Peut-être venait-il d'arriver, comme lui. Il afficha un sourire affable, malgré le sang qui battait à ses oreilles et son impression d'avoir un moineau emprisonné dans la poitrine.

— Comment t'appelles-tu, jeune homme ? demanda le costaud lorsqu'ils arrivèrent à sa hauteur.

Il tenait négligemment une épée dans la main droite. Elle était vieille et semblait avoir bien servi.

— Adolfus, mentit aussitôt Rubin. Je suis nouveau ici, mon brave.

Le gros homme regarda ses amis avec un sourire.

— Ça se voit, répliqua-t-il. C'est un beau couteau que tu as là. Brillant comme un sou neuf.

— Oui. Il brille parce que je l'affûte très souvent, voyez-vous.

L'homme hocha la tête d'un air grave.

— Si tu es nouveau, dit-il, tu ne connais pas les règles. Les armes sont interdites, ici, dans les Halls.

Rubin posa les yeux sur la panoplie d'épées, de couteaux et de gourdins que transportaient les hommes à eux trois.

— Vous avez un avantage sur moi, déclara-t-il. Vous connaissez mon nom, mais j'ignore les vôtres.

— Inutile de s'embarrasser de présentations, répondit l'homme. Contente-toi de me donner ton couteau de chasse et ton sac. Ces beaux bâtons tout neufs valent plus que de l'or, par ici.

Rubin recula d'un pas.

— Dans ce cas, ce serait idiot de ma part de m'en séparer, non ?

Il ignorait totalement comment il allait survivre à cette mauvaise rencontre, ne pouvant guère s'échapper. Il était tout à fait capable de semer ces hommes, mais que ferait-il ensuite ? Il retournerait chez lui ? Il avouerait à son père qu'il avait pris la fuite à deux reprises en une journée ? Jamais. Il brandit son couteau, essayant de se remémorer ce qu'il avait appris pour se défendre.

Le gros homme se jeta sur lui, le visant à la tête avec son épée. Sans quitter sa position, Rubin s'écarta et la lame lui frôla le visage d'un cheveu. Il fit un pas en avant et donna un coup de couteau. L'autre avançait toujours et à cause de son poids le couteau s'enfonça profondément dans son ventre. La cible était grosse. L'homme s'effondra à terre, son cri horrible se muant rapidement en un miaulement étouffé. Rubin arracha son couteau et s'avança vers les deux autres, qui s'enfuirent.

Fou de joie, Rubin sentit son cœur battre la chamade. L'affaire avait été d'une simplicité ridicule. Le gros homme était si lent ! Comment un feignant pareil était-il parvenu à survivre ici ? Un feignant doublé d'une brute devait bien avoir des compétences pour survivre, mais lesquelles ? Il regarda l'homme à terre qui, les yeux révulsés, respirait bruyamment. Devait-il l'achever ? Finalement, il l'abandonna dans le noir à son agonie.

Toutes ses journées ressembleraient-elles à celle-ci ? Devrait-il se battre pour rester en vie ? L'issue de cette altercation l'encouragea, et, avec son couteau, il fendit l'air humide, se demandant s'il aurait dû emporter une épée. Il se sentait prêt à affronter n'importe qui.

Ce fut donc avec consternation qu'il se retrouva ensuite face à un groupe de sept voyous, tous armés d'épées, mené par deux hommes minces, venus peut-être pour venger leur camarade. Ils émergèrent de l'obscurité comme une petite armée, à la lueur des torches, leurs bottes cloutées martelant la pierre, dans les cliquetis du métal et les craquements du cuir. Lorsqu'ils repérèrent Rubin, ils se mirent à crier et s'élancèrent vers lui, agitant leurs armes.

Rubin fit demi-tour et s'enfuit.

Il courut sur la pierre mouillée, brandissant sa torche. Il était plus rapide que ses poursuivants, mais de peu. Il trébucha à plusieurs reprises sur le sol lisse et, une fois, se cogna le genou si fort qu'il craignit de l'avoir brisé. Les autres semblaient plus habiles. Lorsqu'il jeta un coup d'œil en arrière, il vit qu'ils gagnaient du terrain. Sa torche flamboyante le rendait trop repérable. Même s'il redoutait le noir, il savait qu'il devait s'en séparer. Il choisit le bon moment. Un instant auparavant, il était passé devant un tunnel perpendiculaire. Il l'avait remarqué parce que l'air plus que fétide qui en sortait lui avait soulevé le cœur. Il jeta un regard furtif derrière lui. Les hommes se rapprochaient. Le tunnel atteint, Rubin jeta sa torche et plongea dans les ténèbres.

Le groupe décida de se séparer. Trois hommes empruntèrent la voie latérale où était tombée la torche tandis que les autres continuèrent le long du tunnel principal. Ils faisaient du boucan, grognaient, juraient, criaient tandis qu'ils cherchaient le garçon. Ils découvrirent le corps de leur ami, à présent mort pour de bon. L'une des brutes exprima bruyamment et de manière très inventive tout ce qu'il ferait subir à Rubin lorsqu'il lui mettrait la main dessus.

Mais ils ne le trouvèrent pas, et, après avoir lancé plusieurs chapelets de jurons, ils finirent par s'éloigner, laissant le cadavre pourrir dans le noir. Leurs bruits résonnèrent longuement, et il s'écoula un long moment avant que Rubin n'ose sortir de sa cachette. Dans le noir complet, il se traîna hors de l'eau, à l'endroit où il était parvenu à rejoindre un muret de soutènement visqueux. Il n'en revenait pas que la bande de brutes ne l'ait pas cherché dans l'eau. Ce ne fut que plus tard qu'il apprit que, pour les Habitants, tomber dans le courant ne signifiait qu'une chose : la mort. Cette croyance était si profondément ancrée dans les esprits que, même si l'eau d'ici était relativement fraîche du fait de sa provenance récente de l'extérieur, les voyous ne songeaient jamais à explorer cet endroit.

Frissonnant dans ses vêtements trempés, tremblant toujours de peur d'être capturé, Rubin s'accroupit et fit le point sur la situation. Il possédait toujours son couteau, mais avait perdu son sac. De plus, il avait froid, faim, et il faisait noir comme dans un four. Sa seule option possible, hormis rebrousser chemin vers la lumière du jour, était d'attendre qu'une personne passe avec une torche puis soit se lier d'amitié avec elle, soit la suivre. Son pouls retrouva lentement un rythme normal. Il décida de dormir un peu. Tâtant la paroi rocheuse, il découvrit une niche profonde et tenta de s'installer confortablement. Il somnola, son corps se réchauffant légèrement, ses craintes s'éloignant.

Puis les rats arrivèrent. Il sentit quelque chose remonter le long de son bras et tressaillit. Somnolent, il balaya négligemment la chose d'un revers de la main. Ce fut alors que de minuscules griffes agrippèrent sa peau nue. Il se réveilla d'un coup, se redressa d'un bond et cria, se débarrassant des animaux réels ou imaginaires qu'il avait sur le corps. Frémissant, il renversa la tête en arrière et hurla à pleins poumons pour évacuer ses émotions et faire fuir les rats.

Après cet épisode, il n'eut d'autre choix que de reprendre la route. Il avança le long de la paroi en gardant les doigts sur la roche, testant chacun de ses pas avant de poser le pied, à la recherche de trous ou de marches branlantes. Malgré son épuisement, il ne supportait pas l'idée de s'asseoir de nouveau.

Des jours entiers semblaient s'être écoulés. Rubin continuait à progresser lentement, engourdi par la fatigue et la peur. Il entendit un faible bruit et s'arrêta, retenant son souffle, le cœur battant la chamade. Ce n'était ni les rats ni les pas lourds d'hommes en marche. Il regarda autour de lui, essayant de deviner d'où provenaient les bruits, à la recherche d'une lumière. Il repéra une vague lueur sur sa droite et cligna rapidement des yeux pour ajuster sa vue. Oui, c'était bien une torche en mouvement. Il passa les doigts sur la paroi dans l'idée de trouver une cachette, mais il n'y en avait aucune. Seule la roche se dressait d'un côté, et le cours d'eau s'écoulait de l'autre. À mesure que la lumière approchait, il remarqua qu'il n'y avait qu'une seule flamme. Il devait y avoir trois personnes tout au plus. Il se demanda si elles se montreraient amicales.

Enfin, une silhouette émergea sous la lueur vacillante d'un brandon. Celui-ci était tenu par un petit homme qui se dandinait étrangement. Il paraissait inoffensif. Sa lumière faiblissait. Depuis l'obscurité, Rubin le regarda s'arrêter et sortir de son sac une torche neuve, qu'il alluma avec l'ancienne d'une main experte. Progressant lentement, il faisait attention où il posait les pieds, balançant sa torche d'avant en arrière pour illuminer le chemin humide et traître qui se déroulait devant lui.

Empoignant son couteau, Rubin prit une profonde inspiration et apparut dans le halo de lumière. En un clin d'œil, le petit homme fit volte-face et se hâta de repartir en sens inverse.

— Je ne vous ferai rien ! lança Rubin. Je ne vous veux aucun mal !

L'homme n'interrompit pas sa course, mais il était âgé et Rubin savait qu'il pouvait le rattraper. De plus, songea-t-il, il lui suffisait de suivre la lumière. Comme s'il avait saisi cette pensée, l'homme jeta son brandon et disparut. Rubin se précipita dessus et le ramassa avec reconnaissance, sentant la chaleur d'une autre main sur le bois rugueux. Il resta sans rien dire un moment.

Le bruit des pas furtifs s'était évanoui. Le silence régnait. À l'affût du moindre son ou mouvement, Rubin se mit en marche. Il n'avait pas peur du vieil homme ; au contraire, il était en mal de compagnie.

— Je ne vous veux aucun mal ! répéta-t-il dans les ténèbres. J'aimerais avoir des renseignements.

Seul le silence lui répondit.

— J'ai de l'or, mentit-il. Je vous en donnerai en échange de quelques informations.

Le silence s'épaissit. Visiblement, l'Habitant n'était pas près de lui faire confiance. Puis, tout à coup, il surgit de l'obscurité sur sa droite, frappa Rubin de son corps grêle, cherchant à récupérer la torche de ses doigts fébriles. Le garçon le repoussa aisément, et le vieillard tomba à genoux avant d'essayer de fuir. Rubin lâcha le brandon et plongea vers l'homme, ne voulant surtout pas rester seul. Il l'attrapa par son cou frêle. L'Habitant tremblait, mais Rubin ignorait si c'était la peur ou la maladie.

— Je ne vous veux aucun mal, lui promit-il. J'ai besoin d'aide.

Le vieux était vêtu de plusieurs couches de haillons crasseux, glissant de graisse sous les mains de Rubin. Son visage cireux était d'une pâleur extrême. Il fusilla Rubin de ses yeux noirs comme la nuit, mais il semblait à bout de forces. Il ne put que regarder autour de lui, s'assurant de la présence de son sac.

Rubin le libéra prudemment, saisit la torche et s'adossa à la paroi rocheuse, s'efforçant de ne pas avoir l'air trop menaçant.

— Je m'appelle Rubin, dit-il. (Au bout d'un moment, il ajouta :) Là, vous êtes censé me dire comment vous vous appelez.

Son nouveau compagnon l'observa d'un air soupçonneux. Puis il fit sursauter Rubin en hurlant brusquement :

— Quel est notre cap, mon garçon ?

Rubin fronça les sourcils.

— Je n'en sais rien. J'espérais que vous pourriez me le dire, monsieur.

L'homme ne cessait de scruter les alentours, comme s'il s'attendait à voir les camarades de Rubin surgir du tunnel, telle une armée.

— Je suis tout seul, moi aussi, enchaîna Rubin en affichant ce qu'il espérait être un sourire rassurant. Répondez à une question, et je vous donne du feu pour votre torche.

— Tu as des os, mon garçon ? brailla le vieil homme.

Rubin se rendit compte qu'il devait être sourd. Il ignorait totalement ce que l'Habitant voulait dire, et apparemment ce dernier ne le comprenait pas. Il secoua la tête.

— Répondez à une question, répéta-t-il en criant à son tour. Dites-moi où je peux me reposer en toute sécurité.

Le vieil homme ne dit rien. Il se leva doucement, ramassa son sac et en vérifia le contenu, comme s'il craignait que Rubin ne l'ait volé. Puis il fit signe au garçon de le suivre. Ils ne tardèrent pas à quitter le chemin principal pour suivre une fente étroite dans la roche. Ils arrivèrent dans un autre tunnel. Son compagnon s'engagea alors dans un escalier raide, Rubin sur ses talons. Bien que tenant toujours la torche, il avait peur d'être abandonné. L'odeur s'intensifia à mesure qu'il descendait, et il vomit le peu que son estomac contenait. Le vieil homme jeta un coup d'œil en arrière et tourna à gauche, s'engouffrant dans un escalier presque vertical, qui menait toujours plus bas.

Rubin fit une pause pour reprendre son souffle. Il avait l'impression d'être à la croisée des chemins. Il pouvait encore faire demi-tour et, peut-être avec l'aide du vieil homme, retrouver la sortie vers la lumière du jour et le réconfort de sa maison. Mais à cette heure-ci les soldats de l'empereur devaient être arrivés à l'Éperon pour l'enrôler dans l'armée. S'ils ne le trouvaient pas, ils reviendraient sûrement.

Mâchoires crispées, il adressa un adieu silencieux à la vie qu'il avait toujours connue. Il suivit son nouvel ami dans l'enfer des Halls, fuyant la lumière et l'espoir pour gagner un monde où la détresse, tapie comme un crapaud, guettait et dévorait de braves garçons au petit déjeuner.

Chapitre 5

Le blessé se tordait de douleur, luttait contre ceux qui le tenaient captif, hurlait sa rage et sa souffrance. C'était un homme fort en dépit de ses blessures, et ils avaient bien du mal à le maîtriser. Un vétéran musclé était assis sur sa jambe valide tandis que deux autres le plaquaient aux épaules. Le chirurgien lui tranchait la cuisse sans faiblir. Ses bras et son tablier étaient couverts de sang. Dans la chaleur de l'été, la puanteur de l'angoisse et de l'hémoglobine soulevait le cœur.

Valla avait pour tâche de compresser la grosse artère qui courait le long de la cuisse du blessé et de la pincer pour empêcher le liquide vital de gicler sur eux. C'était aussi glissant qu'une anguille, et, comme une anguille, elle semblait être dotée d'une vie propre, mais Valla la maintenait consciencieusement. Ce n'était pas sa première amputation.

Le chirurgien, un homme âgé du nom de Pindar, laissa tomber son couteau et s'empara de la scie dentelée à terre. Il entreprit de scier l'os apparent de la cuisse. Le patient hurla de douleur avant de s'immobiliser brusquement.

— Il est mort ? demanda Pindar sans cesser de scier.

Parfois, le cœur du plus robuste des hommes lâchait à ce moment-là.

L'un des auxiliaires chercha tranquillement le pouls sur son cou.

— Dans les vapes, constata-t-il.

Pindar grogna. Puis, avec un juron sonore, il jeta la scie et en prit une autre au sol. *Émoussée*, songea Valla avec désespoir. *Elles sont toutes émoussées*.

Heureusement, l'homme resta évanoui jusqu'à ce que sa jambe soit découpée et jetée sur le tas de membres amputés, dérangeant un nuage de mouches. Le moignon à vif fut enduit de goudron brûlant. Les auxiliaires soulevèrent ensuite le patient et le portèrent jusqu'à la tente où les amputés récents et d'autres soldats entre la vie et la mort partageaient une bien sombre camaraderie.

Pindar congédia Valla en la remerciant d'un hochement de tête. Elle sortit dans les rayons du soleil et tendit le visage vers la lumière. Elle passa devant les trois tentes pleines de blessés et se mit en route vers le ruisseau bordé d'arbres qui avait décidé les chirurgiens à planter leurs tentes à cet endroit. Impatiente de se débarrasser de l'odeur nauséabonde du sang et de la peur, elle prit une bouffée d'air pur, mais même ce petit mouvement de sa poitrine provoqua une vive douleur dans son bras blessé, en plus de celle, profondément ancrée, qui ne la quittait jamais. Comme d'habitude, elle essaya de l'oublier et de se réjouir du parfum frais des montagnes. Dans la Cité, songea-t-elle, si loin au sud, l'été était toujours une période affreuse. Les malades, les personnes âgées et les très jeunes enfants mouraient chez eux à cause de la chaleur et du manque d'eau. La ville entière puait la pourriture et la charogne. Les soldats, vêtus de cuir et de leur armure, redoutaient cette saison. Elle aussi détestait la Cité pendant la canicule. Néanmoins, elle regrettait de ne pas y être, avec les Chiens de Guerre, plutôt que dans ces montagnes froides couvertes de pins. Les arbres majestueux, d'un vert foncé, étaient remplis de sève, et le sol moelleux était tapissé de millions d'aiguilles accumulées depuis des centaines d'années. Être coincée ici la rendait folle.

Elle traversa le ruisseau bouillonnant pour rejoindre l'autre rive puis s'agenouilla et laissa l'eau laver grossièrement le sang qui maculait son bras valide. Elle s'assit ensuite au bord du cours d'eau et leva les yeux vers l'Encoche de la Couturière. Ce jour-là, la bataille avait commencé peu après l'aube, comme presque toujours. Le vent venait du sud, aussi les bruits étaient-ils étouffés : le choc du métal, les cris des blessés. Valla avait cessé de compter combien de batailles avaient eu lieu depuis son arrivée ici avec Leona et les autres Chiens de Guerre, six mois auparavant, quand la terre était couverte d'une neige pure, et que Valla était encore un membre estimé des Mille. À présent, elle n'était qu'un larbin, bonne à panser les plaies, à aller chercher les blessés, les porter, les nettoyer, écouter leurs grognements et leurs complaintes, de jour comme de nuit. Sa précieuse armure noir et argent avait été peu à peu dispersée, une pièce après l'autre. On les lui avait volées ou on les avait données à d'autres guerriers. La dernière à partir avait été son casque, plus petit que la moyenne, trop étroit pour la plupart des soldats. Il s'était quand même évaporé un jour où elle avait le dos tourné.

Elle essayait d'accepter son sort, de se rendre utile. Mais, avec son bras fichu, c'était limité, songea-t-elle.

L'hiver précédent, Marcellus avait confié les rênes du commandement au général Dragonard puis les avait quittés, peut-être pour rentrer à la Cité. Il avait laissé les Chiens de Guerre derrière lui pour soutenir la campagne du général visant à prendre l'Encoche, ce qui ne devait durer que quelques jours. Mais les Bleus s'étaient montrés plus résistants que Marcellus ne l'avait prévu. Six mois plus tard, au plus chaud de l'été, ils tenaient toujours l'Encoche, malgré l'épuisement qui touchait les deux camps.

Valla avait été blessée un mois et demi auparavant dans une bataille opposant les Chiens aux scarabées mulanais, l'infanterie lourde bleue la plus redoutée. Elle était composée d'hommes à la peau noire caparaçonnés de la tête aux genoux, tous aussi grands que des arbres, et deux fois plus lents qu'elle. Mais difficiles à éliminer.

Valla avait été attrapée par surprise et par vanité. D'un coup de lance, elle avait transpercé deux scarabées, l'un dans le genou, l'autre dans une faille de son armure, et avait reculé d'un pas, grisée par la victoire, sans voir qu'un troisième guerrier avait surgi derrière elle. Il l'avait frappée au biceps de tout le poids de sa massue, une arme lourde de fer et abattue par des muscles puissants. Le bras de Valla avait été pulvérisé. Elle était tombée aux pieds de son vainqueur, impuissante, sonnée par l'horrible douleur. Le scarabée avait soulevé sa masse pour lui porter le coup fatal.

C'était Leona qui l'avait sauvée. Alors qu'elle combattait un autre scarabée à vingt pas de là, la commandante des Chiens de Guerre avait esquivé un coup de broadsword, pivoté sur ses talons et lancé sa dague sur celui qui brandissait la massue, l'atteignant au cou. La lame ne s'était pas enfoncée, mais cela avait suffi à le distraire brièvement. Leona avait abandonné son propre adversaire pour courir aux côtés de Valla. Se tenant au-dessus de son amie, elle l'avait défendue, sans relâche, jusqu'à tuer le scarabée.

Les os de l'avant-bras de Valla s'étaient cassés net, mais ceux du bras avaient été pulvérisés. Le chirurgien lui avait dit qu'il fallait le couper au niveau de l'épaule, mais Valla avait refusé, protestant faiblement tout en luttant pour ne pas perdre connaissance, défendant son bras comme Leona l'avait défendue, elle. Tout comme elle refusait qu'on l'ampute, elle avait refusé de s'évanouir, s'accrochant avec constance : elle savait que la scie ferait son œuvre sitôt qu'elle ne serait plus en mesure de dire « non ». Une fois de plus, Leona était venue à son secours et avait demandé au chirurgien d'attendre quelques jours pour voir si le membre commençait à guérir. À regret, Pindar y avait consenti. Il avait autant que possible remis les os brisés en place, puis bandé le bras en y posant des attelles, le plaçant en travers de la poitrine de Valla. Il y était toujours. Il n'avait pas guéri et la faisait constamment souffrir, mais Valla ne perdait pas espoir et priait chaque jour Aduara d'améliorer son état. Et, chaque jour, elle observait le bout de ses doigts d'un blanc cireux cadavérique qui dépassaient du bandage crasseux, souhaitant qu'ils ne noircissent pas.

Quelques jours à peine après sa blessure, les Chiens de Guerre avaient reçu de nouveaux ordres. Leona et sa centurie étaient parties, l'abandonnant derrière eux, Chienne estropiée sans foyer ni avenir.

— Je peux t'enlever ce bras en un rien de temps, lui disait parfois Pindar, quand elle fut remise sur pied. Je peux faire venir un joueur de bugle. Le temps qu'il souffle dix fois dans son instrument, ton bras aura disparu et tu commenceras à guérir.

Valla savait qu'il souhaitait ce qu'il y avait de mieux pour elle, mais elle ne l'acceptait pas. Les rangs arrière de chaque armée étaient pleins de combattants manchots, mais en général ils avaient été amputés au niveau du poignet, ou juste au-dessus du coude, et ils pouvaient attacher un bouclier au-dessus de leur moignon. Ce ne serait pas son cas, et elle serait un fardeau pour les autres. Personne ne lui ferait assez confiance pour combattre à ses côtés. Et, si elle ne pouvait plus se battre, que ferait-elle ?

Les larmes lui montèrent aux yeux. Elle regrettait de ne pas avoir le courage de se faire couper le bras. Elle regrettait qu'on ne le lui ait pas tranché net sur le champ de bataille. Parfois, elle avait envie de prendre son épée et de monter là-haut, à l'Encoche, pour rejoindre les hommes et les femmes qui, chaque jour, mouraient honorablement, d'une mort utile, valeureuse, auprès de leurs camarades.

Toujours assise au bord du ruisseau, elle entendit un raclement de sandales sur le sol et regarda autour d'elle. Un soldat grimpait vers elle. Il s'assit sur l'autre rive. Ils se saluèrent d'un signe de tête. Elle le reconnut : il s'était fait amputer sa main lacérée et serait bientôt prêt à reprendre sa place dans les rangs. Mais il ne pouvait se battre à l'Encoche, car il était essentiel d'avoir ses deux mains sur ce terrain rocheux et escarpé. L'homme, dont elle avait oublié le nom, devait retourner à la Cité pour être réaffecté.

Elle baissa les yeux, évitant de regarder son moignon en voie de guérison. La jalousie l'envahit. Que ce guerrier puisse de nouveau combattre un jour, avec un crochet à la place de la main ou un manchon en cuir sur son moignon, la rendait malade. Pouvant se servir d'un bouclier, il était par conséquent jugé apte au combat. Il lui sourit. Elle s'obligea à se fendre d'une grimace qui ressemblait à peu près à un sourire.

— Comment va ton ami ? demanda le soldat.

— Mon ami ?

— Celui que les dieux de la mort ont renvoyé. Boutefeu.

Elle acquiesça.

— Toujours vivant.

Boutefeu suscitait l'émerveillement de tous. Ce soldat aurait dû mourir l'hiver dernier, transpercé par une lance ennemie. Quand on l'avait découvert, agonisant, on lui avait remis les tripes en place pour le conduire sous la tente des mourants. Mais il avait survécu. Déjà maigre, il n'avait plus que la peau sur les os, et pas plus de chair sur lui qu'un papillon. Quand Valla avait commencé à s'occuper de lui, c'était une créature frêle, pâle, couverte de plaies, aux yeux creux. Il avait le visage d'un vieillard. Chaque jour, elle l'avait nourri avec opiniâtreté, s'assurant qu'il avait sa soupe. Parfois, il s'étouffait en mangeant. Alors elle le tournait sur le côté, léger comme une plume, et laissait le liquide couler hors de sa bouche avant de procéder à un nouvel essai. Sa volonté de vivre était devenue légendaire.

Quelques jours auparavant, il avait commencé à bouger, les muscles tressaillant, déglutissant mieux, les paupières frémissantes comme s'il rêvait. Valla avait lavé son corps décharné et lui avait raconté sa vie chez les Chiens de Guerre, les batailles qu'ils avaient menées, la bravoure dont faisaient preuve les guerriers de la Cité. Elle aurait tellement voulu qu'il se réveille. Elle ignorait son nom – personne ne le connaissait –, mais tout le monde le surnommait « Boutefeu » à cause de ses cheveux flamboyants. Valla se demanda de quelle couleur étaient ses yeux.

Elle leva la tête. Le soldat manchot la déshabillait du regard. Elle soupira. Elle connaissait la suite : il s'apprêtait à lui faire un compliment. Ils le faisaient toujours, une fois habités d'une vigueur renouvelée.

Le soldat se racla la gorge et dit :

— Il paraît que tu étais une excellente guerrière.

Valla ricana, partagée entre l'amusement et le désespoir. Elle se leva, lui adressa un signe de tête relativement aimable puis retourna vers le campement. La bataille faisait toujours rage sur les hauteurs. Les bruits lui parvenaient dans l'air pur. Il y aurait encore des pertes. Elle décida d'aller voir Boutefeu avant d'être débordée.

Les tentes médicales n'étaient que de frêles tunnels ouverts aux extrémités. Chacune abritait plus de cinquante patients. Faites de toile fine, elles offraient une ombre bienvenue par cette chaleur estivale et une piètre protection contre les vents glacés du nord, en hiver. La tente la plus éloignée, séparée des autres, était réservée à ceux dont l'état nécessitait peu de soins, ou qui étaient sur le point de retourner au combat. Elle était claire et aérée, bien à l'écart des bruits et des odeurs des blessés récents ou des soldats condamnés. La paillasse de Valla était située tout au bout, à un endroit parfait, au bord d'une saillie qui dominait le sud, vers la Cité lointaine. Au cours des soirées d'été silencieuses, elle s'y allongeait pour contempler le vol des aigles sur les courants chauds.

Elle passa entre les lits et échangea quelques mots avec les soldats, hommes et femmes, étendus, assis ou debout. La plupart d'entre eux combattraient une journée de plus, bien que certains aient des blessures à la tête qui finiraient par les condamner. Quelques-uns souffraient de perte d'équilibre ou de manque de coordination ; d'autres n'avaient aucune idée de ce qui se passait autour d'eux. En voyant ces guerriers, elle se rappela qu'Aduara avait été clémente envers elle.

Elle avait placé la paillasse de Boutefeu en face de la sienne pour pouvoir garder un œil sur lui. Il était allongé sur le côté, dans la position où elle l'avait mis pour lui donner à manger, aux premières lueurs du jour. Elle s'arrêta pour regarder les mouvements imperceptibles de son dos et de ses épaules, sa respiration faible, à peine visible, qui prouvait qu'il était encore en vie. Ses cheveux roux, devenus longs, étaient retombés sur son visage. Elle le dégagea. Elle cessa brusquement de respirer.

Il avait les yeux ouverts.

Valla s'approcha et lui toucha doucement l'épaule.

— Bonjour, souffla-t-elle. (Elle regretta de ne pas connaître son nom.) Boutefeu.

Mais il referma les paupières. Un instant plus tard, celles-ci se mirent à frémir. Valla se dit qu'il avait dû de nouveau plonger dans ses rêves.

Rubin et le vieil Habitant, un ancien marin appelé capitaine Starky, comme il l'apprit par la suite, descendirent ensemble dans les égouts pendant ce qui parut une éternité, jusqu'à ce que Rubin croie avoir atteint le centre de la Terre. Enfin, ils remontèrent lentement. Rubin sut plus tard que le capitaine évitait les passages les plus dangereux des Halls, où les écumeurs rôdaient, prêts à voler, assassiner et pis encore.

Tandis qu'ils marchaient et grimpaient péniblement, le chemin était parfois humide et boueux, et le rugissement de l'eau tombant en cascade résonnait constamment à leurs oreilles. À d'autres endroits, le sol était aussi sec que la poussière, comme s'il n'avait pas vu d'eau depuis un siècle. La plupart du temps, ils empruntaient des tunnels taillés dans la roche ou formés par des crevasses naturelles, puis Rubin s'apercevait tout à coup qu'ils traversaient une salle abandonnée, avec ses meubles couverts de toiles d'araignées. Il pressait alors le pas, ayant la désagréable impression que des fantômes l'observaient à travers les fenêtres aveugles.

La Cité s'enfonçait en permanence. À mesure que son niveau baissait, les pièces des rez-de-chaussée devenaient des caves, et celles du premier étage devenaient des rez-de-chaussée. En une ou deux générations, une maison pouvait disparaître totalement, descendant très lentement dans les Halls comme un ascenseur dans un puits de mine.

Alors que Rubin luttait pour ne pas se laisser distancer, le capitaine observait le sol, à la recherche d'éventuelles trouvailles. De temps à autre, il se précipitait sur le côté, faisant signe au garçon de le suivre avec sa torche, puis fondait d'un air triomphant sur un débris. Il l'inspectait ensuite de près, le reniflait. S'il estimait qu'il avait de la valeur, il le fourrait dans son sac. Rubin vit que celui-ci contenait tout un bric-à-brac. Si le vieil homme ne voulait pas de sa trouvaille, il la proposait poliment à Rubin avant de s'en débarrasser. Le jeune homme se demanda si c'était un geste de courtoisie, dans les Halls. Il avait refusé tout ce qu'on lui avait offert, ne souhaitant qu'une chose : boire de l'eau fraîche, se reposer, et ne plus sentir pour un moment cette horrible odeur.

Une fois, le capitaine se rua sur un paquet de boue. Sifflant pour lui-même, il dégagea la boue et découvrit une tortue morte. Malgré sa fatigue, Rubin aurait aimé savoir comment une tortue était parvenue à s'enfoncer si profondément dans les égouts. Le capitaine arracha la chair en décomposition, renifla la carapace, l'emballa dans un chiffon, se tourna vers Rubin et cria ses premiers mots depuis plusieurs heures :

— Un trésor !

Son visage ridé s'illumina de plaisir. Rubin ne put réprimer un sourire.

Ils traversaient une large salle basse quand Rubin se rendit compte qu'il tombait des gouttes. Il brandit sa torche et observa le plafond, d'où pendaient de grosses gouttes d'eau qui tombaient ensuite sur leur tête. *Est-ce de l'eau fraîche ?* se demanda-t-il, la gorge sèche et nouée par le dégoût.

— Puis-je boire ça ? s'enquit-il auprès du capitaine.

Ce dernier haussa les épaules, ce qui ne l'avança guère. Rubin renversa la tête en arrière et ouvrit la bouche jusqu'à ce qu'une grosse goutte y tombe, puis il eut un haut-le-cœur et cracha, les lèvres tremblant de répulsion.

— La pluie, dit le capitaine Starky.

Rubin apprendrait par la suite que les Halls avaient eux aussi leurs intempéries. Il y avait de la pluie, issue de la condensation sur les murs et les plafonds des éclaboussures des barrages et des chutes d'eau, quand les tunnels transpiraient de peur. C'était considéré comme un mauvais présage, ce qui fit partir Rubin d'un rire amer la première fois qu'il en entendit parler. Évoquer ce qui portait malheur dans un endroit aussi affreux semblait ironique. L'expérience lui montra que ce qui portait bonheur était plutôt rare.

Certaines zones étaient beaucoup plus froides que d'autres. En général, plus on s'enfonçait, plus il faisait chaud, mais il faisait bon également dans les lieux où se rassemblaient les hommes, les rats et les insectes. Il y avait aussi des courants d'air : des brises douces et rafraîchissantes, balayant les lourds miasmes qui rendaient maussade et engourdissaient l'esprit, et des vents froids qui, en hiver, s'engouffraient dans les tunnels et glaçaient les os.

C'était un lieu où régnait la peur, la terreur, mais c'était aussi un endroit rassurant. Comme les bras d'une mère, les profondeurs vous enveloppaient chaleureusement, offrant un refuge bienvenu pour fuir le monde extérieur, les agressions. Dans l'obscurité, personne ne vous voyait, aussi les fugitifs et les peureux étaient-ils attirés par elle. On y trouvait non seulement des hommes, des femmes, des rats, des chiens errants, d'innombrables insectes et, de temps en temps, un gulon, mais aussi des vaches, des cochons ou des mules qui passaient leur vie dans les ténèbres. Les chevaux, toutefois – les bêtes les plus sensibles –, ne franchissaient pas les portes des Halls. Si on les y obligeait, ils ne tardaient pas à tomber malades et à mourir.

Parmi les créatures pâles qui ne voyaient jamais la lumière du jour, il y avait des crabes blancs vivant des excréments humains, de grosses limaces orange qui prospéraient le long des murs humides et se traînaient jusqu'à votre lit la nuit, comme en quête de compagnie. On pouvait les manger, quand on n'avait pas le choix. Les seuls animaux élevés en ces lieux étaient les anguilles argentées, qu'on gardait dans de grands chaudrons remplis d'eau fraîche, dans les niveaux supérieurs des Halls. L'unique nourriture qui poussait sous terre était un champignon géant, aussi gros qu'une tête, qui bourgeonnait sur les plafonds. Il était comestible, malgré sa chair caoutchouteuse et son goût atroce. Il vous maintenait en vie si vous n'aviez rien d'autre à vous mettre sous la dent.

La première leçon de Rubin porta sur les zones à éviter : les territoires d'hommes maléfiques, les chemins régulièrement empruntés par les patrouilles de l'empereur, ainsi que les tunnels et conduits les plus dangereux qu'on appelait les entonnoirs. Il apprit que les vieilles tombes exhalaient les essences des morts et que s'aventurer sous un cimetière, c'était se condamner. Les canalisations situées sous les abattoirs et destinées à recevoir le sang devaient également être contournées, car l'odeur y était particulièrement pestilentielle. On disait qu'en respirer une seule bouffée pouvait vous tuer net.

Cependant, Rubin mit du temps à savoir tout cela, car il avait jeté son dévolu sur un professeur pour le moins taciturne.

Le capitaine Starky s'était réfugié dans les Halls après que sa famille eut été décimée par la peste qui avait fait rage au printemps, cinquante années auparavant. C'était un homme bon, bien qu'excentrique, même pour un Habitant. Il se lavait les mains et le visage tous les jours, que ce soit par nécessité ou pas, dans l'eau fraîche que les autres Habitants réservaient uniquement à la boisson. Ses longs cheveux gris étaient soigneusement ramenés en un chignon surmonté d'un filet vert en loques.

Le jour de leur rencontre, quand enfin les deux hommes atteignirent la caverne que le capitaine appelait sa maison, un garçon descendit d'une haute saillie pour les accueillir. Bien plus jeune que Rubin, il le considéra d'un œil noir. Le vieil homme, plus à l'aise, regarda autour de lui comme il aurait contemplé l'océan.

— Quel est notre cap, moussaillon ? cria-t-il.

— Nord-est, capitaine ! répliqua promptement le garçon.

— Au cabestan ! Parez à la manœuvre !

— Oui, capitaine !

Satisfait, le vieil homme hocha la tête puis grimpa jusqu'à une cavité dans la roche abrupte, trouvant sous ses doigts des prises que Rubin ne voyait pas. De son perchoir, il fit signe aux garçons. Ceux-ci, mal à l'aise, échangèrent un regard avant de l'imiter. Durant les deux saisons suivantes, Rubin, le capitaine et le garçon, qui s'appelait Brax, partagèrent la grotte en hauteur sur le mur du Hall de la Queue de Jack, un sanctuaire précieux qu'ils défendirent avec succès contre tous, jusqu'à l'arrivée des écumeurs.

Le capitaine avait toute sa tête, mais il était à moitié sourd et, comme tout le monde dans les Halls, à moitié aveugle. Il comptait donc sur les garçons pour donner l'alerte en cas de menace. Il trouvait un certain réconfort à aboyer des ordres comme à l'époque lointaine où il sillonnait les mers. Après avoir lancé un « Parez à virer ! » ou « La barre au vent ! », le capitaine se calmait et se rendormait.

Starky passait le plus clair de son temps à sculpter des pièces de jeu complexes à partir d'ossements d'animaux, très appréciées par le voisinage. Le capitaine avait donné à Rubin un jeu de six osselets. Il sentait plutôt qu'il ne voyait les minuscules dessins d'oiseaux et de poissons s'ébattant sur l'os lisse et blanc. Il s'émerveillait du talent de ce vieil homme aux mains crochues et à la mauvaise vue. Rubin les chérissait, mais, de nature négligente, il les gardait juste dans sa poche. Vint un jour où, pris dans un déluge soudain, il les perdit. Après la disparition du capitaine, il regretta amèrement cette perte.

Ce fut le capitaine qui enseigna à Rubin la leçon la plus importante sur les déambulations dans les Halls. Elle lui sauva la vie plus d'une fois alors qu'il s'était trop éloigné de la Porte Dévoreuse, cet énorme barrage dont le vacarme constituait un point de repère pour la majorité des Habitants. Peu de temps après leur rencontre, le capitaine s'était précipité sur Rubin, à sa façon, et avait hurlé d'un ton confiant : « Contre le mur, gamin, contre le mur. »

Il avait poussé Rubin, le bousculant jusqu'à ce que, à contrecœur, il plaque son dos au mur du Hall de la Queue de Jack.

— Vois-tu, gamin, contre le mur, c'est l'nord, avait-il indiqué d'un doigt crochu.

— Le nord, oui, avait acquiescé Rubin en tentant de s'écarter.

— Écoute bien, gamin, avait dit brusquement Starky en le repoussant. L'vent dans tes esgourdes.

D'un doigt impatient, le vieil homme avait tâté son oreille droite. Rubin avait tressailli.

— L'vent dans tes esgourdes !

Il avait dévisagé Rubin avec intensité, tripotant sa propre oreille. Rubin comprit alors ce qu'il voulait dire. Dans son oreille droite, il entendait une brise presque imperceptible.

— Ça, c'est l'nord, avait de nouveau affirmé le capitaine, au cas où Rubin n'aurait pas enregistré l'information.

Le garçon avait hoché la tête.

Chaque jour, son intelligence était mise à l'épreuve. Il avait échappé à la mort des centaines de fois, qu'elle se présentât sous le masque de la maladie, sous la forme d'une glissade dans le noir, ou à travers la malveillance des hommes. Pourtant, il resta là. Au bout d'un an ou un peu plus passé dans les Halls, il commença à se dire qu'il savait tout ce qu'il y avait à savoir sur la vie souterraine. Il avait appris à se procurer la plupart des choses qu'il désirait, depuis le verre d'eau fraîche jusqu'au sabre de cavalerie en passant par le bon repas que pouvait lui offrir un hérisson vivant. Il se retrouvait souvent dans des situations périlleuses, pris dans les inondations soudaines, les miasmes venimeux des tunnels, ou à cause des patrouilles de l'empereur. Mais c'était un garçon ingénieux, qui apprenait vite. Si le problème qu'il rencontrait avait des oreilles, Rubin parvenait toujours à s'en sortir avec de belles paroles. Sa confiance en lui-même grandissant, il se croyait maître des Halls.

C'était Rubin qui, dans la fleur de sa jeune fierté, avait rencontré Elija et Emly, le frère et la sœur qui fuyaient des menaces inconnues. Ils étaient trop petits pour se défendre seuls. Em n'avait que quatre ans et ne parlait pas tant elle avait peur. Durant toute une longue saison, il veilla sur eux dans le Hall de Lumière bleue. Il avait l'intention de les garder sous son aile jusqu'à ce qu'Elija soit assez grand pour s'occuper d'eux, ou jusqu'à ce qu'il leur trouve un autre gardien.

Puis vint le jour où on lui apprit que le capitaine Starky avait des problèmes.

Chapitre 6

Valla n'avait encore jamais rencontré quelqu'un qui réfléchissait tant.

Assise en tailleur sur sa paillasse, elle regardait le frêle jeune homme plongé dans ses pensées. Elle lui avait donné un maigre ragoût, avec patience et lenteur. En cette fin d'après-midi, Boutefeu n'avait pas encore parlé, mais il s'était raclé la gorge et avait toussé comme pour réveiller les muscles de sa gorge inutilisés depuis longtemps. Il regardait autour de lui : la tente, les autres soldats, elle, le paysage sous le ciel d'été. Et il réfléchissait. Elle voyait presque les rouages de son cerveau s'enclencher. Elle attendait, impatiente de connaître son histoire.

Enfin, quand le soleil amorça sa descente à l'ouest, il tourna son visage vers elle et, s'éclaircissant la voix une fois de plus, il croassa un mot :

— Marcellus.

Elle se redressa d'un bond et s'agenouilla à son chevet. Les yeux de Boutefeu partaient dans tous les sens et il avait les joues en feu.

— Marcellus, répéta-t-il. Il faut que je lui parle.

— Marcellus est retourné dans la Cité depuis longtemps.

— Dragonard, alors. Fais-le venir.

Un officier, songea-t-elle. Elle avait prédit que ce serait un officier.

— Dragonard est mort. Ça fait quarante jours, répondit-elle.

La disparition de leur général, si populaire, avait été un coup dur pour les Impériaux.

Boutefeu ferma les yeux et resta silencieux un moment. Puis il les rouvrit et contempla le ciel estival.

— Depuis combien de temps suis-je convalescent ? s'enquit-il.

— Depuis cet hiver. Ça fait six mois, maintenant. Tu as été grièvement blessé. Tout le monde croyait que tu allais mourir.

Il la regarda avec insistance, les yeux emplis de désespoir.

— J'avais un message pour Marcellus, annonça-t-il d'une voix soudain tremblante, mais c'est trop tard. (Puis il demanda :) Quelles sont les nouvelles de la Cité ?

Elle le dévisagea, impuissante, ne sachant que répondre. Ils n'avaient aucune nouvelle de la Cité. Et, s'il y en avait, personne ne lui en avait rien dit. Mais Boutefeu avait refermé ses paupières et s'était rendormi.

Derrière elle, elle entendit un cri :

— Valla ! On te demande !

Des blessés, songea-t-elle. Elle se leva d'un bond.

Dès le lendemain, les progrès de Boutefeu étaient remarquables. Il ne pouvait pas se mettre debout, car ses jambes étaient trop faibles, mais il pouvait tenir assis, et Valla s'émerveillait de la quantité de nourriture qu'il était capable d'ingurgiter, comme s'il rattrapait le temps passé à dormir. Elle lui apporta de l'eau fraîche puisée en amont du ruisseau – elle pensait que sa pureté de cristal contribuerait à sa guérison –, ainsi qu'un peu de bière pour qu'il reprenne des forces.

Et il parla. Là encore, on aurait cru qu'il cherchait à rattraper le temps perdu. Il évoqua sa maison sur les falaises qui dominaient la Cité, et sa sœur qui était une guerrière – un simple fantassin, dont il était pourtant fier. Lorsqu'il parla des années qu'il avait passées dans les égouts sous la Cité, Valla fut d'abord tentée de ne pas le croire, car avoir mené une telle existence lui paraissait peu plausible, mais ses histoires regorgeaient de détails précis, et les situations extraordinaires qu'il décrivait la firent sourire. Il raconta aussi son entretien avec Marcellus, lorsqu'on l'avait arraché aux égouts, comme un rat, et qu'on l'avait planté, puant, devant le Premier Seigneur. Il mentionna l'époque où il était espion chez les Odrysiens. La seule chose qu'il taisait était l'information vitale qu'il devait transmettre à Marcellus : une information qui lui parviendrait, de manière presque certaine, six mois trop tard.

Lorsqu'il dit son nom à Valla, elle se souvint du troisième messager et du mot de passe, Rubin. Elle se rendit compte que tout ce qu'il avait dit était vrai, et qu'elle était face à un héros.

— Qui est à la tête de notre force, à présent ? s'enquit-il après un repas composé de pain et de viande séchée.

Il ramassait les miettes tombées sur la fine couverture posée sur son corps fragile. Ce matin-là, elle l'avait rasé, et voyait à présent combien il était jeune. Il avait le regard vif. Tout ce qui se passait autour de lui suscitait sa curiosité. Ses yeux étaient violets.

— Il s'appelle Gaeta, répondit-elle.

Il garda les yeux rivés sur elle.

— De la Famille Gaeta ? Lequel est-ce ? Saul ou Jona ?

Elle haussa les épaules. Elle ne s'intéressait guère aux anciennes Familles de la Cité, ni aux généraux.

Il soupira.

—Tu es plutôt frustrante, comme informatrice, regretta-t-il.

—Je ne suis pas là pour t'informer, rétorqua-t-elle d'un ton aigre. Je suis là pour prendre soin de toi.

—Non, c'est faux, répliqua-t-il. Tu es une guerrière. Tu devrais retourner te battre, et non t'occuper des blessés.

Elle ne répondit pas, mais sourit intérieurement : elle avait désormais un plan. Si Rubin parvenait à convaincre le nouveau général de le laisser regagner la Cité sans tarder, elle pourrait l'accompagner comme garde du corps. Rubin avait laborieusement écrit un message à l'homme en question et Valla s'était chargée, à l'Encoche, de le remettre à un cavalier de confiance. Elle était certaine que la demande de Rubin serait d'abord ignorée. Mais, lorsqu'il serait sur pied, il irait parler au général en personne, et elle le croyait capable de persuader ce Gaeta de l'importance de sa mission. Un homme qui détenait des informations vitales pour Marcellus ne pouvait qu'être pris au sérieux.

Rubin somnolait de nouveau. Valla s'allongea sur sa paillasse. La brise chaude, qui charriait souvent le bruit de la bataille et annonçait les blessés à venir, soufflait cette fois du sud, aussi le silence régnait-il. Valla contempla les collines et le ciel. Celui-ci était blanc en cette fin d'après-midi. De petits nuages d'orage se formaient à l'horizon. L'air sentait la pluie. Elle regarda Rubin. Il dormait.

Elle se mit debout, essayant d'ignorer la douleur fulgurante qui lui traversa le bras, résolue à s'occuper des mourants. Ce n'était pas une tâche qu'elle appréciait, mais, comme tout soldat, elle connaissait bien les cruelles et nombreuses façons de quitter ce monde. Elle se demandait souvent si, une fois son heure venue, elle préférerait être seule ou partager une infime partie de sa souffrance avec un spectateur compatissant. Elle avait beau retourner la question dans sa tête, elle ne trouvait pas la réponse. Elle jeta un nouveau coup d'œil vers Rubin, décidant de lui apporter sa soupe quand elle en aurait terminé.

Sur une impulsion, elle glissa la main sous sa paillasse et en sortit son épée. C'était une bonne lame, qui lui avait sauvé la vie à maintes reprises. À présent, elle ne servait à rien, hormis à tuer la vermine qui, la nuit venue, s'infiltrait sous la tente pour tourmenter ceux qui étaient sans défense. Sa dague était son instrument le plus utile. Elle était passée maître dans l'art d'embrocher les rats qui se faufilaient entre les ombres. Parfois, il était tout de même satisfaisant d'en occire un avec son épée, d'entendre ses os craquer et de voir le sang gicler. Les rats représentaient une nuisance constante, mais pas autant que les mouches en été.

Elle s'apprêtait à remettre son épée en place quand, du coin de l'œil, elle perçut un mouvement à l'extérieur de la tente. La tête casquée d'un homme se dressa derrière les buissons broussailleux qui bordaient le sommet de la falaise. Discrètement, Valla se glissa de nouveau sous la tente et dégaina son épée. Une décharge d'adrénaline bienvenue lui emplit les veines. Elle saisit la poignée de son arme et apprécia le contact du cuir usé dans sa paume. Lorsqu'elle regarda de nouveau au-dehors, elle repéra un deuxième soldat. *Des Bleus!* songea-t-elle.

— Alerte! hurla-t-elle. On nous attaque!

Elle bondit au-devant des assaillants, esquiva un coup d'épée assené par le premier soldat puis, d'un revers, le frappa au cou. Sa lame heurta un cuir robuste, mais cela étourdit l'homme, qui tomba à genoux. Elle fit volte-face et para un coup du deuxième soldat. Du coin de l'œil, elle vit le premier se relever, puis un troisième apparaître au bord de la falaise.

Elle entendit le martèlement irrégulier du gong prévenant le campement qu'il était attaqué. Dans son dos, sous la tente, les blessés lançaient des jurons et des cris d'alerte, bientôt suivis de hurlements et du bruit sourd du métal s'abattant sur les chairs. On les assaillait des deux côtés! Elle n'osa pas jeter un coup d'œil derrière elle, ni à Rubin qui était allongé, sans défense, sur sa droite. Ses arrières, protégés uniquement par les blessés, lui semblaient bien vulnérables.

Elle se posta auprès de Rubin et vit les trois soldats s'approcher d'elle. L'homme qu'elle avait frappé au cou fermait la marche; étourdi, il chancelait. Un autre, ventripotent, à la barbe brune, posa les yeux sur son bras en écharpe et sourit.

— On s'est fait mal, ma mignonne?

Elle lui rendit son sourire. Souvent, les hommes parlaient pour augmenter leur confiance en eux. Celui-là ne voyait pas plus loin que son bras invalide. Il ignorait qu'elle était une guerrière des Mille. À cet instant, elle se rendit compte qu'elle était heureuse. Soit elle surmonterait cette épreuve et vivrait dans la fierté, soit elle mourrait avec les honneurs. Peu importait l'issue, cela lui était égal.

Poussant un hurlement, elle fondit sur son adversaire, mais elle manquait d'entraînement et son équilibre s'en ressentit. Le barbu para son coup. Tenant son épée à deux mains, il la visa à la tête. *Il est d'une lenteur!* songea Valla. D'un mouvement fluide, elle esquiva l'attaque et s'écarta pour lui enfoncer sa lame dans l'entrejambe. Il y plaqua ses mains et s'effondra à genoux, entravant la progression du deuxième assaillant. Valla pivota sur ses talons et exécuta le troisième en lui tranchant profondément la gorge.

Elle recula d'un pas et jeta un bref coup d'œil derrière elle, impatiente de rejoindre le gros de la mêlée. Les guerriers blessés avaient formé une ligne défensive irrégulière, les plus forts protégeant les estropiés. Mais ils mouraient les uns après les autres. Valla se retourna brusquement et repoussa une attaque meurtrière assenée par le dernier soldat. Quand ce dernier s'apprêta à l'éventrer avec son épée courte, elle vacilla, la lame lui éraflant la hanche. Elle se rua sur lui et lui transperça l'œil. Elle lui arracha son épée courte au moment où il tombait et la lança à Rubin qui, le visage blême, ruisselant de sueur, luttait pour se mettre debout. Puis elle courut rejoindre ses camarades.

Le manchot qu'elle avait rencontré au bord du ruisseau se battait avec courage, mais en le voyant faire elle comprit qu'il avait perdu sa main d'épée. Elle se posta à ses côtés juste au moment où il s'effondrait, la cuisse transpercée. Elle tua son assaillant puis s'en prit aussitôt au Bleu suivant, l'égorgeant avec son arme. Lorsqu'il tomba en avant, elle lui poignarda la nuque. Elle vit un soldat ennemi brandir son épée pour assener le coup fatal à un homme qui gisait à terre, sans défense, les deux jambes pulvérisées. Elle s'élança vers le Bleu et glissa sa lame sous son aisselle, cherchant à atteindre le cœur. Il s'effondra de tout son long. Elle fit volte-face.

Ils étaient bien trop nombreux pour les assiégés, tous affaiblis et handicapés. La plupart de ceux qui étaient en état de se battre avaient déjà péri, et les survivants luttaient pour se retirer vers l'arrière de la tente – vers Rubin.

Bien déterminée à protéger les plus faibles jusqu'à son dernier souffle, Valla bondit vers celui qui semblait être le meneur : un homme grand, mince et véloce, muni d'une épée. Il plongea son arme dans la poitrine d'un blessé et se retourna. Il vit alors Valla. D'un hochement de tête, il accepta de relever le défi qu'elle lui lançait. Il avait remarqué son bras blessé, mais elle savait qu'il ne se perdrait pas en bavardages. Il était content de prendre son temps tandis que les camarades de Valla mouraient autour d'elle. Elle se précipita sur lui, le visant à la gorge. En parfait équilibre, il recula pour esquiver le coup. Elle comprit alors qu'elle avait affaire à un maître du combat. À une époque elle avait été son égale, mais ce temps était révolu.

Elle attaqua une nouvelle fois. L'autre repoussa sa lame et lui opposa une violente riposte. Elle bondit en arrière, trop lentement. Son adversaire transperça son bras blessé. La douleur fut si vive qu'elle en eut la nausée. La tête lui tournait. Elle parvint malgré tout à attaquer de nouveau. À bout de forces, elle savait qu'il lui restait peu de temps avant qu'il ne la mutile ou la tue. La mêlée autour d'elle devint floue. Les bruits de la bataille s'atténuèrent.

— Ça suffit ! rugit une voix puissante qui lui glaça les os et l'incita à s'arrêter, chancelante.

Son adversaire en fit autant. Perplexes, l'un et l'autre balayèrent les lieux du regard.

— Déposez vos armes ! Cette bataille est terminée !

Marcellus! pensa Valla. Le Premier Seigneur était revenu! Tout irait bien. Elle avait entendu dire qu'il était capable de faire cesser un combat par le simple pouvoir de sa voix. Une brise chaude lui réchauffa le cœur, chassant la peur et la douleur.

Le temps parut ralentir. Sous la tente maculée de sang, les guerriers rengainaient leurs armes. D'autres se contentaient de les jeter au sol, le sourire aux lèvres, heureux d'être en vie. Les ennemis se mettaient des claques dans le dos. Valla abaissa son épée. Quelle bonne journée elle venait de vivre! Quel était l'objet de cette bataille? Elle ne s'en souvenait plus. Elle avait mal à la tête, mais pour la première fois depuis des jours son bras ne la faisait plus souffrir. Croyant sentir la vie s'écouler dans les veines de son membre blessé, elle fut persuadée qu'il allait guérir, qu'elle serait de nouveau indemne. Une bulle de rire perla à ses lèvres.

Elle se tourna vers Rubin pour partager sa joie. Il était assis au bord de son matelas, appuyé sur un bras, l'autre tendu vers les soldats qui riaient. Son corps maigre tremblait sous l'effort; son visage était inondé de sueur. À travers la brume de satisfaction dans laquelle elle était plongée, elle se rendit compte peu à peu qu'il y avait un sérieux problème. Les sourcils froncés, elle se dirigea vers Rubin. Que lui arrivait-il? La bataille était finie. Il articula quelque chose, mais sa voix était faible. Elle dut se pencher sur lui pour l'entendre.

— Tue-les! souffla-t-il. Tue-les tous!

Elle l'observa sans mot dire. Lentement, l'emprise dont elle semblait être l'objet s'estompa. Son esprit embrouillé comprit que Marcellus n'était pas là. C'était Rubin qui avait fait ça. Par quelque miracle, il était parvenu à faire cesser la bataille, à donner aux soldats une chance de vivre. Elle secoua la tête, tentant de remettre de l'ordre dans ses idées, de se débarrasser de la certitude que tout allait bien. D'une main hésitante, elle brandit son épée et se tourna face à l'ennemi. Lorsqu'elle perdit Rubin de vue, la confusion la gagna aussitôt. Que devait-elle faire? Il s'agissait de quelque chose d'important, mais quoi? Elle contempla les corps ensanglantés de ses camarades gisant sur la terre dure, les blessures béantes des hommes et des femmes qui vivaient encore, inconscients du flot de sang qui s'écoulait. Assaillie par le doute, elle regarda de nouveau Rubin.

La détermination l'envahit. Elle courut vers son dernier adversaire, le maître d'épée qui avait l'air déconcerté, et l'éventra en deux coups féroces. Elle plongea dans les rangs ennemis, assenant des coups d'épée de part et d'autre, transperçant les gorges, les yeux, les ventres, mutilant et tuant les Bleus sonnés et désorientés.

Toutefois, ils ne tardèrent pas à sortir de leur torpeur. Des cris de colère et de peur résonnèrent, et le chuintement des épées tirées hâtivement de leur fourreau se fit entendre. Un coup maladroit fut porté au bras blessé de Valla, qui trébucha sur un corps et s'effondra. Les soldats de la Cité étaient toujours largement inférieurs en nombre.

Puis, au loin, au-delà du métal qui s'entrechoquait et des jurons des soldats pris dans la bataille, on distingua le martèlement des sabots des chevaux. La cavalerie ! Des renforts venaient de l'Encoche grâce à l'alerte donnée par le gong. Deux coups de bugle emplirent l'air. Les Bleus firent volte-face pour se défendre contre les nouveaux arrivants.

Tout à coup sans forces, Valla se retira de la mêlée et se retourna vers Rubin. Il gisait sur sa paillasse, inconscient, pâle comme la mort. Le voyant d'un autre œil, elle sentit un frisson de peur remonter dans son dos. Qui était cet homme ? Comment avait-il pu agir de la sorte ? La bataille avait-elle pris fin uniquement parce qu'il l'avait décidé ? La rumeur disait que Marcellus pouvait stopper une échauffourée simplement avec sa voix, mais elle n'en avait jamais été témoin. Cela dit, elle l'avait vu tuer, provoquer un carnage terrible parmi ses amis et ses ennemis par sa simple volonté. À son grand regret, elle n'était pas près de l'oublier.

Mais Rubin, quel que soit son pouvoir, était sous sa protection. Alors que les combats sous la tente ensanglantée touchaient à leur fin, elle vérifia qu'il respirait toujours puis s'assit auprès de lui. Son bras la faisait affreusement souffrir. À présent qu'elle ne luttait plus, la douleur était revenue en force. Terrassée, elle se plia en deux.

La nuit et le jour suivants furent un cauchemar teinté d'écarlate. Valla travailla du crépuscule au crépuscule, venant en aide aux blessés. La puanteur du sang, de la peur et de la souffrance planait sur tout le campement. À la nuit tombée, les corps des camarades de la Cité avaient été brûlés, ceux de l'ennemi jetés du haut de la falaise. On avait fait de la place pour que les blessés puissent s'allonger et se reposer. Ceux qui étaient condamnés étaient plongés dans un profond sommeil, assommés par le lorassium.

Épuisée, Valla retourna à sa tente d'un pas chancelant. Rubin était réveillé. Elle alla s'asseoir à ses côtés. Dans les dernières lueurs du soleil couchant, il lui adressa un sourire.

— Que s'est-il passé ? demanda-t-elle. Comment as-tu fait cesser la bataille ?

Il secoua la tête en regardant ses mains.

— Je ne sais pas.

Elle le contempla en silence. Au bout d'un moment, il soupira et dit :

— J'ai réussi à poser les pieds par terre. J'essayais de me mettre debout, même si je savais que j'étais trop faible. J'ai tendu une main vers toi. J'ignore pourquoi, peut-être pour essayer de t'aider, ou pour obtenir de l'aide. Je me souviens d'avoir voulu que la bataille cesse, pour nous sauver tous les deux.

Il se frotta les yeux.

— C'est alors que j'ai senti cette… cette énergie s'infiltrer en moi depuis la terre. Elle m'a traversé, comme de l'eau qui monte dans une canalisation inondée. (Il secoua la tête.) Je n'ai jamais connu ça. Elle est montée dans mon ventre, ma poitrine. Elle devenait brûlante. Elle a crépité le long de mon bras, comme un éclair. Je pouvais presque la voir flamboyer au bout de mes doigts.

» Puis tout le monde a cessé le combat et déposé les armes. Tout s'est calmé, comme au ralenti.

Il regarda Valla. Elle acquiesça, se remémorant cet instant.

— Tout…

Il s'interrompit. Valla vit les émotions se succéder sur son visage, comme un ruisseau peu profond s'écoule sur les galets.

Il lutta pour trouver ses mots.

— Pendant un bref instant, j'ai ressenti une sorte de… de joie. La joie de détenir un pouvoir que je pouvais manipuler à volonté. Mais je n'ai pas pu le garder. Il a commencé à faiblir. Puis tu es venue vers moi, en souriant comme une idiote.

— Tu m'as dit de les tuer tous.

— C'est vrai ? Je n'en ai aucun souvenir.

Elle réfléchit un moment, les yeux rivés sur la tache rouge qui disparaissait lentement à l'horizon.

— Crois-tu que tu serais capable de recommencer ? s'enquit-elle.

Mais Rubin s'était endormi.

Les nouvelles circulaient vite dans les Halls, et plus encore lorsqu'elles annonçaient un désastre. De nombreuses lieues de tunnels et de grottes séparaient le Hall de Lumière bleue, où Rubin vivait avec Elija et Emly, de son ancienne demeure, pourtant il ne fallut pas plus d'une journée pour qu'il entende parler d'une attaque commise par une bande d'écumeurs dans le Hall de la Queue de Jack. Aussitôt, il se mit en route pour tenter de venir en aide à ses amis.

Lorsqu'il atteignit le Hall en question, celui-ci était désert hormis les corps qui y gisaient. Épouvanté, il les observa à la lueur d'une torche et découvrit nombre d'Habitants qu'il connaissait, mais pas le capitaine ni Brax. Il regarda autour de lui. Les petits tas habituels de maigres possessions, qui délimitaient ce que les Habitants appelaient leur « chez-eux », avaient tous disparu. Plus rien à la Queue de Jack n'évoquait un lieu de vie. Seule la mort régnait.

Il sursauta et se retourna en entendant un bruit derrière lui. C'était le vieil homme nommé Salty qui veillait sur les chaudrons d'anguilles et nourrissait les créatures avec l'attention d'une mère.

— Salty ! Où sont-ils allés, tous ?

Le vieil homme écarta ses bras flétris et secoua la tête.

— Ils sont tous morts, gémit-il. Morts ou mourants. (Il éclata en sanglots et s'essuya les yeux.) Tous.

Rubin comprit alors qu'il parlait des poissons. Les lourds récipients avaient été renversés, et les anguilles gisaient en un tas visqueux, certaines ondulant encore.

— Où est le capitaine Starky ? Et Brax ?

Mais le vieux Salty se contenta de geindre en se frottant les yeux.

— Les écumeurs, dit une autre voix.

Rubin vit une minuscule Habitante, âgée, celle qu'il avait surnommée la femme à l'orange, car il l'avait vue avec une orange entière, la protégeant comme un petit enfant, exultant devant le fruit jusqu'à ce qu'il se dessèche et devienne immangeable. Elle s'appuyait sur une béquille, une de ses jambes blessée grossièrement bandée de loques crasseuses.

— Comment ? Où sont-ils allés ? demanda-t-il à la vieille.

— Les écumeurs les ont enlevés. D'autres se sont enfuis.

Ses yeux partaient dans tous les sens, comme si elle cherchait quelqu'un, ou quelque chose.

— Et le capitaine Starky ?

Elle secoua la tête d'un air distrait.

— Par où sont-ils allés ? Les écumeurs ?

Elle leva les yeux vers lui.

— Ils sont descendus, répondit-elle. Les écumeurs vivent là où il fait le plus sombre.

Rubin se prépara avec soin. Sans remords, il pilla les cadavres, trouva des torches à demi utilisées et quelques bâtons de phosphore. Dans la grotte du capitaine, il récupéra de la viande séchée et emplit deux gourdes au puits le plus proche. Il avait toujours son couteau long soigneusement affûté, et il en prit deux autres qu'il attacha sur lui. Pendant ce temps, les Habitants de la Queue de Jack les plus en forme, ayant pu fuir leurs agresseurs, revinrent peu à peu. Personne ne put lui dire ce qu'il était advenu de ses amis.

Il se mit en route, essayant de se remémorer ce qu'il savait au sujet des écumeurs. Ils enlevaient les gens pour les tuer et les manger. Ils aspiraient la moelle des os. Il n'avait pas pris ces histoires au sérieux, mais il ne les avait pas oubliées. Les écumeurs vivaient à l'ouest, vers la mer, et plus bas, toujours plus bas. Rubin connaissait la géographie des Halls vers l'ouest jusqu'au Oùyva, un cours d'eau dont la dangerosité était légendaire. Ce fut cette direction qu'il décida d'emprunter.

Il trouva Brax presque tout de suite. Le garçon gisait à l'angle de deux axes principaux, la tête et le dos lacérés de plaies béantes. On l'avait massacré avec une hache ou une lourde épée. Mais il était seul. Aucun signe du capitaine.

La piste des écumeurs était évidente. Ils avaient laissé dans leur sillage des os mâchonnés, des armes cassées et des cadavres. Ils se déplaçaient rapidement. Rubin en déduisit qu'ils étaient pressés de rejoindre leur destination. Il croisa peu d'Habitants, car ces derniers prenaient soin de ne pas se mettre en travers du chemin des écumeurs. Il rencontra cependant une vieille femme affirmant que le groupe comptait une bonne cinquantaine de personnes, bien qu'elle ne pût dire combien étaient les victimes et combien étaient les ravisseurs.

Il dépassa le tunnel d'entrée du Oùyva. Les écumeurs l'avaient contourné pour continuer vers le nord-ouest. Il les suivit jusqu'à atteindre des zones qu'il n'avait encore jamais visitées : des salles immenses aux sols carrelés, ornées de statues aveugles, occupées seulement par les chauves-souris, les murs rocheux barrés de profondes fissures qui semblaient descendre sans jamais s'arrêter. Il entendit également le rugissement d'une grande cascade qui, dans le noir, partait de très haut et se jetait très bas. Il resta assis un moment à contempler la chute d'eau, mâchant de la viande séchée, les jambes aspergées de fines gouttelettes. C'était de l'eau fraîche. Il but tout son soûl et emplit de nouveau ses gourdes.

Lorsqu'il rattrapa enfin les écumeurs, il faillit leur tomber dessus : ils s'étaient arrêtés pour se reposer. La lueur de leurs torches se reflétait sur la paroi rocheuse. Il recula, fourra son brandon dans une profonde fissure puis avança lentement dans les ténèbres. Il voyait mal à la lumière vacillante des nombreuses torches, mais il entendait distinctement leurs cris, jurons et grognements. Il n'eut pas la possibilité de compter combien ils étaient, ni de voir si le capitaine se trouvait parmi eux, avant que le groupe ne se remette en marche. Après quoi il lui fallut juste prendre garde à rester hors de vue.

Il était difficile de garder la notion du temps dans les Halls. À en juger par son état de fatigue physique et morale, Rubin calcula qu'il devait suivre les écumeurs depuis trois ou quatre jours lorsqu'enfin ils atteignirent leur repaire. Il les entendit faire une halte et s'attarda, comme il l'avait souvent fait, attendant qu'ils repartent. Peu à peu, les bruits s'atténuèrent. Il jeta un coup d'œil hors de sa cachette juste à temps pour voir le dernier homme, et la dernière torche, disparaître dans le trou d'un mur qu'il n'aurait jamais repéré sans cela. Il patienta autant que possible, puis avança furtivement et se glissa à leur suite dans l'orifice. Celui-ci débouchait sur une vaste caverne. Rubin s'arrêta, leva les yeux et constata avec étonnement qu'elle était éclairée par le jour. La lumière était faible, tombant en rais depuis le plafond, mais elle suffisait à illuminer un petit village sur la rive d'une rivière en crue. La bande d'écumeurs traversait déjà un pont décrépit. Des villageois accouraient pour les accueillir avec des acclamations de joie, comme des héros de retour.

Rubin observa l'immense caverne autour de lui. La lumière du jour filtrait aussi du côté droit. À la teinte rose qu'elle prit, il comprit qu'il regardait vers l'entrée lointaine de la grotte, et que, dehors, le soleil se couchait. Réconforté par cette lueur chaleureuse et par la promesse du jour, il découvrit une niche dans la roche et s'y installa pour dormir. Il se réveilla une fois en entendant des voix rauques résonner près de lui et se recroquevilla dans sa cachette. D'autres écumeurs qui rentraient chez eux. À les entendre, ils étaient fortement alcoolisés, aussi y avait-il peu de risques que Rubin soit repéré.

Aux premières lueurs timides du jour, le garçon traversa précipitamment le pont branlant et arriva en bordure du misérable village. Pour rester dans l'obscurité, il en longea le périmètre. Il trouva les prisonniers à l'autre bout du village, à l'écart de la lumière. Ils étaient entassés dans une cage aux barreaux de fer attachée à un sol de pierre, rouillée mais solide. Elle était à hauteur de taille. Les prisonniers ne pouvaient donc y tenir debout. Elle devait contenir une trentaine d'hommes et de femmes inertes, comme morts. Rubin ne vit pas le capitaine, mais il avait du mal à distinguer les visages et n'osait pas l'appeler. La cage était munie d'un lourd cadenas. Le garçon entreprit d'en trouver la clé.

Toute la journée, il resta dans l'ombre à guetter. Enfin, un homme robuste arriva du village d'un pas tranquille avec un seau de bouillie qu'il versa entre les barreaux de la cage, emplissant à demi deux auges et répandant le reste sur le sol. Des silhouettes squelettiques rampèrent vers l'infâme nourriture. Aucune d'elles n'était le capitaine Starky. Rubin recula, s'appuya contre la base d'une colonne de pierre et s'endormit.

Visiblement, les écumeurs ne craignaient pas les intrus, car aucune sentinelle ne surveillait les lieux. Le lendemain, Rubin apprit qu'il pouvait circuler en bordure du village sans se faire remarquer s'il restait dans l'obscurité. Il ne tarda pas à découvrir à quelles fins les prisonniers étaient utilisés. Il s'aventura jusqu'à un bâtiment en bois pourri, non loin de la rivière. La puanteur qui en émanait, même à cette profondeur des Halls, lui donna des haut-le-cœur. Terrifié, il poussa un battant défoncé. À mesure que sa vue s'accoutumait à la pénombre, il distingua un solide billot recouvert d'une épaisse couche de sang coagulé, une collection de couteaux et de haches puis, dans un coin, un tas de viande entouré d'une nuée de mouches. Submergé de dégoût, il prit la fuite.

Près de la cage des prisonniers, il y en avait une autre, plus exiguë. Elle contenait principalement des cadavres de chiens, petits et gros, et ceux de quelques chats. La seule créature encore vivante était une bête noire à l'allure sauvage, dont le corps couturé était tout tordu. Elle avait le buste d'un sanglier et la mâchoire d'un mastiff, avec des crocs difformes et de petits yeux méchants. Rubin ignorait de quel animal il s'agissait, mais prit soin de contourner largement la cage. Malgré tout, une idée germa dans son esprit.

Le lendemain, la lumière provenant du dessus était plus brillante que jamais depuis le moment où il avait quitté le monde extérieur. Depuis sa cachette, il contempla les épais rais de lumière dense dans lesquels des grains de poussière dansaient. Il devait être aux environs de midi, par une journée d'été ensoleillée. Une brusque envie d'air frais le saisit et lui fit monter aux yeux des larmes douloureuses. Il prit alors une décision : une fois sa tâche accomplie, qu'il trouve le capitaine ou non, il retournerait dehors, quel que soit le sort qui l'attendrait.

Il s'était légèrement assoupi, tenaillé par la faim, lorsqu'il fut réveillé par des cris et des pleurs. Engourdi, il jeta un coup d'œil aux prisonniers qui, accrochés aux barreaux, gémissaient et sanglotaient en vacillant, plus vivants qu'il ne les avait vus jusqu'alors.

— On va vous donner de quoi chialer ! lança une voix joviale.

Deux hommes en provenance du village avançaient vers la cage.

Rubin oublia toute trace de fatigue. Il se mit debout et se faufila à la hâte jusqu'à l'ombre derrière la cage de la bête. Celle-ci l'observa, immobile. Rubin se hissa en silence sur sa prison, chacun de ses mouvements suivi par les yeux de la créature, et se tortilla comme un ver pour se placer au-dessus de la porte. Puis il sortit son long couteau.

Tandis que les gardes déverrouillaient la porte de la cage des prisonniers et l'ouvraient d'un grand geste, Rubin se pencha en avant, prit une grande inspiration et souleva la barre qui fermait la cage de la bête. Celle-ci en jaillit comme une flèche puis se tourna vers Rubin, ses minuscules yeux noirs luisants de malveillance.

Au même instant, l'un des gardes prit la parole :

— Allez, il nous en faut deux aujourd'hui. Tout sera fini rapidement, promis !

Il éclata de rire.

Entendant sa voix, la bête fit volte-face et se précipita sur l'homme. Elle n'était pas imposante, mais elle était puissante et de fort méchante humeur. Elle sauta sur la poitrine du garde et enfonça ses crocs courbés dans son cou. L'homme hurla et se débattit, puis son cri s'éteignit dans un gargouillis sanglant et il tomba à genoux en gémissant. Les pattes arrière enfoncées dans le sol, la créature l'égorgea. Les prisonniers hurlèrent et s'écartèrent tant bien que mal de l'animal, grimpant les uns sur les autres pour s'enfoncer plus encore dans la cage. Un morceau de viande dégoulinant de sang dans la gueule, la bête observa les alentours et, voyant le deuxième garde prendre ses jambes à son cou, s'élança à sa poursuite.

Rubin accourut et se jeta sur la cage. Il attrapa le premier prisonnier et le tira vers la porte ouverte.

— Vite ! s'écria-t-il. Fuyez !

Mais l'homme se libéra d'une secousse et se recroquevilla à l'intérieur. Rubin attrapa une autre épaule émaciée.

— Partez tant que vous le pouvez ! supplia-t-il.

Mais les prisonniers, misérables et apathiques, reculaient devant lui comme face à un ennemi.

Rubin distingua une silhouette voûtée vêtue de vert.

— Capitaine ?

Lorsqu'elle tourna la tête, Rubin se rendit compte que c'était une femme sans expression, les yeux perdus dans le vague.

— Venez avec moi ! lui cria-t-il, frustré devant leur indifférence.

— Où donc ? souffla-t-elle d'un ton morne.

— Partout ailleurs qu'ici ! rugit-il. (Il la tira hors de la cage et désigna l'ouest.) Il y a de la lumière, là-bas. La lumière du jour !

Elle garda les yeux fixés sur l'endroit désigné puis parut se réveiller peu à peu. Rabaissant sur ses genoux sa jupe en lambeaux, elle se mit en marche, chancelante. Toujours affairée après le corps de sa seconde victime, la bête jaugea la femme lorsqu'elle passa d'un pas pressé. Un cri retentit depuis le village. Rubin vit quatre autres écumeurs, trois hommes rachitiques menés par une femme robuste, se ruer vers eux, armés de gourdins. La bête baissa la tête et fonça sur eux. Elle bondit sur la meneuse, les crocs sur sa gorge. La femme tomba à la renverse en criant, puis le sang gicla.

Rubin contempla la scène avec un sourire grave.

— Bon chien, dit-il.

Chapitre 7

— As-tu fini par retrouver le capitaine Starky ? s'enquit Valla en se penchant vers l'avant pour attiser le feu de camp avec une branche.

Des braises mourantes s'embrasèrent en crachant des flammèches.

Rubin secoua la tête.

— Peut-être a-t-il réussi à fuir le Hall de la Queue de Jack quand les écumeurs sont arrivés, puis qu'il y est revenu plus tard. Je l'espère. Je n'y suis jamais retourné.

— As-tu quitté les égouts ensuite, comme tu te l'étais promis ?

Il acquiesça. Ses yeux violets, si exotiques à la lumière du jour, étaient plus sombres, les lignes fluides de son visage dans l'ombre. Seuls ses cheveux flamboyaient tandis qu'il contemplait le feu.

Valla jeta une poignée de brindilles dans les flammes vacillantes. Par cette nuit chaude, le feu n'était pas indispensable, mais c'était toujours réconfortant, et il y avait peu de risques qu'il soit repéré par l'ennemi. Ils avaient quitté le campement médical des montagnes de l'Arbre Noir et chevauchaient en direction de la Cité. Ils avaient d'abord voyagé le jour, traversant lentement les cols des hauts sommets puis les sentiers rocheux abrupts empruntés par les chèvres et les chevreuils. Une fois les contreforts et le terrain plat atteints, ils dormaient le jour et progressaient la nuit, à la lueur de la lune descendante. Selon Rubin, la Cité devrait être en vue le lendemain matin. Valla l'espérait. Cela faisait des années qu'elle n'était pas montée à cheval – les unités de cavalerie de la Cité n'acceptaient pas les femmes –, et elle avait trouvé l'expérience difficile.

— Qu'as-tu fait ensuite ? demanda-t-elle, car Rubin semblait perdu dans le passé.

— Je ne m'en souviens plus vraiment. J'étais à bout de forces, au bord de la folie, peut-être. Pendant mon séjour dans les Halls, j'avais été témoin du mal que peut infliger l'homme. Je croyais avoir tout vu…

Il s'interrompit et se tourna vers elle, désireux de lui transmettre quelque chose. Valla vit la douleur se peindre sur son visage.

— Les écumeurs vivaient très profondément dans les Halls, reprit-il. Aussi profondément que possible. En même temps, ils n'étaient pas si loin de la lumière. Il suffisait de marcher une journée vers l'ouest. Ils étaient à la fois prisonniers et oppresseurs. Pourtant, ils ont fait le choix de vivre dans l'obscurité. Quant à leurs prisonniers, même lorsqu'ils en eurent l'occasion, ils ne la saisirent pas. J'ai eu une révélation à l'époque, alors que j'étais dans ce terrible endroit. J'ai compris que j'avais été fou de choisir les Halls plutôt que le monde de la lumière, quel qu'en soit le prix. Ma décision prise, au début, cela me paraissait limpide : vivre dans les égouts plutôt que mourir à la guerre. Mais j'étais ignorant et naïf. Je pensais avoir tout vu, alors que je ne connaissais rien.

De nouveau il fixa son regard sur le feu. Elle l'observa, inquiète. Inutile de voir son visage pour savoir que des souvenirs trop pénibles le hantaient. Elle voulait le réconforter, mais craignait qu'il ne s'effondre au moindre élan de compassion.

— Pourquoi n'as-tu pas cherché à rejoindre la mer ? demanda-t-elle brusquement.

— Je ne sais plus, répéta-t-il au bout d'un moment, les sourcils froncés, comme s'il essayait de saisir un souvenir qui se dérobait. Je crevais de faim à ce moment-là, et je ne devais pas avoir toute ma tête. J'ai dû remonter à travers les Halls je ne sais comment. J'ai fini par être cueilli par une patrouille.

— Tu as eu de la chance de n'être pas exécuté sur-le-champ.

Pour les guerriers des Mille, l'élite, les soldats des patrouilles de l'empereur étaient des brutes indisciplinées.

— J'ai toujours eu de la chance, dit Rubin. (Il ne semblait pas avoir conscience de l'ironie de ses propos.) Ils m'ont pris pour un espion odrysien. Pour une raison que j'ignore, je parlais en odrysien.

Son expression lugubre disparut tout à coup. Il se tourna vers elle et sourit.

— C'est alors que j'ai revu Marcellus.

— Que tu l'as revu ?

— Nous nous étions déjà rencontrés brièvement quand j'étais enfant, chez mon père. (Sa voix prit alors le ton du conteur qu'elle avait si souvent entendu.) Les gardes m'ont donc planté devant lui, rat d'égout puant et à moitié fou, imprégnant ses beaux tapis de liquides immondes. Il m'a demandé comment je m'appelais. J'ai répondu Rubin Kerr Guillaume. Je n'ai jamais vu Marcellus afficher une telle stupeur depuis. (Il sourit encore à l'évocation de ce précieux souvenir.) Je lui ai raconté mon histoire. Il m'a écouté. (Il regarda Valla.) Avec tout ce que mon père m'avait dit au sujet de Marcellus, je le croyais cruel, sans pitié. Mais il était très sympathique. Il s'est intéressé à moi, à ma vie, et a demandé des nouvelles de mon père et d'Indaro.

— A-t-il demandé pourquoi tu étais dans les égouts ?

— Non. Mais je lui ai raconté tout ce que j'y avais vécu. Après quoi, il a convoqué l'un de ses officiers supérieurs et ordonné qu'on débarrasse les cavernes de l'Éperon des écumeurs.

— L'ont-ils fait ?

— J'ai appris plus tard que ses soldats avaient massacré tout le monde dans le village des écumeurs : hommes, femmes et enfants.

— Et les prisonniers ?

— Tout le monde.

Son regard était de nouveau pensif. Valla regretta d'avoir abordé ce sujet alors qu'il avait clairement besoin de repos. Elle leva les yeux vers la lune, croissant argenté au sud, et vers les étoiles qui brillaient dans toute leur splendeur. Elle sortit une couverture de son sac et s'y enveloppa.

— Dors, maintenant, dit-elle. Peut-être verrons-nous la Cité demain matin.

Rubin se souvenait parfaitement de cette journée, car elle lui avait réservé bien des surprises.

C'était la première fois qu'il entrait dans le Palais Rouge. Il avait passé ses seize premières années dans la maison sur l'Éperon, avec ses couloirs de pierre usés, ses pièces décrépites remplies de livres et de manuscrits entassés sur toutes les surfaces disponibles… Peut-être s'attendait-il à quelque chose de similaire, en plus vaste. Mais, alors que les gardes le conduisaient, enchaîné et dégoûtant, vers sa destination, il s'était émerveillé devant les hauts plafonds et les fenêtres, les murs de marbre et les immenses salles, les cours ensoleillées et fleuries aperçues au travers des paravents sculptés, la myriade de tourelles et de minarets. Il lui avait semblé ne jamais faire plus de quelques pas sans monter ou descendre un escalier, et tous étaient ornés de sculptures, de dorures et aussi larges que les avenues de la Cité. Des tapisseries aux détails minutieux décoraient les murs. On aurait pu passer une journée entière à scruter chacune d'elles. Les sols étaient recouverts de mosaïques ou de carrelage à motifs, et partout de grandes statues toisaient la foule de leur regard mort.

Ce jour-là, le palais était en effervescence. Des groupes de soldats parcouraient les couloirs, martelant le sol de leurs bottes, la plupart en uniforme de fantassin de la Cité ou de garde du palais, certains en livrée des Mille. Ces guerriers d'élite, avec leur casque intégral noir surmonté d'une crête d'argent, leur armure de cuir noir aux décorations argentées, formaient une troupe bien sinistre. Rubin apprit plus tard que, dès que Marcellus quittait ses appartements, il était flanqué de six d'entre eux, mais il ne se fit jamais à leur présence silencieuse et spectrale.

Quand les murs de marbre luisant firent place à l'albâtre incrusté d'or, on l'informa qu'il venait de pénétrer dans l'espace public de l'empereur et des Vincerii : Marcellus et son frère Rafael. Enfin, on le conduisit jusqu'à une salle sombre et poussiéreuse, éclairée par les rais du soleil qui entraient par les hautes fenêtres. Elle était ornée de mille oiseaux et animaux, peints sur les murs et les hauts plafonds, brodés sur les tapisseries et les tissus d'ameublement, incrustés dans les tapis, leurs têtes accrochées aux murs, leurs corps empaillés rôdant sur le sol dur en pierre. Non que Rubin remarquât tout cela au premier coup d'œil. Tout ce qu'il vit, au milieu de la pièce, était l'homme qu'il avait rencontré dans son enfance : Marcellus Vincerus, Premier Seigneur de la Cité, et premier général. Il était grand, plus encore que Rubin, vêtu ni d'une armure ni de la riche robe d'un noble, mais d'une austère tenue de savant. Il regarda Rubin se faire bousculer par les gardes.

— Comment t'appelles-tu ? demanda-t-il d'un ton neutre, la voix bien posée.

Rubin rassembla ses dernières forces et se redressa pour le regarder dans ses yeux noirs.

— Rubin Kerr Guillaume, déclara-t-il d'une voix rauque et faible.

Marcellus soutint son regard un long moment. Le jeune homme sentit la chair de poule le gagner et une furieuse envie de détourner les yeux, mais ceux de Marcellus le maintenaient captif. Il ne pouvait pas bouger, pas même battre des cils. Il entendit une porte s'ouvrir derrière lui. Il aurait tant voulu se retourner et prendre la fuite, mais il ne pouvait pas s'échapper. Marcellus détacha son regard de lui, et il fut libéré.

— Ce n'est pas l'assassin, ça ne fait aucun doute, dit Marcellus d'un ton sec à quelqu'un derrière Rubin. Déjà, il a encore sa langue.

D'un signe, il congédia les gardes.

Puis il sourit. La salle s'illumina aussitôt.

— Eh bien, jeune Rubin, je crois que nous nous sommes déjà rencontrés. Chez ton père.

Rubin ne put réprimer un sourire.

— Oui, seigneur, je m'en souviens très bien.

— Mais tu n'étais qu'un tout petit enfant. Tu m'observais depuis le balcon, aussi grave qu'une chouette.

— Nous avions peu de visiteurs, seigneur, et jamais de si illustres.

Marcellus rit puis donna l'ordre que Rubin soit baigné, rasé et habillé. Plus tard ce même jour, il le fit asseoir devant des mets raffinés et des pichets de vin, et l'interrogea sur sa vie.

Sa première question fut toutefois :

— Dis-moi, comment en es-tu arrivé à parler l'odrysien ?

Rubin parla de Gillard, le maître d'armes, que Marcellus connaissait. À l'époque, cela surprit le jeune homme, mais il apprit plus tard que son seigneur avait une mémoire exceptionnelle des noms et des visages, et qu'il avait rencontré énormément de gens au cours de sa longue existence. Il évoqua avec admiration le vieux maître d'armes. Rubin, déconcerté, se sentit obligé d'avouer son incompétence en qualité de combattant. Marcellus l'écouta sans le juger, puis parla lui-même en odrysien pour tester les capacités de Rubin dans cette langue. Ce fut à ce moment-là que, pour la première fois, Marcellus prononça les paroles suivantes : « J'ai une mission à te confier, jeune Rubin. »

Lors de cette première visite, il séjourna dix jours au Palais Rouge. Marcellus passait de longues heures en sa compagnie, lui faisant visiter ses plus vastes salles comme s'il était un honorable ambassadeur étranger, attirant son attention sur nombre de merveilles artistiques et architecturales, dont beaucoup avaient été réalisées avec un savoir-faire oublié depuis longtemps. Ils se promenèrent dans des jardins luxuriants ornés de plantes rares. Marcellus lui montra la grande volière emplie d'oiseaux au plumage vif et coloré, venant du monde entier. En son centre, un aigle immense, presque de la taille d'un homme, les ignorait depuis les hauteurs de son perchoir. Rubin apprit que c'était un aigle impérial, capturé alors qu'il n'était qu'un aiglon dans les montagnes de la Lune, et amené à la Cité. La créature, rare, avait été facile à piéger, car, à sa sortie de l'œuf, elle n'avait qu'une aile. À présent, l'aigle passait les journées, les années, immobile, paupières closes, à rêver qu'il volait. À la nuit tombée, on le forçait à redescendre, sans grâce, de l'échelle qu'on lui avait fabriquée et à patauger dans une épaisse couche de fientes pour aller se nourrir avec des oiseaux moins nobles. Il pourchassait les malades et les blessés, et se ruait sur les lombrics.

Au cours de ces promenades dans le palais, Marcellus avait toujours un mot pour ses seigneurs, généraux, simples soldats, servantes et lads. Il les connaissait tous par leur nom et traitait chacun avec le même intérêt chaleureux. Il lui présenta Rafael, son frère. Rubin espérait pouvoir rencontrer l'Immortel, mais on lui dit que l'empereur quittait rarement ses quartiers du Donjon, qui se dressait au cœur du Palais Rouge.

Un jour, alors qu'ils se dirigeaient vers les appartements de Marcellus, Rubin vit avec stupeur une énorme bête sortir tranquillement de derrière un escalier à colonnades. C'était un gulon. Quelle étrangeté d'en rencontrer un dans le palais ! Il se déplaçait fièrement, comme un courtisan. Il en avait déjà vu plusieurs dans les Halls, souvent assis au loin, en hauteur, observant les Habitants depuis une porte ou une saillie rocheuse. Ils avaient quelque chose du chat, mais aussi du renard, avec des pattes plus longues que ces deux animaux, et des yeux bizarrement humains. Celui-là était gros, deux fois plus que ceux qu'il avait croisés jusqu'alors. Son long cou presque serpentin était ceint d'un large collier d'or.

Rubin tendit la main et fit des bruits de bouche, comme s'il avait affaire à un chien sympathique. Il n'en avait pas peur. Les gulons attaquaient rarement l'homme, et seulement lorsqu'ils se sentaient menacés ou s'ils mouraient de faim. Manifestement, celui-là n'était dans aucune de ces situations. Il s'approcha de Rubin avec une démarche en crabe et, prudemment, renifla le bout de ses doigts. Le jeune homme s'apprêtait à le caresser quand il se ravisa. Sa fourrure au poil court semblait sale et huileuse, et l'odeur qu'il dégageait lui donna la nausée.

— Je te présente Deidoro, lui dit Marcellus. C'est un…

Il avait semblé vouloir ajouter quelque chose, mais s'était interrompu.

— Il a un nom ? s'étonna Rubin, amusé.

— On donne bien des noms aux chevaux, répliqua Marcellus avec douceur.

— Ce n'est pas un cheval. Même s'il est presque aussi gros.

— Deidoro est très âgé. C'est peut-être la créature la plus âgée de ce palais.

Rubin se souvint plus tard de ces propos, lorsqu'il en apprit plus au sujet des Serafim. Il sut alors que Marcellus mentait.

Le Premier Seigneur appela la bête, qui le regarda de ses yeux noirs et luisants.

— Va-t'en. Va voir ton maître, souffla-t-il.

Il les gratifia tous deux de son troublant regard humain avant de se glisser derrière une tenture brodée, laissant dans son sillage une odeur de viande avariée.

Rubin se familiarisa peu à peu avec le palais et ses occupants, mais ne revit jamais le gulon impérial Deidoro, ni ne rencontra son maître. Toujours reçu comme un ami cher par Marcellus, il ne se sentait pas différent des riches et des puissants. Il attendait avec impatience ces visites au palais. En fait, il vivait pour elles. Ses missions en tant qu'espion, sur place ou à l'étranger, déguisé dans les quartiers les plus pauvres pour infiltrer les groupes de rebelles qui fleurissaient dans la Cité, n'étaient que d'indispensables corvées supportées dans l'attente de se retrouver en présence de son seigneur.

Un jour, Marcellus l'interrogea plus précisément sur les Habitants. Il ne faisait plus aucun doute qu'une attaque était prévue contre les niveaux supérieurs des Halls qui se trouvaient juste sous le Palais Rouge. Rubin ne put lui fournir que de maigres informations. Après avoir passé deux ans dans les égouts, il pouvait sans peine retrouver son chemin dans ce labyrinthe, mais il était incapable de le relier à la topographie du dessus, à ce qui se trouvait à l'extérieur. Si Marcellus pensait qu'il ne lui était d'aucune utilité, il ne le montrait pas.

Il lui posa toutefois une étrange question :

— Existe-t-il des rumeurs, des histoires, à propos d'une femme seule qui vivrait dans les Halls inférieurs, et peut-être même plus d'une ?

— La plupart des Habitants redoutent les spectres, répondit Rubin en hochant la tête. On raconte qu'il y a des femmes, grandes, fantomatiques, qui se promènent dans les profondeurs et enlèvent les enfants.

Il s'abstint de préciser que certains Habitants craignaient davantage les spectres que les écumeurs, car au moins les écumeurs étaient-ils humains. Probablement.

— En as-tu déjà vu ? demanda son seigneur.

Sceptique, Rubin nia de la tête.

— Des femmes seules dans les profondeurs ? Non, ça, je ne crois pas. Les niveaux inférieurs sont le territoire des écumeurs. Si des femmes s'y aventuraient, leur sort serait terrible.

Marcellus hocha la tête d'un air songeur et changea de sujet.

Valla n'arrivait pas à dormir. Après s'être tournée et retournée pendant un moment, elle ouvrit les yeux et vit que Rubin contemplait la lueur du feu de camp.

Elle s'assit et passa sa couverture autour de ses épaules.

— Tu es parent avec les Vincerii ? s'enquit-elle.

Il la regarda en fronçant les sourcils.

— Non. Je ne crois pas. Il y a sept Familles anciennes. Marcellus est un Vincerus, et moi un Guillaume. Il n'y a aucune raison de croire que nous soyons parents, même si nous avons peut-être des ancêtres communs.

— Marcellus a le même pouvoir que toi. Il peut mettre un terme à une bataille, empêcher tout le monde de se battre. Je suis étonnée que tu ne le saches pas, vu que vous êtes amis.

Elle était un peu jalouse. Elle connaissait Marcellus depuis des années, et il l'avait toujours traitée avec courtoisie, mais Rubin, lui, était ami avec lui.

Le jeune homme hocha la tête. Il comprenait.

— Je n'ai jamais combattu à ses côtés, mais j'ai entendu les soldats raconter qu'il était doté de pouvoirs magiques. J'ai toujours pensé que c'étaient des bêtises, des superstitions. Jusqu'à aujourd'hui.

Valla se mordit la lèvre.

— Je l'ai vu remporter des batailles contre toute attente en tuant tous ceux qui se trouvaient autour de lui. Amis et ennemis.

Cela ne lui était arrivé qu'une fois, à l'occasion d'un combat à l'est contre une armée de Buldekki face à laquelle Marcellus perdait. Comme les camarades qui avaient survécu à cette journée, elle n'avait jamais parlé de ce qu'elle avait vu, mais il lui était impossible de l'oublier.

— Quand tu l'as fait, j'ai ressenti de la satisfaction et de la paix, poursuivit-elle. Je n'avais plus envie de me battre. Cela ne t'était donc jamais arrivé auparavant ?

Rubin marqua une pause pour réfléchir.

— Quand j'étais petit, je devais avoir environ six ans, j'ai trouvé un oiseau mort, au plumage marron, très commun, dans le jardin au pied de la maison. Il s'était cogné contre un mur ou une fenêtre, et s'était brisé le cou. Je l'ai montré à mon père. Il a dit : « Peut-être peux-tu le faire revivre. » Vu mon jeune âge, je l'ai cru. J'ai souhaité que la créature se réveille et s'envole. Mais elle est restée inerte, refroidissant entre mes paumes.

» Puis quand ma mère a été mourante – j'avais quatorze ans –, mon père m'a fait venir à son chevet et m'a demandé de poser les mains sur sa tête. Je me souviens que j'avais peur, car il sanglotait. Il avait l'air complètement bouleversé, désespéré. Ça a été la première et la dernière fois que je l'ai vu exprimer une émotion si profonde.

— Il croyait que tu avais le pouvoir de guérir par les mains, souffla Valla.

— Il l'espérait, peut-être. (Il la regarda.) Mais il ne fait aucun doute que je ne l'ai pas. Car, si c'était le cas, je soignerais ton aile brisée.

La bonté qui émanait de sa voix menaça de l'engloutir. Elle roula sur le côté, lui tournant le dos, berçant son bras blessé. Tout à coup, elle prit conscience qu'il ne lui faisait presque plus mal. Malgré les soubresauts de la chevauchée et l'épuisement qui l'assaillait chaque jour, son bras n'avait jamais été si peu douloureux depuis le jour où elle avait été blessée. Elle observa ses doigts qui dépassaient des bandages : ils étaient toujours aussi blancs et sans vie.

— Ton bras va mieux, affirma Rubin.

— Tu sais aussi lire dans les pensées ? demanda-t-elle d'un ton un peu sec.

— Je n'ai pas besoin de savoir lire dans les pensées pour voir que ton bras ne t'ennuie plus autant.

Elle y réfléchit et sentit un espoir inattendu renaître dans son cœur.

— C'est vrai qu'il me fait moins souffrir. Peut-être que ce que tu as fait… m'a aidée.

— Ou peut-être qu'il guérit parce que tu n'es plus en présence de morts et de mourants.

Craignant de s'attirer le malheur si elle continuait à en parler, Valla changea de sujet.

—Il faut que tu me dises quel est ton message pour Marcellus.

Ce n'était pas la première fois qu'elle abordait la chose.

Il secoua la tête.

—Je ne peux pas.

—Mais on pourrait se faire repérer par l'ennemi, lui objecta-t-elle. (Elle avait longuement réfléchi à la question.) Si cela arrive, tu cours plus de risques de te faire tuer que moi, car je suis une guerrière des Mille et, d'après tes propres dires, tu es un piètre soldat.

Il la regarda en haussant les sourcils, sans répondre.

—À moins que tu puisses utiliser ton… pouvoir à volonté, ajouta-t-elle d'un air interrogateur.

Il haussa les épaules. Il n'en savait rien.

—C'est pour ça que tu dois me transmettre cette information si capitale pour Marcellus, insista-t-elle. Si tu meurs et que je survis, pour lui passer le message.

Il resta silencieux un moment, les yeux baissés. Puis il haussa de nouveau les épaules.

—Il est sûrement bien trop tard. Mais tu as raison.

Il lui raconta que, avant d'être blessé, en tant que troisième messager, il avait infiltré un campement de Bleus de nuit, et qu'on l'avait conduit jusqu'à la tente de commandement.

—Je suis resté dehors, à attendre dans le froid. J'ai tendu l'oreille. Il y avait deux civils à l'intérieur, un homme et une femme, et aussi des gradés, odrysiens et petrassi. Je ne sais pas qui était l'homme, un vieux et gros bonhomme qui avait l'air de s'être habillé dans le noir. Mais la femme a retenu mon attention. Elle était grande et mince, avec des cheveux gris et une démarche maladroite, disgracieuse.

Il leva les yeux vers Valla.

—Tu dois comprendre qu'il est très inhabituel de voir une femme dans l'armée odrysienne. Elles n'ont pas le droit de combattre et, même si certaines suivent les troupes, elles ne sont pas si nombreuses. La présence de cette femme a donc éveillé ma curiosité.

Valla sourit. Cela ne la surprenait pas que, au beau milieu d'une mission, alors que le temps pressait et qu'il avait encore beaucoup de chemin à parcourir, Rubin ait cherché à en savoir plus sur cette réunion nocturne.

—Je me suis trituré les méninges pour savoir où je l'avais vue, reprit le jeune homme. (Il s'interrompit. Valla lui fit signe de continuer.) J'ai gardé cette information pour moi. J'en ai seulement parlé à Saul Gaeta, et à contrecœur. Mais il nous fallait des chevaux.

—Je n'en parlerai qu'à Marcellus, promit-elle.

De toute façon, à qui d'autre pourrais-je le dire ?

— Enfin, j'ai retrouvé la mémoire, peut-être quand j'étais inconscient, car à ce moment-là ma tête était peuplée de rêves étranges. C'est au Palais Rouge que j'avais vu cette femme. Elle était avec un groupe de gens, dont les Vincerii, à une réunion.

Son regard était empli d'angoisse lorsqu'il dit :

— C'est le Seigneur Lieutenant de l'Est de la Cité. Elle s'appelle Saroyan. Elle s'occupe du déploiement des troupes dans le palais et, si elle est passée dans le camp ennemi, la Cité court un grave danger.

Deuxième partie

La fête du sang

Chapitre 8

Quelques jours plus tard et loin au sud, un vent froid hurlait dans les rues de la Cité. Il soufflait dans les allées et ruelles, soulevant les toits en papier goudronné des masures pauvres, et les ardoises des riches demeures. Il fouettait les tourelles et minarets du Palais Rouge, soupirait à travers ses portes de fer et emportait les feuilles rougies des arbres dans les parcs. La pluie martelait les fenêtres, comme si elle cherchait à entrer, s'infiltrait dans les encadrements mal ajustés et la pierre fissurée.

Le quartier de Lindo – ou de l'Armurerie, pour ceux qui se souvenaient des jours anciens – était un labyrinthe de rues et de chemins, de petites places et de passages secrets. Une allée, si étroite et sombre qu'elle n'avait pas de nom, menait au passage de la Muette. Au croisement de ces deux voies, par cette matinée pluvieuse d'automne, était assis un gulon.

Les gulons, mi-renards, mi-chats, à demi oubliés par leurs maîtres d'origine, avaient été conduits à la Cité plus de mille ans auparavant. Comme on pouvait s'y attendre, ils s'étaient accouplés avec les chats et les chiens des environs. Au fil des générations, la plupart d'entre eux avaient souillé la perfection de leur lignée en s'accouplant avec les cabots galeux et les chats malveillants qui pullulaient dans la Cité. Toutefois, certains d'entre eux avaient conservé une certaine pureté, bien que diluée. Le gulon qui attendait sous la pluie en faisait partie. Petit pour son espèce – il était deux fois moins gros que Deidoro, la bête impériale –, sa fourrure bigarrée blanc, noir et orange abritait une vaillante colonie de puces. Ses oreilles abîmées indiquaient qu'elles avaient été mordues.

La pluie qui tombait de biais gouttait au bout de son museau et formait de grosses perles sur son pelage huileux. Malgré tout, il gardait les yeux rivés au nord, ses paupières aux cils épais à demi fermées pour se protéger de la pluie et du vent. Ce jour-là, le soleil n'apparaîtrait que bien plus tard, mais, à l'heure où ses premiers rayons auraient dû atteindre la plus haute tour, les cloches du temple de Themistos carillonnèrent bruyamment, comme à l'accoutumée. Si le vacarme des énormes cloches de fer incommoda le gulon, il se contenta de plisser davantage les yeux comme si cela le soulageait, et patienta.

Quand la silhouette d'une femme de grande taille, enveloppée d'une cape à capuche, entra dans son champ de vision, le gulon fit mine de ne pas l'avoir vue mais, au moment où elle le dépassa, laissant dans son sillage une odeur de cuir, de cheval, d'herbe et une pointe d'alcool, il lui emboîta le pas et trottina dans l'allée sans nom.

Celle-ci, déjà étroite à son entrée, rétrécissait encore jusqu'à virer brusquement vers la droite, puis vers la gauche, et s'élargissait ensuite pour englober quelques échoppes miteuses : un cordonnier, un potier, un fabricant de papier vélin. Enfin, elle se terminait subitement à l'arrière du temple. Seul un œil des plus affûtés aurait remarqué la vieille porte dans le mur, sous un large et lourd linteau, à moitié cachée par une plante grimpante poussiéreuse, et restée close depuis sans doute des générations.

Regardant autour d'elle pour s'assurer que personne n'était en vue, Saroyan Rae Vincerus, Seigneur Lieutenant de l'Est, sortit une grosse clé en fer de sa poche et la glissa dans la serrure rouillée. Celle-ci tourna comme si on l'avait huilée, ce qui était le cas. La porte s'ouvrit sans heurt ; la femme et le gulon entrèrent. Elle alluma une torche à demi consumée qu'elle prit dans l'entrée, sur un support mural, et s'enfonça dans le dédale menant au Palais Rouge.

Saroyan avait arpenté les niveaux inférieurs du palais toute sa vie, car elle avait un faible pour les secrets et les cachettes. Elle refusait de descendre dans les Halls – un lieu où régnait la folie –, mais elle connaissait parfaitement les cachots du palais, ceux de Gath, ainsi que les nombreux tunnels qui les reliaient. Les vieilles pierres l'apaisaient. Même si elles s'enfonçaient lentement et que les itinéraires possibles se réduisaient chaque année, le phénomène lui-même lui procurait une étrange satisfaction.

Tout en avançant, elle regarda le gulon au pelage bigarré. Il la suivait dans le palais depuis plus d'une décennie, sans qu'elle sache pourquoi. Dans ses moments les plus paranoïaques, elle se demandait s'il agissait pour le compte de l'empereur, car le seul autre gulon qui se promenait dans les couloirs du palais, Deidoro, appartenait à l'Immortel. L'imposante bête avait chassé de son territoire ses congénères, ainsi que tous les chats et quelques chiens impériaux. Mais, pour une obscure raison, il tolérait la présence de l'avorton à la fourrure bigarrée. Saroyan s'était distraitement demandé s'il était la progéniture de Deidoro, avant de se souvenir que le grand gulon n'était qu'un reflet, une bête non morte créée par l'empereur, pas plus capable d'engendrer que ne l'était un cadavre de trois jours.

Le bureau du Seigneur Lieutenant se trouvait dans les étages de l'aile ouest, où l'eau de pluie s'écoulait le long des murs lambrissés, après s'être infiltrée par les châssis des fenêtres voilés et torturés par l'inexorable naufrage de l'édifice.

Saroyan ôta sa cape trempée, la mit à sécher, traversa la pièce et regarda par la fenêtre aux vitres fêlées donnant à l'est. Elle ne vit rien hormis le trajet périlleux qui l'attendait. Elle devrait l'entreprendre bientôt, bien avant le Jour des Offrandes, et avant les premières neiges. Plus vite elle se mettrait en route pour le Palais du Lion, mieux ce serait, car il lui fallait compter sept jours de chevauchée difficile.

Elle avait choisi les six hommes de sa garde avec soin. À sa grande satisfaction, elle s'était assurée de la loyauté sans faille de chacun d'eux – ou de sa traîtrise, cela dépendait du point de vue qu'on adoptait. Chaque soldat avait plusieurs raisons de haïr l'empereur, et elle ne doutait pas de leurs intentions, seulement de leur fidélité personnelle.

Saroyan n'était pas née de la dernière pluie. Non seulement elle aimait son impopularité, mais elle la cultivait. Après tout, une longue existence offrait nombre d'occasions à une femme de changer de poste et de personnalité, et Saroyan, dotée d'un caractère curieux et impatient, les avait toutes saisies. Elle avait été despote et séductrice, harpie et maîtresse, catin et poissonnière, épouse aimante, petite fille consciencieuse et mère dévouée.

Elle avait aussi endossé plus d'une fois le rôle de soldat, et, dans celui qu'elle tenait actuellement en tant que Seigneur Lieutenant de l'Est, elle avait fait de son personnage public une administratrice froide, sèche et efficace chargée de gérer, entre autres choses, la sécurité de la Cité.

Et voilà qu'elle était désormais traîtresse.

S'asseyant à son bureau au plateau recouvert de cuir, sur lequel étaient posées des piles ordonnées de papiers administratifs, elle se dit qu'être impopulaire se révélait une rude tâche pour certains. Se contenter de ne pas se soucier de la vie des autres ne suffisait pas. Par exemple, Marcellus ne se souciait que de lui-même et, peut-être, de son empereur, Araeon. Il l'avait prouvé maintes fois avec ses stratégies de bataille étincelantes de bravoure et, parfois, couronnées de succès. Mais on ne se préoccupait jamais du nombre de soldats qu'il avait sacrifiés dans le carnage, prétendument un mal nécessaire. Car Marcellus était un héros. Même le bain de sang du Petit Opéra qui s'était produit deux nuits auparavant, au cours duquel le Premier Seigneur, pour sauver sa peau, avait tué la maîtresse qu'il fréquentait depuis plus de vingt ans, n'avait pas affecté sa popularité au palais.

Saroyan avait joué un rôle déterminant dans la mutinerie de la centurie des Léopards, qui s'était si mal terminée. Elle n'avait aucun pouvoir sur le déploiement des Mille, l'élite de l'empereur, mais elle contrôlait les roulements des soldats qui surveillaient les enceintes, chargés de la sécurité quotidienne de la Cité. Il avait été assez simple de lancer une fausse alerte sur les remparts pour éloigner les effectifs du palais. L'empereur était très prévisible : en cas de danger, il appelait toujours les Gulons, sa centurie des Mille préférée, pour le protéger dans le Donjon, laissant les Léopards, censés prendre la relève, se déployer au Petit Opéra pour venir en aide aux frères Marcellus et Rafael Vincerus. Tasker Mallet, chef des Léopards, avait hâte de passer à l'action, ayant planifié sa mutinerie pendant plus de six mois et attendant seulement le bon moment : celui où les frères seraient ensemble, désarmés, et seuls avec les Léopards.

Saroyan se doutait du drame qui s'était joué, même si les seuls rescapés en mesure de témoigner étaient les Vincerii eux-mêmes. Tous ceux qui étaient présents au Petit Opéra, soldats, conseillers, musiciens, Petalina, la maîtresse du Premier Seigneur, et sa jeune servante, avaient péri d'une mort affreuse. Saroyan savait que Marcellus avait utilisé son pouvoir destructeur, un don qui n'épargnait que les Serafim et leurs reflets. C'était une mesure extrême, qui plus est au sein même du palais, dans un endroit public. Saroyan avait été convaincue que Marcellus renoncerait à faire usage de son pouvoir en présence de sa maîtresse. Elle avait cependant douloureusement sous-estimé l'intérêt qu'il nourrissait pour lui-même.

Le Seigneur Lieutenant entendit la respiration de quelqu'un qui attendait dans l'encadrement de la porte.

— Oui ? demanda-t-elle sans se retourner, consciente qu'ainsi elle étayait la rumeur qui affirmait qu'elle avait des yeux derrière la tête.

— Vous vouliez me voir, ma dame ?

Saroyan sentit la moutarde lui monter au nez. Elle détestait qu'on l'appelle « ma dame », comme si elle faisait partie des courtisanes au visage peinturluré qui divertissaient les seigneurs du palais.

— Je m'appelle Saroyan, dit-elle en jetant un regard courroucé au petit ingénieur affublé d'une large moustache.

Dar Thakker chancela sur le seuil, comme sur le point de prendre ses jambes à son cou.

— Oui, ma d… Saroyan, répliqua-t-il.

Chargé de la maintenance dans le palais décrépit, Thakker devait en théorie en référer au Seigneur Lieutenant du Nord. Comme cela faisait plus d'un an qu'on n'avait pas vu le détenteur de ce titre, ce dernier ayant fui la colère de l'empereur à propos d'un différend réel ou imaginaire, Saroyan avait par défaut endossé ses responsabilités. Un nouvel hiver rude s'apprêtant à les frapper, et aucun des travaux de réparation n'ayant été achevé l'été précédent, elle avait ordonné à Thakker de lui faire part du minimum nécessaire pour empêcher que l'édifice ne s'écroule autour d'eux.

— Je t'écoute, déclara-t-elle en détaillant avec aversion la pile désordonnée de documents qu'il avait sous le bras.

Si les administrateurs du palais et leurs larbins pouvaient créer de la paperasse, ils le faisaient, plutôt que de travailler réellement. C'était toutefois dans le caractère de Saroyan d'agir efficacement sitôt qu'un document atterrissait sur son bureau. Elle se promit que l'homme repartirait avec sa pile sous le bras.

— Sois bref, ajouta-t-elle.

— Eh bien…, dit-il en jetant un coup d'œil nerveux au gulon.

La créature bâilla, découvrant des crocs jaunis. L'homme plaça ses documents sous son autre bras et regarda autour de lui, à la recherche d'un endroit où les poser. Voyant l'expression menaçante de Saroyan, il poursuivit :

— Si nous commençons par l'aile sud, euh… Saroyan…

— Est-ce l'eau qui monte, ou le palais qui s'enfonce ? demanda-t-elle sèchement.

Thakker se racla la gorge.

— Les deux, hum… Les deux.

Elle ne le quitta pas des yeux jusqu'à ce qu'il reprenne laborieusement :

— Je suis descendu dans les égouts avec une équipe de mes hommes, triés sur le volet, et des soldats, bien sûr, pour… hum… qu'ils nous protègent…

Elle se carra dans son fauteuil et parvint à l'encourager d'un signe de tête.

— Et… ?

Thakker lâcha les papiers à ses pieds, ce qui parut libérer sa parole.

— Vous devez comprendre que la Cité actuelle a été bâtie sur de nombreuses couches de cités plus anciennes. En général, les vieux édifices ont été rasés avant qu'on en construise de nouveaux, mais pas toujours. Il y avait des couches de caves et… de cachots, qui ont été recouvertes et ont sombré dans l'oubli. Les égouts et les systèmes d'évacuation d'eaux de pluie sont très profonds, leurs structures sont alvéolaires. Le fleuve Menander les traverse tous. Avec les précipitations que nous avons eues cet automne, son niveau atteint une hauteur tout à fait inhabituelle.

Je suis au courant de tout ça, songea-t-elle.

— Que pouvons-nous faire ? s'enquit-elle.

— Rien, répondit simplement Thakker.

— Rien ?

— Tout ce que nous pouvons faire, c'est ce qu'ont fait des générations d'ingénieurs avant nous : essayer de garder les canalisations dégagées, et les barrages les plus importants en état de fonctionnement.

— La Porte du Magisterium. La Porte Saduccuss.

— Oui, et une troisième encore, acquiesça-t-il en s'animant davantage, voyant que Saroyan se montrait réceptive au problème.

Il s'agenouilla, fouilla dans ses documents et se leva avec une feuille, qu'il lui montra triomphalement. Elle était vieille et moisie, son écriture endommagée par l'humidité. Saroyan l'examina.

— Ici, indiqua l'homme, là et là, ce sont les trois obstructions principales. Il faut les dégager dans l'ordre, la plus profonde en premier. C'est une tâche extrêmement dangereuse. Les ouvriers devront s'en approcher du côté le plus bas, et, en toute honnêteté, ils sacrifieront leur vie sitôt la porte débloquée. Bien entendu, nous pourrions avoir recours à des esclaves ou à des prisonniers…

— Et cela résoudrait le problème ?

— Ce serait déjà un début. S'il ne pleut pas trop cet hiver, et que les grandes portes ne s'abîment pas davantage, cet ouvrage nous assurerait que l'inondation ne s'aggrave pas.

Saroyan se tourna vers son auxiliaire, apparu à la porte du bureau.

— Oui ? aboya-t-elle, agacée d'être encore dérangée.

— Vous êtes convoquée, répliqua l'auxiliaire d'un ton brusque.

Pendant un instant, son cœur sembla s'arrêter et elle eut le souffle coupé. On la convoquait. Seules trois personnes au monde avaient ce pouvoir. *Pas Araeon !* songea-t-elle. Elle avait toujours craint et détesté l'empereur, pour de bonnes raisons, mais ces dernières années sa folie s'était accentuée, et il fallait l'admettre : il la terrifiait de plus en plus. Elle ne supportait pas de se trouver en sa présence tant il la dégoûtait.

— Convoquée ? répéta-t-elle, s'obligeant à respirer normalement.

— Par le Premier Seigneur.

Elle hocha la tête, soulagée que ce ne soit que Marcellus, et se tourna vers Thakker.

— Fort bien, dit-elle pour le congédier. Nous en reparlerons. Où est-il ? demanda-t-elle à l'auxiliaire après le départ de l'ingénieur.

— Dans la salle Noir.

Cela était lourd de signification. Marcellus utilisait la salle Noir, du nom de son architecte, Thomas Noir, pour discuter avec les chefs des questions militaires urgentes. Et, souvent, pour intimider et troubler ses adversaires. Saroyan en avait conscience, et Marcellus le savait. Le fait qu'elle doive le retrouver là-bas ne voulait pas dire qu'il la considérait comme une rivale, mais qu'il s'était passé quelque chose nécessitant une réaction de sa part. Avait-il découvert son rôle dans la mutinerie ? Mallet, le chef des Léopards, avait-il révélé son implication avant de mourir ? Ou cela concernait-il autre chose ? Sa mission la plus importante, à laquelle elle ne songeait presque jamais lorsqu'elle se trouvait au palais, s'insinua dans son esprit, mais elle la repoussa violemment. Même elle, qui connaissait pourtant bien Marcellus, avait parfois peur qu'il sache lire dans les pensées.

— Il y a un message pour vous.

L'auxiliaire s'avança et déposa un papier plié sur le bord de son bureau. À la démarche réticente du jeune homme, elle sut que son contenu était inquiétant. Elle lut « Seigneur Lieutenant de l'Est » en lettres capitales. C'était sa propre écriture. Cela ne pouvait provenir que d'Evan Broglanh. Elle hocha la tête. L'auxiliaire prit congé. La lettre contenait trois symboles, incompréhensibles sauf pour Broglanh et elle. Ils signifiaient qu'une réunion aurait lieu à l'auberge des *Étoiles Brillantes* le jour même, au coucher du soleil.

Chassant le message de son esprit, elle se leva pour aller voir Marcellus. Que lui voulait-il ? Il n'entreprendrait jamais rien contre elle ouvertement, car ce serait agir contre sa grand-mère, Archange. Cette certitude la protégeait. Le subterfuge de la salle Noir n'était qu'une petite tape sur les doigts, pas une déclaration de guerre. Néanmoins, ce fut avec une vigilance accrue qu'elle se prépara à affronter le Premier Seigneur.

Le charme de Marcellus – un talent partagé par nombre de Serafim, et dont il faisait plus souvent usage que les autres – l'avait hissé au rang de soldat le plus populaire de la Cité. C'était un héritage génétique, qu'il avait affûté et perfectionné au fil des siècles, au point que la plus infime inflexion de sa voix pouvait faire plier la volonté de celui qui l'écoutait. Bien sûr, Saroyan y était résistante, mais elle devait tout de même veiller à garder toute sa lucidité en sa présence.

Elle regarda le gulon. L'avoir sur ses talons en apparaissant devant Marcellus donnerait une mauvaise image d'elle. Il la croirait faible. Elle observa l'animal et pensa fort : *Reste ici.* Ce dernier la regarda à son tour, ses yeux troubles dénués d'intelligence. Pourtant, il se roula en boule, posa son museau sur sa patte avant, et s'endormit.

Flanquée de ses gardes du corps, Saroyan quitta ses appartements à l'extrémité de l'aile est pour rejoindre la salle Noir. Le trajet était long, et elle prit son temps. Elle s'arrêta voir Dashoul, le chef de la sécurité du palais, et le seul civil qu'elle respectait dans tout l'édifice, pour parler de l'organisation des funérailles de Petalina, un événement dont le faste semblait tout à fait inapproprié aux yeux de Saroyan, la contribution de cette femme à la vie de la société s'étant limitée à réchauffer la couche de Marcellus. Elle en profita aussi pour vérifier une nouvelle fois le roulement dans le palais de deux vénérables régiments, la Seconde Adamantine et la Quatrième Impériale. Tout le monde devait être en position pour le Jour des Offrandes.

Les deux frères étaient dans la salle Noir, accompagnés d'un groupe hétéroclite de conseillers supérieurs. Manifestement, on n'avait pensé qu'après coup à la convoquer pour participer à une réunion avec les chefs. Comme d'habitude, elle se demanda si c'était une façon délibérée de l'humilier. Les commandants flânaient d'une manière désinvolte que Marcellus approuvait, comme s'ils n'étaient que de simples troufions se rassemblant pour bavarder entre camarades. Elle savait que, même si le Premier Seigneur encourageait cette décontraction, le mauvais mot prononcé au mauvais moment vaudrait d'être transpercé comme un sac de haricots secs. *Peu importe le sexe*, songea-t-elle, car Leona, la commandante des Chiens de Guerre, était également présente.

Son cousin Rafe était sur le point de partir. Il lui sourit avec un signe de tête, la frôlant en quittant la pièce. Elle hocha la tête en retour. Elle avait toujours veillé à le traiter avec la politesse que requérait son rang, comme Archange l'avait décrété, mais elle ne pouvait oublier qu'il n'était qu'un reflet, une créature pas plus vivante que Deidoro. Si Marcellus mourait – ou plutôt *quand* il mourrait, car même lui n'était pas invincible –, son « frère » expirerait aussitôt.

— Bonjour, Marcellus. Toutes mes condoléances, dit-elle d'un ton formel.

Comme à l'accoutumée, il portait une tenue quelconque et ressemblait moins à un seigneur qu'à un forgeron du palais.

— Hmmm, grogna-t-il. Tu pourrais au moins feindre la sincérité, Saroyan.

Ils attendirent que le dernier guerrier soit sorti. La porte se referma discrètement.

Elle haussa les épaules.

— Des catins meurent tous les jours, répliqua-t-elle, pour des causes bien moins nobles que la vie de leur seigneur.

Alors comme ça, on me convoque dans la salle Noir, pensa-t-elle. Elle se demanda aussitôt si elle n'était pas allée trop loin, car deux servantes étaient encore présentes, mais Marcellus se contenta de hocher la tête d'un air songeur, comme si elle venait de faire une remarque pertinente.

— Je ne t'ai pas vu depuis ton retour, poursuivit-elle. Comment se passe la campagne à l'est ?

— Nous sommes dans l'impasse, mais nous finirons par l'emporter. Et toi, chère cousine, comment vas-tu ? Tu as l'air contrariée. Je peux te relever de quelques-unes de tes tâches, si tu les trouves trop lourdes.

— Mon statut de lieutenant ne peut être modifié par le Premier Seigneur, rétorqua-t-elle sèchement, agacée.

— Mais je suis sûr que l'empereur sera d'accord avec moi. Il a toujours eu tes intérêts très à cœur.

— Tu voulais me voir ? demanda-t-elle, impatiente d'en venir au fait.

— Toujours professionnelle, Saroyan ?

Il sourit. Elle sentit ses mots l'envelopper comme une brise chaude et lui retourna un sourire froid pour lui faire comprendre qu'elle n'était pas dupe.

— J'ai de bonnes nouvelles, poursuivit-il. Elles nous concernent tous. Je ne doute pas que tu sois en contact avec Archange, aussi te demanderai-je de les lui transmettre.

De bonnes nouvelles, songea-t-elle. *Pour qui ?* Un frisson lui remonta dans le dos.

— Le Voile du Gulon a été retrouvé, déclara-t-il. Il est de nouveau en notre possession.

Saroyan quitta Marcellus peu de temps après et s'arrêta derrière la porte, préoccupée par les implications du retour du voile. Celui-ci avait été dérobé par un assassin odrysien. Elle décida d'y réfléchir plus tard. Sur une impulsion, elle ne prit pas le même chemin qu'à l'aller et traversa l'antichambre dans laquelle des plaignants attendaient une audience avec le Premier Seigneur. La plupart étaient des domestiques, des courtisans ou des soldats du palais, car les procédures qui avaient trait à la sécurité des lieux étaient si draconiennes qu'elles dissuadaient toute personne extérieure, même la plus insistante, de demander à être entendue par Marcellus et son frère.

Parmi eux, Saroyan remarqua un couple de soldats, tous deux jeunes, l'air épuisé, l'uniforme taché comme à la suite d'un long trajet. La femme était assise sur un banc, tête basse, visiblement assoupie. Ses cheveux d'un blond presque blanc étaient tressés en nattes hirsutes, et des bandages crasseux enveloppaient son bras. Saroyan l'observa avec dégoût, se demandant si cette femme se rendait compte à quel point il était imprudent de se montrer devant Marcellus en ressemblant davantage à une mendiante qu'à une guerrière de la Cité. L'homme était allongé sur le banc, la tête posée sur les genoux de la femme, et dormait profondément. Il était maigre, presque émacié, et aussi sale que sa compagne. Ce furent toutefois les traits de son visage qui attirèrent l'œil de Saroyan : les pommettes saillantes, coupantes comme des lames de rasoir, les sourcils arqués et délicats. Elle fronça les sourcils. Ces traits lui étaient familiers. Son crâne avait été rasé, mais ses cheveux d'un roux vif commençaient à repousser. Dans les rais de lumière qui provenaient des hautes fenêtres, ils brillaient d'un halo de feu. Son visage semblait paisible.

Saroyan songea brièvement à se renseigner sur leur identité, car elle était sûre qu'ils auraient des choses à dire, mais la nouvelle à propos du voile la tracassait davantage. Sans savoir que cela scellerait leur destin à tous, elle décida de les chasser de son esprit.

En retournant à son bureau, elle pensa tout à coup à Indaro Kerr Guillaume. Avec un peu de chance, elle était morte, à cette heure. Saroyan était satisfaite d'y avoir contribué indirectement. Elle avait ordonné aux agents du Palais du Lion de s'assurer que la femme pouvait s'échapper, sachant qu'elle fuirait vers la Cité. En même temps, elle avait veillé à ce que le commandant de la centurie des Gulons, alors en mission secrète pour l'empereur dans les collines de l'Est, soit averti de la présence de déserteurs chez les Chats Sauvages, après la bataille de Salaba. Cela ne garantissait ni la capture ni la mort d'Indaro, mais celle-ci courait un danger plus grand aux mains des Gulons – la centurie que l'empereur préférait pour exécuter les missions les plus noires, à la fois dans la Cité et à l'extérieur – plutôt qu'en restant douillettement installée dans sa cellule, à Vieille-Montagne. La veste d'un rouge éclatant qu'Indaro s'obstinait à porter faisait d'elle une cible facile. C'était étonnant qu'elle soit restée en vie si longtemps.

Quelque chose la tarabustait. Quelque chose qu'elle avait vu ? que quelqu'un avait dit ? Elle fouilla dans sa mémoire. Le fait qu'on ait retrouvé le Voile du Gulon, une étoffe ancienne dotée d'un grand pouvoir, envahissait toutes ses pensées, même si son importance était limitée. Sans lui, l'empereur était moins puissant, mais plus imprévisible, et donc plus terrifiant. Toutefois, si les choses se déroulaient comme elle l'espérait, Araeon, et peut-être Marcellus, étaient condamnés à mourir le Jour des Offrandes. Alors la présence du voile aurait peu de conséquences, sauf pour sa grand-mère, Archange, l'héritière légitime du trône.

À mi-chemin vers son bureau, elle stoppa net, son escorte s'arrêtant maladroitement autour d'elle. La peur l'effleurait comme un doigt froid sur sa nuque. Elle se gratta pour tenter de chasser cette impression, en vain. Serafim de troisième génération, Saroyan n'avait pas de Don, mais sa lignée était puissante, et elle avait vécu suffisamment longtemps pour développer une faculté rare à pressentir le danger.

— Farrow, dit-elle au chef de sa garde personnelle. Nous allons partir plus tôt.

— Ce soir ? s'enquit-il en regardant par la fenêtre.

Elle savait ce qu'il pensait : la lune croissante leur offrirait un bon éclairage pour un voyage de nuit.

Elle secoua la tête, sentant la peur l'envahir.

— Maintenant, dit-elle. Pas de temps à perdre. Nous partons immédiatement.

Valla et Rubin dormaient donc toujours dans l'antichambre, rêvant de plats chauds et de lits moelleux, quand Saroyan et son escorte chevauchèrent hors du palais pour gagner la Porte d'Arabie et entamer leur dernier voyage vers l'est.

Leona ne quitta pas la salle Noir par la même porte que le Seigneur Lieutenant. Par conséquent, elle ne traversa pas l'antichambre et ne vit pas Valla. Elle entendrait parler du retour de son amie dans la Cité, mais ne la reverrait pas avant de combattre à ses côtés pendant le carnage du Jour des Offrandes.

Dans les jours qui suivirent, une atmosphère lourde avait envahi le Palais Rouge. On chuchotait des secrets dans les recoins sombres, on échafaudait encore et toujours des plans dans les salles poussiéreuses. La mutinerie du Petit Opéra avait choqué tout le monde. La centurie des Léopards existait depuis la nuit des temps. Elle avait été baptisée ainsi du nom d'une bête sauvage qui, autrefois, régnait sur les montagnes du Sud. L'animal avait été si souvent chassé qu'il avait fini par s'éteindre, et, à leur tour, les Léopards avaient été rayés des pages de l'histoire de la Cité. Les épées des Mille dégoulinaient du sang de leurs pairs, et l'ambiance des casernes et des tavernes où se réunissaient les guerriers d'élite était bien morose.

Pourquoi Mallet et ses camarades s'étaient-ils rebellés contre les Vincerii ? Pour le commun des mortels, la réponse resterait un mystère. Les Léopards étaient très proches les uns des autres, et Mallet avait peu d'amis à l'extérieur de sa centurie. Ceux qui avaient sympathisé avec lui répugnaient à l'avouer. Leona le connaissait à peine, mais il était réputé pour sa loyauté à toute épreuve. Pendant un moment, jusqu'à ce que des événements plus importants ébranlent la Cité, l'élite n'avait parlé presque que de ça.

Lorsqu'une troupe de cavaliers fut promue chez les Mille pour remplacer les Léopards, des grognements de protestation s'étaient élevés. Leona connaissait le capitaine Riis, devenu tout à coup commandant de la nouvelle centurie des Faucons Nocturnes, pour avoir brièvement servi avec lui dans la Dix-huitième Serpentine. Celle-ci comportait une aile de cavalerie et une d'infanterie. Riis était un vaillant combattant, mais tous l'étaient. Il avait la réputation d'être un homme à femmes, et son passé était entaché d'un scandale oublié depuis longtemps. Leona ne l'aimait pas, mais elle respectait le choix de Marcellus et était prête à travailler avec le cavalier, si telle était la volonté du Premier Seigneur.

Quand l'aube se leva, cinq jours avant le Jour des Offrandes, Leona resta au lit plus longtemps que d'habitude, à contempler les fenêtres martelées par la pluie. Contrairement à certains autres commandants, elle avait choisi un train de vie relativement austère. Ses appartements exigus étaient rudimentaires, ses auxiliaires peu nombreux. Mais elle avait exigé d'avoir un matelas de plume et des draps toujours propres sur son étroite couche, qu'elle avait, étrangement, bien du mal à quitter ce matin-là.

Seul le changement de nuances de gris dans le ciel indiquait que le soleil était levé, car la pluie torrentielle obscurcissait la vue. Cela faisait des jours qu'il pleuvait – depuis toujours semblait-il. Il régnait dans tout le palais une atmosphère humide et pleine de miasmes, qui engourdissait les esprits et rendait maussades même les soldats les plus motivés. Dans les niveaux inférieurs, les eaux montaient inexorablement et avaient même atteint le

Hall des Empereurs, l'imposante entrée qui donnait sur les appartements de l'Immortel.

Leona quitta enfin la chaleur de son lit et s'habilla pour la journée ennuyeuse qui l'attendait, pleine de tâches administratives ayant trait aux funérailles de Petalina, la maîtresse du Premier Seigneur – un événement d'une hypocrisie sans précédent. Mais les commandants étaient là pour obéir aux ordres de Marcellus, et, bien sûr, de l'empereur. Elle enfila un maillot et une culotte de lin fin, un pantalon et une chemise en coton épais, puis une armure légère constituée d'un kilt en cuir et d'un surcot. Elle rassembla la masse de ses cheveux roux indisciplinés en une grosse tresse, enfila ses plus belles bottes et les laça de manière serrée. Elle hésita au moment de passer son ceinturon autour de ses hanches. Contrairement à certains guerriers plus anciens, si c'était pour passer son temps assise à bavarder, elle ne voyait pas l'intérêt d'avoir une lourde épée battant sa jambe toute la journée, accrochant au passage les tables ou les pieds de chaise. Pour ne pas déroger à son statut de militaire, elle glissa dans un étui de cuir pendant à sa cuisse un vieux couteau à dépecer aussi affûté qu'une lame de rasoir et aussi fin qu'une plume d'oie. Elle jeta un nouveau coup d'œil à son ceinturon, soupira, le prit et quitta sa chambre.

Elle faillit être en retard. À son arrivée, la salle Noir résonnait des voix fortes des soldats les plus gradés : étaient présents les autres commandants des Mille actuellement dans la Cité, et divers conseillers militaires des Vincerii, dont Boaz, bien évidemment. Le général Boaz, plus grand qu'un arbre, était autrefois responsable des Mille, même si les exigences des frères et de l'empereur bouleversaient régulièrement son emploi du temps. Boaz était un guerrier de légende, venant seulement en deuxième position après Marcellus, mais, par un caprice cruel des dieux, ses mains à présent percluses de douleurs le rendaient totalement inapte à manier l'épée.

Leona, qui appréciait le général, le salua d'un signe de tête et échangea un bref regard avec Marcellus. Celui-ci s'entretenait avec son frère Rafe et avait l'air fatigué. Une bouffée d'angoisse la surprit. Se pouvait-il que le légendaire Marcellus vieillisse ? Rafael était égal à lui-même, « l'œil vif et le poil brillant », comme disait Marcellus. C'était une description appropriée, car nombre de guerriers l'appelaient, dans le dos du Premier Seigneur, « le toutou de Marcellus ». Leona salua ses autres collègues d'un hochement de tête et s'assit.

La réunion avait déjà commencé quand le commandant dont la nomination était controversée fit son entrée. Le silence s'abattit un instant sur la salle. Riis était venu avec un auxiliaire, ce qui était considéré comme une maladresse par les autres chefs, qui aimaient se prendre pour de simples soldats, servis seulement par leur fidèle épée. Marcellus congédia poliment le jeune homme, mais accueillit Riis comme un ami. C'était sa façon habituelle de procéder, et visiblement le cavalier était sous le charme.

La réunion portait sur les funérailles de Petalina et les problèmes de sécurité qu'elles engendraient. Leona ne se sentait guère concernée. Elle jeta un coup d'œil à Riis, s'interrogeant à son sujet. Il était grand pour un guerrier : l'histoire de la guerre avait prouvé que, à qualités égales, plus les hommes et les femmes étaient petits, plus ils avaient de chances de survivre à leurs années de service. Ils étaient plus près du sol, mieux équilibrés, et présentaient tout simplement une cible moins évidente à l'ennemi. Leona se souvint que Riis n'était pas originaire de la Cité. Il était né dans un avant-poste étranger et, enfant, il avait été emmené à la Cité comme otage, garant de la bonne conduite de son père. Cette tradition s'était éteinte au cours des décennies précédentes, ce qui de l'avis de Leona n'était pas un mal. Introduire un louveteau inconnu dans la maison, c'était s'exposer à des ennuis lorsqu'il gagnait en puissance.

— Es-tu en train de suggérer que nous n'assistions pas aux funérailles de la dame ? demandait Marcellus à Fortance, désormais chef des Ours Argentés.

Le vétéran barbu répliqua :

— Je vous le suggérerais si je pensais que c'était utile, seigneur. Non, ce que je dis, c'est que vous devriez éviter de présenter une cible facile.

— Nous sommes soldats, répliqua Rafe. Nous savons veiller sur nous-mêmes.

C'était un éternel sujet de discussion. Pourtant, Leona ne put s'empêcher d'intervenir :

— Personne n'en doute, seigneur, mais Fortance a raison. Nous vous proposons seulement d'assister chacun de votre côté à des événements programmés.

— Toute notre existence est « programmée », Leona, soupira Marcellus. Mais nous y réfléchirons.

D'un geste, il congédia les guerriers, qui commencèrent à quitter la pièce. Leona regarda Fortance. Celui-ci haussa les épaules. Tous deux savaient que les Vincerii n'accepteraient aucun conseil au sujet de leur sécurité.

Alors que la salle se vidait, Marcellus rappela Riis. En se retournant, le nouveau commandant jeta un coup d'œil à Leona et lui adressa un sourire charmeur. Elle lui rendit son sourire. *Toi, je ne t'aime pas*, songea-t-elle. *Et je ne te fais pas confiance.*

La petite fille, terrifiée, accrochée à l'échelle de bois, baissa les yeux sur le fond du trou. Elle avait oublié comment elle était arrivée là et depuis combien de temps elle y était, mais ses petites mains la faisaient souffrir d'avoir grimpé, et ses pieds nus étaient pleins d'échardes. Les barreaux de l'échelle étaient très espacés, et chacun d'eux était difficile à atteindre pour elle : une bataille qui se rejouait sans cesse. Parfois, elle était désorientée, croyant que l'échelle était à l'horizontale et qu'elle s'y agrippait comme une mouche à viande à un plafond. Elle resserrait sa prise, fermait les yeux et se retenait de pleurer.

Puis elle n'était plus sur l'échelle, mais dans un endroit sombre et malodorant, où l'eau tourbillonnait autour de ses pieds, menaçant d'atteindre ses cuisses. Craignant de salir sa chemise de nuit, elle la tenait au-dessus de ses genoux. Mais ses pieds aussi étaient crasseux, et elle ne les sentait plus. Ne voyant rien que du noir, elle appela d'une petite voix : « Maman ! »

Sa maman était là, au bout du couloir, l'appelant à son tour. La fillette s'élança vers elle, essayant de ne pas éclabousser son vêtement, mais sa mère ne cessait de s'éloigner, s'enfonçant peu à peu dans les ténèbres, un bras tendu vers elle. Elle portait elle aussi une longue robe blanche. Cependant, la fillette voyait que les eaux noires avaient trempé la fine dentelle et montaient inexorablement, transformant la blancheur en un gris sale.

C'est alors qu'une grande main pâle surgit de l'obscurité ; une main pâle ornée d'une bague incrustée de pierres précieuses qui luisaient dans la lumière diffuse. En un clin d'œil, elle fit disparaître sa mère, comme si elle tombait dans un puits.

Saroyan se réveilla en sursaut, le cœur battant la chamade, la bouche sèche, le corps recouvert d'un voile de sueur. Ce n'était pas un rêve, mais un souvenir. Elle n'avait pas grimpé d'échelle en bois, mais descendu un escalier de pierre raide, aux marches glissantes, chacune représentant un défi pour la petite fille qu'elle était. Quant à sa mère, on ne l'avait pas enlevée, elle était partie de son propre chef, vers une destinée pire que ce qu'un enfant pouvait imaginer.

Elle roula sur le côté et s'assit sur la terre dure. Le feu ne brûlait presque plus, et la pleine lune jetait sa lumière crue sur le campement. Elle vit le soldat de garde lui adresser un signe de tête puis se retirer dans l'ombre. Elle étira son dos rendu douloureux par plusieurs jours de chevauchée à bride abattue. Leur retour à la Cité était prévu pour le lendemain à la mi-journée, et les projets qu'elle nourrissait secrètement depuis des années étaient sur le point de se concrétiser.

Lors de la réunion à Vieille-Montagne, ils s'étaient enfin mis d'accord et avaient choisi, comme elle l'avait proposé, le Jour des Offrandes pour leur tentative de putsch tant espérée. Cette fête était un événement important dans le calendrier de ceux qui vivaient dans cette région depuis des millénaires, et une date significative dans les rites anciens des premiers Serafim. La religion ne représentait plus rien pour eux depuis des lustres, mais les traditions avaient la peau dure.

Saroyan s'allongea de nouveau sur le sol froid. Le Jour des Offrandes marquerait pour la Cité le début d'une nouvelle ère, d'un nouveau règne, et mettrait un terme à la guerre. Une grande sérénité l'habitait. Elle ferma les yeux et sombra dans un profond sommeil.

Chapitre 9

La silhouette masquée s'avança, son épée dirigée vers le sein de Fiorentina. Cette dernière lutta contre l'envie de fuir, tentant de rassembler tout ce qu'on lui avait enseigné. Attaquer, parer, riposter. Attaquer, parer, riposter. Elle leva le menton et riposta. Les lames luisaient dans la lumière de l'aube tandis qu'ils avançaient et reculaient sur le tapis d'escrime.

L'entraînement avait commencé alors qu'il faisait encore nuit. Fiorentina était trempée de sueur. Elle la sentait perler dans son dos. Elle avait l'impression de n'être qu'un torchon à essorer comparée à son mari Rafe qui, comme toujours, demeurait frais et dispos. Essayant de rester concentrée – sur son équilibre, la position de son bras d'épée, ses pieds, les mouvements complexes qu'elle tenait à mémoriser, mais qui devenaient à présent un joyeux méli-mélo dans son esprit –, elle sentait son moral faiblir. Sa sœur et elle avaient toutes deux appris à manier l'épée lorsqu'elles étaient enfants, mais elle avait tout oublié depuis, et commençait à regretter d'avoir demandé à son époux de la remettre à niveau.

Comme s'il avait lu dans ses pensées, Rafe décréta tout à coup :

— C'est assez ! (Il arracha son masque et le jeta à terre.) Il y a du progrès.

Elle afficha un air renfrogné.

— Ne me prends pas de haut, rétorqua-t-elle plus sèchement qu'elle ne le voulait.

Il l'observa un instant. Elle se demanda si elle avait franchi les limites. Puis il sourit.

— Quand nous avons repris, tu étais très mauvaise. Aujourd'hui, après six mois d'entraînement, tu es juste médiocre. Mais tu es dotée d'une grâce, d'une rapidité et d'un équilibre innés, et tu as acquis depuis quelques techniques.

Il essuya ses mains et son cou avec une serviette. Elle constata avec plaisir qu'en dépit des apparences lui aussi avait transpiré.

— Tu dois garder à l'esprit, poursuivit-il en essuyant ses lames avec un chiffon, que le soldat moyen, aussi bien chez nous que chez les Bleus, n'a aucune de ces compétences. Il a seulement appris à enfoncer son épée et à trancher jusqu'à ce que son ennemi s'immobilise. La pointe d'une épée bien placée le tuerait en un clin d'œil. Je pense que, demain, nous aborderons les coups mortels.

— Nous avons fini tôt, aujourd'hui, fit-elle remarquer, radoucie.

Il regarda le ciel d'un gris d'étain.

— C'est le Jour des Offrandes, une grosse journée pour nous tous, et je dois voir ton ami Dol Salida avant.

— Dol Salida ? Pourquoi donc ?

Elle se demanda si cela avait un rapport avec la mort de Petalina. Le vieil homme, cousin éloigné de Fiorentina et de sa sœur, spécialisé dans le renseignement et la rumeur, avait peut-être découvert les raisons de la mutinerie des Léopards.

— Je ne sais pas. Il a demandé une audience. Maintenant, je vais prendre mon bain.

Elle sourit. Depuis qu'elle le connaissait, il prenait chaque jour un bain, parfois deux, dans un palais où se baigner était perçu comme un rituel annuel pénible. C'était l'une des choses qu'elle aimait particulièrement chez lui.

Il la salua, rangea les épées sur le râtelier puis monta l'escalier d'un pas leste, avec l'agilité d'un jeune homme, pour se diriger vers le caldarium. Fiorentina ferma les grandes fenêtres. La pluie tombait plus dru que jamais. Elle retourna ensuite tranquillement vers ses appartements. C'était l'un des plaisirs qu'offrait la vie au Palais Rouge : elle pouvait se déplacer librement, sans escorte. Cette aile à l'extrême-nord appelée le Refuge, jadis un petit fort, avait été construite des siècles avant le palais. Même si celui-ci s'était peu à peu étendu, englobant la vieille forteresse de grès, l'aile conservait son caractère ancien, et ses murs demeuraient imprenables.

Ses appartements, situés au dernier étage du Refuge, étaient orientés à l'ouest, vers l'Éperon et la mer lointaine. Ils étaient ornés de tapisseries colorées, de panneaux sculptés et de fauteuils confortables. Les murs chatoyaient de cadres or et argent et d'appliques de verre. Sa petite armée de servantes était là depuis qu'elle s'était absentée, affairée à nettoyer, polir, épousseter rideaux et tapis, garnir les vases de fleurs fraîches. Rafe avait décrété qu'elle en aurait tous les jours, bien qu'elle pût difficilement imaginer d'où elles provenaient, avec la Cité assiégée.

À son arrivée, sa servante Miri l'aida à ôter sa tenue d'escrime, un chemisier noir et une large jupe de coton, puis, comme à l'accoutumée, fit claquer sa langue devant ces vêtements aussi laids qu'inélégants.

Fiorentina fut baignée et habillée d'une chemise blanche. Après quoi elle resta patiemment assise pendant que Miri brossait sa longue chevelure noire, la tressait et enroulait les nattes autour de sa tête avant de les épingler. La domestique l'aida ensuite à passer l'une des robes préférées de Rafe, en soie bleu nuit, qui faisait ressortir ses yeux et masquait le léger renflement de son ventre.

— En avez-vous parlé au seigneur ? demanda sèchement la femme.

Fiorentina secoua la tête. Le bon moment semblait ne jamais se présenter : le seigneur était toujours distrait, occupé, ou sur le point d'aller quelque part. Le bon moment, ce serait lorsqu'ils passeraient toute une soirée ensemble, à discuter devant un feu dans la cheminée, ou qu'ils paresseraient au lit par un chaud après-midi.

— Vous allez attendre d'être grosse comme une vache ? la réprimanda Miri.

Étant au service de Fiorentina depuis dix ans, elle s'autorisait ce genre de liberté. Fiorentina ne lui en tenait pas rigueur. Seul quelqu'un qui n'avait jamais connu sa mère, songea-t-elle, pouvait apprécier qu'on le materne.

— J'ai l'intention de le lui dire ce soir.

À la vérité, elle n'était pas sûre de la réaction de son époux.

Après s'être apprêtée, elle descendit aux cuisines pour s'entretenir avec la cuisinière. C'était un jour important pour les Familles, et des mets particuliers devaient être préparés. La cuisinière de Fiorentina, Alcestis, maigre et épuisée, leva les yeux du poisson qu'elle vidait, les mains rouges de sang et de matières visqueuses.

— Vous n'imaginez pas à quel point il est difficile de se procurer des fruits, déclara-t-elle comme si elle poursuivait une conversation. Nous n'avons que ces poires… (du menton, elle désigna un grand saladier contenant des poires rosées et luisantes contre la poterie rugueuse)… ces figues séchées, et quelques pommes ridées.

Les primeurs et autres marchands de denrées alimentaires faisaient le pied de grue à la porte nord du Refuge bien avant l'aube, se battant pour proposer les meilleurs produits. Alcestis savait que Fiorentina aimait couper des poires et les mettre à tremper dans le vin rouge toute la journée, afin que son époux les déguste le soir.

— Et les poissons ! reprit la cuisinière. Je voulais de la brème, mais il n'y en avait pas. Il n'y avait que ces vieux bouts de viande, et l'anguille que voici. (Elle fit la moue.) C'est petit et difficile à manipuler. Quand j'étais enfant, on donnait les anguilles aux chats. Aujourd'hui, on les sert au palais de l'empereur ! Et même le Jour des Offrandes…

Elle secoua la tête devant le sort terrible réservé à la noblesse en temps de guerre.

Souriant intérieurement, Fiorentina prit une poire et quitta les cuisines, les plaintes d'Alcestis résonnant encore à ses oreilles. Elle se dirigea vers l'atrium, où elle espérait revoir son mari avant le début de sa journée. Il s'y trouvait, vêtu pour l'occasion d'une tenue officielle – et armé, remarqua-t-elle. Un domestique était en train d'épousseter sa veste noire. Lorsque Rafe vit Fiorentina dans la robe qu'il adorait, son regard s'illumina. Il lui prit la main, la retourna et déposa un baiser dans sa paume.

— Ma dame, vous êtes un ravissement pour l'œil.

Elle sourit, mais ces paroles firent jaillir en elle une étincelle de peur. Depuis la mort de Petalina, elle vivait dans la crainte : celle qu'un malheur arrive à son époux ou au bébé.

— Sois prudent, dit-elle tout en agitant les doigts, faisant passer ses recommandations pour une plaisanterie.

Elle ne voulait ni l'accabler de ses réflexions ni se rendre compte que ses peurs étaient fondées.

À cet instant, le vieux spécialiste de l'espionnage Dol Salida fut introduit dans la pièce, lourdement appuyé sur sa canne au pommeau d'argent. Fiorentina le connaissait depuis l'enfance et avait de l'affection pour lui. Cependant, elle sourit et les laissa, sachant que, si elle restait, Dol ne pourrait évoquer le motif de sa visite.

Elle envoya donc un baiser à son époux et, résolue à lui avouer le soir même qu'elle portait leur enfant, se détourna de lui pour la dernière fois.

Quand Leona était allée se coucher juste avant l'aube du Jour des Offrandes, c'était sans aucune peur ni aucun pressentiment. Comme toujours, elle avait dormi d'un sommeil sans rêves.

Elle ne se souvenait pas d'avoir rêvé lorsqu'elle était enfant, puis jeune fille, chez son père. Ni bien plus tard, quand elle avait été courtisée par le jeune et beau forgeron aux cheveux blonds qui l'avait épousée. Il riait et chantait tout en travaillant, et il avait pleuré de joie à la naissance de leurs trois enfants : deux garçons blonds et une fille, sa précieuse petite fille, dont la crinière rousse flamboyait comme la sienne.

Elle était certaine de n'avoir pas rêvé non plus quand toute sa famille avait succombé à l'épidémie de peste qui avait éclaté dans le quartier surpeuplé de Lindo. La maladie avait ensuite balayé l'amphithéâtre et Burman Far avant de s'éteindre aussi brusquement qu'elle était apparue, causant la mort de plus de la moitié de la population dans ces zones de la Cité.

Si des soldats évoquaient leurs rêves et s'enquéraient ensuite des siens, elle haussait les épaules, indifférente. Libre à eux d'interpréter ce geste. Parfois, elle pensait que ce que les soldats appelaient « rêves » n'était en fait que des histoires bizarres, enrichies, insignifiantes et grivoises créées de toutes pièces pour distraire leurs camarades. Un peu comme les récits que brodaient la plupart des soldats pour embellir leurs actions et, parfois, cacher leurs méfaits.

Toutefois, elle regrettait parfois de ne pas rêver, de ne pas pouvoir, la nuit venue, passer du temps avec ses enfants. S'ils avaient vécu, ils seraient grands désormais, et elle pourrait voir le genre de personnes qu'ils seraient devenus. Mais ils seraient tout de même morts, songea-t-elle. Morts sur un champ de bataille étranger, plutôt que dans leurs petits lits. Cela aurait-il été préférable ? Qu'ils vivent pour tomber amoureux, avoir peut-être des enfants à leur tour, avant qu'on ne leur arrache tout ?

L'année de la grande peste fut aussi la première où l'on enrôla les femmes dans les armées de l'Immortel. Des milliers de jeunes femmes avaient succombé à la maladie, et les survivantes, du moins celles âgées d'au moins seize ans, furent envoyées au service de leur Cité. La plupart d'entre elles ne firent pas long feu. Cette année-là, presque toute une génération de jeunes filles fut éradiquée. La Cité ne se remit jamais de cette catastrophe pour sa population à venir.

Leona, déjà morte à l'intérieur, avait observé cette absurdité, puis décidé de rejoindre l'armée à son tour. Aucune règle n'interdisait à une femme d'âge mûr de s'engager. Elle avait donc suivi ce qui n'avait de formation que le nom, aux côtés de filles deux fois plus jeunes qu'elle. Au final, elle avait survécu à toutes. Cela lui avait donné une vie, même si ce n'était pas celle qu'elle imaginait au départ, et en quelque sorte une famille. Au fil du temps, elle était devenue la femme soldat la plus gradée de toutes les armées de l'Immortel. Elle adorait l'existence qu'elle menait désormais, en dépit de la bureaucratie, des règlements inutiles, des manœuvres politiques mesquines. Car, au fond, pour un homme ou une femme, la fierté comptait avant tout, la fierté de défendre la Cité, qui se traduisait par le zèle qu'ils mettaient à sacrifier leur vie à son service.

Lorsqu'elle rencontra Valla pour la première fois, la jeune fille n'était qu'une recrue de seize ans, fraîchement débarquée d'un orphelinat. Grande, tout en jambes et terrifiée, elle cachait alors sa peur sous un épais vernis d'insolence. Maniant l'épée avec naturel, elle était dotée d'une rapidité, d'une grâce et d'un équilibre innés. Leona était sa formatrice et avait décidé de surveiller les progrès de la jeune fille si celle-ci s'obstinait à survivre. Quand Leona quitta ce poste tant honni – former des gamines incompétentes et désespérées pour qu'elles livrent, paniquées, un bref combat soldé par une mort cruelle –, elle se souvint de la fille et l'entraîna à sa suite dans divers régiments d'infanterie, gravissant les échelons. Elles furent séparées quand Leona fut promue au rang des Mille, un événement sans précédent pour une femme. Il ne lui était pas venu à l'esprit de refuser, mais elle pensait ne jamais revoir Valla. Toutefois, cette dernière survécut et s'aguerrit, jusqu'à retenir l'attention du général Boaz. Au cours d'une échauffourée contre les Fkeni, dans les montagnes de la Lune, la fille avait secouru trois camarades blessés de sa compagnie et les avait défendus contre l'ennemi jusqu'à l'arrivée des renforts. Dans une armée où le courage et l'honneur étaient rarement récompensés, une figure des hautes sphères remarqua pour une fois l'acte de bravoure. Leona avait proposé que Valla rejoigne les Mille. Boaz lui avait objecté qu'elle ne venait pas d'une famille reconnue, à quoi Leona avait répondu qu'elle-même était la fille d'un pauvre marchand. Les deux femmes combattaient ensemble depuis plus de huit ans.

Leona se demandait comment se portait son amie avec son bras blessé, et pourquoi elle n'avait pas cherché à la rejoindre. D'ici à deux jours, elle serait en congé et pourrait se mettre à sa recherche. Peut-être renouvelleraient-elles leur vœu secret, prononcé devant Aduara, la déesse omnisciente.

— Leona ! Debout !

Elle ouvrit les paupières, aussitôt réveillée. Inutile que Loomis lui secoue l'épaule de sa poigne de fer.

— Oui ? dit-elle en balançant les jambes hors de son lit, essayant de forcer son esprit à se mettre en alerte.

Elle avait été de garde toute la nuit. Nul besoin de voir les encoches sur la bougie pour savoir qu'elle avait peu dormi.

— Les Vincerii exigent que tous les chefs se présentent à la Porte de Porphyre. (Son auxiliaire ajouta inutilement :) Tu ne voudrais pas être la dernière arrivée.

Leona s'habilla aussi vite que possible et rentrait encore sa chemise dans son pantalon lorsqu'elle quitta précipitamment sa chambre derrière Loomis, qui lui tendit son ceinturon.

Elle n'était pas tout à fait la dernière. Les commandants des Mille, ceux des centuries présentes dans la Cité, étaient arrivés dans la salle de commandement dans l'ombre de la Porte de Porphyre, l'une des entrées connues du Donjon de l'Immortel, profondément enfoncé au cœur du Palais Rouge. Étaient également présents les généraux des régiments actuellement déployés dans la Cité. Seul le Faucon Nocturne honni, Riis, manquait à l'appel.

Marcellus regardait la porte d'un air furieux.

— Où est Riis ? demanda-t-il, le visage sombre.

Il jeta un regard noir aux soldats réunis. Leona se demanda ce qui avait pu déclencher une telle colère.

— On ne l'a pas vu depuis hier matin, répondit un commandant en cachant à peine sa satisfaction de voir le cavalier échouer dès sa première mission.

— Alors qu'on aille me chercher son second ! tonna Marcellus.

Un auxiliaire obtempéra, au pas de course.

Leona balaya la salle du regard. Certains des soldats présents avaient été nommés par l'Immortel, des hommes âgés pour la plupart, promus pour services rendus au plan politique, ou comme « fils de ». En temps normal, Marcellus ne leur consacrait pas une minute. Rafael, élégant en noir, se tenait aux côtés de son frère. Derrière eux, Boaz les dominait de toute sa hauteur. L'odeur piquante de l'angoisse flottait dans l'air, mêlée à celles des corps sales, de la faim, de la fatigue et des haleines rendues fétides par l'abus de vin. Seule une crise majeure pouvait réunir ainsi tous les chefs en même temps. Et une crise qui affectait directement la Cité, pas juste un revers militaire sur le terrain.

Tandis qu'ils attendaient, Marcellus faisait les cent pas dans la salle, son impatience manifeste, considérant les guerriers rassemblés d'un œil noir, comme prêt à en désigner un sur qui rejeter la faute. Enfin, l'homme parti chercher Riis se glissa par la porte entrouverte et se hâta de rejoindre le Premier Seigneur pour lui parler à voix basse. Marcellus fronça les sourcils et posa une question. Le jeune homme secoua la tête.

Marcellus se tourna vers les soldats. Dans sa voix perçait une fureur contenue :

— Une source, une source sûre, nous a informés qu'une attaque allait être lancée sur le palais aujourd'hui.

Les guerriers échangèrent des regards incrédules.

— Par où ? s'enquit Leona.

— Par les égouts.

Leona entendit des grognements sceptiques et des murmures : « Impossible ! »

— Par qui ? demanda-t-elle.

Marcellus secoua la tête.

— Quelle importance ? cracha-t-il. Par l'ennemi !

— Tout ce que nous savons, intervint Rafael d'une voix douce, c'est qu'il y aura une attaque, par les égouts, à un moment de la journée. Ou tout au moins qu'une attaque est prévue. Le nombre d'accès est limité…

— Je n'en vois que deux, gronda Fortance, commandant des Ours Argentés, et ils sont tous deux largement immergés.

— Le niveau des eaux change constamment, précisa Rafael. Hier encore, on m'a dit que le niveau de la citerne de la rue des Départs a soudain baissé de moitié, et ce malgré la pluie. Elle est toujours à moitié pleine, ce qui signifie que l'eau doit s'écouler par une autre voie.

Cette révélation était surprenante. La citerne de la rue des Départs, qui approvisionnait en eau fraîche l'Armurerie et certaines zones de Burman Sud et du Paradis, se vidait rarement, excepté en période de sécheresse extrême. Et il pleuvait depuis des semaines.

— Se peut-il que ce soit délibéré ? L'œuvre des cancrelats qui vivent dans les égouts ? demanda Langham Vares, général de la Vingt-deuxième.

— Je ne vois pas pourquoi, rétorqua Marcellus. Ils ne peuvent pas espérer conquérir le palais en l'asséchant.

Il était vraiment de mauvais poil.

— Notre source d'information est sûre, répéta Rafael. Si on nous a prévenus qu'une invasion par les égouts allait être tentée, c'est la vérité. Il se peut que seul un petit nombre de soldats soient impliqués, car l'accès doit être quasi impossible.

Il s'interrompit et reprit :

— Nous devons donc en conclure que leur objectif est sûrement de détourner notre attention d'une attaque de plus grande ampleur. (Il fixa son regard sur l'assemblée.) Notre priorité est de veiller sur l'empereur. En l'absence des Gulons, les Ours de Fortance monteront la garde dans le Donjon.

Fortance acquiesça d'un bref hochement de tête. Leona décela de la fierté dans le regard du vieil homme. Une ombre planait sur le vétéran depuis un raté datant de l'été précédent, lorsqu'une des doublures de l'empereur avait failli se faire tuer dans une embuscade. Alors chef des Chiens de Chasse de l'Empereur, aux commandes de l'opération, Fortance avait été rétrogradé, pour remplacer peu de temps après le chef des Ours Argentés. Sans le moindre doute, il était désormais totalement absous.

— Aquila, poursuivit Rafael, vous et vos Oiseaux de Nuit soutiendrez Fortance. Il vous en manque toujours six ?

— Oui, seigneur.

Deux centuries dans le Donjon ? s'étonna Leona. *Avons-nous vraiment besoin de deux cents guerriers d'élite pour protéger un être qui a prouvé à maintes reprises que rien ne pouvait l'atteindre ?* Elle frissonnait toujours en pensant à Araeon. Son devoir était de servir la Cité et l'empereur, mais en son for intérieur sa loyauté était toujours allée, et irait toujours, à Marcellus. Ayant combattu aux côtés du Premier Seigneur pendant dix ans, elle avait hâte de le voir monter un jour sur le Trône Immortel. Seul Marcellus pouvait mettre un terme à la guerre, car l'empereur, elle l'aurait juré, avait bien trop profondément sombré dans la folie pour le faire. Toutefois, elle était une loyale fille de la Cité et devait protéger Araeon jusqu'à la mort. Ce à quoi elle s'engagerait.

Tandis que Rafael donnait ses consignes pour le bon déploiement des forces, Marcellus écoutait, hochant la tête de temps à autre. Les Chiens de Guerre avaient reçu l'ordre de fouiller les salles publiques de l'aile ouest, alors que les soldats de la Vingt-deuxième écopaient d'une mission dangereuse : explorer les profondeurs, les salles et couloirs abandonnés à la montée des eaux.

Quand Rafael eut terminé, Marcellus prit la parole :

— Les Grandes Portes resteront closes jusqu'à nouvel ordre. (Il regarda Boaz, qui acquiesça.) À partir d'aujourd'hui, pour les rouvrir, il faudra un ordre direct de l'Immortel ou de moi.

Ils prennent la menace très au sérieux, se dit Leona, sentant l'excitation la gagner à la perspective de passer à l'action.

— Par chance, la Seconde Adamantine et la Quatrième Impériale, nos régiments les plus illustres, se trouvent dans la Cité en ce moment, déclara Marcellus. Les habitants de la Cité les respectent, et leur présence évitera d'éventuels incidents.

» Les audiences privées de l'Immortel ont-elles été annulées ? demanda-t-il à Boaz.

Le général afficha un mince sourire. Une rivalité de longue date opposait les deux hommes, et Marcellus s'amusait parfois à traiter Boaz comme s'il n'était qu'un simple secrétaire de l'empereur.

— Toutes à l'exception d'une, répliqua le grand soldat d'un ton assez affable.

— Annulez-la, ordonna Marcellus.

— J'aviserai l'Immortel de votre proposition, rétorqua platement Boaz.

Apparemment, si on le traitait comme un secrétaire, il agirait comme tel. Leona voyait d'un mauvais œil ce genre de petit jeu, qu'elle n'autorisait pas à ses capitaines.

Peut-être agacé lui aussi, Rafael congédia brusquement les guerriers.

— Une dernière chose, ajouta Marcellus.

Un certain désordre s'ensuivit quand les hommes impatients, armés et non armés, se retournèrent dans l'encadrement de la porte en se cognant les uns aux autres.

— Aujourd'hui, c'est le Jour des Offrandes, annonça leur seigneur. Un événement d'une grande importance pour les Familles et l'empereur. Que l'ennemi ait choisi cette date pour attaquer n'est pas un hasard. Cette insulte incitera peut-être nos fidèles soldats à vouloir éliminer les envahisseurs jusqu'au dernier, mais nous devons nous retenir. Le renseignement est capital, comme nous en avons eu la preuve aujourd'hui. Voyez en cette attaque l'occasion d'interroger l'ennemi, à la fois sur cette invasion mais aussi sur les plans et manœuvres des armées peaux-bleues en général. Cette journée peut se révéler vitale dans l'histoire de la Cité. Ce peut être le jour où le courant s'inversera et jouera en notre faveur, une bonne fois pour toutes.

Ses propos étaient pragmatiques, mais Leona sentit la fierté et la foi gonfler sa poitrine. Avec Marcellus au commandement, la Cité vaincrait, et ce jour marquerait un tournant dans la guerre. Autour d'elle, les murmures des hommes, confiants, reflétaient ses pensées.

Marcellus éleva la voix :

— Donnez l'ordre à vos soldats d'identifier les chefs, qu'ils soient officiers supérieurs ou simples soldats. Il est très important que nous les interrogions. Quant aux autres… Tuez-les tous !

Leona sentit la clameur des vétérans vibrer dans ses os avant qu'elle ne parvienne à ses oreilles lorsque les cinquante guerriers exprimèrent leur accord et leur foi dans un grondement sourd. Ils étaient tous soldats de longue date, et leur sang bouillonnait à la perspective de se battre pour sauver leur Cité et leurs seigneurs.

Le gulon à la fourrure bigarrée avait l'habitude d'attendre. Le passage du temps n'avait aucune signification pour lui, car ses ancêtres, plus de mille ans auparavant, avaient été élevés pour n'avoir aucune notion de ce concept.

Il continuait donc à faire ce qu'il avait toujours fait. Il errait dans le Palais Rouge, traversant des corridors sombres que seuls connaissaient les gulons et leurs ennemis mortels, les rats, glissant derrière les lambris, sous les tapisseries, grimpant et descendant les escaliers, se faufilant par d'étroits passages, et, en cas de nécessité absolue seulement, nageant dans les profondeurs immergées des anciens palais. Il cherchait *la femme*, sans que cet objectif revête une réelle urgence, mais sans relâche, comme il l'avait fait toute sa vie – du moins aussi loin qu'il s'en souvenait. Il se rendit dans tous ses lieux favoris, là où son odeur restait la plus forte, puis dans d'autres endroits où il l'avait trouvée par le passé, laissant une trace à peine détectable derrière elle. Au bout d'un moment, une partie de son cerveau comprit qu'elle n'était plus dans le palais. Elle était déjà partie de nombreuses fois. Elle revenait toujours.

Et le gulon avait l'habitude d'attendre.

Toutefois, quand les gongs donnant l'alerte résonnèrent, deux choses se produisirent. Tout d'abord, le gulon rabattit ses oreilles sensibles à l'arrière de son crâne pour les protéger du vacarme. Ensuite, quelque chose de profondément ancré dans son cerveau primitif se modifia : il sut que la mission qui consistait à protéger *la femme* était annulée. En cas d'urgence, sa mission changeait : il cherchait *la femme* destinée à être surveillée.

Il sortit de derrière la colonne moisie où il attendait et se dirigea vers le cœur du palais. S'en tenant aux lieux sombres et aux passages secrets, il gravit les différents niveaux, gardant toujours le cap à l'est. Il croisa beaucoup d'hommes. La plupart couraient soit en provenance du Donjon, soit vers lui.

Un groupe de ceux qui étaient en noir et argent, avec la peau dure et leurs bâtons pointus, le dépassa à toute allure. Le gulon chercha des femmes parmi eux, mais n'en vit aucune. Même si c'était inhabituel, il n'en fut pas découragé.

Enfin, dans un étroit couloir près du centre du palais, il perçut l'odeur d'une femme seule, puis la vit. Ce n'était pas celle qu'il attendait – s'il attendait quoi que ce soit. La femme n'avait que trois membres, ce qui n'était pas rare. Malgré tout, de son unique patte avant, elle brandissait un bâton pointu aussi bien que les soldats pourvus de quatre membres.

Tandis que le gulon l'observait depuis l'obscurité, un homme apparut dans le couloir, derrière la femme, marchant d'un pas léger. Il la suivait furtivement, les bruits qu'il faisait étouffés par les gongs sonnant l'alerte. Le gulon, qui savait reconnaître une personne traquée, comprit que l'homme avait l'intention de nuire à la femme. C'était donc clairement *la femme* qu'il cherchait, et qu'il devait protéger.

Il s'empressa de quitter discrètement sa cachette. Il se plaça dans le sillage de l'homme puis, toutes griffes acérées dehors, grimpa le long de son dos et se percha sur son épaule. L'homme eut à peine le temps de crier que la créature glissait son museau pointu entre le gorgerin et le casque et arrachait les deux artères principales de son cou.

Saignant abondamment, il s'effondra dans un fracas métallique qui couvrit momentanément le tintamarre des gongs.

La femme se retourna, vit le cadavre et le gulon, et prit la fuite.

L'animal s'arrêta, tenté par les globes oculaires juteux de sa victime. Mais il ne voulait pas perdre la piste de *la femme*. Il lécha donc ses moustaches ensanglantées et la suivit à pas feutrés.

Chapitre 10

Stern Edasson d'Adrastto se trouvait sur le Mur Adamantin à l'extrême-sud de la Cité, tourné vers l'extérieur, le regard posé sur les montagnes cachées derrière un rideau de pluie. Du grésil en provenance du nord lui tombait dans le cou et coulait sous sa vieille armure, mais il sentait à peine le froid. Il était inquiet.

Enfant, déjà, il pensait trop. Son père avait essayé de le faire changer à coups de trique ; sa mère sanglotait en se lamentant qu'on ne pourrait rien faire de lui. En grandissant, Stern avait appris à garder pour lui les idées qui lui envahissaient l'esprit, aussi implacables et malvenues que les épidémies de printemps. Plus encore depuis que son frère et lui avaient quitté le nid pour rejoindre les armées de la Cité. Personne ne voulait d'un soldat qui pensait trop. Mais par moments, comme c'était le cas à présent, il ne pouvait s'empêcher de penser à des choses qui lui donnaient la migraine.

Aux côtés de ses collègues de garde, dans la morne lumière matinale, perché au-dessus de la Porte Isingen, théoriquement censé surveiller le sud mais ne voyant que du gris, il se demanda, au nom des dieux, ce qui pouvait bien se tramer. Ses camarades, surtout son frère, Benet, s'étaient satisfaits des ordres donnés, car ceux-ci venaient du général Boaz en personne.

— Barrez les portes, avait ordonné le guerrier vétéran ce matin-là, sans descendre de sa monture et ne s'arrêtant qu'un bref instant. Et laissez-les ainsi, sous peine de mort. Ne les ouvrez sous aucun prétexte, jusqu'à ce que Marcellus ou l'Immortel lui-même en donnent l'ordre.

Le général avait semblé d'humeur détendue, car il avait fait un signe de tête à Stern et dit :

— Ton empereur apprécie tes services, soldat.

Stern avait répliqué : « Merci, seigneur » comme si le général et lui bavardaient tous les jours.

À présent qu'il se trouvait sur le rempart, dans cette lumière aqueuse, il se posait des questions.

— Tu t'inquiètes encore ? demanda Quora en levant les yeux vers lui, car il la dépassait d'une bonne tête.

Stern haussa les épaules.

— Ça n'a pas de sens, dit-il.

Les autres soldats soupirèrent. Ce n'était pas la première fois qu'ils l'entendaient dire cela.

— Quand on nous a envoyés ici, on nous a dit, après la mort de Caranus, que Boaz était notre commandant direct, poursuivit-il.

Caranus était le commandant des Piquiers, une compagnie de la Vingt-cinquième infanterie largement décimée lors de la bataille de Salaba, l'été précédent. Stern et cinq de ses camarades en avaient réchappé. L'armée Maritime de l'Est avait été surprise et massacrée par les Bleus. À leur retour à la Cité, ils avaient été récompensés en étant nommés à la surveillance des remparts jusqu'à ce qu'on les envoie dans un autre régiment d'infanterie. Cela faisait désormais plus de six semaines qu'ils arpentaient cette section du Mur Adamantin, à l'extrême-sud, entre la Tour Isingen et la Tour de la Vérité. Stern s'ennuyait à mourir et détestait de tout son être chaque pierre de ce mur. Les autres semblaient trouver le manque d'action reposant.

— Donc si votre commandant vous ordonne quelque chose, reprit-il, vous le faites. Si votre commandant vous ordonne de barrer la porte, vous le faites. Mais s'il revient le lendemain et qu'il vous ordonne de la rouvrir, vous le faites. Quel général donne un ordre sur lequel il ne peut revenir ? demanda-t-il en arrivant au cœur du problème.

— On s'en inquiétera en temps voulu, répondit le vétéran Grey Gus, comme à son habitude.

Et si, songea Stern sans faire part de ses craintes, car cela pouvait passer pour une trahison, Marcellus et l'empereur se faisaient tuer tous les deux ? Dans ce cas, que se passerait-il ? Les Grandes Portes resteraient-elles closes pour l'éternité, Stern et ses camarades les défendant jusqu'à la mort contre les propres soldats de la Cité ?

— Ça n'a pas de sens, marmonna-t-il dans sa barbe.

— Ce n'est pas à nous de remettre les ordres en question, dit son frère Benet en reniflant. Nous sommes les Piquiers, les meilleurs soldats de la Cité. On suit les ordres, jusqu'à la mort.

Benet n'avait jamais été trop assailli par les pensées.

Ils entendirent des bruits de pas. Stern s'avança vers le bord intérieur du rempart et regarda en bas.

— Qui est-ce ? demanda Benet en voyant un groupe de soldats émerger de la pluie. Tu y vois quelque chose ?

Stern lui jeta un coup d'œil. La vue de son frère ne s'était pas arrangée depuis qu'il avait été blessé à la tête, un an auparavant. C'était tout juste si Benet reconnaissait son frère, alors les hommes d'infanterie en contrebas…

— Des Têtes de Pelle, répondit-il sèchement.

— Des Pelleteurs de Boue, railla son frère.

Il cracha dans leur direction. Une forte rivalité opposait les Piquiers et les Têtes de Pelle, dont les baraquements étaient mitoyens dans la rue des Danseuses-Flamboyantes. Les Têtes de Pelle étaient chargés de la section de rempart suivante, entre la Tour Isingen et la Porte Adamantine.

Benet vit que son frère fronçait toujours les sourcils.

— C'est Boaz qui nous a donné l'ordre, insista-t-il. C'est notre général. S'il nous ordonne de rouvrir les portes, on sera obligés de le faire. C'est notre général. (Il n'y avait pas d'argument à opposer à cela.) Et il peut faire beaucoup pour nous. Il a dit qu'il se montrerait reconnaissant.

— Il a dit que l'empereur se montrerait reconnaissant. Et s'il meurt ?

— Qui, l'empereur ?

— Non, imbécile ! Boaz. Et s'il se fait tuer ? S'ils se font tous tuer ? Est-ce qu'on se contente de surveiller les portes jusqu'à la mort ?

Benet grimaça, comme s'il réfléchissait trop profondément.

— On surveille les portes. On les surveille jusqu'à la mort, déclara-t-il enfin.

Il regarda à la ronde ses camarades, qui acquiescèrent avec enthousiasme, du moment que cela mettait un terme à cette conversation. Benet baissa les yeux sur les soldats qui marchaient et, dans leur dos, leur adressa joyeusement un geste obscène.

Stern se laissa choir sur la pierre des remparts. Son dos le faisait souffrir, et il était soulagé de faire une pause. Fatigué, il était trempé jusqu'aux os et avait mal aux pieds. Il se demanda à quand remontait la dernière fois où il avait eu des bottes sèches. Il regrettait de tout son cœur que cette journée-là ne soit pas une journée comme les autres. Ils avaient été de garde toute la nuit, et à cette heure il aurait dû être de retour à sa caserne, en train de dormir, le ventre plein de porridge. Mais leur temps de service avait été doublé, et ils devaient affronter un jour de plus sous le grésil et la pluie. Toujours debout, ses camarades l'observaient. Malgré la confiance qu'ils affichaient, ils le connaissaient suffisamment pour s'inquiéter parce que *lui* s'inquiétait.

— C'est quoi, ça ? demanda Quora au regard d'aigle en repoussant son casque, les yeux plissés.

Las, Stern se leva.

— Quoi ?

Elle désignait une zone au-delà du mur, où Stern vit que la brume était plus épaisse. Il eut beau la scruter, il ne comprit pas ce que c'était.

Il entendit toutefois un grondement lointain, comme la charge d'une force de cavalerie constituée d'un millier de montures. Tous les soldats regardèrent dans la même direction. Ils ne virent que le grésil et la brume. Mais le bruit s'amplifiait.

L'angoisse s'infiltra dans les tripes de Stern.

— Dans la tour ! hurla-t-il sans savoir pourquoi.

Surpris, les autres se tournèrent vers lui, puis commencèrent à se diriger vers la porte de la Tour Isingen, à cinquante pas de là.

— En vitesse ! beugla-t-il.

Ils se mirent à trottiner, Benet s'attardant à l'arrière. Stern jeta un nouveau coup d'œil vers la masse sombre au sud et, envahi par la peur, s'élança derrière ses camarades. Ils se faufilèrent un par un par l'étroite porte, le grondement de plus en plus puissant les rattrapant.

Stern s'arrêta un instant. Horrifié, il vit apparaître dans le brouillard un mur d'eau gris, plus haut encore que le Mur Adamantin. Au dernier moment, juste avant que la vague ne les frappe, il s'engouffra dans la tour et referma la robuste porte derrière lui.

Le mur d'eau s'abattit sur les remparts comme un bélier manœuvré par les dieux. Un bruit assourdissant résonna dans toute la tour. Alors que les soldats étaient accroupis sur les marches, dans le noir, ils sentirent l'onde de choc comme si leur propre corps avait été frappé, claquant des dents et secoués comme des pruniers. Des pierres tombèrent en pluie sur leurs casques et leurs dos. Ils entendirent le craquement des grilles et des poutres torturées, auquel se mêlaient les hurlements de terreur et de douleur de leurs camarades, plus bas.

La Tour Isingen, qui existait depuis huit cents ans, tint bon quelques battements de cœur supplémentaires avant que sa charpente ne cède, laissant pénétrer la lumière du jour et le déluge des eaux. Dans un vacarme épouvantable, une partie de la tour s'effondra. Une avalanche de pierres et de bois s'abattit, emportant les volées d'escalier inférieures, laissant Stern et ses camarades isolés au sommet. Sur l'escalier en ruine, les six soldats s'accrochaient les uns aux autres, persuadés qu'à tout moment ils seraient balayés par les eaux bouillonnantes, ou emportés par les murailles détruites. Stern serrait fort les paupières. Il se tenait à Benet et sentait que quelqu'un avait passé un bras autour de son épaule. Il pria pour que cela finisse.

Puis, après ce qui leur parut une éternité, le bruit s'éteignit lentement pour laisser place à un calme inquiétant, troublé seulement par l'eau qui gouttait et les cris étouffés des soldats blessés et terrifiés, ensevelis sous les décombres.

Stern releva la tête et regarda autour de lui. Les marches sur lesquelles ils avaient trouvé refuge étaient miraculeusement intactes. Le côté sud de la tour avait totalement disparu, ainsi que les marches inférieures. Stern regarda les montagnes à travers la pluie et le nuage de poussière qui s'élevait.

Il se leva prudemment, craignant que son refuge ne cède sous lui. Les jambes flageolantes, il descendit les dernières marches encore en place, qui se terminaient à mi-hauteur de la grande tour. En dessous, il n'y avait qu'un tas de décombres, toujours plus branlants à mesure que l'eau s'évacuait. Des poutres de la charpente gisaient en travers du monceau, comme des bâtons avec lesquels les enfants joueraient à la guerre.

— On peut descendre là, dit-il, sa voix sonnant creux à ses oreilles. Il y aura des blessés.

Toute personne se trouvant au rez-de-chaussée de la tour quand elle s'était effondrée serait morte, songea-t-il, mais c'étaient des camarades, aussi devaient-ils les chercher de toute manière. Il crut entendre des cris terrifiés et paniqués au moment où le mur d'eau se répandait sur la Cité. Ils feraient leur possible pour aider les blessés, mais ils devaient se tenir prêts à combattre, car les prochains soldats qui croiseraient leur chemin seraient peut-être des Bleus, à présent que la Cité, grande ouverte, était offerte à l'ennemi.

— Elle pue, ta bière !

Le gros type abattit brusquement sa chope. Un liquide sombre en déborda, se répandant sur le comptoir rugueux.

— C'est d'la pisse de chien, ajouta-t-il, considérant d'un œil noir l'aubergiste des *Trois Idiots* qui lui-même le regardait d'un air lugubre tout en essuyant la bière avec un chiffon crasseux.

Rubin ne pouvait qu'approuver. Il n'avait toutefois jamais été dans son intention d'avaler le breuvage en question. Le renifler une fois suffisait. Assis en silence dans un coin de la salle, son bonnet de laine baissé sur son front, il observait le gros homme dont le nom était Drusus. C'était son occupation depuis plusieurs jours, et il en était venu à la conclusion qu'il perdait son temps. Drusus n'était qu'un gros lourdaud qui se vantait d'avoir des amis à l'intérieur du palais et de connaître les pensées intimes des généraux et commandants. Ancien geôlier, il avait été renvoyé pour ivresse. Il devait forcément avoir des amis *quelque part*, car il était impossible de rester si gras avec la ration habituelle de pain de maïs et de pois cassés, à laquelle venait s'ajouter de temps à autre une pomme ridée. Il avait aussi à coup sûr des relations au palais, car il avait récemment évoqué de manière inconsidérée la mutinerie des Léopards. Il aurait été très facile de lui régler son compte dans une allée sombre. Pourtant, en ayant vent de l'affaire, Marcellus avait demandé à Rubin de le suivre pour trouver quelles étaient ces relations.

La tâche avait été aisée, à tel point que Rubin avait soupçonné Marcellus de lui avoir confié cette mission pour occuper ses journées, désœuvré qu'il était depuis son retour des montagnes. Cela lui était égal, mais il s'était écoulé plusieurs années depuis son dernier séjour dans la Cité, et les changements survenus le perturbaient. L'approvisionnement venait à manquer. La viande était une denrée rare, et on devait se contenter occasionnellement de poisson. Les cultures poussaient dans les fermes au nord-est, mais beaucoup avaient été gâchées par la pluie incessante de ces derniers temps, et il n'y avait manifestement pas de houblon. Rubin ignorait avec quoi était élaborée la bière qu'il avait devant lui, et préférait ne pas y penser.

Les rues de la Cité étaient peuplées en majorité de personnes âgées et de jeunes, les vieux ayant oublié pourquoi ils vivaient, les jeunes probablement voués à ne jamais le savoir. Tous les hommes et femmes en âge de combattre étaient soit dans l'armée, soit morts. Quelques chiens et chats rôdaient dans les ruelles et contre-allées, et seuls les rats semblaient prospérer. Aussi la vision d'un homme gros était-elle rare.

C'était donc par curiosité que Rubin suivait Drusus. L'homme habitait le quartier de l'amphithéâtre, dans le sud de la Cité, dans une maison qui n'était ni une belle demeure ni un taudis. La construction était de dimensions modestes, mais faite de pierre robuste et surmontée d'un toit d'ardoise. Drusus la partageait avec sa vieille tante et une servante, une enfant guère mieux lotie qu'une esclave.

Chaque jour, Drusus quittait sa maison en milieu de matinée et se rendait à l'auberge des *Étoiles Brillantes*, située à un bon bout de chemin, où il restait assis, à boire et à manger, avec ses compagnons de beuverie. C'était là que Rubin le retrouvait. Plus tard, l'homme empruntait un chemin tortueux pour rentrer chez lui, s'arrêtant dans plusieurs autres tavernes et restaurants, devenant plus agressif et moins aimable au fil des heures.

Avec sa grande taille et ses cheveux roux, Rubin pouvait difficilement filer quelqu'un discrètement, mais Drusus parut ne jamais remarquer celui qui le suivait à la trace et qu'il retrouvait systématiquement, jour après jour, dans les mêmes auberges. L'homme était sans aucun doute un parfait idiot, et Rubin avait du mal à croire qu'il puisse constituer une menace quelconque pour le palais ou l'empereur.

C'était le Jour des Offrandes, quand partout dans la Cité, au crépuscule, les gens allumaient des bougies pour accueillir les dieux rentrant de leur long voyage autour du soleil. On avait raconté à Rubin que, par le passé, tout le monde se réunissait pour faire la fête, et que la journée était consacrée à festoyer et à vénérer les dieux. Ce jour-là, les réjouissances seraient de courte durée.

— Personne peut avaler cette mixture ! se plaignit l'idiot, qui en avait pourtant bu la moitié.

— Dans ce cas, dégage ! s'écria l'aubergiste en lui agitant son chiffon mouillé sous le nez.

Drusus se leva pesamment et renversa la bière, qui se répandit lentement sur le bar. Il voulut empoigner l'aubergiste, mais celui-ci s'écarta avec agilité et sortit un gros gourdin de sous le comptoir.

— Dégage ! répéta l'homme.

Rubin le vit rouler les yeux vers deux soldats qui le regardaient depuis leur table, à l'autre bout de la salle.

— T'as pas l'droit d'vendre de la pisse ! lui objecta Drusus en pointant vers l'autre un doigt boudiné. (Il se rengorgea comme un coquelet sur le point de chanter.) Le palais en entendra parler, tu peux m'croire ! menaça-t-il. J'ai des amis !

— Va donc te plaindre à tes amis, cracha l'aubergiste avec mépris. C'est plus ici que tu la boiras, ta bière.

Les deux soldats repoussèrent leurs chaises et s'approchèrent d'un pas tranquille. Ils étaient là depuis un certain temps et avaient déjà bien bu. À leur attitude, on comprenait qu'ils avaient besoin de se défouler sur quelqu'un. Ils posèrent la main sur le gros Drusus et l'entraînèrent à l'extérieur tandis qu'il protestait et se débattait. Rubin se leva à son tour. Après avoir aimablement salué l'aubergiste d'un signe de tête, il se retrouva dehors, sous la pluie.

Le temps qu'il sorte, Drusus gisait déjà dans une flaque boueuse, essayant de se rouler en boule pendant que les deux fantassins – de la Quarante-deuxième Célestine, remarqua Rubin – le bourraient de coups de pied. On entendait le cuir robuste frapper les chairs denses ainsi que les grognements étouffés de leur victime. Au bout d'un moment, les soldats en eurent assez et retournèrent dans l'auberge, pensant sans aucun doute avoir droit à une chope gratuite.

Rubin décida de changer d'attitude. Il s'accroupit auprès de Drusus, qui geignait et pleurait.

— Puis-je vous aider, mon brave ? demanda-t-il, plein de sollicitude. J'ai tout vu. Les soldats vous ont agressé sans raison. Êtes-vous blessé ?

Drusus roula sur le côté et vomit la bière sur la terre mouillée. Il grogna et s'assit, la pluie dégoulinant sur son visage grassouillet.

— Laissez-moi vous aider, répéta Rubin.

Il mit Drusus à genoux, puis debout. Le gros homme se tenait les côtes. Il en avait sans doute une ou plusieurs cassées. Rubin avait du mal à éprouver de la compassion à son égard, mais l'homme ne méritait pas la punition qu'il avait reçue pour avoir critiqué la boisson répugnante servie à l'auberge. Ce n'était pas la première fois qu'il trouvait les manières des soldats de la Cité contestables.

— Où habitez-vous ? s'enquit-il en se mettant en route vers le sud, là où logeait l'homme.

Drusus pointa vaguement un doigt dans la direction qu'ils avaient empruntée. Rubin était trop grand pour le soutenir correctement, mais il tenait l'homme par son gros bras pour le maintenir en équilibre.

Même si sa longue chevauchée depuis le nord remontait à plusieurs jours, elle l'avait épuisé. Tandis que les deux hommes se dirigeaient d'un pas mal assuré vers le quartier de l'amphithéâtre, les pensées de Rubin se tournèrent de nouveau vers Valla. Où était-elle ? Il l'avait suppliée de l'accompagner pour aller voir Marcellus, afin de s'assurer que le Premier Seigneur ait vent de son héroïsme, mais après l'audience, au cours de laquelle Valla s'était murée dans son silence, elle s'était volatilisée, prétextant devoir se lancer à la recherche d'une amie. Il ne l'avait pas vue depuis et s'interrogeait sur son sort : quelqu'un accepterait-il d'engager une guerrière manchote ? Sinon, comment survivrait-elle ?

Quand ils arrivèrent en vue de la maison de Drusus, ce dernier recouvra l'usage de la parole. Marmonnant, il se plaignit des deux soldats, de la taverne, de la bière et de l'aubergiste, crachant son venin et lançant des chapelets de jurons. Pourquoi Rubin prenait-il la peine d'aider cet ivrogne ? Il avait tué des hommes plus sympathiques.

Ils s'arrêtèrent alors en chancelant et observèrent les alentours. Au loin, un grondement sourd se fit entendre, comme le tonnerre par un chaud après-midi. Sous leurs pieds, la terre se mit à vibrer. Rubin sentit même ses dents claquer. La terreur lui noua le ventre.

Ils se trouvaient dans le quartier entre le vieux Mur Sarantine et les nouveaux remparts. Le Mur Sarantine était l'un des plus anciens de la Cité, mais il faisait double emploi depuis la construction, à quatre lieues au sud, du Mur Adamantin – plus haut, plus épais, plus robuste. La confiance dans le nouveau mur était telle qu'on avait laissé pourrir les portes du Mur Sarantine.

Rubin se retourna, essayant de trouver l'origine de ce bruit menaçant. Drusus affichait une expression stupide d'incompréhension.

Le rugissement s'amplifia. L'air même semblait vibrer. Des cris et des hurlements résonnèrent.

— Un tremblement de terre ! s'écria Drusus.

Fuyant précipitamment leurs maisons, des enfants et des personnes âgées envahirent la rue, les valides soutenant les infirmes. Tous jetaient des regards affolés à la ronde, s'interrogeant sur la provenance du bruit. Ce n'était pas un séisme, Rubin l'aurait juré. C'était pire. Les yeux rivés sur le Mur Adamantin, il commença à rebrousser chemin.

— Venez ! lança-t-il à l'intention de Drusus, mais le gros homme ne réagit pas.

Rubin le saisit par la manche et l'entraîna.

Un vacarme assourdissant leur parvint, semblable au rugissement des vagues au pied de l'Éperon, mais mille fois plus intense. Rubin était pétrifié. Il regardait droit vers le Mur Adamantin, paraissant tout à coup petit devant le mur d'eau gris qui se profilait au-dessus. Pendant un instant, la vague impossible parut rester en suspens au-dessus des minuscules silhouettes des gardes sur les remparts, qui disparurent, comme emportées par les dieux. Un pan du grand mur explosa vers l'intérieur, comme pulvérisé par un bélier monstrueux.

— Fuyez ! hurla Rubin.

Lâchant le gros homme, il courut pour échapper à la mort.

Dans la Tour Isingen, l'eau se déversait toujours par le toit éventré, mêlée à la pluie incessante. Stern et ses camarades toussaient et suffoquaient en descendant du tas de gravats. S'aidant les uns les autres, ils parvinrent lentement à regagner la base de la tour, terrifiés à l'idée que les murs qui tenaient encore debout ne s'effondrent et ne les écrasent. Il leur fallut longtemps, car ils testaient leurs appuis à chaque pas. Ils ne purent retenir un cri de soulagement lorsqu'ils quittèrent l'ombre de la tour, couverts d'ecchymoses, de boue et de poussière grise, mais miraculeusement indemnes.

À travers le rideau de pluie, Stern observa ce qui était naguère un mur infranchissable, une tour imprenable. D'où provenait toute cette eau ? Il n'en avait aucune idée. Entendant le martèlement des sabots de chevaux, il se retourna, pensant que la cavalerie était venue à la rescousse des blessés et des gens pris au piège.

De la pluie sortit une troupe d'une vingtaine de cavaliers, perchés sur des montures caparaçonnées. Les chevaux s'ébrouèrent, comme s'ils venaient de galoper. De la vapeur s'élevait de leur robe. Le craquement du cuir et le tintement du métal résonnèrent lorsqu'ils encerclèrent Stern et ses compagnons. Puis des lances furent abaissées, et les soldats de la Cité se retrouvèrent au milieu d'un cercle de pointes acérées. Stern plissa les yeux pour regarder les cavaliers. Il ne reconnut pas leurs uniformes, et leurs casques étaient fermés, faisant d'eux de sinistres créatures sans visage. Toutefois, les fanions trempés qui ornaient le bout des lances étaient jaune et vert. Les couleurs de Petrus. Stern se dit que la chance dont ils avaient bénéficié en survivant à l'effondrement de la tour s'arrêtait là.

Lentement, ses camarades et lui levèrent les mains.

— Nous nous rendons, déclara-t-il.

Nul ne courait plus vite que l'eau. Mais, la mort à ses trousses, Drusus se découvrit une énergie insoupçonnée et s'élança après Rubin, qui se précipitait vers l'abri le plus proche : un temple dédié à Rharata, trônant au sommet d'une haute volée de marches. Oubliant sa fatigue, Rubin les gravit quatre à quatre.

Il jeta un coup d'œil en arrière et, soulagé, vit que l'immense vague avait beaucoup perdu de sa vitesse. Toutefois, même si l'eau n'arrivait désormais plus qu'à hauteur de hanches, elle charriait des débris mortels comme des branches d'arbres et autres gros objets flottants. Rubin vit les gens qui fuyaient la vague se faire emporter et disparaître dans le mur d'eau boueuse. Deux imposantes charpentes de toit dérivaient vers Drusus, qui s'était arrêté après avoir gravi les premières marches du temple, comme si cette petite surélévation pouvait le protéger. Rubin l'avertit d'un cri. L'ivrogne regarda autour de lui puis eut un mouvement de recul quand les poutres le frôlèrent et s'écrasèrent contre le fronton de la statue de Rharata. Trempé et chancelant, Drusus grimpa quelques marches supplémentaires. Un tonneau passa près de lui. Le vin rouge qui s'en déversait encore se mélangeait à la mer de boue qui léchait le temple.

— Que les dieux aient pitié des idiots et des ivrognes, marmonna Rubin pour lui-même.

Tout à coup, il s'assit, les membres lourds comme du plomb.

Il songea à tous les hommes respectables qu'il avait tués, comme Jan et Franken, les deux soldats odrysiens sur les Rochers de Corenna, et à ceux qu'il n'avait pas réussi à secourir, comme le capitaine Starky. Et voilà qu'il venait de sauver ce bon à rien de pochard, un fanfaron et peut-être un espion, dont la mort n'aurait sûrement touché personne, le monde se portant un peu mieux sans lui.

— Merci, dit le gros homme en levant les yeux vers lui. Je vous dois la vie.

Apparemment, la peur l'avait tiré de l'ivresse et lui avait fait retrouver la politesse. Rubin hocha la tête.

— Comment est-ce arrivé ? demanda Drusus, l'air totalement perplexe.

— Les réservoirs, supposa Rubin. Je pense que l'ennemi a détruit les barrages et s'est servi de nos réservoirs comme d'une arme contre nous. Le Mur Adamantin endommagé, ce n'est qu'une question de temps avant que la Cité puis le palais ne soient envahis. Vous devriez trouver un endroit où vous mettre à l'abri, ou chercher à rejoindre vos amis et votre famille.

Galvanisé par ses propres paroles, il se leva et se tourna vers le Palais Rouge, loin au nord. La pluie rencontrait la brume qui s'élevait des eaux bouillonnantes, dissimulant les innombrables tours et minarets. Le jeune homme descendit les marches du temple et entra dans l'eau marron qui lui arrivait aux hanches.

— Bonne chance à vous, Drusus, dit-il en assenant une tape sur l'épaule épaisse de l'autre. Allez donc défendre les vôtres.

— Où allez-vous ? s'enquit Drusus.

— Chercher une amie, répondit Rubin.

Chapitre 11

Valla descendit à toute allure un escalier de pierre raide, à la poursuite de l'ombre du gulon. Ses bottes glissaient sur les marches lisses.

En voyant la créature pour la première fois, occupée à égorger un malheureux soldat, elle avait pris la fuite, effrayée. Cependant, l'animal était bien plus rapide qu'elle, et Valla ne tarda pas à se rendre compte qu'il ne lui voulait pas de mal. Pourquoi avait-il attaqué cet homme, elle l'ignorait, tout comme ce qui poussait le gulon à la suivre. Depuis, il ne l'avait pas quittée d'une semelle, évitant la lumière du jour, se calant sur son pas, parfois sur ses talons, comme un chien, dans les endroits plus sombres. Lorsqu'elle choisit de faire un somme dans l'une des nombreuses pièces vacantes du palais, elle laissa le gulon dehors, préférant qu'il ne soit pas là quand elle serait étendue, sans défense. Toutefois, à son réveil, elle le trouva assis dans un coin, à la surveiller de ses yeux jaunes. Songeant qu'il devait être dans sa nature de suivre des inconnus, elle finit par s'habituer à sa présence.

Valla était restée au Palais Rouge après l'audience de Rubin avec Marcellus. Elle connaissait bien certaines zones, dont les dizaines de salles vides dans les ailes nord et est, autrefois destinées à recevoir les dignitaires en visite, et à présent abandonnées, couvertes de poussière et de crottes de rat. Le jour, elle choisit donc une pièce poussiéreuse pour passer le temps, dormant et rêvassant ; la nuit, elle errait dans les couloirs tel un spectre, et s'aventurait dans les niveaux inférieurs immergés dans une eau noire, luisante et silencieuse, observée attentivement par les rats. Elle savait que jamais plus elle ne combattrait pour la Cité, pas avec son bras estropié. L'idée d'être séparée des Mille lui était insupportable. C'est pourquoi elle ne savait que faire : elle ne voulait pas rester, mais n'osait pas partir.

Elle avait été fortement tentée de retrouver Leona. Elle n'avait pas revu son amie, ni aucun des Chiens de Guerre, mais après avoir examiné les tableaux de service dans le bureau de Dashoul, à la faveur de l'obscurité, elle avait découvert qu'ils étaient en poste au Palais Rouge.

Cependant, elle n'arrivait pas à se résoudre à solliciter la bienveillance de Leona, comme un chiot perdu à la recherche d'un foyer. Malgré le grade élevé de Leona, les deux femmes avaient combattu côte à côte en égales, comme des camarades, et Valla n'envisageait pas de renouer des liens d'amitié avec elle dans d'autres conditions.

Puis, soudain, les gongs du palais avaient sonné l'alerte. Valla avait enfin un objectif. Elle ignorait quelle était l'urgence, mais ce fut avec satisfaction qu'elle quitta les couloirs silencieux et endormis pour se diriger, comme tout soldat apte, vers le cœur du palais. Le gulon trottinait à ses côtés.

Elle s'arrêta au pied d'un escalier. Deux guerriers des Aigles à la Queue noire gisaient là. L'un avait la gorge tranchée, l'autre le cœur transpercé. Valla balaya les lieux du regard. Pas le moindre mouvement. Elle ôta le plastron de l'un des cadavres et, maudissant son bras inutile, parvint à l'enfiler. Attrapant un casque, elle se sentit de nouveau soldat et s'élança vers le Donjon, la résidence impériale. Protéger l'empereur était la priorité pour tous les membres des Mille, mais elle fit une halte en voyant les murs de marbre vert s'élever devant elle. À sa connaissance, le seul accès au Donjon se faisait par la Porte de Porphyre, située plusieurs étages au-dessus. Elle hésita, ne sachant comment entrer. Le gulon contourna ses pieds et se glissa dans un trou d'ombre, dans le mur. Valla le suivit et arriva au sommet d'un escalier raide. Le gulon s'arrêta pour vérifier qu'elle le suivait, puis se précipita dans les ténèbres. Elle saisit une torche sur un support et courut derrière l'animal.

Une fois en bas, elle se trouvait encore à l'extérieur du Donjon. Le mur vert et lisse était sur sa gauche, la pierre humide et friable sur sa droite. Elle chercha le gulon, en vain. L'avait-il leurrée ? Elle suivit un couloir au plafond bas, dans lequel l'eau puante arrivait à hauteur de chevilles, les parois sombres et moites éclairées d'une étrange luminescence. Enfin, avec un sentiment proche du soulagement, elle entendit le bruit familier de la bataille. Voyant de la lumière devant elle, elle s'élança en direction des éclats de voix et du fer frappant le fer. Elle déboucha alors dans le Hall des Empereurs, où l'Immortel dirigeait les affaires publiques.

C'était un véritable charnier. L'endroit puait la mort. L'espace cylindrique haut de plafond grouillait de guerriers livrant bataille. Des corps gisaient déjà sur le sol circulaire et le long du grand escalier en colimaçon. Du sang et de l'eau recouvraient le sol, et le vacarme de la bataille semblait amplifié par la hauteur vertigineuse de la salle. Il régnait dans l'air une odeur tenace et fétide qui enveloppa Valla telle une couverture répugnante. À chaque inspiration, elle sentait le goût du sang et de la pourriture. Elle se pencha et vomit sur le sol inondé.

Elle s'essuya la bouche et, perplexe, regarda autour d'elle. Tous les guerriers, vivants, blessés ou morts, portaient le noir et l'argent des Mille.

Elle ignorait qui était l'ennemi. Pourquoi les centuries se battaient-elles entre elles ?

Valla repéra alors Otho, l'homme à la hache, grâce à sa silhouette puissante et à sa barbe qui dépassait de son casque. Il plongea sa hache dans le corps d'un adversaire. Valla retrouva aussitôt l'espoir. Leona n'était visible nulle part, mais elle reconnut d'autres Chiens de Guerre, ses vieux camarades. Dégainant son épée, elle bondit aux côtés d'Otho et ôta sa visière afin qu'il voie qui elle était.

Il lui adressa un sourire et tapa légèrement son épaule valide. Elle se lança à l'assaut des ennemis, vêtus comme les guerriers des Mille, mais arborant un emblème inconnu : un oiseau en vol. Peu importait qui ils étaient ; les Chiens de Guerre les combattaient, et cela lui suffit. L'un d'eux chancela vers elle, étourdi. Elle glissa sa lame sous son casque et lui trancha la gorge. Elle fit ensuite un pas en avant et éventra un homme. Du coin de l'œil, elle perçut un mouvement sur sa droite. Elle se baissa et pivota sur ses talons, assenant un coup dans les genoux de celui qui cherchait à abattre son arme sur sa tête. Elle éclata de rire. Elle se sentait invincible.

Puis un soldat portant le symbole de l'oiseau accourut vers elle, tête nue, l'air enragé. Elle fit un écart au moment où il la frappait avec son épée, qui lui entailla le cou. Elle brandit son arme, trop tard. Il abattit sa lame sur son casque trop grand. Sonnée, elle tomba sur un genou. Le guerrier leva son épée, prêt à lui assener le coup fatal.

À cet instant, le gulon à la fourrure bigarrée surgit. Les pattes ensanglantées, il grimpa sur l'armure du guerrier et referma ses mâchoires sur son visage. Même dans la cacophonie ambiante, Valla entendit les hurlements terrifiés de son adversaire qui lâcha son arme pour se débarrasser de la bête. Elle se releva d'un bond et glissa sa lame sous l'aisselle, atteignant le cœur. Le gulon sauta à terre, un bout de chair dans la gueule, et s'enfuit en courant.

Pantelante, Valla scruta les alentours. L'odeur pestilentielle de la peur et du sang était aussi épaisse que du brouillard. Elle reconnut le corps robuste du vétéran Fortance, inerte dans le grand escalier. Leona restait introuvable. Elle commençait à se décourager quand un guerrier se planta devant elle, l'obligeant à se jeter de nouveau dans la mêlée.

Tout en traversant la Cité inondée, Rubin réfléchissait au moyen de rejoindre le Palais Rouge. Depuis le massacre du Petit Opéra, la sécurité avait été renforcée, et il se doutait bien que, même avec l'insigne de Marcellus, les gardes zélés ne le laisseraient pas passer.

Il lui fallut beaucoup plus de temps que prévu pour atteindre sa destination, car le chemin était semé d'embûches, jonché de débris. De temps à autre, il jetait un coup d'œil par-dessus son épaule, s'attendant à voir apparaître la cavalerie ennemie. Mais le seul spectacle qui s'offrait à lui, c'étaient les survivants hagards et une chèvre ou un âne errants. L'eau se retirait peu à peu, laissant derrière elle gravats et cadavres. La brume commençait à se lever et les faibles rayons du soleil s'infiltraient dans les rues dévastées. C'était la première fois depuis longtemps que le soleil faisait une apparition.

Bien après midi, les tours du Palais Rouge furent enfin en vue. Rubin se dirigea vers la Porte de la Clémence, l'entrée du palais la plus au sud, avec ses deux toits massifs en bulbe qui dominaient le paysage de la Cité.

Il s'arrêta et, les yeux plissés, observa le dôme de droite, dans lequel on aurait cru qu'on avait mordu. Sous ses yeux, le toit vacilla et s'effondra dans un bruit de tonnerre assourdi par la brume et l'eau. Apparemment, Rubin n'aurait aucune difficulté à entrer, car la porte elle-même commençait à s'affaisser. L'un des piliers de pierre penchait vers l'autre, tel un ivrogne. Entre eux, les imposantes portes en madriers se déformaient lentement, comme un bois léger. Rubin se souvint que les niveaux inférieurs du palais étaient déjà sous les eaux, et que tout l'édifice s'enfonçait dans les strates de l'ancienne cité qui formait les Halls. Cette inondation marquerait-elle la fin du Palais Rouge ?

Il se faufila dans l'ouverture des portes entre les piliers et arriva dans la cour. Aucun garde en vue. Les lieux étaient déserts. Un grondement terrible résonna alors, s'élevant des profondeurs, et une partie de la cour pavée disparut, laissant place à un gouffre béant. Le jeune homme se retourna et courut vers l'aile sud du palais. Une fois à l'intérieur, il fit une nouvelle halte et tendit l'oreille. Toujours personne. Les vastes couloirs étaient silencieux, comme dans l'attente. Le silence n'était troublé que par le bruit étouffé de l'eau qui s'écoule.

Il ignorait totalement comment trouver Marcellus dans cet immense bâtiment qui prenait l'eau. Il savait où étaient les appartements de son seigneur, mais, si la Cité était assiégée, il avait peu de chances de l'y trouver. Il décida de se rendre au Donjon de l'Immortel, au cœur du palais. Marcellus protégerait son empereur avant toute chose, et rassemblerait ses troupes. À cet instant précis, surgi de nulle part, un bataillon de ces mêmes troupes le dépassa au pas de course dans un martèlement de bottes et un cliquetis d'armures. Face à une telle catastrophe, Rubin se dit que les soldats ne prendraient pas la peine de s'interroger sur la présence d'un civil solitaire dans ce couloir.

Il se trompait. Le commandant, un homme émacié au visage couturé, s'arrêta.

— Décline ton identité ! demanda-t-il tandis que deux soldats le saisissaient.

— Je m'appelle Rubin Kerr Guillaume, répondit-il en se débattant. Je suis un ami du Premier Seigneur !

— Tant mieux pour toi, rétorqua le commandant.

L'un des soldats le frappa à l'arrière du crâne.

— Je dois voir Marcellus. Je détiens des informations d'une importance capitale. Tenez, j'en ai la preuve…

Il voulut glisser la main dans sa poche, mais le soldat le retint par le bras. L'homme jeta un coup d'œil à son supérieur, qui hocha la tête, et Rubin put sortir son insigne. Le commandant l'examina attentivement, puis regarda Rubin comme pour graver son visage dans sa mémoire. Après quoi il le laissa reprendre sa course. Par la suite, le jeune homme prit soin d'éviter les nombreux soldats qui tous s'élançaient vers le Donjon. Il ne tarda pas à entendre le fracas des épées mêlé aux éclats de voix. Hésitant, il fit une halte. Il aurait aimé savoir ce qui se passait, mais sa curiosité lui avait déjà attiré des ennuis par le passé. Ce serait une folie que d'essayer de rejoindre le combat : il ne portait pas d'uniforme et risquait de se faire tuer par un soldat méfiant à l'égard de tout visage inconnu. Il savait cependant que, où que soit Marcellus, il y aurait des combats.

À l'escalier suivant, il saisit une torche sur son support et descendit les marches sur deux niveaux. Là, le palais était abandonné depuis longtemps à l'eau stagnante. Elle lui arrivait à hauteur de genoux, mais, sachant qu'il courrait peu de risques de croiser d'autres soldats, il avança d'un bon pas, projetant des gerbes d'éclaboussures.

Il commençait à se demander s'il n'était pas perdu quand, brandissant sa torche, il reconnut le pied de l'Escalier Grenat, à la jonction des ailes ouest et sud. Il était près du Donjon. Alors qu'il s'apprêtait à monter, il entendit des hommes parler et s'arrêta, le cœur battant. Il retint son souffle, ayant peine à en croire ses oreilles. Oui, c'était bien la voix de Marcellus qu'il entendait, là-haut ! Il grimpa les marches en courant, sur plusieurs niveaux. Une fois au sommet, il vit son seigneur en compagnie d'un groupe d'officiers supérieurs. Au début, il eut l'impression que Marcellus était couvert de sang, puis il comprit qu'il le voyait en armure pour la première fois. Celle-ci, couleur sang de bœuf, luisait, comme fraîchement lustrée. Marcellus jeta un coup d'œil à Rubin tout en continuant à s'entretenir avec les chefs, distribuant des ordres, écoutant les avis des uns et des autres. Il lui adressa un signe de tête discret.

Enfin, il déclara :

— Rejoignez vos hommes, et souvenez-vous des ordres de l'empereur. Aucun ennemi n'entrera dans le Palais Rouge, si ce n'est en foulant les cadavres de nos guerriers !

Les officiers s'éloignèrent précipitamment.

— Viens avec moi, enjoignit-il à Rubin en tournant les talons. (Il se mit en marche, entouré de son escorte.) Que fais-tu ici, mon garçon ? demanda-t-il sèchement.

Rubin distingua sur son visage les profondes rides dues à la tension. Jamais il n'avait vu son seigneur en danger, et Marcellus paraissait différent de l'homme qu'il avait toujours connu. Il sentait émaner de lui une énergie aussi puissante que celle des brisants de l'océan. Pour la première fois depuis qu'ils se connaissaient, Rubin comprit pourquoi le Premier Seigneur était tellement craint.

— Je suis venu vous avertir, seigneur ! s'écria-t-il en s'efforçant de ne pas se laisser distancer. Une brèche a été ouverte dans le Mur Adamantin.

Marcellus lui jeta un regard fugace.

— Je suis au courant.

— L'ennemi a-t-il infiltré le palais ?

— Il se trouve déjà dans nos murs. Nous avons été attaqués depuis les niveaux inférieurs. Ils sont remontés par les égouts – des Petrassi, des Tuomi et quelques soldats renégats de la Cité. Quant aux Faucons Nocturnes, ils se sont rebellés. (Marcellus cracha par terre.) Une armée de Petrassi est entrée au sud de la Cité, mais n'a pas atteint le palais. Pas encore.

— Une invasion par les Halls ? (Comment était-ce possible ? se demanda Rubin, se rappelant la peur et les ténèbres étouffantes.) Combien d'hommes ?

Marcellus secoua la tête, ne prenant pas la menace au sérieux.

— Une poignée seulement. Ils ont été éliminés. Mais ce n'est pas cela qui m'inquiète. (Il s'arrêta et se tourna vers le jeune homme, ses yeux noirs brillant étrangement dans son visage couleur de cendre.) Nous sommes face à un plan fort bien exécuté. Nous avons été trahis, de l'extérieur mais aussi de l'intérieur.

Chapitre 12

Dans le Hall des Empereurs, Leona éventra un adversaire puis recula d'un pas pour reprendre son souffle. Sur sa peau, elle sentait le sang couler d'une blessure au flanc. Elle était aussi touchée à la hanche gauche et ne pouvait plus bouger sa jambe comme elle le voulait. Elle se secoua pour chasser la douleur et la fatigue, et jeta un regard à la ronde. Tout en bas de la salle et le long des marches, des silhouettes en armure noire se livraient bataille. Sous ces flots de sang, il était plus difficile que jamais de savoir qui était qui. D'un geste brusque, elle ôta son casque pour mieux voir.

Rafael Vincerus gisait, mort, sur les marches. Un spectacle qu'elle n'aurait jamais cru voir un jour. Comme Marcellus, on disait que Rafe était invincible. Le chef ennemi était également mort. Son corps désarticulé était étendu sous le haut palier. Par quelque miracle, il avait réussi à faire croire aux Faucons Nocturnes rebelles qu'il était le héros Shuskara, mais Leona savait que le vieil homme n'était qu'un imposteur. On voyait qu'il était vêtu de haillons sous l'armure qu'il avait dérobée. Pourtant, les Faucons Nocturnes se battaient comme des démons, avec le soutien de guerriers inconnus. Leona savait que sa mission était de les éliminer, ou du moins de les empêcher de franchir le seuil de la Porte de Cristal, l'entrée des appartements privés de l'empereur. Pour s'acquitter de sa tâche, elle avait accepté sa mort probable.

Elle avisa un soldat élancé de grande taille, en surcot écarlate, sous la hache rouge de sang d'Otho. L'homme l'éventra de son épée. Otho s'effondra, son corps massif se tassant par terre. L'inconnu à l'épée chercha une nouvelle proie. Son regard s'arrêta sur Leona. Il se tourna vers elle. *Un Chat Sauvage*, songea-t-elle. Elle avait entendu dire qu'ils avaient tous péri à Salaba. Pourtant, il y en avait un qui combattait aux côtés de ces traîtres de Faucons Nocturnes.

Leurs épées s'entrechoquèrent. Leona fut contrainte de reculer. Très vite, elle comprit que son adversaire était trop fort pour elle. Elle chancela pour éviter de se faire éventrer et tenta de glisser sa lame sous l'aisselle de l'autre, qui l'esquiva au dernier moment. Dans une succession de mouvements fluides, portée par un élan d'espoir, elle lui assena un autre coup d'épée, mais il riposta en la frappant au cou, détachant son gorgerin. Elle répliqua en lui entaillant la joue tandis qu'il se détournait. Il revint, la visant de nouveau au cou. Elle s'écarta pour le bloquer : la lame de son ennemi se brisa. Il recula d'un bond, à la recherche d'une autre épée parmi les morts et les mourants, mais toutes étaient brisées. Il se pencha pour ramasser un bouclier et dégaina un long couteau tandis que Leona s'avançait vers lui.

À cet instant, quelqu'un cria : « Broglanh ! » Dans l'escalier, un soldat lança à l'adversaire de Leona une épée en bon état. Il recula et, d'un geste gracieux, l'attrapa par la poignée. Dans le même mouvement, il l'abattit sur la tête nue de Leona. Elle esquiva le coup, mais la lame tranchante l'atteignit à l'épaule qui était déjà touchée. Paralysée par la douleur, elle tomba sur un genou.

Sans défense le temps d'un battement de cœur, elle leva la tête vers son adversaire aux yeux clairs. Il la frappa en plein visage avec son bouclier, puis brandit son arme pour l'achever. Sonnée, elle put seulement voir le monde au ralenti, n'entendant plus que sa propre respiration saccadée et le bruit lointain du métal qui s'abat sur le métal ou les chairs…

Une silhouette élancée apparut sur sa droite et, d'un coup d'épée, visa la tête de l'homme. Grâce à son bouclier, il dévia l'arme, mais il fut déséquilibré et tomba sur un genou. Leona se redressa péniblement et se retourna vers son sauveur.

Valla !

La jeune femme était manifestement à bout de forces, le visage maculé de sang, mais ses yeux brûlaient d'intensité. Elle sourit à Leona. Cette dernière lui rendit son sourire, et les deux femmes s'avancèrent, côte à côte.

Marcellus traversait des zones reculées du Palais Rouge, que Rubin n'avait encore jamais visitées. Par-delà le martèlement des bottes cloutées et le craquement du cuir, il percevait parfois le grincement de la pierre contre la pierre, et de faibles cris au loin : ceux d'hommes en souffrance, ou simplement ceux des mouettes. Alors qu'ils longeaient les couloirs d'un pas rapide, Rubin aperçut le paysage par une fenêtre et comprit qu'ils se dirigeaient vers l'est. Pourquoi ?

Le jeune homme supposa que Marcellus contournait les espaces inondés du palais. Mais, tandis qu'ils grimpaient un large escalier, un grondement soudain se fit entendre dans leur dos, et la partie inférieure de la structure se déroba, engloutie par les ténèbres. Rubin eut l'impression que son cœur remontait dans sa gorge. Marcellus s'arrêta et fit volte-face avant de redescendre les marches pour se poster au bord du gouffre. Il regarda au fond. Rubin le rejoignit, mais il n'y avait rien à voir dans cette obscurité. Des eaux rugissantes bouillonnaient en contrebas, et la puissante odeur des égouts remontait. Rubin tourna la tête vers son seigneur, mais le visage de celui-ci restait de marbre, paupières tombantes. Sans le moindre mot, Marcellus se détourna et reprit son chemin.

Enfin, dans un couloir éclairé par de hautes fenêtres, ils arrivèrent devant une porte sculptée. Le jour projetait des rais de lumière au sol, et de la poussière dansait dans l'air étouffant. Le Premier Seigneur congédia ses gardes. Ceux-ci reculèrent, d'abord à contrecœur, puis firent demi-tour et s'élancèrent vers les combats. Marcellus poussa Rubin devant lui. Ils entrèrent dans une salle circulaire vide, au sol orné d'une mosaïque complexe de pierres, de lapis-lazuli, de carreaux bleu céruléen et d'ardoise.

— L'empereur est mort, grogna Marcellus en ôtant ses gantelets rouge sang pour les jeter au sol avec fracas.

Choqué, Rubin le dévisagea. L'Immortel, mort ? Cette contradiction semblait impossible. Malgré tout ce que son père lui avait dit sur Araeon – qu'il était corrompu, peut-être fou –, il était empereur depuis la naissance de Rubin, et c'était le puissant chef d'une Cité assiégée. Il se souvenait aussi que Reeve lui avait assuré la victoire de Marcellus.

— Comment est-il mort ? s'enquit-il.

Marcellus secoua la tête.

— Je ne connais pas les circonstances. Je le sens juste au plus profond de mon être.

D'un geste, il désigna les lanières qui maintenaient son plastron en place. Rubin bondit vers lui pour l'aider. Il déboucla les attaches de cuir épais et posa l'armure à terre. Elle gisait sur le sol de mosaïque comme le cadavre brisé et ensanglanté d'un soldat. Pendant que Marcellus se penchait pour retirer ses jambières, Rubin se sentit vide et impuissant.

— Dans ce cas, vous devez vous retirer, seigneur, dit-il enfin.

— Je me battrai pour cette Cité jusqu'à mon dernier souffle, murmura Marcellus.

— Je vous en prie, écoutez-moi, seigneur. Le palais s'écroule autour de nous, et il est déjà infiltré par les troupes ennemies. On sait que d'autres vont arriver. Il faut battre en retraite maintenant, tant qu'il est encore temps ! (Rubin luttait pour réussir à le convaincre.) Poursuivre le combat, c'est la mort assurée, ou la capture, la torture, et la mort. Un jour, vous m'avez dit qu'il fallait choisir ses combats. Celui-ci est impossible à gagner.

Marcellus ne répondit pas. Il marcha jusqu'aux fenêtres et contempla sa Cité. Rubin le suivit. Il ne voyait rien d'étrange : pas de soldats livrant bataille dans les rues, aucun signe du déluge. Si ce quartier avait été inondé, il avait séché sous le soleil voilé. Il était désert et silencieux.

— Vous pourriez vous réfugier à l'Éperon, proposa Rubin. Mon père vous aidera. De là, vous pourrez établir un plan pour reprendre la Cité. Je vous accompagnerai.

Marcellus ricana.

— Reeve et moi ne sommes pas vraiment alliés. Et, comme toi, il fait un piètre guerrier. C'est le cas de tous les Guillaume. (Puis, comme par miracle, son visage s'illumina.) À l'exception de ta sœur. Elle, c'est une guerrière née !

Rubin était perplexe.

— Ma sœur ? Vous avez rencontré Indaro ?

— Récemment.

— Aujourd'hui ? Elle est dans le palais, en ce moment ? (Le jeune homme, dont le moral était au plus bas, reprit tout à coup espoir. Indaro était vivante, et elle défendait sa Cité !) C'est une merveilleuse nouvelle, seigneur ! Aucun ennemi ne peut vaincre Indaro.

L'ombre d'un sourire passa sur les lèvres de Marcellus, puis il soupira et dit :

— Peut-être que tu as raison.

Les sourcils froncés, Rubin l'observa, troublé par son humeur lunatique. Marcellus paraissait épuisé, comme vidé de son incroyable énergie.

— Peut-être vais-je quitter la Cité. Je laisserai aux autres le soin d'organiser notre retraite. Ensuite, je reviendrai. (Il se tourna vers Rubin.) Un grand roi, guerrier et stratège, a dit un jour : « Je me retirerai pour les frapper plus fort, tel un bélier. »

Dans un éclair de lucidité, Rubin se rendit compte que c'était dès le départ l'intention de Marcellus.

— Je vous accompagnerai, répéta-t-il.

— Non. Je voyagerai seul.

— Où irez-vous ?

Marcellus regarda l'est. La grande montagne, le Bouclier de la Liberté, dominait la vue. Il resta silencieux un moment, puis déclara :

— Tu n'as pas à le savoir.

— Non, je voulais dire : comment comptez-vous quitter la Cité ? Les soldats ennemis seront partout. Les Bleus ne tarderont pas à encercler le palais, si ce n'est déjà fait.

Le Premier Seigneur grogna et secoua la tête.

— Hayden Tisserand, le général de l'armée petrassi, n'a pas plus de vingt mille hommes. Même avec le double, il ne pourrait cerner le palais.

— Si peu ?

Rubin n'en revenait pas.

Marcellus expliqua :

— Les deux camps manquent de ressources. Il y a un siècle, nous pouvions rassembler une armée – je dis bien une seule – d'un demi-million de soldats. Aujourd'hui, c'est à peine si nous pouvons en réunir un dixième. L'annihilation de la Maritime l'été dernier a été une défaite plus grande encore que ce que les gens imaginent. Elle a sans doute scellé le sort de la Cité.

Rubin avait entendu dire que les généraux de l'armée Maritime de l'Est qui avaient survécu avaient été crucifiés, sur ordre de Marcellus.

— Mais, pour répondre à ta question, enchaîna-t-il avec une sorte de gourmandise, je chevaucherai à travers le lac de l'Est. Le Caravage adore l'eau.

— Ce sera sa dernière aventure, murmura Rubin, en écho aux paroles de son seigneur sur les Rochers de Corenna.

— En effet. De plus, je serai incapable de laisser cette brave bête se faire couper en morceaux pour nourrir l'ennemi.

Rubin comprit pourquoi ils avaient rejoint cette zone si isolée du palais : le Caravage, sellé et harnaché, devait sûrement l'attendre non loin de là. Même s'il avait insisté pour que son seigneur quitte la Cité, il ressentit une pointe de regret à cette perspective.

Marcellus se dirigea vers la porte, décochant au passage un coup de pied distrait aux pièces de l'armure rouge sang qui jonchaient le sol, comme pour exprimer son mépris envers ceux qui poursuivaient la lutte et mouraient pour une cause perdue.

— Il y a une chose que tu peux faire pour moi, Rubin.

— Je vous écoute, seigneur.

— Connais-tu dame Fiorentina ?

L'épouse de Rafael se nommait ainsi, se souvint Rubin.

— C'est la femme de votre frère.

— Oui, et c'est la sœur de ma chère dame Petalina.

— Oui, seigneur, répliqua Rubin, perplexe devant la tournure que prenait la conversation.

— Mon frère aussi est mort aujourd'hui, en défendant la Cité. Maintenant que tous nos soldats se battent pour le palais, Fiorentina n'a plus personne pour la protéger. Leurs appartements se trouvent dans le Refuge, dans l'aile nord. Va la trouver, et mets-la à l'abri.

— Oui, seigneur, répondit Rubin par habitude.

Rafael, mort ? Il avait du mal à évaluer l'ampleur du désastre de cette journée.

Marcellus ajouta :

— Peut-être ton père acceptera-t-il de l'accueillir chez lui.

Il ébaucha un sourire.

— Je n'en doute pas, si tel est votre souhait, seigneur.

Rubin ignorait totalement comment il allait retrouver une femme qu'il n'avait jamais vue dans ce palais immense qui s'effondrait de tous côtés.

Marcellus afficha de nouveau une expression grave et regarda Rubin dans les yeux.

— Tu entendras sûrement dire que je ne suis plus, que j'ai été décapité par un soldat de la Cité, mais n'en crois rien. (Il attendit que Rubin hoche la tête.) Nombreux sont ceux qui veulent me voir mort, mais j'ai la peau dure, et je reviendrai quand le moment sera venu. Tu peux me croire, mon garçon.

— Je vous crois, seigneur.

— Prends soin de toi, Rubin. Fais profil bas et garde tes opinions pour toi jusqu'à mon retour. Et, surtout…

— Oui, seigneur ?

— Ne fais pas confiance à Archange.

— Seigneur ?

Rubin fronça les sourcils. Seul son père avait déjà prononcé ce nom. Elle était autrefois l'épouse de l'empereur, et voulait le voir mort. Était-elle à l'origine des catastrophes qui avaient marqué cette journée ? Une femme âgée ?

— Reste éloigné d'elle, et, si tu ne peux faire autrement, ne lui fais pas confiance. N'aie confiance ni en ses paroles ni en ses actes. Elle est bien plus dangereuse que tout ce qu'on peut imaginer.

Sur ces mots, Marcellus ouvrit la porte et sortit. Rubin hésita, les yeux rivés sur l'armure. Pendant un instant fou, il songea à la mettre et à se faire passer pour Marcellus. Il rallierait les troupes, sauverait la Cité. Il rit de son idée saugrenue, puis suivit son seigneur au-dehors. Il regarda dans le long couloir, d'un côté puis de l'autre.

Marcellus avait disparu.

Valla se noyait. Quelqu'un plaquait un genou dans son dos et lui maintenait la tête dans l'eau boueuse et ensanglantée qui recouvrait le sol de la salle. Elle essayait désespérément de passer son bras valide sous elle, mais on l'immobilisait d'une main de fer. Juste au moment où elle sentait la vie la quitter, son ennemi la saisit par les cheveux et lui releva la tête, avant de la plonger de nouveau dans l'infâme liquide. Tout à coup, le poids dans son dos disparut. Elle roula sur le côté et s'assit, s'attendant à trouver Leona. Elle vit un guerrier familier trancher la gorge de son adversaire puis lui adresser un signe de tête, le visage impassible. C'était Loomis, l'auxiliaire de Leona. Reconnaissante, elle parvint à lui sourire avant qu'il ne retourne en boitant dans la mêlée.

C'était un véritable bain de sang. Les derniers guerriers encore en vie tranchaient et coupaient, la plupart blessés, tous épuisés. Une brume grise de sang, de boue et d'eau recouvrait tout le monde et pesait dans l'air, tangible, impossible à inhaler sans hoqueter. Parmi les combattants, Valla chercha Leona du regard, mais il était difficile de reconnaître quiconque. Elle posa les yeux sur le tas de morts et de mourants. Le souffle court, elle crut que son cœur avait cessé de battre.

Leona gisait sur le flanc, sur un tas de cadavres, les yeux ouverts sur la bataille. La tête vide, Valla s'avança vers elle d'un pas chancelant. Lorsqu'elle apparut dans son champ de vision, son amie cligna des yeux. Valla poussa un cri de soulagement. Puis elle vit la plaie béante que Leona avait au cou. Le sang s'en écoulait encore à gros bouillons, mais cela ne durerait pas. Leona gémit pour dire quelque chose. Valla se pencha vers elle, l'oreille tendue. Un souffle léger caressa sa joue.

— Vas-y, murmura son commandant. Bats-toi un jour de plus.

Sans se soucier des combats qui faisaient rage autour d'elles, Valla s'assit, prit la main de son amie et l'embrassa.

— Je ne sais même pas pour qui je me bats, dit-elle.

Des larmes ruisselèrent sur son visage, lui obstruant la vue.

Leona tenta de déglutir, mais du sang jaillit de sa bouche.

— Marcellus, parvint-elle à articuler. Marcellus est… notre guide.

Valla balaya le charnier du regard. Tout le monde bougeait si lentement !

— Où est-il ? s'enquit-elle. Pourquoi n'est-il pas ici ?

C'était une question idiote. Marcellus livrait bataille ailleurs. Qui savait ce qui se passait dans le reste du palais ? Mais Valla était sûre que, ce jour-là, seul Marcellus pouvait les sauver.

— Valla, souffla Leona. Vas-y.

Valla approcha son visage de celui de son amie.

— Mais…

— Vas-y.

Sous les yeux de Valla, la lumière et la vie s'éteignirent dans le regard de Leona.

En sanglots, la jeune femme se redressa, toujours assise, sans lâcher la main de son amie. Il ne servirait à rien de fuir. Elle était blessée, sans savoir précisément où tant son corps entier la faisait souffrir. *Accordez-moi juste un instant,* songea-t-elle, *et je…* Elle ferma les yeux.

Quelque chose l'obligea à les rouvrir. Elle regarda vers l'extrémité de la salle baignée de sang, au-delà des soldats qui se mouvaient au ralenti. Dans l'encadrement de la Porte de Cristal se tenait le gulon. Assis calmement sur son arrière-train, il observait le carnage. Il posa alors son regard brillant sur Valla, qui sentit le pouvoir de sa volonté. Les deux créatures couvertes de sang se regardèrent sans ciller.

Valla fit ses adieux à Leona en l'embrassant une dernière fois. Elle se leva péniblement puis traversa le charnier en boitillant pour suivre le chemin du gulon.

Chapitre 13

Rubin finit par atteindre son but. Exténué après avoir passé une demi-journée à errer dans le palais déserté, il avait trouvé le Refuge et, d'un pas chancelant, il franchit une énième porte débouchant sur une étrange salle. Il s'arrêta et, perplexe, balaya les lieux du regard. La pièce était vaste, rectangulaire, et très haute de plafond. Les murs étaient carrelés jusqu'à mi-hauteur, la partie supérieure arborant de grandes fenêtres sur trois côtés. Rubin se tenait sur un large rebord qui séparait la pièce en deux. Il baissa les yeux. Le sol était recouvert d'objets métalliques, de statuettes, de bijoux, de récipients et de quelques armes dont certaines paraissaient neuves, la plupart anciennes et abîmées. Et il y avait des pièces de monnaie. Par milliers. De l'eau recouvrait tout à hauteur de genoux. L'atmosphère qui régnait dans cette salle était chaude et humide. Les vitres des fenêtres, bordées de plantes grimpantes, étaient couvertes de buée.

Le décor était si fascinant que Rubin mit un certain temps à remarquer la femme assise, immobile, à l'autre bout de la pièce, le regard perdu dans l'eau. Il s'avança vers elle, mais elle sembla ne pas avoir conscience de sa présence. Il s'arrêta à quelques pas. Elle ne leva pas les yeux. Il se racla donc la gorge. Il ne souhaitait pas la surprendre.

Lentement, elle tourna la tête. C'était Fiorentina, sans le moindre doute. Sa beauté sombre était à couper le souffle, et ses yeux, d'un bleu profond, avaient la même couleur que la robe somptueuse qu'elle portait. Ses pieds étaient nus et sales.

— Êtes-vous venu m'exécuter ? l'interrogea-t-elle.

Son visage n'affichait aucune peur. D'ailleurs, il n'exprimait rien.

— Non ! s'exclama Rubin. Si vous êtes dame Fiorentina, je suis venu vous aider.

— Vous tenez à peine sur vos jambes, constata-t-elle en l'observant de la tête aux pieds, comme s'il venait de sortir en rampant d'une canalisation. En quoi pouvez-vous m'être utile ?

Il fronça les sourcils. La conversation ne se déroulait pas comme prévu.

— Marcellus, dit-il, prononçant ce nom une fois de plus comme si c'était une arme. Il m'a demandé de vous mettre à l'abri.

— Marcellus ? Et mon époux ?

— Je ne sais pas, mentit Rubin.

Elle secoua la tête d'un air désespéré.

— Il est mort.

— En êtes-vous sûre, ma dame ?

— Je le sens au plus profond de mon être, répondit-elle en écho aux paroles de Marcellus, sans le savoir.

Rubin ne trouva pas les mots pour la rassurer. Il regarda autour de lui.

— Quel est cet endroit ?

— Le caldarium, expliqua-t-elle en soupirant. Jusqu'à récemment, c'était un profond bassin rempli d'eau chaude. Puis l'eau s'en est allée. Je l'ai vue s'écouler peu à peu. Il doit y avoir une fissure dans le sol.

— À quoi cela sert-il ?

— À prendre des bains. Mon époux se baignait ici chaque jour.

— Pourquoi ?

— Cette salle était alimentée par une source chaude. L'eau était réputée pour avoir des vertus curatives.

Rubin se sentit pressé par le temps.

— Il nous faut partir, ma dame. Si l'ennemi s'empare du Palais Rouge, vous courez un grave danger.

Il ne mentionna pas le fait que le palais s'effondrait, et que cela représentait une menace plus grande encore.

Elle tendit la main vers lui. Il la prit et l'aida à se lever. Même pieds nus, elle était aussi grande que lui. Elle le dévisagea, impassible, mais loin d'être sereine. Il se demanda à quoi elle ressemblait quand elle souriait.

— Savez-vous quel chemin emprunter ? demanda-t-elle.

— Non, ma dame. C'est la première fois que je viens dans cette aile du palais.

Elle se retint de faire un commentaire sur ses capacités de sauveur, et dit :

— Le Refuge n'est accessible que par le palais, ou via la porte des casernes du Nord.

— On passera par la porte, alors.

Ils traversèrent des salles sombres, des couloirs éclairés seulement par quelques torches. Fiorentina lui apprit que le Refuge était jadis une forteresse, c'est pourquoi les étages inférieurs étaient dépourvus de fenêtres. Au loin, ils entendirent des bruits discordants, le pas rythmé de soldats en marche, des pas précipités, des cris de terreur et de panique. De temps à autre, un grondement résonnait loin en contrebas, comme si le sol était sur le point de se dérober. Apeurés, ils s'arrêtaient alors, ne sachant quelle direction prendre, jusqu'à ce que le calme revienne. Ils passèrent devant de petits groupes de domestiques effrayés qui allaient tous dans l'autre sens, vers le cœur du palais. Nombre d'entre eux jetèrent des regards en biais à Fiorentina, mais aucun ne leur adressa la parole ni ne proposa son assistance. Rubin supposa qu'elle les connaissait tous, mais que les liens qui unissaient cette dame à ses serviteurs étaient rompus. À présent, c'étaient des étrangers, et le danger pouvait toujours venir des étrangers.

Ils trouvèrent la porte des casernes du Nord désertée, les gardes s'étant volatilisés depuis longtemps. Découragés, ils l'observèrent longuement. Rubin comprit pourquoi tous ceux qu'ils avaient croisés s'évertuaient à emprunter la direction opposée. Les doubles portes, anciennes et sculptées de mystérieuses runes, étaient gigantesques, et ne pouvaient s'ouvrir qu'à la force réunie de plusieurs hommes.

—Je ne les ai jamais vues fermées, déclara Fiorentina. Nous ne pouvons pas les ouvrir.

Rubin les contemplait avec intérêt, s'avançant et reculant.

—Elles sont contrebalancées, finit-il par dire. Elles ont été conçues pour être ouvertes par deux hommes seulement… une fois la barre levée.

La barre en question était un tronc d'arbre écorcé et poli, qui courait sur toute la largeur des portes et reposait dans de grands supports, sur d'imposants poteaux de pierre. Rubin glissa une épaule sous l'une des extrémités et, de toutes ses forces, tenta de le soulever. Il ne bougea pas.

—Il faudrait vingt hommes pour ôter cette barre, se plaignit-il.

Puis il ajouta avec une gaieté feinte :

¾ Bien. Soit on attend que vingt hommes passent, en espérant qu'ils se montrent coopérants, soit on rebrousse chemin.

Sans mot dire, Fiorentina fit volte-face et retourna en direction du palais. Rubin la suivit.

Au fond d'elle, son âme pleurait de douleur.

Tandis que ses lèvres, ses dents, son souffle et une petite partie de son esprit s'affairaient à parler à cet étrange jeune homme – des difficultés auxquelles ils étaient confrontés, des obstacles qui risquaient de se dresser sur leur route, de la violence dont ils pouvaient être les victimes –, tout le reste chez Fiorentina se flétrissait et mourait, tant la perte de l'être aimé la faisait souffrir.

Elle avait la certitude que Rafe était mort, autant qu'elle était sûre de porter une nouvelle vie dans son ventre. Elle n'espérait rien. La notion d'espoir lui était inconnue. Il n'y avait pas une once de sa conscience qui imaginait contourner un angle, franchir une porte, et voir Rafe apparaître, marchant vers elle, meurtri, ensanglanté, mais vivant.

Il lui avait souvent dit qu'elle était extralucide, et la croyance de son époux avait été renforcée quand elle s'était abstenue de se rendre au Petit Opéra le soir où son unique sœur avait trouvé la mort, dans un véritable bain de sang. En fait, elle se sentait fatiguée ce soir-là, un peu nauséeuse, ne sachant pas encore qu'elle était enceinte. Ses prétendus pouvoirs extralucides n'étaient qu'une aptitude à observer et à écouter attentivement ses congénères, à évaluer leurs actions passées pour anticiper celles à venir. Pour elle, c'était d'une simplicité extrême. C'en était presque risible. Elle avait vécu plus de quarante ans aux côtés de sa sœur, qu'elle avait contemplée en souriant tandis que Petalina se laissait constamment surprendre par des événements que Fiorentina trouvait évidents, comme si c'était écrit noir sur blanc.

Elle sourit à ce souvenir cher et vit que Rubin la regardait. Il rougit légèrement.

— À quoi pensez-vous ? demanda-t-il.

Elle l'observa, s'arrêtant dans la lueur vacillante d'une torche accrochée à son support. Son esprit pratique tenta de l'emporter sur son chagrin.

— Qui êtes-vous ? s'enquit-elle. Vous n'êtes pas soldat, même si vous avez manifestement reçu de graves blessures. Vous parlez comme un seigneur, pourtant je ne me rappelle pas vous avoir déjà rencontré. Vous prétendez connaître Marcellus, mais vous ne faites pas partie de ses auxiliaires, ni de ses officiers supérieurs, ni de ses conseillers – je les connais tous.

— Je me suis absenté.

Il détourna le regard.

— Cela fait plus de vingt ans que j'habite au palais. Vous ne devez pas être beaucoup plus âgé.

— Je m'appelle… (Il hésita, comme réticent à divulguer cette information.) Rubin Kerr Guillaume.

Les Guillaume étaient l'une des sept nobles Familles. Fiorentina connaissait les Khan, le frère et la sœur, ainsi que les filles de la famille Gaeta, mais Rubin était le premier Guillaume qu'elle rencontrait. L'histoire mouvementée des Familles l'intéressait, malgré les tentatives de Rafe pour détourner son attention de ce sujet – ou peut-être à cause de cela, précisément.

— Pourquoi êtes-v… ? demanda-t-elle, mais il l'interrompit en posant un doigt sur ses propres lèvres.

Elle écouta le silence.

— Quoi ? Qu'entendez-vous ?

— De l'eau qui coule, répondit-il.

Le bruit venait de plus loin, devant eux. Ils reprirent leur chemin, ne sachant guère ce que cela signifiait. Il faisait moins sombre ici, comme s'ils arrivaient au bout d'un tunnel. Alors qu'ils pressaient le pas, la lumière s'intensifia. *Le soleil*, pensa Fiorentina. Elle se souvint que c'était le Jour des Offrandes. *Était-ce réellement ce matin seulement que j'ai vu mon seigneur pour la dernière fois?* La tristesse lui serra le cœur.

Ici, le palais était en ruine, et le soleil dardait ses rayons à travers ce qui autrefois était un toit. Le chemin était obstrué par des amas d'ardoises, de poutres et de gravats. Des nuages de poussière s'élevaient, comme si l'effondrement venait d'avoir lieu. Rubin jeta un coup d'œil à Fiorentina, qui souleva ses jupes. Tous deux grimpèrent sur les débris. Le sol avait cédé. Une large fissure partiellement recouverte de gravats était apparue, que l'on pouvait franchir d'un bond.

Ils se penchèrent en avant pour regarder au fond. Le grondement de l'eau tombant en cascade résonna, accompagné d'une puanteur qui les saisit à la gorge.

—Les égouts, déclara Fiorentina.

—Les Halls, s'émerveilla Rubin.

Elle l'observa en haussant les sourcils, une main plaquée sur la bouche.

—Les gens qui vivent dans les égouts les appellent les Halls, expliqua-t-il.

—Il y a des gens qui y vivent?

Il hocha la tête d'un air absent, en pleine réflexion. Les débris bougèrent légèrement sous leurs pieds. Fiorentina s'empressa de reculer, mais Rubin se contenta d'ajuster son équilibre.

—Pourquoi feraient-ils une chose pareille?

—Quoi, vivre en bas?

—Oui.

—Certains n'ont pas le choix. La Cité est un endroit terrible pour un grand nombre de personnes.

Quelque chose retint son attention. Il se pencha davantage, l'oreille aux aguets.

—Il y a quelqu'un en bas.

Fiorentina n'entendait que l'eau, mais elle remonta sur les gravats pour scruter les ténèbres. Il avait raison: des appels remontaient des profondeurs. Sans la moindre hésitation, Rubin se glissa dans le trou, où il trouva une saillie de pierre, autrefois une partie du sol. Il scruta l'obscurité, puis déclara:

—Je pense pouvoir descendre.

Il ne paraissait pas incommodé par l'odeur. Chaque fois que Fiorentina regardait dans l'orifice, elle se mettait à hoqueter. Elle recula, craignant subitement que les vapeurs fétides puissent nuire à son enfant.

—Si vous pouvez y descendre, eux peuvent remonter, suggéra-t-elle.

—Peut-être sont-ils blessés.

— Rubin, souvenez-vous de votre mission. Vous devez me conduire à l'abri, et non vous laisser distraire par des tâches sans espoir.

Il y songea un moment, puis remonta auprès d'elle.

— Il nous faut une corde, dit-il en balayant les lieux du regard, comme s'attendant à en trouver une à portée de main.

Fiorentina soupira puis l'aida à chercher.

Malheureusement, aucune corde n'était en vue, et ils ne pouvaient se permettre de perdre davantage de temps. Rubin s'introduisit donc de nouveau dans le trou, franchissant de son plein gré un portail vers un monde qu'il associait uniquement à la souffrance et à la mort.

Le trou dans le sol, à la fois abrupt et étroit, était tout juste négociable. Rubin put donc écarter ses bras et ses jambes maigres pour descendre à la manière d'une araignée à quatre pattes. Là où l'orifice s'élargissait, des perchoirs de fortune se dessinaient. Le jeune homme s'enfonça ainsi dans l'obscurité, regardant en l'air de temps à autre, voyant la tête de Fiorentina encadrée par une lumière de plus en plus faible.

L'odeur familière s'intensifia à mesure qu'il descendait. Ce n'était pas comme l'eau ou l'air. Elle était solide, comme si on pouvait y creuser un trou pour avoir un répit. Mais il n'y en avait pas, et les pensées de Rubin s'assombrirent. Il en vint à se demander s'il parviendrait jamais à remonter. Enfin, il atteignit les eaux bouillonnantes. Dans la lumière diffuse qui filtrait depuis les hauteurs, il découvrit quatre personnes juchées sur une saillie précaire, au-dessus du courant. Il y avait deux petits enfants, une jeune femme, et un homme d'âge mûr. Les enfants, d'une pâleur extrême, paraissaient au-delà de la peur, les traits tirés, les paupières mi-closes comme pour se protéger de la faible lumière. La femme avait le poignet tordu dans un angle étrange et le tenait contre elle avec précaution, le visage ravagé par la douleur.

Rubin leva les yeux vers le soleil lointain, évalua ses capacités personnelles, puis dit à l'aîné des enfants :

— Toi d'abord.

Il guida le pied du garçon et lui indiqua où poser les mains. Se hissant à son tour, il parvint à lui faire escalader le trou, vers les mains tendues de Fiorentina.

— Combien sont-ils ? s'enquit-elle en tirant le garçon hors du gouffre.

— Il y en a encore trois, répondit-il en redescendant.

L'autre enfant, une fille, était trop petite et trop effrayée pour grimper seule. Rubin s'accroupit à ses côtés sur la saillie, mais elle s'écarta en se tortillant, essayant de se cacher derrière les jupes de la femme. Inquiet, Rubin se rendit compte que l'eau montait à vue d'œil. Il sentit le découragement l'envahir.

— Il y a le soleil, là-haut, dit-il à la fillette. Je vais te porter, si tu m'aides. N'aie pas peur.

Mais l'enfant enfouit son visage et pleurnicha.

— Elle n'a jamais vu le soleil, monsieur, intervint la femme. C'est de lui qu'elle a peur, pas de vous.

Elle parvint malgré tout à convaincre la petite de monter sur le dos de Rubin en serrant fort les paupières. Craignant à tout moment que son faible poids ne le déséquilibre pour le mener à une mort certaine, il parvint à grimper péniblement jusqu'à la surface.

La femme, elle-même très jeune, était au bord de l'évanouissement tant son poignet la faisait souffrir, mais Rubin utilisa sa tunique comme une écharpe. Quand elle s'en sentit capable, il la poussa en la portant jusqu'à atteindre la partie friable du puits. Une fois au sommet, elle se laissa choir à terre en sanglotant.

Sans s'autoriser à réfléchir, Rubin redescendit une ultime fois.

Le dernier survivant, un homme grand et musclé dont la chevelure rousse hirsute était tressée, les avait tout ce temps observés en silence. Il déclara :

— Tu n'aurais pas dû te donner la peine de revenir, mon gars. Ma cheville est foutue. Je ne peux pas grimper, et tu n'es pas assez fort pour me porter.

— On peut essayer.

— Je ne prendrai pas le risque de te faire tomber dans la rivière après tes actions héroïques.

Rubin s'assit avec reconnaissance sur la saillie. L'homme imposant en fit autant. Il avait une mauvaise fracture à la cheville, tordue d'un côté. Cela devait le faire souffrir horriblement, mais il semblait serein.

— Qu'allez-vous faire ?

L'homme désigna une niche sombre dans la paroi rocheuse.

— On est venus de là. Je vais rebrousser chemin.

Rubin doutait qu'avec sa carrure il parvienne à se faufiler dans une ouverture si étroite, mais il acquiesça.

— Je vais vous jeter une torche.

L'homme hocha la tête. Tous deux savaient que cela ne ferait guère de différence.

La rivière, large, au courant rapide et aussi vive qu'un animal, s'écoulait désormais juste sous leurs pieds. Rubin embrassa la pénombre alentour du regard, mais il n'y voyait pas grand-chose.

— On appelle cet endroit les Halls, mon gars, dit l'homme en le regardant. Seuls les pauvres et les désespérés y descendent.

— Je connais les Halls. Mais c'est la première fois que je vois cette rivière.

— C'est le grand fleuve Menander, l'informa l'autre avec fierté. Ça fait des siècles qu'il est caché, confiné, toujours à chercher comment se libérer de ces couches de pierres. Voilà qu'il a réussi à faire sauter toutes les barrières. Il a dû y avoir une sacrée averse là-haut.

— Oui, en effet. (*Et même une sacrée tempête*, songea Rubin.) Le Palais Rouge est en train de s'effondrer.

— Tant mieux. (Le visage taché de son de l'homme s'illumina.) Qui bâtit un palais sur une rivière ? je te demande un peu, s'indigna-t-il, méprisant. Il faut être complètement idiot.

— Vous avez de la famille, monsieur ?

— Non, mon gars. Ne t'en fais pas pour moi. Je vais m'en sortir.

Il ne semblait pas inquiet, en dépit de la souffrance qu'il devait éprouver.

Un cri aigu retentit en provenance de la surface. L'homme lui dit :

— Tu ferais mieux de remonter. Ta chérie t'appelle.

Rubin se leva. Ne sachant comment lui dire adieu, il s'abstint de tout commentaire et se contenta de le saluer de la tête avant de reprendre son ascension vers la lumière. Ses jambes tremblaient sous l'effort, et ses mains meurtries étaient engourdies. Quant à son cœur, il était empli de chagrin. Il jeta un coup d'œil en contrebas et vit le pâle ovale du visage de l'homme levé vers lui. Mais, lorsqu'il regarda de nouveau en bas, quelques instants plus tard, il avait disparu, et seule la rivière bouillonnante était visible.

Lorsque Rubin eut repris son souffle, il cala la fillette dans ses bras et prit le garçon par la main. Fiorentina soutint la jeune femme, et tous se dirigèrent vers l'est, dans le palais en ruine. Rubin voulait mettre autant de distance que possible entre eux et les guerriers qui livraient bataille au cœur de l'édifice.

Quand ils atteignirent les murs de l'Est, le crépuscule tombait. À cet endroit, le palais paraissait avoir été épargné : nulle trace d'inondation ou d'affaissement. Les salles et couloirs étaient déserts et silencieux, mais de la poussière dansait dans l'air, comme si on l'avait récemment remuée. Ils arrivèrent devant de hautes portes. Comme celles du Refuge, elles étaient barrées. Las, Rubin regarda autour de lui puis mena le groupe vers la sortie la plus proche. Ils traversèrent une cour, descendirent quelques marches, et se retrouvèrent dans une petite pièce meublée de lits étroits, peut-être les quartiers des domestiques. Il n'y avait personne. Tandis que les autres se laissaient tomber avec soulagement sur les lits, Rubin explora les lieux et découvrit une cuisine avec une pompe à eau. Il emplit un pichet d'eau fraîche et tous burent leur content avant de s'allonger.

Malgré son épuisement, Rubin ne parvint pas à dormir, préoccupé par la situation désespérée de l'homme aux cheveux roux. Il se leva et trouva un élégant escalier qui montait vers une vaste pièce pleine de meubles sculptés. Elle était abandonnée, comme presque toutes les zones du palais qu'ils avaient traversées ce jour-là. De larges fenêtres donnaient sur l'est et le Bouclier de la Liberté, réduit à une masse sombre contre le ciel de plus en plus noir. Sur les hauteurs, de petites lueurs chaleureuses brillaient. À mesure que la nuit s'épaississait, la montagne lui parut un refuge accueillant.

— Nous devrions aller là-bas, dit Fiorentina dans son dos.

Rubin se retourna. Même après cette dure journée passée à fuir et à craindre pour sa vie, elle était d'une beauté transcendante. Malgré ses joues tachées et ses yeux rougis de fatigue, elle ressemblait à une déesse.

— C'est ce que je pense aussi, admit-il. Mais la Cité est dangereuse. Ce sera un voyage difficile.

Elle le surprit en lui proposant :

— Nous pourrions passer par en dessous. Il existe des tunnels qui mènent droit au Bouclier. Avec une bonne carte, on peut aller du palais à la montagne sans jamais voir le soleil. C'est du moins ce que m'a dit mon époux, un jour.

Ses yeux s'emplirent de larmes.

Il secoua la tête.

— Les souterrains seront immergés ou détruits. Vous avez eu un aperçu de leur état.

— Il nous faut trouver un refuge, pour vous et moi, maintenant que les Vincerii… ne sont plus là, dit-elle avec tristesse.

— Marcellus est toujours en vie, répliqua-t-il.

Elle le dévisagea, les yeux brillants et écarquillés.

— En êtes-vous sûr ?

— Non, répondit-il en songeant au vieux cheval traversant un lac à la nage. Mais je l'espère, et j'y crois.

Elle secoua la tête.

— Notre seul espoir est de nous soumettre à la volonté d'Archange.

— Archange ? (Il fronça les sourcils, se rappelant l'avertissement de Marcellus : éviter cette femme à tout prix.) Pourquoi elle ?

— Parce que c'est elle, l'impératrice, désormais.

Chapitre 14

Dix jours passèrent. Un soleil pâle et bienvenu brilla sur la Cité mourante et l'assécha. Les eaux se retirèrent lentement, déposant une fine couche de boue sur les bâtiments encore debout et les nombreux cadavres. Elles se déversèrent dans les strates recomposées sous la Cité, charriant leur lot de corps vers la mer purifiante.

Bien loin du littoral, après le blocus maritime ennemi, par-delà la petite île de Tessera, flottait une embarcation, apparemment un bateau de pêche. Avant l'aube du onzième jour, une vieille femme était assise à la proue, le regard tourné vers l'est.

Bas dans le ciel luisait une lune pleine, aussi mûre qu'une pêche blanche. *À quand remonte la dernière fois que j'ai vu une pêche?* se demanda la femme. *Que j'en ai senti une, mangé une?* Elle essaya de se souvenir du goût de ce fruit, se rappela sa peau douce et duveteuse, la chair qui cédait quand on y plongeait les dents, le jus qui s'écoulait dans la bouche. Mais, en dépit de tous ses efforts, elle ne parvint pas à se remémorer son goût.

La lune argentée créait un chemin lumineux jusqu'au bateau. Elle s'imagina enjamber le plat-bord, marcher sur l'eau et grimper l'escalier…

— Ma dame, c'est l'heure.

Tirée de sa rêverie, Giulia Rae Khan grogna à voix basse, raide d'être restée assise des heures durant sur le fauteuil de bois attaché au pont, pour son usage personnel. Pour se lever, elle prit appui sur les accoudoirs, provoquant une douleur familière dans ses mains. Le capitaine du bateau la regardait, dans l'expectative.

— Fort bien, Lorens, dit-elle.

Il parla tout bas à son équipage.

Ils avaient attendu au large le moment juste avant l'aube, qu'il y ait assez de lumière pour que Lorens navigue dans les eaux traîtresses au sud de la Cité, mais qu'il fasse encore suffisamment noir pour ne pas être repérés par les grands navires ennemis du blocus. Tel était le plan, en tout cas.

Giulia scruta la flotte, mais ne vit rien hormis une grosse masse d'un noir velouté : la terre qui se découpait dans le ciel éclairé par la lune.

Elle épousseta sa robe de paysanne crasseuse et regarda les membres de l'équipage s'atteler prestement à leurs tâches : tirer sur les bouts, apprêter le bateau de pêche pour la dernière partie de son voyage. La voile noire fut déroulée. Une légère brise s'y engouffra, la gonflant, et la *Linotte* fendit les eaux, cap sur le sud-est.

Giulia voyageait depuis près d'un an, d'abord autour des îles à l'ouest, puis toujours plus loin, à la recherche d'alliés pour combattre les ennemis de la Cité. Elle n'avait récolté que des promesses en l'air et des babioles qu'on lui présentait comme de somptueux cadeaux.

Puis, plus tôt dans l'année, les mains vides, sur le point d'abandonner, ils avaient mis le cap plein nord, vers des latitudes inconnues de la plupart des marins. Ils avaient passé l'île des Brumes, repaire de démons et de dragons, disait-on, d'hommes à deux têtes, de femmes avec une queue à la place des jambes, où même les marins les plus aguerris comme Lorens ne s'aventureraient que sur ordre de Giulia. Ils atteignirent ensuite une terre de neige, de glace et de montagnes impitoyables, dressées au-dessus d'étroites baies du bleu le plus vif. Arrivés à la fin du printemps, ils avaient été chaleureusement accueillis par le vieux chef, qui s'était octroyé le titre de roi, mais dont le royaume se résumait à une forteresse lugubre taillée dans le granit, flanquée de chutes d'eau et entourée de toundra gelée à perte de vue, où ne vivaient que des ours argentés et des renards des neiges.

Le roi, appelé Kern, les avait reçus comme de vieux amis. Ils passèrent de courtes nuits dans sa salle en tant qu'invités d'honneur. À table, on leur servit les meilleures viandes, et les servantes les plus potelées réchauffèrent leurs lits. Giulia comprit que le vieil homme avait grand besoin de compagnie. Elle le régala d'anecdotes de leur voyage et de la Cité. Quand les nuits commencèrent à s'allonger, il lui demanda de rester, de devenir sa reine. *La reine de rien*, songea-t-elle avec mépris. Puis elle se souvint de la Cité telle qu'elle l'avait vue pour la dernière fois. Elle fut presque tentée de rester, car le paysage était beau. Le printemps venu, le bruit de l'eau qui s'écoulait résonnait dans les hautes montagnes grises, la neige fondue devenant cascades brumeuses. Les rivières regorgeaient de poissons brillants, les collines verdoyantes s'emplissaient du chant des oiseaux. Mais, l'hiver, ses mains la faisaient terriblement souffrir, et la perspective de ces longues journées glacées lui donna envie de retrouver la chaleur de la Cité, de sa Cité.

Elle avait donc remercié le vieux roi et décliné sa proposition. Ce dernier avait hoché la tête tristement, regrettant sa virilité et son incapacité à lui donner des fils en pleine santé.

Longtemps après, lorsqu'elle parla de son expérience à son frère, Marcus, il ricana et dit :

— Croyait-il qu'une vieille branche comme toi pouvait encore avoir des enfants ?

Légèrement agacée, elle répondit :

— Mes cheveux ne sont-ils pas aussi brillants et ma peau aussi lisse que lorsque j'avais trente ans ?

— Si fait, très chère, concéda-t-il. Mais tes pauvres mains sont celles d'une vieille chouette.

L'arthrite, douloureuse en été, était insupportable l'hiver. Aucun remède n'y faisait rien. Comme souvent, elle se demanda ce qu'il adviendrait d'elle dans les longues années à venir, et se trouvait réconfortée par le pacte qu'elle avait passé avec Marcus : le moment venu, chacun s'était engagé à mettre un terme aux souffrances de l'autre.

— Une décollation, propre et nette, avait-il dit avec une gaieté cruelle, voilà la solution à tous les maux.

L'équipage de la *Linotte* s'était donc préparé à faire voile vers le sud. Puis, juste avant leur départ, le vieux roi avait surpris Giulia en lui présentant trois coffres remplis de pièces d'or, puisé, d'après ses dires, dans les montagnes glacées de l'Est.

— Alors, vous êtes aussi riche que généreux, avait-elle fait remarquer.

— Certes, nous sommes un peuple riche, avait confirmé Kern. Nous croulons sous l'or, mais il ne nous sert à rien, puisque nous n'avons rien à acheter !

Il avait éclaté de rire. Giulia s'était dit qu'elle appréciait sincèrement le vieil homme.

— C'est un beau cadeau.

— Ce n'est pas un cadeau, lui avait objecté Kern avec sévérité. C'est une rétribution. Nous avons besoin de chevaux. Vous m'avez parlé de troupeaux de jeunes bêtes élevées chaque année dans vos prés. Cela servira à payer trois navires chargés de ces animaux.

À présent, l'or gisait dans les cales du bateau de pêche, sous un tas de brèmes aux écailles argentées qui n'aurait pas attiré l'œil de l'ennemi au cas où ils se seraient fait arrêter. La somme suffirait à payer les mercenaires de son frère une année de plus. Suffisamment, peut-être, pour mettre un terme au siège de la Cité.

S'ils parvenaient à passer le blocus.

Les tactiques de blocus des Bleus variaient selon le commandant de la flotte, et le capitaine de chaque navire. Parfois, ils laissaient passer un seul bateau de pêche, ne se souciant guère de quelques pêcheurs attrapant un peu de nourriture pour leur propre table. Parfois, ils procédaient à une arrestation et à une fouille, soupçonnant l'espionnage, ou encore sur un simple coup de tête, pour tromper leur ennui. De temps en temps, ils arrêtaient les bateaux, les fouillaient et tuaient tout le monde à bord, jetant les corps aux dieux des mers. Les dix hommes qui se trouvaient à bord de la *Linotte*, âgés de seize à soixante ans, pouvaient passer pour une grande famille de pêcheurs, Giulia étant la matriarche. En réalité, ils étaient tous de fidèles soldats de Marcus Rae Khan – de vrais durs à cuire, qui se battraient jusqu'à la mort avant de perdre l'or ou de laisser molester leur dame.

Un sifflement grave retentit à la proue. L'un des hommes, avec le regard perçant de la jeunesse, avait repéré la flotte. Giulia scruta l'horizon. Elle ne distinguait rien. Toutefois, si elle ne voyait pas les navires ennemis, eux non plus ne pouvaient voir son bateau, sombre sur une mer noire. À mesure qu'ils prenaient de la vitesse, le roulis de la *Linotte* s'atténua. Pendant un moment, Giulia oublia l'arthrite dans ses mains et ses hanches en sentant la fraîche brise marine s'engouffrer dans ses cheveux. Elle huma l'air nocturne et crut sentir l'odeur de la Cité, cette Cité de sang qu'elle adorait et détestait, où son frère l'attendrait avec impatience, se demandant quels trésors, quels faits elle lui rapportait. Bientôt, avec un peu de chance, ils seraient réunis.

Lorens dit à voix basse :

— Tessera.

Elle savait ce qu'il voulait dire. L'île de Tessera était en vue. La nuit précédente, ils avaient évoqué les tactiques possibles ce matin-là. Ils avaient le choix entre contourner l'île et le côté le plus éloigné de la flotte – un trajet plus long, mais plus sûr –, ou bien se faufiler entre les navires du blocus et l'île, dissimulés à l'ennemi par sa masse sombre. Giulia adressa un signe de tête au capitaine, confirmant qu'elle optait pour la deuxième solution. La manœuvre était plus périlleuse, mais, s'ils étaient repérés, Tessera pourrait leur offrir un refuge.

Le petit bateau fendait les flots, rapide comme l'oiseau dont il portait le nom. Giulia distingua une écume blanche dans leur sillage, à tribord, où elle se tenait. Étaient-ce des dauphins qui sautaient et plongeaient, accompagnant le bateau ? Il faisait encore trop noir pour apercevoir leurs formes grises. Les dauphins lui manqueraient. Elle s'était habituée à leur présence pendant cette vie de voyage, loin du sang, de la mort, de la guerre, des petites manœuvres politiques et des querelles de pouvoir des généraux.

Le jour se levait peu à peu. Enfin, elle parvint à repérer la silhouette des grands navires. Puis un marin cria :

— Ils envoient des bateaux !

— Nous ont-ils vus ? demanda-t-elle au capitaine.

— C'est impossible.

Alors nous avons été trahis, songea Giulia en regardant la petite île de Tessera grandir, trop lentement, à tribord. *Après tout, peut-être cela n'est-il qu'une coïncidence. Eux aussi attendaient l'aube, mais pour une entreprise dont j'ignore tout.*

Toutefois, cet espoir vola en éclats lorsque les galères rapides fondirent directement sur eux, dans le dessein de leur barrer le passage.

Giulia se pencha par-dessus bord.

— L'eau est-elle profonde à cet endroit ? demanda-t-elle à Lorens.

— Non, ma dame. Nous sommes au-dessus d'un rocher.

Elle observa les galères à l'approche, les rameurs penchés sur leurs avirons.

— Vont-ils nous percuter ?

— C'est ce que je ferais, à leur place.

— Alors préparez-vous à prendre la fuite.

— Ma dame ? s'étonna Lorens, les sourcils froncés.

— Notre priorité est de veiller sur l'or. S'ils nous percutent, nous pouvons couler nous-mêmes la *Linotte*. Ils penseront que notre bateau prend l'eau grâce à leur manœuvre. Avec un peu de chance, il sera possible de revenir récupérer l'or plus tard.

— Et s'ils nous tuent tous ? Qui le récupérera ?

— Si nous avons été trahis, ils sauront que je suis à bord. Ils m'enlèveront pour exiger une rançon, en tant que sœur du plus grand général de la Cité. Je parviendrai à parler de l'or à mon frère, d'une manière ou d'une autre.

— Dame Giulia, nous sacrifierons notre vie pour vous épargner d'être capturée, lui objecta le capitaine.

— Je sais, mon ami. Mais ce serait complètement idiot. Si je suis prise, vous devez survivre et nager jusqu'à l'île. Ils vous laisseront tranquilles. Ils ne se donneront pas la peine de pourchasser quelques marins en cavale.

— Le général Marcus se fera servir mes couilles au petit déjeuner.

Elle sourit.

— Un problème après l'autre, Lorens.

Les vaisseaux, lancés à pleine vitesse, se rapprochaient. Il semblait que l'un d'eux allait percuter la *Linotte* au milieu, tandis que l'autre lui bloquerait le passage. Lorens donna l'ordre d'ajuster les voiles et tourna la barre en direction de Tessera et des eaux moins profondes. Les deux galères se contentèrent de corriger leur trajectoire et continuèrent à fondre sur eux. Giulia voyait que la proue du bateau le plus proche, peinte en rouge, était sculptée en forme de poing. Puis, tout à coup, à trente pas de la *Linotte*, la deuxième galère ralentit.

— Que font-ils donc ? s'enquit Giulia.

Lorens secoua la tête.

— Peut-être que la flotte se rend à nous, dit-il, sarcastique.

Un homme se dressa à la proue du vaisseau le plus proche, qui dérivait lentement vers eux tandis que les rameurs le stabilisaient. Il s'écria au-dessus de l'eau :

— Dame Giulia ! J'ai un message de la part de votre frère !

Giulia resta songeuse un moment. Ils maintenaient leur position pour prouver leur bonne foi, et elle ne voyait pas l'avantage qu'ils gagneraient à prétendre avoir un message de Marcus. Pourtant, c'étaient des Peaux-Bleues. C'était l'ennemi.

— Ils viennent bien de la flotte ennemie ? demanda-t-elle à Lorens, doutant de sa mémoire vacillante.

Elle soupçonnait toujours une ruse. Mais quel serait son objectif ?

Lorens acquiesça.

— Sans le moindre doute, ma dame.

Un message de son frère qui passerait par les mains ennemies ? *Dans quel pétrin Marcus s'est-il fourré ?* pensa-t-elle aussitôt. Mais elle se redressa et finit par dire :

— Fort bien.

Les rameurs firent avancer leur navire jusqu'à ce que l'homme à la proue puisse tendre un paquet à un marin de la *Linotte*. L'objet passa de main en main pour arriver jusqu'à Giulia, qui défit maladroitement l'emballage imperméable. En voyant l'écriture négligée et familière de Marcus, les coulures d'encre noire sur le papier, elle eut la gorge nouée. Comme son frère lui manquait !

Le message disait : « Ma très chère sœur. La guerre est finie. Fais confiance à cet homme, Tyler. Il veillera à te ramener chez nous en toute sécurité. »

L'homme à la peau noire sur la proue, élégamment vêtu d'un uniforme petrassi, la salua d'un signe de tête courtois.

— Je suis Tyler, ma dame, dit-il. Nous ferez-vous l'honneur d'être notre invitée ?

La Porte de la Mer se trouvait à l'extrême-sud de la Cité, où les hautes falaises qui formaient l'Éperon plongeaient abruptement dans les eaux. Ce port immense avait été construit sous le règne de l'empereur Sarkoy II par des dizaines de milliers d'ouvriers qui avaient sué sang et eau, à une époque où les vies ne valaient pas grand-chose. C'était une structure splendide. Ses hauts murs en marbre rose étaient sculptés de créatures marines à la fois réelles et imaginaires, et surmontés de statues des sept bêtes qui, chacune, représentaient les sept nobles Familles. Toutefois, quelques années à peine après son achèvement, un séisme dont l'épicentre se trouvait au large avait provoqué un raz-de-marée qui avait balayé une partie des murs et recouvert le port de débris. On l'avait reconstruite, mais à une échelle plus modeste. Au cours des siècles qui suivirent, les ingénieurs avaient mené une lutte constante contre le sable et les galets apportés dans le port par les marées et les courants. Dans l'espoir d'apaiser les divinités, des temples jumeaux dédiés aux dieux des vents et des vagues avaient été érigés sur les bras du port. On leur offrit des sacrifices. Mais le port continua à se remplir. Avec les pénuries dues à l'interminable guerre, aspirant les ouvriers sur les champs de bataille pour qu'ils y versent leur sang, les lieux finirent par tomber en décrépitude, réduits à un canal unique qui traversait les bancs de sable.

Quand Giulia débarqua de la galère des Bleus sur sa terre natale, elle fut tentée de s'agenouiller et d'embrasser le sol de pierre sous ses pieds. Au lieu de quoi elle souleva ses jupes comme une jeune fille et se hâta de gravir les marches qui menaient au sommet du mur du port, d'où l'on voyait la Cité. Celle-ci s'étendait, brumeuse et brillante, dans la lumière matinale. Son cœur était serré par le chagrin. Les larmes lui brouillèrent la vue. Elle plissa les yeux, mais la brume cachait le Bouclier, au loin. Au début, elle crut que la Cité n'avait pas changé, même si le quartier de Wester, en contrebas, lui paraissait étrangement silencieux. Elle regarda ensuite sur la gauche, vers la silhouette familière du Palais Rouge, et constata avec stupéfaction que sa taille avait considérablement réduit, ses myriades de tours, minarets et dômes émoussées, brisées ou encore disparues.

— Que s'est-il passé, ici ? demanda-t-elle à Tyler. Qui a fait ça ?

— Nous avons fait sauter les barrages de vos deux réservoirs au sud, répondit-il, le visage de marbre. L'inondation a détruit l'extrémité est du Mur Adamantin. Une grande partie de la zone sud-est de la Cité a subi d'importants dégâts. Quand l'eau a atteint le Palais Rouge, elle s'est déversée dans les niveaux inférieurs et a désagrégé les fondations déjà fragiles. Aujourd'hui, on ne peut guère y habiter. Seuls les rats y vivent.

Giulia observa le visage calme de Tyler pour mieux assimiler l'énormité de ses propos.

— Et l'empereur ?

Tyler balaya les alentours du regard, puis s'éloigna de quelques pas pour rejoindre les guerriers rassemblés.

— Il est mort, ma dame.

— Vous avez assassiné Araeon ? s'écria-t-elle.

C'était inconcevable. Son esprit luttait pour trouver un moyen d'assimiler cette nouvelle.

— Votre empereur a été tué par un guerrier de la Cité, précisa Tyler.

— C'est épouvantable ! Par l'un des Mille ?

— Non. Par un simple soldat, à ce qu'on m'a dit.

Araeon, exécuté par un soldat de la Cité ! Elle secoua la tête.

— Je n'en crois rien, rétorqua-t-elle sèchement.

— C'est pourtant la vérité.

Giulia sentit ses jambes fléchir. Elle se serait volontiers assise, mais ne voulait pas montrer de faiblesse devant cet ennemi.

— Araeon était un grand homme, déclara-t-elle.

Tyler renifla.

— Se faire tuer est la plus grande chose qu'il ait jamais accomplie, ma dame.

Une étincelle de colère jaillit en elle.

— Vous me paraissez relativement civilisé pour un soldat de Petrus, dit-elle. Ne me parlez plus jamais sur ce ton.

Il baissa discrètement la tête.

Elle décida de reporter les réflexions que lui inspirait la mort d'Araeon – une fois que Marcus et elle se seraient entretenus.

— Mon frère est-il en vie ? s'enquit-elle, ayant encore besoin d'être rassurée.

— Oui, ma dame. Il vous attend.

— Les Bleus se sont-ils emparés de toute la Cité ?

Elle avait du mal à mettre de l'ordre dans ses idées.

— Non. Seulement de la zone sud. Un traité de paix a été établi et nous avons accepté de limiter notre occupation à cette zone. Vous avez beaucoup à apprendre, ma dame. De nombreux événements se sont produits ces derniers jours. On m'a demandé de vous conduire au Palais des Khan, où vous aurez les réponses à toutes vos questions. J'ai fait venir une calèche.

Elle suivit son regard, en bas des marches, de l'autre côté du mur du port : une calèche tirée par quatre chevaux attendait. Elle émit un petit bruit méprisant.

— Il nous faudrait des jours pour atteindre le Bouclier avec ça, étant donné les ruines auxquelles vous avez réduit la Cité. Je monterai à cheval. Qu'on m'en amène un.

Tyler haussa un sourcil, mais il donna un ordre dans sa langue et une monture fut conduite au bas des marches. Giulia fronça les sourcils en voyant que c'était une jument aux yeux doux, mais elle s'abstint de tout commentaire et accepta l'aide d'un soldat pour s'installer en selle. Elle talonna la bête, qui partit à un trot rapide. Cela faisait longtemps qu'elle n'avait pas monté, mais c'était une cavalière bien plus expérimentée que la plupart des jeunes soldats petrassi qui l'escortaient.

La chevauchée fut une torture. Giulia connaissait la Cité depuis plus longtemps que la plupart des gens, et, durant une période qui dura plusieurs générations pour le commun des mortels, elle avait parcouru à pied ses rues, ses places et ses allées. Cependant, en les traversant, elle avait du mal à reconnaître certains quartiers. Tout était recouvert d'un voile de poussière sèche : les bâtiments, les arbres qui bordaient les larges avenues de l'amphithéâtre, les gravats dans les rues. Les quelques survivants qu'ils croisèrent les observaient à la dérobée depuis leurs abris de fortune dans les ruines, craignant sans aucun doute que la mort ne vienne toujours de la main des envahisseurs.

Giulia rompit le silence qu'elle s'était imposé en demandant à Tyler :

— Combien de personnes ont péri ?

Il secoua la tête.

— Je n'en ai aucune idée.

Elle sentit son sang bouillonner, mais s'obligea à rester calme. Cet homme n'était qu'un soldat ; il exécutait les ordres. Elle ne lui poserait plus de questions. Cela ne servirait qu'à la mettre en colère.

Il leur fallut toute la journée pour atteindre le Bouclier, mais le vieux Palais des Khan finit par s'offrir à la vue sur le flanc sud-ouest de la montagne, entouré de pins vénérables et du Palais Blanc des Vincerii, au-dessus, et du Palais de Fer noir des Gaeta, en dessous.

À son grand étonnement, elle vit qu'une troupe de cavaliers de la Cité l'attendait devant l'entrée, constituée de deux portes de bronze. *La Troisième Impériale n'a-t-elle rien d'autre à faire ? Quel genre d'invasion est-ce cela ?* s'interrogea-t-elle.

— Je vous laisse ici, déclara Tyler.

Avant qu'elle n'ait ouvert la bouche, il fit tourner bride à sa monture, et le groupe de Petrassi s'éloigna.

Giulia lança d'un ton brusque à l'escorte qui patientait :

— Je n'ai pas besoin de vous. Vous pouvez disposer !

Elle fit franchir les portes à sa jument, puis la mena le long du Sentier des Coquillages qui serpentait paresseusement jusqu'au Bouclier, reliant les palais des Familles les uns aux autres. Elle chevauchait le menton haut, appréciant le parfum âcre des pins qui projetaient leur ombre sur le chemin. L'air sentait le frais, comme la pluie.

Elle passa devant le Palais de Fer et se demanda si Sciorra Gaeta vivait toujours. Aux dernières nouvelles, la vieille femme était embourbée dans la folie, le cerveau bien plus vieux que son corps. *Moi, au moins,* songea Giulia avec reconnaissance, *j'ai toute ma tête.*

Plus haut sur le chemin, elle arriva à un virage serré, où le Linceul des Premiers se dressait sur un petit affleurement tourné vers l'ouest, la direction des choses ultimes. C'était une plaque en titane toute simple, sertie dans un matériau autrefois transparent, désormais patiné par le temps, et dont les inscriptions étaient devenues illisibles. De toute façon, la langue dans laquelle elles étaient rédigées ne pouvait être comprise que par une poignée de personnes. Giulia tira sur les rênes de sa jument et s'arrêta, se souvenant de ceux qui n'étaient plus. Leur visage, et même leur nom pour la plupart, lui échappaient, mais beaucoup de temps s'était écoulé, et elle savait qu'ils lui pardonneraient. Car ceux qui étaient morts étaient les meilleurs d'entre eux.

Elle se souvenait toutefois des paroles. Elle savait que, étendue sur son lit de mort, lorsqu'elle aurait tout oublié, peut-être jusqu'à son nom, elle se les remémorerait : *Nous sommes venus apporter la connaissance et la paix. « Que vos dieux nous pardonnent nos transgressions. »*

Enfin, les sabots du cheval martelèrent bruyamment les pierres dorées de la cour du Palais des Khan, le bruit se répercutant contre les murs. Giulia embrassa les lieux du regard. Tout à coup, une nuée de serviteurs se déversa par l'entrée et l'entoura. L'un accourut vers elle et saisit les rênes de la jument tandis qu'un autre apportait un bloc de bois pour permettre à Giulia de mettre pied à terre. D'autres domestiques, aux visages familiers, apportèrent de l'eau fraîche dans un pichet rempli de tranches de citron vert, et lui présentèrent une coupe de cristal sur un plateau d'argent. Des servantes lui passèrent des chaussons moelleux, épongèrent son front et nettoyèrent ses mains avec des linges humides. Elle trouva ce déploiement d'obséquiosité à la fois amusant et réconfortant, car au cours de l'année passée elle s'était habituée à l'humilité et au mauvais accueil des étrangers.

Puis, à l'autre bout de la cour, elle aperçut de ses yeux fatigués son frère qui avançait d'un pas traînant, les bras grands ouverts, le visage plissé par un large sourire. Comme toujours, on aurait dit qu'il s'était habillé dans le noir. Des larmes lui montèrent aux yeux.

Il jeta ses bras autour d'elle et la serra si fort qu'elle crut qu'il allait lui briser le dos.

— Lâche-moi donc, vieux fou ! s'exclama-t-elle en riant. (Se rappelant la lugubre nouvelle de cette journée, elle demanda d'un ton plus posé :) Est-ce vrai qu'Araeon est mort ?

Marcus fronça les sourcils et secoua la tête. Pas devant les domestiques. Ils marchèrent main dans la main, comme ils le faisaient depuis l'enfance, pour rejoindre le palais et ses couloirs familiers. Sans mot dire, ils rejoignirent leur petit salon préféré. Giulia était soulagée de le revoir, avec ses trophées de guerre et de paix, ses vieux tapis qui recouvraient le sol, usés par le temps.

— Alors, est-il mort ? répéta-t-elle une fois qu'ils furent seuls.

— Oui.

Elle plissa les yeux.

— En es-tu sûr ?

Il ricana.

— Araeon a abandonné toute subtilité il y a des dizaines d'années. Non, il n'est pas parti se terrer pour attendre de voir ce que nous allions faire. Il est mort. Ça ne fait aucun doute.

— Quand est-ce arrivé ?

— Le Jour des Offrandes.

— Dans ce cas, qui lui a succédé ? demanda-t-elle, ayant cette interrogation à l'esprit depuis qu'elle avait appris la nouvelle. (Elle craignait que son frère ne revendique jamais son droit au trône. « Je ne suis qu'un vieux soldat », dirait-il.) Marcellus, j'imagine ?

— Marcellus aussi est mort, dit une voix.

Giulia se retourna et vit une femme dans la lumière de l'encadrement de la porte. Soudain, elle vit rouge. Fiorentina ? Que faisait-elle ici ? C'était l'indice – la preuve – le plus éclatant des profonds changements que son monde avait subis, car jamais elle n'aurait autorisé la sœur de cette catin de Petalina à mettre un pied en sa demeure. Puis ses paroles pénétrèrent sa conscience et elle cessa de respirer. Giulia porta une main à son cœur. Elle avait l'impression qu'on venait de le lui transpercer. *Marcellus, mort ?* Elle se laissa tomber à terre. Non, c'était impossible ! Les souvenirs affluèrent en elle, trop nombreux, trop riches pour une femme de son âge.

Fiorentina avança, s'agenouilla et lui prit la main.

— Je suis désolée, ma dame, souffla-t-elle. C'était cruel de ma part. Je sais qu'autrefois vous étiez son épouse.

— Tout va bien, mentit Giulia.

Elle tenta de respirer à fond, mais un étau lui enserrait la poitrine. Elle fut surprise de constater à quel point la nouvelle de cette mort la bouleversait. Après tout, elle ne comptait plus les fois où elle aurait tué Marcellus de ses propres mains.

— Il y a prescription, dit-elle à la jeune femme. (Elle se rendit compte alors que, si Marcellus n'était plus, son reflet, Rafe, avait également disparu. Elle ajouta poliment :) Vous aussi, vous avez perdu votre époux. Comme c'est triste.

— On vous a annoncé la nouvelle, ma dame ? Les deux frères ont été tués le même jour. Quel jour affreux pour la Cité.

Giulia recouvra peu à peu ses esprits. *Étrange commentaire*, songea-t-elle. Le regard interrogateur, elle leva la tête vers le visage tendu de Marcus. *N'est-elle pas au courant ?* Son frère secoua légèrement la tête. Pour Giulia, il paraissait incroyable que Fiorentina, mariée à Rafe depuis dix ans, et désormais sa veuve, pût ignorer qu'elle avait épousé un reflet, une créature qui ne valait pas mieux qu'un cadavre ambulant.

Elle essaya de rassembler ses pensées. *Araeon et Marcellus, morts tous les deux.*

— Dans ce cas, qui est sur le trône ? demanda-t-elle une nouvelle fois.

Elle regarda Marcus, qui détourna les yeux, puis Fiorentina.

Un spasme de fureur la secoua quand elle anticipa leur réponse.

Troisième partie

Le Vorago

Chapitre 15

Un fin ver de terre se tortillait dans la paume de sa main. Sa tête ronde et aveugle se dressa vers le ciel bleu puis s'abaissa, fouillant entre les doigts repliés d'Emly, à la recherche de la terre fraîche d'où on l'avait arraché. Elle le posa précautionneusement sur une motte récemment labourée et s'émerveilla de la vitesse à laquelle il se faufila dans sa maison souterraine.

Elle plongea les mains dans le terreau noir. Celui-ci s'effrita comme un gâteau humide, révélant des vers plus petits et des scarabées qui détalaient, ainsi qu'une longue créature pourvue de dizaines de pattes. C'était une terre fertile, lui avait dit Archange, que l'on avait apportée à grands frais du Sud dans ce jardin du Palais Blanc, sur le Bouclier de la Liberté. Emly la renifla. Elle avait la même odeur que les feux d'hiver.

Elle laissa tomber la poignée, s'épousseta les mains puis s'accroupit sur ses talons et regarda autour d'elle avec plaisir. L'été approchait, et le jardin était magnifique. Les rosiers étaient couverts de gros boutons, aussi bien ceux tuteurés et taillés que ceux, rustiques, qui grimpaient librement sur les murs de silex. D'autres fleurs s'épanouissaient aussi, qu'elle avait elle-même plantées. Ignorant leurs noms, elle les appelait « bâtons bleus », « coussins jaunes » et « danseuses roses ». L'air parfumé résonnait du bourdonnement des abeilles.

Emly et son frère, Elija, avaient été conduits au palais de l'impératrice, qui trônait au sommet de la montagne, plus de six mois auparavant, au cœur de l'hiver, quand la Cité s'effondrait autour d'eux. Enfants, ils avaient été sauvés d'une vie misérable dans les égouts : Em par le vieux Bartellus, Elija par l'ennemi. Ils avaient été réunis contre toute attente le Jour des Offrandes, qui marquait un tournant dans l'histoire de la Cité : celui où l'empereur tyrannique avait trouvé la mort, et où son bastion, le Palais Rouge, avait été détruit par une inondation. Archange, qui s'était alliée au général petrassi pour mettre un terme à la guerre, était impératrice depuis près de deux cents jours.

Le frère et la sœur avaient passé là les premières semaines, blottis l'un contre l'autre, réticents à l'idée d'être séparés, et, pendant qu'on soignait le bras d'Elija, ils s'étaient raconté les huit années qu'ils avaient passées éloignés l'un de l'autre. Puis, tandis que lui avait commencé à découvrir les trésors que recélait la bibliothèque, Emly était partie explorer le palais et ses environs.

Le Palais Blanc, qu'Archange appelait le Serafia, était fait d'albâtre et de marbre blanc. Les salles hautes de plafond étaient lumineuses, les fenêtres s'élevant vers le ciel en de gracieuses arches. Les salles vides résonnaient, car les seules personnes qui vivaient ici étaient le personnel de maison d'Archange et une centurie de soldats, les Faucons Nocturnes.

La comparaison avec le Palais Rouge s'arrêtait là. L'édifice en ruine, loin à l'ouest, avec ses murs sombres sculptés et ses sols d'un rouge sang, vous entraînait toujours plus loin dans les profondeurs, vers les eaux stagnantes. Les salles aériennes du Serafia, avec leurs murs blancs et leurs immenses fenêtres, cherchaient toujours à rejoindre le ciel. Même les cuisines et les baraquements, à des niveaux inférieurs, étaient lumineux. Rien n'était exigu et confiné.

— Pourquoi l'aviez-vous abandonné ? avait demandé Emly à Archange un jour qu'elles étaient assises dans le petit salon d'été de la vieille femme, une salle circulaire décorée de marbre en filigrane, incrusté de fleurs de cornaline et de lapis-lazuli.

— Nous ne l'avions pas abandonné, avait répliqué l'impératrice, qui avait l'habitude de contredire ses interlocuteurs. Nous avions seulement cessé d'y venir.

Emly avait parcouru les couloirs, monté et descendu des escaliers, franchi de hautes portes, jusqu'à se sentir chez elle et avoir une bonne idée de la topographie du Palais Blanc. Comparé à la vaste ruine d'où elle s'était échappée, l'endroit était petit, mais construit sur de nombreux niveaux. Il y avait des centaines, peut-être des milliers de marches, qui menaient à l'intérieur, à l'extérieur, reliaient tous les étages ainsi que les tours frêles, les ponts, terrasses et balcons délicats. Em ne détecta pas de logique particulière dans la distribution des pièces ; rien à un étage n'indiquait ce qu'on allait trouver à celui du dessous, ou du dessus. L'endroit paraissait avoir été conçu par un fou, peut-être même avait-il été bâti pour un fou.

Puis Emly avait découvert le jardin. Situé du côté sud-ouest, il était protégé de Cernunnos, le vent du nord, par les murs du palais et une imposante crête de roches qui se dressait à l'ouest. Un sentier d'herbes hautes serpentait entre ce qui était autrefois des parterres de roses, désormais étouffés sous les mauvaises herbes. Dans la lumière grise des premiers jours du printemps, Emly s'était donc donné pour tâche de retirer les ronces, découvrant des roses et d'autres plantes qui, enfouies, luttaient pour leur survie. Elle avait demandé l'autorisation d'arpenter le Bouclier et les jardins à l'abandon des autres palais des Familles pour trouver des plantes à mettre dans le sien. Elle adorait la tranquillité qui régnait dans les jardins, négligés et foisonnants de vie sauvage, avec leurs grands bâtiments aux portes et fenêtres barrées et verrouillées, pour empêcher les intrusions. Elle trouva d'immenses serres de verre, aux vitres brisées, croulant sous le poids du lierre, et se demanda quelle était leur utilité.

Emly se leva et se frotta de nouveau les mains. Elle se promena en marge du jardin, bordé d'un côté par un muret de silex. Elle retroussa ses jupes et le franchit, puis elle grimpa une petite côte jusqu'à un banc qui avait été taillé dans le mur de pierre.

Elle contempla la Cité qui s'étalait à ses pieds, devant elle. À l'ouest et au sud, le Palais Rouge n'était plus qu'un amas de pierres à cette distance, et seules quelques tours robustes tenaient encore debout. Le fleuve Menander s'écoulait à présent entre ses ruines, cours d'eau boueux filant librement dans un canal profond, où se trouvaient naguère les égouts dans lesquels son frère et elle avaient vécu.

Elle tourna son regard vers le sud, où avaient été faits les dégâts les plus importants, où l'inondation, provoquée par les forces du général Tisserand qui avaient détruit les barrages des deux grands réservoirs, avait pulvérisé les remparts et semé la mort et la désolation sur un quart de la Cité. Là, de vastes tentes avaient été érigées, auxquelles avaient succédé des bâtiments en bois destinés à abriter les blessés – ennemis et ceux de la Cité –, les soldats et les citoyens malchanceux. Ces hôpitaux avaient été source de conflits entre la population de la Cité et les soldats peaux-bleues, et depuis l'hiver des flots de sang avaient encore été versés.

Emly avait observé avec intérêt le rassemblement d'une armée menée par Marcus Rae Khan, désormais premier général de la Cité. Des dizaines de milliers d'hommes, de femmes, de chevaux, de charrettes et de têtes de bétail avaient été rassemblés pour marcher vers Petrus, au nord, dans le cadre de l'accord de paix qu'Archange avait passé avec le général petrassi Hayden Tisserand, pour soutenir la guerre que son peuple menait contre les barbares du Nord. Ceux-ci avaient envahi son pays pendant que ses armées étaient occupées à combattre contre la Cité. L'armée de Khan était retournée dans le Nord vingt jours auparavant. Son départ avait été retardé, deux fois de suite, mais à présent elle était bel et bien partie. Les derniers soldats ennemis présents dans la Cité étaient les blessés et les soldats chargés de les surveiller.

De son point de vue en hauteur, Emly ne voyait rien à raconter à Elija, qui de toute façon n'était pas intéressé. Elle se retourna et franchit de nouveau le muret de silex. Puis, étonnée, elle s'arrêta. Un soldat, à contre-jour, traversait le jardin et se dirigeait vers elle. *Evan!*

Pourtant, après un instant merveilleux où elle se sentit pousser des ailes, elle se rendit compte que l'homme n'était pas du tout Evan Broglanh, mais un autre soldat. Son amant et elle ne s'étaient pas retrouvés depuis la veille du Jour des Offrandes. Em le voyait souvent au palais, car il était au service d'Archange, mais, même s'ils échangeaient parfois quelques mots, ils n'évoquaient jamais de sujets intimes. Avec une profonde tristesse, elle avait dû en conclure qu'il ne l'incluait pas dans sa vie à venir. Malgré tout, son cœur battait toujours pour lui.

Le soldat qui venait d'apparaître, faisant tache avec son armure noir et argent au milieu de ce joli jardin, était Darius, commandant des Faucons Nocturnes, les gardes du corps de l'impératrice. Comme Evan, il était grand et blond, mais aussi plus jeune, et ses cheveux tiraient davantage sur le roux. Il avait les traits plus saillants, et les yeux d'un bleu brillant.

Elle sourit pour masquer sa déception.

— On vous demande dans la salle du trône, annonça-t-il, concis et direct comme à son habitude.

Elle hocha la tête. Tous deux retournèrent vers le palais. Ils n'avaient rien à se dire, aussi fut-elle surprise qu'il lui demande :

— Vous allez bien ?

Emly leva les yeux et acquiesça. Elle était encore nerveuse en présence de soldats, mais le Jour des Offrandes cet homme leur avait sauvé la vie, à elle et à son père Bartellus, ce pour quoi elle lui serait toujours reconnaissante. Elle se demanda pourquoi un soldat si important, héros et conseiller militaire de l'impératrice, avait été envoyé pour la quérir comme un vulgaire domestique – ou un modeste troufion, comme dirait Evan. Darius marchait d'un pas rapide et Em, qui lui arrivait à peine à l'épaule, devait accélérer pour ne pas se laisser distancer.

La salle du trône se trouvait au cœur du palais. Cette pièce circulaire et lumineuse était surmontée d'une immense coupole de verre coloré de teintes vives qui, en été, renvoyait sur le sol de pierre de chatoyants points bleu, vert et or. Par une journée ordinaire, Em serait restée béate d'admiration devant ce magnifique vitrail. Mais ce jour-là n'était pas comme les autres, car la salle était bondée. Emly s'arrêta sur le seuil et se mordit la lèvre. De nombreux guerriers étaient présents : des Faucons Nocturnes de Darius pour la plupart, des gardes du palais, ainsi que d'autres personnes. Elle en connaissait certaines, comme les conseillers et domestiques d'Archange qui gravitaient sans cesse autour d'elle, mais beaucoup lui étaient étrangères. Un guerrier gigantesque se tenait à l'écart, sa broadsword dégainée, ce qu'elle n'avait encore jamais vu en présence de l'impératrice.

Emly détestait la foule. D'expérience, elle savait qu'on n'en tirait rien de bon. L'époque la plus heureuse de son existence était celle où elle avait passé du temps seule avec son frère, avec son père, Bartellus, ou encore avec Evan Broglanh. Elle associait la foule à la peur, à la fuite, au sang et à la mort. Anxieuse, elle passa sa langue sur ses lèvres et chercha le visage d'Evan, en vain.

Archange était assise sur son trône, constitué d'un grand bloc d'albâtre et agrémenté de somptueux coussins rouge, or et argent. En dépit de sa haute taille et de sa tenue d'apparat, elle paraissait minuscule lorsqu'elle y siégeait, et Emly se demanda pourquoi elle utilisait un trône qui la diminuait. Sans sourire, Archange lui fit signe de la rejoindre. Em lui trouva l'air fatigué, le visage plus émacié que jamais, ses yeux noirs sans vie.

Toutes les têtes se tournèrent vers Emly lorsque, le cœur battant la chamade et la bouche sèche, elle traversa le sol de marbre en damier noir et blanc. Pourquoi ce rassemblement ? Une odeur métallique flottait dans l'air. L'odeur du sang et de la mort.

Dol Salida, le premier conseiller d'Archange, s'avança en boitant, appuyé sur sa canne à l'embout d'argent. Tandis que le silence se faisait dans la foule, il déclara :

— Chacun d'entre nous ici présent se souvient parfaitement des terribles événements survenus le Jour des Offrandes. (Il s'interrompit et, comme plongé dans ses réflexions, caressa sa grande moustache blanche.) Si nous avons survécu et vivons désormais en paix, sous le règne bienveillant de notre impératrice, c'est grâce à un homme. Le héros Shuskara est parvenu à rassembler les forces loyales de la Cité pour défendre notre vie et notre avenir. Malheureusement, il a été tué, sacrifiant sa vie pour la Cité qu'il a servie. Nous le pleurons tous et lui sommes tous redevables pour cela.

Il marqua une nouvelle pause et adressa un geste aux gardes postés à la porte nord. Tout le monde se tourna pour voir apparaître un homme grièvement blessé, en haillons, encadré de deux soldats.

Durant les jours qui avaient suivi la libération de la Cité, Em avait vu des gens avec de terribles blessures, mais peut-être s'était-elle amollie depuis, car elle fut si choquée qu'elle plaqua une main sur sa bouche. Le visage du prisonnier était déformé. Il avait la mâchoire brisée et une paupière fermée couverte de sang. Son autre œil était caché par un bandeau crasseux. Il était incapable de marcher. Peut-être avait-il aussi les jambes cassées, car les deux soldats devaient le maintenir debout. Il émettait une respiration sifflante à travers sa poitrine blessée. Il était dégoûtant, ses vêtements en lambeaux couverts de sang séché.

On le traîna jusqu'à Emly. Elle le regarda, horrifiée, puis se tourna vers Archange. *Pourquoi me montrez-vous ce pauvre homme ?* demandèrent ses yeux.

Dol Salida reprit :

— Ce que nombre d'entre vous ignorent, c'est qu'on a attenté à la vie du général Shuskara l'été précédent. Une tentative d'assassinat qui a failli réussir. (Il s'adressa à Emly.) Dame Emly, est-ce cet homme, demanda-t-il en élevant la voix et en embrassant l'assemblée du regard, qui a tenté de vous tuer, vous et le héros Shuskara ?

C'est un procès, songea Emly, désolée. Elle observa le prisonnier devant elle. Il parvint à ouvrir l'œil. Son regard empreint de douleur balaya la salle, puis dévia, comme si l'homme ne pouvait le contrôler. Em fronça les sourcils, se remémorant la nuit qu'elle s'efforçait d'oublier. Sous le sang et les chairs enflées, elle parvint à distinguer les traits de l'assassin de grande taille qui avait incité ses hommes à tuer Frayling, leur domestique, à poignarder son père et à les laisser pour morts dans la Maison de Verre, qu'ils avaient ensuite incendiée. De son œil d'artiste, elle avait gravé ses traits dans sa mémoire. Jamais elle ne les oublierait. Elle avait ardemment souhaité le voir traduit en justice. Mais à présent tout désir de vengeance lui échappait. Elle ne ressentait que du chagrin.

L'homme battit de la paupière. Des larmes sanglantes coulèrent sur sa joue. Il s'effondra, toujours maintenu par les soldats, qui le redressèrent sur ses jambes brisées. Il regarda vers Emly, mais son œil paraissait trouble, et elle se dit qu'il ne la voyait pas.

Elle se racla la gorge et déclara d'une voix forte et ferme, à l'intention de la foule :

— Non, ce n'est pas lui.

La fille ment, pensa Dol Salida.

Même si ses dossiers méticuleusement classés avaient disparu dans les ruines du Palais Rouge, et nombre de ses informateurs avec eux, en tant que conseiller fidèle d'Archange, Dol avait désormais accès à des renseignements avec l'appui du pouvoir impérial. Il n'avait pas été difficile de découvrir que l'un des corps calcinés trouvés dans la carcasse de la Maison de Verre était celui d'un voleur insignifiant et bon à rien surnommé Queue-de-Chiffon, puis de remonter sa piste nauséabonde jusqu'à l'assassin appelé le Loup. Il s'avéra que le Loup était un fantassin borgne de la Dix-huitième Serpentine, plus connu sous le nom de Casmir. Si c'était là le seul indice menant à Casmir, Dol aurait éventuellement accepté qu'une erreur fût possible, et que la fille dise la vérité. Mais il avait suivi une autre piste, moins évidente, qui avait, de manière ténue, lié le Loup aux agents du Palais Rouge et à Rafael Vincerus en personne. Les deux Vincerii, Marcellus et son frère, avaient leurs raisons de vouloir la mort de Bartellus. Dol ignorait s'ils savaient que le vieil homme n'était autre que le général légendaire Shuskara. Quoi qu'il en soit, il était sûr que Casmir était l'assassin. Et que la fille mentait. Il se demanda pourquoi.

Il regarda les gardes escorter l'homme brisé hors de la salle. Casmir aurait sans aucun doute le droit de se remettre, et ensuite, quoi ? Serait-il traduit en justice pour d'autres crimes ? remis en liberté, avec les excuses du palais ? enlevé discrètement une nuit et exécuté ? Il se poserait ces questions un autre jour.

La fille se tenait toujours près du trône d'Archange. Elle écoutait les conversations. Enfant des égouts, âgée d'à peine dix-sept ans, elle avait été témoin d'événements importants et, selon Dol, en savait beaucoup trop pour être digne de confiance. La vieille femme parlait du sujet qui intéressait Dol ces temps-ci, à savoir Jona Lee Gaeta. Il venait de l'énigmatique Famille Gaeta, des soldats, savants et peut-être mystiques qui s'étaient entêtés à rester au Palais de Fer, sur le Bouclier, longtemps après que d'autres Familles eurent abandonné le leur. Jona et son frère, le militaire Saul, leur mère, Sciorra, et un nombre incalculable de sœurs avaient pris soin de garder leurs distances, surtout avec Araeon et les Vincerii. Malgré ses allures de soldat, Jona n'avait pas fait la guerre, et Dol méprisait l'idée qu'il soit un érudit. On disait qu'il avait une armée privée qui ne s'était pas mêlée des événements du Jour des Offrandes, n'ayant agi ni contre l'Immortel ni contre Archange. Cette dernière était peu disposée à parler des Gaeta, comme bien d'autres sujets. Ce n'était pas le devoir de Dol de veiller à sa sécurité : pour ce faire, elle disposait d'une petite armée au palais et d'une escorte permanente. Mais il s'inquiétait de voir que cet homme énigmatique, peut-être un Serafim, était parvenu à gagner si intimement sa confiance.

L'assemblée attendait patiemment qu'Archange l'autorise à prendre congé. Dol trouvait le sol de marbre dur pour sa jambe raide et résistait à la tentation de faire les cent pas pour la soulager. Il serait mal vu d'avoir l'air impatient en présence de l'impératrice. Il préféra donc tendre le cou pour admirer les vitraux de la coupole, au-dessus de lui. En tant que vieux soldat, son sens de l'esthétisme n'était guère développé, mais il savait reconnaître un travail d'artiste lorsqu'il en voyait un, et l'ouvrage était magnifique. Il se demanda une fois de plus depuis combien de siècles cette coupole se trouvait là, et quel pouvoir la rendait si résistante.

Il se souvint que, naguère, Emly était maître verrier. C'était une information qu'il avait oubliée, celle-ci ne présentant aucun intérêt.

— La fille ment, dit une voix.

Dol Salida baissa la tête et sentit sa nuque craquer. Jona Lee Gaeta se tenait à ses côtés, un sourire affable aux lèvres. Il avait les cheveux et les yeux noirs, et le fait qu'il avait rejoint Dol Salida sans se faire remarquer en disait long sur sa façon de faire.

Dol acquiesça. Il ne comptait pas confirmer cette déclaration à haute voix. La fille était sous la protection d'Archange, intouchable. De plus, dans un moment d'égarement, il avait lui-même promis à son père qu'il veillerait sur elle. « Je ferai en sorte qu'il ne lui arrive rien, général. Ce n'est pas son combat. » Il tiendrait sa promesse, tant que cela restait en son pouvoir. Ou plutôt, ajouta-t-il scrupuleusement pour lui-même, jusqu'à avoir la preuve qu'elle n'était pas innocente et qu'elle se mette à agir contre lui.

— Dol Salida, ne trouvez-vous pas ennuyeux que votre enquête minutieuse soit contrariée par les paroles de cette gamine ?

Dol haussa les épaules. En réalité, ce n'était pas le cas. Il trouvait cela intéressant.

— Casmir ne va nulle part, répliqua-t-il. Nous aurons tout le loisir de rétablir la vérité.

— La dame paraît… contrariée.

Gaeta désigna Archange d'un signe de tête.

Dol savait par expérience qu'Archange pouvait sembler contrariée par un changement de temps, un grain de poussière sur l'ourlet de sa robe, ou l'odeur musquée de l'un de ses gardes. Pourtant, cette femme avait vécu comme une fugitive pendant une décennie, fréquenté l'ennemi, et vécu dans les égouts de la Cité. Si elle décidait de ressembler à une vieille chouette pointilleuse, cela la regardait. De plus, le fait que sa pupille lui mente la dérangerait à peine. Comme Dol, elle y trouvait peut-être un certain intérêt.

Il n'avait toutefois pas l'intention de partager son sentiment avec Gaeta, pas plus qu'il ne se confierait à la servante chargée de nettoyer ses appartements.

— C'est possible, répondit-il. (Puis, par courtoisie, il ajouta :) L'impératrice a beaucoup de soucis, en ce moment. Le problème qui se présente à nous aujourd'hui n'est pas le plus épineux, loin de là.

Gaeta afficha un air sombre.

— Oui, dit-il. Maintenant que l'armée de Khan a été envoyée dans le Nord, la Cité paraît vulnérable. Il y a de quoi s'inquiéter.

Dans ce cas, qu'est-ce qui vous retient de faire appel à vos soldats pour surveiller les remparts ? songea Dol. Il se contenta toutefois de répliquer :

— Il nous reste encore deux vénérables régiments pour protéger notre peuple. Et l'armée de Khan, en gérant l'invasion de Petrus, protège la Cité au nord.

En vérité, lui aussi avait été légèrement déçu de la voir s'éloigner, car avec elle s'en allaient les derniers soldats petrassi ainsi que leur général, Hayden Tisserand. En tant que militaire aguerri, Dol s'était d'abord insurgé à l'idée de pourparlers avec l'ennemi, jusqu'à apprendre que ces pourparlers, ainsi que l'accord de paix, avaient été réglés dans les grandes lignes bien avant l'invasion. Sa tâche avait consisté à convaincre Tisserand d'apporter son soutien aux blessés des deux camps, et de s'occuper des problèmes quotidiens posés par l'occupation. Bien entendu, il s'était attendu à rencontrer un homme intelligent, compétent au plan militaire, mais il avait aussi découvert un homme qui lui ressemblait en bien des points. Le chef petrassi était vif d'esprit, direct, et intéressé – comme rarement les généraux de la Cité – par le bien-être de ses hommes. Il était également doté d'un esprit sournois de politicien, et, Dol l'apprit plus tard, il connaissait nombre d'anecdotes grivoises que son accent étranger rendait plus piquantes encore.

— C'est un point de vue, disait Gaeta, plongeant son regard dans celui de Dol. (Ce dernier se rendit compte, mal à l'aise, qu'il avait les mêmes yeux noirs qu'Archange.) En tant que conseiller le plus précieux de l'impératrice, avez-vous recommandé l'accord passé avec Hayden Tisserand ?

Dol fut surpris par le côté direct de la question, et se garda bien de le montrer. Au Palais Blanc, sous la direction d'Archange, il n'était pas dans les habitudes de poser des questions si brutales. Dol lui fit une réponse agréable, mais ambiguë :

— L'impératrice dispose de nombreux soldats pour la conseiller.

— À ce propos, dit Gaeta en balayant du regard les soldats et conseillers rassemblés, ainsi qu'Emly, toute frêle et à la chevelure brune, qui se tenait devant l'impératrice, j'ai récolté des informations intéressantes, aujourd'hui. Il paraît qu'Evan Broglanh, le soldat le plus… intime dans l'entourage proche de l'impératrice, a quitté la Cité pour une destination inconnue.

Dol le contempla d'un air blasé.

— Cette information aurait plus de valeur si la destination était connue.

Ce n'était pas tout à fait vrai. Broglanh était l'un des hommes les plus puissants de la Cité, et l'impératrice le traitait comme son confident le plus proche, comme un fils, ou encore, comme Gaeta l'avait grossièrement sous-entendu, comme un amant. Tout ce qu'entreprenait ce soldat méritait une attention extrême.

— Il est parti il y a deux jours, avant l'aube, lui apprit Gaeta. Avec une poignée de ses hommes. Une mission pour Archange ?

— Broglanh et moi ne sommes pas proches. Mais je ne vois pas ce que cela pourrait être d'autre.

— Une mission contre Archange ? Ou peut-être n'est-ce qu'une simple visite à l'une de ses nombreuses maîtresses. Avec une escorte ?

Dol émit un petit rire. Gaeta finit par se joindre à lui. Ce dernier haussa les épaules et poursuivit :

— Je ne fais que relayer ce que j'ai entendu.

Dol n'entérinait pas ce genre de racontars, même si, au fond, il n'aimait pas Broglanh. Le soldat était constamment aux côtés d'Archange, et Dol doutait qu'il ait du temps à consacrer à une maîtresse, alors à plusieurs…

Toutefois, la dernière chose que Dol souhaitait était de voir se développer une atmosphère malveillante, comme à la cour d'Araeon où mensonges, rumeurs et sous-entendus allaient bon train, et où certains étaient prêts à tout, jusqu'à trahir, pour se faire bien voir de l'empereur, ne fût-ce que pour un bref moment. Trop d'hommes bons en avaient subi les conséquences, et le mal exerçait une trop grande influence.

Les deux hommes se tournèrent vers le trône, où Archange adressa un geste d'impatience en direction de la foule, comme agacée de la voir encore présente. Des ordres furent aboyés et les soldats se retirèrent, suivis des autres personnes. Seule Emly avait été priée de rester.

En partant, Gaeta désigna d'un signe de tête l'impératrice et la fille, et dit à Dol :

— Dommage que je ne sois pas une petite souris pour assister à la conversation qui va suivre.

Dol ne pouvait qu'être d'accord.

C'était la première nuit d'été chaude. Le silence régnait. Les hautes fenêtres de la chambre d'Emly étaient grandes ouvertes pour laisser passer la brise, mais l'air demeurait lourd et immobile, le parfum des nénuphars intense. Emmêlée dans ses draps, un voile de sueur sur le corps, Em ne dormait pas, l'esprit envahi de pensées désagréables. Après ce long été oisif, quelque chose était en train de changer. Quelque chose flottait dans l'air.

Vêtue d'une chemise de nuit, elle balança les jambes hors du lit et se rendit sur le balcon. Il n'y faisait pas plus frais. Le parfum sucré et écœurant des fleurs se mêlait au fumet d'une viande qui rôtissait dans les cuisines. Em fit la grimace. La lune basse formait un pâle croissant au sud. On n'y voyait presque rien, hormis une faible lueur en direction de la Cité, et la lumière renvoyée par les murs d'enceinte en pierre blanche.

Une fois l'assemblée congédiée, Archange avait de nouveau demandé à Em si elle était certaine que le prisonnier n'était pas l'homme qui l'avait agressée. La jeune fille avait plongé son regard dans les yeux noirs de la vieille femme. Pendant un instant, elle avait eu la sensation de tomber d'une haute tour. Elle s'était contentée de hocher la tête sans rien dire, craignant de se trahir si elle prenait la parole. Archange avait lentement battu des paupières, tel un lézard, et l'étrange sensation s'était dissipée.

— J'ai un cadeau pour toi, avait dit l'impératrice.

— Un cadeau ?

La surprise avait poussé Em à retrouver sa langue. Personne ne lui avait encore jamais rien offert, à moins que la vie ne soit considérée comme un cadeau. Dans ce cas, elle était redevable à Evan, à son père, à Darius, et à bien d'autres personnes qu'elle n'aurait jamais l'occasion de remercier.

— Demain, avait dit la vieille femme. Aux premières lueurs du jour. Tiens-toi prête. J'enverrai quelqu'un te chercher.

Ce soir-là, Emly en avait discuté avec Elija dans la bibliothèque, mais il était davantage intéressé par la raison qui avait poussé sa sœur à mentir à propos du prisonnier que par le cadeau promis.

— Je ne sais pas, avait-elle dit à son frère qui la regardait, les sourcils froncés. Je crois que c'est parce qu'un bourreau se tenait prêt à lui trancher la tête si je l'avais officiellement identifié. Archange et Dol Salida n'ont que les mots « justice » et « nouvelle ère » à la bouche, n'est-ce pas ? (Elija avait acquiescé.) Pourtant, un « oui » de ma part et ils l'exécutaient.

— C'est un assassin, qui a tenté de vous tuer, Bartellus et toi. Vous auriez pu être brûlés vifs dans la Maison de Verre. Sans Broglanh, vous seriez morts. L'exécuter n'aurait été que justice.

— Et il a tué Frayling, avait ajouté scrupuleusement Emly.

Elle se demandait souvent si elle était la seule personne au monde à se souvenir de Frayling. Le domestique estropié s'était sacrifié pour elle. Par devoir et par reconnaissance, elle lui avait fait une place dans son cœur.

— Oui. Doutais-tu que ce soit lui ?

— Non.

— Alors il méritait de mourir.

Emly n'avait rien répondu. Son frère avait insisté, les joues rouges :

— Si quelqu'un d'autre dans la salle du trône, disons une servante, l'avait identifié, et qu'il ait été exécuté, aurais-tu trouvé cela injuste ?

— Non, avait-elle concédé d'une petite voix.

— Tu ne voulais donc pas être responsable de sa mort ?

Elija lui avait jeté un regard sévère. Elle s'était sentie honteuse. Même s'il ne le disait pas, il la trouvait lâche de n'avoir pas voulu obtenir réparation pour tous ceux qu'il avait tués.

À minuit, sur le balcon, Emly regarda en contrebas, vers les niveaux inférieurs du palais. Ces derniers temps, le bruit des travaux, les coups de marteau et les cris joyeux des ouvriers au travail avaient résonné. Un pan inférieur du palais à l'ouest était caché par une palissade. Em supposait qu'on construisait de nouvelles salles, même si elle n'en voyait pas l'intérêt, car le Palais Blanc en comptait déjà suffisamment qui n'étaient pas utilisées.

La sueur séchait sur sa peau. Légèrement rafraîchie, elle essaierait de dormir et de se tenir prête pour le cadeau qu'elle devait recevoir le lendemain matin. Elle se retourna et, dans l'obscurité, regagna sa chambre. Puis elle s'arrêta. Une silhouette plus sombre encore, silencieuse et menaçante, se découpait près de la porte. Son cœur s'accéléra. Elle sentit alors l'odeur du cuir neuf, mêlée à une autre qui lui était familière.

Elle traversa la pièce en courant, se précipita sur Evan Broglanh et jeta ses bras autour de lui.

— Humpf! s'exclama-t-il.

Elle l'entendit sourire. Lui arrivant à la poitrine, elle leva les yeux vers lui, mais ne distingua que le pâle ovale de son visage.

— Tu dois venir avec moi, déclara-t-il d'un ton à présent sérieux.

Elle hocha la tête. Elle l'aurait suivi n'importe où. Elle avait toujours rêvé de cet instant.

— Nous devons être discrets, ajouta-t-il. Prépare quelques affaires.

Elle se déplaça avec rapidité dans la chambre, ramassa son vieux sac et y fourra des vêtements au hasard. Elle n'avait pas les idées claires. Son esprit était en ébullition du fait qu'Evan la souhaitait auprès d'elle, qu'ils allaient être ensemble.

Puis, tout à coup, elle s'interrompit.

— Elija ! s'exclama-t-elle.

— Il recevra un message quand tu seras en sécurité.

Il lui tendit un pantalon de cavalier.

— Mets ça.

Elle ôta sa chemise de nuit et enfila le pantalon, le tissu raide et étranger contre sa peau. Elle sentait le regard d'Evan glisser sur elle. Elle mit ensuite une fine chemise et une tunique plus épaisse. Elle s'immobilisa, cherchant son approbation.

— As-tu de solides chaussures, ou des bottes ? s'enquit-il, les sourcils froncés, en voyant ses pieds nus.

Elle chaussa la paire de bottes robustes qu'elle utilisait pour grimper dans les jardins du Bouclier et les laça, guettant encore une fois son approbation.

— Ça ira, dit-il.

Il balança son sac sur son épaule, lui prit la main et tous deux quittèrent la pièce.

Les couloirs et les escaliers étaient éclairés par les nouvelles lanternes de l'impératrice, mais celles-ci, peu nombreuses, étaient éloignées les unes des autres. Le couple courut d'un halo de lumière à un autre, enveloppé de silence, le bruit de leurs pas étouffé par la pierre lisse. Ils descendirent précipitamment une série de marches, Emly courant pour égaler les grandes enjambées de Broglanh. Il lui fit traverser les cuisines, puis descendre un escalier en colimaçon qui lui sembla interminable. C'était la première fois qu'elle l'empruntait. Il y faisait noir comme dans un four, et une odeur de moisi régnait dans l'air. Où pouvaient-ils bien être ? Ils traversèrent des celliers pleins de barriques et de cageots, passèrent une porte étroite et, enfin, sortirent dans la nuit. Dans l'air frais, elle perçut l'odeur âcre des chevaux et la présence d'autres hommes.

— Sais-tu monter à cheval ? lui demanda Evan, penché vers elle, son souffle chaud sur son visage.

— Non, avoua-t-elle avec un sentiment d'impuissance.

Il s'éloigna. Elle entendit le frottement des brides et le craquement du cuir quand les chevaux remuaient, s'ébrouant dans la nuit. Des hommes se parlèrent à voix basse puis se mirent en selle, et le martèlement des sabots sur les pavés résonna. Elle regarda autour d'elle, ne voyant que de vagues formes mouvantes.

— Veuillez m'excuser, ma dame, dit une voix.

Deux mains musclées la saisirent par la taille et la soulevèrent. Une main lui prit la cheville et tira sur sa jambe. Tout à coup, elle se retrouva à califourchon sur une monture, derrière Evan. Elle sentait l'animal ajuster sa position sous elle. Il lui parut terriblement haut et fort.

— Accroche-toi à moi, dit son amant.

Elle se fit une joie de passer les bras autour de son corps chaud recouvert de cuir. Le grand cheval alla au pas, quittant dans un bruit de sabots l'ombre de l'enceinte du palais. La lune éclaira les cavaliers. Em vit qu'ils étaient six, chaque monture chargée d'armes et de bagages. Malgré le fait qu'elle ne connaissait aucun d'entre eux, elle ne ressentait aucune peur, seulement de l'excitation. Elle se demanda s'ils quittaient la Cité, car jamais elle n'avait franchi ses remparts.

— Où allons-nous ? souffla-t-elle.

Evan se tourna vers elle et afficha le sourire canaille qu'elle ne lui avait pas vu depuis la veille du Jour des Offrandes.

— Rejoindre l'armée, répondit-il.

Chapitre 16

Emly était à la torture. Ils avaient chevauché toute la journée, ne faisant qu'une brève pause pour manger. Tout son corps la brûlait. Au début, elle s'était fermement agrippée à Evan, ravie de ce contact rapproché et effrayée à l'idée de tomber : le cheval était si large sous elle qu'elle ne pouvait le serrer avec ses cuisses, comme elle en avait reçu l'instruction par son amant. Quand le soleil fut haut dans le ciel, ses épaules et son dos protestaient de douleur, et elle aurait aimé pouvoir lâcher prise et sombrer dans une inconscience bienheureuse.

Le cheval la secouait en tous sens. Elle ne trouvait aucun moyen d'être assise confortablement. Au bout d'un moment, elle eut l'impression qu'elle allait se fendre en deux – si ses épaules horriblement douloureuses ne la faisaient pas mourir avant. Elle découvrit qu'il valait mieux que le cheval aille au galop. Au début, cela la terrifiait, mais, une fois que la mort ne lui fit plus peur, elle comprit que c'était la meilleure manière de voyager, car les à-coups étaient moins nombreux, et les lieues défilaient beaucoup plus vite. Elle espérait qu'ils parviendraient à destination au coucher du soleil.

Quand enfin ils s'arrêtèrent, Evan la descendit comme un paquet de linge, lui dit d'aller se soulager, puis de manger et de boire son content. Elle oublia aussitôt les deux premières consignes et engloutit presque toute une outre d'eau. Elle n'avait pas osé boire tandis qu'ils chevauchaient, de crainte de basculer. Puis elle s'écroula à terre et dormit, avant d'être réveillée et remise en selle.

Les heures passèrent, mais les cavaliers ne firent pas de nouvelle halte. Ils chevauchaient à un trot régulier, sans relâche. Elle se dit que les chevaux allaient mourir s'ils continuaient ainsi toute la journée. Elle ne tarda pas à avoir de nouveau soif et regretta de ne pas être allée se soulager quand elle en avait eu l'occasion. Le besoin d'uriner se fit de plus en plus pressant, et elle fut contrainte de vider sa vessie alors qu'elle était encore en selle. Après quoi son pantalon trempé lui irrita l'intérieur des cuisses, provoquant de vives douleurs, le frottement permanent du cuir n'arrangeant rien. Elle ignorait ce qui était le pire : la fatigue, la soif, ou ses cuisses meurtries. Puis elle se mit à pleurer, ses larmes se mêlant à sa sueur. Malgré tout, ils poursuivirent leur route.

Elle avait dû dormir, accrochée au dos d'Evan, car tout à coup il faisait noir, et l'air autour d'eux s'était rafraîchi. Le grand cheval fit une halte, s'ébrouant et secouant la tête dans un tintement de brides. Evan mit pied à terre puis la fit descendre. Elle tomba dans ses bras. Quand il essaya de la faire tenir debout, comme une poupée, ses jambes cédèrent sous elle.

À son réveil, la lune était haute. Elle tenta de se rappeler combien de temps s'était écoulé depuis sa sortie sur le balcon. Tout son corps la faisait souffrir, et la faim lui tenaillait le ventre. Elle regarda autour d'elle. Les chevaux se tenaient non loin, tête basse. À quelques pas brûlait un feu de camp autour duquel les cavaliers s'étaient réunis. Une odeur de viande rôtie et d'herbes fit frémir ses narines, masquant celle des montures. Comme enivrée, Em inspira à fond. Elle voulut se redresser, mouvement qui lui arracha un cri de douleur à cause de ses cuisses irritées et de ses épaules fourbues. En l'entendant, les hommes tournèrent la tête vers elle, mais aucun ne bougea.

Elle se mit péniblement à genoux, prit le temps de respirer et se leva, chancelante. Elle se dirigea vers les cavaliers, essayant de marcher normalement, mais son corps entier était douloureux, et elle avait l'impression de ne plus contrôler ses jambes.

Un homme à la barbe noire lui tendit sans mot dire une assiette en fer-blanc garnie de nourriture. Em devait rester debout pour manger. Se rasseoir lui paraissait impossible. C'était du lapin, servi avec des racines caoutchouteuses, des oignons et des herbes feuillues. Elle n'avait jamais rien goûté de si bon. Pendant un instant, l'air nocturne, la nourriture, la présence des chevaux et des cavaliers la rendirent euphorique. Elle sourit et essuya la graisse sur son menton.

— Merci, dit-elle au barbu, qui répondit par un signe de tête.

Evan portait une nouvelle veste, en cuir noir et argent. L'uniforme des Mille. Em se surprit à regretter le surcot rouge en lambeaux dans lequel elle l'avait vu la première fois. Le guerrier leva les yeux vers elle, le visage impassible.

Puis il se tourna vers l'homme barbu :

— Ce lapin, il est mort de vieillesse ? demanda-t-il.

L'homme fit un clin d'œil à Emly, mais resta silencieux.

Un autre soldat intervint :

— Je le trouve bon, moi.

— Tu mangerais du chien si le chien de chasse était trop lent.

— Tu peux parler, Broglanh. C'est pas toi qui as mangé un crapaud vivant par jeu ?

Evan sourit.

— J'honore toujours un pari, dit-il en fourrant la nourriture dans sa bouche.

— On mangera pire que des crapauds si l'impératrice nous attrape, déclara le barbu.

Tous se turent.

L'un des hommes, plus jeune que les autres, ne cessait de jeter des regards en coin à Emly.

— Je n'ai pas peur de mourir, proclama-t-il d'une voix forte.

— Moi, si, rétorqua le barbu en mâchant puis en déglutissant. Et, dans le cas contraire, je préférerais mourir pour une autre raison.

Evan et lui échangèrent un regard. Broglanh revint à son repas sans émettre de commentaire.

Lorsqu'il eut terminé, il posa son assiette vide et se leva. Il passa le bras autour d'Emly et la raccompagna jusqu'à sa couverture.

— Tu peux dormir encore, dit-il à voix basse.

Elle savait qu'il n'aimait pas qu'on l'interroge, mais elle lui demanda d'une petite voix :

— Où allons-nous, et quand arriverons-nous ?

Il l'observa, ses cils blonds luisant dans le clair de lune.

— Notre voyage va durer trente jours, peut-être plus, répondit-il. (Le découragement s'abattit sur elle : l'idée de chevaucher une journée de plus lui semblait déjà insurmontable.) Mais, une fois que nous aurons rattrapé l'armée, tu pourras marcher, si tu le souhaites. Maintenant, dors.

La deuxième journée fut à la fois pire et meilleure que la première. C'était pis parce qu'elle avait encore plus mal – si toutefois c'était possible –, et elle savait qu'elle serait à cheval toute la journée. Mais c'était mieux à présent qu'elle comprenait ce qu'elle devait faire. Elle mangea, but et se soulagea en même temps que les hommes, et s'efforça de ne pas se plaindre.

Le troisième jour, tout commença à changer. Son corps s'habituait au mouvement constant, ses douleurs s'atténuaient. Ses bras nus brunissaient sous les rayons du soleil, comme son visage, certainement. Ils étaient désormais loin de la Cité. C'était la première fois de sa vie qu'Emly la quittait, et elle se mit à observer les alentours avec intérêt, respirant un air pur et cristallin. Elle vit de grands oiseaux planer dans le ciel bleu, au-dessus des collines, au loin. Dans les prairies qu'ils traversaient, elle aperçut des renards et des chiens qui filaient à toute allure. De petites créatures détalaient ou bondissaient pour s'écarter de leur chemin et éviter les lourds sabots des montures. Quand elle s'allongeait pour se reposer, elle suivait des yeux scarabées et papillons. Elle avait tout le temps faim et mangeait autant que les hommes. Elle en vint à penser qu'une vie itinérante ne lui déplairait pas.

Ce jour-là, ils traversèrent une rivière si large qu'Emly distinguait à peine la rive d'en face. Le gros cheval y plongea et nagea vaillamment avec elle sur son dos, Evan à leurs côtés dans l'eau. Elle ignorait totalement que les chevaux savaient nager. Cela lui paraissait impossible, étant donné leur taille et leur poids. Elle observa attentivement la grande encolure courbée de l'animal qui fendait les eaux, entendit la rivière fraîche clapoter autour d'elle. Elle demanda à Evan comment s'appelait l'étalon. Il haussa les épaules en secouant la tête. Soit il n'en savait rien, soit il s'en moquait. Pour lui, ce n'était qu'une monture.

Il n'y avait plus que deux cavaliers, désormais. Au départ, ils étaient six, puis quatre, et voilà que seuls Evan et l'homme barbu demeuraient. Où donc étaient passés les autres ? Après qu'ils eurent mis pied à terre ce soir-là, et qu'Em se fut dégourdi les jambes, elle se dirigea vers l'endroit où le barbu défaisait son paquetage. Sa monture, un cheval à la robe bleu noir plus petit que celui d'Evan, attendait, stoïque, qu'on ôte tous les sacs qui pesaient sur son dos. Em caressa son doux museau et l'animal hennit dans sa paume.

— Pourquoi doit-il porter tant de choses ? demanda-t-elle.

Le barbu la regarda, ses yeux noirs pétillant.

— Parce qu'il porte le matériel de Broglanh et le mien. Parce que son cheval à lui vous porte tous les deux.

— Comment s'appelle-t-il ? s'enquit-elle en caressant les oreilles du cheval.

La bête souffla et secoua la tête.

— Merle, répondit l'homme.

Elle se rendit compte qu'elle ignorait le nom du cavalier, mais il paraissait délicat de lui poser la question après avoir demandé celui du cheval. Le barbu sourit, comme s'il avait deviné ses pensées.

Évitant son regard, elle dit :

— Le cheval d'Evan n'a pas de nom.

— Si. C'est… (Il hésita comme s'il fouillait dans sa mémoire.) Patience.

— Ah oui ?

Les sourcils froncés, elle regarda le grand destrier qui, non loin, surveillait sa musette.

Emly craignait que le barbu ne se moque d'elle, mais celui-ci, le visage neutre, retourna à ses occupations. Plus tard, lorsqu'elle demanda à Evan si son étalon s'appelait réellement Patience, il s'esclaffa, mais il se mit à appeler le cheval par ce nom. Elle était contente qu'il le fasse, car cela le faisait sourire.

Au coucher du soleil, Emly se rendit compte qu'elle ne regrettait guère d'avoir abandonné la vie cloîtrée et étouffante qu'elle menait au palais. Toutefois, pas un jour ne passait sans qu'elle pense à son frère. Elija était en sécurité au Serafia, mais elle savait qu'il s'inquiéterait pour elle, et cela lui sembla injuste, car elle était heureuse et avait conscience que lui ne l'était pas.

Dix jours après le début de leur chevauchée, elle se réveilla bien après l'aube et resta blottie dans sa couverture, avec un soupir d'aise, les yeux rivés sur les feuilles qui formaient une voûte vert clair au-dessus de la petite clairière où ils avaient passé la nuit. La température était douce, et le bourdonnement des abeilles résonnait déjà dans l'air. Emly s'étira avec délice et s'assit. Le barbu, qui s'appelait Chancey, avait-elle appris, remuait du porridge dans un récipient au-dessus du feu. La mixture n'avait pas la même odeur que d'habitude. Em tourna la tête, les narines frémissantes. Quelque chose d'autre avait changé. L'air était chargé d'énergie, comme si une tempête se préparait. Elle perçut une odeur ténue qu'elle n'arrivait pas à identifier. Elle se leva, marcha jusqu'au feu et prit l'assiette de porridge qu'on lui tendait.

Elle essaya de se rappeler les paroles qu'elle avait répétées. Elle aurait préféré s'adresser à Evan en privé, mais Chancey était toujours là. Elle avala une bouchée de porridge.

— Evan, dit-elle d'un ton nerveux. (Il leva la tête.) Il faut que tu me dises pourquoi nous avons quitté le Palais Blanc, poursuivit-elle d'une voix qu'elle voulait plus ferme. Certes, je n'y connais rien en chevaux et en équitation, mais je ne suis pas une enfant qu'on peut trimballer comme une sacoche de selle.

Chancey baissa la tête et mâcha sa nourriture. Evan répondit avec dureté :

— J'essaie de te protéger.

Elle songea : *J'étais pourtant en sécurité au palais. J'étais protégée par une impératrice.* Elle demanda plutôt :

— Étais-je en danger ?

Les deux hommes se regardèrent, puis Chancey prit la parole :

— L'impératrice représentait une menace pour toi, petite. Et tu en représentais une pour la Cité. Nous avons donc décidé de t'emmener. Il n'y a pas meilleur endroit pour se cacher que l'armée.

— Mais Archange a toujours été bonne envers moi.

Et envers Elija, pensa-t-elle en se demandant si son frère était lui aussi en danger.

Chancey acquiesça.

— En général, les Serafim sont bons avec ceux qui leur donnent ce qu'ils veulent. L'impératrice était bonne avec Evan. Elle l'a promu à un poste important que bien des hommes lui envieraient. Mais, s'il avait discuté ses ordres, elle l'aurait fait exécuter sur-le-champ.

Il regarda Evan, qui acquiesça.

— Mais en quoi serait-elle une menace pour moi ? Et moi pour la Cité ?

— Te souviens-tu du voile que tu as trouvé dans les égouts ?

— C'est mon père qui l'a trouvé. Le Voile du Gulon.

— Sais-tu qu'il a un grand pouvoir ?

Emly hocha la tête. On lui avait raconté que le Voile du Gulon pouvait faire rajeunir les personnes âgées et ressusciter les morts, et qu'il avait donné à l'ancien empereur le pouvoir de créer des reflets, ces créatures non mortes qui arpentaient le palais, semblables aux mortels. Mais à ses yeux ce n'était qu'un vieux voile, à la dentelle et aux bordures ornées de sympathiques animaux.

Chancey ouvrit la bouche pour poursuivre, mais un bruit lointain le réduisit au silence. C'était un bugle qui sonnait, émettant un son tremblant dans l'air matinal. Les yeux écarquillés, Emly regarda les deux hommes. Evan sourit et pointa son couteau. Em se leva et traversa la clairière en courant pour rejoindre la limite des arbres sombres. Entre les troncs étroits de jeunes bouleaux, la lumière du jour brillait. Em surgit d'entre les arbres et se retrouva sur le bord d'une haute colline verdoyante.

Sous elle s'étendait une large vallée, couverte d'une mer d'hommes, de femmes, de chevaux, d'ânes, de bétail et de charrettes. Elle se déroulait à perte de vue. Em se tourna de l'autre côté et ne vit que des gens en marche. Parmi eux se détachaient des taches de couleur, uniformes rouges ou verts, unités de cavalerie en gris. Le soleil qui dardait ses rayons chauds à l'est se reflétait sur les casques polis des cavaliers, le harnachement de leurs montures, les pointes acérées des lances et les armures des fantassins. Le bruit qui émanait de ce cortège évoquait la rumeur d'un océan lointain, aux vagues incessantes. L'odeur qu'il dégageait lui rappela celle des rues bondées de la Cité : sueur, saleté, ordures, nourriture, herbe, animaux et bière.

Ils avaient trouvé l'armée de Khan.

L'armée attire les foules comme la queue touffue du renard attire les puces.

La plupart de ceux qui la composent, humains ou animaux, sont des prédateurs. Ils rôdent et rampent le long des flancs et à l'arrière de la masse en mouvement, cachés le jour et hardis la nuit, dans l'espoir de fondre sur les traînards, les estropiés et les plus faibles, humains ou animaux. Les chiens sauvages et les pumas sont plus dangereux la nuit. Quant aux bandits et aux crapules, ils représentent une menace constante. Ceux qui s'exposent particulièrement aux risques sont les civils et leurs enfants qui avancent derrière le train des bagages, parfois des lieues en arrière. Ils marchent sur tout ce que les autres ont abandonné derrière eux : nourriture dont on ne veut plus, ordures, armes cassées ou émoussées, vêtements jetés, ainsi que d'énormes nuages de poussière soulevés par des dizaines de milliers de bottes, au plus chaud de l'été. Nombre d'entre eux sont des femmes qui suivent leurs soldats depuis des années. C'est là leur vie, et elles n'aspirent à rien de plus.

Tout général compétent, et Marcus Rae Khan en était un, déploie une escouade de soldats pour protéger les civils qui suivent l'armée. C'était le travail le plus envié au sein de l'armée de cette cité, ce qui était bien compréhensible. En plus de la compagnie souvent tapageuse des catins, des épouses et leurs enfants, les guerriers appréciaient d'avoir une autre mission que d'avancer d'un pas traînant au milieu d'une masse de congénères. C'était parfois dangereux, mais ça ne l'était pas la plupart du temps. Et, une fois leur destination atteinte, quelle qu'elle soit, ils étaient les plus éloignés de l'action.

Les épouses et les catins disposaient de mules qui disparaissaient sous un barda de casseroles, poêles, paniers d'osier, sacs de toile remplis d'habits, nourriture, et même meubles. Les prostituées portaient des vêtements de couleurs vives et, pour afficher leur profession, des rubans dans les cheveux. Plus gaies et plus bruyantes que les épouses et les fiancées, certaines d'entre elles sortaient à peine de l'enfance tandis que d'autres connaissaient les premières bouffées de chaleur dues à l'âge. Il y avait aussi de vieilles biques, des couturières, des lavandières, dont des épouses ou veuves de vétérans. Les gamins couraient par groupes, et les femmes à un stade avancé de la grossesse n'étaient pas rares. Stern Edasson avait déjà vu des bébés naître sur le champ de bataille, et en verrait probablement encore. Il ne trouvait cela ni étrange ni mal, que des bébés naissent pendant que des hommes et des femmes mouraient. Cela paraissait tout à fait normal aux yeux d'un homme qui avait été soldat presque toute sa vie.

À bonne distance de l'armée traînaient aussi dans son sillage nombre de diseuses de bonne aventure, mystiques et chamans qui, chacun à leur manière, divertissaient les soldats. La plupart d'entre eux étaient des hommes âgés filiformes ou des veuves aisées qui rassuraient les militaires, seuls et effrayés, sur l'amour que leur portait leur mère, leurs richesses futures ou les fils dévoués qu'ils ne manqueraient pas d'avoir un jour. C'était la veille d'une bataille que leurs affaires florissaient, ou quand les prostituées étaient trop occupées, et que ceux qui attendaient préféraient finalement dépenser leurs sous en rêves et en espoirs.

Stern savait que les Piquiers étaient pour une fois retombés sur leurs pieds. Peu après la chute de la Cité et leur capture par l'ennemi, ses camarades et lui avaient été libérés dans le cadre d'un accord passé entre l'impératrice et le général des Bleus. Puis ils avaient passé du bon temps, dans une sorte de flou militaire, jusqu'à être absorbés, avec les Piquiers qui avaient survécu, par l'infanterie de la Première Impériale. Après une longue période d'inactivité, ils étaient contents de se mettre en marche. La compagnie de Stern était déployée à l'arrière de l'armée de Khan, sur le flanc gauche, aussi les soldats évitaient-ils le plus gros de la poussière et des débris. Une unité de cavalerie les accompagnait aussi à l'arrière. Les cavaliers pouvaient donc partir en reconnaissance et rapporter tout ce qui semblait suspect. Tout ce que les Piquiers devaient faire, c'était marcher le jour sous le soleil, et choisir leur catin la nuit venue. Ils étaient suffisamment nourris et, après le chaos et la souffrance qu'ils avaient connus dans la Cité, ils se réjouissaient d'avoir une destination.

L'armée avançait depuis vingt jours, et le corps principal s'étendait sur plusieurs lieues. De temps à autre, on demandait aux retardataires de presser le pas. Ce soir-là, quand le reste de l'armée s'arrêta, on demanda aux Piquiers de poursuivre leur route jusqu'à ce qu'ils aient rejoint le train des bagages. À présent, ils s'étaient installés, avaient mangé la nourriture fournie par les cuisiniers de l'armée et bu la bière provenant des réserves de l'unité.

Benet, debout, avait les yeux rivés sur les catins qui se préparaient pour leur tournée du soir.

— Je ne la vois pas, se plaignit-il.

De toute façon, tu n'y vois rien, songea Stern sombrement. Il consentit toutefois à se lever pour observer les femmes à son tour.

— Elle est là, dit-il en indiquant la catin blonde pour laquelle son frère avait un faible.

Elle n'avait pas plus de seize ans et était aussi juteuse que son prénom : Pêche.

— Elle est seule ?

— Non, elle est avec les autres.

Comme les poules, les prostituées étaient une espèce grégaire, toujours en train de caqueter, de s'agiter, ou de partir d'un rire aigu sonore qui résonnait dans tout le campement et frappait nombre de soldats masculins directement à l'entrejambe – tel était l'objectif de la manœuvre.

— Je veux dire : est-ce qu'il y a des officiers qui lui tournent autour ? demanda Benet avec angoisse.

— Pas que je sache.

Stern se rassit. Ce soir-là, les catins ne l'intéressaient pas.

Benet essuya soigneusement sa moustache graisseuse sur sa manche, puis plongea la main dans sa bourse pour y trouver les pièces que la fille s'attendrait à recevoir. Il prit cinq pantes de cuivre, compta ce qui lui restait et, consterné, observa le résultat. Chaque soir, son petit tas de pièces diminuait, et chaque soir son désarroi était un peu plus profond.

— Je pensais moi-même rendre une petite visite à Pêche, déclara Grey Gus en se levant et en ajustant confortablement son pantalon.

Gus était un vétéran de trente ans, fantassin depuis toujours. Stern savait qu'il taquinait son frère, comme souvent, mais Benet était toujours dupe.

Ce dernier regarda l'homme plus âgé d'un air inquiet.

— Elle est à moi ! s'offusqua-t-il.

— Non, c'est faux. C'est une pute, répliqua Gus. Mais tu peux passer le premier, j'attendrai mon tour, proposa-t-il avec générosité.

Benet partit en courant, recomptant ses pièces et jetant des regards soupçonneux à Grey Gus, qui éclata de rire en reprenant sa place autour du feu de camp. Stern savait que l'homme avait reçu un coup de lance dans les parties génitales plusieurs années auparavant. Il avait du mal à pisser et ne portait aucun intérêt aux femmes, mais cela échappait à Benet. Ils échangèrent un coup d'œil et sourirent.

Gus s'allongea contre son paquetage et dit :

— Cet officier ne le lâche pas.

Stern soupira.

— Je sais. Mais que peuvent-ils faire ? demanda-t-il. Le renvoyer chez nous ?

— Ils devraient le mettre à l'approvisionnement. Ou avec les cuistots, suggéra Quora en roulant sur le dos.

Elle bâilla, les yeux rivés sur le ciel étoilé.

— Ça te plairait que Benet touche ta bouffe ? l'interrogea Gus.

Elle secoua la tête avec vigueur, faisant cliqueter les perles dans ses cheveux. Cependant, Stern savait qu'elle avait raison. Tous quatre avaient combattu ensemble pendant plus de deux ans et comptaient les uns sur les autres, comme seuls les guerriers le font. Benet faisait confiance à ses camarades pour protéger ses arrières, de même qu'ils étaient en droit de pouvoir se fier à lui. Sauf qu'ils ne le pouvaient pas. Benet constituait une menace pour eux tous. Ils l'avaient couvert jusque-là, comme on devait le faire entre camarades, mais il fallait que cela cesse.

La veille, un officier qui surveillait Benet d'un peu trop près lui avait demandé s'il voyait bien.

— Aussi bien que vous, monsieur, avait promptement répondu Benet. (Stern l'avait entraîné en vue de cette éventualité, et il avait enchaîné :) Je vois l'oiseau, là-bas.

Il avait montré un grand pin sur la crête.

— Quel oiseau ? s'était enquis l'officier en plissant les yeux.

— Celui auquel il manque un cil, avait répliqué fièrement Benet.

Les autres avaient éclaté de rire, et l'officier avait souri. Il s'était éloigné, mais n'avait pas oublié. Stern supposa qu'il gardait Benet à l'œil, et qu'il attendait le bon moment pour agir.

Tout à coup, Quora se leva d'un bond en se grattant les mollets.

— Des fourmis ! s'écria-t-elle en se tortillant. On a dressé notre campement sur une fourmilière !

Elle frappa le sol du pied, puis déplaça ses affaires de l'autre côté du feu, marmonnant des jurons. Stern l'observa à travers ses paupières mi-closes, comme souvent. Elle était râblée et faisait une tête de moins que lui, mais c'était une féroce guerrière. Il se demanda ce qu'il adviendrait d'elle. L'impératrice avait l'intention d'interdire aux femmes de s'enrôler, disait-on, mais jusqu'à présent on n'en savait pas plus. Quora était soldat depuis dix ans, voire plus. Que ferait-elle si on ne voulait plus de ses services ?

Il s'allongea et contempla le ciel. Sur le fond noir, les étoiles étaient aussi grosses et blanches que des flocons de neige. La lune formait un demi-cercle à l'ouest. L'air était encore doux, et la plaine sèche dans son dos dure comme la pierre.

Dans ses rêves, il retournait à Adrastto, la ville de son enfance, où l'air était chaud et humide, et les vagues se fracassaient éternellement contre les falaises, comme elles le faisaient depuis que le monde était monde. Leur père, pêcheur, affrontait quotidiennement la mer déchaînée sur son frêle bateau de bois, jusqu'au jour où il ne rentra pas. Sa veuve épousa le frère du défunt, conformément à la coutume de leur communauté. Cet événement marqua toutefois la fin de l'enfance pour Stern. Ses frères et lui quittèrent la petite ville portuaire pour offrir leurs épées à la Cité d'Or, en quête d'honneur, de richesse et de gloire. Ils n'y avaient rien trouvé de tout cela. Son frère aîné était mort cinq ans auparavant, blessé au ventre, agonisant lentement et douloureusement. Benet et Stern avaient survécu à de nombreuses guerres et s'en satisfaisaient, en dépit des morts, des souffrances et des horreurs dont ils avaient été témoins. C'était leur vie, et ils ne l'imaginaient pas autrement.

Il tourna la tête pour observer Quora, qui à présent dormait, tressaillant légèrement dans ses rêves peuplés de fourmis. Il n'avait aucune idée de ce qu'il ferait s'il n'était plus capable de se battre, s'il devenait aveugle, ou si l'impératrice lui ordonnait d'abandonner ses armes.

À son réveil, les étoiles s'étaient éteintes, hormis les plus grosses, chassées par les lueurs de l'aube. Stern roula sur le côté et s'assit, les vieilles cicatrices qu'il avait au flanc lui arrachant une grimace. Du coin de l'œil, il aperçut du mouvement sur la colline au nord. Des cavaliers, songea-t-il. Il s'apprêtait à crier : « On vient ! » lorsqu'il comprit que les soldats de garde les avaient aussi repérés et chevauchaient à leur rencontre.

À mesure qu'ils approchaient, Stern vit que c'étaient deux hommes, l'un grand et blond, l'autre plus petit et à la barbe noire. Ils menaient une paire de chevaux. On leur demanda leurs papiers. Un autre soldat, un officier, les rejoignit sur sa monture.

Autour de lui, ses camarades se levaient. Leur routine matinale était économe en gestes. Ils roulaient hors de leurs couvertures, se soulageaient, hissaient leur barda sur leurs épaules et se mettaient en route. Chacun mettait de côté un peu de nourriture du dîner de la veille, mais l'avalait en marchant. Le premier vrai repas de la journée aurait lieu après de nombreuses lieues.

Stern regarda une fois de plus vers la colline verdoyante sur sa droite, mais les nouveaux venus avaient disparu, engloutis par le corps de l'armée.

Chapitre 17

Des sept Familles, celle des Broglanh était la moins estimée de toutes, y compris par eux-mêmes. Ils n'étaient plus des Serafim, même s'il y avait eu un Broglanh parmi les premiers Voyageurs. Avec leur myriade de descendants, la lignée des Broglanh s'était peu à peu diluée, ponctuée d'accidents génétiques, de génocides dynastiques, voire de malchance, tout simplement. Pourtant, au fil des générations, les Broglanh étaient restés d'une pureté remarquable – même si le mot « pureté » aurait bien fait rire Evan Quin Broglanh.

Archange était peut-être la seule à se souvenir du nom du fondateur de la lignée : Donal Kyle. Elle revoyait ce freluquet au regard pétillant, une espèce d'ingénieur, joyeux et déterminé, même quand les tout premiers ennemis qu'ils durent affronter avaient semblé signer leur condamnation à tous. Puis, un matin, il était sorti et avait été mutilé par un ours ou un grand félin. Ou bien il avait été surpris par un glissement de terrain. Cela remontait à des lustres, avait expliqué l'impératrice à Evan Broglanh d'un ton agacé. Mais l'ingénieur avait mis des jours à mourir, et pendant ce temps il avait appris que sa femme était enceinte. La première mère de cette Famille, attendant le premier enfant. Contre toute probabilité, l'enfant avait survécu, joyeux et résolu comme son père. C'était étrange, avait dit Archange à son lieutenant, qu'Evan Quin ressemble tant à ces Broglanh alors qu'en vérité il n'en était pas un plus qu'elle.

Lorsqu'ils étaient petits garçons, Evan et son frère Conor, originaires de l'île des Brumes, avaient été envoyés à la Cité. Fils d'une reine du Nord impitoyable, ils étaient maigrichons, pâles et à demi morts de faim, comme tous ceux qui étaient élevés sur ces terres au temps changeant et aux rendements agricoles précaires. On disait que la reine, une rousse aux allures de sauvage, chevauchait en pleine bataille poitrine nue.

Archange avait ricané en entendant cette anecdote. « Pas pratique, avait-elle décrété, les bras fermement croisés sur sa propre poitrine, et de quoi troubler ses ennemis comme ses guerriers. » Broglanh avait ouvert la bouche pour soutenir que les seins auraient été pointés dans la direction opposée à ses propres troupes, puis finalement il s'était ravisé. Bien qu'à l'aise avec cette vieille femme, il évitait de tester jusqu'où il pouvait aller.

La reine de la tribu, appelée Gruach, avait engendré douze enfants : dix garçons et deux filles, qu'elle avait élevés comme une portée de chiots. Ils se roulaient dans les cendres, devant l'âtre de leur mère, se battaient comme des chiens de guerre et se disputaient les restes des repas. Gruach semblait ne pas se sentir particulièrement concernée par sa progéniture. Ses trois fils aînés eurent un accident fatal à l'aube de leur vie d'adulte. Un ou deux ans plus tard, une nuit, les deux fils suivants, des jumeaux, disparurent. Nul ne sut s'ils avaient fui ou s'ils étaient morts. Les filles paraissaient à l'abri chez leur mère, mais l'une mourut en couches, à l'âge de douze ans seulement.

Couturée et ridée, Gruach devait se croire bien au-delà des risques que comportait la grossesse lorsqu'elle donna naissance à ses deux derniers fils, à un an d'intervalle. Peut-être à cause de l'âge, ou parce qu'elle estimait avoir déjà perdu assez d'enfants, elle éleva ses deux derniers, tous deux blonds comme les blés, avec plus de soins que leurs frères et sœurs.

Qu'avait-elle en tête lorsqu'elle les envoya à l'autre bout du monde, sous la protection douteuse de l'empereur Araeon ? Nul ne le saurait jamais. La Cité ne représentait pas vraiment une menace pour elle, à moins qu'elle crût l'empereur jaloux des vents froids qui balayaient l'île, de ses rochers et de ses mers glaciales. Peut-être croyait-elle réellement que ses garçons recevraient une éducation digne de ce nom, qu'ils seraient élevés comme des petits princes, choyés par un empereur qui lui-même n'avait pas de fils. En effet, les deux enfants reçurent une éducation, même si celle-ci fut sévère, et ils endurèrent des épreuves et des souffrances qu'aucun petit garçon ne devrait connaître… jusqu'à ce que la courte existence de Conor se termine brutalement, lorsqu'il fut dépecé par une meute de chiens sauvages, et qu'Evan retienne l'attention d'une femme de pouvoir.

« Il n'y a que moi qui te voie encore comme un garçonnet effrayé cherchant à échapper aux chiens sauvages », lui disait souvent Archange.

Gruach était morte à présent, avait appris Broglanh. Empoisonnée par la seule de ses filles encore en vie ces dix dernières années. Elle devait être très âgée à sa mort, épuisée, le corps couvert des cicatrices d'anciens combats. Sa traîtresse de fille lui avait survécu moins d'un an. Elle aussi avait été assassinée, avec ses sept enfants, par le dernier frère.

Quand Broglanh pensait à sa mère, dont il gardait très peu de souvenirs, il fouillait dans son cœur, à la recherche d'émotions. Mais il n'en trouvait aucune, seulement un vague intérêt de plus en plus ténu pour une terre qui avait été sienne pendant ses quatre premières années.

Lorsqu'il apprit, bien plus tard, que ses amis Fell et Indaro avaient trouvé refuge sur l'île, il les recommanda aux dieux de la glace et du feu, et prit soin de ne pas divulguer la nouvelle.

La mort de son frère Conor ainsi que le procès qui avait suivi, en présence de l'empereur, avaient marqué un tournant dans sa jeune existence. Après ces événements, Evan Quin avait été adopté par les Broglanh – sur l'ordre d'Archange –, qui l'avaient élevé avec quatre frères plus âgés, et l'avaient nommé Evan Quin Broglanh.

Les Broglanh n'avaient ni résidence ni palais sur le Bouclier. Ils vivaient dans une maison de pierre biscornue et délabrée du quartier ouest, près de la Porte de la Mer, loin du Palais Rouge et des yeux de l'Immortel. Le garçon ne voyait pas souvent son père adoptif, un vieil ours grisonnant appelé Donal, comme l'ingénieur disparu depuis longtemps. Donal paraissait aussi indifférent à son sort que sa propre mère l'avait été. Son nouveau foyer ne comptait aucune figure maternelle. Les garçons furent éduqués par des domestiques et des précepteurs, puis, plus tard, par les maîtres d'armes de la famille. Evan était parfois persécuté par ses grands frères, parfois cajolé, mais la plupart du temps ils l'ignoraient. Lui les adorait. Quand l'aîné, Taric, fut enrôlé de force dans l'armée et mourut au combat, Evan crut que son cœur allait éclater.

L'un après l'autre, les fils Broglanh atteignirent l'âge de seize ans et furent aspirés par la guerre de la Cité. Evan avait quatorze ans quand le dernier d'entre eux, Chancey, fut appelé à son tour. Il pensait alors ne jamais le revoir, car Taric était mort dans l'année, et pour la deuxième fois de sa vie, on le privait de sa fratrie. Il en vint à souhaiter que les deux années à venir s'écoulent rapidement pour que lui aussi s'engage dans l'armée et combatte l'ennemi de la Cité. Il rêvait de retrouver ses trois frères adoptifs pour que tous quatre livrent bataille, épaule contre épaule, récoltant éloges et promotions, ainsi que les remerciements reconnaissants de l'Immortel.

La veille de son seizième anniversaire, son père le convoqua dans la grande salle de la maison de famille croulante. Donal Broglanh, alors très âgé, même à l'échelle de la Cité, ne semblait guère intéressé par ce qu'il advenait de sa progéniture. Au fil des siècles, il avait engendré bien des fils, et aussi des filles. Certaines avaient reçu le nom de Broglanh, mais ce n'était pas le cas de la plupart d'entre elles.

Cette nuit-là, la vieille salle humide baignait dans l'ombre. Dans l'immense foyer, seules des braises rougeoyaient, car c'était en plein été. Malgré tout, avec ses tentures murales poussiéreuses et ses étroites fenêtres, la pièce était étouffante. Un épais tapis de foin recouvrait le sol à l'endroit où les chiens du maître des lieux étaient allongés, immobiles, parmi les os rongés, le museau sur les pattes et l'œil aux aguets. Il était bien plus de minuit, et le silence qui régnait dans la maison était presque assourdissant. En entrant, Evan trouva son père à l'autre bout de la salle, assis dans un profond fauteuil sculpté qui n'était pas sans rappeler un trône.

— Evan ? grogna l'homme d'une voix rauque.

On aurait dit qu'il avait oublié à quoi ressemblait son fils cadet.

— Oui, répondit brièvement le garçon.

Il était reconnaissant envers le vieil homme, mais celui-ci ne l'impressionnait pas. De plus, il allait partir le lendemain, peut-être pour toujours, et ne le reverrait probablement jamais plus.

— Tu as toujours été un gringalet, déclara Donal Broglanh, mais tu as poussé comme une asperge.

Evan garda le silence. Il ne voyait pas l'intérêt de répondre : c'était une évidence.

Le vieil homme l'observa, peut-être déconcerté par l'assurance dont le garçon faisait preuve.

— J'ai deux conseils à te donner, maintenant que tu es un homme.

— Monsieur ?

Evan s'efforça de paraître concerné, mais il doutait que son père adoptif ait quoi que ce soit d'utile à lui apprendre.

Donal se pencha et murmura sur le ton de la confidence :

— Dors et mange dès que tu en as l'occasion, mon garçon. Un soldat ignore toujours quand aura lieu sa prochaine pause.

Evan ne fut pas surpris. Toute sa vie, on lui avait répété ces paroles, qui n'étaient pas valables que pour les soldats. Il se demanda si le vieux militaire donnait le même conseil à ses domestiques.

Donal le scruta, les sourcils froncés. Evan hocha la tête d'un air sérieux, comme s'il intégrait une information complexe. Le visage du vieil homme s'assombrit. Il savait que le garçon se moquait de lui. Sèchement, il poursuivit :

— Et débarrasse-toi de cette maudite marque, puisque tu sais si bien ce qui est bon pour toi.

D'un signe de tête, il désigna l'avant-bras d'Evan, où une cicatrice en forme de S dépassait du bord de sa manche de chemise.

Devant l'étonnement du garçon, il grogna :

— Tu me prends pour un vieux fou, mais j'ai oublié bien plus de choses que tu n'en sauras jamais, jeune Evan.

— Oui, monsieur.

— Je sais que tu considères cette marque comme un symbole d'honneur, mais, ce qui compte, c'est ce qu'on a dans le cœur, mon garçon, et non ce qu'on arbore sur le bras. Les Vincerii vous tueront, tes amis et toi, s'ils découvrent cette marque. Aussi facilement qu'ils noieraient des chiots.

C'est une lubie d'enfant, mais tu es un homme à présent. Crois-moi… (Il se pencha davantage, l'air insistant.) Crois-moi, tu me remercieras un jour. Débarrasse-t'en tout de suite, et sauve ta peau.

Evan oscillait entre l'ennui et la curiosité. Comment ce vieil homme connaissait-il la signification de cette marque qu'il avait endurée en l'honneur de son ami Sami, comme symbole de la vengeance que ses camarades et lui avaient juré d'accomplir contre l'Immortel ? Evan n'en avait parlé à personne depuis qu'il avait gravé cette lettre au fer rouge dans ses chairs, huit ans auparavant. Ses compagnons d'infortune, bien que révoltés par la mort horrible que l'empereur avait infligée à leur ami Sami par caprice, en le faisant brûler vif, avaient choisi de se faire marquer sur l'épaule ou la poitrine, car ils avaient conscience que cela devait rester secret. Mais Evan, le plus jeune de la bande, avait été fier d'arborer le symbole. À l'âge de huit ans, il voulait qu'il soit visible. Plus tard, quand on l'interrogeait à ce sujet, il répondait qu'il s'était brûlé par accident avec un four, en essayant de voler du pain chaud. Désormais, il avait pris l'habitude de couvrir la cicatrice en portant des manches longues, même en été.

Le vieux Donal le regardait toujours d'un œil noir, ses lèvres remuant sans émettre un son. Evan commença à reculer. Il pensait en avoir fini avec ses obligations, d'autant qu'il avait une affaire urgente à régler avec une servante des cuisines.

—Je n'ai pas terminé, petit imbécile. J'ai dit que j'avais deux conseils à te donner !

Le garçon s'approcha de nouveau en poussant un soupir discret.

—Ne lui fais pas confiance, mon garçon, enchaîna Donal d'une voix réduite à un marmonnement. Je sais que tu penses qu'elle a été bonne envers toi, et c'est peut-être le cas, vu qu'elle t'a sauvé des chiens sauvages ou que sais-je. Mais il ne faut pas lui faire confiance. Jamais. C'est une femme puissante, certes, pour le meilleur et pour le pire, mais, comme chez tous les Serafim, seul son propre intérêt compte à ses yeux – le sien et celui de sa descendance, du moins celle qui lui reste. (Il observa Evan, les yeux plissés, l'air fâché.) Est-ce que tu m'écoutes, mon garçon ?

Evan hocha la tête. Il ne voyait pas du tout à qui le vieil homme faisait allusion. Il se demanda si lui-même le savait, d'ailleurs.

—Je veux parler d'Archange, reprit Donal. Elle a volé le cœur de bien des jeunes hommes avant toi. Ne t'approche pas d'elle. Tu serais plus en sécurité face à une horde de Bleus que face à elle.

Il sourit à sa propre plaisanterie, dévoilant une rangée de dents pourries.

Evan se souvint du nom d'Archange. C'était celle qui les avait défendus au procès, huit ans auparavant. Une grande femme âgée, aux cheveux blancs.

Pourquoi Donal le mettait-il en garde contre elle ? Une vieille femme ? Était-elle seulement encore en vie ? Il haussa les épaules intérieurement. Peu importait. Il en avait assez des divagations du vieil homme.

Une fois de plus, il acquiesça et dit :

— Entendu, je tâcherai de m'en souvenir. Merci.

Donal fixa son regard sur lui. Il ouvrait et fermait la bouche comme s'il avait quelque chose à ajouter, sans parvenir à le formuler. Ses yeux chassieux étaient pleins de frustration devant l'abîme qui le séparait de ce garçon, qui portait son nom mais qu'il connaissait à peine. Dans un éclair de lucidité, Evan comprit que le vieil homme était moribond. Sous les poils courts de sa barbe grise broussailleuse, il avait le teint cireux, les joues creuses. Son regard devenait vitreux et sa respiration plus rapide, plus superficielle.

Le garçon regarda autour de lui et avisa un tabouret à trois pieds. Il s'en empara et s'assit dessus.

— Parlez-moi, père, dit-il. Parlez-moi d'Archange.

— Dangereuse, mon garçon. Belle, mais dangereuse.

Donal ferma les yeux et se carra dans son fauteuil. Il resta silencieux un moment. Evan se demanda s'il s'était endormi et fut tenté de prendre congé discrètement, mais le vieil homme souleva les paupières, découvrant un regard plus affûté, plus concentré.

— Je n'étais qu'un jeune garçon quand je l'ai rencontrée la première fois. J'avais à peu près ton âge. Elle n'était déjà plus jeune, à l'époque, même si elle semblait avoir environ treize ans, avec ses jambes blanches et longues comme celles d'un poulain. C'était l'un des premiers Voyageurs. Elle était arrivée jusqu'ici – un voyage merveilleux –, et elle les éclairait tous de sa beauté lumineuse. Elle était aussi courageuse, à cette époque lointaine…

Le vieil homme poursuivit ainsi jusqu'à une heure fort avancée de la nuit. Il s'exprimait à la manière d'un barde, comme si le rythme de l'histoire lui était bien connu, qu'il l'avait répétée maintes fois au cours de sa longue existence. Il parla d'abord d'Archange, puis des Serafim. Evan avait du mal à le suivre, car il évoquait des temps très anciens, quand les Serafim étaient des dieux, et que leur ouvrage était précieux comme l'or. Ses frères et ses précepteurs lui avaient raconté des histoires sur les Serafim, mais Donal en parlait comme s'il les connaissait. Son ton se fit plus sérieux lorsqu'il mentionna l'empereur, ou les empereurs, Evan ne sachant s'il parlait d'un seul homme ou de plusieurs. Les Vincerii apparurent de temps à autre dans son récit – Marcellus et Rafael, des noms bien connus d'Evan puisqu'il s'agissait de ceux qui guidaient les armées, les défenseurs de la Cité assiégée. Toutefois, il y avait pléthore d'autres noms qui lui étaient étrangers. Les Khan, Marcus et sa sœur Giulia, Reeve Guillaume, le criminel Hammarskjald… Et trop de gens portant le nom Kerr, certains des scélérats, d'autres des héros.

Malgré tout, Donal en revenait toujours à Archange, tel un papillon de nuit impuissant attiré par la lumière.

L'humeur du vieil homme changea alors. Les mots commencèrent à lui manquer. Il raconta l'histoire vieille comme le monde de deux filles – deux sœurs – séduites et violées. Une histoire de folie et de mort.

— Mais Archange, que pouvait-elle y faire ? demanda-t-il aux ténèbres, ayant sans doute oublié la présence d'Evan. Araeon lui sauva la vie au cours de ce premier hiver. Il leur sauva la vie à tous. Elle lui promit une loyauté éternelle, à l'époque. Elle pouvait se montrer impitoyable avec les primitifs. Elle l'a prouvé à maintes reprises. Mais envers un autre Serafim ? Elle était pieds et poings liés. Il lui était impossible de lever la main sur lui, même si elle souhaitait sa mort. Elle la souhaite encore, je suppose.

— Pourquoi ne peut-elle pas agir contre lui ?

Le regard de l'homme avait retrouvé sa vivacité.

— Je suis très âgé, mais tout cela s'est produit bien avant ma naissance. (Il secoua la tête.) Ils ne sont pas comme toi et moi, mon garçon. Il y a autant de différences entre eux et nous qu'entre un chien et ses puces. Sans compter qu'ils se connaissent depuis des siècles. Ils ont combattu les uns avec les autres et les uns contre les autres ; ils se sont trahis, ont conspiré ensemble… Ils sont à la fois les premiers et les derniers représentants de leur espèce.

» Pour Archange, Araeon était à la fois son chef, son professeur et son sauveur. Mais elle voulait le voir mort, et si elle ne pouvait agir à sa guise, alors elle devait partir. Elle disparut de la Cité pendant des décennies. Tous, nous la croyions morte depuis longtemps. Elle est revenue il y a quarante ans. Je n'en crus pas mes yeux lorsque je la revis. Elle s'était autorisée à vieillir, vois-tu. Cette femme a toujours fait les choses sur un coup de tête. J'imagine qu'elle le regrette, aujourd'hui. C'est cruel, de vieillir…

Parfois, Donal se taisait et somnolait. Evan dut s'assoupir, lui aussi. Mais quand les doigts gris de l'aube s'infiltrèrent par les hautes fenêtres aux vitres poussiéreuses, le vieil homme était toujours vaillant, et le pichet de vin à ses côtés vidé. Enfin, il sombra dans un profond sommeil, ses ronflements résonnant dans la pièce. Evan se leva et s'éclipsa. Il passa devant les domestiques qui toute la nuit avaient veillé sur leur seigneur, avec l'intention de regagner son lit et faire un petit somme avant que les hommes de l'empereur ne viennent le chercher.

Donal Broglanh s'éteignit peu de temps après. Pendant un moment, Evan essaya de garder en mémoire toutes les histoires que le vieil homme lui avait confiées, car ce n'étaient probablement que des histoires. Il finit par oublier la plupart d'entre elles, mais celle d'Archange Vincerus et de ses deux filles resta gravée dans sa mémoire, et quand quatre ans plus tard il rencontra Thekla pour la première fois, il crut enfin comprendre.

— As-tu pris du lorassium, soldat ?

Broglanh se réveilla en sursaut et vomit sur la manche de sa veste. Le souffle court, il baissa le menton, de nouveau pris de nausées. Une tête de lance était plantée dans sa poitrine, profondément enfoncée dans sa cage thoracique. La hampe avait été cassée et les éclats de bois à l'extrémité étaient teintés d'un rouge brillant. Le jeune homme vomit de nouveau, faiblement, car il n'avait plus grand-chose dans l'estomac.

— As-tu pris du lorassium ? répéta la voix féminine.

Il hocha la tête et se sentit comme un gamin pris en faute.

Elle essuya une partie du vomi sur sa veste et reprit d'un ton brusque :

— C'était la pire chose à faire ! Maintenant, il va falloir attendre.

Elle se leva et s'éloigna de lui. Un voile de brume lui obstruait la vue. Il rêva de sang et de terreur.

Ce n'était pas sa première bataille, loin de là, mais c'était la plus longue et la plus sanglante qu'il avait connue en quatre ans, période durant laquelle il avait déjà vu trop de sang et de morts. Il avait tout juste vingt ans à l'époque. Son unité d'infanterie de la Seconde Célestine livrait une bataille défensive contre une armée de Petrassi à Folmort, dans les montagnes du Sud. Les deux camps étant de force égale, la bataille s'était poursuivie jour et nuit, aucun ne voulant céder d'un pouce. Enfin, à l'aube, l'ennemi avait envoyé une compagnie de lanciers.

Lorsque Evan s'éveilla de nouveau, quelqu'un avait tendu une toile au-dessus de lui pour le protéger du soleil brûlant, et un linge frais reposait sur son front. Il perçut l'odeur d'un remède entre celle du vomi et celle des vieux vêtements. Il se demanda quand viendrait son tour d'être soigné. Les blessés étaient si nombreux… La bataille avait été un carnage. Avaient-ils gagné ?

Une voix déclara :

— Là, sur son avant-bras. (Sentant qu'on l'effleurait, il rouvrit les paupières. La même femme était agenouillée auprès de lui.) C'est la même marque, dit-elle. Qui c'est, celui-là ?

— Il s'appelle Broglanh. Evan Quin Broglanh, répondit une autre voix.

— Evan Quin, répéta la femme d'un air songeur. Archange m'a parlé de ce nom.

— Vivra-t-il ?

— Pas sans son aide.

Puis des voix sonores résonnèrent. Il faisait presque nuit, mais il vit que la femme avait été rejointe par de robustes soldats. Tous le regardaient pendant qu'elle parlait de retirer la tête de lance. *Ce serait bien de s'évanouir maintenant*, songea Broglanh.

Ce qu'il finit par faire.

Lorsqu'il refit surface une nouvelle fois, il était étendu à l'arrière d'une charrette cahotante. La nuit était tombée ; il n'y voyait pas grand-chose. Malgré la douleur, il parvint à relever la tête. Le bout de lance avait disparu et sa poitrine était enveloppée de bandages imprégnés de sang.

— Elle était logée sous une côte, mais on a réussi à l'ôter, l'informa la femme. Je t'ai donné quelque chose pour supporter la douleur.

— Pourquoi ? demanda-t-il en luttant pour rester conscient. Ça va pourrir, de toute façon.

Il avait souvent vu ce genre de blessures. Ça finissait toujours mal.

— Tiens.

Elle passa une main chaude sous sa nuque pour lui soutenir la tête tandis qu'elle portait un gobelet d'eau à ses lèvres. Il le but avec reconnaissance. Au début, il crut qu'il allait encore vomir, mais il parvint à garder le liquide et sentit son esprit s'éclaircir. Il but de nouveau. La douleur était également moins forte.

— Merci, murmura-t-il. Où allons-nous ?

— À la Porte Isingen.

— Où est ma veste ? s'enquit-il.

— L'une des manches était couverte de vomi. J'ai coupé l'autre, du coup. Ce qui reste de la veste est sous ta tête.

La femme paraissait amusée. Elle parlait d'une voix chaleureuse et un peu rauque.

Étrangement rassuré, Broglanh se détendit. Il avait traversé bien des épreuves avec cette veste. Il glissa ensuite dans un profond sommeil, comme s'il n'allait plus jamais se réveiller.

Ce ne fut que plus tard qu'il se demanda pourquoi une chirurgienne aguerrie, spécialiste des champs de bataille, en pleine guerre, parmi des centaines de blessés, s'était intéressée de si près à un modeste troufion. Elle le veilla dans la charrette jusqu'à ce qu'ils aient atteint la Cité, puis qu'ils aient rejoint les autres véhicules de transport des blessés, à la caserne de la Vingt-deuxième. Broglanh survécut. La femme resta avec lui, assise dans la charrette, et tous deux poursuivirent leur chemin de leur côté. Plus tard, il sut qu'ils s'étaient rendus à une audience secrète avec Archange, dont il ne garda aucun souvenir. On l'emmena ensuite dans une infirmerie des Mille, à deux pas du Palais Rouge.

Au début, sonné par le choc et la douleur, Broglanh en avait conclu que c'était son charme viril qui avait poussé la chirurgienne à rester à son chevet. Puis, durant sa convalescence, le bon sens reprit le dessus et il se rendit compte qu'il n'y avait rien de très charmant à voir un blessé vomir sur la manche de sa propre veste.

La chirurgienne s'appelait Thekla. Elle n'était pas jolie, mais il émanait de son visage une sérénité durement acquise à force de soigner des hommes et des femmes blessés et apeurés. Ses yeux gris reflétaient déjà l'expérience de la sagesse. Elle semblait avoir à peu près le même âge que lui, mais il ne tarda pas à deviner qu'elle était plus âgée. De combien ? Cela, il l'ignorait encore.

Elle portait une tenue informe gris et marron. Chaque jour, lorsqu'elle se penchait sur les autres patients pour vérifier leurs blessures et faire le tri entre celles qui guérissaient et celles qui pourrissaient, Evan essayait de s'imaginer sa silhouette, mais c'était impossible. Elle était chirurgienne depuis longtemps, et les autres soignants s'adressaient à elle avec respect. Pourtant, nombre de soldats, surtout les hommes, la traitaient comme une simple auxiliaire, la taquinaient, plaisantaient à son sujet, voire tentaient de l'agresser sexuellement. Elle pouvait se montrer dure, parfois cruelle, remarqua-t-il, mais, avec lui, elle faisait toujours preuve de bonté.

Broglanh se remit si rapidement de sa blessure au torse qu'il en vint à se demander si la lance brisée entre ses côtes n'était pas un simple cauchemar. Il patienta à l'infirmerie, dans l'attente d'une nouvelle affectation. Il suivit également les conseils de son père. Il mangea les trois repas qu'on lui servait quotidiennement, et remarqua que les Mille étaient bien nourris. Il passa le temps en somnolant, profitant des matelas de paille fraîche et de l'absence de parasites. Il n'eut pas trop de mal à passer outre les cris et les gémissements des blessés les plus touchés – un exercice auquel il était rompu.

Après la mort du petit Conor, Evan n'arrivait plus à dormir ni à penser sans que, à chaque instant de veille, l'horrible scène des derniers instants atroces de son frère surgisse devant ses yeux. Puis, à peine quelques jours plus tard, Sami aussi était mort. Sami, qui avait été gentil avec lui, qui l'avait porté quand les autres garçons étaient indifférents à son sort, ou trop faibles pour l'aider. Il avait connu une fin des plus terribles. Le revoir hurlant dans les flammes était insupportable pour le petit garçon qu'il était alors. Pour se préserver, il avait cherché à fuir ses souvenirs en érigeant un mur entre eux et lui, un rempart qui l'avait protégé durant toute sa vie de soldat. *Oublie le passé. Le passé est le passé, tu ne peux rien y faire. Ne t'inquiète pas de l'avenir, car tu ne sais pas ce qu'il te réserve. Contente-toi de rester fort et de garder ton épée affûtée. Et tiens-toi prêt, toujours.*

Chapitre 18

Rejoindre l'armée de Khan ne fut pas aussi simple qu'Evan Broglanh l'avait prévu. Chancey et lui montrèrent leurs faux papiers à un jeune capitaine qu'ils trouvèrent en train d'aboyer des ordres à un groupe de fantassins maussades. Mais le capitaine, qui avait été promu à ce grade sans avoir les compétences requises, ne savait que faire de deux soldats errants, des vétérans au regard dur et à l'air assuré, accompagnés d'une fille venue de nulle part. Il les envoya à l'avant de l'armée avec la consigne de se présenter à l'auxiliaire du général. Evan n'avait pas l'intention d'approcher Marcus Rae Khan, qui le reconnaîtrait sans le moindre doute. Au lieu de quoi les trois camarades rejoignirent l'arrière du cortège, où ils se firent une place entre les charrettes de bagages, les catins, les Piquiers et une unité de cavalerie de fortune qui se fit une joie d'accueillir deux cavaliers expérimentés, équipés de leurs propres montures.

Au fil de ces longues journées d'été, Emly passait son temps à marcher en marge du cortège. Si Evan était à ses côtés, elle menait son destrier. S'il était parti en éclaireur, elle dirigeait un poney chargé de bagages. On ne leur posa aucune question; ils ne donnèrent aucune explication. Les trois nouveaux arrivants furent acceptés par la queue de l'armée. S'ils prenaient Emly pour la sœur de l'un des deux hommes, tant mieux, songeait-elle. Depuis cette fameuse nuit au-dessus de l'échoppe du boulanger, le regard d'Evan ne brûlait d'aucun désir. Elle aurait aussi bien pu être sa sœur ou sa fille, constata-t-elle avec regret. Parfois, elle sentait son corps le réclamer douloureusement. Cependant, presque toutes les nuits, lorsqu'elle se couchait après une journée de marche, elle s'endormait aussitôt, bercée par le bruit rassurant de vingt mille hommes et femmes, la plupart armés et désireux de la protéger.

Elle se demandait parfois pourquoi ils fuyaient l'impératrice, et ce qui leur arriverait si leurs poursuivants les découvraient, mais sa vie au Palais Blanc lui paraissait déjà loin. Elle se satisfaisait de cette existence itinérante en compagnie d'Evan, même s'ils étaient rarement seuls.

Souvent, elle marchait aux côtés de la prostituée blonde, Pêche. Du même âge qu'elle, Pêche avait cependant une expérience de la vie radicalement différente de la sienne. La prostituée venait de la Cité. Elle était née à Barenna, d'une mère elle aussi catin et d'un père sûrement soldat. Dans la journée, les deux filles marchaient ensemble. Pêche partagea avec elle le savoir qu'elle avait acquis à propos des hommes et de leurs besoins. Au début, Em appréciait sa nouvelle amie, d'autant plus qu'elle n'en avait jamais eu auparavant. Toutefois, au bout d'un certain temps, elle se mit à trouver la vie de Pêche triste, et ses points de vue limités à ce qu'elle voyait par-dessus l'épaule d'un homme. La catin n'éprouvait pas d'aversion pour la gent masculine, car elle représentait son gagne-pain, mais elle avait peu de valeur à ses yeux. Comme ses consœurs, elle accueillait chaleureusement les soldats propres et respectueux, et évitait les autres, ceux qui étaient violents et négligés. Pêche trouvait malgré tout que la vie d'une prostituée au sein d'une armée était bonne. Elle n'était jamais en manque de clients et donc d'argent, et ses consœurs et elle bénéficiaient d'une protection – pas comme dans la Cité.

— Et toi, Emly ? s'enquit-elle alors qu'elles marchaient un jour. Tu pourrais faire ce que je fais. Tu es maigrichonne, mais ça plaît à certains. Il y en a qui aiment celles qui n'ont pas de formes.

Em secoua la tête.

— J'ai un homme, répliqua-t-elle avec fierté, mais il est loin d'ici.

Evan et Chancey étaient partis pour une mission lointaine, aussi énonçait-elle la stricte vérité.

— Parle-moi de lui, proposa Pêche. (La nostalgie apparut dans ses yeux bleus.) Est-il gentil ? S'occupe-t-il bien de toi ?

Sur le moment, comme souvent, Em ne sut que répondre. Les femmes étaient à présent habituées à sa discrétion. Pêche attendit.

— C'est un héros, finit par dire Emly. Un héros de la Cité. Il nous a tous sauvés, avec ses amis.

Pêche sourit.

— Pour moi, ce sont tous des héros, plaisanta-t-elle avec malice.

Em regarda droit devant elle. Le cortège paraissait ralentir. Elle se demanda pourquoi, car il n'était que midi. Enfin, il s'arrêta totalement. Elle en profita pour courir jusqu'à un ruisseau tout proche dans lequel elle puisa de l'eau pour Pêche et elle, ainsi que pour le petit poney chargé de bagages qu'elle menait. Les filles s'assirent au bord de la piste, contentes de cette pause inattendue. Em avait chaud et transpirait. Cette vallée n'offrait aucun coin d'ombre.

L'armée avait quitté la plaine côtière et traversait désormais un paysage de plus en plus montagneux. Des sommets gris tachetés de forêts vert foncé les entouraient. Elle avait grimpé la pente douce de la vallée et entrepris l'ascension d'un défilé, un étroit passage bordé de parois rocheuses et de schiste. À cause de la dangerosité du terrain et par crainte d'une attaque, la sécurité avait été renforcée. Les femmes et le train des bagages avaient reçu l'ordre de ne pas se laisser distancer. Mais la matinée avait été longue, et les jeunes filles comme Emly et Pêche, marchant d'un pas traînant, s'étaient retrouvées avec les femmes âgées. Elles étaient à présent bien loin du corps principal de l'armée.

Il faisait chaud et il n'y avait aucun courant d'air dans le défilé abrupt. Le sol qu'elles foulaient étant fait de roche dure, elles n'avaient par bonheur plus à endurer les nuages de poussière soulevés par des milliers de sabots et de bottes. Ici, l'air était plus frais, plus pur. Emly avait hâte de monter en altitude. Elle espérait bientôt voir tout le paysage environnant, et, peut-être, leur destination finale. Elle demandait souvent combien de temps encore l'armée devrait marcher, mais apparemment personne n'en savait rien, pas même Evan Broglanh.

Le poney chargé de bagages fit un écart et hennit quand, sur la pente d'en face, un éboulement de rochers et de cailloux s'écroula avec fracas. Frappé par une pierre, un soldat poussa un cri et jura. Emly tendit le cou. Elle ne voyait rien hormis la roche nue et quelques buissons broussailleux. Devant, l'armée se remit en marche. Pêche et Em se levèrent d'un bond. Em prit la corde du poney et, pour le rassurer, lui caressa le museau.

Tout à coup, le calme ambiant fut troublé par le hurlement d'une femme. Le cœur d'Em lui remonta dans la gorge. Pêche et elle se retournèrent vers l'endroit d'où provenait le cri. Un autre, plus faible, retentit : un gémissement de douleur intense.

— Du calme, les filles ! s'écria gaiement une voix.

Une femme robuste au teint rougeaud leur jeta un coup d'œil en les dépassant, remontant les rangs. Les cheveux grisonnants, elle était entièrement vêtue de gris foncé à l'exception d'un bonnet en tissu à larges bords d'un rose incongru.

— Maura, déclara-t-elle. Elle est en avance.

Em connaissait Maura. Cette fille discrète, à la peau mate, avait récemment épousé un soldat et portait avec joie leur premier enfant. Sa grossesse était visible, mais sous sa robe son ventre ne formait qu'un léger renflement. Emly, qui ne connaissait presque rien dans ce domaine, se demanda si accoucher en avance était une bonne chose. Peut-être que oui, car le bébé serait plus petit et donc plus facile à sortir. Piquée par la curiosité, elle remonta elle aussi les rangées de femmes, marchant dans le sillage de la matrone.

— Que fais-tu ? demanda Pêche en l'attrapant par le bras.

— Je n'ai jamais vu une femme accoucher.

Pêche fit la grimace. Elle, elle en avait déjà vu.

— Dans ce cas, tu ne seras d'aucune utilité, répliqua-t-elle avec justesse. Bruenna a aidé à mettre au monde des milliers de bébés. C'est d'elle que Maura a besoin.

Em se hissa sur la pointe des pieds, à la recherche du bonnet rose qui avait disparu. Bien décidée, elle fourra la corde du poney dans la main de Pêche, qui la regarda dévaler la pente, passer en courant devant les catins et des groupes de vieilles chouettes, esquiver les sabots des poneys, des ânes et les roues des charrettes qu'ils tiraient lentement. Elle trouva la femme en travail grâce à ses cris. Elle était accroupie par terre, près du sentier principal, dans une petite cuvette creusée dans la paroi rocheuse, le visage ruisselant de larmes et de sueur. Quand Em arriva à sa hauteur, la femme releva la tête et émit le même son qu'un chien hurlant à la mort. La sage-femme au bonnet rose, Bruenna, la soutenait d'un côté, une autre femme âgée de l'autre. Une escouade de soldats était déployée autour d'elles à contrecœur, comme s'ils hésitaient entre rester et partir.

En voyant Emly, Bruenna ordonna :

— Va chercher de l'eau, petite !

Em s'élança vers le ruisseau et remplit son outre avant de revenir en courant vers la femme.

— Plus que ça, dit sèchement Bruenna en lui arrachant l'outre des mains.

Em regarda les alentours, puis les soldats qui s'attardaient. Des Piquiers.

— Donnez-moi votre casque, dit-elle à l'un d'eux qu'elle reconnut.

Le soldat brun lui jeta à peine un regard, sous les rires de ses camarades. Un vétéran dit en souriant :

— Obéis à la gamine, Stern.

Stern détacha son casque et le tendit à Em avec un clin d'œil. Elle le prit en le remerciant d'un signe de tête et se précipita de nouveau vers le ruisseau. Elle emplit le casque d'eau, se hâta de rejoindre les femmes et posa délicatement le casque à terre, à côté de Bruenna. La sage-femme le regarda et acquiesça.

— C'est bien, dit-elle.

Elle se tourna vers la femme qui accouchait et l'encouragea à voix basse.

Se sentant inutile, Emly se redressa et balaya les environs du regard. Les dernières charrettes lourdement chargées les dépassaient, projetant de l'argile et des cailloux, les animaux luttant dans leurs traits en renâclant et s'ébrouant. Bientôt, songea-t-elle avec appréhension, elles seraient seules.

Au bout d'un moment, les douleurs de Maura semblèrent s'atténuer. Elle se laissa aller contre la paroi rocheuse. Le cortège touchait à sa fin et il ne restait qu'elles, ainsi que le petit groupe de soldats.

Bruenna se releva avec difficulté et se frotta les genoux en soupirant.

— On est dans le pétrin, souffla-t-elle en jetant un coup d'œil vers le soleil qui commençait à baisser. Faut pas qu'on soit encore là à la nuit tombée.

— Et si nous arrêtions une de ces charrettes ? proposa Emly. Elle pourrait transporter Maura.

Bruenna renifla avec mépris.

— Ce sont des marchands, petite. S'ils s'arrêtent, ce n'est que pour conclure une affaire. Et crois-tu vraiment qu'ils balanceront une partie de leur chargement pour faire de la place à une catin enceinte ?

» De plus, ajouta-t-elle, ils se hâtent de rattraper l'armée. (Elle regarda Emly.) Si tu cours, tu les dépasseras. L'un d'eux trouvera bien de la place pour une petite chose comme toi.

Mais Em secoua la tête. Bruenna soupira de nouveau, les yeux baissés sur Maura.

— Ça va prendre combien de temps ?

— Aussi longtemps que ça prendra. Une demi-journée. Une journée. Le bébé pourrait aussi bien glisser au-dehors à tout moment, comme un poisson d'argent. Ça arrive.

— Puis-je faire quelque chose ?

La femme la regarda, les sourcils froncés.

— Je ne sais pas. Que sais-tu faire ?

Emly réfléchit. Elle savait cuisiner, et depuis récemment monter à cheval. Elle savait fabriquer des vitraux. Elle apprenait à lire et à écrire. Aucune de ces compétences ne semblait être d'une quelconque utilité pour une femme en plein travail. Pourtant, Em ne pouvait se résoudre à les abandonner.

Celle qui aidait Bruenna, une vieille femme maigre qu'Emly avait déjà vue, se releva à son tour et se frotta le dos des deux mains. Elle sourit à Em.

Puis, alors qu'elle offrait son visage ridé au soleil couchant, une flèche se planta avec un bruit sourd dans sa gorge. L'empennage noir vibra légèrement avant de s'immobiliser, comme si le trait avait toujours été là. Pendant un moment de silence, un sang noir jaillit brièvement du cou de la femme, qui tomba comme une pierre.

Em entendit d'autres flèches fendre l'air, puis elle reçut un coup puissant dans le dos qui la projeta à terre, les membres écartés.

Stern Edasson entendit le sifflement des projectiles mortels avant de les voir. Il poussa la fille à terre sur le sol caillouteux, derrière ses soldats.

Il leva son bouclier, se pencha, renversa l'eau de son casque et l'enfonça sur sa tête.

— Des flèches ! prévint l'officier incompétent, bien trop tard, tandis que d'autres projectiles leur tombaient dessus, ne frappant que le cuir des boucliers et le métal des casques.

Chevauchant le long de la pente argileuse, en face, deux archers fkeni, les genoux serrés sur les flancs de leurs montures, décochaient leurs traits à une vitesse incroyable. Leurs poneys bien entraînés s'arc-boutaient, leurs sabots glissant sur l'argile meuble, pendant que leurs cavaliers se penchaient en avant, dans un équilibre parfait.

Les archers ne firent cependant pas d'autre victime. Une fois les poneys au pied de la pente, les Piquiers donnèrent l'assaut. Stern jeta sa lance, visant le flanc d'un des ennemis. Le poney du Fkeni se cabra et détala quand une autre lance se planta dans son poitrail. Le cavalier tomba en avant, sur son encolure, et s'accrocha à l'animal, qui s'élança au galop dans le ravin. Le deuxième poney trébucha et tomba à genoux. Les guerriers attaquèrent ; son cavalier fut arraché de sa selle et massacré en un clin d'œil.

Regardant autour de lui, Stern vit que l'officier avait maintenu sa position à l'arrière tout le temps qu'avait duré le combat. La menace écartée, il s'avança.

— Toi, dit-il en désignant Stern, prends ce poney et rejoins vite l'armée. Ramène une charrette pour les femmes. Il nous faut partir d'ici. Vite.

Stern soupira intérieurement. *J'ai affaire à un sombre crétin*, songea-t-il.

— Le poney a la jambe cassée, répliqua-t-il brièvement. Il n'ira nulle part.

L'officier se retourna : la jambe fine du poney était pliée et un os saillait dans les poils bruns de sa robe. Il se laissa faire quand un soldat le mena, boitant, à l'écart, avant de sortir une lame aussi affûtée qu'un rasoir. L'animal fut pris de tremblements et s'effondra. L'officier était peut-être idiot, mais Stern n'eut pas à lui dire que la carcasse de l'animal offrirait une maigre protection contre une nouvelle attaque. Il n'eut pas à ajouter que celle-ci serait inévitable si le Fkeni blessé parvenait à rejoindre ses camarades.

L'officier – comment s'appelait-il ? Carralus, Caius ? – avait été nommé à la tête de leur unité au moment où ils avaient quitté la Cité. Il était plus jeune que la plupart des Piquiers, le visage pâle, rond et couvert de taches de rousseur. Stern avait déjà compris que l'homme en savait moins sur les tactiques de bataille que le poney mort des Fkeni, et pour couronner le tout, il était lâche. Les officiers dans son genre, en général des fils ou des neveux de personnes haut placées, ne faisaient pas long feu sur un champ de bataille. Stern savait que les autres s'en remettraient à lui désormais, et cette responsabilité pesait lourd sur ses épaules. Ils se trouvaient dans une situation impossible. Même si la femme enceinte mourait à cet instant, il était probable qu'ils ne rattraperaient pas l'armée avant la tombée de la nuit.

Il vit la gamine ramper jusqu'à la femme qui avait la flèche plantée dans le cou. Stern savait à ses yeux vitreux, déjà pleins de poussière, qu'elle était morte. La grosse sage-femme parlait doucement à la parturiente, mais la catin délirait, les yeux ronds comme des billes, et ne semblait pas avoir conscience de ce qui se passait. Elle avait le teint livide, et sa robe ainsi que le linge sur lequel elle était étendue étaient imprégnés d'un sang noir.

L'officier s'avança vers elles.

— Nous devons déplacer cette femme, dit-il à la sage-femme. Mes soldats vont fabriquer une civière avec leurs lances pour la transporter.

Stern observa son visage, pâle et angoissé. *Ce n'est pas un crétin,* se ravisa-t-il, *juste un homme qui a peur de prendre des décisions, peur de se tromper, peur de la souffrance et de la mort.*

— Ne dites pas de sottises, rétorqua la sage-femme. Vous voyez bien, ajouta-t-elle en montrant le sang qui s'écoulait par terre. Si vous la bougez, vous la tuerez.

— Nous allons tous mourir si nous restons ici.

Les paroles de l'officier étaient irréfutables. Stern et les autres vétérans regardèrent l'homme avec une curiosité détachée, dans l'attente de la suite.

— Si nous restons ici, survivra-t-elle à… à l'accouchement ? s'enquit-il, avançant à tâtons vers une décision.

La sage-femme haussa les épaules et se détourna. L'officier regarda ses soldats à la ronde. Ils étaient tous impassibles. Pas d'aide à espérer de leur part. Stern savait qu'ils voulaient reprendre la route et rattraper l'armée avant le coucher du soleil. Si les Fkeni revenaient, ils ne passeraient pas la nuit. Et ces sauvages avaient une manière bien à eux d'infliger la mort…

Pourtant, tous se considéraient comme des héros et ne pouvaient décemment pas laisser les femmes derrière eux. Quant à la gamine au visage en cœur, elle accompagnait le grand vétéran des Chats Sauvages. À l'avenir, Stern serait incapable de regarder dans ses yeux clairs et froids s'il abandonnait la fille à la torture et à une mort lente. Toutefois, si les Fkeni étaient nombreux à les attaquer, leur sort à tous serait scellé.

Comme l'officier ne disait rien, Stern eut pitié de lui.

— On peut protéger cette zone, proposa-t-il.

L'officier posa sur lui un regard plein de reconnaissance. Stern courut à petites foulées jusqu'à l'autre bout du sentier montagneux et leva les yeux.

— Il n'y a rien là-haut que de la pierraille, lança-t-il.

Il revint lentement sur ses pas. Balayant les alentours du regard, il ramassa au passage les arcs des Fkeni.

—Ils ne peuvent arriver jusqu'à nous que par les côtés et l'avant, poursuivit-il. Ils suivront le sentier. (Il désigna le cadavre du poney.) On pourra s'en servir comme protection contre leurs flèches.

—Nous aurons besoin d'un feu, déclara l'officier en regardant autour de lui, comme s'attendant à en trouver un.

—La lumière les attirera, gronda Grey Gus, la voix et le regard méprisants.

—Pas besoin de feu pour les attirer, lui objecta Stern. Si le blessé les a rejoints, ils viendront, vous pouvez me croire. Mais un feu nous empêcherait de voir dans l'obscurité. Les Fkeni ne seront pas assis autour d'un feu de camp s'ils ont une attaque à préparer.

Il tendit à l'officier les deux arcs noirs. Celui-ci les examina un long moment puis ordonna :

—Des flèches ! Ramassez leurs flèches. Vite. Seulement celles qui sont intactes.

Stern lui souffla discrètement :

—Les flèches brisées peuvent quand même servir.

—Et aussi celles qui sont brisées, ajouta l'officier. Vite.

Stern soupira de nouveau. La nuit risquait d'être rudement longue.

Nous sommes sept, songea-t-il. *Enfin, plutôt six*. Il ne pouvait prendre en compte l'officier « Vite ». Pour ce qu'il en savait, ce gars était peut-être un féroce combattant, mais il n'en avait pas encore eu la preuve. Stern avait donc trois vétérans à sa disposition : Benet, Gus et Quora. Quand il ferait nuit, la mauvaise vue de son frère ne serait plus un handicap. Quora était la plus sensée. Il devrait la charger de protéger les femmes, mais il n'avait pas envie de laisser à l'arrière un soldat si aguerri. Il veillerait à ce que l'officier se propose pour cette tâche. Les deux derniers soldats étaient jeunes et inexpérimentés. Ils étaient également frères : Cam et Farren Cordover. Tous deux avaient donné l'assaut aux Fkeni avec enthousiasme et détermination, et il plaçait beaucoup d'espoir en eux.

Il leva les yeux vers le ciel. De fins nuages arrivaient du nord. Il n'y aurait donc pas d'étoiles, pas de lumière hormis un mince croissant de lune. Il réfléchit au problème.

—Allez chercher des broussailles, ordonna-t-il. Des branches, des feuilles mortes, des herbes sèches.

Les soldats obéirent aussitôt.

Stern regarda l'abri peu profond où se trouvaient la fille et la sage-femme, de chaque côté de la catin. La sage-femme avait le regard perdu dans le vague. Peut-être était-elle plongée dans de vieux souvenirs, ou essayait-elle de prendre de la distance par rapport à leur situation précaire. La gamine était manifestement effrayée. Ses yeux partaient dans tous les sens, incapables de se poser. Stern songea à lui confier une arme, puis se dit qu'elle ne vaudrait rien au combat. Elle risquait de se tuer avant de réussir à blesser un ennemi.

Il s'assit, s'adossa contre le cadavre encore chaud du poney et commença à affûter ses armes.

Dans le défilé, le soleil couchant colorait la pente argileuse d'en face en orange vif. Leur petit campement était déjà plongé dans l'ombre, et le soleil ne tarderait pas à disparaître, les abandonnant aux ténèbres. Emly n'avait jamais été aussi terrifiée. Les genoux contre sa poitrine, elle s'efforçait de maîtriser ses tremblements. À ses côtés, Maura alternait périodes de délire et d'inconscience. De temps à autre, elle revenait à elle et voulait se lever et parler. Elle tendait les mains devant elle comme si elle voyait quelqu'un, les yeux grands ouverts, peut-être à cause de la douleur. Elle retombait ensuite dans le sommeil, celui des mourants. Bruenna lui tâtait le ventre, à la recherche des mouvements du bébé, mais ne sentait rien.

Em se maudissait d'être restée là sur une impulsion. Elle pensait sans cesse à Evan. Où était-il ? Avait-il rejoint l'armée et appris sa disparition ? Ou était-il encore loin, ignorant tout de leur malheur ? Une lueur d'espoir brillait faiblement en elle. Pouvait-elle réellement attendre d'Evan Broglanh qu'il vole à son secours une troisième fois ?

Elle leva les yeux vers la femme soldat, petite, blonde, avec des perles de couleurs vives dans les cheveux, qui avançait vers elle. La nouvelle venue s'agenouilla.

— Comment s'appelle-t-elle ? demanda-t-elle en regardant la morte avec sa flèche plantée dans la gorge.

Em secoua la tête et se tourna vers Bruenna, qui haussa les épaules. Tout à coup, Emly fut frappée d'une immense tristesse en songeant que cette vieille femme, qui autrefois avait eu une vie, un père, une mère, des amis, et sans doute des enfants et des petits-enfants, gisait, morte, loin de chez elle, sans que personne connaisse son nom. Peu importait ce que la nuit leur réserverait : cette femme ne pourrait être enterrée, pas dans ce sol dur comme la pierre. Elle serait abandonnée là, seule, et ferait le festin des créatures des montagnes et du ciel.

La femme soldat fouilla le cadavre et, autour de son cou, trouva un pendentif en bois relié à un fil. Elle l'arracha d'un coup sec et le tendit à Em. C'était un arbre grossièrement sculpté, avec un tronc épais et de larges branches. Em le montra à Bruenna. La sage-femme le reconnut.

— C'est le symbole de Vashta, gardienne de la nuit.

La femme ricana.

— Peut-être que, si elle avait survécu à cette journée, Vashta l'aurait protégée, ce soir. Peut-être ce médaillon nous protégera-t-il, nous.

Elle tira sur la flèche noire fichée dans la gorge du cadavre et la tendit également à Emly. Pendant un instant, la jeune fille se demanda pourquoi, puis elle songea : *Elle me donne une arme.*

— Ça ne va pas me servir à grand-chose, marmonna-t-elle en pensant qu'une branche d'arbre robuste serait plus efficace et facile à manipuler.

— Ce n'est pas pour l'ennemi, dit la guerrière. (Elle observa Em pour voir si elle comprenait, puis elle ajouta d'un ton agacé :) Tu ne dois pas te laisser capturer par les Fkeni. Mieux vaut que tu en finisses toi-même, d'une mort rapide.

Puis elle regarda la sage-femme, qui fouillait dans une de ses poches et en sortit un petit couteau effilé.

— J'y veillerai, dit Bruenna. Tu peux compter là-dessus.

La guerrière dit à Emly :

— Garde la flèche. Si l'occasion se présente, tu pourras crever un œil avec.

Ils prirent d'abord l'officier. Personne n'entendit quoi que ce soit.

En dépit de toutes les branches et broussailles sèches que les soldats avaient placées autour de leur abri, malgré leurs oreilles aux aguets, ce fut dans un silence total que les hommes des tribus fkeni capturèrent l'officier dans la nuit et le conduisirent à leur campement. Stern songea après coup que cela avait dû se produire au moment où quelques pierres étaient tombées de la falaise au-dessus d'eux. Ils avaient tous sursauté, juré et grogné avant que le calme ne revienne. Ou, une fois, ils avaient entendu un bruit de bagarre puis senti l'odeur forte d'une renarde efflanquée qui courait le long de leur ligne de broussailles. Ou bien l'imbécile s'était peut-être éloigné pour pisser. Ce n'était pas à exclure, vu l'individu.

Quoi qu'il en soit, ils se rendirent compte de la disparition de l'officier seulement quand Quora lui posa une question et n'obtint pas de réponse. Stern siffla : « Monsieur ? » dans l'obscurité. Il ignorait toujours son nom. Seul le silence lui répondit. Benet, Gus et les frères prirent la parole pour confirmer leur présence, mais l'officier avait disparu.

Stern tenta de se convaincre que l'homme avait remonté la piste à la faveur de la nuit dans l'espoir de repérer les feux de camp de l'armée, au loin. Cette illusion dura jusqu'à ce que les premiers cris leur parviennent, portés par la brise, glaçant leur corps et leur esprit. Ce furent d'abord des hurlements de terreur, d'incrédulité par rapport à ce qu'on s'apprêtait à lui faire subir. Puis ils montèrent dans les aigus et traduisirent le désespoir le plus profond lorsqu'ils devinrent des lamentations folles.

— Nous devons aller le chercher, déclara le jeune Farren Cordover, la voix tremblant de peur.

D'après son intonation, sa phrase ressemblait presque à une question.

— Oui, il le faut, intervint son frère Cam, l'aîné des deux. C'est l'un des nôtres.

— On ne peut rien faire, répliqua Stern. C'est pour cette raison qu'ils agissent ainsi. Pour nous attirer. Et, dans ce noir de four, on ne ferait pas trois pas qu'ils nous tomberaient dessus. Ils nous infligeraient le même traitement.

Les cris s'intensifièrent. Stern résista à l'envie de plaquer les mains sur ses oreilles. Ils distinguèrent des mots :

— Au secours ! Aidez-moi ! Dieux, aidez-moi !

— On ne peut rien faire, répéta Stern d'une voix forte, couvrant momentanément les cris, du moins à ses oreilles. Quora ?

— Oui.

Sa voix était ferme.

— Va parler aux femmes.

Il entendit sa camarade se rendre à l'arrière de leur abri. Sans comprendre ce qu'elle disait, il perçut son ton rassurant et calme, et les réponses angoissées que la gamine donnait d'une voix aiguë. La sage-femme demeurait silencieuse. La femme enceinte était-elle morte ? Il demanderait à Quora à son retour.

— Pas encore, dit-elle en s'asseyant près de lui. (Puis, avec une pointe de fierté, elle ajouta :) C'est une femme de la Cité. Elle est forte.

À mesure que la nuit s'épaississait, les guerriers continuèrent à discuter pour détourner leur attention des bruits horribles qui leur parvenaient, mais leurs conversations finissaient toujours par connaître un temps mort, tant le groupe était terrifié. Enfin, les nuages laissèrent apparaître une mince lune. Ils purent voir le visage de chacun, émacié et apeuré. Stern supposa qu'il avait dû somnoler quelque temps, car il entendit la fille crier. Tout à coup, le campement s'agita.

Les Fkeni surgirent de la nuit en criant, les pans de leurs robes noires battant comme les ailes des dieux de la mort. Ils avaient noirci leur visage avec de la suie et, comme l'exigeait leur tradition, peint des taches blanches représentant des yeux au-dessus de leurs propres yeux, pour déconcerter l'ennemi. Ils étaient armés de faux maculées du sang d'anciennes victimes.

Mais les soldats de la Cité ne se laissèrent pas impressionner. Prêts pour cette attaque, ils étaient soulagés qu'elle ait enfin lieu. Ils levèrent les pointes de leurs lances, qui étaient à terre à portée de main, et, d'un coup de botte, les redressèrent brusquement, empalant quelques-uns des premiers adversaires sur leur extrémité affûtée.

Les Piquiers n'étaient que six, et ils devaient affronter une vingtaine de Fkeni armés de longs couteaux incurvés semblables à des faux, tous animés du désir ardent de défendre leur cause contre les étrangers, galvanisés par les heures qu'ils venaient de passer à torturer un homme. Toutefois, les soldats de la Cité portaient une armure solide et combattaient depuis des années – depuis plus d'une décennie pour quatre d'entre eux. Ils étaient excellents dans leur domaine.

Stern ne prit pas le temps d'apprécier l'agonie de son ennemi lorsqu'il l'embrocha sur sa lance. Il arracha son arme du corps puis l'enfonça dans un deuxième Fkeni, l'atteignant à la gorge puis à la colonne. Stern dégaina son épée et assena un coup à un homme qui fondait sur lui, sur sa droite. Son adversaire tomba à la renverse ; Stern retira sa lance de la gorge du Fkeni et s'en servit pour parer un coup de faux sur sa gauche. Quora protégeait son flanc droit. Après qu'il eut tué l'homme, il jeta un bref regard à la ronde. Quora s'était déplacée sur sa propre gauche pour combler un trou dans leur rang et empêcher les hommes des tribus d'atteindre les trois femmes. Un trou dans leur rang…

Les Piquiers luttaient dans un silence concentré, seulement troublé de soupirs et de grognements. Les Fkeni ne cessaient de crier aussi bien en attaquant qu'en mourant. Tout à coup, un ordre fut aboyé et les assaillants se retirèrent dans la nuit. Le calme enveloppa de nouveau les guerriers de la Cité, comme s'il n'avait jamais été perturbé.

— Maintenez votre position ! cria Stern, de crainte que la fureur de la bataille n'incite l'un de ses soldats à les pourchasser.

Il leur ordonna à tous de battre en retraite derrière la carcasse du poney, puis fit l'appel et évalua les blessures. Grey Gus avait une méchante plaie à l'épaule. Il ne pouvait plus se servir de son bras droit. Mais il était gaucher, et sa blessure ne l'empêcherait pas de se défendre. Benet avait une blessure peu profonde sur le torse, dont il s'occupait lui-même. Quora et Cam Cordover étaient presque indemnes.

Mais Farren Cordover avait disparu.

— Quelqu'un l'a-t-il vu partir ? leur demanda Stern.

— Partir ? répéta son frère, paniqué. Croyez-vous qu'il se soit enfui ? Ce sont ces chiens galeux qui l'ont enlevé ! Je vais le chercher.

Un bruit étouffé de lutte troubla la nuit quand Benet saisit le jeune homme. Stern lui dit :

— Non, je ne crois pas qu'il se soit enfui, soldat, mais, si tu te lances à ses trousses, tu cours droit vers la mort.

— Je ne peux pas l'abandonner ! s'écria le jeune homme, le désespoir perçant dans sa voix. Jamais je…

— Souviens-toi de la raison pour laquelle nous sommes là, gronda Stern. Nous tenons notre position, nous défendons, nous protégeons, jusqu'à demain matin. (Il leva les yeux.) Fixe !

Les autres, qui observaient l'échange, détournèrent le regard et reprirent leur position.

— Écoute, dit Stern à Cam. Écoute-moi bien, soldat ! aboya-t-il à l'intention du jeune homme qui ne cessait de regarder furtivement vers les ténèbres, comme prêt à détaler.

Cam hocha la tête, les yeux partant toujours à droite et à gauche.

Stern baissa la voix et poursuivit, sur le ton de la confidence :

— S'ils ont enlevé ton frère, ils ne le tortureront pas tant que l'officier sera vivant. C'est leur coutume. Un à la fois. Ça attise la peur chez l'autre prisonnier. Tu comprends ? (Il attendit que Cam acquiesce, la respiration moins haletante.) L'aube va bientôt se lever. Nous aurons plus de chances à ce moment-là.

Il se détourna, regarda brièvement Gus dans les yeux et secoua discrètement la tête. Le vétéran connaissait la musique mieux que la plupart d'entre eux : ce n'était pas la première fois qu'il livrait bataille contre des Fkeni. Il savait que les propos destinés à Cam étaient vagues, et il n'avait pas besoin qu'on en débatte avec lui. Il ne comptait pas abandonner la relative sécurité de la falaise pour aller secourir le soldat, pas plus qu'il ne l'avait fait pour l'officier. On leur avait donné l'ordre de protéger les femmes. Ils s'acquitteraient de cette tâche avant de songer à se sauver eux-mêmes. Toutefois, il avait conscience que leur seul espoir désormais était que l'armée se rende compte de leur disparition, et que certains se portent volontaires pour venir les chercher. Ce qui était peu probable.

Chapitre 19

Ses souvenirs d'enfance étaient comme des feuilles mortes soulevées par les vents d'une tempête. Il y avait le grondement constant de la peur, tel le tonnerre, avec parfois des éclairs de douleur et d'inquiétude. Emly avait passé le plus clair de sa jeune existence à se cacher, d'abord chez elle – où que ce fût –, puis dans les Halls, où elle apprit que le silence était une vertu. Depuis, elle avait remarqué que c'était une denrée précieuse parmi les hommes et les femmes, son prix reflétant sa rareté. Dans le silence, on trouvait le calme, et, d'une certaine façon, la satisfaction.

Elle écouta la conversation des Piquiers qui s'étaient réunis dans l'obscurité naissante, la peur de chacun des soldats déclenchant l'inquiétude chez les autres. Ils ne pouvaient s'empêcher d'évoquer la torture subie par l'homme qui avait été capturé. Les mots leur échappaient comme si les prononcer soulageait leur propre terreur. La phrase que Stern répétait sans cesse – « On ne peut rien faire » – était censée les apaiser, même Em en avait conscience, mais ils ne pouvaient se retenir de parler, comme si vomir les mots leur permettait d'expulser leurs craintes et leur souffrance.

Le silence. Voilà la seule solution, songea Emly. *Dans le silence, je m'élèverai au-dessus de la terreur, vers un lieu où il n'y a que moi, où la peur n'existe pas, car la peur vit chez les autres.*

Une flèche frappa avec un bruit sourd la paroi rocheuse au-dessus de sa tête. Le projectile rebondit et, au passage, fit pleuvoir des cailloux sur les femmes. Em se leva d'un bond en hurlant un avertissement, mais les guerriers étaient déjà debout. Les Fkeni les attaquaient dans la nuit. Ils semblaient être des centaines. Ils devaient contourner le poney mort, ce qui laissa aux guerriers de la Cité une petite longueur d'avance. Certains Fkeni s'échouèrent sur les lances, leurs cris de guerre devenant des cris d'agonie.

Em regarda la flèche brisée qu'elle tenait fermement dans son poing et la jeta.

— Passe-moi ton couteau, dit-elle à Bruenna.

La sage-femme refusa de la tête d'un air résolu, le teint pâle. Elle n'avait pas à se justifier : elle l'utiliserait pour trancher la gorge de Maura et la sienne plutôt que de le donner à Emly.

La jeune fille regarda à gauche de la ligne, près d'elle, où Quora avait transpercé le torse d'un Fkeni à l'aide d'une lance et s'apprêtait à affronter le suivant. Le blessé avançait en rampant, à présent derrière la ligne, une lame incurvée dans sa main ensanglantée. Em s'élança et, de son pied botté, écrasa la main de l'ennemi aussi fort que possible et sentit les os craquer. Elle allait lui arracher le couteau des doigts quand un ordre fusa. Les Fkeni disparurent une deuxième fois, abandonnant leurs morts et leurs mourants. Stern rejoignit le Fkeni à la main broyée et l'égorgea. Il regarda Emly d'un œil noir, comme s'il se demandait ce qu'elle faisait, et ramassa la dague.

Em reprit sa place auprès de Bruenna, envahie d'un sentiment d'inutilité. La façon dont l'ennemi surgissait dans le noir puis disparaissait en un clin d'œil la terrifiait. Ils paraissaient narguer les soldats. Son ventre se tordit de peur lorsqu'elle pensa à la façon dont la nuit risquait de finir.

— Ça s'est bien passé, dit Stern en élevant la voix pour être entendu des femmes. Nous avons tué trois d'entre eux et nous n'avons pas subi de pertes. À présent, il y a des chances qu'ils attendent l'aube pour nous attaquer en masse. N'oubliez pas qu'ils tenteront de vous capturer vivants, ce qui nous donnera un gros avantage.

Em se leva.

— Il me faut une arme, déclara-t-elle d'un ton résolu en s'avançant vers les soldats. Quelque chose de mieux qu'une flèche brisée.

— Tiens, prends ça.

Quora lui tendit son couteau personnel, une longue lame affûtée comme un rasoir.

— Non, reprends-le, ordonna Stern. (Puis il expliqua à Quora :) Il te sera plus utile à toi qu'à elle.

— Vous ne pouvez pas nous laisser désarmées, protesta Em en plongeant son regard dans les yeux bleu foncé de l'homme. Donnez-moi un bon couteau, et je me charge de protéger Bruenna et Maura.

La fermeté de son ton la surprit elle-même. Elle observa le soldat sans ciller.

Stern parut étonné. Il hésita.

— Je ne me laisserai pas capturer, lui promit-elle avec assurance, et je veillerai à ce que les autres ne le soient pas non plus. Faites-moi confiance. Donnez-moi un couteau.

Stern haussa les épaules et lui passa la dague qu'il avait prise au Fkeni, mais Quora s'interposa, prit l'arme pour elle-même et donna son couteau à Em. Elle regarda Stern, qui acquiesça sans rien dire.

Emly examina le couteau de la guerrière dans le clair de lune. Pourvu d'une gouttière, il était aussi long que son avant-bras. Elle regarda les deux soldats et parvint à esquisser un sourire, contente de voir qu'ils lui faisaient confiance.

— Il est magnifique, dit-elle.

Des inscriptions étaient gravées sur la lame. Em commençait tout juste à apprendre à lire, mais elle était presque certaine que ces mots n'étaient pas rédigés dans la langue de la Cité. Ils lui semblaient anciens, et lui évoquaient une terre lointaine.

Dans son dos, elle entendit un gémissement suivi d'un râle. Elle se retourna et vit Bruenna penchée sur Maura, vérifiant sa respiration. La sage-femme finit par se redresser et secoua la tête.

— Elle est morte, annonça-t-elle.

— Quel gâchis, cracha l'un des soldats.

Em se demanda s'il parlait du gâchis de la vie, de celle de Maura et de son bébé à naître, ou de leur propre existence, sacrifiée pour une cause perdue.

Elle se laissa choir auprès de Maura. Celle-ci avait le visage détendu, toute trace de peur disparue. Ce n'était qu'une jeune fille, à peine plus âgée qu'Em, chez qui l'étincelle de vie venait de s'éteindre.

Bruenna posa la tête sur le ventre du cadavre et ferma les yeux. Un long moment s'écoula. Em la contempla, surprise de voir que la sage-femme n'abandonnait pas.

— Il est vivant, déclara cette dernière d'une voix sonore en s'emparant du petit couteau.

Stern donna sèchement un ordre à ses camarades, puis Quora et lui s'approchèrent pour observer la scène.

Bruenna arracha la robe en haillons de la jeune fille morte et, d'un geste expert, lui incisa le ventre. Du sang perla, mais ne coula pas. Em se dit qu'elle ne devait pas voir grand-chose dans cette faible lumière, et regrettait qu'ils n'aient pas de feu. Elle leva les yeux vers le ciel : des nuages s'apprêtaient à cacher la lune.

Quora l'avait remarqué, elle aussi.

— Nous allons bientôt manquer de lumière, constata-t-elle.

Bruenna avait dû se fier à sa mémoire et à son expérience, car elle n'y voyait forcément rien. Pourtant, tout à coup, elle s'assit en arrière et Em distingua quelque chose entre ses mains. Le corps du bébé luisait légèrement dans la nuit. Bruenna le secoua doucement. Il se mit à vagir.

— Il y a un châle dans ce sac, dit la sage-femme à Emly, qui alla aussitôt le chercher.

Elle le tendit à Bruenna. La sage-femme se hâta d'envelopper le bébé et le fourra dans les bras d'Em. Quand elle sentit son corps minuscule s'agiter faiblement contre elle, les larmes lui montèrent aux yeux.

D'un geste brusque, Bruenna pinça le cordon et le coupa.

— Vivra-t-il ? s'enquit Emly.

— Les bébés sont résistants, répondit la sage-femme en nettoyant autour du corps de Maura. Ils n'ont qu'une chose à faire : rester en vie. C'est ce à quoi ils sont bons. Mais il faut lui donner du lait.

Stern émit un grognement de satisfaction. Quora et lui retournèrent à leur poste de surveillance.

— C'est un garçon, lança Bruenna dans leur dos.

Ils entendirent la nouvelle et la firent passer à leurs camarades.

Em serra le bébé chaud contre elle. Apaisée, elle se concentra sur les petits battements de son cœur. Une fois de plus, ses yeux s'embuèrent de larmes. Elle se réprimanda sévèrement : pleurer n'aiderait pas ce bout de chou. De son couteau et de sa détermination dépendrait sa survie. Elle se promit qu'elle mourrait avant le bébé. Elle trouva un certain réconfort dans cette pensée et attendit l'aube.

Le ciel était d'un bleu foncé. Elle parvenait tout juste à distinguer la silhouette des montagnes qui se dressaient au loin quand les Fkeni redonnèrent l'assaut. Stern avait raison, ils étaient plus nombreux cette fois – bien trop pour quelques soldats.

Emly resserra les pans du châle autour du nouveau-né et le déposa au fond de l'abri. Elle regarda Bruenna, qui lui adressa un signe de tête. La sage-femme tenait son petit couteau effilé à la main.

Emly observa les combats d'un œil anxieux, essayant de se souvenir des gestes des soldats. Une entreprise vaine. De son point de vue surélevé, derrière la ligne de défenseurs, elle ne distinguait qu'une mêlée frénétique dans laquelle résonnaient le choc du métal et les cris de douleur. Les guerriers de la Cité abattaient leurs armes sur tout ce qui bougeait. Les hommes des tribus, eux, ne comptaient que sur leur nombre pour les écraser. Il semblait n'y avoir aucun savoir-faire, aucun art dans leurs gestes, contrairement aux combats à l'épée dont elle avait été témoin dans le Hall des Empereurs. À l'époque, terrifiée, elle avait regardé Evan affronter des guerriers les uns après les autres, dans l'escalier rouge. Dans le cas présent, la seule leçon à retenir était de frapper son ennemi jusqu'à le blesser grièvement ou le voir tomber raide mort. *J'en suis capable*, se dit-elle. Elle serrait si fort le long couteau dans sa main qu'elle en eut une crampe.

Puis son tour arriva. Un Fkeni blessé profita d'une brèche momentanée entre deux soldats pour s'y engouffrer et s'élancer vers les femmes, brandissant sa dague. Em bondit vers lui et esquiva le coup qu'il lui porta en visant sa poitrine. Elle se tordit et planta son couteau dans son flanc, au-dessus de la hanche. La lame s'enfonça peu profondément et parut coincée. Em tira péniblement sur le manche en le faisant tourner. L'homme tomba sur un genou, mais continua à progresser vers Bruenna. La sage-femme posta son corps imposant devant le bébé et, avec son couteau, entailla le visage de son adversaire. Em plongea son couteau dans le cou du Fkeni. Il s'effondra, du sang s'écoulant de la plaie d'abord à gros bouillons, puis en un mince filet. Haletante, Em le regarda fixement, terrifiée à l'idée qu'il puisse se relever.

— Il est mort, dit Bruenna.

Em retourna vers la bataille. Gus, le vieux guerrier, luttait contre deux Fkeni. Elle courut le rejoindre pour l'aider. Avant qu'elle n'arrive à sa hauteur, Gus avait déjà égorgé l'un des deux. L'autre hurla son cri de bataille et assena un coup de faux à Gus, qui s'écarta sur le côté. La lame incurvée l'atteignit tout de même à l'épaule. Il tomba. Avec grâce et agilité, le Fkeni abaissa son arme pour porter un coup à la tête de Gus. Emly ramassa une lance à terre, se précipita sur l'ennemi et la lui jeta dans le dos. La frappe était faible et la pointe se ficha dans le tissu de sa robe, mais le mouvement de la faux fut dévié, et celle-ci se planta dans le sol. Il sortit un couteau, trop tard. Gus s'était relevé : il éventra l'homme. Le vétéran jeta un rapide coup d'œil à Em, hocha la tête, et s'attaqua au suivant.

Puis, par-delà les cris et les hurlements, Em perçut un grondement de plus en plus fort, semblable aux roulements du tonnerre. Tout à coup, l'air s'obscurcit, obstrué par des nuages tourbillonnants de poussière. L'étroit défilé se retrouva envahi de chevaux et de cavaliers. La cavalerie ! La cavalerie de la Cité ! Em se mit à trembler de manière incontrôlable. Elle chercha fiévreusement Evan, mais ne reconnut personne parmi les nouveaux arrivants.

Un combattant fkeni parvint à échapper à ses adversaires et s'élança vers Em. Celle-ci tenait le long couteau devant elle, toujours tremblante. L'homme en robe noire le lui fit lâcher d'un coup de sa faux et voulut empoigner la jeune fille. Elle s'écarta, terrifiée, et se jeta sur le corps du bébé. À cet instant, l'enfant émit un pleurnichement de faim. Le Fkeni l'entendit et sourit à Em. Il s'avança, faux brandie.

Un homme roux imposant, éclaboussé de sang, gigantesque comparé aux hommes des tribus vêtus de noir, surgit de la mêlée. En deux grandes enjambées, il fut sur le Fkeni, qu'il décapita à moitié en lui assenant un puissant coup d'épée. Du sang gicla ; le corps s'effondra dans la poussière. Le colosse hocha la tête calmement à l'intention d'Emly, puis fit volte-face et para un coup d'épée par-derrière. Il plongea sa lame dans le ventre de l'assaillant, qui tomba en hurlant.

La bataille inégale fut bientôt achevée. Tous les Fkeni furent tués. Affaiblie par la peur, Emly s'attendait à les voir se relever. Des Piquiers, seuls Stern et Quora tenaient encore debout. Le jeune homme dont le frère avait été capturé était mort, ainsi que le vieux Gus. L'autre soldat, celui qui n'y voyait rien, était blessé. Stern s'occupait de lui. Sa blessure au bras devait le faire beaucoup souffrir, mais d'après sa maigre expérience Emly estima qu'elle ne serait pas mortelle.

Écoutant les soldats parler, elle apprit que leurs sauveteurs, partis en éclaireurs loin à l'ouest, chevauchaient initialement à bride abattue pour rejoindre l'armée. Attirés par les hurlements de l'officier torturé, ils avaient découvert le campement fkeni. Ils avaient massacré les femmes, qui chacune à leur tour s'en prenaient à la victime, pour achever ensuite le pauvre officier et libérer l'autre soldat de la Cité qui, hormis quelques ecchymoses, était indemne. Enfin, ils avaient remonté la piste des hommes des tribus.

Le soleil était levé depuis un moment quand Em aida Bruenna à enfourcher un poney fkeni. Elle plaça le nouveau-né endormi dans les bras de la sage-femme. Lasse, elle grimpa à son tour sur une autre monture. Les chevaux tournaient autour d'elle. Les cavaliers étaient encore enivrés par la sanglante et rapide bataille qu'ils venaient de remporter, mais Em était épuisée par cette nuit épouvantable.

— Tu vas bien, petite ? demanda une voix grave.

Elle se tourna et vit que c'était le colosse qui lui avait sauvé la vie. Elle parvint à lui sourire. Sa barbe et ses cheveux d'un roux grisonnant étaient tressés à la manière des hommes du Nord, mais il était vêtu comme un mercenaire, les pièces de son uniforme volées à divers régiments.

— Merci, monsieur, répliqua-t-elle d'un ton formel.

Il lui sourit.

— Tu as l'air éreintée. Tu sais monter à cheval ?

Pour toute réponse, elle talonna le poney, qui avança dans le défilé. L'homme chevaucha à ses côtés, présence forte et rassurante. Le balancement du poney, l'air frais sur son visage lui redonnèrent du baume au cœur. Elle avait survécu à cette nuit, et elle allait revoir Evan.

Elle se tourna vers l'homme du Nord.

— Je m'appelle Emly.

C'était le moins qu'elle pouvait faire, pour quelqu'un qui lui avait redonné la vie.

— Emly ? (Il fronça ses épais sourcils.) N'aurais-tu pas un frère appelé Elija, qui vit dans le palais, sur les hauteurs, et qui a une impératrice pour servante ?

Elle rit.

— Si, en effet. Pourquoi, vous le connaissez ?

— Oui, petite. J'étais content d'apprendre qu'il était toujours en vie. Lui et moi avons vécu de grandes aventures. (Il ébaucha un salut et, avec un large sourire, ajouta :) On m'appelle Stalker.

Chapitre 20

Casmir, autrefois surnommé le Loup, désormais prisonnier spécial numéro sept, gisait sur le sol de terre battue de sa cellule et priait les dieux de la mort afin qu'ils mettent un terme à ses souffrances. Jusqu'à présent, ils avaient fait la sourde oreille.

Enfant, il s'était cassé les deux jambes. Ce n'était pas sa faute, mais celle de son père, qui avait lâché le garçonnet du balcon du deuxième étage pour le punir d'une bêtise puérile : avoir brisé une vitre ou mis le feu à un chat. Casmir avait également prié, à l'époque, sans que cela soit suivi d'effet. Toutefois, après avoir rassemblé ses maigres économies, sa mère l'avait conduit chez un chirurgien, qui avait réduit les fractures et posé des attelles. Peu de temps après, ses jambes étaient guéries. Tandis qu'il était allongé dans sa cellule des Cachots de Gath, l'une des nombreuses craintes de Casmir était que les os de ses jambes ne se ressoudent sans avoir été remis en place, ce qui lui laisserait le choix, s'il était libéré un jour, entre se traîner dans la Cité en mendiant et mettre lui-même un terme à son existence.

En tant qu'ancien agent de Rafael Vincerus, on lui avait souvent demandé de se débarrasser de l'un des ennemis du seigneur. En général, les victimes priaient les dieux de la mort pour une fin rapide, et il avait toujours veillé à exaucer leur souhait. Peut-être était-ce la raison pour laquelle ces divinités perverses refusaient de l'écouter, à présent, car dans le passé il les avait privées de nombre de morts longues et douloureuses. Quelle ironie, songeait-il.

Les sévices qu'on lui avait infligés depuis sa capture étaient insupportables, pourtant il les avait endurés. C'était typiquement le genre d'expérience qui faisait perdre la raison à un homme, mais il n'avait pas sombré. Il avait dit à ses bourreaux tout ce qu'ils voulaient savoir sur sa visite à la Maison de Verre, où il devait tuer le vieux Bart. Il avait aussi évoqué ses autres missions. Devant leur insatisfaction, il s'était mis à inventer des histoires. Pour finir, il avait avoué avoir tué un dragon qui, en flammes, avait émergé des égouts, puis avoir présenté sa tête à l'impératrice.

Lorsqu'ils étaient revenus le chercher, il avait crié, les avait suppliés. Il savait que cela ne servirait à rien, mais il n'avait pu s'en empêcher. On le mettrait debout sur ses pieds, et ses os se casseraient de nouveau.

Cette fois, ce fut différent. Les gardes apportèrent une civière qu'ils déposèrent sur le sol, à côté de lui. Puis, presque avec délicatesse, ils le posèrent dessus. Ils le transportèrent ensuite, à la lueur des torches, pour un long trajet souterrain. Souffrant toujours, il s'évanouit quelques fois avec bonheur. Mais, comme d'habitude, sa curiosité l'emporta, et il se mit à observer avec intérêt le paysage qu'il voyait de sa civière, à mesure que l'obscurité faisait place à la lumière. Enfin, ils parvinrent à une salle de pierre dans laquelle on le déposa avant de sortir des cordes et des lanières. Aussitôt, les craintes de Casmir resurgirent. Qu'allaient-ils lui faire ? Ils se contentèrent toutefois de le ligoter sur la civière, puis ils gravirent une série d'escaliers.

Lorsqu'ils sortirent enfin au grand jour, les larmes de Casmir n'étaient pas seulement dues à la luminosité ambiante. La dernière fois qu'on l'avait emmené à l'extérieur, c'était pour le soumettre à un bref procès. Allait-on lui en faire subir un autre, ou bien l'exécuter ? Les mises à mort impériales, aussi variées qu'horribles, envahirent son esprit comme une nuée de vieilles chauves-souris.

On le posa à terre. Une voix sèche aboya :

— Pas sur le tapis, bande d'imbéciles !

On déplaça sa civière. Il ouvrit son œil valide et, ébloui, regarda autour de lui. Il avisa les traits brutaux de ses gardiens puis, à l'envers, le visage pâle d'une femme. Elle le contourna afin qu'il la voie mieux. Elle était âgée, avait une longue chevelure blanche, et portait une robe blanche et un châle bleu. Il reconnut la femme qui avait présidé à son procès, et se rendit compte que c'était l'impératrice. Son cœur fatigué se mit à tambouriner dans sa poitrine. Malgré la douleur, la confusion et la peur qui l'habitaient, il se prépara à dire exactement ce qu'elle voulait entendre.

D'un geste, elle congédia les gardiens. Un petit tabouret fut placé près de sa civière. L'impératrice s'y installa et se pencha vers lui.

— Sais-tu qui je suis ? demanda-t-elle, la tête inclinée, détaillant son visage meurtri.

Il tenta de parler, mais sa mâchoire brisée avait enflé. Il essaya de soulever la tête pour acquiescer, mais n'en eut pas la force.

— Sais-tu qui je suis ? répéta l'impératrice.

Pendant un instant, il sentit sa peau douce effleurer sa mâchoire dévastée. Un éclair froid illumina alors son esprit. Les souvenirs figés de sa cellule noire et étouffante, de la douleur et du sang, furent remplacés par un grand vide plein de lumière et d'ennui. Dans une succession d'images, il vit une petite fille blonde au visage poupin sourire et tendre les bras vers lui, puis un croissant de lune – l'ancienne lune d'un monde fatigué –, et une croix sur une colline hantée par les corbeaux. Il sentit le parfum écœurant du jasmin.

La douleur s'effaça de ses traits. Il ouvrit son œil valide. Les nuages qui lui obstruaient la vue se dispersaient. Il y voyait aussi bien qu'avant. La femme était en réalité bien plus âgée qu'il ne l'avait d'abord cru. Il ouvrit la bouche pour lui répondre, désireux de lui faire plaisir, mais sa bouche était comme emplie de cendres.

— De l'eau, dit-elle, comme si elle lisait dans ses pensées.

Une main porta un gobelet à ses lèvres, et une autre lui souleva la tête avec précaution. Il but l'eau pure comme si c'était la dernière fois qu'on lui en offrait.

— Sais-tu qui je suis ? demanda-t-elle pour la troisième fois.

Il déglutit et répondit d'une voix râpeuse :

— Oui, ma dame.

Elle sourit. Son visage rajeunit. Il se rendit compte qu'elle était belle.

— Tu te nommes Casmir, n'est-ce pas ?

— Oui, ma dame.

— Et tu travaillais pour Rafael Vincerus ?

— Oui.

— Il t'a donné l'ordre de te rendre dans la Maison de Verre, allée du Canard Bleu, pour y tuer le vieux Bartellus ?

— Oui.

— À ton avis, pourquoi sa fille Emly ne t'a-t-elle pas reconnu lors de ton procès ?

Il pensa de nouveau à la stupeur et à la pitié qu'il avait décelées dans le regard de la jeune fille.

— Parce qu'elle a bon cœur, dit-il à Archange.

L'impératrice se redressa, visiblement satisfaite.

— En effet. Et ce n'est pas la première fois que son bon cœur la met en grand danger.

Il attendit. Que voulait-elle de lui ? Il n'avait rien à lui offrir.

— Emly a été enlevée, expliqua l'impératrice. Je veux qu'elle revienne au Palais Blanc, où elle est en sécurité. Je crois qu'elle a été emmenée par un soldat, et que tous deux voyagent avec l'armée de Khan. Retrouver les renégats était autrefois ta spécialité, paraît-il. De même, j'ai entendu dire que tu étais fidèle, ingénieux, et surtout discret.

L'espoir, ce gobelin sournois, lui souffla quelque chose depuis les recoins de son esprit, mais il tenta de l'ignorer. Il voulait à tout prix plaire à l'impératrice, sans pouvoir s'empêcher de parler avec franchise.

— Le général Marcus Rae Khan vous les livrera bien plus rapidement que je ne le pourrai.

Les yeux noirs de la femme renvoyèrent un éclat de fureur.

— Remets-tu en question mes propos ?

— Non, ma dame. Mais il faudra du temps pour que mes jambes guérissent, dit-il avec honnêteté, et du temps pour rattraper l'armée. Il y a des milliers d'hommes qui sont mieux équipés que moi pour cette mission.

Elle se pencha une fois de plus et lui toucha les jambes, s'arrêtant sur l'une, puis sur l'autre. Une douleur indescriptible le saisit quand il eut l'impression que ses os à demi ressoudés se fracturaient de nouveau. Il eut encore cette sensation de vide glacial, et la douleur diminua. Des images d'incendies et d'arbres calcinés envahirent ses pensées. Des calèches s'élevant dans le ciel. Un bébé niché contre un sein. Il sentit des larmes rouler sur ses joues et détourna le regard des yeux noirs de la femme.

Le temps passa. Rien ne semblait se produire. Il rouvrit l'œil. Elle l'observait toujours. Il essaya de s'asseoir et constata, stupéfait, qu'il en était capable malgré sa faiblesse. Il était entier. Il se demanda s'il rêvait, ou s'il faisait un cauchemar dans lequel il redeviendrait tout à coup estropié avant de mourir de douleur. On lui donna encore à boire. Il s'émerveilla de cette eau qui lui rafraîchissait les membres, les renforçait.

Il balaya les lieux du regard. Les seules personnes présentes étaient deux guerriers des Mille, immobiles comme des statues, leur casque intégral fermé.

Il demanda à l'impératrice, adoptant le ton des affaires et s'efforçant d'oublier son corps et ses haillons crasseux :

— Et le soldat ? Dois-je le tuer ?

— Bien entendu.

— Et vous apporter sa tête comme preuve ?

— Ce n'est pas sa tête, que je veux, répliqua l'impératrice. Contente-toi de m'apporter son surcot.

— Evan ?

— Hmmm.

— Apprends-moi à me battre à l'épée. S'il te plaît.

— Non.

Emly roula dans l'herbe sèche et piquante et se hissa sur la poitrine nue d'Evan.

— S'il te plaît.

Elle le regarda en battant de ses longs cils noirs. Il sourit.

— Tu es trop petite pour manier une épée, mais je te montrerai comment te servir du couteau que Quora t'a donné. C'est un beau cadeau. Tu dois l'utiliser avec précaution. Tu pourrais étriper un homme en un clin d'œil, avec.

Elle sourit, satisfaite de ses propos, mais doutant de ses capacités d'apprentissage.

Les yeux rivés au ciel, Evan ajouta :

— Ce n'est pas parce que tu voyages avec une armée que ça fait de toi une guerrière.

Cinq jours s'étaient écoulés depuis le cauchemar qu'elle avait vécu dans le col montagneux. Evan et Chancey étaient encore loin quand Em avait rejoint le sein de l'armée. À leur retour, le lendemain matin, lorsqu'ils avaient appris ce qu'elle avait enduré, elle n'en avait pas fait grand cas. « Stern et ses soldats m'ont protégée », avait-elle dit à Evan. Il avait hoché la tête, comme si c'était ce à quoi il s'attendait. Puis elle lui avait parlé de Stalker. Connaissant ce nom, il s'était immédiatement lancé à la recherche de l'homme du Nord.

À présent, il était étendu dans les hautes herbes d'une vallée ensoleillée, à une demi-lieue de la route empruntée par l'armée. Patience, non loin, somnolait. Le soleil dardait ses rayons sur eux, et les criquets stridulaient dans l'air immobile de l'après-midi.

Em se souvint de la nuit qu'ils avaient passée ensemble au-dessus de l'échoppe du boulanger, la veille du Jour des Offrandes. L'Evan Broglanh de l'époque n'était qu'un simple soldat, même s'il avait tenu un rôle majeur dans l'insurrection. Il était alors fidèle à Archange, et sa mission était claire. Les choses étaient plus compliquées désormais. Son objectif ne le rendait pas heureux, bien qu'il le poursuivît avec une détermination sans faille.

Toutefois, il était pour le moment de bonne humeur, et elle tenait à en profiter.

— Il faut que tu me dises pourquoi nous fuyons Archange alors qu'elle ne m'a offert que sa gentillesse, dit-elle.

Il leva les yeux vers elle, des yeux gris comme une mer d'été, les cils blancs dans la lumière du soleil.

— Je pense que l'impératrice t'apprécie, à sa manière, mais elle te veut au palais pour une autre raison.

Emly attendit : elle était bien placée pour savoir utiliser le silence. Evan finit par poursuivre :

— Tu te souviens de ce qu'elle nous a dit, après la bataille au Palais Rouge, à propos du Voile du Gulon.

D'après Archange, ce voile avait de grands pouvoirs, mais aux yeux d'Em ce n'était qu'un accessoire banal trouvé dans les égouts par son père, Bartellus, qui le lui avait donné. Il était fait d'un tissu très fin, léger comme une plume, mais aussi résistant que le cœur d'un guerrier. Em l'avait emporté au Palais Blanc. Il avait ensuite disparu, car d'après l'impératrice il avait trop de valeur pour qu'elle le porte.

— Il te revient, puisque c'est toi qui l'as trouvé, admit Evan. Autrefois, le voile était incrusté dans du verre et formait un cocon, nous a expliqué Archange. (Il regarda la jeune fille, qui acquiesça. Elle se rappela le soir qui avait suivi le Jour des Offrandes, quand les guerriers épuisés s'étaient rassemblés autour de Bartellus agonisant.) Ce cocon a été brisé il y a fort longtemps, et le voile n'a désormais qu'un usage limité. Archange comptait exploiter tes talents de maître verrier pour en recréer un. Le voile a toujours un certain pouvoir, mais qui serait décuplé s'il était de nouveau inséré dans un cocon, pour le meilleur ou pour le pire. C'est du moins ce qu'on m'a dit.

— Je l'aurais aidée avec joie.

Il hocha la tête.

— Je sais, et c'est précisément la raison pour laquelle j'ai dû t'enlever. Certaines personnes, qui s'y connaissent mieux que moi, pensent qu'elle veut s'en servir comme l'empereur : à mauvais escient.

— Qui sont ces personnes ? Que voudrait-elle faire avec ?

Comme il ne répondait pas, Emly poursuivit :

— Selon elle, le voile a le pouvoir de rajeunir les vieux et de ressusciter les morts.

On lui avait parlé des reflets qui, naguère, arpentaient les couloirs du Palais Rouge. Des cadavres dotés de vie, qui pouvaient revêtir toute forme choisie par l'empereur. Mais elle n'en avait jamais vu.

— L'impératrice n'a pas pu sauver mon père, ajouta-t-elle.

Il soupira.

— Bart était trop grièvement blessé.

— Elle trouvera sûrement un autre maître verrier. Je ne devais pas être la seule dans la Cité.

— Non, il n'y en a pas d'autres. Les anciens sont morts, et il n'y a pas d'apprentis puisque tous les jeunes ont été enrôlés dans l'armée. Les artistes sont rares. Pas de peintres, pas de sculpteurs, pas de poètes. Uniquement des soldats. Elle finira par trouver quelqu'un, peut-être à l'étranger, mais pour le moment elle est coincée. Qui t'a enseigné cet art ?

C'était la première fois qu'il lui posait une question personnelle.

— Un vieil homme de la rue des Départs, répondit-elle en se remémorant l'odeur et la chaleur de l'atelier, et le petit homme aux jambes arquées perpétuellement en colère. Il s'appelait Petronicus. Il était dur, parfois méchant, mais c'était un artiste de talent, et un bon professeur.

Elle caressa distraitement la cicatrice sur l'avant-bras de son amant, où l'on avait retiré grossièrement la vieille marque en S, puis elle s'attarda sur le tatouage des sept étoiles, sur son biceps. *Pourquoi les soldats sont-ils tatoués ?* se demanda-t-elle. Stern avait l'épaule ornée d'un banc de poissons, qui rappelait à Emly l'un des derniers vitraux qu'elle avait créés, avec ses créatures marines. À l'époque, elle menait une vie sans histoires. C'était avant de rencontrer Archange…

— Crois-tu qu'elle soit à notre recherche ? Archange ? s'enquit-elle.

— Tu peux en être sûre. Elle voudra me couper les couilles. (Evan contempla le ciel d'été.) Les fausses pistes que nous avons semées ne tromperont pas longtemps un traqueur aussi rusé que Valerius. Mais demain nous traverserons le Vorago pour arriver à Petrus. Alors nous quitterons l'armée et tu seras en sécurité.

— Où irons-nous ? (Em n'aimait pas l'idée d'abandonner ses nouveaux amis.) N'allons-nous pas participer à la guerre contre les barbares ?

Il secoua la tête.

— C'est n'est pas ta guerre. Ni la mienne. Nous suivrons la côte jusqu'à Arocir, le port petrassi où Chancey aura affrété un navire pour nous.

Chancey était parti à cheval la veille, laissant Merle à Emly et prenant une monture de cavalerie rapide.

— Un navire ! s'écria Emly, ravie de cette perspective.

Elija avait navigué et avait beaucoup à dire sur les plaisirs – et les inconvénients – que cela apportait.

— Qu'est-ce que le Vorago ? demanda-t-elle.

Comme Evan semblait d'humeur communicative, une foule de questions se bousculaient dans son esprit. Sans doute était-ce cela qui avait poussé Pêche et ses collègues à faire commerce de leur corps : les hommes étaient bien plus agréables quand ils avaient pu faire leur petite affaire.

— Le Vorago est une profonde faille qui marque la frontière entre Petrus et les terres tribales. On dit qu'elle fait mille empans de profondeur et qu'elle est restée infranchissable pendant des siècles, mais les Petrassi ont bâti trois gigantesques ponts pour l'enjamber. L'armée les passera demain. Ensuite, elle ira écraser les barbares tandis que nous, nous prendrons la mer.

Emly s'allongea dans le soleil, gardant la main d'Evan sur sa poitrine. Elle ferma les yeux et songea à ce qu'il venait de dire. Puis elle se redressa d'un coup, les sourcils froncés.

— Si tu voulais empêcher l'impératrice d'utiliser le Voile du Gulon, n'aurait-il pas été plus logique de le lui voler, plutôt que de m'enlever, moi ?

— Ah ! je vois que tu as décelé mon subterfuge, répliqua-t-il d'un air grave, le regard sombre. Passe-moi ma veste.

Elle avisa la veste, qui gisait à quelques pas de là, et la tira vers elle. Elle était en cuir, comme son vieux surcot des Chats Sauvages, mais de couleur noire et sentait le neuf, avec une légère odeur de cheval. Le dos et les épaules étaient largement rembourrés.

Evan s'assit et la lui prit des mains. Il défit quelques points de la couture dans la doublure en soie. Il l'écarta un peu et lui montra, cousu à l'intérieur, le Voile du Gulon qui scintillait.

Chapitre 21

Le lendemain, à l'aube, l'armée de Khan, forte de vingt mille soldats, suivie du bataillon de civils, ainsi que d'une poignée de blessés, se trouvait à l'est du Vorago. Ils avaient marché toute la nuit. Les chefs de l'armée, Marcus Rae Khan et en particulier Hayden Tisserand, dont Petrus était la mère patrie, avaient tenu à en être tout proches dès le lendemain matin.

Hayden, ancien général de la dernière armée petrassi à livrer bataille contre la Cité, était désormais investi du rôle ambigu de conseiller, ambassadeur et intermédiaire. À califourchon sur sa monture, il observait d'un œil avide les collines de Petrus enveloppées de brume, à l'ouest. Leur long voyage touchait à sa fin, et bientôt les combats allaient pouvoir commencer.

C'était sa quarantième année de guerre. Quarante ans passés à dormir sur des lits de camp, ou à même le sol ; à manger des rations de combat, à supporter les plaisanteries et les ronchonnements des soldats ; des décennies de souffrance et de résistance, et, toujours, l'espoir qu'un jour il pourrait abandonner cette vie et passer les années qui lui resteraient dans un lieu de paix, aux côtés de son épouse. Anna et leurs trois fils avaient trouvé refuge sur l'île de Chalcos, à de nombreux jours de voile à l'ouest. Il ne l'avait pas vue depuis neuf ans, au cours d'une réunion hâtive juste avant que sa femme n'embarque. Leurs deux fils aînés étaient partis avant, et Anna, son bébé dans les bras, avait l'esprit ailleurs, plus inquiète pour sa progéniture que pour son époux, qui s'apprêtait à repartir à la guerre. Sur le moment, il s'était senti lésé. Depuis, il se sentait triste pour elle, car il savait qu'avec le recul elle maudirait sa désinvolture.

Le pays de Petrus avait été conquis par la Cité plus d'un siècle auparavant. Bien que nés à Petrus, Hayden et son frère avaient été élevés dans les sommets reculés des montagnes de la Lune, habités par des tribus autrefois fières, désormais réduites à quelques réfugiés condamnés à mener une vie d'errance dans des vallées inhospitalières. Près de quarante ans auparavant, les armées de la Cité avaient commencé à quitter Petrus, pour finalement partir pour de bon. Mais les Petrassi durent se battre pour récupérer leurs terres, et luttaient toujours contre des vagues d'envahisseurs qui déferlaient en provenance des pays froids et sinistres, beaucoup plus au nord, attirés par les plaines verdoyantes et les rivières poissonneuses des vallées. Au cours de ces dernières années, une tribu du Nord en particulier avait gagné en puissance et en férocité. C'étaient ces sauvages qu'Hayden, avec le concours de la Cité, était venu affronter.

Lorsqu'ils étaient jeunes, pas encore tout à fait des hommes, Hayden et son frère avaient quitté les montagnes et voyagé jusqu'en Odrysia. Là, ils furent éduqués grâce à Matthus, roi éclairé. Son frère Mason rejoignit l'école militaire odrysienne. Féru d'histoire, il était fasciné par la guerre. Inévitablement, il finit par se rendre à la Cité, nœud du conflit, ce qui provoqua sa perte. Hayden, l'aîné, étudia l'architecture, la philosophie, les mathématiques et l'histoire, mais fut lentement, irrémédiablement, attiré par l'armée.

Même si Hayden avait presque vécu ses soixante-dix années et quelques hors des frontières de son pays natal, il s'était battu pour sa liberté la majeure partie de son existence, et il était à présent ému. Ce jour-là, si Dieu le permettait, il poserait le pied en terre petrassi pour la première fois depuis des décennies, et sa vie serait de nouveau complète. Il essayait de ne pas penser à l'après, à ses retrouvailles avec son épouse et ses enfants. Cette journée-là suffisait.

Sur leurs chevaux, non loin du Virago, Marcus Rae Khan et lui étaient tous deux troublés lorsque la brume se leva et que les vertes collines de Petrus furent en vue. Aucun des éclaireurs envoyés au cours de ces trois derniers jours n'était revenu, et depuis plus de deux semaines ils n'avaient reçu aucune nouvelle de l'armée petrassi, envoyée en avant.

Le paysage alentour prit peu à peu forme. Les deux chefs talonnèrent leurs montures. Des ordres furent criés et l'énorme masse d'hommes et de femmes s'ébranla. Les chevaux s'ébrouaient, secouant leurs rênes ; les soldats se lançaient mutuellement salutations et promesses. Loin derrière eux, on entendait la complainte des bêtes que l'on cajolait ou à qui on donnait de petits coups pour qu'elles se remettent en route. C'était toutefois le vacarme familier de quarante mille bottes martelant le sol qui prédominait.

Entre l'armée et le Vorago se déroulait une plaine aux pentes douces. Les chefs donnèrent un rythme mesuré à la progression de la masse. Ils s'étaient assurés que ceux à l'arrière, le train des bagages et les civils, les avaient rattrapés à la nuit tombée et se soient intégrés au corps principal des hommes et femmes armés. Ils voulaient procéder à la traversée le plus rapidement possible, car il était presque certain que des ennemis attendaient de l'autre côté des ponts. Des ennemis qui avaient eu tout le temps de se préparer.

Les trois ponts, nommés dans la langue de la Cité Pouvoir, Passion et Grandeur, étaient tous suffisamment larges pour que six hommes puissent les traverser de front. Ils avaient été construits cinq siècles auparavant sur ordre du Dieu petrassi pour prouver la volonté de la nation de créer des alliances et des amitiés avec le reste du monde. D'abord érigés avec du bois, puis du fer et de la pierre, ils symbolisaient la croyance d'un peuple, et ce malgré toutes les indications du contraire : que les hommes pouvaient avancer ensemble, pour que tous progressent. Bien entendu, ils pouvaient aussi facilement se défendre s'il fallait en arriver là.

Malgré lui, Hayden força l'allure de son cheval, Rosteval, concentré sur le gouffre et les ponts légendaires qui devraient bientôt apparaître. Il ne les avait encore jamais vus. Rosteval gravit une petite butte dans la plaine peu profonde. Son cavalier se pencha sur son encolure. Il cligna des yeux et scruta les environs. Sa vue était de plus en plus mauvaise. Il fouilla dans sa poche pour en sortir ses lunettes.

Puis il s'effondra sur sa selle, choqué par ce qu'il voyait, frappé par le chagrin et la déception.

Les ponts avaient disparu.

Il entendit les jurons de Marcus, bientôt suivis d'une vague de grognements désespérés, à mesure que la nouvelle se répandait dans les rangs. Ils s'étaient crus près du but. Et maintenant ? Marcus Rae Khan fit avancer son cheval. Hayden le suivit à une allure plus lente. Ils chevauchèrent le long du Vorago et regardèrent en contrebas. Les extrémités en ruine d'un pont pendaient au-dessus de l'abîme vertigineux. Des morceaux de fer tordus saillaient des piliers ; les bords étaient jonchés d'éclats de pierre. Il n'y avait que des falaises rocheuses, et une fine rivière qui s'écoulait loin en contrebas. Pendant un instant, Hayden crut y voir des personnes, mais il battit des paupières et se rendit compte que c'étaient des taches noires provoquées par la lumière du soleil qui dansaient devant ses yeux.

Le gouffre s'étendait en travers de leur chemin, du nord au sud. Il contempla le vide avec nostalgie. Le pont central avait clairement été érigé à cet endroit parce que la faille y était plus étroite. Hayden imagina y jeter d'abord une corde, puis la transformer en pont de cordes, et, progressivement, en pont de bois puis de pierre. Le côté petrassi n'était qu'à un jet de pierre, mais cela aurait tout aussi bien pu être des lieues : même un bon cheval en pleine santé n'aurait pu franchir le vide d'un bond.

— Avec quoi ont-ils fait ça ? gronda Marcus.

— Avec de la poudre à canon, répondit Hayden à voix basse.

Marcus le regarda, le visage rouge de colère et de frustration.

— Pas étonnant que Marcellus ait voulu la rendre illégale. C'est une arme terrible.

C'est vrai, songea Hayden, la peur s'insinuant dans ses entrailles. Il regarda vers sa droite.

— Nous allons devoir marcher vers le nord pour contourner le précipice.

— Cela représente une bonne dizaine de jours de marche, soupira Marcus.

Il commença à donner les ordres à ses commandants.

Ses ambitions muselées, Hayden sentit la colère monter en lui, mais quelque chose de plus profond l'ennuyait dans cette action entreprise par l'ennemi. Il s'attendait à une bataille. C'était pour ça qu'il était venu. Tout ce qu'il avait entendu dire au sujet de ces envahisseurs en provenance du nord indiquait qu'ils étaient des êtres incultes, adeptes d'une foi païenne, qui combattaient sans tactique ni stratégie. Cependant, la destruction des ponts relevait d'un travail complexe, au-delà des connaissances de vulgaires barbares au regard éteint. Était-ce là une action irréfléchie, une grossière tentative pour empêcher l'armée de la Cité de pénétrer en territoire petrassi ? Ou était-ce une opération calculée, une démonstration de force ? Quel cerveau était derrière ce stratagème ? Et qu'était devenue l'armée petrassi qui les avait précédés ? Était-elle elle aussi restée là, à contempler les ponts détruits ? Dans ce cas, que lui était-il arrivé ?

Juché sur ses étriers, il regarda à sa droite, le long du gouffre. La douce plaine sur laquelle ils se tenaient se terminait abruptement une centaine de pas au nord. À perte de vue, le sol était jonché de pierres et de rochers, comme une cité en ruine, dépourvue d'arbres et de végétation. Le soleil de ce début de matinée formait de multiples poches d'ombre, dans lesquelles un ennemi pouvait se cacher sans difficulté. La terreur lui tordit le ventre.

— Marcus ! aboya-t-il d'un ton pressé. Regarde au nord !

Sous leurs yeux, une silhouette sombre, floue et large, se matérialisa à l'horizon, jusqu'à prendre forme. L'ennemi les attendait ! Marcus hurla des ordres à ses commandants. D'autres silhouettes se dressèrent dans le paysage désolé, certaines proches, bien trop proches. Le cliquetis du métal commença à résonner, le bruit des épées qu'on abat sur des boucliers. Les capitaines de l'armée de Khan coururent le long des rangs en criant des ordres. Les hommes et les femmes formèrent aussitôt des bataillons pour affronter l'ennemi sur son flanc, enfonçant leur casque sur leur tête et attachant leur plastron sur leur poitrine tout en se déployant. Les unités de cavalerie s'élancèrent au galop à chaque extrémité de la nouvelle ligne de front. La garde personnelle de Marcus, composée de cinquante guerriers vétérans, se positionna devant les deux chefs, épées dégainées.

— On ne peut pas donner l'assaut, gronda Marcus avec une pointe de déception. Pas sur ce terrain. On ne peut pas non plus utiliser la cavalerie. (Il se tourna vers Hayden.) Nous allons attendre qu'ils attaquent. Cela suffira. Qui sont-ils, à ton avis ?

— L'ennemi que nous sommes venus combattre, répondit Hayden. (Il haussa les épaules.) Mais nous ne nous attendions pas à devoir l'affronter de ce côté de la faille.

La ligne des ennemis progressa lentement, ralentie par le caractère accidenté du terrain qui leur avait permis de se cacher. Hayden vit qu'ils étaient vêtus de peaux et de fourrures bigarrées, de cuir et de métal, et qu'ils étaient armés d'épées, de couteaux, de gourdins et de haches. Il leva les yeux et regarda à travers ses lunettes. À l'horizon, d'autres unités se rassemblaient. *Il doit y avoir une vallée cachée*, songea-t-il.

Sa peur s'était envolée. Cette année d'inaction, de manœuvres politiques et diplomatiques sans fin – tout cela disparut. Des routines familières se rétablirent d'elles-mêmes. Hayden rangea ses lunettes dans leur étui. Il marmonna une prière à son Dieu et resserra les lanières de son armure légère. Il se rinça la bouche avec de l'eau et cracha par terre. L'un de ses gardes du corps équipa le poitrail de Rosteval de son épais plastron en cuir. Le cheval s'ébroua. Hayden lui flatta l'encolure. Cette brave bête savait ce qui l'attendait.

Martelant leurs boucliers avec leurs armes, les premiers combattants ennemis, peu nombreux, sortirent de leurs cachettes et se précipitèrent dans une charge indisciplinée. Quelques soldats de la Cité entonnèrent leurs chants de bataille, mais ils reçurent l'ordre de se taire. Ce fut dans un silence de mort que la première ligne de la Cité patienta, épaule contre épaule, boucliers levés, épées brandies. Les hommes savaient ce qu'ils faisaient. Ils n'avaient pas d'états d'âme. Après des semaines de marche, leur sang bouillonnait pour la première fois, et ils avaient hâte de récolter quelques têtes ennemies.

Un premier ennemi arriva au contact. Grand et blond, son visage et ses bras nus couverts de tatouages, il n'était armé que d'un gourdin clouté. Tandis qu'il le brandissait pour frapper, deux épées plongèrent dans sa poitrine. Il mourut avant même de toucher le sol.

À une lieue au sud-ouest, les Piquiers, à l'arrière de l'action, eurent tout le loisir de se préparer. Emly les regarda enfiler leur armure et leur casque, boucler les lanières et nouer les attaches. Elle se sentait impuissante. Une petite partie d'elle-même regrettait de ne pas pouvoir rester pour combattre aux côtés de ses amis. Mais Evan lui avait ordonné de prendre les chevaux et de partir, de suivre les épouses et les catins qui fuyaient en masse vers l'est avec la consigne de mettre le plus de distance possible entre l'ennemi et elles.

Et une autre partie d'elle-même n'avait qu'une envie : échapper au massacre à venir.

Evan déroula sa cotte de mailles et la passa. Em se précipita pour la fermer sur les côtés, puis recula lorsqu'il s'agenouilla pour attacher ses jambières. Il fouilla dans un sac et en sortit trois couteaux, qu'il glissa à leur place dans son bouclier. Il ne lui jeta pas un regard.

— Tu as assez d'armes ? lui demanda Benet d'un ton jovial, mais Evan ne lui répondit pas.

Il n'avait pas de temps à perdre à se battre aux côtés d'un soldat à demi aveugle, même s'il n'en disait rien à Stern, qu'il respectait.

— Il se prend pour une armée à lui tout seul, lança Benet à la cantonade.

Evan lui adressa un brusque hochement de tête. Il ne supportait pas non plus les soldats qui bavardaient juste avant la bataille, même s'il comprenait pourquoi ils le faisaient.

Emly observa Quora qui, à petits coups de poing, donnait forme au rembourrage de son casque et marmonnait quelques jurons. Quel dommage qu'elle n'ait pas le temps de demander à la guerrière de lui enseigner l'art du combat ! Elle admirait Quora. Celle-ci n'était pas aussi petite qu'Em, mais tous les hommes la dépassaient largement et, pourtant, la traitaient en égale. Quora non plus n'avait pas de temps à consacrer à Benet.

La ligne de front se rapprochait. Em essayait de fermer ses oreilles pour ne pas entendre les cris des hommes et des femmes, les grognements, les épées qui s'écrasaient sur les boucliers.

Evan s'interrompit et posa sur elle ses yeux clairs et froids. Sans qu'il dise un mot, elle comprit qu'il lui intimait l'ordre de partir. Stalker et lui avaient décidé de se tenir aux côtés des fantassins et Evan avait dit à propos des chevaux, lorsqu'elle avait protesté : « S'ils restent ici, ils finiront dans la mêlée. C'est ce que tu veux ? »

Il était prêt à se battre. Il tenait une épée dans une main, un bouclier était attaché sur son bras et une deuxième épée pendait à son flanc. Le Jour des Offrandes, elle l'avait vu livrer bataille avec deux épées, dans le Hall des Empereurs. Tout à coup, la peur la saisit et elle n'eut qu'un désir : s'éloigner de là, de ce qui allait suivre.

Elle ne dit rien et hocha la tête d'un air grave avant de rejoindre l'endroit où les chevaux étaient entravés. Elle dénoua leur longe et attacha ses affaires sur Patience. Elle regarda Evan, derrière elle : il avait enfilé sa veste noir et argent, son matériel médical dans ses poches. Elle songea au Voile du Gulon dissimulé dans le dos de la veste. Elle grimpa sur Merle, tenant les rênes de Patience, puis se tourna pour faire ses adieux.

Manifestement, Evan l'avait déjà oubliée. Il parlait à Stalker, tête basse, l'air profondément concentré. Elle fit tourner bride au cheval et se dirigea vers l'est.

Le soleil baissait dans le ciel. De nouveau les ombres s'allongeaient, comme elles l'avaient fait au début de cette journée, au début de la bataille.

Gisant à terre, Stern attendait la mort. Durant les ultimes instants avant que la lame ne lui fende la colonne, il se rendit compte qu'on l'avait vaincu, qu'on l'avait leurré. Son adversaire avait feinté à droite, et Stern, épuisé, avait suivi des yeux la trajectoire de l'épée sans voir arriver le coup de poing. Il avait été sonné et le coup l'avait déporté sur le côté, laissant son dos exposé.

Mais le coup fatal ne vint pas. En sursis, Stern roula sur lui-même et se releva péniblement. Son ennemi était étendu, agonisant, ouvert du ventre à la gorge. Stalker se plaça au-dessus de lui. Il sourit et dit à l'autre: « Pas de quoi », avant de se relancer dans la mêlée.

Stern cracha deux dents et regarda autour de lui. Il y avait une trêve dans le combat, si brève fût-elle. La stratégie ennemie était limpide: les forces de la Cité étaient repoussées vers le Vorago à l'ouest et vers les falaises donnant sur la mer au sud. L'armée ennemie avançait en provenance du nord et de l'est, ne laissant qu'un étroit passage le long des hautes falaises au sud pour permettre aux défenseurs de fuir en direction de la Cité. Plus ils étaient poussés vers le bord des falaises, plus l'échappatoire devenait tentante. Jusqu'à présent, Stern n'avait vu personne prendre la fuite. Personne ne voulait être le premier à prendre ses jambes à son cou. Toutefois, il était évident que les ennemis – quels qu'ils soient – les dépassaient en nombre, au moins à deux contre un. Stern avait déjà connu cela et remporté la victoire, mais il craignait que l'ennemi n'ait pas encore abattu toutes ses cartes.

Il vit Broglanh tuer un soldat en lui transperçant la gorge, puis le guerrier jeta un regard meurtrier à Stern qui, arraché à sa rêverie, vint se poster à ses côtés.

—Ils sont plus nombreux que nous, constata-t-il.

—Comme d'habitude, grogna Broglanh tandis qu'un autre combattant tatoué se précipitait sur lui. (Il esquiva l'attaque au dernier moment et enfonça son épée dans le ventre de l'homme.) C'est quand ils sont surpassés en nombre que les guerriers de la Cité se battent le mieux, dit-il en tirant son épée.

Stern sourit. C'était une phrase qu'il avait entendue toute sa vie de soldat.

—Occupe-toi de ton frère, le prévint Broglanh en évitant un coup de gourdin avant d'abattre celui qui l'avait assené.

Stern regarda à gauche : Benet, isolé, combattait tout seul. Il représentait une menace pour ses propres camarades, car il agitait son arme face à tous ceux qui s'approchaient, ennemi ou allié. Stern se dirigea vers lui, acheva un homme blessé puis cria :

— Mon frère !

Benet regarda dans sa direction. À cet instant, un homme surgit à sa gauche, une longue lance tenue au niveau de la taille.

— Baisse-toi ! hurla Stern.

Benet n'avait pas vu ce qui le menaçait. Malgré tout, il se laissa tomber d'un bloc et roula sous les pieds du lancier. Ce dernier, qui courait à toute allure, trébucha et s'effondra. Stern fondit sur lui et lui fendit la nuque sous le casque, tranchant l'os et les tendons. Il se pencha et arracha l'écharpe cramoisie que l'homme portait pour l'attacher autour de son biceps gauche.

— Je vais me poster à ta droite, dit-il à Benet. Surveille mes arrières. Tâche de ne pas me tuer.

Benet hocha la tête, le regard apeuré.

Les guerriers de la Cité qui combattaient devant eux étaient les Fourrageurs, tous de vaillants soldats. Les ennemis les avaient peu à peu forcés à reculer. Les derniers survivants tenaient bon, mais leurs camarades des autres compagnies qui les flanquaient cédaient progressivement du terrain. Bientôt, les Fourrageurs seraient cernés. Apparemment, il n'y avait plus personne pour leur donner des ordres. Stern leur cria donc de battre en retraite de dix pas. Les vétérans s'exécutèrent. Ils se retirèrent pour s'aligner sur Stern et ses guerriers. Pendant un instant, les combats cessèrent. Stern essuya la sueur et le sang qui lui brouillaient la vue.

Tout à coup, un profond roulement de tambour résonna sur le champ de bataille. L'ennemi commença à battre en retraite, de cinq pas, puis de dix. Stern leva les yeux vers le ciel.

— Des flèches ! hurla-t-il.

Tous levèrent leur bouclier pour se protéger de la pluie de traits qui s'abattit sur leurs armures. Une deuxième salve suivit, puis Stern se découvrit et jeta un coup d'œil à gauche et à droite. Tous ses camarades étaient indemnes.

— Bande de lâches ! cracha Quora.

Les archers étaient considérés comme la lie des guerriers. Tuer à distance était un acte indigne. Même les archers de la Cité, bien qu'ils ne fussent pas autant méprisés, n'avaient pas la valeur des guerriers. Aux yeux de la plupart des soldats, ils étaient tout juste les égaux des brancardiers.

Stern et ses camarades eurent le temps d'avancer de quelques pas avant d'être de nouveau frappés par l'ennemi. Presque tous avaient les cheveux blonds ou tirant sur le roux, comme Broglanh et Stalker, qui venaient du nord. Mais ils avaient le visage couvert de tatouages. Rares étaient ceux qui portaient un bouclier. Ils se jetaient sauvagement sur la ligne adverse comme s'ils ne craignaient ni de mourir ni de souffrir. Ils faisaient des cibles faciles, mais ils étaient fort nombreux. Stern eut la chair de poule sous son armure. *Qui sont-ils ?* Cette armée était certainement celle contre laquelle les forces de la Cité et de Petrus s'étaient alliées. Cela suffisait à la plupart des soldats. Mais pas à Stern. Que voulaient-ils ? Si cet ennemi quel qu'il soit triomphait ce jour-là, et que les soldats de la Cité fussent réduits en un tas de chair, d'os et de sang, que se passerait-il ensuite ? Cette bataille déciderait-elle de l'avenir de la Cité ?

L'un d'eux accourut vers lui en brandissant une broadsword de la taille d'une poutre de charpente. En général, la tactique que Stern adoptait avec ce genre d'adversaire était la suivante : esquiver le coup assené avec l'arme lourde, puis plonger vers l'avant et transpercer l'aisselle exposée de l'homme. Mais le géant abattit sa lame plus bas, avec l'intention de trancher au niveau de la taille. Stern recula pour éviter l'attaque, mais l'autre fit un grand pas en avant, et la pointe de son épée frappa Stern sous son plastron. Déséquilibré, ce dernier tomba à la renverse. L'ennemi le visa à la tête avant de tomber à genoux, le cou transpercé par Quora, son épée déviant de l'épaule protégée de Stern sans lui causer de blessure. Quora retira le casque de l'homme et retourna vers la ligne. Stern bondit en avant et abattit son épée sur la tête nue de son adversaire.

Crachant du sang et une autre dent, il se posta de nouveau aux côtés de son frère pour le protéger. En combat rapproché, Benet avait toujours été un adversaire féroce, et le fait qu'il n'y voie pas grand-chose n'y changeait rien. Désormais armé de deux épées, il portait des coups sans discontinuer, bondissait, chargeait. Stern n'arrivait pas à le suivre ; il n'avait jamais pu le faire. Il était si las qu'il peinait à tenir sa propre épée. Sa mâchoire le faisait terriblement souffrir. Il se demanda si elle était cassée. À sa droite, un guerrier ennemi se rua sur lui en hurlant. Il para son attaque et, après un bref échange de coups d'épée, lui transperça l'œil. Il se dit qu'il n'aurait jamais repéré cet idiot si celui-ci n'avait pas fait tout ce vacarme. Il fit son possible pour rester alerte, attentif.

Le soleil baissait de plus en plus à l'horizon, sur sa gauche. Il aurait aimé que l'astre accélère sa course. Désormais, seules les ténèbres – et la clémence des dieux – pouvaient les sauver. Une fois leur armée décimée, serait-ce au tour de la Cité d'être anéantie ?

Quatrième partie

La Voie du Gulon

Chapitre 22

La montagne qu'on appelait le Bouclier de la Liberté n'avait pas vraiment la forme d'un bouclier. Et elle n'avait rien de commun avec la liberté.

Au commencement, quand les dieux étaient jeunes et que la terre ronde, chaude et tout juste formée était leur terrain de jeu, une grande bande de roche était tombée du ciel en tournoyant et s'était fichée dans la croûte terrestre, telle une écharde dans un globe oculaire. Tandis que le monde refroidissait, l'écharde resta, énorme, incongrue. À leur arrivée, les hommes la considérèrent avec certitude comme une divinité. Ils la vénérèrent donc, et, comme l'exigeaient leurs coutumes, lui sacrifièrent des êtres précieux : chèvres, taureaux, chevaux durement gagnés, sans oublier quelques vierges, bien sûr.

Au fil des ères géologiques, l'écharde de roc fut érodée par les vents et la pluie. De petites poches de poussière et de guano se formèrent sur sa surface grêlée, des plantes apparurent : d'abord de la mousse, puis des herbes rampantes et des vesces, suivies de plantes plus robustes dont les racines profondes s'enfoncèrent dans les plus minuscules fentes du rocher, afin de trouver un espace pour se développer. De la terre s'amoncela sur sa base et de grands arbres y poussèrent. Les hommes se servaient du rocher comme abri pour se protéger du soleil implacable, et, dans ses grottes et ses recoins, des bêtes sauvages et des autres tribus hostiles.

Il ne leur fallut pas longtemps pour comprendre que l'endroit ferait une excellente base militaire. Les premiers hommes qui l'occupèrent furent des soldats et des paysans, la plupart esclaves de terres étrangères envoyés pour vivre et mourir sur ce rocher, dans le dessein de le défendre. Ils creusèrent d'autres cavernes et bâtirent la première forteresse. Ils construisirent aussi, au prix de nombreuses vies, un passage étroit, vertigineux, qui reliait la base au sommet. Le rocher accueillit alors ses premiers habitants – des personnes qui n'étaient pas nécessairement destinées à y finir leur existence, même si ce fut le cas de beaucoup.

Au cours du millénaire, à force d'être creusé, le rocher fut truffé de tunnels. On construisit même des cages d'ascenseur, ceux-ci étant retenus par des câbles. Alors qu'ils permettaient de hisser les gens au sommet, ils étaient depuis longtemps tombés en désuétude, les cabines restant suspendues en silence dans les ténèbres, n'abritant plus que des chauves-souris.

Ce fut Marcellus Vincerus qui, le premier, déclara que le rocher ressemblait à un bouclier. Son goût pour l'histoire lui faisait dire que l'endroit lui rappelait les grands boucliers cylindriques maniés par des guerriers à l'origine d'un empire puissant, qui avaient – ou allaient – conquérir le monde.

Le frère d'Emly, Elija, se languissait au Palais Blanc. Toujours traumatisé plus de six mois après les événements de la Fête des Offrandes, il trouvait un certain réconfort dans la lecture d'ouvrages sur l'histoire de son nouveau foyer, même s'ils étaient rares. Il y avait toutefois beaucoup d'informations au sujet de la naissance du rocher, et le garçon entreprit de lire tout ce qu'il put trouver. Il devint expert dans l'histoire des tunnels et des grottes.

Quand il apprit la disparition d'Emly, son premier réflexe fut de la suivre, même s'il ignorait où elle était. Puis il eut envie de se replier sur lui-même et de se couper de l'extérieur, car Emly représentait à la fois son lien avec le monde et son rempart contre lui. C'est peut-être ce qu'il aurait fait, s'il n'y avait eu Dol Salida, le vieux conseiller de l'impératrice.

Elija était curieux d'esprit, même si au premier abord il pouvait sembler timide et renfermé. Dol Salida décela chez le garçon une vive intelligence. Le vieil homme fut surpris de découvrir qu'Elija savait lire et écrire dans la langue de la Cité, alors que ses professeurs étaient étrangers. Il essaya d'intéresser le garçon à ses travaux, mais celui-ci n'était guère passionné par les affaires administratives ennuyeuses de la Cité. Puis Dol eut l'idée d'initier Elija au jeu d'urquat. Lorsqu'il comprit qu'il ne s'agissait pas seulement d'un jeu de hasard, Elija y prit goût. Il fallait avoir un peu de chance, mais le jeu requérait également des qualités de réflexion tactiques et stratégiques. Il fallait surtout parvenir à accepter de se rendre pour mieux gagner par la suite, une technique que beaucoup avaient du mal à assimiler.

Dol força donc son vieil ami et fidèle agent Sully à se joindre à eux, car l'urquat se jouait à trois ou à cinq. Ils installèrent une table sur le balcon de la bibliothèque qui donnait à l'ouest. Tous les soirs, au coucher du soleil, sous couvert d'une partie amicale, ils essayaient de se soutirer des informations les uns aux autres.

— Soleil en trois.

Elija retourna un jeton jaune et le posa sur un carré noir et blanc. Dol hocha la tête en signe d'approbation et jeta un coup d'œil à Sully, qui grogna.

Le coup, malin, était d'une certaine complexité pour quelqu'un qui ne jouait que depuis quelques jours. Pourtant, ce n'était pas ainsi qu'il aurait fallu procéder, et ce choix mènerait immanquablement Elija à la défaite. Le garçon l'ignorait, et Dol Salida ne comptait pas le lui dire. Il préférait le laisser savourer sa stratégie quelques tours encore.

— Lune en trois.

Sully, petit et élégant, était un joueur conservateur, à l'image de son caractère.

— Hmmm.

Dol feignit de se plonger dans une profonde réflexion et jeta des coups d'œil à Elija, comme s'il évaluait son jeu. En réalité, il se demandait combien de temps encore il allait devoir faire mine d'hésiter avant que le garçon se déconcentre et en vienne à évoquer de nouveau Emly.

Après quelques battements de cœur d'attente seulement, Elija déclara :

— Ce n'est pas logique.

Dol Salida sourit intérieurement.

— Quoi donc, mon garçon ? demanda-t-il laconiquement.

— Qu'Em se soit enfuie avec Broglanh. L'impératrice ne leur interdisait pas d'être ensemble. Pourquoi l'auraient-ils trahie en disparaissant ainsi ?

Dol et Sully échangèrent un bref regard. Ce dernier, Dol le savait, partageait son point de vue. « Traître un jour, traître toujours. » C'était une épine dans le pied du vieux conseiller : de tous ceux qui constituaient le cercle intime d'Archange, il était le seul à être resté fidèle à la Cité qui l'avait enfanté. Broglanh, le bras droit de l'impératrice, avait conspiré pour assassiner l'empereur. Darius Hex, commandant des Faucons Nocturnes et à présent chef de la garde personnelle d'Archange, avait demandé à ses soldats de se rallier à Shuskara. Même Elija avait été de connivence avec l'ennemi. Quant à sa sœur, elle avait libéré Shuskara de la cellule où il avait bien mérité d'être envoyé, afin qu'il mène l'insurrection.

Le fait que Broglanh ait trahi la confiance de l'impératrice, et qu'Emly ait jeté à la figure d'Archange son hospitalité, ne le surprenait pas le moins du monde. Tout ce qui l'étonnait, c'était le temps que cela avait pris, et qu'Elija soit lui-même perplexe devant la trahison de sa sœur.

Il se carra dans son fauteuil, comme indécis sur le coup à venir, même s'il savait déjà ce qu'il allait jouer lors des prochains tours.

Depuis la fuite d'Emly, l'atmosphère était tendue au palais. L'impératrice avait été furieuse d'apprendre la disparition de la jeune fille de la bouche de Darius. Archange avait envoyé des éclaireurs aux quatre points cardinaux, à la recherche d'informations concernant la gamine. Elle avait interrogé Elija jusqu'à être convaincue qu'il ne savait rien et que le garçon ait été pressé comme un citron. Elle avait banni du Bouclier la garde nocturne – la centurie des Mille de l'Aigle à la Queue noire –, rétrogradé son commandant, et l'avait remplacée par les Ours Argentés.

Durant tout ce temps, Dol Salida avait observé les événements en se félicitant d'être du bon côté. Il n'avait pas confiance en la fille ni en son amant, et était content de ne plus les voir dans les parages.

Les éclaireurs étaient revenus avec de mauvaises nouvelles. Ils avaient suivi sans aucun mal les diverses pistes laissées par Broglanh, mais toutes avaient stoppé net, comme si les cavaliers et leurs montures avaient été emportés dans le ciel par des aigles, comme l'avait dit le chef Victorinus. Les éclaireurs, honteux, avaient eu recours à des griffons de chasse pour qu'ils reniflent leurs traces, mais il était trop tard pour que leur truffe détecte quoi que ce soit d'utile. De l'avis de Dol Salida, qu'il s'était gardé d'exprimer, ces nombreuses fausses pistes indiquaient que les deux fugitifs devaient se trouver encore dans la Cité. Il avait envoyé ses propres agents, jusque-là sans succès.

Ce qui était intéressant en vérité, du point de vue de Dol, c'était de savoir pourquoi Archange se souciait de leur sort. Que représentait cette fille pour elle ? Ou son lieutenant infidèle, d'ailleurs ? Les apparences étaient sûrement trompeuses. Il y avait autre chose derrière. Il était persuadé qu'Elija, en dépit des séances d'interrogatoire auxquelles Archange l'avait soumis, en savait plus qu'il ne le disait.

— Blancs protégés, déclara-t-il en retournant son jeton noir et blanc, remportant sa troisième partie d'affilée.

Elija n'était pas idiot. Il savait qu'il faisait jeune pour son âge, et que son égocentrisme exacerbé depuis le Jour des Offrandes le faisait passer pour plus docile qu'il était. Mais il avait parfaitement conscience des manœuvres du vieux conseiller, et il espérait que, dans ses tentatives d'obtenir des informations sur le lieu où se trouvait Emly, Dol Salida était lui-même susceptible de le renseigner malgré lui.

De plus, il appréciait ce nouveau jeu.

Attendant que les hommes âgés réarrangent la table après la victoire inévitable de Dol, ce qui prenait un certain temps, il s'avança vers l'imposante balustrade de pierre, sur laquelle il se pencha. Au loin devant lui se déployait la Cité. Il aperçut la lumière des torches vacillantes qui parsemaient le paysage désolé, les ruines illuminées par le clair de lune. À sa hauteur se dressait la cime des arbres de la cour principale du palais. Elija inspira l'air nocturne parfumé de sève et lourd de fumée. Au cours du terrible hiver qui avait suivi la Fête des Offrandes, la fumée provoquée par les bûchers funéraires avait plané au-dessus de la Cité tel un linceul. Désormais, sentir une odeur de fumée signifiait qu'on brûlait les débris des nombreux bâtiments détruits, et qu'on faisait place nette pour en ériger de nouveaux. La fumée était devenue un symbole d'espoir.

Elija soupira. Il en voulait toujours à Em d'avoir disparu sans rien lui dire. Pourquoi était-elle partie si brusquement avec ce soldat ? Il la croyait toutefois en sécurité, autant qu'elle pouvait l'être, dans la Cité ou à l'extérieur de ses remparts. Broglanh était déjà venu à son secours, et Elija avait confiance en lui. Il la protégerait de nouveau, même si Archange avait lancé tous ses soldats disponibles à leur recherche. Peut-être le couple avait-il suivi la piste de Fell et Indaro et s'était-il mis en tête de gagner l'île des Brumes, le lieu de naissance de Broglanh. Si c'était le cas, il finirait par les rejoindre à son tour. Archange n'enverrait pas de troupes à sa recherche si c'était lui qui disparaissait de la Cité.

Il soupira de nouveau dans l'air frais de la nuit. Comme en réponse, une grenouille coassa loin sur sa droite, et une autre l'imita. Une troisième se joignit à elles, puis une quatrième. L'été, la nuit était pleine de bruits : les stridulations des criquets, les battements d'ailes des chauves-souris qui, invisibles, passaient tout près d'Elija, le chant joyeux des rossignols, si incongru dans cette obscurité. Et sans oublier les cliquetis des jetons d'urquat dans son dos. Elija aimait la nuit. Il adorait les ténèbres. Em, elle, préférait largement la lumière, depuis qu'elle l'avait trouvée.

Tout à coup, il s'interrogea. *Des grenouilles ? Au sommet du Bouclier ?* D'habitude, elles vivaient dans les rivières et les marécages, les endroits humides et non chauds et secs comme cette montagne. Puis il se remémora les propos de Darius : depuis la nuit des temps, les gardes de nuit sur la montagne avaient recours à des bruits d'animaux et des chants d'oiseaux pour communiquer. La nouvelle garde du Bouclier, les Faucons Nocturnes et les Ours Argentés, avait visiblement adopté cette pratique.

— Une autre partie, mon garçon ? demanda Dol Salida dans son dos.

Elija se tourna de nouveau vers la table d'urquat.

Le garçon était transparent comme l'eau. Dol décela sur son visage le chagrin et la douleur lorsqu'il le regarda s'asseoir pour commencer une nouvelle partie. Sa sœur devait lui manquer. *Dommage pour toi. Nous sommes nombreux à avoir perdu un être cher, mon garçon, et souvent par ta faute.*

— C'est un coup classique, le gambit d'Hammarskjald, expliqua-t-il à Elija en retournant ses jetons rouge et noir pour ouvrir la partie.

Même si Dol pratiquait ce jeu depuis tant d'années qu'il en avait perdu le compte, il n'avait pas perdu son envie de gagner, et espérait bien que cela n'arriverait jamais. Ce soir-là, sa principale motivation était cependant d'en apprendre un peu plus au garçon sur ce jeu, et même de le laisser croire qu'il avait une chance de le vaincre, bien que ce ne fût pas le cas. Il voulait également occuper ce bon vieux Sully. Ce dernier, sensible au moindre faux pas, était capable de remporter une ou deux parties si Dol se laissait distraire.

Les autres avancèrent leurs jetons comme il s'y attendait, puis il regarda Sully et hocha discrètement la tête.

— Où êtes-vous nés, ta sœur et toi, dans la Cité ? demanda le petit homme au garçon avec sa gentillesse habituelle. Moi-même, je viens de Wester.

— Dans le quartier de l'amphithéâtre ? proposa Dol.

Par habitude, il prêchait le faux pour savoir le vrai. Il retourna un jeton vert.

— Je n'en sais rien, avoua le garçon, les yeux rivés sur la table. Nous sommes arrivés dans les Halls quand j'étais très jeune. Je ne me souviens de rien avant.

Il s'apprêtait à déplacer son jeton quand, hésitant, il interrompit son geste.

— Dans quelle partie des égouts viviez-vous ?

Sully insistait, comme Dol le lui avait appris.

— Dans les Halls. C'était ainsi que les Habitants les nommaient. Em et moi avons longtemps vécu dans le Hall de Lumière bleue.

— Drôle de nom, intervint Dol. La lumière y était-elle bleue ?

Elija haussa les épaules.

— Ce n'était qu'un nom.

— Sous quelle zone de la Cité se trouvait-il ? s'enquit Sully. J'ai cru comprendre que les Halls s'étendaient jusqu'aux confins de la Cité.

— Je l'ignore, répliqua Elija. Pour nous, ça n'avait aucune importance. Voyez-vous, dit-il en levant les yeux, notre univers se limitait aux Halls. Le monde extérieur ne nous intéressait pas, tout comme les gens dans la rue ne sont pas curieux de savoir ce qui se passe sous leurs pieds – s'ils en ont conscience.

Puis il songea à la question, la tête penchée comme dans une parodie de réflexion, et poursuivit :

— Depuis, j'ai étudié des plans de la Cité. (Il s'interrompit. Dol songea : *Bien entendu, mon garçon. Pour tes amis qui complotaient avec l'ennemi.*) Je crois bien que ça se trouvait sous Otaro.

Les deux hommes l'observèrent.

— Otaro ? répéta Sully. Alors peut-être ton père était-il un riche citoyen ?

Elija esquissa un pâle sourire.

— J'en doute, monsieur. Dans ce cas, pourquoi aurais-je échoué dans les Halls ?

— Il existe de multiples raisons pour se cacher dans les Halls, dit Dol. Et la plupart n'ont rien à voir avec la pauvreté.

Le garçon parut surpris par ces propos. Dol expliqua d'un ton bourru :

— J'ai vécu presque toute ma vie dans la Cité, mon garçon. J'en sais beaucoup à son sujet. J'en sais aussi beaucoup sur les égouts, même si je n'y suis jamais allé.

Ils jouèrent un moment en silence. Le jeu était lent. Malgré lui, les pensées de Dol se tournèrent vers l'épineuse question qui le préoccupait : pourquoi Archange se souciait-elle d'Emly ? Certaines rumeurs disaient que l'impératrice voulait faire de la jeune fille son héritière, et qu'en temps voulu elle l'adopterait en bonne et due forme. Pour Dol, c'était tout à fait improbable. Les armées ne le toléreraient pas. Mais cette affaire de succession était pour le moins délicate.

À sa connaissance, Archange n'avait pas de descendants directs, et voilà que sa petite-fille Saroyan avait disparu, présumée exécutée. Dol connaissait bien le mode de fonctionnement des puissants de ce monde : si l'un d'eux venait à disparaître, c'était le signe infaillible qu'il ou elle était tombée en disgrâce et que cela lui avait été fatal. Désormais, les seuls candidats évidents au Trône Immortel étaient Marcus Rae Khan et Reeve Guillaume, tous deux Serafim, tous deux des hommes qui, à divers degrés, avaient soigneusement évité d'afficher leur soutien à Araeon tout en se gardant d'agir contre lui. À cette idée, Dol ricana intérieurement. Si Reeve devenait empereur, sa fille Indaro, régicide, devrait alors lui succéder. C'était inconcevable. Non, Marcus Rae Khan serait le meilleur choix. Un fidèle sujet, et un bon soldat. Même si lui-même n'avait jamais été intéressé par les machinations des coulisses du pouvoir, Giulia, sa harpie de sœur, l'était, et elle pourrait le pousser à s'en mêler si elle parvenait à le convaincre que c'était pour le bien de la Cité. Enfin, il y avait les Gaeta. Saul était mort ; il restait donc Jona, sa mère folle à lier, et sa multitude de sœurs. Et les Kerr ?

Si Archange ne désignait pas de successeur, à sa mort, ce serait le bain de sang assuré. Mais on disait des Serafim qu'ils vivaient très longtemps. Aareon avait en effet vécu bien plus longtemps que la plupart des hommes. Quel âge avait donc l'impératrice ? Qui oserait le lui demander ?

— Lune et deux, déclara tout à coup Sully avec un large sourire.

Dol se carra dans son fauteuil, pour une fois vaincu. *Je ne suis plus en phase*, songea-t-il avec une bouffée de colère. *Me faire avoir par une ruse aussi grossière !* Il se promit de ne plus laisser son ami gagner, cette nuit-là.

— Il y a une chose dont je me souviens à propos de mon père, dit le garçon tandis que Dol et Sully réinstallaient la table, les jetons cliquetant sur le plateau de bois poli.

Les deux hommes le dévisagèrent, dans l'expectative.

— C'est juste un souvenir fugace, précisa-t-il avec modestie, et ça ne veut probablement rien dire. Je me souviens qu'il portait un surcot rouge. Il l'arborait fièrement, comme pour un jour de fête, ou une célébration particulière. (Il haussa les épaules.) Peut-être que je l'imagine parce que je tiens à me souvenir de lui.

Elija retourna s'appuyer à la balustrade pour dissimuler son visage. *Qu'ils méditent là-dessus*, songea-t-il. Il avait totalement inventé ce détail. Il gardait très peu de souvenirs de sa vie d'avant les Halls. Il avait oublié le visage de son père, alors les vêtements qu'il portait ! Cependant, cela l'amusait de jouer avec ces deux vieux roublards qui, sous couvert d'amitié, essayaient de percer leurs secrets, à Em et lui. De plus, il se souvenait de ce que Broglanh lui avait dit à propos de son vieux surcot rouge, sans manches, usé et délavé : c'était une relique de l'époque où il faisait partie des Chats Sauvages, désormais décimés. Dol Salida et Sully perdraient leur temps sur cette fausse piste, à fouiller dans les archives des armées à la recherche d'informations concernant les Chats Sauvages disparus de longue date, espérant en vain trouver quelque chose sur son père.

Broglanh lui avait dit qu'Indaro portait toujours un surcot d'un rouge vif, brillant comme un sou neuf. Elle devait l'avoir perdu avant de rencontrer Elija à Vieille-Montagne, car il ne l'avait jamais vue avec.

D'humeur joyeuse, il se pencha sur le balcon et tendit l'oreille pour percevoir le coassement des grenouilles.

Juste en dessous de lui, immobile contre le mur de la cour, se tenait un petit homme brun vêtu de noir. Camouflé dans l'ombre d'un platane à la large ramure, il avait écouté la conversation des hommes sur le balcon, même s'il avait du mal à les comprendre, car la langue de la Cité était nouvelle pour lui.

Un instant plus tard, le jeune garçon d'en haut s'éloigna, et Fin Gilshenan traversa de nouveau la cour d'un pas furtif. Il se faufila par une petite fenêtre puis rejoignit discrètement les deux autres qui l'attendaient avec une lanterne sourde. Ils lui emboîtèrent le pas en silence. Au bout du couloir, qui apparemment se terminait en cul-de-sac, seule une ligne noire verticale indiquait l'endroit par où ils étaient entrés. Ils se penchèrent et écartèrent soigneusement un panneau amovible dans le mur, dévoilant un trou carré noir.

L'un après l'autre, ils s'y engouffrèrent et se retrouvèrent de nouveau dans les ténèbres sonores de la cage d'ascenseur.

L'aube allait bientôt poindre quand Dol Salida, las, retourna en boitant dans ses appartements. Sa jambe le faisait parfois atrocement souffrir, et ce n'était que plongé dans une partie d'urquat qu'il l'oubliait pour un temps. Il n'essayait plus de dormir dans un lit depuis des lustres ; il s'apprêtait à s'asseoir dans son fauteuil moelleux, près des fenêtres grandes ouvertes par ces nuits chaudes et lourdes, où il somnolerait jusqu'à ce que débute sa journée.

Il fut donc surpris, et momentanément inquiet, de voir dans son petit salon, éclairé à la faible lueur d'une bougie, que son fauteuil était déjà occupé.

— N'appelez pas la garde, ordonna l'impératrice. Elle ne viendra pas sur votre demande, cette nuit. (Elle se pencha vers l'avant pour observer son visage.) Oh ! par le ciel, Dol Salida ! Je ne suis là que pour parler.

— Pendant un instant, j'ai cru qu'il y avait des assassins, répliqua-t-il.

Elle le contempla d'un regard pénétrant dans la lumière naissante du matin.

— Vous n'avez aucune raison de me craindre. Vous êtes un bon et loyal serviteur, et, si je nourrissais quelque doute vous concernant, c'est vous que je consulterais d'abord.

Il hocha la tête, peu convaincu. Il tira un autre fauteuil et s'y assit en poussant un soupir qu'il ne put étouffer.

— Que puis-je pour vous, ma dame ? s'enquit-il en s'efforçant de dissimuler son épuisement. Une partie d'urquat, peut-être ?

— Votre épouse est-elle satisfaite ? demanda Archange.

C'était une question inattendue. Leur logement avait été balayé dans la catastrophe de la Fête des Offrandes. Gerta et leurs deux filles encore en vie habitaient désormais dans une maisonnette ancienne aux murs épais, nichée au pied du Bouclier. Dol s'était vu offrir par l'impératrice reconnaissante un palais – de dimensions certes modestes –, mais Gerta n'avait pas voulu d'une armée de domestiques. Elle se plaisait dans son nouveau foyer, et passait ce long été à s'occuper de ses légumes, activité dont elle avait toujours rêvé. Maintenant qu'ils avaient un rôle important dans la Cité, voilà que madame nourrissait l'ambition d'être maraîchère, songea Dol avec rudesse. En général, il logeait dans ses appartements du palais, le trajet pour descendre le Bouclier sollicitant trop ses vieilles articulations.

— Oui, je vous remercie, répondit-il brièvement.

Il souhaitait qu'Archange aborde rapidement le motif de sa visite clandestine. Après tout, ils se voyaient tous les jours pour parler des affaires d'État. Une entrevue secrète annonçait des actions plus sombres. À sa curiosité se mêlait un léger malaise.

— A-t-on retrouvé Emly ? s'enquit-il, se demandant si c'était la raison de sa présence.

La vieille femme renifla avec dédain.

—Non, mais ça ne va pas tarder. Elle est avec l'armée de Khan, j'en suis certaine.

Dol ne remit pas en question cette information, mais il estimait que c'était peu probable. Il garda le silence.

—Vous êtes sceptique ? demanda-t-elle.

—Hmmm. Broglanh ne prendrait pas le risque d'être reconnu. C'est peut-être un traître, mais il n'est pas idiot.

—Il a toujours servi dans les régiments d'infanterie. S'il a rejoint la cavalerie, personne ne le reconnaîtra. Il pourrait se tenir éloigner des officiers supérieurs qui, eux, sauraient qui il est.

—Et la fille ?

—Rien de plus facile que de perdre une fille toute simple dans une armée.

Ne sont-ce là que des suppositions, ou en avez-vous eu la confirmation ? songea-t-il. Ses propres agents avaient été envoyés pour infiltrer l'armée, et cela n'avait rien donné.

—Et le frère ?

Ils recherchaient également le frère adoptif de Broglanh, Chancey, qui avait disparu en même temps.

Elle secoua la tête.

Un silence relativement confortable s'installa entre eux, puis l'impératrice reprit la parole :

—Vous jouiez à l'urquat cette nuit ? Avec Elija ?

Il s'amusait de la voir feindre l'incertitude, car elle savait exactement de quoi était faite chacune de ses journées.

—Le garçon ne dit pas tout ce qu'il sait.

—J'en suis consciente, rétorqua-t-elle sèchement. J'espérais que vous parviendriez à obtenir plus de renseignements de sa part. Je répugne à le faire interroger. Il est fragile, et je ne voudrais pas que la fille, à son retour, apprenne que son frère est mort.

En quoi cela vous importe-t-il? pensa-t-il de nouveau. *Torturez le garçon pour qu'il vous renseigne. Ramenez la fille ici avec la corde au cou.* L'impératrice ne s'était jamais montrée sentimentale avec qui que ce soit. Pourquoi traiter ces deux jeunes gens aussi délicatement que des gants en peau de lapin ?

—J'ai besoin qu'on me fournisse une nouvelle information, déclara-t-elle.

Enfin, nous y sommes.

—Rubin Kerr Guillaume.

Dol fouilla dans les recoins de son esprit. Ses dossiers avaient été détruits au Palais Rouge, mais il était doté d'une excellente mémoire.

— Le fils de Reeve, bien sûr. Le frère d'Indaro – que les dieux maudissent son nom, ajouta-t-il d'un ton formel. À seize ans, il a fugué de l'Éperon pour ne pas être enrôlé dans l'armée. On dit qu'il s'est réfugié dans les Halls. Puis il a fini par travailler pour Marcellus. On pense qu'il a été tué le Jour des Offrandes.

— En réalité, il vit toujours, lui apprit-elle.

Il baissa la tête, s'inclinant devant la supériorité de son savoir. Durant ses années de service en tant que maître espion au Palais Rouge, ce nom n'avait guère été évoqué. Le vieux Reeve était une coquille de noix sèche, une impasse. Ses deux rejetons étaient des déserteurs, peut-être des traîtres.

— Il a travaillé pour Marcellus, confirma Archange.

Dol plongea dans ses réflexions, fouillant dans sa mémoire, se rappelant les années qu'il avait consacrées à l'étude du Premier Seigneur. Il hocha la tête quand les souvenirs refirent surface.

— Dans les dernières années du Palais Rouge, Rubin a été au service de Marcellus de manière confidentielle. Dans le palais et la Cité, mais aussi à l'extérieur. Ils étaient proches. Je pense que Marcellus se confiait à lui, lui faisait confiance, alors qu'il ne pouvait avoir foi qu'en très peu de personnes dans son cercle privé. Le garçon – il est plus jeune qu'Indaro – a passé du temps en Odrysia en mission pour Marcellus. Il parlait, et parle toujours, couramment la langue. À l'époque, le bruit courait qu'il avait joué un rôle dans la chute du Palais d'Hiver.

— Ce serait donc un héros ? s'enquit Archange.

Dol haussa les épaules.

— Un espion, c'est sûr. Il n'avait pas d'amis en dehors de Marcellus – si on peut appeler ça de l'amitié. Sans doute ne fait-il confiance à personne. C'est l'un des inconvénients du métier. En revanche, il aura de nombreux contacts. C'est quelqu'un d'extrêmement intelligent, et, apparemment, un survivant.

— Trouvez-le pour moi.

— Puis-je vous demander pourquoi ?

L'impératrice remua légèrement dans le fauteuil. Il comprit que, comme lui, elle souffrait. Pendant un instant, il se demanda ce que deux personnes âgées comme eux faisaient à discuter de sombres projets à l'aube.

— J'ai appris, répondit-elle, que peu avant le Jour des Offrandes Rubin Guillaume ainsi qu'une ancienne Chienne de Guerre nommée Valla avaient eu une audience avec Marcellus au palais, dans la Salle Noir. Je veux savoir ce qui s'y est dit.

— Quelqu'un d'autre était-il présent ?

— Non. Marcellus avait congédié ses auxiliaires. Rubin et la femme se sont tous deux volatilisés après cet entretien. On les a crus tués au Palais Rouge, mais on m'a rapporté que Rubin a été vu récemment. Il ferait la tournée des hôpitaux de la Cité, du nord au sud, à la recherche de la guerrière.

— Est-elle blessée ?

Dol savait que la plupart des Chiens de Guerre avaient été massacrés dans le Hall des Empereurs.

— Elle est estropiée. Elle porte un bras en écharpe contre sa poitrine. Le garçon croit peut-être pouvoir la retrouver dans un hôpital, car elle soigne les blessés de la campagne de l'Encoche de la Couturière.

— Et vous voulez également que je la retrouve ?

— Bien entendu. Mes agents les cherchent tous les deux dans les hôpitaux, mais si vos propres agents sont aussi sur leurs traces, leur capture se fera sans aucun doute plus rapidement.

Ils restèrent assis un moment dans la lumière naissante du matin. Le ventre de Dol se mit à gargouiller et il songea à prendre son petit déjeuner, mais il savait qu'aucun serviteur n'oserait entrer dans la pièce en présence de l'impératrice.

— Quelles sont les nouvelles de l'armée de Khan ? demanda-t-il enfin.

— Un messager est arrivé hier soir. L'armée a dû atteindre le Vorago, à cette heure. Marcus espère pacifier Petrus et faire d'Hayden leur chef d'ici à l'hiver prochain.

Dol haussa un sourcil.

— Cela m'étonnerait que ce soit si aisé.

Il savait qu'Archange se félicitait que le chef de la Famille Khan, qui était aussi le soldat le plus populaire parmi les armées de la Cité, soit loin d'elle. Elle bénéficiait du soutien des armées et, pour le moment, de celui de Marcus également. Que se passerait-il s'il le lui retirait ? Seuls les dieux le savaient. L'avenir de Dol était à présent inextricablement lié à celui de l'impératrice. Qu'il soit bon ou mauvais, il espérait que son règne durerait longtemps, car sa chute marquerait inévitablement la sienne, et ils tomberaient de très haut.

Chapitre 23

Le vieil homme essaya de s'asseoir dans son lit, le regard fixé sur quelque chose que lui seul voyait. Désormais incapable de parler, son regard perdu glissa sur Rubin comme s'il ne voyait pas. Il avait bu un peu d'eau auparavant. Rubin avait croisé son regard, mais n'y avait décelé aucune intelligence, seulement le regard bleu d'un bébé animal à qui on viendrait de donner une gâterie. Le vieil homme détourna la tête quand on lui proposa de nouveau à boire, comme s'il ne voyait qu'un seul chemin se dérouler devant lui, et qu'il sache qu'il lui fallait arriver au bout le plus tôt possible.

Rubin regarda autour de lui. Cet hôpital, monté sur ordre de l'impératrice dans le cadre de son alliance avec les forces petrassi, se trouvait au sud-ouest de la Cité et avait dans un premier temps accueilli les Bleus blessés au cours de l'invasion. D'abord petit regroupement de tentes, l'endroit avait subi les attaques de citoyens ignorants de cette alliance, qui ne voyaient que des ennemis responsables de la mort de leurs proches. Des dizaines d'entre eux, déclarés coupables d'avoir attaqué les hôpitaux contre les ordres formels d'Archange, avaient été exécutés. Depuis, les tentes avaient été remplacées par de robustes huttes en bois. À présent, au cœur de l'été, la plupart des Bleus blessés étaient soit morts, soit guéris. L'hôpital n'abritait plus que des civils malades et mourants comme ce vieil homme.

Personne ne connaissait son nom. Il avait été traîné ici par des soldats qui l'avaient découvert, en état de détresse, dans une rue d'Otaro. Ce quartier, le plus riche de la Cité, avait à peine été touché par l'inondation et l'invasion, et ses habitants n'avaient aucune envie de voir leurs rues souillées par la présence de vieux malades. On l'avait donc conduit ici, où les mourants indigents étaient nourris jusqu'à ce qu'ils n'en aient plus besoin.

Rubin était arrivé dans cet hôpital parce qu'il cherchait toujours Valla. Il était resté assis au chevet du vieil homme toute la matinée, sans vraiment savoir pourquoi.

Quand, l'hiver précédent, il avait fui les ruines du Palais Rouge en compagnie de Fiorentina et des trois réfugiés des Halls, le désespoir le guettait. Son seigneur était parti, et il se trouvait dans une cité détruite par l'inondation, envahie par l'ennemi, pleine de survivants hagards qui avaient perdu leur foyer et leurs proches. La jeune femme qu'il avait secourue, Alafair, souffrait de son poignet cassé. Il avait pris le risque de trouver refuge dans un temple d'Asklepios. Le doyen l'avait autorisé à lui laisser les deux enfants, et un soldat avait remis en place le poignet d'Alafair. Au bout d'un jour ou deux, quand les os commencèrent à se ressouder, les trois s'étaient mis en route pour le Bouclier de la Liberté. Il leur avait fallu presque une semaine pour atteindre la montagne. Lorsqu'ils arrivèrent à destination, des gardes zélés et nerveux leur interdirent d'aller plus loin. Pour la première fois depuis sa rencontre avec Fiorentina, Rubin avait profité du rang de la dame pour convaincre le capitaine de la garde de ne pas les refouler. Enfin, un officier était descendu et avait reconnu l'épouse de Rafael Vincerus. Après quoi ils avaient été les invités de Marcus Rae Khan et de sa sœur, Giulia.

Après la chute de la Cité, le Bouclier apparaissait comme un lieu étrange. Rubin croyait que c'était devenu l'ultime refuge pour les Familles, qu'il avait imaginées barricadées, se défendant contre le déchaînement de violence de l'armée d'invasion. Il s'était attendu à voir des combats dans les couloirs, des points de contrôle, peut-être des blessés que l'on secourait. En fait, il ne trouva rien de tout cela. Pour la première fois depuis des années, il s'habitua à l'atmosphère paisible qui y régnait, et, contre toute attente, il commença à s'ennuyer.

Quand il devint manifeste, d'abord sous forme de rumeur circulant parmi les serviteurs et les militaires, puis plus officiellement quand la Cité s'ajusta à son nouveau statut, qu'Archange était à présent impératrice – comme Fiorentina l'avait prédit –, Rubin s'inquiéta. Les dernières paroles de Marcellus étaient gravées dans sa mémoire en lettres de feu : « Ne fais pas confiance à Archange. N'aie confiance ni en ses paroles ni en ses actes. »

Ce fut donc à la fois par prudence et par ennui qu'il en vint à abandonner l'existence tranquille qu'il menait sur le Bouclier pour retourner dans l'effervescence de la Cité. Il savait que tôt ou tard l'impératrice finirait par apprendre qu'un descendant de Guillaume logeait au Palais des Khan, et il voulait être loin avant que cela n'arrive. Il avait traversé la Cité pour se diriger vers l'Éperon et rentrer chez lui. Il avait beaucoup de questions à poser à son père, et bien des choses à lui raconter, dont la plus importante : sa sœur Indaro était encore en vie le Jour des Offrandes. Il était déçu de ne pas l'avoir retrouvée à la suite des événements, mais il supposait qu'elle était retournée au sein de sa compagnie.

Vingt jours après son départ du Bouclier, il était arrivé au pied des marches creusées dans la falaise qu'il avait descendues plusieurs années auparavant. Il sourit avec regret en revoyant le garçon qu'il était alors, âgé d'à peine seize ans, armé d'un simple couteau et d'une confiance en lui inébranlable. Il s'était demandé, non pour la première fois, si son père l'accueillerait comme un fils prodigue ou un lâche déserteur. Il se préparait aux deux, car il se sentait les deux.

Il avait gravi les marches abruptes avec difficulté, s'émerveillant d'avoir pu autrefois les descendre au clair de lune. Il sourit intérieurement quand il parvint à éviter les gardes pour la deuxième fois, avant de s'offusquer de leur incompétence – une réaction qui lui aurait été totalement étrangère six ans auparavant.

Il était midi et le soleil printanier brillait faiblement lorsqu'il arriva à la maison de son père. La joie le submergea quand il vit la pierre grise. Les lieux étaient déserts. Il remonta l'allée puis s'arrêta, surpris par les changements. Les pelouses, autrefois soigneusement entretenues, étaient devenues des prés, les hautes herbes ondulant dans le vent froid. Les fleurs, sous l'assaut des ronces et des plantes grimpantes, avaient débordé de leurs plates-bandes. La maison était toujours la même ou presque, mais aucune fumée ne s'échappait des nombreuses cheminées, et les volets étaient tous fermés. Il se rendit compte que, si les gardes ne l'avaient pas attrapé, c'était peut-être parce qu'il n'y en avait plus.

Une silhouette apparut à l'angle de la maison : une femme couverte pour se protéger contre le froid de la brise marine. Elle s'élança vers lui. C'était Dorcas, la servante de sa mère et son amie lorsqu'il était enfant. En réalité, malgré ses haillons et son visage marqué par les soucis, elle était à peine plus âgée que lui.

— Rubin ? demanda-t-elle, les yeux écarquillés.

— Dorcas ! Où est mon père ?

— Il est parti, Rubin… monsieur. Il a disparu.

Une main glacée serra le cœur du jeune homme.

— Il est mort ?

— Non… Enfin, je ne sais pas.

Elle avait peur de lui. C'était un adulte à présent, et il devait lui sembler bien différent. Il adoucit son ton.

— Mon père est-il mort, ou bien est-il parti ?

— Il est parti, monsieur.

— Quand ?

— L'hiver dernier.

— Après la chute du Palais Rouge ?

Elle le regarda d'un air perplexe. Elle ignorait de quoi il parlait.

— Après le Jour des Offrandes ?

Elle leva les yeux au ciel et fit des calculs.

— Oui, peu de temps après.

Il la mena vers un banc de pierre contre un muret en silex, à l'abri du vent.

— Que s'est-il passé ? s'enquit-il.

— Un homme est venu le voir, un jour. Il a attendu au portail, mais le seigneur refusait de le recevoir. L'homme a attendu, encore et encore, malgré la neige et le froid. On le croyait fou. Puis le seigneur l'a autorisé à entrer. Ils sont restés toute la nuit dans son bureau, à parler tous les deux. Le lendemain matin, le visiteur est parti. On s'attendait à voir sortir le seigneur, mais il n'est jamais reparu. Simion a fini par ordonner aux hommes de défoncer la porte du bureau. Il n'y avait personne.

— Mon père est parti sans avoir dit où il allait ?

Elle acquiesça.

— Qui était ce visiteur ? Simion doit le savoir.

C'était le capitaine de la garde.

— Tous les gardes sont partis, comme la plupart des domestiques. On a fermé la maison par crainte des écumeurs.

— Des écumeurs ? Ici ?

Elle battit rapidement des paupières. Elle était au bord des larmes.

— Ça a été terrible, ces dernières années, monsieur. Ils disent que les hommes de l'empereur ont expulsé les écumeurs de leur village, sous les falaises de l'Éperon. (D'un geste, elle désigna la mer.) Du coup, ils maraudent le long de la côte. Ils ont tué plein de gens honnêtes, et pis. Ils ont brûlé des maisons, massacré du bétail. Le seigneur, votre père, a renforcé les portes et les fenêtres, et doublé les effectifs de la garde.

Chacun se perdit dans ses pensées.

— Les hommes de l'empereur sont venus ici, reprit Dorcas. Ils ont demandé à voir le seigneur. Puis ils sont repartis.

— Quand était-ce ?

La fille releva la tête, le visage blanc comme un linge.

— Il y a cinq jours.

Ainsi, les hommes de l'empereur étaient en réalité ceux de l'impératrice. Pourquoi Archange était-elle à la recherche de Reeve Kerr Guillaume ? Manifestement, elle ignorait tout de sa disparition. Et qui était ce mystérieux visiteur ?

— A-t-il dit comment il s'appelait ? Le visiteur ? demanda-t-il à Dorcas.

— Sûrement, monsieur, mais personne ne me l'a dit.

— Baltazar saura.

C'était le valet de son père depuis des décennies.

— Il n'est plus là.

— Tous les hommes sont partis ?

— Oui, monsieur.

Elle lui apprit que les seules à être restées étaient Rosa, simple d'esprit, et elle-même qui, n'ayant pas de famille, n'avait nulle part où aller.

Rubin regarda en direction de la Cité lointaine, semblable à un rêve dans cet après-midi printanier. Seul le Bouclier était visible à cette distance, réduit à une masse floue. Comme toujours, les réponses qu'il cherchait lui seraient fournies par les riches et les puissants, dans l'endroit qu'il venait juste de quitter. Il soupira.

— Êtes-vous de retour pour de bon, monsieur ? s'enquit timidement la jeune fille.

Il fit « non » de la tête et se leva. Il sortit toute la monnaie qu'il possédait, une pièce d'or et trois d'argent, et la lui donna. Si son père était mort, Dorcas et Rosa étaient sous sa responsabilité.

— Garde la maison fermée, dit-il. Je t'enverrai… (Qu'allait-il envoyer ?) Je t'enverrai de mes nouvelles dès que je le pourrai. Tu recevras des consignes quand je saurai si mon père est encore en vie.

— Je ne sais pas lire, monsieur, avoua Dorcas en baissant les yeux. Rosa non plus.

— Dans ce cas, je transmettrai le message à une personne digne de confiance.

Il ne voyait pas du tout qui pouvait être le visiteur qui avait précipité le départ de son père. Il adressa un sourire encourageant à la servante puis, avec une pointe de culpabilité, la laissa sur le banc, sous le soleil voilé, pour retourner vers la Cité.

Au chevet du vieil homme, il fut arraché à ses souvenirs par une voix qui lui demanda sèchement :

— Vous êtes de la famille ?

Il se retourna. La femme, vêtue de la tunique morne des soignants, était presque aussi grande que lui. De ses yeux gris, elle le regardait avec dégoût.

— Il est mourant, répondit-il simplement.

— Et vous êtes de sa famille ?

— Non.

Rubin afficha un sourire lumineux, mais ce déploiement de charme qui fonctionnait d'habitude n'eut aucun effet. L'infirmière, impatiente, lui jeta un regard noir. Puis elle dit :

— Ces gens se préparent à rencontrer leurs dieux. Ils ne sont pas là pour vous distraire.

Pour le distraire ! Rubin sentit sa colère monter.

— J'essayais seulement de me rendre utile, rétorqua-t-il d'un ton aussi agréable que possible.

— Il ne sait pas que vous êtes là. Au mieux, votre présence le perturbe. Ceux qui sont vraiment désireux de se rendre utiles nettoient le sang, le vomi et la merde, lavent les sols, les bandages et les draps souillés. Vous avez passé toute la matinée ici, paraît-il. Si vous n'êtes pas de la famille de cet homme, si vous n'êtes pas prêt à vous salir les mains, alors je vous demande de partir.

Il décela de l'aversion dans ses yeux. Même après tout ce qu'il avait vécu, il n'était pas habitué à inspirer un tel sentiment à quiconque, en particulier à cette femme, avec ses paroles sèches et son regard hostile.

— Je suis à la recherche d'une femme, dit-il en changeant de tactique.

— Ah ! rétorqua-t-elle en hochant la tête, comme si cela expliquait tout.

— Une guerrière blessée. Avec des cheveux blonds et…

— J'ai soigné un millier de guerriers blessés, l'interrompit-elle brusquement. La plupart étaient des femmes. Nombre d'entre elles avaient les cheveux blonds.

— Elle est habilitée à soigner les malades, insista-t-il. Je me suis dit qu'elle travaillait peut-être dans un hôpital.

— J'ouvrirai l'œil. Je lui dirai, si je la croise, que son ami la cherche. D'ailleurs, je n'ai que ça à faire, ajouta-t-elle, sarcastique.

— Elle a une grave blessure au bras, précisa-t-il.

— Une blessure ?

— Elle a été touchée dans une bataille.

— Oui, je sais ce que veut dire le mot « blessure », s'énerva-t-elle. Je suis chirurgienne. Et elle n'est pas guérie ?

— Non. Son bras est tenu en écharpe contre sa poitrine.

Pour la première fois, elle le considéra avec intérêt.

— Est-elle de la Cité ?

— Je l'ignore.

Il comprenait pourquoi elle posait cette question. Les gens de la Cité guérissaient bien plus vite que les étrangers. Mais il mentait, impatient d'échapper à ce regard inquisiteur. Il regrettait d'avoir rencontré cette femme et maudissait l'impulsion qui l'avait poussé à se rendre dans cet hôpital.

— Comment s'appelle-t-elle ? demanda-t-elle.

L'hostilité qu'elle avait manifestée jusque-là avait disparu. Elle parlait d'une voix rauque et grave qui, en d'autres circonstances, aurait pu être engageante.

— Dorcas, répondit-il, empruntant l'air de rien le nom de sa servante. Et vous êtes ?

Il tenta de sourire de nouveau.

— Je m'appelle Thekla Vincerus.

Vincerus ! Il se demanda quel lien elle avait avec Marcellus et la nouvelle impératrice. Il réprima le réflexe de lui dire comment il s'appelait. Après tout, les Vincerii surpassaient toujours les Guillaume dans cette Cité. Il ne put toutefois se retenir de demander :

— Avez-vous des nouvelles de Marcellus ?

— Marcellus est mort.

« Tu entendras sûrement dire que je ne suis plus. » Un frisson le secoua. Il eut l'impression que le fantôme de Marcellus était à ses côtés. *Pas un fantôme*, se corrigea-t-il. *Je sais qu'il est vivant.*

— C'est ce qu'on raconte, mais je prie pour que ce ne soit pas la vérité, répliqua-t-il.

— Un témoin l'a vu mourir.

Il remarqua qu'en dépit de la coupe informe de sa tenue celle-ci était faite d'un coton solide, avec des finitions soignées. De temps à autre, d'un geste impatient, Thekla repoussait de son poignet ses boucles brunes.

— Qui donc ? s'enquit-il, même s'il avait déjà entendu cette histoire à maintes reprises.

— Le soldat qui l'a tué.

— Et dont les propos sont tout à fait dignes de confiance, rétorqua-t-il. Vu que les assassins sont en général des gens fiables.

— En quoi cela vous regarde-t-il ? (Avant qu'il ait pu répondre, elle ajouta :) Comment vous appelez-vous ?

Il s'apprêtait à s'expliquer, car il ressentait le besoin dangereux de jouer les lèche-bottes avec cette femme, puis l'autre conseil de Marcellus lui revint en mémoire : *« Fais profil bas et garde tes opinions pour toi, jeune Rubin. »*

— J'ai été soldat, dit-il en évitant de répondre à sa question. Marcellus était mon seigneur. Il est mon seigneur. Je crois sincèrement à son retour.

Elle le regarda de la tête aux pieds.

— Pourquoi n'es-tu plus soldat ? Nous avons besoin de tous les guerriers que nous pourrons trouver.

— Pourtant, nous avons envoyé une armée pour venir en aide à ceux qui, naguère, étaient nos ennemis jurés, lui objecta-t-il.

— L'armée de Marcus Rae Khan est une armée privée. Il en dispose comme bon lui semble. Il en a toujours été ainsi. Il a fait le choix d'aider les Bleus dans leur lutte contre les barbares du Nord.

— Laissant ainsi la Cité vulnérable.

Elle le dévisagea. Elle ne pouvait pas le contredire. Puis elle sourit. Se sentant plus détendu, il lui sourit en retour.

— Revenez demain à la même heure, dit-elle en lui touchant le bras d'un geste rassurant. Je demanderai des nouvelles de votre Dorcas. Je suis sûre qu'à nous tous nous finirons par la retrouver.

Il hocha la tête et sourit, semblant satisfait. Elle s'éloigna. Il regarda une dernière fois le vieil homme endormi et sortit dans l'après-midi chaud et humide, désireux de mettre le plus de distance possible entre Thekla Vincerus et lui. Il était plus déterminé que jamais à retrouver Valla, car Thekla s'était montrée intéressée par le sort de la guerrière seulement quand il avait précisé qu'elle avait un bras en écharpe. Quel que soit l'intérêt que la famille Vincerus portait à Valla, il était peu probable que leurs intentions soient amicales.

Chapitre 24

L'eau finira toujours par avoir le dessus.

Après des siècles durant lesquels on l'avait contrôlé, confiné, canalisé et étouffé sous les nombreuses strates de l'ancienne Cité, anonyme et inconnu de la plupart des gens, le grand fleuve Menander avait enfin jailli et s'écoulait désormais dans un profond canal, à travers ce qui était naguère le Palais Rouge. Le jour, il ressemblait à une mer de boue au débit lent, toujours plein de débris provenant des bâtiments qu'il avait détruits. Mais, au crépuscule, il luisait comme de l'étain fondu.

Sur la rive, assis sur le muret d'une construction en ruine, Rubin contemplait le soleil couchant à travers une brume rose. Ces jours-ci, matin et soir, la brume planait au centre de la Cité. Les tours du palais encore debout se dressaient entre des tas de gravats, simples silhouettes aux contours flous dans un monde d'un rose trouble. Sur la rive d'en face, Rubin distinguait à peine une large volée de marches qui descendait dans les eaux boueuses. Il se demanda à quelle zone du palais elle appartenait, car il était certain de n'avoir encore jamais vu un escalier si large.

À l'endroit où il était assis se trouvaient autrefois les casernes et les écuries des Gulons, la centurie des Mille déployée à l'origine pour servir personnellement l'empereur. L'inondation avait emporté tous les bâtiments en bois, selles, brides, chevaux, chats, rats et hommes qui se trouvaient sur place, ne laissant derrière elle qu'une fine couche de boue qui enrobait presque tout le quartier. Les rats revinrent les premiers, et à présent la zone était fréquentée par les mendiants, les plus démunis, les faibles et les voleurs méprisables qui les traquaient. C'était un endroit dangereux pour un homme seul ne disposant que d'un long couteau pour se protéger. Rubin avait l'intention d'être loin d'ici avant que le soleil ne touche l'horizon, à l'ouest.

Il était venu retrouver quelqu'un qui prétendait avoir servi avec Valla. C'était sans doute un piège. Rubin avait repéré une voie de repli et embauché un garde du corps. Celui-ci s'était caché dans l'ombre des ruines bien avant que le jeune homme ne se présente au lieu de rendez-vous. Il s'appelait Fenna. C'était un vétéran que ses bras et ses jambes faisaient beaucoup souffrir, mais il savait toujours manier une épée et, surtout, un arc court.

Rubin sentit quelque chose lui piquer le cou. Il agita la main pour disperser le nuage de minuscules insectes qui voletaient autour de lui. Un instant plus tard, ils se rassemblèrent pour l'attaquer de nouveau. Quelque chose plongea dans l'eau à ses pieds. Il sursauta, regarda autour de lui et se leva d'un bond en voyant des rats s'éparpiller. Il les détestait toujours autant. Le temps passait. Le soleil baissait et son informateur n'était nulle part en vue. Il jeta un coup d'œil vers la cachette de Fenna et secoua la tête.

— Adolfus ? pépia une petite voix aiguë.

Un enfant aux traits prononcés le rejoignit sur la rive. Il était vêtu de hardes grises et boueuses. Rubin le distinguait à peine dans la pénombre. Il fit un pas vers lui. Le gamin s'écarta aussitôt, aussi prudent qu'un corbeau. Rubin montra ses mains vides.

— Oui, c'est moi.

— Tu r'cherches un soldat ?

— Une Chienne de Guerre blessée appelée Valla. Je paierai pour obtenir des informations.

Le garçon tendit une paume crasseuse. Rubin lui jeta une pante de cuivre. Ayant été finalement obligé de vendre l'insigne que Marcellus lui avait donné, il disposait d'un grand nombre de pièces. Le gamin l'attrapa avec agilité et l'empocha.

— Barrabrick. C'est votre homme.

— Qui est-ce, et où puis-je le trouver ?

Rubin lui tendit une autre pièce. L'enfant s'approcha puis jeta un rapide coup d'œil à gauche. Rubin fit volte-face, le couteau à la main. Deux truands surgirent de la brume, s'élançant vers lui. L'un des deux glissa maladroitement sur la rive boueuse, la joue transpercée d'une flèche. L'autre poursuivit sa course. Rubin se jeta à terre lorsqu'une deuxième flèche siffla au-dessus de lui et se ficha dans le ventre de son agresseur. Celui-ci s'effondra en hurlant.

Allongé à plat ventre, Rubin parvint à saisir la cheville du gamin avant qu'il ne s'échappe. Il se leva et l'attrapa par son cou maigrelet. Le petit se débattit, mais il était faible et rachitique. La seule chose que Rubin avait à craindre de lui était une vilaine morsure.

— Barrabrick ? Où est-il ?

Il secoua l'enfant dans l'espoir de lui arracher une réponse.

— Z-allez m'lâcher ! couina le gamin, comme si on le torturait.

Il avait les dents grises et pourries. Son haleine fétide frappa les narines de Rubin. Tout à coup las, il libéra le garçon qui prit ses jambes à son cou et disparut sans demander son reste.

— Quelle perte de temps, se plaignit Rubin à Fenna, sorti de son trou.

Il ne faisait aucun doute que les blessés n'étaient que des voyous. Ils ne s'étaient pas donné la peine de s'enfuir, sonnés par la douleur, gémissant pour appeler à l'aide. Leurs cris redoublèrent quand Fenna récupéra ses précieuses flèches.

— On ferait mieux de ne pas traîner, conseilla le vétéran, ou le mioche reviendra avec des amis. Pis, poursuivit-il en regardant avec dédain les deux vauriens à terre, les larmes de ces délicats garçons risquent d'attirer leurs mères.

Ils s'éloignèrent aussi vite que Fenna le pouvait avec ses jambes raides, quittant les bords de la rivière pour se diriger vers le Paradis, un quartier relativement paisible dans lequel Rubin avait pris une chambre dans une auberge.

— Barrabrick, dit Fenna, légèrement essoufflé. On dirait un nom inventé.

— Ces gamins-là mentent comme ils respirent, reconnut Rubin. Mais je doute qu'ils aient assez d'imagination pour inventer un nom. Je suis prêt à parier que ce Barrabrick existe. Je vais me renseigner.

Devant l'auberge, Rubin donna à Fenna une demi-pièce d'argent pour son travail de la soirée et la promesse d'une aide future, et regarda le vétéran s'éloigner d'un pas tranquille.

Le Taureau et l'Ours était un établissement spacieux, respectable et florissant qui accueillait les travailleurs, dont beaucoup d'étrangers, venus rebâtir le centre de la Cité. Le prix des chambres était plus élevé que d'ordinaire et Rubin avait dû payer une somme rondelette pour s'offrir quelques nuits.

Il prit un gobelet de bière et un bol de ragoût de viande puis s'installa dans un coin de l'auberge, sa capuche relevée malgré la douceur de la soirée. Il mangea rapidement, sauça son bol avec le pain au maïs doré que l'épouse de l'aubergiste faisait chaque jour, puis fit descendre le tout avec de la bonne bière. Il se redressa sur son siège et balaya la salle du regard, ses angoisses s'apaisant un peu à présent que la nourriture faisait son œuvre. Il connaissait la plupart des clients. Tous les soirs, la table centrale était occupée par un petit Odrysien, architecte en chef des nouveaux bâtiments. Son équipe d'apprentis se tenait bien et était appréciée par l'aubergiste.

« Qui bâtit un palais sur une rivière ? je te demande un peu. » Rubin se rappela les paroles de l'homme qu'il avait tenté de secourir dans les égouts le Jour des Offrandes. En parlant avec l'architecte, il avait appris que le nouveau palais longerait le Menander, mais n'empiéterait pas dessus. Il était prévu qu'on érige plusieurs ponts reliant les rives nord et sud. Le premier était presque achevé.

L'avenir de la Cité semblait radieux : ses ennemis étaient devenus ses alliés et avaient quitté les lieux. À présent que le blocus était levé, la nourriture, le vin, l'approvisionnement en métaux, minerais, bois et charbon abondaient dans la Cité. Sur les marchés, on trouvait déjà des huîtres, des épices, des melons, des figues, des rouleaux de soie et de mousseline, du cacao, du tabac… à un certain prix. Autrefois, la Cité avait été le centre mondial du commerce des perles et des pierres précieuses, et apparemment elle n'allait pas tarder à le redevenir. Les inventions modernes, longtemps refusées aux citoyens, commençaient à apparaître. L'architecte et certains membres de son équipe portaient sur leur nez un ustensile de verre et de fil de fer semblable à celui que Rubin avait vu sur feu le général Dragonard, et qui avait provoqué son hilarité intérieure. Les lanternes de verre étaient une innovation bienvenue. On les remplissait d'huile et on les accrochait aux murs pour éclairer et chauffer – une grande amélioration par rapport aux vieilles torches crasseuses qui rendaient en un instant une taverne comme celle-ci lugubre, et très vite inhabitable.

Détendu, Rubin se carra sur son siège, l'estomac plein et l'esprit apaisé. Trois nouveaux arrivants franchirent alors l'arc de la grande entrée, regardèrent la salle comme à la recherche d'amis, puis se dirigèrent vers le comptoir noir de monde. Malgré leurs habits de civils, ils avaient une allure de guerriers, et n'étaient pas jeunes. Les sens brusquement en alerte, Rubin se cacha un peu plus sous sa capuche et observa chaque visage. Ceux de deux des hommes lui étaient inconnus.

Mais le troisième était Arben Busch, son ancien commandant de la Dix-septième infanterie odrysienne lorsqu'il était à l'Encoche de la Couturière.

— Mavalla !

Valla se retourna si vite qu'elle manqua de tomber. Elle battit des paupières dans la lumière matinale, le sang battant à ses tempes.

— Tu te trompes de chemin ! Mavalla ?

Elle secoua la tête pour s'éclaircir les idées. Thorum la regardait avec gentillesse. Ancien fantassin, c'était un homme gigantesque au visage taché de son, les mains grandes comme des battoirs. Son corps musclé et volumineux tendait les boutons de sa veste. Wren, son épouse, aussi petite et mince qu'il était robuste, l'observait avec moins de patience.

Le problème quand on vivait dans une auberge, c'était que la bière y était peu chère et coulait à flots. Chaque fois que Valla s'était acquittée de sa tâche, à l'aube, ses deux camarades et elle retournaient à *L'Enfant du Dragon*, où ils avaient des chambres sous les toits, et prenaient un petit déjeuner composé de pain et de bière. Parfois trop de bière.

— Je vais prendre l'air, leur dit Valla.

Pour m'aérer l'esprit, aurait-elle pu ajouter. Son estomac menaçait de se révolter ce matin-là. Aussi, après avoir bu un gobelet seulement, elle laissa ses amis pour profiter de la fraîcheur de l'aube. Elle aurait dû leur dire ce qu'elle allait faire, pensa-t-elle confusément. Ils surveillaient toujours ses arrières, et elle les leurs.

Tous trois avaient été embauchés par l'ingénieur responsable de la reconstruction du palais, sur la rive nord du Menander. On érigeait une salle aux proportions énormes – pour quel usage, ils l'ignoraient –, dont le sol était recouvert de magnifique lapis-lazuli. Les murs montaient vite, mais pas assez pour empêcher les voleurs de tenter de pénétrer, la nuit venue, dans le nouveau bâtiment pour dérober la précieuse pierre bleue. Valla faisait partie d'une des équipes d'anciens soldats chargées de protéger le sol et les autres matériaux de valeur.

Thorum acquiesça, malgré l'inquiétude qui se peignait sur son visage. Sa femme tourna brusquement les talons et rentra dans l'auberge, bientôt suivie de son époux. Valla prit une grande inspiration, l'air frais dispersant les mauvaises odeurs, et se dirigea vers la rive.

Quand la section d'élite des Mille avait été créée, trois cents ans auparavant, le règlement exigeait que seuls les guerriers ayant trois noms, dont un nom de Famille, puissent être promus à ce rang. Cette directive avait été assouplie au fil des siècles, et désormais tout soldat ayant fait preuve d'héroïsme avait le droit de les rejoindre. Valla, ancien membre de la Vingt-deuxième, avait sauvé la vie d'un groupe de camarades, dont Quintus Flavius Kerr, le commandant de la compagnie, en les défendant seule alors qu'ils étaient pris dans une embuscade, dans un ravin des montagnes de la Lune. Inspirée par sa nomination au sein des Mille, elle avait changé son nom, Mavalla, en Valla, afin de mettre autant de distance que possible entre le simple soldat qui avait échappé à la vie dure et rigoureuse de l'orphelinat et la guerrière en livrée noir et argent qu'elle était devenue. Ayant désormais repris son ancien rôle d'épée à louer, elle avait aussi repris son nom.

Elle suivit le Menander jusqu'à un large escalier aux marches de marbre. Elle le monta, se faufilant entre les femmes qui chaque matin le descendaient pour faire leur lessive. Une fois au sommet, elle s'arrêta pour contempler la Cité. La brume matinale se levait. Loin à l'ouest, elle distingua les falaises de l'Éperon et, comme d'habitude, songea à Rubin. Était-il retourné là-bas ? Menait-il une vie facile ? À l'est se dressaient les contours distincts du Bouclier de la Liberté, unique symbole de puissance de la Cité après la destruction du Palais Rouge.

Lorsqu'elle était enfant, âgée de douze ans peut-être, une violente tempête avait éclaté, une nuit. De la fenêtre de l'orphelinat, elle avait vu un petit chien blanc blotti sous un muret, terrifié par les vents forts, le tonnerre et les éclairs. Elle avait volé au secours de la pauvre bête. Battue par la pluie, elle avait ramassé le chien, qui l'avait récompensée par une belle morsure. Pieds nus dans la boue, elle faisait demi-tour quand elle avait entendu un bruit sourd au milieu d'une grande bourrasque. Elle s'était arrêtée et avait vu, un pas sur sa droite, une grosse tuile grise tenir droite dans le sol, comme si elle avait toujours été là. Levant les yeux, elle avait compris que le vent avait arraché la tuile du toit et qu'il s'en était fallu d'un rien pour qu'elle lui tombe dessus.

Le Bouclier lui rappelait cette tuile. On aurait dit qu'il s'était planté dans la terre en tombant de très haut, ou peut-être qu'il en avait jailli à la suite d'un tremblement de terre. Elle se demanda si le palais de l'impératrice se trouvait au sommet – la nouvelle impératrice qui, selon ses interlocuteurs, était une déesse, une chamane ou encore une sorcière.

Elle se rendit compte que la lumière autour d'elle changeait. Le soleil faisait son apparition à l'horizon. Les premiers pépiements des oiseaux résonnaient, ainsi que les braiments des ânes. Les mouettes criaient. Sur la place où elle se trouvait, face à la rivière, il y avait un temple blanc pourvu d'un grand fronton, dédié à un dieu guérisseur. Même si elle l'avait voulu, Valla n'aurait pas pu y entrer. Sa déesse était Aduara, pour le meilleur et pour le pire, et c'était une déité jalouse.

En passant devant le temple, elle entendit, malgré la rumeur de la Cité qui se réveillait, des bruits de pas furtifs. Elle se retourna, sa lame à la main. Trois hommes surgirent d'une allée, vêtus comme des mendiants. Mais les mendiants maniaient rarement l'épée. *Des épéistes*, songea Valla avec une pointe d'intérêt. *Ma spécialité.*

L'un d'eux jeta un bref coup d'œil sur sa gauche. Valla en vit deux autres apparaître : un grand homme armé d'un gourdin, et une femme munie de deux dagues.

— Alors, dit-elle calmement en se décalant à gauche pour les voir tous, êtes-vous au complet ? Peut-on commencer ?

Malgré sa bouche sèche, elle sentit l'excitation la gagner. *Triomphante ou morte*, pensa-t-elle. Elle n'avait pas de préférence.

Elle risqua un regard en arrière, à la recherche d'autres assaillants. L'homme au gourdin choisit ce moment pour fondre sur elle. Elle remarqua que le gourdin était trop lourd, même pour un type robuste, et celui-ci devait fournir un effort certain pour le manier. Lorsqu'il s'arrêta pour le soulever au-dessus de sa tête, elle plongea en avant et lui transperça le cœur.

Elle recula légèrement, laissant le corps tomber entre elle et les autres agresseurs qui marchaient vers elle. L'un d'eux, un blond, décocha un coup de pied méprisant à l'homme agonisant.

— C'était un imbécile, déclara-t-il.

— Ce qui fait de toi un plus grand imbécile encore pour l'avoir amené, rétorqua-t-elle.

Elle bondit en avant, le bras complètement tendu, cherchant à percer le cœur du blond. Il recula. Un deuxième homme l'attaqua. Elle se contorsionna et para juste à temps, évitant un coup redoutable du chef. D'un coup d'épée, elle transperça le biceps du deuxième homme, d'où le sang gicla. Elle fit un bond en arrière. Un couteau siffla près de son oreille. Elle recula et décrivit un cercle, essayant de garder les trois hommes entre elle et la femme aux couteaux. Celle-ci se mit aussi à faire des cercles pour tenter d'atteindre Valla dans le dos. La seule chose que Valla pouvait faire, c'était rester sans cesse mobile.

Elle plongea. D'un mouvement vif, elle entailla le chef au niveau du genou puis visa le cou d'un autre. Elle y était presque quand l'épée du chef s'abattit sur elle tandis que celle du deuxième homme montait. Dans un revers rapide, elle égratigna l'épaule du deuxième et voulut toucher le chef au cou. Ce dernier la bloqua. Valla se précipita entre les deux hommes, un autre couteau volant juste à côté de sa tête. Mais le chef était véloce, et il ne lui fallut que le temps d'un battement de cœur pour se retourner et lui faire de nouveau face, le troisième homme à ses côtés. Elle s'empressa de parer les coups, leurs épées s'entrechoquant bruyamment dans le silence matinal. Elle examina les autres : l'homme blessé saignait abondamment, mais n'avait pas abandonné. La femme aux couteaux se déplaçait de nouveau, gardant ses distances.

Les deux hommes indemnes fondirent sur elle, dans un mouvement stratégique dirigé vers le haut et vers le bas. Au lieu de reculer, elle s'avança dans leur espace. La pointe de son épée toucha le chef au cou, puis elle bondit et, avec la poignée, frappa l'oreille de l'autre. Il chancela ; elle put le dépasser. Elle fit volte-face, rapide comme l'éclair, mais le chef le fut plus encore. Elle s'écarta pour éviter un coup qui la visait au cœur. Elle fut trop lente : il manqua de la toucher au niveau de son épaule valide, déviant sur le surcot de cuir. Le souffle court, elle tomba sur un genou. Lorsqu'elle se releva, elle vit la femme qui brandissait une dague, prête à l'abattre sur elle…

Sa main fut alors tranchée net, au milieu de son geste. La femme hurla de douleur tandis que sa main et la dague tombaient sur les pavés. Une épée ensanglantée chuta également avec fracas, envoyant des étincelles. Valla vit Thorum et Wren s'élancer vers le groupe, Thorum dégainant sa seconde épée.

Son camarade lui sourit.

— Les lanceurs de couteaux. Détestables, pas vrai ?

Il fit un pas de côté et transperça la nuque de la femme, lui tranchant la colonne.

Le dernier combat fut bref : trois contre trois. Quand il ne resta plus que le chef, Valla demanda une trêve et s'avança vers lui. Il saignait beaucoup de diverses et larges blessures et tenait à peine debout. Valla ramassa un couteau à terre et mit la pointe sous le menton de l'assaillant.

— Qui vous envoie ? l'interrogea-t-elle.

Elle était sûre que cette attaque ne devait rien au hasard. L'autre remua les lèvres faiblement pour lui cracher au visage. Thorum lui donna un coup de coude dans le nez. La tête de l'homme partit en arrière.

Valla regarda son ami d'un œil noir.

— Je voulais qu'il parle !

Thorum haussa les épaules et sourit à Wren. L'assassin s'effondra, un profond soupir s'échappant de ses lèvres. Wren s'accroupit, chercha le pouls de l'homme et se leva.

— Mort. Bon débarras.

Valla fronça les sourcils.

— Qui les envoie ?

Wren haussa les épaules.

— Quelle importance ? Tu es vivante.

— Mais pourquoi quatre combattants s'en prendraient-ils à un soldat qui n'a qu'un bras valide ? Ai-je l'air d'être riche ?

Elle baissa les yeux sur ses vieux vêtements tachés. Personne ne l'aurait prise pour une nantie. Elle regarda autour d'elle. Attirés par les bruits de la bataille, des spectateurs sortaient d'un peu partout.

Thorum fouilla les corps.

— Rien, conclut-il en se levant. Allons-y. Ça m'étonne que les gardes ne soient pas déjà là.

Abandonnant les cinq cadavres sur le pavé, le trio se hâta de retourner à l'auberge.

Chapitre 25

Rubin décida qu'il valait mieux mettre de la distance entre lui et Arben Busch, un homme qui, aux dernières nouvelles, avait été placé en détention sur ordre de Marcellus pour être interrogé et exécuté. Il n'avait aucune envie d'affronter le général odrysien, de voir sa véritable identité révélée et de déceler dans ses yeux la prise de conscience puis le mépris. Rubin n'avait pas honte de son rôle d'espion, il en était même fier, mais il comprenait que son ancien ennemi ne partage pas son sentiment.

Tôt le lendemain, il quitta *Le Taureau et l'Ours*. Son couteau à sa hanche et un petit sac sur le dos, il se mit en quête du dénommé Barrabrick. Il se renseigna auprès de son réseau de connaissances – soldats, marins, marchands, vendeurs ambulants, aubergistes, tenancières de bordel –, mais ce fut tard ce jour-là qu'il rencontra un vétéran mutilé qui lui raconta avoir entendu dire que Barrabrick recrutait de la main-d'œuvre. Que ceux qui le connaissaient soient rares était sûrement dû au fait que ce Barrabrick pratiquait ses affaires au nord du fleuve.

La rive nord du Menander avait moins souffert de l'inondation que la rive sud, ce qui faisait d'elle une zone bien moins dangereuse. Dans le Sud, le palais – du moins les parties les plus proches du turbulent cours d'eau – s'était effondré, réduit à un tas de gravats. Au nord, l'édifice était resté presque intact, même si la montée des eaux avait fatalement fragilisé ses fondations. Des bâtiments s'écroulaient encore et, chaque jour, on annonçait des accidents ayant provoqué la mort de dizaines de personnes, en général des réfugiés, des pauvres et des vagabonds.

La simple traversée du Menander était une entreprise périlleuse. Le premier nouveau pont allait bientôt être inauguré, mais le seul choix qui s'offrait pour le moment était de contourner le fleuve : un long trajet en territoire hostile. Sinon, il fallait tenter sa chance à bord d'une embarcation. Celles qui se portaient volontaires pour jouer les navettes après les événements du Jour des Offrandes étaient les moins aptes à proposer une traversée sûre. Canots à rames, barges et radeaux en provenance de la côte – tous percés et pourris, aucun en état de naviguer – foisonnaient dans la Cité. Des centaines de gens avaient péri noyés sur les navettes qui coulaient en nombre dans les eaux traîtresses.

Rubin pensa alors aux architectes. La reconstruction du palais avait été confiée à deux équipes différentes d'architectes et d'ingénieurs, une au nord et une au sud. Malgré tout, ces hommes étaient régulièrement amenés à traverser la rivière. Il s'agissait de figures importantes, qui n'étaient pas prêtes à risquer leur vie sur des coquilles de noix moisies. Après un moment de réflexion, Rubin retourna au *Taureau et l'Ours* et s'attarda au-dehors tandis que le crépuscule tombait. Il repéra enfin l'un des ingénieurs. Celui-ci était ivre, suffisamment pour avoir perdu toute discrétion, mais pas assez pour ne plus savoir ce qu'il faisait. L'homme était mécontent de son employeur. Rubin lui prêta une oreille attentive et le flatta jusqu'à lui soutirer, moyennant finances, les informations dont il avait besoin. Le lendemain matin, il se présenta devant une embarcation petite mais robuste avec des papiers indiquant au passeur qu'il avait le droit de faire la traversée, sur ordre de l'impératrice.

Le soir venu, il avait trouvé une auberge dans une rue tranquille, payé sa chambre pour trois nuits et envoyé un message au brave Fenna pour lui indiquer où on pouvait le contacter. Le lendemain, il reçut une réponse de Fenna l'informant que, la nuit de son départ, sa chambre du *Taureau et l'Ours* avait été visitée par des hommes vêtus de capes à capuche, et que son nouvel occupant, malchanceux, avait été entraîné dans les ténèbres.

Sachant cela, Rubin décida de changer chaque jour d'adresse. La veille, il était passé devant un établissement d'allure respectable, où il décida de passer la nuit. Il s'y présenta aux premières lueurs du jour et paya d'avance l'aubergiste avec deux pantes de cuivre. C'était une erreur, car, lorsqu'il revint à la nuit tombée, à la fin d'une autre journée de recherches improductives à propos de Barrabrick, son repaire avait été découvert.

Il grimpa l'escalier derrière la taverne. Il n'y voyait guère, car l'étroite structure de bois n'était éclairée que par la lueur des étoiles, à travers une fenêtre de toit. Il longea le couloir au plancher grinçant jusqu'à sa chambre et ouvrit la porte. Puis il s'arrêta, sentant une odeur nouvelle. Il dégaina son couteau et franchit le seuil. Le lit était baigné de la lumière des astres. Il sourit en reconnaissant la forme endormie, blottie sur la couverture.

Valla l'avait trouvé la première.

— Je croyais que les sens des soldats étaient si affûtés qu'ils entendaient une aiguille tomber, même lorsqu'ils dorment, dit-il à Valla quand elle mordit dans le pain et le fromage qu'il avait apportés.

En réalité, elle dormait comme une souche et il avait eu un mal fou à la tirer de son sommeil.

Valla haussa une épaule.

— Les guerriers savent quand ils sont en sécurité, répliqua-t-elle d'un air légèrement hautain.

Rubin sourit.

— Comment m'as-tu retrouvé ? Je te cherchais, moi aussi.

— Je sais que tu apprécies ton petit confort, répondit-elle, la bouche pleine. J'ai fait toutes les bonnes auberges en demandant si on y avait vu un homme grand, maigre, aux cheveux roux.

— Mais pourquoi sur la rive nord ?

Elle haussa de nouveau l'épaule.

— Parce que c'est là que j'étais.

Alors qu'il luttait contre son agacement et sa consternation d'avoir été pisté si facilement, elle lui raconta ce qu'elle avait vécu depuis leur séparation, le Jour des Offrandes, ainsi que la bataille qu'elle avait livrée dans le Palais Rouge et la mort de Leona, son commandant.

— As-tu rencontré une guerrière rousse ? s'enquit-il. Grande, comme moi ?

— Ta sœur ?

Il acquiesça.

Elle fit « non » de la tête.

— Je ne crois pas. Ça me paraît si loin… Il s'est passé tant de choses depuis. Attends, j'ai vu une femme correspondant à cette description. Elle se battait comme une déesse. Comme Aduara en personne. Mais elle défendait l'autre camp.

Elle cracha par terre avec mépris.

— Et l'empereur, l'as-tu vu ? demanda-t-il, curieux.

Il se murmurait que l'empereur avait été tué par une femme.

De nouveau, Valla secoua la tête.

— C'était une boucherie. J'ai reconnu de nombreux visages, des hommes et des femmes avec qui j'ai servi, mais la plupart étaient morts ou mourants. C'était un véritable bain de sang.

Puis, avec une certaine gêne, elle lui parla du gulon et lui raconta comment il lui avait sauvé la vie.

— Que lui est-il arrivé ? l'interrogea Rubin avec un sourire dubitatif, ne sachant s'il devait la croire.

Jamais il n'avait entendu dire qu'un gulon avait protégé quelqu'un.

— Je ne sais pas. Il a disparu après la bataille. Ensuite, j'ai quitté le palais et trouvé un endroit où me reposer.

— Tu as eu de la chance.

Elle ne répondit pas. Son regard s'assombrit. Il savait que l'ambition de Valla était de mourir en luttant pour sa Cité. Il se demanda pourquoi elle ne l'avait pas fait.

— Moi aussi, j'étais au palais, poursuivit-il.

Replongeant dans ses souvenirs, il évoqua la chute du Mur Adamantin, sa dernière rencontre avec Marcellus, et Fiorentina.

— En gros, j'ai passé la journée à me battre pendant que toi, tu bavardais avec la noblesse, conclut-elle, amusée.

Il hocha la tête en souriant.

— Qu'est-il advenu de Marcellus ? s'enquit-elle. J'ai entendu dire qu'il était mort, mais toi et moi savons que c'est impossible. Je l'ai vu se battre. Il est invulnérable. Mais, s'il vit toujours, comment se fait-il qu'il ne soit pas empereur ? Ça n'a aucun sens.

— Je l'ignore. Il reviendra, j'en suis sûr. Il a un plan. Marcellus en a toujours un. À son retour, nous serons tous deux prêts à nous battre pour lui, si on doit en arriver là.

Il lui confia les derniers avertissements du Premier Seigneur.

Valla parut troublée.

— Je n'avais jamais entendu parler d'Archange jusqu'à ce qu'elle se retrouve subitement impératrice. Si Marcellus ne lui fait pas confiance, nous ne le pouvons pas non plus.

— Il reviendra, répéta Rubin.

— Je l'espère. Il paraît qu'elle a l'intention d'interdire aux femmes de s'enrôler dans l'armée. (Elle ricana.) Tu imagines le cauchemar ?

Au fond de lui, Rubin n'approuvait pas que les femmes se battent, même les vaillants soldats comme Indaro et Valla, mais pour rien au monde il ne l'avouerait à son amie.

— Je commençais à croire que tu étais partie vers le nord, dit-il, avec l'armée de Khan, pour combattre les barbares.

Elle secoua la tête d'un air triste. Il maudit son manque de délicatesse. Jamais plus elle ne servirait au sein d'une armée normale, pas avec son bras invalide. Pour changer de sujet, il l'informa de la disparition de son père.

— Je m'inquiète pour lui, admit-il. Où a-t-il bien pu aller ? Et pourquoi ? Ce n'est qu'un vieil homme qui s'occupe de son jardin – ou plutôt s'occupait, se corrigea-t-il en songeant au vaste pré qu'était devenu le gazon vert soigneusement entretenu.

— Tu m'as dit qu'autrefois c'était un homme de pouvoir.

— Il y a longtemps. Il ne s'intéresse plus à la politique.

— Peut-être que c'est la politique qui s'intéresse à lui, suggéra Valla.

Rubin y réfléchit.

— Tu crois que ça a un rapport avec le Palais Blanc ?

— Je ne sais pas. Mais le pouvoir cherche toujours le pouvoir. Du moins, c'est ce que Leona disait toujours.

— Une femme pleine de sagesse, répliqua-t-il, courtois.

Elle lui parla alors de la bataille de la place du temple.

— Je me demande s'il y a un lien avec les voyous qui ont visité ma chambre du *Taureau et l'Ours*, s'interrogea Rubin. Apparemment, ils avaient en tête plutôt un enlèvement qu'un vol ou un meurtre. Peut-être tes agresseurs font-ils partie de la même mission.

— Mais pourquoi ? s'étonna-t-elle.

— Tu t'es fait des ennemis. Quelqu'un veut ta mort.

— Personne ne sait que Valla existe, à part toi. Désormais, je me fais appeler Mavalla.

— Mais cette attaque n'était pas fortuite. Tu t'es clairement fait des ennemis, même si ça concerne ta vie d'aujourd'hui, ou ton travail. Toutefois, si c'était seulement un idiot que tu avais offensé professionnellement, ils te l'auraient dit. Les assassins silencieux cachent un commanditaire.

— Je ne suis qu'un soldat, lui objecta-t-elle. Je n'ai manqué de respect à personne.

Après quoi elle s'endormit. Elle n'en avait pas eu l'intention, mais elle s'était mise à somnoler tout en discutant, un morceau de pain dans la main. Rubin tira sur elle une couverture, la borda et passa un bras autour d'elle. Elle se blottit contre son épaule. Il jeta un coup d'œil furtif au bout des doigts de son bras blessé. Ils étaient toujours d'un blanc cireux, comme des ossements qu'on aurait mis au jour après un séjour prolongé en pleine terre, mais pas pourris. Pas encore. Il fut pris d'un élan de pitié pour elle, envahi par un sentiment proche de l'amour. Mais tous ceux qu'il avait aimés étaient morts ou l'avaient abandonné pour quelque chose de plus important.

Les bougies allaient s'éteindre. Il ne bougea pas pour en allumer d'autres et resta assis dans l'obscurité, Valla chaude contre lui, attendant l'aube. C'était un vrai sac d'os. Là où d'autres femmes avaient des courbes, elle n'avait qu'angles saillants. Il lui sembla que sa déesse lui en demandait trop, que Valla ne cessait de donner, et qu'Aduara demeurait insensible. Il trouvait paradoxal qu'elle soit à la fois plus dure que lui et plus fragile. Mais ils semblaient faits pour être ensemble, et cette réunion était aussi inexorable que les marées.

Pendant que Valla dormait, Rubin songea à la conversation qu'il avait eue avec Thekla, la chirurgienne parente de Marcellus, d'Archange ou des deux. Il se remémora également le jour où, à l'Éperon, lorsqu'il avait douze ans, son père et lui s'étaient entretenus dans son bureau tandis qu'Indaro prenait sa leçon d'escrime dans le jardin, en contrebas. Il avait demandé à Reeve pourquoi Archange était si dangereuse, et avec le recul la réponse de son père lui paraissait prémonitoire.

— La soif de vengeance d'Archange est forte, mon garçon. C'est une femme très puissante, et je crains qu'une lutte de pouvoir entre les trois – Archange, Araeon et Marcellus – ne marque la chute de la Cité.

— Sont-ils tous trois de puissants guerriers ? avait demandé Rubin. Son père avait froncé les sourcils.

— Marcellus, oui. Pourquoi ?

— Vous avez dit qu'ils étaient puissants.

Reeve secoua la tête.

— Je parlais d'une autre forme de puissance, pas de force physique.

— De quel pouvoir parlez-vous, alors ?

— Araeon peut créer la vie à partir de… d'un objet inanimé. Marcellus peut détruire la vie. Tous deux se sont affaiblis au fil des ans, car ils sont très vieux, bien plus que moi.

— Et Archange ?

— Archange a le pouvoir de préserver, et de guérir.

Étendu auprès de Valla, le bras passé autour d'elle, Rubin songea à bien des choses. Le matin venu, il avait pris une décision.

— Nous allons au Bouclier, annonça-t-il après avoir réveillé sa compagne, à l'aube.

— Ah bon ? s'étonna-t-elle d'une voix ensommeillée.

Elle trouva le morceau de pain qu'elle avait fait tomber par terre et souffla dessus pour en chasser la poussière.

— Nous demanderons des nouvelles de mon père et d'Indaro. Peut-être que nous saurons aussi si quelqu'un est à nos trousses, et pourquoi.

— C'est loin, fit-elle remarquer en mangeant, et ce sera périlleux si quelqu'un veut notre peau.

— Nous ne serons en sécurité nulle part dans la Cité, si quelqu'un veut notre peau, rétorqua-t-il sèchement.

— Et si c'est la nouvelle impératrice qui nous recherche ?

— Alors il ne sert à rien de se cacher. Elle finira par nous trouver. Toi et moi avons été loyaux envers la Cité. *A priori*, nous n'avons rien à craindre d'elle.

Ses paroles lui parurent peu convaincantes, mais quel choix avaient-ils ? Quitter la Cité ? Pour aller où ?

— Tu pourras être de nouveau mon garde du corps. Nous devrons faire le trajet sous terre.

Malgré une sérénité apparente, il décela de la peur dans son regard.

— Sous terre ? Tu veux parler des égouts, des Halls ? Je croyais qu'ils avaient été détruits.

— Au centre de la Cité, ils ont été inondés, expliqua-t-il, mais au-delà il y a encore des galeries. Je ne parle pas des Halls. On m'a dit un jour qu'il était possible de traverser le cœur de la Cité, d'aller du Palais Rouge au Bouclier, en passant par les souterrains. Les cachots du palais sont reliés à ceux qui se trouvent sous la montagne.

— Sont-ils encore utilisés ?

Les cachots de l'empereur avaient une réputation terrifiante.

— Je ne sais pas. Nous verrons.

— Sais-tu quel itinéraire emprunter ?

— Non. Mais je connais quelqu'un qui sait.

Chapitre 26

Au palais des Khan, sur le Bouclier de la Liberté, le cliquetis des seaux et des bruits d'éclaboussures indiquèrent à Fiorentina Vincerus, invitée des Khan, que l'on préparait son bain. Celui-ci avait été retardé, car les filles que Giulia Rae Khan avait nommées à son service avaient été rappelées brusquement pour une affaire urgente en cuisine. Impatiente de pouvoir se réchauffer, Fiorentina se blottit dans ses couches de châles. Prendre un bain était une des façons de se chauffer au palais. À l'approche de l'automne, les jours raccourcissaient et refroidissaient.

Ce palais avait été l'un des premiers bâtis sur le Bouclier, peut-être même le tout premier, et il n'avait pas été conçu pour être un lieu confortable. La forteresse de pierre jaune était humide, froide et pleine de courants d'air, même en été. La grande salle de Marcus était la seule pièce dotée d'un âtre. En hiver, tous les résidents du palais, y compris les Khan, s'y rassemblaient, se vêtant de manteaux, capes et châles jusqu'à ne plus pouvoir remuer qu'à peine. Fiorentina redoutait les longues nuits à venir.

— Regardez, ma dame.

Sa bonne, Alafair, lui montra les brins de lavande séchés qu'elle avait trouvés dans le jardin. Fiorentina huma leur parfum éphémère.

— Merveilleux ! soupira-t-elle.

— Je vais en mettre dans votre bain et sous votre oreiller, proposa la jeune fille.

Fiorentina sourit.

Pourtant, elle n'avait pas de quoi. Sa grossesse, à un stade avancé, rendait tous ses mouvements pénibles. Elle n'arrivait pas à dormir. Manger lui causait des remontées acides dans la gorge. Elle avait mal au dos en permanence. Tous les jours, elle se languissait de Rafe, son amour perdu, mais redoutait de mettre au monde son enfant. Giulia, qui avait accouché de nombreuses fois, prenait de haut ses inquiétudes. Certes, la vieille femme prenait toujours à la légère les petits inconforts, de même qu'elle méprisait les réconforts tels qu'un bain ou un bon repas.

Fiorentina avait mis un certain temps à se rendre compte que les Khan étaient pauvres. Toutes leurs ressources semblaient avoir été englouties dans l'armée de Marcus, ce qui au quotidien leur laissait peu de moyens de subsistance sur le Bouclier. Même le chargement d'or rapporté en bateau que Giulia avait réussi à obtenir d'un roi du Nord, destiné à la guerre, avait été affecté au trésor de la Cité pour financer sa reconstruction. Fiorentina supposait que les Khan étaient plus pauvres que nombre de marchands d'Otaro, qui ne contribuaient en rien à la guerre ni à la paix, si ce n'était par leurs nombreuses critiques.

— Ma dame, chuchota Alafair en se penchant vers elle, comme si elle avait affaire à une enfant malade, dame Giulia vous invite dans son salon.

Fiorentina soupira.

— Quand ça ?

— Maintenant, ma dame. Ou plutôt, se corrigea la servante, dès que vous vous en sentirez capable.

Fiorentina tenta de se mettre debout. Elle avait l'impression d'être une coccinelle renversée sur le dos. Alafair prit ses deux mains et l'aida à se lever.

Elles se trouvaient sur la terrasse pavée qui s'étendait sur les hauteurs de la façade sud du palais. Le palais des Khan ne possédait ni joli balcon ni jardin tranquille où s'asseoir un moment, mais les appartements de Fiorentina donnaient sur la terrasse. Elle y passait beaucoup de temps, car il y faisait souvent plus chaud qu'à l'intérieur. Le muret de la terrasse était couvert d'une épaisse couche de plantes grimpantes et de roses sauvages qui remontait sur les côtés et donnait à Fiorentina la sensation d'être dans un étrange jardin suspendu. Elle s'avança jusqu'au parapet, face au Sentier des Coquillages et à une pente boisée qui descendait vers le palais des Gaeta. Elle se demanda ce que Giulia lui voulait. Jamais elle ne l'invitait pour le simple plaisir de sa compagnie.

Elle baissa les yeux et décela un mouvement. Pendant un instant, son cœur cessa de battre : elle crut voir son époux se promener entre les arbres et remonter la pente couverte de feuilles dorées. La silhouette disparut puis reparut. L'homme était brun et mince, comme Rafe, vêtu de noir, une épée à la hanche, comme la dernière fois où elle avait vu son mari. Sa démarche lui était familière. Elle la connaissait aussi bien que les traits de son propre reflet. C'était Rafe. Elle cessa de respirer.

Mais c'était impossible ! Rafe était mort. Elle se détourna tristement.

Alafair s'enquit :

— Tout va bien, ma dame ? Vous êtes toute pâle.

Incapable de parler, Fiorentina hocha la tête. Si par quelque miracle Rafe était toujours vivant, il serait sans aucun doute parti à sa recherche. Ce n'était pas lui. L'été dernier, elle avait croisé d'autres hommes, dans la grande salle de Marcus ou dans la cour du palais, qu'elle avait pris pour son époux. Juste un instant fugace.

— Je me demande ce que veut Giulia, dit-elle d'un air songeur.

Comme d'habitude, le salon de Giulia parvenait à être à la fois froid et étouffant. La pièce lugubre était ornée de tapisseries usées jusqu'à la corde et pleines de la poussière qui emplissait l'air. Les meubles en bois foncé et les corbeaux sculptés du plafond, lustrés, contrastaient avec les tapis sales et abîmés. Fiorentina se dit que Giulia ne voyait plus la crasse à cause de sa mauvaise vue, et que son frère devait s'en moquer.

— Fiorentina, la salua son hôtesse depuis l'obscurité. Comment allez-vous ?

— Aussi bien qu'on peut s'y attendre, répliqua la jeune femme avec un sourire forcé.

Giulia s'avança dans la lumière d'une fenêtre. Fiorentina retint son souffle. Depuis leur dernière entrevue, la femme avait rajeuni de dix ans, peut-être vingt. Ses cheveux, d'un blond passé en temps normal, avaient désormais la couleur de l'or pur, épais et luxuriants comme ceux d'une jeune fille. Sur son visage, les rides de douleur et de joie avaient disparu ; sa peau était lisse et fraîche. Ses yeux pétillaient. Fiorentina vit pour la première fois quelle beauté elle avait été autrefois. *La lumière me joue des tours*, songea-t-elle. La tête lui tournait légèrement. Elle était restée assise au soleil trop longtemps, et pénétrer dans cette salle sombre lui provoquait sûrement des hallucinations.

Elle balaya les lieux du regard, essayant de se remettre de ses émotions. Elle remarqua alors la présence d'un homme étrange aux cheveux bruns, entièrement vêtu de noir. Il ne ressemblait en rien à Rafe.

— Je vous présente Jona Lee Gaeta, dit Giulia en posant la main sur le bras de l'homme dans un geste familier.

Il s'inclina pour la saluer, prit les doigts inertes de Fiorentina et y déposa un baiser.

— Ma dame, murmura-t-il.

Fiorentina resta interdite. Marcus, Giulia et elle étaient convenus que sa présence au palais devait rester secrète jusqu'à ce qu'elle ait accouché. Elle avait entendu parler de ce Jona, chef de la Famille Gaeta, mais ne l'avait encore jamais rencontré. Elle tenta de se remémorer les propos de Rafe au sujet des Gaeta.

Giulia reprit la parole, le visage impassible :

— Jona est venu pour vous courtiser.

Elle cache bien ses sentiments, pensa Giulia. Partagée entre la colère que lui inspirait la révélation de sa présence au sein des Khan et le choc d'être traitée comme une jument reproductrice, ou l'inverse, Fiorentina parvenait à afficher un désintérêt poli que lui aurait envié n'importe quel conseiller impérial.

— Ma cousine, répliqua Fiorentina, employant pour la première fois ce mot, que Giulia trouva impertinent, je suis fort troublée par cette nouvelle. (*Elle a l'air aussi troublée que les gardes à ma porte*, se dit Giulia.) Étant donné les circonstances, peut-être l'estimée mère du seigneur devrait-elle également assister à cette conversation.

Relier ainsi le statut de Giulia à celui de cette vieille folle de Sciorra Gaeta, sachant que les deux femmes se vouaient une haine réciproque, était encore plus impertinent. Giulia rétorqua sèchement :

— C'est généreux de votre part de sous-entendre que nous sommes parentes, Fiorentina. Toutefois, ce n'est pas en tant que chaperon que je suis là, mais en tant qu'humble médiatrice. Un rôle désintéressé.

Elles se regardèrent en souriant, mais avec une expression hostile. Giulia s'assit et Fiorentina l'imita. Jona Lee Gaeta s'installa au bord d'un tabouret recouvert de tapisserie. Son regard allait de l'une à l'autre.

Il prit la parole d'une voix douce :

— J'ai conscience que vous avez perdu récemment votre époux, ma dame, et je ne compte pas le remplacer dans votre cœur. Je suggère une alliance entre deux grandes maisons pour des raisons politiques. Ma mère, ajouta-t-il en regardant Giulia, a donné sa bénédiction.

— Quelles maisons ? lui demanda Fiorentina d'un ton froid. Archange est désormais à la tête de la Famille Vincerus. Je ne suis que la veuve de son frère.

Giulia ne put qu'admirer son masque d'humilité, même si elle se trompait sur tous les plans. Pour commencer, Archange n'avait jamais été une Vincerus, même si elle avait choisi de prendre ce nom il y a longtemps. Une poignée seulement de gens encore vivants le savaient, et plus rares encore étaient ceux qui en connaissaient la raison.

— Je faisais référence aux maisons Khan et Gaeta, dit Jona. Vous avez trouvé refuge chez cette dame et ce seigneur généreux, et je ne laisse jamais passer une occasion de resserrer les liens entre nos deux Familles.

— Resserrer les liens ? répéta Fiorentina, les yeux plissés.

Cette petite n'est pas idiote, songea Giulia.

— Nous sommes déjà liés, d'une certaine façon, expliqua Jona, par notre décision commune de rester à l'écart des luttes intestines qui ont opposé les Familles au fil des siècles. De plus, nous avons un autre lien important.

Il s'interrompit. Fiorentina demanda :

— Lequel ?

— Un lien géographique, répondit-il. Entre nos deux palais, nous contrôlons le Sentier des Coquillages : l'entrée et la sortie du Bouclier. En nous alliant, avec la puissance de nos armées respectives, nous pourrions, si nous le voulions, couper l'accès au Palais Blanc, et isoler Archange.

Il souriait, mais ses yeux noirs étaient froids comme la pierre.

— Non pas que nous le souhaitions, se sentit obligée de préciser Giulia.

Elle avait réfléchi à la grossesse de Fiorentina tout l'été. Elle y avait tellement pensé que cela avait tracé un profond sillon dans son esprit. Cet enfant – si c'était bien celui de Rafael – serait le seul rival sérieux de la descendance d'Archange pour le titre impérial. À sa connaissance, Archange avait peut-être une fille et une petite-fille encore en vie. Sa progéniture s'attendrait à lui succéder.

À moins… À moins qu'un fils Vincerus ne fasse son apparition. Malgré ses bonnes intentions égalitaires, en dépit du fait que les femmes combattaient aux côtés des hommes à la guerre, la Cité réservait un traitement totalement inégal aux deux sexes. Chaque fois, le garçon l'emportait sur la fille. Et Giulia était persuadée que Fiorentina attendait un garçon.

En l'absence de Marcus, une fois que la nouvelle de la naissance d'un héritier se propagerait, Giulia aurait besoin d'alliés pour protéger l'enfant et préserver ses propres intérêts. De toute évidence, il aurait fallu envoyer Fiorentina en lieu sûr, pour empêcher Archange de lui nuire. Mais Giulia ne parvenait pas tout à fait à s'y résoudre. Se retrouver à nouveau dans la position du moyeu autour duquel les grandes puissances gravitaient, comme lorsqu'elle était l'épouse de Marcellus, était trop tentant.

Si le bébé vit, songea-t-elle. *Si ce n'est pas une espèce de mutant.* Elle frissonna.

Rares étaient ceux encore de ce monde qui savaient que Rafael Vincerus n'était qu'un reflet. Araeon et Marcellus morts, il ne restait plus que Reeve Guillaume, qui avait disparu de l'Éperon sans laisser de traces. Et les Gaeta ? Jona était-il au courant ? Il donnait toujours l'impression d'en savoir beaucoup, sans en faire état. Sa mère avait certainement eu connaissance du statut de Rafael à une époque, mais Sciorra avait presque tout oublié, et il était peu probable que son cerveau ramolli ait retenu ce genre d'information.

Comme le silence s'éternisait, Jona le brisa :

— Vous êtes tout à fait charmante aujourd'hui, dame Giulia.

Personne n'avait conscience des efforts que lui avait coûtés le recours à son Don, mais il était essentiel que, dans ces négociations, Jona ne sous-estime pas son pouvoir à elle. En tant qu'une des rares Serafim encore sur cette planète, elle devait tirer le meilleur parti de ses atouts, pour elle, pour Marcus et pour la Cité. Un empereur Vincerus ayant une dette de reconnaissance envers les Khan, et leur avenir était assuré pour les deux siècles à venir. Cependant, en tant que père adoptif de l'enfant, Jona décuplerait le pouvoir des Gaeta. Était-ce réellement ce qu'elle souhaitait ? Fiorentina devrait se remarier, et, lorsque sa condition serait connue, les demandes afflueraient de partout. Une nouvelle source de pouvoir s'apprêtait à voir le jour, et chacun voudrait sa part. Une fois qu'il ne ferait plus aucun doute que l'enfant était un Vincerus, presque tout le pouvoir glisserait entre les doigts de Giulia. Naturellement, le meilleur moyen de le retenir serait que Marcus épouse lui-même Fiorentina. Mais, au grand dam de Giulia, son frère avait ri lorsqu'elle le lui avait proposé.

— Comment une jeune beauté pourrait-elle s'intéresser à un vieux bouc comme moi ? avait-il demandé.

— Elle ne serait pas intéressée, bien sûr, espèce d'idiot, avait-elle répliqué. Ce n'est pas la question. Cela nous permettrait de conserver le pouvoir.

Mais il avait secoué la tête, et Giulia savait qu'il ne changerait pas d'avis. Il n'était qu'un vieux soldat, disait-il, pas un politicien.

La seule solution qui s'offrait donc à elle était de marier la femme à quelqu'un qui serait heureux de s'allier avec elle. L'unique candidat évident était Jona Lee Gaeta. Les relations entre les Khan et les Gaeta étaient cordiales depuis longtemps. Même si Giulia ne supportait pas Sciorra, la matriarche, cela semblait sans importance à présent que la vieille femme ne s'était pas montrée en public depuis un siècle et qu'on la disait folle à lier, errant dans le Palais de Fer tel un spectre.

Elle inclina la tête en signe de gratitude.

— C'est fort aimable à vous, monsieur.

— Savez-vous que la pupille de l'impératrice a disparu du Serafia ? s'enquit Jona, sur le ton de la confidence.

— Bien entendu, répliqua Giulia, agacée qu'il puisse la croire mise à l'écart.

Elle jeta un coup d'œil à Fiorentina. Que Jona cancane de la sorte devant elle était pour le moins inapproprié. Après tout, elle était à peine mieux qu'une catin.

— Avec Evan Broglanh, ajouta Jona.

Giulia ne put cacher qu'elle ignorait ce détail. Ses yeux pétillèrent de curiosité.

— Archange doit être furieuse, commenta-t-elle gaiement.

— Qui est cette pupille ? demanda Fiorentina.

Jona lui répondit pendant que Giulia, assise, appréciait le sentiment réconfortant que lui inspirait l'observation de la folie mortelle du monde.

Cette nouvelle la réjouissait. Même si personne ne croyait réellement qu'Archange voulait que la jeune Emly lui succède un jour, il n'en était désormais plus question. La gamine aurait de la chance si elle survivait à cet affront. Quant au soldat… Pour une trahison pareille, Archange reviendrait peut-être aux modes d'exécution effroyables de son prédécesseur.

— À ce qu'il paraît, l'impératrice est également à la recherche de l'héritier des Guillaume, déclara Jona.

Giulia se souvint du grand jeune homme aux cheveux roux, ami de Fiorentina, qu'elle avait accueilli quelque temps dans son palais, après la Chute. Cherchait-on à l'éliminer ? Ce ne serait pas plus mal : plus il y avait de Serafim – réels ou potentiels – emprisonnés ou morts, mieux c'était.

— Vous êtes porteur de quantité de nouvelles aujourd'hui, très cher, fit-elle remarquer. Pourquoi Archange recherche-t-elle ce garçon ? Pour l'exécuter ? Peut-être était-il au courant du projet d'assassinat de sa sœur Indaro.

Elle regarda Fiorentina : quels que soient les sentiments de la jeune femme pour Rubin, celle-ci prenait soin de les cacher.

— Qui sait ce qui pousse Archange à agir comme elle le fait ? demanda platement Jona.

Giulia sourit. La question se voulait rhétorique, mais elle connaissait la réponse. Ce qui motivait Archange ? L'orgueil et la vengeance. Elle nourrissait une profonde rancœur qui avait causé la perte d'Araeon, et probablement celle de Marcellus. Elle avait intrigué pour la chute de la Cité, et prévu de la voir renaître sous son contrôle.

Toutefois, elle n'était pas la seule à être rancunière, et il se pouvait qu'Archange ait sous-estimé la haine des Serafim absents de son monde, voire de sa conscience, depuis si longtemps.

Chapitre 27

Apparemment, le caractère de Drusus l'ivrogne ne s'était pas amélioré après l'inondation et l'invasion. Quand Rubin et Valla le retrouvèrent dans la sixième auberge qu'ils visitèrent, il leva vers eux un visage rouge et bouffi et les lorgna d'un œil vitreux.

— J'vous pisse à la raie, gronda-t-il.

Ils avaient traversé les ruines de l'amphithéâtre pour rejoindre la maison de pierre de Drusus, encore pleine de vase et de gravats. D'après les voisins, il vivait toujours à cette adresse, même si sa tante était morte et que son esclave eût pris la fuite. Depuis l'inondation, il n'avait rien fait pour rendre les lieux habitables et, comme avant, il passait ses journées à écumer les tavernes. Valla avait contemplé les lieux d'un air incrédule : bien des habitants de la Cité auraient tué pour vivre dans une maison de si belle facture. Elle s'étonna que personne n'ait songé à en évincer son propriétaire à la pointe d'une épée.

Sa surprise fut encore plus grande lorsqu'elle rencontra l'homme en question. L'ancien geôlier n'était pas aussi gros que Rubin le lui avait décrit, mais il était misérable et crasseux, le devant de sa chemise arborant les vestiges de nombreux repas et pichets de bière. Il puait, tout comme l'auberge où ils se trouvaient. Elle posa la main sur la poignée de son épée et se demanda si Rubin savait ce qu'il faisait.

Le jeune homme lâcha une bourse joufflue sur la table abîmée, sous le nez bulbeux de Drusus.

— Drusus Vermilo, l'impératrice exige ta présence.

Partout dans l'auberge sordide, les oreilles se dressèrent, les têtes se tournèrent, les yeux se plissèrent. Valla résista à l'envie de les regarder pour évaluer le degré de menace.

Drusus scruta la bourse, leva les yeux vers Rubin et répéta :

— J'vous pisse à la raie, qui que vous soyez.

Rubin reprit son argent et balaya la salle du regard.

— Vous deux, lança-t-il brusquement à deux types musclés. Il y aura de l'argent pour vous si vous sortez cet homme et le plongez dans l'abreuvoir des chevaux.

Les deux se levèrent aussitôt et saisirent Drusus par les bras, l'obligeant à se lever. L'ivrogne se débattit.

— À l'aide! protesta-t-il dans une respiration sifflante.

Plusieurs chaises reculèrent, raclant le sol. Valla se posta devant Rubin et dégaina son épée. Le métal luisait dans la faible lumière. Tous les hommes se rassirent.

Drusus dessoûla rapidement.

— L'impératrice, dites-vous? demanda-t-il en essayant de se libérer des deux hommes qui l'emmenaient à l'extérieur.

— Nous sommes à ses ordres, répondit Rubin.

Une fois dehors, à la lumière du jour, Drusus battit des paupières et geignit:

— Dites-leur de me lâcher, je vous écoute.

Rubin jeta une pièce d'or à chacun des deux costauds, qui s'en retournèrent à l'auberge dépenser cette richesse inattendue.

— Le nom de Drusus Vermilo est parvenu aux oreilles de l'Immortelle, expliqua Rubin. (Il se pencha et poursuivit, sur le ton du secret:) La Main de Saduccus a désormais une influence sur le Palais Blanc. L'impératrice demande que tu nous y accompagnes.

Valla savait que la Main de Saduccus était l'un des nombreux groupes de conspirateurs qui avaient fleuri et disparu durant les dernières années du règne de l'ancien empereur. Il complotait avec assiduité, sans pour autant parvenir à un résultat. De l'avis général, on le considérait comme un club d'alcooliques pour vétérans révoltés.

— Je suis votre homme, seigneur, parvint à articuler Drusus en se redressant et en balayant les morceaux de nourriture sur son torse. (Il dévisagea Rubin en plissant les yeux, comme s'il le reconnaissait, abandonna cette idée et regarda autour de lui.) Où est notre calèche?

Finalement, Rubin dut louer un chariot tiré par un âne véloce pour traverser la Cité. Pendant le trajet, Valla ne cessa de somnoler, se réveiller et se rendormir tandis que Rubin parlait continuellement à l'ivrogne, nourrissant sa vanité et sa confiance en lui par le biais de flatteries et de ragots du palais. Il mentionna plusieurs membres de la Main, jusqu'à estimer que Drusus était prêt à entendre qu'il avait été choisi pour les guider dans les galeries qui menaient jusqu'au Bouclier. L'ancien geôlier fulmina et pleurnicha, mais il était facile de le flagorner. À la fin du trajet, Rubin avait réussi à lui faire croire que l'impératrice en personne l'avait désigné comme guide. La promesse d'un dédommagement financier aida aussi.

Rubin avait entendu parler d'un portail qui menait aux Cachots via les Halls, au nord de l'ancien palais, mais Drusus prétendait qu'il existait un autre chemin, à Lindo, connu d'une poignée d'initiés seulement. Lindo étant plus près du Bouclier, Rubin sauta sur l'occasion.

— Comment y entre-t-on ? s'enquit Valla, bien qu'elle ne crût pas un mot de ce qui sortait de la bouche de l'homme.

Drusus lui adressa un clin d'œil et tapota son gros nez.

— Ça, c'est mon domaine. Tu verras en temps et en heure, petite, répondit-il.

Valla se promit de lui trancher la gorge dès qu'ils n'auraient plus besoin de ses services.

Drusus demanda au charretier de s'arrêter à l'entrée d'une allée minable appelée la Voie Verte. Les sourcils froncés, il regarda Rubin payer l'homme en piochant dans sa bourse. Lorsque ce dernier ouvrit la bouche pour parler, Rubin l'interrompit sèchement :

— Vous aurez le reste quand nous aurons atteint la montagne.

Le gros homme haussa les épaules sans rien dire et s'engagea dans l'allée.

Celle-ci ne tarda pas à rétrécir. Après quelques virages serrés, ils arrivèrent dans une cour poussiéreuse entourée de murs de pierre nue. Près du centre, il y avait un ancien puits dont les hauts rebords s'effritaient. La cour jonchée de débris paraissait abandonnée. Valla se dit que le puits devait être asséché depuis longtemps.

Drusus le contourna en trottinant. Ils le suivirent et avisèrent un escalier étroit et abrupt dont les marches de pierre descendaient dans les ténèbres. Valla sentit une odeur de moisi, de pourriture et d'égout. Elle inspira une grande bouffée d'air frais, jeta un coup d'œil vers le soleil et emboîta le pas aux deux autres qui s'engouffraient à l'intérieur. Les marches de l'escalier en colimaçon étaient glissantes et érodées. L'obscurité les enveloppant peu à peu, Drusus s'arrêta pour allumer une torche. Valla suivit sa flamme vacillante et rassurante. La puanteur s'intensifia.

— Ce doit être l'odeur qui règne dans les Halls, commenta-t-elle au-dessus de la tête de Rubin.

Il fit une halte et leva les yeux vers elle.

— Je n'en ai aucune idée, répondit-il avec empressement.

La descente, en spirale serrée, donnait le tournis à Valla. Quand enfin ils arrivèrent en bas, elle transpirait de fatigue et d'appréhension.

Contrairement à elle, Drusus devint d'une humeur plutôt joyeuse. Peut-être était-il sorti de son ivresse, ou avait-il trouvé un sens à sa vie, fût-ce brièvement. Peut-être encore était-il motivé par la perspective d'une récompense. Il se mit à parler d'une voix forte des cachots et des exploits qu'il y avait accomplis, sans se soucier d'éventuelles oreilles indiscrètes. Rubin lui demanda de baisser le ton.

— Il n'y a personne qui m'entende, ici, mon garçon, répliqua Drusus avec légèreté. Il n'y a pas âme qui vive à des lieues à la ronde !

Valla remarqua que, de « seigneur », Rubin avait été relégué au rang de « garçon », mais il ne parut pas s'en offusquer. Drusus était dans son élément, et Rubin ne souhaitait que l'encourager.

La galerie aux murs lisses et parfaitement circulaires semblait avoir été creusée par une machine monstrueuse. Sur les parois d'un brun rougeâtre, Valla distingua des vestiges de fresques représentant peut-être des animaux, ou des dieux. Difficile à dire, car il n'en restait pas grand-chose hormis quelques petites taches de couleur, parfois vives, le plus souvent mouchetées et écaillées. D'après Drusus, à l'apogée du Troisième Empire, les calèches empruntaient régulièrement cet itinéraire souterrain pour transporter les membres de la noblesse entre le Palais Rouge et le Bouclier. Comme pour confirmer ses dires, il y avait de chaque côté des supports muraux vides, et une profonde rigole courait au milieu du sol. Valla se demanda quel était son usage. Le sol était sec et couvert d'une épaisse couche de poussière, en dépit de traces de pas récentes au centre.

Au bout d'un moment, son inquiétude se dissipa. La marche était facile à la lueur de l'unique torche. Elle se perdit dans ses pensées, songeant à de vieux amis. Des amis qui n'étaient plus. Puis, quand Drusus interrompit un instant ses babillages, elle entendit du bruit derrière elle. Son pouls s'accéléra. Elle s'arrêta, laissant les autres continuer, et tendit l'oreille. Plus rien. Elle haussa les épaules intérieurement et reprit sa route. Une fois de plus, un bruit furtif se fit entendre, comme des pas feutrés. Ils s'interrompaient chaque fois qu'elle s'arrêtait, reprenant lorsqu'elle se mettait en marche. On aurait dit un enfant.

Ou un animal. Elle sourit.

Ils firent une pause pour manger du pain et boire de l'eau, assis en rang le long de la paroi. Rubin se pencha vers Valla et lui souffla :

— Nous sommes suivis.

Elle s'étonna qu'il ait perçu le bruit ténu malgré les bavardages de Drusus.

— Je sais, répondit-elle. Je crois que c'est le gulon.

Il la dévisagea, les yeux écarquillés. Elle savait qu'il ne l'avait pas crue quand elle lui avait parlé de la créature. Elle haussa les épaules. *Je te l'avais bien dit.*

— Est-il dangereux ? s'enquit-il à la manière de quelqu'un qui envisagerait de traverser un pré occupé par un taureau furieux.

Elle le regarda en souriant.

— Pas pour moi

Quand ils se remirent en marche, Drusus leur conseilla de ne pas faire de bruit, car ils approchaient des cachots de Gath. Rubin et Valla échangèrent un regard amusé, car ils avaient été fort discrets jusque-là. Drusus parlait à voix basse, mais, lorsque la galerie s'élargit, il se tut. Ils débouchèrent dans une vaste caverne ornée de hautes statues qui, de leurs yeux morts, observaient leur progression. Ils se trouvaient à l'intersection de nombreux tunnels. Drusus s'arrêta, hésitant. Les yeux plissés, il observa les runes anciennes gravées dans les murs comme s'il pouvait les lire. Puis il se décida pour un tunnel. Bientôt, Valla entendit des cris et des gémissements lointains. Elle dégaina son épée et la soupesa dans sa main pour se rassurer. La galerie rétrécissait, plus étroite et plus sombre. Les cris s'intensifièrent.

Tout à coup, une main décharnée surgit sur le côté du tunnel et attrapa l'épaule de Rubin, qui tressaillit et s'écarta avec un cri de surprise. Valla vit qu'ils se trouvaient dans un étroit corridor bordé de part et d'autre de portes de cellule, chacune munie d'une fenêtre à barreaux. Des visages spectraux et squelettiques apparurent dans la lueur vacillante de la torche, appuyés contre les barreaux, paupières closes pour éviter d'être éblouis, la bouche ouverte pour hurler.

Le couloir, ponctué de centaines de portes, s'étendait à perte de vue. Le trio se hâta de le parcourir, prenant soin de rester au centre pour éviter de se faire agripper au passage, jusqu'à laisser la cacophonie ambiante derrière eux. Leur guide se retourna, son gros visage livide dans la lumière de la torche, et pressa un doigt boudiné sur ses lèvres.

Le couloir débouchait sur une gigantesque caverne. Là encore, de nombreux tunnels se rejoignaient, comme les rayons d'une roue en son moyeu. Au centre, un garde était assis, seul, profondément endormi, les pieds sur la table. La salle était vide à l'exception du garde, de la table, de la chaise et d'un sac contenant sans doute à boire et à manger. Il y avait aussi une grosse cloche sur la table. Apparemment, ils se trouvaient au cœur des cachots, mais ils ne virent ni chaînes, ni menottes, ni armes, ni trousseaux de clés.

Drusus ouvrit la marche en silence. Sur une pile à terre, il prit quatre nouvelles torches. Il leur adressa un clin d'œil puis s'enfonça dans le tunnel suivant. À cet endroit, les portes des cellules étaient plus étroites, et pleines. Aucun son n'en sortait, ni cris ni lamentations. Les ténèbres les enveloppaient telle une couverture fétide. Nombre de portes étaient marquées d'une croix peinte. Valla eut tout à coup très soif et but de son outre à grandes gorgées. Elle suivit Drusus et Rubin, marchant à pas discrets sur le sol poussiéreux, sentant le gulon sur ses talons.

Après avoir quitté les cachots, Drusus resta silencieux. Les autres n'avaient aucune envie de le relancer, mais, à l'occasion d'une nouvelle halte pour se reposer, Rubin, toujours curieux, demanda :

— Comment se fait-il qu'il n'y ait qu'un seul gardien ? Est-il censé sonner la cloche en cas de problème ? Et ensuite, que se passe-t-il ?

— Il y a un conduit d'air au-dessus de lui. S'il sonne la cloche, une escouade de soldats descend.

— D'où viennent-ils ? Et combien de temps cela prendrait-il ? Il suffirait de quelques instants pour vider la moitié des cellules.

Drusus ricana d'un air méprisant.

— Et comment s'y prendraient-ils ? Les portes sont verrouillées. Le garde n'a pas les clés. Celui qui les détient est bien plus loin, à l'extérieur.

— Mais si le garde a besoin d'ouvrir une cellule ?

Drusus afficha un air perplexe.

— Pourquoi cela arriverait-il ?

Rubin resta sans réponse.

— Et les portes marquées d'une croix ? s'enquit Valla, même si elle redoutait l'explication.

— Ce sont les oubliettes, répliqua Drusus. Quand il y avait des purges ou des mutineries et qu'ils arrêtaient beaucoup de gens, ils les fourraient tous dans la même cellule. Ils pouvaient se retrouver à cinquante dans une cellule conçue pour deux. Parfois, ils les écrasaient pour les faire tous tenir. Puis ils les enfermaient et les oubliaient. Enfin, pas nous. On les entendait gueuler et pleurer pendant deux ou trois jours, mais ils ne tardaient pas à mourir, de soif ou… (Il haussa les épaules, ne souhaitant pas penser à ce qui pouvait provoquer la mort d'un groupe d'hommes coincés dans une minuscule cellule.) Ils n'ouvrent jamais les portes avec une croix. (Puis il ajouta :) L'empereur pouvait être cruel.

Dans une Cité où des hommes et des femmes étaient brûlés vifs ou lentement éviscérés pour distraire les foules, Valla trouva cette révélation à la fois horrible et peu surprenante. Elle remarqua que Drusus ne s'incluait pas dans le processus, même si en tant que geôlier il avait certainement été l'un de ceux qui infligeaient ce sort funeste aux prisonniers.

Ils marchèrent presque toute la journée – ce fut du moins l'impression de Valla, qui sentait son énergie faiblir et essayait de ne pas prêter attention aux nombreuses demandes de Drusus, qui réclamait une pause. Enfin, Rubin céda et ils dormirent sur le dur sol en pierre. À son réveil, Valla ouvrit les yeux et resta immobile. Elle repéra le gulon qui la surveillait, assis sur son arrière-train, à la limite du halo de lumière. Leurs regards se croisèrent. Elle n'était pas étonnée de le trouver là, bien qu'elle ne comprît pas comment c'était possible, alors que la dernière fois qu'elle l'avait vu il était sous le Palais Rouge, loin d'ici, et c'était il y a longtemps. Se souvenant de la façon dont il avait arraché la gorge de l'un de ses ennemis, elle se félicitait qu'il l'accompagne. Ses yeux dorés luisaient à la lueur de la torche. Il ne bougea pas jusqu'à ce que Rubin roule sur le côté en marmonnant. Alors, il se retira dans l'obscurité.

Ils reprirent leur route, jusqu'à discerner une vague lumière au loin. Drusus avançait d'un pas prudent. Ils le suivirent, Valla tenant son épée à la main. La lumière s'intensifia. Elle venait d'une porte voûtée sur le côté de la galerie. Des barreaux de fer la condamnaient, mais on distinguait à travers un lac d'eaux calmes, aux reflets argentés en dépit de l'absence de source de lumière apparente.

— Qu'est-ce que c'est ? demanda Rubin en se retournant vers Drusus.

Ce dernier, nerveux, se tenait de l'autre côté de la galerie, comme s'il avait peur du lac argenté.

— Vous avez atteint votre destination, répondit l'homme en hochant la tête, comme pour appuyer ses propos. Nous sommes arrivés à la montagne. Donnez-moi mon argent, et je vous laisse.

Valla s'approcha, ravie de pouvoir glisser la pointe de son épée dans l'un des replis crasseux de son cou.

— Vous serez payé quand nous aurons la preuve que nous sommes bien au Bouclier, dit Rubin.

— Qu'attendiez-vous ? gémit Drusus. Un panneau qui dise : « Bienvenue au Bouclier de la Liberté » ? Je suis un homme d'honneur. Je ne vous ai pas trompés.

— Valla, dit Rubin.

Aussitôt, elle pressa la pointe de son épée sur la gorge de Drusus, qui recula contre la paroi rocheuse en se recroquevillant.

— Tuez-moi, supplia-t-il en posant sur elle ses yeux injectés de sang. Je n'irai pas plus loin.

Valla regarda Rubin. Elle se serait fait une joie de l'ouvrir d'une oreille à l'autre, mais Rubin secoua la tête et elle recula.

— De quoi avez-vous peur ? demanda-t-il à l'homme.

— Du lac, répondit-il en toute sincérité, troublé par la vue des eaux scintillantes. On l'appelle les Larmes des Morts. Toutes les choses maléfiques qui se produisent sur la montagne s'y écoulent. Quand on le perturbe, elles refont surface. Quiconque le traverse est voué à mourir dans la journée. C'est du moins ce qu'on raconte, précisa-t-il.

— Laisse-le partir, dit Rubin à Valla. Tenez.

Il jeta la bourse à Drusus. L'homme oublia vite sa peur et inspecta son contenu.

— Des pièces d'argent ! s'offusqua-t-il, scandalisé. Vous m'aviez promis de l'or !

— Je vous ai promis une bourse, lui objecta Rubin. Je n'ai pas dit ce qu'elle contiendrait.

Mais Drusus repartait déjà en sens inverse de son pas traînant en marmonnant dans sa barbe, tripotant les pièces.

— Crois-tu qu'il va donner l'alerte ? demanda Valla, contente de le voir partir.

Rubin secoua la tête.

— Ces pièces d'argent lui permettront de boire à loisir pendant les six prochains mois. De plus, il va lui falloir un certain temps pour retourner au poste de garde. D'ici là, nous aurons disparu depuis longtemps. Viens.

Sachant qu'ils approchaient de leur destination, ils se remirent en route d'un pas plus léger, mais leur soulagement fut de courte durée : une porte, semblable à celle qui protégeait le lac, obstruait le passage. Faits en fer noir solide, ses barreaux s'enfonçaient profondément dans les murs. Recouverte d'une épaisse couche de poussière, la porte était manifestement infranchissable.

Rubin saisit les barreaux.

— Drusus se trompait, déclara-t-il. Il y a un panneau de bienvenue. Le voici.

Il recula et l'observa. L'espace entre les barreaux était large, mais seul un enfant aurait pu s'y faufiler. Il prit la torche de la main de Valla et examina la porte en détail.

— Là, dit-il, ce n'est pas poussiéreux.

Valla scruta la porte. La poussière était partout, excepté là où Rubin avait posé les mains et à un endroit, à droite, où deux barres verticales avaient été essuyées. Rubin attrapa l'une d'elles et la secoua. Elle ne bougea pas. Il prit l'autre, qui lui resta dans la main.

— Sciée ! s'exclama-t-il, satisfait.

Il regarda l'extrémité de la barre, se glissa dans l'ouverture, suivi par Valla, puis il replaça la barre telle qu'il l'avait trouvée.

— Cette découpe a été faite récemment, fit-il remarquer, et en secret. L'extrémité coupée était lisse, sans rouille. Quelqu'un a voulu entrer clandestinement.

— Avec quel outil pourrait-on couper une barre si grosse ? demanda Valla.

Il secoua la tête.

— Aucune idée. Mais nous savons désormais qu'il y a d'autres intrus dans la montagne. À part nous, ajouta-t-il. Ce peut être une information utile.

Ils arrivèrent alors au bout de leur trajet commun. La galerie qu'ils suivaient se terminait sur un large conduit vertical qui disparaissait dans le noir. Une robuste échelle s'élevait le long du conduit. C'était la seule issue.

— Je ne peux pas grimper ça, se lamenta Valla, brusquement découragée.

Atterré, Rubin la regarda :

— Il doit bien y avoir un moyen…

— Non, répondit-elle sèchement. Je ne peux pas grimper aux échelles. Si on en voyait le bout, je pourrais essayer, d'une main, mais…

Elle secoua la tête. Elle avait craint que cela se produise, que Rubin doive l'abandonner à un moment ou à un autre, mais apparemment lui n'avait pas songé à cette éventualité. C'était un tour cruel des dieux de les avoir réunis, puis de les séparer de nouveau si rapidement. Appréhendant le retour en solitaire dans ces galeries, elle s'affaira à répartir les torches entre eux puis en alluma une pour elle. Elle vérifia leurs outres pour s'assurer qu'elles contenaient le même volume d'eau, et partagea également la nourriture en deux portions égales.

— Tu as vu ça ? demanda-t-elle en désignant les nombreuses empreintes de pas à la base de l'échelle.

Il hocha la tête.

— Ce sont ceux qui ont scié les barres, répliqua-t-il. Je me demande qui ça peut être, et quel est leur objectif.

— J'espère que tu retrouveras ton père, dit-elle avec raideur, déchirée par l'envie de lui faire ses adieux et le besoin d'en finir.

Dans un geste de camaraderie, elle posa la main sur son épaule, mais il s'avança vers elle et l'étreignit longuement. Elle sentit son souffle dans son cou lorsqu'il murmura :

— Porte-toi bien.

Il hissa son sac sur son dos et elle lui glissa une torche dans une poche latérale. Il posa le pied sur le barreau le plus bas, la salua d'un signe de tête et entreprit de grimper agilement l'échelle, sans regarder derrière lui. Valla vit le halo de sa torche rapetisser, entendit le bruit de ses pas diminuer, jusqu'à ce qu'il disparaisse. Elle tendit l'oreille longtemps. Le silence étouffant l'enveloppait telle une couverture pesante. Elle se retourna, brandit sa torche et repartit par où elle était venue.

À présent qu'elle était seule, le gulon avait repris ses habitudes et trottinait sur ses talons, dans le halo de sa torche. Elle baissa les yeux sur lui. Il la contempla. Son poil était plus hirsute que jamais et, devant l'une de ses oreilles déchirées, sur sa tête, il avait une petite surface dégarnie. Elle se demanda où la créature était allée, et ce qu'elle avait fait depuis la dernière fois où Valla s'était retrouvée en sous-sol. Elle l'ignorait totalement. Elle se félicitait toutefois de sa compagnie, si étrange fût-elle.

L'idée lui vint que le gulon connaissait peut-être mieux le chemin qu'elle. Il l'avait habilement guidée dans le Palais Rouge. Elle s'arrêta et le regarda bien en face. Il s'assit sur son arrière-train et se gratta furieusement.

— Retourne dans l'autre sens, lui ordonna-t-elle en pointant un doigt vers les ténèbres. Je te suis.

Il la regarda, ses yeux jaunes ne reflétant aucune lueur de compréhension. *Il n'est pas plus intelligent qu'un poisson*, songea-t-elle.

Cinq cents pas plus loin, elle sut qu'elle était perdue. Dans la galerie, il y avait une bifurcation qu'elle ne se rappelait pas avoir passée dans l'obscurité. Elle décida d'emprunter la voie la plus large et poursuivit sa route, essayant de rester optimiste. Elle disposait de suffisamment de torches et d'eau pour tenir plus d'une journée. D'ici là, elle aurait largement le temps de retrouver son chemin jusqu'au poste de garde. Si nécessaire, elle obligerait le geôlier à lui indiquer la sortie.

Elle arriva alors au croisement de quatre embranchements. Elle s'arrêta, l'écho de ses pas se répercutant contre les murs devant elle. Elle inclina la tête et perçut un bruit d'eau qui coule. Une première, depuis qu'ils avaient entrepris ce trajet. Elle tourna la tête d'un côté puis de l'autre, tentant de repérer la provenance du bruit, car il fallait éviter ce chemin-là. Elle finit par choisir une des galeries et pressa le pas, accélérant l'allure sous la pression de l'angoisse. Elle leva sa torche et scruta les ténèbres. Elle dépassa encore deux embouchures de tunnel, à droite et à gauche, et continua tout droit pour tomber sur une autre impasse : une paroi rocheuse. Elle inspira profondément pour tenter de se calmer.

Ce fut alors que des bruits de pas lointains lui parvinrent.

Elle hésita quelques secondes de trop avant de rebrousser chemin dans le tunnel, à la recherche d'une des issues latérales. Trop tard. Elle distingua la lueur faible d'une torche, se retourna, reprit sa course et éteignit son brandon. Elle ne put qu'espérer que les porteurs de la torche n'avaient pas repéré la lumière et s'engouffreraient dans un tunnel latéral. Elle remonta la galerie dans le noir, longeant le mur du bout des doigts, jusqu'à coller son dos contre la roche solide.

Le martèlement de lourdes bottes s'intensifia, puis quatre guerriers des Mille surgirent de l'obscurité. Leur livrée noir et argent brillait dans la lumière de leurs torches. Ils se dirigeaient vers elle. Elle dégaina son épée et marmonna tout bas :

— Bénissez-nous, Aduara, déesse des combattantes. Bénissez vos guerrières et baignez-les dans le sang des hommes.

À ses côtés, le gulon grondait.

Les soldats s'arrêtèrent. Leur chef s'avança. Même si son épée était dégainée, prête à servir, il ouvrit son casque : un manque de respect vis-à-vis d'un autre guerrier. Elle ne le reconnut pas.

— Rends-toi immédiatement, et tu seras honorablement traitée. (Il s'interrompit, l'écho de ses paroles résonnant dans la galerie, jusqu'à ce que le silence retombe.) Nous avons reçu l'ordre de te capturer vivante si possible, mais morte s'il le faut.

Valla baissa les yeux sur le gulon et adressa un sourire au chef.

— J'vous pisse à la raie, rétorqua-t-elle.

Puis elle passa à l'attaque.

Lorsqu'elle revint à elle, la douleur dans son bras était monstrueuse. Elle souleva la tête. Le monde tangua autour d'elle et elle vomit violemment. Les spasmes provoqués par ses haut-le-cœur tiraient sur son bras. La douleur fut plus atroce que jamais, et elle s'évanouit de nouveau. Quand elle émergea, tout juste consciente, un grognement s'échappa de ses lèvres. Elle voulait mourir, mais comme toujours sa prière ne fut pas exaucée.

— Bois ça, ordonna une voix de femme, à distance.

Valla ouvrit les yeux. Elle était assise sur une robuste chaise, face à une table. À l'autre extrémité se tenait une vieille femme. Sur la table était posé un gobelet. Son bras valide étant libre, elle saisit le récipient et but son contenu. Ce n'était pas de l'eau. Elle ignorait ce que c'était. C'était à la fois sucré et amer. Toutefois, elle se sentit mieux. La nausée et la douleur diminuaient.

Elle balaya les lieux du regard. Elle se trouvait dans une pièce exiguë, aux murs badigeonnés de chaux, l'un percé d'une haute fenêtre à travers laquelle on apercevait le ciel clair. Étrangement, de la musique résonnait au loin : les notes tendres d'un luth. Son moral remonta. Au moins, elle était sortie des cachots. Elle remua sur son siège et se rendit compte que ses jambes étaient entravées au sol.

La vieille femme demanda :

— Où est Rubin Kerr Guillaume ?

— Mort, répondit Valla avec amertume.

L'autre attendit qu'elle s'explique, mais Valla se contenta de la regarder. Elle avait de longs cheveux blancs, des yeux noirs, et le visage sillonné d'un millier de fines rides. Sur sa poitrine brillait un croissant d'argent.

— Où et quand est-il mort ? s'enquit-elle patiemment.

Valla regarda le plafond, faisant mine de réfléchir intensément.

— Il y a quatre jours. Nous avons été attaqués par une bande de voyous. (Elle haussa les épaules.) Ils étaient cinq.

— Pourtant, on vous a vus ensemble, lui objecta la femme avec douceur, pas plus tard qu'il y a trois jours, dans le quartier de l'amphithéâtre.

Valla secoua la tête.

— C'est faux. Je ne suis pas allée à l'amphithéâtre depuis…

— Ne joue pas ce petit jeu-là avec moi, soldat ! s'écria la femme d'une voix éraillée.

La pièce s'assombrit, comme si quelque chose de menaçant avait obstrué le soleil. Sous la chaise de Valla, le sol se mit à onduler et à ployer, tel un animal gigantesque bandant ses muscles. La douleur envahit de nouveau son bras. Elle eut l'impression que ses os étaient faits de liquide en fusion. Elle gémit et, en silence, supplia Aduara de la libérer, mais sa déesse refusait même de lui faire perdre connaissance.

La vieille femme prit la parole, de très loin :

— Tu ne sais pas à qui tu t'adresses, petite. Le seul moyen de quitter cette pièce vivante est de me donner satisfaction.

Valla rassembla ses dernières forces et ouvrit les yeux. Elle ne dit rien.

— Je vois. (L'air s'allégea ; la femme se carra dans son fauteuil.) Tu cherches la mort. C'est pourquoi tu as attaqué quatre hommes armés. Ils t'auraient vite réglé ton compte s'ils n'avaient pas reçu l'ordre de te capturer vivante.

Valla essaya de ne pas tenir compte de ces paroles. Elle fouilla dans sa mémoire pour trouver ce qu'elle pourrait dire à cette femme, et ce qu'elle devait taire pour le bien de Rubin. Elle craignait la torture, mais pas autant que les autres, car les tourments faisaient partie de sa vie quotidienne.

La femme fit un signe de tête à quelqu'un derrière Valla. Une porte s'ouvrit. Des pas traînants se firent entendre, puis deux hommes entrèrent en portant un corps couvert de fourrure et maculé de sang. Elle l'observa, incertaine de ce qu'elle voyait, jusqu'à ce qu'ils lâchent la masse inerte devant elle, sur la table. Elle comprit que c'était le gulon tricolore. Il était dans un piteux état : couvert de sang, les pattes cassées, la tête déformée. Du pus et du sang suintaient sur la table. Apparemment, il était encore en vie, mais à peine. Elle caressa le museau éclaboussé de sang. Il souleva une paupière et, piteusement, essaya de lui lécher la main.

La fureur l'envahit.

— Êtes-vous en train de me dire que c'est ce qui va m'arriver ? Cette pauvre créature…

— Cette pauvre créature, aboya la femme, s'est presque tuée toute seule en s'en prenant à mes guerriers ! Ils devaient la capturer vivante, comme toi, car il est interdit de tuer un gulon.

« Mes guerriers ». Son esprit embrouillé l'autorisa enfin à y voir clair et à comprendre à qui elle avait affaire. L'impératrice. *Suis-je descendue si bas,* songea-t-elle, *que je refuse de répondre aux questions de ma souveraine ?* Pendant un instant, sa loyauté envers Rubin vacilla.

— Comment se fait-il que tu sois protégée par un gulon ? demanda Archange.

— Je ne sais pas, avoua Valla, avant d'ajouter sincèrement : Il me suit depuis mon retour dans la Cité. J'ignore pourquoi.

— Tu es revenue dans la Cité avant le Jour des Offrandes, avec ton ami Rubin ?

Valla pensa à tous les gens qui, ce jour-là, les avaient vus au Palais Rouge.

— Oui, admit-elle.

— Et tu as eu une audience avec Marcellus ?

Voilà un sujet dont elle ne pouvait parler, aussi regarda-t-elle la femme en silence.

Archange soupira et jeta un regard dégoûté au gulon.

— Cette créature…, commença-t-elle ; mais Valla l'interrompit, ne craignant guère de froisser son impératrice :

— Rubin est mon ami, et je ne le trahirai pas, même si vos inquisiteurs me réduisent à ça : un sac d'os perclus de douleurs, dit-elle en caressant l'oreille meurtrie du gulon.

Le sang ne suintait plus. Elle se demanda si la bête était morte.

Les yeux noirs de l'impératrice brillèrent.

— Tu te méprends, Valla. Je ne permettrai pas la torture dans mon palais. La Cité a eu son lot d'atrocités par le passé. Au contraire, j'ai un immense cadeau à t'offrir.

Elle tendit une main osseuse et ridée qu'elle posa sur le dos du gulon. L'air devint chaud et crépita. Une nouvelle vague de douleur traversa le bras de Valla, qui émit un hoquet. Le gulon se contorsionna, sa fourrure comme trempée d'eau. Il ouvrit la gueule, d'où s'échappa un faible gémissement. Ses pattes avant griffèrent convulsivement la table. Il poussa sur ses pattes arrière, essayant de se lever. Il retomba puis parvint à se remettre debout sur ses quatre pattes. Effrayé, il regarda autour de lui et sauta à terre. Il se cacha derrière la chaise de Valla. Elle le regarda, perplexe. À son tour, il leva les yeux vers elle, s'assit sur son arrière-train puis commença à lécher le sang sur ses pattes.

Interdite, Valla dévisagea l'impératrice.

— Il a recouvré ses forces, déclara cette dernière. Peut-être même est-il plus robuste qu'avant, car c'est une créature ancienne. À présent, je te laisse le choix. Je peux guérir ton bras, te le rendre tel qu'il était avant, immédiatement. Après quoi nous boirons un gobelet de vin ensemble, et tu me diras tout à propos de notre ami Rubin Kerr Guillaume.

» Ou bien, ton bras et toi vivrez ensemble dans la souffrance pour le restant de tes jours, dans les profondeurs de mon cachot le plus sombre.

Chapitre 28

L'aube éclaboussait d'une teinte corail éclatante le ciel bleu marine et bleu pâle, mais Dol Salida n'appréciait pas le spectacle. Cela faisait bien longtemps qu'il n'avait pas admiré un lever de soleil. Une fois de plus, il avait joué à l'urquat tard dans la nuit, jusqu'à ce que ses adversaires, vaincus et fourbus, regagnent leur lit d'un pas chancelant. Depuis cet instant, et jusqu'aux premiers pépiements signalant le lever du jour, il avait mis à jour ses dossiers de sa minuscule écriture soignée, à partir des informations collectées dans la journée par lui-même et par Sully, qui écumait la Cité pour lui, à présent que Dol était coincé sur le Bouclier, loin de tout.

Il avait été une époque où le vieux cavalier parcourait les rues de la Cité en boitant, faisant fi de sa jambe et de sa hanche douloureuses, se nourrissant de la force vitale des allées et ruelles fétides, des canaux, des caniveaux, des marchés, des temples, des auberges et pensions de famille, des belles demeures et des taudis, se réappropriant chaque jour cette Cité. Il avait vécu et s'était battu pour elle toute sa vie, et il ne pouvait faire autrement.

Mais il se trouvait désormais piégé. D'une part, son nouveau rôle de premier conseiller, prestigieux mais sans mission précise, exigeait de lui qu'il reste collé à l'impératrice, car elle avait besoin de le consulter quotidiennement, à propos de tout et n'importe quoi – que ce soient les mouvements des troupes au sein des deux dernières armées de la Cité, la nouvelle broderie pour les fauteuils de la bibliothèque, ou la signification exacte d'un mot qu'un des chefs militaires avait selon elle employé à mauvais escient. Archange appréciait sa compagnie, Dol le savait. Elle prétendait souvent qu'elle aimait être entourée de gens jeunes, mais il n'en croyait rien. En vérité, elle préférait la compagnie de quelqu'un capable de comprendre les douleurs et les frustrations du grand âge, même si lui-même ne comprenait pas grand-chose à cette femme.

D'autre part, il était prisonnier chaque jour, chaque heure, chaque instant, de sa jambe douloureuse. Sa blessure remontait à cinquante années, quand, jeune soldat, il avait été jeté à bas de sa monture au cours d'une bataille depuis longtemps oubliée de tous contre les Odrysiens, à la ville frontière de Markusia, à l'est. Poussé par sa nostalgie d'ancien soldat, et pour tester son nouveau pouvoir au palais, il avait envoyé plus tôt dans l'année une escouade de soldats pour mener l'enquête dans cette bourgade. « Seulement un amas de ruines et de poussière », lui avait-on rapporté sèchement. « Avec quelques chèvres. » *Qui dit chèvres dit gens*, avait-il songé avec colère. Les villageois se cachaient, ce qui était compréhensible. Il avait été tenté d'y renvoyer les soldats puis, dans un éclair de lucidité, y avait finalement renoncé. Quel intérêt de terrifier une poignée de paysans dans le seul dessein de satisfaire un caprice ?

Il était tombé de cheval, une jument noire appelée Ébène, mais son pied était resté coincé dans l'étrier, et le stupide animal l'avait traîné sur une demi-lieue avant de s'arrêter. Les articulations de sa hanche et de son genou s'étaient complètement disloquées, et il avait passé plus de dix jours à souffrir, jusqu'à ce qu'il soit suffisamment remis pour être capable de marcher à nouveau. Mais jamais il ne put le faire sans douleur. Et il n'était pas remonté à cheval depuis.

Sa routine du début de la matinée était toujours la même, *comme le sont toutes les routines*, pensa-t-il scrupuleusement. Il se réveillait – s'il avait dormi – dans son vieux fauteuil de cuir qui, ces jours-ci, s'apparentait à un instrument de torture. Il se levait péniblement, suant et jurant, et soulageait quelque peu son mal en faisant les cent pas aussi longtemps que nécessaire. Les domestiques avaient appris à ne pas le déranger pendant ce temps. Archange ne le convoquait jamais non plus à ce moment-là. Si elle l'avait fait, impératrice ou pas, il aurait dû l'ignorer. En réalité, il aurait ignoré les dieux de la glace et du feu si ceux-ci l'avaient convoqué. Une fois ses douleurs revenues à leur intensité habituelle, il appelait ses serviteurs, et sa journée commençait.

Ce jour-là fut toutefois différent. Il s'était levé de son fauteuil et, appuyé contre l'accoudoir, il sentait le sang affluer douloureusement dans sa jambe invalide.

— L'impératrice vous demande, seigneur.

C'était un soldat des Faucons Nocturnes, la centurie qu'il aimait le moins.

Mâchoires serrées, il rétorqua :

— Dites-lui que je suis indisposé. Elle devra patienter.

Mais tous deux savaient qu'Archange ne patientait jamais. Implacable, le soldat insista :

— Nous avons apporté un fauteuil, seigneur.

On en est donc là, songea-t-il, la honte enflammant ses joues. *On va me transporter dans le palais comme un vulgaire paquet de linge.* Mais avait-il le choix ? À contrecœur, il se fit aider pour s'installer dans le fauteuil rembourré, puis lui et son humiliation furent conduits jusqu'au joli salon d'Archange. La surprise le tira de son égocentrisme : l'impératrice n'était pas assise à sa place habituelle ; elle était allongée sur un divan près de la fenêtre, le dos calé avec de nombreux coussins. Elle avait le visage émacié, le regard éteint.

Elle le regarda sans mot dire pendant qu'on l'aidait à descendre de ce maudit fauteuil pour le faire asseoir dans un autre. *Quel beau duo nous formons,* se dit Dol, *et c'est nous qui sommes responsables de cette grande Cité !* Les soldats s'éclipsèrent. Seul un garde armé resta à la porte.

— Bonjour, Dol Salida.

— Bonjour, ma dame. J'espère que cette convocation urgente vaut l'embarras qu'elle m'occasionne.

Qu'elle exige sa tête sur un plateau lui rendrait plus service.

Elle soupira et battit lentement des paupières.

— Cela fait cinq jours que nous n'avons aucune nouvelle de Marcus.

— Ils auront commencé à affronter l'ennemi, à ce jour, répliqua-t-il sèchement, toujours agacé. Marcus et ses chefs ont autre chose à faire que rédiger des lettres.

Il savait que, en proie à l'inconfort, il réagissait de manière inappropriée. Chaque jour, des messagers faisaient l'aller-retour entre la Cité et l'armée. La priorité absolue de Marcus Rae Khan, après l'accomplissement de sa mission, était de tenir l'impératrice informée.

Elle répondit avec un peu de sa sécheresse coutumière :

— Peut-être aurais-je dû vous laisser aux tourments de votre fauteuil personnel, si vous n'avez rien de mieux à dire.

Tout à coup conscient des sautes d'humeur de son interlocutrice, il répliqua avec plus de diplomatie :

— Si vous pensiez que Marcus et Hayden avaient essuyé un revers tel qu'ils seraient dans l'incapacité de communiquer, vous auriez alors rassemblé tous vos chefs, pas seulement ma jambe boiteuse et moi.

Elle ébaucha un sourire et toussa.

— Cette réunion aura lieu plus tard. J'ai convoqué les chefs, mais certains vont mettre quelques heures à revenir. (Elle contempla l'horloge dorée ouvragée sur le mur – un présent de Tisserand.) J'attends simplement que mon vieil ami me fasse part de son sentiment à brûle-pourpoint, soupira-t-elle. Je cherche à être rassurée, si vous préférez.

— Je ne puis vous rassurer, répondit-il avec honnêteté. S'ils ont été vaincus, il n'y a rien que la Cité puisse faire pour les secourir. Ce n'est pas comme si nous disposions de quelques milliers de soldats qu'on pourrait leur envoyer. Ils sont seuls.

Il s'était opposé longuement et bruyamment à l'envoi de l'armée de Khan au nord pour aider les forces de Tisserand. Se séparer d'un tiers des derniers soldats de la Cité pour une mission perdue d'avance, pour aider un homme qui, naguère, était l'ennemi ! Une petite voix intérieure lui criait qu'il avait eu bien raison, mais il n'en tirait aucun plaisir.

D'un ton brusque, l'impératrice ordonna au garde de quitter la pièce. Dol la considéra d'un œil inquisiteur.

— Je voudrais m'entretenir avec vous d'un point important qui doit rester ignoré de mes autres conseillers.

Comme toujours, il se sentit fier d'avoir été choisi comme son confident le plus proche. Il la regarda avec attention. Elle paraissait angoissée, un état qu'il n'associait pas à l'impératrice en temps normal.

— Marcellus, dit-elle en le dévisageant. Je pense qu'il est en vie.

Dol ne s'attendait pas à cela. Lorsqu'elle était contrariée, Archange pouvait faire des commentaires impulsifs, voire scandaleux. Mais elle le regardait calmement, sirotant une tisane, dans l'attente de sa réaction. S'il avait été face à n'importe qui d'autre, il se serait moqué. Toutefois, Archange n'aurait pas partagé cette inquiétude avec lui sans une bonne raison. Il réfléchit à la question, se remémorant les rumeurs qui avaient circulé dans la Cité torturée le Jour des Offrandes. « Marcellus est toujours vivant, disait-on. Il reviendra sauver la Cité. » *Balivernes et superstitions*, songea-t-il. Il secoua la tête avec fermeté.

— Nous avons la déposition de Fell Aron Lee, dans laquelle il affirme lui avoir tranché la tête et avoir jeté celle-ci du haut d'une tour du Palais Rouge. Nous n'avons aucune raison de croire qu'il mentait.

— Je ne crois pas qu'il mentait, répondit sèchement Archange. Quand je l'ai interrogé – en votre présence, Dol Salida –, je crois qu'il m'a dit la vérité telle qu'il l'avait vue. Je n'ai cessé d'y repenser, soupira-t-elle. Fell a affirmé avoir tué Marcellus, puis être descendu dans le Hall des Empereurs. Qu'a-t-il dit à ce propos ?

Dol fouilla parmi ses souvenirs.

— Qu'il s'était perdu dans un labyrinthe de tunnels et d'escaliers. Il lui a fallu un certain temps pour retrouver son chemin.

— Exactement ! s'exclama-t-elle, triomphante. Il lui a fallu un certain temps. Pourtant, il est arrivé là-bas peu de temps après la mort de Rafael. Vous l'avez vérifié.

Dol eut une illumination et comprit à quoi elle pensait.

— Rafael n'était pas un homme mortel, dit-il.

— En effet. Ce n'était qu'un reflet de Marcellus. Remarquable, ancien et unique, mais seulement un reflet.

— Et un reflet ne peut pas vivre une fois que son…

— Son sire.

— Une fois que son sire est mort. Par conséquent, si Marcellus avait réellement été tué dans la tour de l'observatoire, Rafael aurait dû mourir exactement au même moment dans le Hall des Empereurs.

— Précisément. Mais ça n'a pas été le cas. Vous avez vu Rafael mourir.

— En effet. Il a été blessé par Shuskara, puis Indaro l'a exécuté. Que les dieux maudissent son nom. Fell est arrivé dans le Hall des Empereurs peu de temps après. Je me souviens m'être demandé qui était ce grand guerrier qui marchait parmi les cadavres.

— Ce qui ne peut signifier qu'une chose : l'homme que Fell a tué n'était pas Marcellus. (Elle soupira et fut prise d'une quinte de toux.) C'était évident, mais je n'ai rien vu, car Marcellus n'a créé qu'un seul reflet dans sa vie, celui de son frère Rafael. Il l'a souvent dit, je l'ai moi-même répété et j'y ai cru. Cela m'a empêchée de voir l'évidence : Marcellus devait avoir créé un autre reflet, et peut-être plusieurs, en secret – il a toujours été un homme secret –, prêts pour cette éventualité. Araeon a créé nombre de reflets au fil des ans pour tromper ses ennemis, protéger ses arrières. Pourquoi Marcellus n'en aurait-il pas fait autant ?

Dol réfléchit à cette nouvelle perspective.

— Peut-être pas, dit-il. Les faits seraient les mêmes si Rafe n'avait pas été un reflet. D'ailleurs, il n'en était peut-être pas un. Sa mort m'a paru tout à fait semblable à celle d'un homme mortel.

Elle fit « non » de la tête.

— Rafe en était un, insista-t-elle. Je les connais bien. Je connais tout à leur sujet. Marcellus, orphelin, était un enfant unique, et il l'est resté jusqu'à un âge mûr. Puis cet ami, ce « frère », est apparu, que Marcellus a nommé Rafael Vincerus. Seuls les plus âgés d'entre nous savent qu'il n'en était rien. La plupart des reflets qui peuplaient le palais – ils étaient à la mode il y a un peu plus d'un siècle – étaient des copies de leur sire. Les Serafim les créaient en utilisant le pouvoir du Voile du Gulon. Seul Araeon, dont la puissance surpassait de loin la nôtre, était capable de créer des reflets qui ne lui ressemblaient pas, et qui parfois n'étaient même pas humains. Du moins, c'est que nous croyions tous.

Elle frissonna.

Dol se carra dans son fauteuil. Il ne l'écoutait que d'une oreille. Marcellus, vivant ? Cette éventualité balaya toutes ses inquiétudes à propos du sort de l'armée de Marcus. Si Marcellus vivait toujours, s'il convoitait le trône – comment en serait-il autrement ? –, alors leur avenir semblait pour le moins incertain.

— Pourquoi êtes-vous parvenue à cette conclusion maintenant ? s'enquit-il. Cette preuve a toujours été sous notre nez, depuis le début. Pourquoi maintenant ?

Sa question était dangereusement proche de la critique. Archange le regarda d'un œil noir.

— Je m'interroge depuis longtemps à ce sujet, figurez-vous. J'ai eu une conversation, récemment, avec un ancien soldat des Mille. Une femme proche de quelqu'un qui connaissait bien Marcellus. Elle m'a rappelé quelque chose que j'avais oublié. Elle a dit que Marcellus était un conspirateur, même s'il avait bien du mal à le cacher. Il aimait se faire passer pour quelqu'un de spontané, d'impulsif, alors qu'en fait tout ce qu'il entreprenait était calculé, comme dans une partie d'urquat.

Il hocha la tête.

— Mais, dans ce cas, dit-il, pourquoi resterait-il à l'écart de la Cité, si celle-ci était en danger ? Et pourquoi n'avoir pas fait part de vos inquiétudes plus tôt ?

Elle lui jeta un regard furieux.

— Pourquoi est-il resté à l'écart tout ce temps ? Aucune idée. Et je n'en ai pas parlé avant parce que je ne raconte pas tout ce qui me passe par la tête, Dol Salida. J'attendais d'abord que Marcellus agisse contre moi, pour se venger de la mort d'Araeon, et, comme il ne le faisait pas, j'ai pensé qu'il avait décidé de s'absenter, comme les Serafim l'ont déjà fait. Ou que je me trompais, tout simplement.

— Et maintenant ?

— Maintenant, je pense qu'il a agi.

Elle toussa de nouveau et se redressa péniblement. Elle sonna la cloche de cuivre à ses côtés.

Pendant un instant, Dol se demanda ce qu'elle avait voulu dire, puis la révélation le frappa comme un coup de poing en plein visage.

— Vous pensez que c'est à cause de Marcellus que nous avons perdu contact avec l'armée ?

Archange s'adressa à un valet discret avant de le congédier d'un geste.

— Ses soldats l'adorent, dit-elle en regardant par la fenêtre. S'il le voulait, il pourrait se présenter à eux et remplacer Tisserand et Marcus à la tête de l'armée. Il pourrait même être nommé empereur par acclamation, à l'ancienne. Il pourrait faire faire demi-tour à l'armée, la contraindre à abandonner sa mission d'aide aux Petrassi, et revenir dans la Cité. (Elle le regarda.) Et ensuite, quoi ? La Cité ne supporterait pas une autre guerre, certainement pas une guerre civile.

Au fond de lui, Dol pensait que si Marcellus pouvait prendre le commandement de l'armée à la place de Marcus Rae Khan, ce dont il doutait, alors il pourrait également retourner les forces survivantes de la Cité contre Archange. Une fois de plus, il se demanda quelle était la nature exacte des relations entre Marcellus et l'impératrice. À la demande d'Archange, il avait passé des années à suivre de près et secrètement le Premier Seigneur, et il n'était guère plus avancé. Il doutait toutefois que Marcellus, qui avait toujours été d'une loyauté à toute épreuve envers Araeon, se comporterait de la même façon envers celle qui s'était attribué le trône impérial.

Cependant, on attendait de lui ce matin-là qu'il se montre rassurant.

—Vous faites trop de suppositions, dit-il. D'abord, que Marcellus soit toujours en vie, ne s'étant pas fait massacrer par un simple soldat alors qu'il s'apprêtait à quitter la Cité.

—Aucun simple soldat ne pourrait le tuer, affirma-t-elle, oubliant apparemment que c'était ce qu'elle avait cru, du moins un instant.

—Il y a aussi, reprit-il comme si Archange n'était pas intervenue, sa réapparition à des centaines de lieues d'ici, près de la frontière petrassi. Enfin, le fait qu'il serait déloyal envers son impératrice au point d'agir contre elle. Le temps nous le dira.

—Comme toujours.

À la satisfaction de Dol, la servante apparut avec de quoi manger. Encore de la tisane pour l'impératrice, du vin coupé d'eau pour Dol Salida, et un plat garni de feuilletés qui, aux yeux du vieil homme, constituaient l'unique alimentation d'Archange. Il les avait toujours regardés furtivement, mais jamais elle ne lui en avait proposé. Ce jour-là, toutefois, elle l'invita d'un geste à se servir. Il en prit un et mordit dedans, s'attendant à une farce à la viande. Durant un instant, le goût qu'il eut dans la bouche fut étrange, et par conséquent désagréable. Il se rendit compte après coup que le feuilleté était au fruit, au miel, épicé et parfumé. Il l'engloutit et en prit un autre.

Tandis qu'il mangeait, la petite-fille d'Archange fit une entrée discrète et parla à voix basse à sa grand-mère. Dol l'observa attentivement, s'efforçant de rester impassible. Cette Thekla, qui avait surgi brusquement au palais une dizaine de jours auparavant, restait une inconnue. On la disait chirurgienne. Si c'était vrai, pourquoi s'attardait-elle sur cette montagne au lieu de travailler dans la Cité, où l'on avait besoin d'elle ? Dans ses dossiers sur la vie d'Archange, Thekla n'avait fait l'objet que d'une note de bas de page. Elle avait passé le plus clair de son existence avec sa mère, loin de la Cité, pour une raison qu'il ignorait. Il trouvait particulièrement étrange la façon dont, peu après le départ de Broglanh, elle s'était fait très vite une place dans le cercle intime d'Archange. Il supposa qu'elle avait écouté leur conversation. En partant, elle lui jeta un regard froid.

Archange s'était redressée sur le divan et regardait la Cité en sirotant un verre. Elle paraissait en meilleure forme.

—J'ai une nouvelle pour vous, dit Dol en prenant un troisième feuilleté.

Elle tourna vers lui ses yeux noirs et attendit.

— Dame Fiorentina a trouvé refuge au palais des Khan.

— Je ne vois pas pourquoi vous parlez de « refuge », lui objecta-t-elle, les sourcils froncés. Insinuez-vous qu'elle a quoi que ce soit à craindre de moi ?

— Pas du tout, se hâta-t-il de répondre. Mais elle est restée discrète sur sa position géographique depuis le Jour des Offrandes, tout comme les Khan. Peut-être s'y sent-elle obligée.

— J'aurais cru qu'elle était morte dans l'effondrement du Palais Rouge, si j'avais eu la moindre pensée pour elle. Vos agents l'ont-ils vue ? Lui ont-ils parlé ?

— Non, les domestiques des Khan sont d'une loyauté redoutable. Mais l'une de leurs anciennes bonnes a été indiscrète. Ces gens ont tout un réseau de contacts.

Archange toussa.

— On peut difficilement en tirer des conclusions. Les domestiques des Khan sont peut-être d'une loyauté redoutable – ils ont sûrement trop peur de Giulia pour qu'il en soit autrement –, mais je suis certaine que les menacer d'une séance d'interrogatoire ne les laissera pas insensibles.

— Peut-être. J'ignore si c'est important.

— Dans ce cas, pourquoi me faire part de ce détail ? En quoi l'endroit où loge la sœur de la catin m'intéresse-t-il ?

— Ce n'était qu'un petit ragot par une belle matinée ensoleillée, répondit Dol avec légèreté en regrettant d'avoir abordé le sujet.

Toute allusion, même indirecte, à Petalina, la « catin » de Marcellus durant près de trente ans, provoquait immanquablement la colère de l'impératrice.

Elle se carra sur le divan.

— Peut-être rendrai-je visite à Giulia, dit-elle d'un air songeur, pour renouer nos liens. Je ne l'ai pas vue depuis son retour de voyage, et je devrais la remercier pour l'or rapporté de l'étranger pour remplir nos coffres. Je peux mentionner Fiorentina et voir comment elle réagira. Ce sera instructif.

La matinée passa, le soleil montait, splendide, et Dol Salida n'avait aucune envie de quitter le salon. Il avait le ventre plein et ses douleurs étaient réduites à un murmure.

Ils abordèrent de nombreux sujets, certains importants, d'autres futiles. Il y avait l'affaire des Gulons, la centurie des Mille au service personnel de l'empereur. Celle-ci se trouvait loin de la Cité le Jour des Offrandes, et n'était jamais revenue. Dol avait supposé que l'impératrice avait ordonné le rassemblement de ses membres avant de les faire exécuter discrètement, comme les Léopards avant eux. Mais apparemment il n'en était rien, car Archange semblait trouver inquiétant de ne pouvoir localiser cette force d'élite qui, peut-être, nourrissait de la rancune à son endroit.

Les Faucons Nocturnes posaient un problème aussi, pour une autre raison. Bien qu'ils eussent combattu pour l'impératrice le jour de la chute du Palais Rouge, et qu'elle les gardât près d'elle au Palais Blanc, les autres centuries et Dol lui-même les considéraient comme des traîtres et des régicides. « Comme un chien devenu méchant, disait-il souvent à son ami Sully, on ne peut jamais lui faire confiance. » Se débarrasser d'eux, voilà ce qu'il faudrait faire, selon lui. Les envoyer en mission suicide contre les Fkeni. Ou les diviser et les mélanger avec les soldats de base. Ou encore les envoyer au nord rejoindre Marcus. Des hommes valeureux étaient morts dans les batailles qui avaient opposé les centuries entre elles, et il croyait qu'Archange finirait par parvenir aux mêmes conclusions que lui, même à contrecœur.

Quand le soleil atteignit son zénith, Dol comprit qu'il devait partir. L'impératrice verrait d'un mauvais œil qu'il n'ait rien d'autre à faire. Il se leva péniblement.

— Merci, Dol Salida, dit-elle lorsqu'il saisit sa canne à l'embout argenté. Vous m'avez bien servie.

Ce commentaire ressemblait un peu trop à des adieux, et Dol, inquiet, se retrouva momentanément interdit. Comme si elle avait lu dans ses pensées, elle ajouta :

— J'espère que vous le ferez encore de longues années.

— Si les dieux me le permettent, répondit-il d'un ton bourru.

Contre toute attente, elle tendit la main, ce qu'elle n'avait jamais fait auparavant. Dol la prit maladroitement. Il avait l'impression de tenir des os enveloppés de velours fin.

— Vous n'appréciez guère votre rôle, n'est-ce pas ? demanda-t-elle en levant les yeux vers lui.

— C'est un honneur…, se défendit-il.

— Oui, oui. Je sais que c'en est un. Mais… ?

Il réfléchit à toute vitesse.

— Mon épouse me manque, avoua-t-il. Mes filles aussi.

Il n'était pas descendu de la montagne depuis le début de l'été. Sa réponse était donc sincère, bien qu'incomplète.

— Dans ce cas, rendez-leur visite dès aujourd'hui.

Elle ne lâchait pas sa main. Il sentit soudain une chaleur l'envahir. En un clin d'œil, ses vieux os lui parurent plus forts, son esprit plus clair, le sang bouillonnait dans ses veines.

— C'est ce que je vais faire.

Il se rendit compte à quel point il en avait envie. Il quitta le salon le cœur léger.

Dol Salida vivait depuis peu de temps sur la montagne lorsqu'il comprit pourquoi ses palais avaient été pour la plupart abandonnés, à l'exception de ceux des Familles suffisamment riches et endurantes pour en supporter les nombreux inconvénients. Une seule route menait au sommet du Bouclier, construite au prix de nombreuses vies. Elle était parfois étroite, parfois abrupte, souvent les deux à la fois. Tout – l'eau, la nourriture, les provisions quelles qu'elles soient – devait y être apporté à dos d'âne ou sur de petites carrioles conçues spécifiquement à cet usage. Si tous les palais avaient été occupés, les approvisionner en eau seulement aurait été une tâche impossible. Il y avait déjà un défilé permanent de bêtes le long de la route, ce qui constituait une nuisance pour quiconque souhaitait descendre le Sentier des Coquillages en calèche. On raconta à Dol qu'autrefois il existait un système de pompage qui amenait l'eau au sommet de la montagne, ce qui le laissa sceptique.

En cette fin d'après-midi, alors que le soleil commençait à baisser à l'ouest, le trajet sur cette route fut donc une affaire frustrante et longue – frustrante pour le conducteur de son étroite calèche. Bien que progressant à un rythme assez lent, Dol savourait l'absence de ses douleurs et portait un regard bienveillant sur les ânes placides qu'ils croisaient lorsqu'à chaque virage ils s'arrêtaient pour leur céder le passage.

La réunion de l'après-midi avec les chefs militaires avait été contrariante, comme souvent. Ils ne pouvaient savoir ce qui était arrivé à l'armée de Khan, pas plus que Dol, et pourtant, il avait déduit d'expérience que, moins les gens en savaient, plus ils exprimaient vigoureusement leurs opinions. Il y eut quelques éclats de voix avant l'arrivée d'Archange, sans assistance. D'après Dol et quelques autres, le problème n'était pas l'armée, mais les messagers. Les cavaliers devaient traverser des terres fkeni, et une fois qu'un groupe de ces hommes des tribus avait remarqué leurs trajets réguliers et quotidiens, quoi de plus simple que d'enlever un cavalier isolé pour le torturer, le tuer, ou les deux ? Comme on pouvait s'y attendre, il fut décidé qu'on patienterait un jour de plus, jusqu'à l'aube. Si aucun messager n'était revenu du Nord, alors un groupe de cavaliers de Darius se mettrait en route.

Quand sa calèche atteignit la base du Bouclier, Dol fut surpris et troublé de voir à quel point les lieux avaient changé. L'endroit avait toujours été occupé par des casernes, car les gardes forestiers de l'empereur surveillaient cette zone depuis la nuit des temps. Désormais, de nouveaux baraquements avaient été érigés, ainsi que quantité de cahutes, tentes et caravanes abritant des colporteurs, des vendeurs de produits alimentaires et des catins qui proposaient leurs services aux soldats, sans compter les mendiants, parasites et autres bons à rien attirés par ce genre de lieu. C'était à présent un véritable petit village, bourré de soldats, qui avait des allures d'avant-poste frontalier. Dol décida d'en parler à l'impératrice dès son retour.

Il avait choisi de marcher pour parcourir la demi-lieue qui le séparait de la maisonnette de Gerta, nichée dans un méandre de la rivière qui serpentait devant le Bouclier. La veille, il ne se serait jamais cru capable d'entreprendre une telle chose, mais cela faisait des années que sa jambe l'avait si peu fait souffrir. Il avait entendu dire que l'impératrice avait le don de guérir avec ses mains. À ce propos, la rumeur prétendait que, pour une raison qu'il ignorait, Archange avait récemment soigné une prisonnière grièvement blessée. Dol pensait que c'était peu vraisemblable : pourquoi aurait-elle choisi d'aider en priorité une criminelle, plutôt que son conseiller le plus proche ? Quoi qu'il en soit, pour la première fois depuis des lustres, il avait envie de faire une petite promenade. Après s'être débarrassé des gueux qui s'étaient attroupés dès qu'ils avaient repéré la belle calèche, il se mit en route. Il regarda vers le nord, où des nuages d'orage s'amoncelaient. Une pluie fine s'abattit sur ses épaules. Il pressa le pas.

Il ne tarda pas à repérer la maisonnette : un filet de fumée s'échappait de la grosse cheminée. Il sourit. Avertie de son arrivée, sa femme avait certainement passé l'après-midi à cuisiner, lui préparant ses douceurs préférées, riches en épices et herbes aromatiques. Il en salivait d'avance.

Il remarqua que la porte d'entrée était entrouverte, l'air étant quelque peu étouffant. Puis il stoppa net. Son cœur sembla cesser de battre. L'odeur métallique et caractéristique du sang monta dans l'air chaud. Sentant ses jambes faiblir, il laissa échapper un gémissement grave de sa gorge. Il se dépêcha de gagner la porte. Tout vieux guerrier qu'il était, il était terrifié par le spectacle qu'il allait découvrir.

Devant la porte d'entrée, il découvrit le cadavre d'Eudice, sa fille. C'était un ancien soldat de la Cité, mais elle avait été surprise sans arme. On l'avait poignardée en pleine poitrine, lui transperçant le cœur. Il la dépassa en chancelant et trouva son autre fille, Fierro, morte dans le salon, la gorge tranchée. En sanglots, il marcha d'un pas lourd jusqu'à la cuisine. Il savait ce qui l'attendait.

Dans un coin, Gerta gisait, recroquevillée dans une mare de sang. Dol se tenait dans l'encadrement de la porte. Il savait qu'elle était morte. On lui avait planté un couteau dans la gorge, et il y était toujours. Dans son chagrin, il ne pensa pas que ce détail avait de l'importance. Il perçut un mouvement. L'espoir jaillit aussitôt en lui. C'était l'un de ses petits-enfants, le fils d'Eudice ! Sa tête blonde était apparue derrière le corps volumineux de Gerta. Elle l'avait protégé en le payant de sa vie. Dol ravala ses larmes. Elles ne lui seraient d'aucun secours.

Il s'avança en boitant vers l'enfant et le prit dans ses bras. Le petit, couvert de sang, rendu muet par le choc, avait le visage livide. Dol le serra contre sa poitrine. Son expérience avec les enfants était limitée, mais il murmura :

— Là, là, mon garçon. Je trouverai quelqu'un qui veillera sur toi.

Il ne vit pas la silhouette sombre qui apparut derrière lui dans l'encadrement de la porte, ni n'entendit l'assassin lorsqu'il s'approcha à pas feutrés. Toutefois, pendant un instant fugace, il sentit la lame brûlante de la dague plonger dans son dos et atteindre son cœur.

Cinquième partie

L'armée solitaire

Chapitre 29

Assis avec un cheval mort pour dossier, Broglanh affûtait ses lames à la lueur du clair de lune. On y voyait presque comme en plein jour, et un feu n'était pas nécessaire – sans compter que les soldats épuisés et ensanglantés n'avaient aucune envie de ramasser du petit bois. Il sentait l'odeur des feux de camp ennemis au loin, les effluves légèrement musqués de tourbe brûlée, et le fumet alléchant de la viande rôtie. Ils s'étaient préparés avec soin.

Tant mieux pour eux, se dit Broglanh. *Ça ne les empêchera pas de mourir sous nos coups d'épée.*

Tout ce qu'il voyait avait une teinte noire ou gris argenté. Les ombres étaient nettement dessinées. Il imagina que c'était à cela que ressemblait le monde des morts, que les guerriers de la Cité appelaient les Jardins de pierre. Un jour, Archange lui avait dit que cet endroit n'existait pas, que lorsqu'on mourait l'âme s'éteignait aussi, tandis que la carcasse devenait poussière. Selon elle, seuls les gens simples croyaient en une vie après la mort, et rien n'était plus simple qu'un soldat. Manger, dormir, se battre, et un jour mourir.

Broglanh s'en contentait. Il se savait habile, mais avait aussi conscience de sa chance. Il s'en était sorti contre toute attente un nombre incalculable de fois. Lorsqu'il affrontait un adversaire, que ce soit pour une petite bagarre ou un duel ardu à l'épée, c'était tuer ou être tué. Et, chaque fois, il avait tué.

Il en serait de même ce jour-là. Qu'ils aient affaire à un plus grand nombre de guerriers n'y changeait rien. Qu'ils soient acculés, dos au mur pour ainsi dire, n'y changeait rien. Chaque combat serait nouveau, contre un nouvel adversaire, et chaque fois ce serait une lutte à mort.

Il fit rouler son épaule droite, qu'il s'était abîmée la veille. Bien que douloureuse, elle ne le gênerait pas. Il avait livré bataille avec des blessures bien plus graves. Il avait faim, mais c'était le cas depuis le début de son périple. Il but à grands traits de l'eau de son outre pour apaiser la crampe qui lui vrillait l'estomac. L'eau avait un goût abominable. Il cracha par terre pour s'en débarrasser. Il utilisa le reste pour se rincer les mains et le visage, laver les résidus poisseux de sang. Il regarda vers l'est. L'aube ne se lèverait pas avant longtemps. Avait-il le temps de faire un somme ? Autour de lui, les Piquiers ronflaient en se grattant, presque tous endormis. Quelques-uns étaient allongés, les yeux rivés au ciel. Lorsqu'il avait eu le choix entre se battre sur une monture avec les cavaliers ou à pied avec les Piquiers, il avait choisi l'infanterie. Il les connaissait mieux, savait quels étaient leurs points faibles et leurs points forts, et se sentait redevable envers eux pour avoir protégé Emly des Fkeni. De plus, les risques étaient plus nombreux à cheval : c'étaient des animaux peu fiables dans les batailles, comme il l'avait découvert à ses dépens longtemps auparavant. Il avait donné sa monture à la fille, pour qu'elle puisse prendre la fuite au cas où la situation dégénérerait.

Il songea à Emly telle qu'il l'avait vue pour la dernière fois, tenant les rênes du grand destrier, prête à fuir la bataille à venir. Elle avait le teint gris, les yeux brillants de peur. Pas pour elle, mais pour lui. Il ne ressentait aucune culpabilité, même si c'était lui qui l'avait mêlée à tout cela. Il avait fait ce qu'il croyait juste à ce moment-là, juste pour Em et pour la Cité. Il espérait qu'elle serait en sécurité.

Il avait fini d'affûter ses lames. Il glissa le couteau le plus court dans la rainure de sa botte, les deux longs dans son baudrier, et son épée dans son fourreau. C'était une bonne arme, prise à un soldat qui s'était fait éventrer. Certains pensaient que s'emparer de l'épée d'un mort portait malheur, comme si le mauvais sort pouvait se transmettre par le contact. Broglanh s'en moquait bien. Cette épée lui avait porté chance, elle lui avait duré toute la journée sans se casser ni même s'émousser de manière visible. Il posa son ceinturon à portée de main, se laissa aller contre le cadavre encore chaud du cheval, et ferma les yeux.

—As-tu pris du lorassium ?

—Non, mentit-il.

—Regarde-moi.

Cela lui demanda un gros effort, mais il souleva ses paupières paresseuses. C'était Thekla, en robe de soie bleu marine. Sur sa poitrine luisait un croissant de lune. Ses cheveux d'un noir de jais s'enroulaient, formaient des boucles, serpentaient.

—Seuls les Gaeta connaissent le véritable pouvoir du voile, dit-elle.

Il était de nouveau sur une charrette, confortablement installé, bien que ce fût juste un véhicule en bois grossier dont le plancher était taché de sang. La charrette semblait glisser, comme flottant dans le ciel. Inquiet tout à coup, il regarda autour de lui, mais la charrette ne volait pas. Elle roulait doucement, en silence, dans les rues sombres de la Cité. Il vit des bâtiments qu'il connaissait depuis l'enfance, les baraquements des apprentis, le temple de Paraclites où il avait livré son premier vrai combat contre des voyous éméchés, le mausolée de brique des Sarkoy. Il était dans le quartier du Paradis.

À ses côtés, Thekla dégageait une chaleur brûlante. Il huma son parfum, une odeur de peau soyeuse, d'endroits doux et moussus. Son sang se mit à battre dans son entrejambe. Il ferma les yeux et essaya de penser à autre chose.

— Tu as d'autres blessures ? demanda-t-elle.

Des blessures ? Qui avait été blessé ? Il ne s'en souvenait pas.

À présent, Indaro était là, nue, la bouche rouge de sang. Sa chevelure rousse s'enroulait et sifflait autour d'elle, tels des serpents de feu.

— Surveille tes arrières, dit-elle. Ils sont toujours plus nombreux qu'on le croit.

Il se réveilla en sursaut sur le champ de bataille, dans un moment de pure panique. Il percevait les battements irréguliers de son cœur dans ses oreilles et ne parvenait pas à respirer suffisamment. Des sons incompréhensibles lui parvinrent : le craquement vif du tonnerre, le bruissement d'une eau peu profonde sur les galets.

Il ouvrit les yeux. Tout autour de lui – l'air, le ciel, le paysage, la lumière – était rouge sang. Les guerriers, hommes et femmes, se levaient, couraient ou restaient pétrifiés, les yeux rivés au ciel. Il regarda lui aussi en l'air.

Des étoiles rouges tombaient du ciel.

Rosteval n'était pas jeune et il avait passé ces dernières années à transporter son maître de l'arrière d'une bataille à une autre, son allure excédant rarement un trot posé. Ce fut donc avec une excitation mêlée de surprise dans son poitrail velu que le cheval sentit les talons des bottes éperonner ses flancs et entendit l'ordre bref donné par son cavalier. Il s'élança pesamment au galop.

Quand Hayden Tisserand vit les signaux lumineux de l'ennemi, il sut tout de suite quel effet ils auraient sur ses troupes. Il n'y a rien de plus superstitieux qu'un soldat, surtout un soldat de la Cité. Le bruit et la vue de ces lumières rouges feraient détaler nombre d'hommes et de chevaux terrifiés, redoutant une attaque de leurs dieux capricieux. Un soldat pris de panique ne concevrait pas le fait que ces lumières étaient des dispositifs inoffensifs mis au point par les Petrassi des décennies auparavant.

L'armée de Khan, déjà prise au piège à l'ouest par le Vorago, avait été repoussée vers le sud durant la journée. Derrière eux, il y avait la mer. À présent, ils n'avaient que les falaises dans leur dos, et la faille sur leur gauche.

Tandis que Rosteval galopait le long des lignes, obstinément suivi par un cadre de vétérans petrassi, Hayden n'avait pas vraiment de plan.

Il devait rallier les troupes de la Cité, mais la vue de quelques cavaliers chevauchant droit vers l'ennemi avait peu de chances de faire changer d'avis les soldats, dont bon nombre battaient en retraite dans le désordre le plus complet, fuyant la menace. La plupart maintenaient leur position, mais il arrivait toujours un moment où le poids des fuyards transformait une retraite en déroute.

Aussi agile qu'une monture âgée de deux ans, Rosteval évita une hampe qui se dressait au sol. Hayden comprit que c'était un étendard de la Cité, négligemment planté. Il l'arracha au passage. L'étendard était lourd, fait pour être enfoncé dans l'étui de la selle de son porteur, mais il le brandit bien haut, le tenant à deux mains. La bannière flotta, retomba, puis flotta de nouveau dans la légère brise. L'emblème de la Cité était une aigle cramoisie sur un champ d'or. Le général avait conscience de l'ironie de la situation.

— Elles ne peuvent pas vous faire de mal ! cria-t-il à ses troupes hésitantes. Ce ne sont que des lumières ! Elles sont inoffensives ! C'est un tour que nous joue l'ennemi !

Ils ne le connaissaient pas. Ils ignoraient qu'il était le général qui avait conquis la Cité. Ils ne voyaient que leur étendard, et les cavaliers qui chevauchaient vers l'ennemi du jour. Ceux qui hésitaient, au bord de la panique, renforcèrent leur position et regardèrent leurs camarades en affichant un sourire penaud. Ceux qui fuyaient, rampaient ou couraient s'arrêtèrent et firent demi-tour dans la lumière maléfique avant de reprendre le combat auprès de leurs camarades. On ne les qualifierait pas de déserteurs – du moins pas encore.

Hayden Tisserand agita l'étendard. Les soldats poussèrent des acclamations et se préparèrent à recevoir l'ordre d'avancer. Les signaux lumineux commencèrent à s'éteindre, et la lumière rouge diminua.

Ce fut là que commença la canonnade.

Au début, Stern avait tenu bon. Il en avait beaucoup vu au cours de ses vingt et quelques années de service, et il savait que ce qui était inconnu n'était pas nécessairement mortel. Il regarda vers Broglanh, à sa droite, qui, son épée à la main et les yeux levés vers les lumières rouges, semblait curieux mais pas inquiet. Stern connaissait mal ce vétéran arrivé avec son propre destrier, et qui pourtant avait choisi de lutter avec les Piquiers, mais il se félicitait de l'avoir à ses côtés, et avait appris à lui faire confiance.

— Maintenez votre position ! lança Stern à ses guerriers.

Il n'eut pas à vérifier pour savoir qu'ils se tenaient prêts.

Cependant, quand une explosion assourdissante retentit, il eut bien du mal à ne pas lâcher ses armes pour plaquer ses mains sur ses oreilles. La déflagration ressemblait à un grondement de tonnerre dans le ciel, d'une puissance sans pareille, et elle se répétait sans cesse. Certains soldats tombèrent à genoux, terrifiés, mais aucun ne prit la fuite. *Encore une manœuvre de l'ennemi pour nous terroriser*, songea Stern avec gravité.

La première explosion se produisit à bonne distance sur leur gauche. Il vit des chevaux et leurs cavaliers projetés en l'air comme des poupées de chiffon. Un souffle d'air chaud les balaya. Stern se jeta à terre avec les autres soldats. Il enfonça son visage dans le sol et plaqua ses mains sur ses oreilles pour atténuer ce vacarme surnaturel, les hurlements des blessés, les hennissements des montures touchées. Sous lui, la terre parut trembler et des projectiles se mirent à pleuvoir autour de lui, lui frappant le dos et les jambes. Il y eut une deuxième explosion, puis une troisième, plus proche. Ses oreilles bourdonnaient, son corps entier tremblait. Rassemblant toute sa volonté, il se força à soulever son visage de terre pour regarder autour de lui, terrifié par le spectacle qu'il découvrait. Partout, des nuages de poussière, de la fumée, comme si un feu brûlait non loin. Des soldats mal en point s'éloignaient de la ligne de front d'un pas chancelant, certains affreusement blessés : membres à demi arrachés, effusions de sang… Les projectiles qu'il avait sentis s'abattre sur lui étaient en réalité des morceaux de corps ensanglantés, des mains, des pieds, des têtes dispersés partout. Une autre déflagration les secoua, plus proche encore. Stern s'agrippa au sol et pria les dieux de la glace et du feu de mettre fin à ce cauchemar.

Lorsqu'il releva de nouveau la tête, il vit que Broglanh s'était levé et l'imita tant bien que mal. Le calme était revenu : les explosions avaient cessé.

— Au nom des dieux ! que s'est-il passé ? demanda-t-il, sans espérer de réponse. (Les tintements dans ses oreilles rendaient sa voix creuse et lointaine. Tous les autres bruits lui parvinrent étouffés.) Est-ce de la sorcellerie ?

— Non. (Broglanh secoua la tête, sans détacher son regard de la fumée derrière laquelle l'ennemi se retranchait.) Mais c'est lâche. Aucun guerrier honorable ne livre ce genre de bataille.

Les Piquiers survivants étaient sonnés et épuisés, mais aucun n'avait de blessure grave. Ils s'occupèrent des plus atteints, soulagés d'avoir été à peu près épargnés par la terrible charge. Stern s'assura que Benet et Quora allaient bien avant de se tourner vers Broglanh qui attendait, épée à la main, le regard toujours tourné vers le nord.

— Tu crois qu'ils vont charger maintenant ? s'enquit Stern.

— C'est ce que je ferais.

— On ne sait même pas contre qui on se bat.

— Je me bats contre tous ceux qui essaient de me tuer.

Broglanh jeta un bref coup d'œil à l'est. Comprenant ce qui le préoccupait, Stern le rassura :

— Ne t'en fais pas pour la fille. Ils sont loin, à cette heure.

À cinq lieues de là, la fille luttait pour maîtriser ses chevaux effrayés tout en évitant de se faire piétiner par les ânes et les poneys chargés de bagages, qui fuyaient le bruit terrible à l'ouest. Elle eut tout juste le temps de s'interroger sur la nature du tonnerre lointain et des étoiles rouges. Patience et Merle, roulant les yeux, avaient arraché leur longe, et elle put à peine saisir leurs rênes avant qu'ils lui échappent. Le grand destrier se cabra ; elle esquiva ses coups de sabot et s'accrocha fermement. Les autres femmes criaient, pleuraient. Nombre d'entre elles, terrorisées, s'étaient jetées à terre.

L'air grave, Emly tint bon et rassura les chevaux avec des paroles apaisantes. Habituées à sa voix, les bêtes finirent par se calmer à mesure que les lumières et les bruits cessèrent.

Elle balaya les lieux du regard. La plupart de ses compagnes de voyage couraient après les animaux qui transportaient leurs biens. Leurs affaires prêtes, elles s'étaient préparées pour un jour de marche afin de s'éloigner du champ de bataille, comme elles en avaient reçu l'ordre quand l'ennemi avait donné l'assaut, et elles craignaient de perdre leurs bagages. Tout le campement s'éparpillait, désorganisé, vulnérable. Emly enfourcha Merle et tint les rênes du destrier.

— On doit rester ensemble ! lança-t-elle à l'intention des autres femmes, mais celles-ci firent mine de ne pas l'entendre.

Elle fit avancer Merle, Patience derrière elle. La plupart des animaux s'étaient calmés, avaient ralenti leur allure ou s'étaient arrêtés, attirés par la bonne herbe, leur esprit simple oubliant vite ce qui avait provoqué leur effroi. Emly repéra Pêche, qui avait trouvé son âne et le menait vers l'endroit où ses sacs et bagages gisaient, abandonnés.

— Nous devons rester ensemble, répéta Em, au désespoir.

Ses nuits, et parfois ses journées, étaient encore hantées par la peur qu'elle avait éprouvée lors de l'attaque des Fkeni.

— Laisse-les tranquilles, petite, dit une voix.

Emly se retourna et vit Bruenna, la sage-femme, marcher à grands pas, un énorme sac sur le dos, son bonnet rose enfoncé sur la tête.

— Ça fait bien plus longtemps que toi qu'elles font ça, dit-elle à la jeune fille d'un ton de reproche. Une fois qu'elles auront récupéré leurs animaux, elles se rassembleront.

— Nous sommes trop éloignées de l'armée, protesta Em en jetant un regard anxieux vers l'ouest, où résonnaient au loin les bruits de la bataille, flottant dans la brise.

— Et nous ne le sommes pas assez si nos soldats sont vaincus, lui objecta Bruenna.

— Nos guerriers l'emporteront, affirma Emly avec conviction.

Elle savait toutefois que leurs troupes étaient inférieures en nombre, et son cœur tremblait de peur pour Evan.

Exactement comme Bruenna l'avait prédit, les épouses et catins menèrent leurs animaux jusqu'à un bosquet, le seul point de repère en vue. Emly regarda autour d'elle, essayant de porter sur le paysage le même regard qu'Evan.

— On ne peut pas s'installer ici, on ne verra personne arriver si on reste entre les arbres, déclara-t-elle aux autres femmes. On devrait monter là-haut. (Elle indiqua une longue pente nue à une demi-lieue au nord, qui conduisait à un affleurement rocheux.) De là, on aura une vue panoramique.

— Qui t'a nommée impératrice ? demanda une femme à la voix et aux traits durs appelée Skarritt. Là-haut, les animaux n'auront rien à brouter, idiote !

Elle arrêta son âne lourdement chargé et entreprit de défaire ses sangles.

Em regarda Bruenna, qui haussa les épaules et laissa tomber son sac au sol. Les femmes commencèrent à déballer leurs affaires et à ramasser du petit bois pour allumer des feux. D'autres apparurent encore avec leurs animaux, et le campement prit forme. Apparemment, un consensus avait été adopté en silence : elles n'iraient pas plus loin.

Pêche rejoignit Emly, qui restait perchée sur Merle.

— Ne t'inquiète pas, la rassura-t-elle en levant les yeux vers elle. Elles ne laissent personne leur dicter leur conduite, pas même les soldats. Tu ferais bien de t'installer. On ne bougera pas de la journée.

Em hocha la tête et se laissa glisser à bas de son cheval. Elle savait que son amie avait raison. En cas d'attaque, Emly saurait se défendre, et Pêche aussi peut-être, grâce au redoutable couteau que Quora lui avait offert. Les Fkeni, s'il en venait, s'en prendraient d'abord aux cibles les plus faibles. C'était dur, mais vrai.

Elle versa des céréales dans la musette des chevaux puis déposa ses bagages – son sac de vêtements et le sac de rechange d'Evan – au pied d'un arbre et s'assit. Et la nourriture ? Elle n'avait pas mangé depuis leur arrivée au Vorago, et elle savait ce qu'Evan dirait : « Mange dès que tu le peux. » En bon soldat, elle fouilla dans son sac et en sortit les deux dernières pommes de la dizaine qu'elle avait ramassée plusieurs jours auparavant. Elles étaient vieilles et ridées, mais elle en mangea une avec plaisir, savourant le fruit sucré et juteux. Elle mit l'autre de côté pour la partager entre les deux chevaux.

Elle avait besoin de se soulager, aussi se leva-t-elle pour s'enfoncer dans le bosquet ombragé. L'endroit était joli, le sol tacheté d'une lumière chatoyante au gré du mouvement des feuilles au-dessus d'elle. Elle avança dans l'ombre et s'apprêtait à relever ses jupes quand elle se rendit compte, la peur au ventre, qu'elle n'était pas seule. De l'ombre projetée par les arbres émergea un homme de haute taille qui tenait une fille devant lui.

Pêche ouvrait de grands yeux terrifiés au-dessus de la main de l'homme au cache œil qui la tenait fermement, un long couteau pointé sur son visage.

— Fais ce que je dis, Emly, ordonna le borgne. Va chercher tes chevaux, sinon je lui crève un œil. Je le lui ferais sauter en un tour de main. Les yeux, ça vient tout seul, ajouta-t-il d'un ton aimable. J'en sais quelque chose.

Casmir n'avait eu aucune difficulté à remonter la piste de l'armée de Khan. Une masse en mouvement composée de milliers d'hommes et de femmes, de leurs biens mobiliers, de bétail et de centaines de chevaux laissait dans son sillage une quantité de débris, de feux de camp éteints, d'armes brisées, de carcasses d'animaux – ainsi que quelques cadavres humains – qu'il aurait pu suivre même si les corbeaux lui avaient crevé les deux yeux.

Contrairement à Broglanh, qui avait choisi un sentier très éloigné du flanc de l'armée, prenant soin de ne pas se faire repérer par les éclaireurs, Casmir avait justement cherché à attirer leur attention. Il avait abandonné son cheval en lui claquant la croupe pour le faire déguerpir, puis était entré à pied dans le campement des éclaireurs, un matin, se faisant passer pour un réfugié perdu de la Quarante-septième. Il avait des papiers, fournis par le Palais Blanc, et fut chaleureusement accueilli par les éclaireurs. Ceux-ci l'envoyèrent sur la route de l'armée principale, où il se fondit dans la masse des fantassins. On l'enrôla chez les Dératiseurs. Il avait choisi l'infanterie parce que les cavaliers restaient à l'écart du gros de l'armée et qu'il pensait avoir de meilleures chances de traquer la fille et son amant en ayant les deux pieds au sol.

Il savait que la gamine était d'une taille trop petite pour être soldat. Par conséquent, il se dit qu'elle devait se trouver avec le groupe du général, ou avec les civils qui suivaient l'armée. Les soldats adorent les ragots. Grâce à quelques questions habiles, il sut qu'aucune courtisane ne voyageait avec Marcus Rae Khan et ses chefs. Il abandonna donc les Dératiseurs et se laissa rattraper par l'arrière du cortège, à travers la foule du train des bagages, d'où il put observer discrètement les épouses et les catins. Ils avaient ensuite atteint le Vorago, et la bataille avait éclaté. Remerciant les dieux d'avoir été bien inspiré en restant loin à l'arrière, il s'était joint aux chariots d'approvisionnement lorsque ceux-ci s'étaient retirés du champ de bataille.

Il ne tarda pas à repérer la fille. Il se rappelait l'avoir vue dans la Maison de Verre, ligotée à une chaise, le regardant avec des yeux terrifiés tandis que le bâtiment était la proie des flammes. Il se demandait souvent comment elle avait survécu. Il lui poserait la question. Il lui demanderait également pourquoi elle avait menti lors de son procès. Il aurait tout le loisir de le faire. Emly menait un imposant destrier – celui de Broglanh, sans nul doute – et marchait aux côtés d'une catin blonde. Quand les femmes avaient établi leur campement, il s'était caché dans l'ombre des arbres pour attendre le moment d'agir.

À présent, il tenait la catin devant lui sans difficulté, une partie de son esprit se réjouissant de sa force physique recouvrée. D'une main, il avait saisi la mâchoire de sa prisonnière, la soulevant à moitié de terre, et, de l'autre, il avait pointé son couteau sur sa joue soyeuse. En voyant la lame, elle s'était immobilisée, secouée de sanglots et de hoquets.

Il sourit. C'était facile. Avec son cœur tendre, Emly ferait tout ce qu'il lui ordonnerait pour sauver son amie.

Ce fut donc avec une certaine surprise qu'il la vit s'asseoir en tailleur dans l'herbe et l'entendit affirmer :

— Je ne te crois pas, Casmir. Tu es un guerrier, pas une brute. Et tu ne lui crèveras pas l'œil, car tu as encore en mémoire la douleur terrible que cela provoque. (Il ouvrit la bouche pour répondre, mais elle ajouta d'un ton ferme :) De plus, tu m'es redevable.

Il ricana.

— Ce n'est pas un jeu de hasard, ma petite. Il n'y a pas de dette qui soit due ou qui doive être remboursée. Va chercher les chevaux, ou je la rends aveugle sans hésitation ni remords.

— Et tu vas te retrouver avec quoi ? demanda-t-elle raisonnablement. Une fille folle de douleur qui poussera des hurlements, tandis que je resterais assise ici ? De plus, répéta-t-elle, tu m'es redevable.

Frustré par son sang-froid, il jeta la catin au sol, qui s'effondra, en larmes. Pourquoi toutes les filles ne lui ressemblaient-elles pas ? songea-t-il avec colère en regardant Emly, qui restait de marbre.

— Tu es venu me chercher, dit-elle.

Ce n'était pas une question.

— En effet. L'impératrice m'a chargé de tuer ton amant et de te ramener au palais. Je me suis acquitté loyalement de la première partie de ma mission. Je n'ai plus qu'à te reconduire chez toi. Tu n'as plus rien à attendre ici, à part la mort – ou la capture, la torture, puis la mort – de la main de l'ennemi.

Il décela une lueur de peur dans ses yeux lorsqu'il mentit au sujet de Broglanh, mais elle répliqua :

— Tu as reçu l'ordre de ne pas me faire de mal.

Le silence de Casmir était éloquent.

— Dans ce cas, tu as un problème, poursuivit-elle en se levant doucement et en brandissant un couteau de la longueur d'un avant-bras masculin, tiré d'un fourreau qu'elle avait caché sous ses jupes.

Il éclata de rire. Il se retrouvait en territoire familier.

— Je suis un maître à l'épée, ma petite. Je peux te désarmer sans même érafler ta jolie peau.

Il dégaina son épée et remua le poignet.

— Que t'est-il arrivé, Casmir ? s'enquit-elle avec curiosité, la voix pleine de compassion. La dernière fois que je t'ai vu, tu étais moribond.

— Tu t'es trompée.

Il sourit.

Mais, alors qu'il levait son épée, un cri retentit en provenance du campement. Il se retourna et vit une horde de femmes surgir d'entre les arbres. Il jeta un coup d'œil à l'endroit où gisait initialement la catin : celle-ci avait dû s'éclipser discrètement pendant qu'Emly retenait son attention. Les femmes, une vingtaine voire une trentaine, portaient des gourdins et des couteaux, et leurs cris aigus lui donnaient mal à l'orbite.

Le Loup tourna les talons et prit ses jambes à son cou.

Chapitre 30

Il faisait nuit noire. La lune boudait derrière les nuages quand Emly traversa à pas feutrés le campement silencieux, évitant soigneusement de piétiner les dormeuses. Elle rejoignit l'endroit où les chevaux étaient attachés, les salua d'un murmure et caressa leur chanfrein. En signe de reconnaissance, Merle agita les oreilles et Patience s'ébroua doucement. Elle les avait laissés sellés, prêts à partir, et avait chargé le destrier de son paquetage. Elle donna à chacun une moitié de la dernière pomme. Après quoi elle ôta ses jupes, qu'elle abandonna au sol, et enfila le pantalon en cuir qu'Evan lui avait donné. Elle prit les rênes des chevaux et s'éloigna dans le paysage endormi.

Elle ne croyait pas que Casmir ait tué Evan. Elle y avait beaucoup réfléchi : ce n'était pas logique. La partie la plus dangereuse de sa mission, de loin, était d'attaquer un soldat armé, un vétéran, au beau milieu de ses camarades. Non, il avait certainement prévu de la capturer d'abord, puis de l'utiliser comme appât pour inciter Evan à quitter le champ de bataille. Son amant abandonnerait-il ses compagnons en plein combat, même pour lui porter secours ? Elle en doutait. Mais Casmir, lui, l'ignorait.

Elle ne craignait pas cet ennemi. Il n'avait pas le droit de lui faire de mal. Elle était intouchable, pour lui. Mais, en restant ici, elle mettait ses compagnes en péril, car Casmir reviendrait. Elle devait prévenir Evan, si possible. Il s'attendait à voir les ennemis se précipiter sur lui par-devant, et non tenter de l'atteindre traîtreusement par-derrière.

La nuit était fraîche. L'air portait la promesse de l'automne. Emly s'arrêta et huma les odeurs de terre, de métal, de cheval et, plus loin, de cadavre. Elle sentit le pouvoir de la terre la gagner à travers la semelle de ses bottes et des frissons lui parcourir les membres. Plus forte que jamais, elle se délecta de sa liberté. Dans l'obscurité, elle vérifia que le long couteau était bien glissé dans son fourreau, à sa taille. Puis elle enfourcha Merle, tenant les rênes de Patience, talonna sa monture et retourna vers le champ de bataille.

— Indaro faisait ça, dit Broglanh, la bouche pleine de viande séchée. Elle n'était pas aussi forte qu'un homme et ne pouvait pas décapiter son adversaire d'un seul coup. Donc elle vrillait… (il fit tourner son index autour de l'autre en déglutissant)… pivotait sur ses talons, et tournait dans l'autre sens à toute vitesse, parfois deux fois, pour le décapiter en hurlant. Comme le ferait un type avec une hache.

— Et son adversaire se contentait de rester là ? demanda Stern, sceptique. Que faisait-il en attendant ? Il polissait son arme ?

Quora ricana. Broglanh afficha un sourire aimable.

— Elle était rapide. Un vrai démon. Vous n'imaginez pas.

Stalker acquiesça en hochant tranquillement sa grosse tête.

— C'était une puissante guerrière.

Stern regarda les deux hommes, aussi aguerris que possible, parlant d'Indaro comme si elle était une combattante de légende.

— Que lui est-il arrivé ? s'enquit-il.

Broglanh haussa les épaules en mâchant et Stalker lui jeta un coup d'œil avant de répondre :

— Elle a rencontré quelqu'un.

Stern hocha la tête. C'était une histoire banale. Les femmes pouvaient se révéler des guerrières hors pair. La plupart étaient véloces et agiles, aussi dures au combat que les hommes. Certaines comme Quora consacraient leur vie à leur carrière militaire. Mais d'autres rongeaient juste leur frein en attendant de tomber sur celui qui les sortirait de cette existence et les protégerait. En dépit de l'admiration que lui vouaient ses deux camarades, cette Indaro semblait être de celles-ci : frivole.

Il mordit dans un morceau de viande de cheval. Elle était caoutchouteuse et difficile à avaler, mais c'était tout ce dont ils disposaient en dehors d'un peu de pain aux charançons. Il balaya du regard les quinze derniers Piquiers, la plupart indemnes, certains légèrement blessés, largement inférieurs en nombre. Ce jour-là, ils ne vivraient pour raconter leur histoire que si l'ennemi décidait brusquement de lever le camp et de rentrer chez lui.

Il se demanda comment allait Benet. Son frère avait été évacué du champ de bataille, blême et apeuré, une tête de lance profondément enfoncée dans la cuisse, la blessure saignant abondamment. On pouvait s'en remettre, mais seulement si le reste de l'armée survivait et était en mesure de défendre ses blessés, ce qui paraissait improbable.

— Benet va s'en tirer, le rassura Quora, devinant ses pensées. Il a connu pire.

Elle se trompait. Ils ne s'étaient jamais retrouvés dans un tel merdier. Mais Stern hocha la tête. Il regarda de l'autre côté du feu : allongée sur un coude, Quora l'observait. Ses yeux glissèrent sur la courbe de sa hanche, le renflement de ses seins. Elle vit qu'il la contemplait. Les yeux noirs de la jeune femme luisaient dans la lueur des flammes. Stern se dit qu'il n'avait jamais vu une femme aussi belle. Une vague de chaleur lui envahit l'entrejambe. L'air de rien, il roula sur le ventre pour cacher son trouble.

Stalker le regardait en se curant les dents.

— C'est ton frère ?

Il acquiesça.

— Myope comme une taupe, commenta l'homme du Nord. Je ne lui ferais pas confiance.

— Il n'était pas myope à nos débuts, le défendit Stern, vexé par la critique. On n'a rien demandé.

— Ah bon ? C'est pourtant vous qui avez choisi la vie de soldat, mon gars. Vous n'êtes pas de la Cité, mais vous avez tous les deux choisi de vous battre pour elle.

« Pour elle ». On aurait dit que Stalker parlait de la Cité comme d'une femme. L'homme du Nord l'observait de ses yeux couleur de brume.

— Qu'est-ce qui te fait dire que je ne suis pas de la Cité ? l'interrogea Stern.

Je suis aussi loyal que n'importe lequel de ses fils.

Stalker haussa les épaules.

— Tu as l'allure des gens qui vivent en bord de mer.

Stern se demanda qui l'avait renseigné.

— Mon père était soldat de la Cité.

— Je croyais qu'il était pêcheur, intervint Quora.

— Oui, c'est vrai, reconnut-il, légèrement ennuyé. Mais à l'origine il venait de la Cité. De Barenna.

Il n'avait pas envie d'expliquer à ces vétérans que son père avait quitté l'armée après dix années de service, à une époque où il était possible pour un soldat de partir alors qu'il était encore en vie et relativement entier.

— Comment s'appelait-il ? demanda Stalker.

— En quoi ça t'intéresse ?

L'homme du Nord haussa les épaules.

— En rien.

Il s'allongea, arrangea ses tresses rousses pour se faire un oreiller et ferma les paupières. Un instant plus tard, il ronflait.

Stalker était une énigme. Rescapé d'une unité de mercenaires éradiquée par les Bleus, il avait rejoint les Chats Sauvages l'année précédente et avait réchappé du massacre de la Maritime, à Salaba. Puis, nul ne savait comment, il s'était retrouvé au Palais Rouge le Jour des Offrandes. Il avait également survécu à cette journée, avant d'apparaître ici avec un petit groupe de cavaliers. Comme Broglanh, il avait abandonné la sécurité toute relative qu'offraient les chevaux pour se mêler aux biffins. Broglanh et lui ne s'étaient jamais rencontrés auparavant, mais ils avaient des amis communs, et ces deux derniers jours ils s'étaient rapprochés, liés comme des frères. Stern se félicitait de les avoir à ses côtés, mais il était encore méfiant à l'égard de l'homme du Nord. Il semblait avoir miraculeusement survécu là où d'autres avaient péri par milliers. Et pas qu'une fois, mais de manière répétée. Selon son expérience, Stern pensait que cela indiquait un soldat qui se débrouillait pour s'éclipser quand la situation s'envenimait et réapparaissait une fois que le pire était passé. Mais il doutait que cela se vérifie pour Stalker, qui se jetait à corps perdu dans toutes les batailles. Ce n'était certainement pas un lâche. Mais qu'était-il au juste ?

Tout à coup, Broglanh balança sa viande séchée, roula sur sa hanche et tendit l'oreille. Il se leva d'un bond, attrapa son casque et son ceinturon et décocha un coup de pied à Stalker pour le réveiller.

— Ils arrivent ! rugit-il.

Cette fois, il n'y eut ni lumières rouges ni explosions, peut-être parce que l'ennemi jugea que c'était inutile. Le bruit que Broglanh entendit était semblable aux vagues roulant sur une plage de galets : celui de milliers de guerriers en marche. Ils ne tardèrent pas à surgir du brouillard, leur bannière dorée reflétant les rayons du soleil levant. Leurs tambours résonnaient. Tous avançaient en scandant comme un seul homme : « À mort ! À mort ! À mort ! », frappant leurs boucliers de leurs épées.

Il y en avait à perte de vue. Ils emplissaient le paysage, le cœur et l'esprit. Tout ce à quoi pensèrent les soldats de la Cité fut : *Comment peuvent-ils être si nombreux ? Nous n'avons cessé d'en tuer, et ils sont toujours plus.* Leur mélopée se poursuivait, vrillant les nerfs des guerriers qui, la bouche sèche, s'empressaient d'ajuster leur armure et de saisir lances et épées.

Quand les barbares ne furent plus qu'à une cinquantaine de pas, Stalker poussa un rugissement et s'élança vers eux, sa grande broadsword dans une main, la lance d'un Piquier dans l'autre. Aussitôt, ses camarades l'imitèrent. Broglanh sur sa gauche, Stern sur sa droite, l'imposant homme du Nord s'écrasa sur les rangs ennemis, empala un guerrier sur sa lance et abattit son épée sur la gorge d'un autre. Le reste des forces de la Cité fonça en hurlant son cri de bataille, bientôt remplacé par les cris des mourants.

Stern étripa un guerrier, para un coup assené par un autre, et assomma son assaillant d'un coup de bouclier au visage. Quora l'égorgea.

— Stalker est devenu fou ! cria-t-elle.

Stalker s'enfonçait profondément dans les rangs ennemis, tranchant, poignardant, ne prêtant aucune attention à la trouée mortelle qu'il laissait derrière lui. Stern et Quora se faufilèrent dans la brèche et, pendant un instant, les barbares reculèrent. Puis un homme gigantesque coiffé d'un casque de bronze se précipita sur Stalker, épée brandie. L'homme du Nord para le coup et, d'un revers, tenta de trancher le cou de son assaillant. Sa grande lame heurta la cotte de mailles et se brisa. Lâchant son arme, Stalker empoigna l'homme par sa cotte et l'attira vers lui pour lui mettre un violent coup de tête avant de lui écraser son poing en plein visage. Broglanh, qui se battait sur sa droite, lui lança une épée. Stalker l'attrapa au vol et trancha la nuque de son ennemi.

À mesure que les combats faisaient rage, plus aucun cri de bataille ne s'élevait depuis la ligne de front. Seuls résonnaient les hurlements des mourants et de ceux bien déterminés à survivre envers et contre tout. Les guerriers de la Cité se virent forcés de céder du terrain, mais la progression des barbares était elle-même entravée par l'amoncellement de cadavres de leur propre camp, le sol rendu glissant par le sang, la cervelle et les entrailles.

Stern chancela quand une hache s'écrasa sur son bouclier. Il détestait ceux qui maniaient la hache. Il leur fallait de l'espace pour frapper, sinon ils causaient plus de dégâts parmi leurs camarades que parmi leurs ennemis. Mais une fois qu'ils vous avaient dans leur ligne de mire… Stern aurait encore préféré affronter simultanément deux épéistes. Il sortit son long couteau. Le type à la hache frappa de nouveau. Il manqua Stern, mais pulvérisa son épée. Une vive douleur lui remonta dans le bras. Il feinta avec le couteau puis s'écarta sur la gauche et assena un coup de poing sur la gorge de l'autre. Celui-ci chancela, le souffle coupé. Broglanh en profita pour glisser son épée sous le casque de l'homme et l'enfoncer dans sa colonne vertébrale.

Stern lui adressa un signe de tête, ramassa une épée abandonnée et se jeta de nouveau dans la mêlée.

Le dernier jour, alors que la lumière commençait à baisser à l'ouest, les soldats de la Cité formèrent un mur, boucliers alignés pour se protéger de l'attaque qui allait être relancée. Stalker avait prédit qu'ils n'utiliseraient pas leurs canons, car en combat rapproché ces machines tueraient autant les ennemis que ceux de leur propre camp.

Il n'y avait ni chant d'oiseaux ni murmure de brise rafraîchissante. On n'entendait que le craquement des armures et la respiration douloureuse des blessés. Alors que les hommes et les femmes s'alignaient, ils marmonnaient des bribes de prières à l'adresse des dieux de la glace et du feu : « Gardiens des valeurs, si vous jugez ma mort honorable, réservez-moi une place dans les Jardins de pierre. »

Puis le silence relatif fut de nouveau rompu. Des hommes surgirent devant eux, frappant leurs épées sur leurs boucliers, poussant des cris de bataille promettant mort et désolation. Une vague de panique balaya les derniers guerriers de la Cité.

Broglanh, qui se tenait au centre de la première ligne, se rappela qu'un mur solide se dressait derrière lui, un mur de métal et de pierre, et que la seule possibilité était d'avancer. Quand le premier barbare l'atteignit, il se jeta sur lui, fit dévier l'épée de son adversaire avec son bouclier, et lui transperça la gorge jusqu'aux vertèbres. Il abattit sa lame sur celui qui se trouvait à sa droite, l'empêchant de viser Quora avec sa hache, puis se protégea derrière son bouclier lorsqu'une épée chercha à le frapper sur sa gauche.

Sans cesse il assommait, déchirait et tranchait les soldats qui fondaient sur lui, concentré sur leurs yeux et leur gorge. Sur sa droite, un homme réduisait ses adversaires en bouillie avec sa lourde hache, ses attaques répétées formant une petite montagne de cadavres devant lui. Mais les ennemis arrivaient sans discontinuer, se déversant depuis l'obscurité au nord ; les hommes à l'arrière se bousculaient pour se jeter dans la mêlée. Broglanh entendait même leurs cris de frustration. *Un seul à la fois,* pensa-t-il, *ne soyez pas si pressés de mourir !*

Les ennemis de la première ligne glissaient sur des corps ensanglantés, recevant pour seul bénéfice la mort sous les coups d'épée de défenseurs de moins en moins nombreux. En outre les forces des guerriers s'épuisaient rapidement ; les jambes lourdes, ils n'allaient plus tenir très longtemps. Les barbares perçurent ce fléchissement, et leurs cris de guerre redoublèrent.

Lentement, le mur protecteur fut obligé de reculer vers le précipice. Même Broglanh perdait du terrain, un pas après l'autre. Pour chaque mort de la Cité, il y en avait deux dans le camp adverse, mais ils savaient qu'ils ne tiendraient pas. Pourtant, aucun ne déserta.

Broglanh regarda autour de lui. Les derniers guerriers de la Cité avaient oublié toutes leurs peurs. Vétérans endurcis, ils se battaient le regard froid, chacun sacrifiant volontiers sa vie. À sa gauche, Stern avait jeté son bouclier et combattait avec une épée et un long couteau. Son sang coulait d'une plaie au cuir chevelu, mais il avait l'air déterminé. Broglanh s'aperçut que Stalker n'était plus en vue. Il ne l'avait pas vu mourir et n'avait pas non plus trouvé son cadavre, mais l'homme du Nord avait disparu, remplacé par une femme dégingandée au visage maculé de sang, qui hurlait son cri de bataille chaque fois qu'elle tuait un adversaire.

La longue journée passa, chaque mur de boucliers s'effondrait lentement, la poignée de soldats protégée par la pile de cadavres. Les yeux gonflés, Broglanh ne voyait plus que des bribes de bataille, des éclats rouge vif : Quora, infatigable, vive comme l'éclair, qui maniait sa lame comme un gladiateur ; Stern, un bras hors d'usage coincé dans son ceinturon, qui luttait avec une épée émoussée.

Un pas sanglant après l'autre, ils étaient repoussés, et Broglanh était à des lieues d'imaginer pouvoir être secouru. En réalité, il s'en moquait. Ce serait sa dernière bataille, l'ultime moment de vérité pour tout guerrier : affronter la mort avec une épée trempée du sang de l'ennemi. Le temps s'arrêta, et l'épuisement n'était plus qu'un souvenir.

Finalement, ils ne furent plus que dix, puis cinq. Quora tomba, assommée par un violent coup à la tête. Stern s'effondra.

Essoufflé, le corps et le visage couverts de sang et de matières organiques, Broglanh brandissait deux épées sanguinolentes. Il regarda autour de lui. Il était seul. Il baissa les yeux et se rendit compte qu'une partie du sang qui le recouvrait était le sien. Une bonne partie.

Il sut que son heure était venue. Seule la satisfaction l'habitait. Il songea à sa mère, à ses tresses qui volaient dans son dos lorsqu'elle chevauchait pour se battre contre l'ennemi. Elle aurait livré bataille jusqu'au bout, quelle que dût être l'issue du combat. Il espérait qu'elle aurait été fière de lui.

Il observa les ennemis. Ils attendaient. Quoi donc ? Il entendit qu'on aboyait des ordres, puis des murmures de mécontentements parcoururent les rangs. Une étincelle de colère jaillit en lui. Il était prêt ! Qu'attendaient-ils ?

— Venez, bande de fillettes ! hurla-t-il, rongé par la frustration.

Des cris fusèrent chez l'ennemi, mais personne ne bougea.

Il perçut alors un martèlement de sabots et vit le regard des hommes face à lui dériver vers leur gauche. Il se tourna : lancés au galop au bord du gouffre, deux chevaux se dirigeaient droit sur lui.

Perplexe, il les scruta pendant un moment. L'épuisement et la perte de sang engourdissaient ses capacités de réflexion. *Mais je suis prêt !* objecta-t-il à l'intention de son destin. *Je peux mourir maintenant, avec les honneurs. Le moment est venu !*

— Evan ! hurla Emly.

Durant cette seconde, il saisit la chance qui lui était donnée de vivre. Il s'avança vers eux d'un pas chancelant, les jambes lourdes et à bout de forces.

Enroulant les rênes autour de son poing, Emly tira dessus pour arrêter le hongre. Elle se laissa glisser au sol, jeta un coup d'œil apeuré par-dessus son épaule vers l'armée ennemie, et aida Broglanh à monter sur le destrier. Patience renâcla et se mit aussitôt en route, rebroussant chemin comme s'il avait reçu des ordres. Emly s'empressa de remonter en selle et se hâta de les rejoindre, à demi courbée, craignant de recevoir des flèches.

Au bout d'un moment, elle se retourna et jeta un regard en arrière. L'ennemi n'avait pas bougé.

Pour rejoindre le champ de bataille, elle avait longé le Vorago en essayant de se tenir aussi éloignée que possible des combats. Ils étaient faciles à localiser si l'on se fiait aux nuées d'oiseaux charognards qui décrivaient des cercles au-dessus d'eux. À présent, elle suivait le même itinéraire en sens inverse, toujours le long du précipice, vaguement consciente qu'il existait peut-être un raccourci, mais rassurée par le fait qu'elle connaissait le chemin.

Elle regarda Evan avec angoisse. Conscient, il tenait les rênes, appuyé contre le pommeau, penché sur sa selle comme en proie à de vives douleurs. Une pluie légère tombait depuis peu. La couverture sous la selle du destrier prenait une teinte de plus en plus foncée sous un mélange d'eau de pluie et de sang. Le cœur au bord des lèvres, elle talonna Merle pour qu'il se rapproche de Patience, prête à arrêter les deux chevaux si Evan lui paraissait sur le point de basculer.

Durant sa chevauchée vers le champ de bataille, elle avait repéré une cachette potentielle, un endroit où le bord du gouffre s'inclinait vers une cuvette herbeuse bordée par des buissons battus par les vents. Inquiète, elle la chercha du regard, scrutant attentivement le paysage devant elle, essayant de se rappeler son emplacement. Elle jeta un coup d'œil à Evan et se demanda combien de temps encore il pourrait tenir. Enfin, alors qu'elle était convaincue d'avoir dépassé l'endroit sans le voir, ses yeux se posèrent dessus, ou plutôt sur les buissons nus et tordus qui le bordaient. Elle tira sur les rênes de Merle et appela Patience qui, docile, ralentit l'allure pour passer au trot avant de faire demi-tour et revenir vers elle. Elle mit pied à terre, attrapa les rênes de Patience puis mena les chevaux jusqu'à la cuvette herbeuse, abritée du vent. L'air y était doux, et elle trouva étrange le silence qui y régnait tout à coup, après le vacarme des sabots et le sifflement du vent.

Elle tira Evan pour le faire descendre de cheval. Il s'effondra à ses pieds. Elle l'aida à s'allonger dans l'herbe. Son visage était maculé de sang d'un côté. Elle l'essuya grossièrement et découvrit une méchante plaie qui descendait du front jusqu'à sa pommette gauche. Sa peau avait pris une teinte violette et ses chairs étaient si enflées qu'on ne voyait plus son œil.

—À quel autre endroit es-tu blessé ? souffla-t-elle, car ses vêtements lui semblaient imprégnés de sang.

Il saisit son flanc. Elle souleva sa chemise : une lance avait déchiré la chair, provoquant une profonde entaille sanglante. Un peu plus, et il était éviscéré. La blessure saignait abondamment. Em espérait que l'hémorragie s'arrêterait si Evan restait allongé. Elle vérifia s'il avait d'autres blessures. Ses bras et sa poitrine en étaient couverts, et sur son ventre s'étalait un hématome de la taille de la tête d'Em. La seule blessure profonde se trouvait à l'extérieur de sa cuisse droite. Des flots de sang s'en échappaient. Em estima que c'était la première qu'elle devait bander.

Elle regarda son visage pour voir s'il était conscient. Il l'observait de ses yeux pâles.

— Sommes-nous en sécurité ? demanda-t-il dans un murmure. (Elle hocha vigoureusement la tête.) Mes affaires.

Elle se leva, détacha son barda du cheval et le lui apporta. De ses doigts ensanglantés, il lutta avec une lanière.

— Laisse-moi faire. (Elle la défit.) Que cherches-tu, exactement ?

— Sac, souffla-t-il en s'allongeant de nouveau, incapable de parler.

— Ça ?

Elle lui montra un sac de cuir souple noué avec de la ficelle. Il contenait son matériel médical, de vieux bandages, des aiguilles et du fil crasseux.

— Pilules, dit-il.

Au fond du sac, il y avait un étui imperméable. Elle l'ouvrit et en sortit des pilules noires qui lui firent penser à des granulés pour lapin, couvertes d'une poussière grise. Elle les contempla d'un œil sceptique.

— Une.

Elle lui en donna une qu'il avala. Elle trouva sa dernière outre et le fit boire, puis il reposa sa tête en arrière et s'endormit aussitôt.

Elle banda ses blessures les plus graves du mieux qu'elle put, soulagée de voir que le sang ne coulait plus autant. Elle attacha ensuite les chevaux dans un endroit où ils pourraient brouter des touffes d'herbe épaisses. Elle regretta de ne pas pouvoir les desseller, mais ils devaient se tenir prêts à repartir à tout moment. Elle s'étendit aux côtés d'Evan, sentant sa chaleur contre elle, et tira sur eux une fine couverture. Elle pria les dieux de la glace et du feu, ces divinités impitoyables, afin qu'ils veillent sur leur petit nid, sur deux personnes insignifiantes quand des dizaines de milliers venaient de périr ou s'apprêtait à mourir sur le champ de bataille cette nuit-là. Pendant longtemps, elle resta éveillée dans les ténèbres, tendue, à l'affût du moindre bruit, craignant l'arrivée des hommes maléfiques. N'entendant que les chevaux qui mâchaient placidement leur herbe, elle finit par s'endormir.

Hammarskjald, seigneur de l'armée barbare appelée l'Hratana, se tenait en bordure de la cuvette et regardait la fille endormie. La première fois qu'il l'avait vue, il avait été stupéfié par sa ressemblance avec son frère, au point qu'il s'était demandé s'ils étaient jumeaux. Il se demandait aussi qui étaient leurs ascendants, qui parmi les premiers Serafim avait ce visage en cœur qui s'était transmis au sein de cette lignée pure. Il ne s'en souvenait plus. À combien de générations cela remontait-il ?

L'année précédente, malgré lui, il s'était autorisé à se prendre d'affection pour Elija, et voilà que la petite Emly était apparue, comme une maraudeuse dans la nuit, et qu'elle aussi avait volé son cœur. Il veillerait à ce qu'ils restent tous deux en sécurité, s'il en avait le pouvoir, et si tout se déroulait selon ses plans.

Quant au soldat… Broglanh était un guerrier extraordinaire. Hammarskjald avait été heureux de se battre à ses côtés. Mais, s'il survivait à cette journée, il savait avec certitude qu'il serait obligé de le tuer.

Chapitre 31

Lorsque Emly se réveilla, il faisait nuit. La lune projetait des ombres allongées dans le paysage silencieux. Son premier réflexe fut de vérifier si Broglanh respirait toujours. Elle s'immobilisa et sentit sa cage thoracique se soulever et s'abaisser lentement. Puis elle remarqua une odeur étrange : une odeur de nourriture en train de cuire. Le cœur affolé, elle se redressa dans un sursaut et distingua une silhouette accroupie au-dessus d'un petit feu de camp, qui touillait une préparation dans un récipient. D'une main tremblante, elle empoigna le long couteau à sa taille.

— N'aie pas peur, petite, ce n'est que moi.

— Stalker ! (Son soulagement était tel qu'elle en avait le tournis.) Comment nous as-tu retrouvés ? souffla-t-elle en rampant pour le rejoindre.

Du bout de sa cuillère, il indiqua Patience.

— Cette énorme bête laisse derrière elle des empreintes si grosses qu'un aveugle pourrait la suivre à la trace.

— Mais comment as-tu réchappé à la bataille ?

— J'ai dû recevoir un coup sur la tête, répondit-il, penaud, en évitant de croiser son regard. Quand je suis revenu à moi, j'étais sous une pile de cadavres et je vous ai vus, toi et ton homme, vous éloigner à cheval.

— Et les autres, Stern et Quora ?

Il secoua la tête.

— Tous morts, ma fille. Ils étaient salement inférieurs en nombre. Comment va Broglanh ?

— Je ne sais pas. (L'inquiétude qui avait percé dans la voix de Stalker lui serrait le cœur. Des larmes douloureuses lui embuèrent les yeux.) Il a de nombreuses blessures. Je crains que ce soit grave.

— Je vais regarder quand nous aurons mangé. Ne t'en fais pas trop. Il est fort.

— Qu'est-ce que c'est ?

Dans le clair de lune, elle ne voyait pas ce qu'il remuait dans le petit récipient, mais l'odeur était infecte.

— Du porridge. C'est bon pour toi, et pour lui s'il arrive à manger. Ça a un peu brûlé, avoua-t-il en examinant la mixture.

Ça avait même beaucoup brûlé, mais Emly ne tarda pas à apprécier les vertus de l'avoine à mesure qu'elle lui emplissait le ventre et apaisait son esprit. Stalker avait apporté de l'eau. Elle but tout son soûl, s'émerveillant de la débrouillardise de son ami, seul et sans monture en plein territoire ennemi. Elle était immensément soulagée par sa présence, comme si rien n'était impossible à ce grand homme.

Après qu'ils eurent mangé, Stalker examina les blessures d'Evan, les reniflant comme le font les soldats, sous l'œil inquiet et vigilant d'Emly. Il versa de l'eau sur le visage tuméfié d'Evan afin de mieux voir son œil abîmé, et tâta les os de son crâne.

— Il dort comme une souche, constata-t-il, ses épais sourcils froncés.

— Il a pris une de ces choses-là.

Em trouva les pilules noires et les montra à l'homme du Nord.

Il les observa de près et ricana :

— Avec une seule, il va dormir toute la journée ! Deux, ça l'aurait tué. (Il haussa les épaules.) Il a bien fait, j'imagine.

Em se sentit rassurée.

— Tu ferais bien de dormir, petite, poursuivit-il. Il se peut qu'on doive décamper en vitesse dans la matinée, et mieux vaudra être frais.

Quand l'aube se leva, elle parut apporter un mauvais présage. La ligne d'horizon brillait de teintes orange et rouge vif, striée de nuages bas et noirs, donnant au ciel un aspect tigré. Le temps semblait menaçant, Stalker préoccupé.

— On va se prendre une grosse averse, dit-il. Ça va peut-être nous rendre service. Je vais faire un tour.

Il enfourcha Patience et partit, mais ne tarda pas à revenir pour lui annoncer qu'ils pouvaient se mettre en route vers le sud-est sitôt que Broglanh serait réveillé. Tous les ennemis étaient à l'ouest, et il n'y avait rien à signaler.

— On devrait prévenir les femmes, suggéra Em.

— Elles sont déjà parties, lui assura Stalker. Elles savent de quel côté le vent tourne. Aucun de leurs hommes n'est revenu après la bataille. Elles auront pris la route du retour. Elles sont déjà loin.

— Broglanh voulait que je reste éloignée de la Cité, l'informa-t-elle. D'après lui, je n'y étais pas en sécurité.

— Je l'avais compris, petite, même si j'ignore pourquoi.

Stalker fouillait dans le barda de Broglanh, à la recherche de quelque chose.

Evan avait fait promettre à Em de ne rien révéler sur les raisons de leur fuite, mais elle était tentée de mettre Stalker dans la confidence, car il lui avait sauvé la vie. Elle hésita.

— C'est là tout ce que vous possédez ? demanda-t-il. (Elle acquiesça. Il secoua la tête.) Tes aiguilles sont aussi tordues que des tire-bouchons. On fouillera les premières carcasses sur lesquelles on tombera.

— Evan comptait m'emmener sur la côte de Petrus, à Arocir, expliqua-t-elle.

L'homme de haute taille s'interrompit et la dévisagea, remarquant son hésitation. Enfin, Em ajouta :

— Mais on ne peut pas y accéder. Et il ne peut pas retourner à la Cité.

— Oui, vous êtes pris entre le marteau et l'enclume, reconnut Stalker en s'avançant vers le bord du précipice pour embrasser le paysage du regard.

Il avait participé à une terrible bataille pas plus tard que la veille ; pourtant, il semblait débordant d'énergie.

— Je veux juste qu'il soit en sécurité, soupira-t-elle, prête à fondre en larmes.

— On doit rester loin de cette armée, dit-il en la regardant. Voilà le programme du jour. Si Broglanh survit, il décidera de votre destination plus tard.

Elle hocha vigoureusement la tête, tentant d'empêcher ses larmes de jaillir. Elle était encore plus terrifiée que lorsqu'elle avait subi l'attaque des Fkeni, car désormais elle s'inquiétait aussi du sort d'Evan, et plus seulement du sien. Elle se sentait perdue sur ces terres étrangères, loin de chez elle, et ignorait totalement qui en voulait à sa vie, et pourquoi.

— Qui sont-ils ? demanda-t-elle à Stalker en levant les yeux vers lui. Evan dit que ce ne sont pas des Bleus. Viennent-ils du nord, comme toi ?

Elle avait posé timidement la question, craignant de le vexer.

Il éclata de rire. Ce simple son remonta légèrement le moral d'Emly.

— Oui, ce sont bien des hommes du Nord. Mais les Bleus, comme tu les appelles, sont aussi du Nord. Pour les habitants de la Cité, tous les étrangers sont du Nord. La Cité se situe dans l'extrême-sud des terres habitées. Au sud de la Cité, il y a de hautes montagnes, une côte, puis des déserts brûlants où nul ne peut survivre, homme ou bête. Donc, tout ce qui reste, c'est le Nord.

— Sont-ils alliés des Bleus ?

Il attrapa une outre d'eau et la vida dans une casserole pour faire boire les chevaux.

— Non. Les Petrassi se battent contre eux depuis des générations. Ils pensaient en être débarrassés, mais ces types attendaient seulement le bon moment, rassemblant leurs forces pendant que les Petrassi leur tournaient le dos, occupés à lutter contre la Cité.

— Qu'est-il arrivé à l'armée petrassi, celle qui est revenue avant que l'armée de Khan se mette en route vers le nord ?

— Elle a été décimée, ma fille. Ils ignorent qui les a frappés. De plus, ajouta-t-il en désignant le sud d'un signe de tête, ton impératrice va avoir un sacré choc.

Il sourit, apparemment serein, voire amusé par cette idée.

Tremblante, Emly serra ses bras autour d'elle. Elle n'avait pas songé à ce qui l'attendait au-delà de cette journée.

— Tu veux dire… qu'ils vont attaquer la Cité ? l'interrogea-t-elle.

— Moi, c'est ce que je ferais. Elle n'a pratiquement plus d'hommes, ses moyens de défense sont presque inexistants, les blessés et les malades sont légion… Oui, moi, c'est ce que je ferais, répéta-t-il, le regard pétillant.

Emly sentit un vide intérieur. Elle avait peur de retourner dans la Cité, mais elle craignait encore plus de ne jamais pouvoir le faire. Quel choix aurait-elle ? Et si Evan mourait ? Elle mordit durement sa lèvre inférieure, au point de se faire saigner.

Comme s'il avait lu dans ses pensées, Stalker déclara :

— Je veillerai à te mettre à l'abri.

Elle tenta de sourire pour exprimer sa gratitude, même s'il ne semblait pas prendre sa détresse très au sérieux. En dépit de sa force physique, il n'était qu'un homme. Evan disait que même le plus puissant des hommes pouvait être vaincu, soit par un ennemi assez fort, soit par une seule flèche bien tirée.

— Quelle est cette armée ? demanda-t-elle de nouveau. Comment s'appelle-t-elle ?

— Hratana, ce qui signifie « les Hommes libres » dans ta langue. Ils ne possèdent rien, hormis ce qu'ils portent sur le dos, et ils vous détestent, habitants de la Cité. Ils pensent que la Cité n'est qu'un tas d'ordures pourries, et ils méprisent le peuple pour son laxisme et ses croyances profanes. Ils sont aussi attirés par la promesse d'un trésor.

— Quel trésor ?

— Dans la plupart des langues étrangères, on l'appelle la Cité d'Or. Nombreux sont ceux qui croient que ses palais sont faits d'or pur, et que ses habitants se promènent dans les rues couverts de pierres précieuses. Les chefs de l'Hratana ne font rien pour lutter contre cette rumeur.

Emly songea au peuple de la Cité, aux plus faibles, aux affamés, aux Habitants des Halls, aux malades et aux indigents qui vivaient dans le quartier insalubre de Lindo.

Stalker poursuivit :

— C'est un ennemi terrible. Ils brûleront la Cité, sèmeront la mort et la désolation. L'impératrice n'a ni la volonté ni la capacité de les arrêter.

— Mais les remparts... ? demanda Em, horrifiée.

Il ricana.

— Les remparts ! Ils courent sur des centaines de lieues, entourent les rues de la Cité et les terres agricoles, même les terres désertes du Nord. Ils sont une folie, conçus par un fou. Mais ils sont hauts et épais, bâtis avec un savoir-faire oublié depuis longtemps. L'Hratana ne se fatiguera pas avec les remparts. Elle attaquera les Grandes Portes, qui constituent le point faible de la Cité. Elles ne tiendront pas longtemps. Ils peuvent les détruire, les faire exploser en mille morceaux grâce à un pouvoir dont la Cité ignore tout.

— Mais Evan a dit que c'étaient des barbares. D'après lui, la plupart n'ont même pas d'épée.

Stalker grogna.

— L'Hratana est composée de barbares. Ton homme a raison. Mais leurs chefs n'en sont pas.

Ses yeux émirent un éclat dur. Emly crut distinguer de la satisfaction sur son visage.

Il vérifia de nouveau les blessures d'Evan. Em se demanda une fois de plus comment Stalker était si bien renseigné sur un ennemi inconnu de tous dans la Cité. Evan avait dit que c'était un mercenaire. Il avait sûrement beaucoup voyagé et combattu avec ou contre de nombreux peuples. Elle l'avait entendu dire que, partout où il allait, il était étranger.

Ce ne fut que plus tard cette journée-là, lorsque Evan fut revenu à lui et qu'ils l'installèrent sur un cheval pour se mettre lentement en route vers le sud, qu'Em se souvint du Voile du Gulon. La nouvelle veste d'Evan avait été perdue quelque part sur le champ de bataille, avec le voile caché dans la doublure. Comme souvent, Em s'interrogea sur ses pouvoirs de guérison. Si elle l'avait eu encore en sa possession, elle aurait essayé de l'utiliser pour guérir Evan. Mais il avait disparu. Elle le relégua au fond de son esprit et finit par l'oublier complètement.

Parmi la myriade de divinités vénérées par le peuple de la Cité, les dieux de la mort étaient ceux qui inspiraient le plus de respect. Aussi nombreux que variés, ils comptaient les sept dieux de la glace et du feu représentant les sept stades des derniers instants du soldat et son trépas. Puis il y avait Aduara, qui veillait sur la mort des femmes en couches, et Vashta, déesse de la nuit, qui apportait les ténèbres pour réconforter les mourants. Seul Elenchus, le dieu gardien du chemin menant aux Jardins de pierre, était réellement bienveillant. Doté de deux visages, il faisait le tri entre les vertueux et les pécheurs, conformément aux principes du guerrier, accueillant avec joie les héros et montrant un visage sévère aux lâches et aux déserteurs.

Stern Edasson était un homme pieux. Alors qu'il gisait, attendant la mort, il s'adressa à Elenchus et le pria de l'accueillir dans les Jardins de pierre, de lui trouver une place, et d'en faire une aussi pour son frère et Quora. Stern était certain que Benet était mort : ils avaient perdu la bataille, étaient loin de chez eux… À cette heure, l'ennemi victorieux devait avoir lancé les équipes chargées de récupérer ses blessés, et ne tarderait pas à achever ceux du camp adverse, dont Stern. Étendu et immobile, coincé dans un enchevêtrement de guerriers morts qu'il connaissait pour la plupart, il baignait dans le sang et tout son corps lui faisait mal. Il ne pouvait même pas soulever la tête pour voir dans quel état il était. De toute façon, quelle importance ? Prier pour une mort rapide était exclu, si cela impliquait qu'elle vienne de la main de l'ennemi. Une telle chose n'était pas souhaitable. Ce serait une hérésie, même si l'autre solution lui semblait bien lugubre.

Ce que Stern ignorait, c'était que cette nouvelle armée, cette force écrasante qui les avait pris par surprise, ces « barbares » comme les appelaient les guerriers de la Cité, avaient des coutumes différentes des siennes. Une fois la bataille remportée, ils quittaient les lieux, abandonnant derrière eux leurs propres blessés, qui devaient se débrouiller, et ne perdant pas de temps à achever ceux du camp adverse. Certes, leurs généraux étaient pressés, mais cela faisait également partie de leur religion : eux aussi vénéraient un dieu de la mort, et celui-ci réclamait le chant douloureux d'une lente agonie.

Quand il distingua des bruits de pas qui s'approchaient dans les grognements des moribonds, Stern crut que le moment était venu. Il ferma les yeux, espérant voir son frère lorsqu'il aurait franchi les frontières de la vie mortelle. Quand il entendit Benet l'appeler, il conclut que sa mort avait été rapide et indolore.

— Stern ! Mon frère !

La voix de Benet était rauque, comme s'il l'avait cassée à force de crier. N'osant en croire ses oreilles, Stern rouvrit les yeux. Il s'écria :

— Benet ! Je suis là !

Il perçut des bruits de pas précipités. Benet cria de nouveau et Stern s'empressa de se manifester. Mû tout à coup par la peur, il lutta pour tenter de se dégager de la pile de cadavres, craignant que son frère passe sans le voir, et de finir abandonné, condamné à mourir et à pourrir là.

Benet apparut à ses côtés. Il tirait sur des cadavres pour libérer ses jambes, puis ses bras. Stern gonfla son torse et inspira une grande bouffée d'air vicié. Il essaya de s'asseoir, ne désirant qu'une chose : s'éloigner de ces corps. Brusquement, une vive douleur le transperça. Tout devint flou et brumeux autour de lui.

— Tu vas bien ? s'inquiéta Benet.

Stern respira lentement. La douleur s'estompa.

— Trop tôt pour le dire, répondit-il.

— Où es-tu blessé ? demanda son frère, l'air préoccupé. Ta tête est pleine de sang.

Il repoussa les cheveux de Stern, à la recherche d'une plaie.

Ce dernier voulut lever la main droite pour tâter son crâne avant de se souvenir, non sans peine, que son épaule avait été déboîtée lors du combat final.

— L'épaule, dit-il.

Pendant que son frère lui tordait le bras pour remettre son articulation en place d'un coup sec, Stern l'observa, luttant pour rester conscient. Comme tous les autres, Benet était trempé de sang. Un bandage boueux entourait sa cuisse, là où la lance l'avait blessé, mais il paraissait en forme.

— Que s'est-il passé ? s'enquit Benet.

— Nous devons partir d'ici, conseilla Stern tandis que son frère déchirait une chemise pour en faire une écharpe. Ils vont bientôt revenir.

— Ils sont partis.

— Partis ?

— Après la bataille. Ils sont tous partis. Je les ai vus. Ils étaient pressés.

— Comment t'en es-tu sorti ?

— Le chirurgien a ôté la lance – c'était horrible – et m'a recousu. On m'a dit de me reposer, mais j'allais revenir ici quand l'infirmerie a été prise d'assaut par l'ennemi. Ils étaient occupés à tuer les plus faibles, donc je me suis enfui. (Il sourit en évoquant son évasion, indifférent au sort des autres.) On est de la Cité. On est forts.

Pas vraiment au plan intellectuel, songea Stern.

— Ils m'ont vu, poursuivit Benet, mais ils n'ont pas jugé utile de me pourchasser. J'ai descendu la falaise, tu sais, pour aller dans… le précipice. J'avais tout le temps peur de tomber, je m'accrochais aux racines et aux plantes. D'autres aussi ont essayé. Je les ai vus tomber. La chute était longue ; ils criaient du début à la fin. (Il secoua la tête.) Après coup, je me suis dit que jamais je n'arriverais à remonter. Mais j'ai réussi. Et l'ennemi s'éloignait. Je voyais la queue du cortège, le train des bagages. Ils ont abandonné leurs mourants et les nôtres. J'ai trouvé de la nourriture et de l'eau. En tout cas, ils avaient l'air drôlement pressés.

Secoué de tremblements, Stern se mit debout et regarda autour de lui. Dans trois directions, il n'y avait qu'un océan de cadavres et de mourants, hommes et femmes. L'odeur puante et familière du sang et des entrailles éclatées flottait dans l'air. À l'ouest, à seulement vingt pas, se trouvait le bord du Vorago.

— Qu'est-ce qu'on fait, maintenant ? demanda Benet, ravi que son frère soit là pour prendre les décisions.

— On voit s'il y en a d'autres comme nous, des blessés capables de marcher. (Stern toussa et cracha.) Et il faut trouver de l'eau.

— Il y en a un plein tonneau, abandonné par l'ennemi. Il fuit, mais pas beaucoup.

Étonné, Stern secoua la tête.

— Des chevaux ? demanda-t-il avec espoir.

Benet fronça les sourcils.

— Je ne crois pas, non.

Stern lui assena une tape sur l'épaule.

— Tu y vois clair ?

— Suffisamment.

— Dans ce cas, on se sépare. Tu fouilles de ce côté-ci, dit-il en indiquant le nord et l'est, et moi je cherche par là.

— On cherche quoi ?

— Des amis, des camarades. Quora, Stalker, Broglanh. Blessés ou morts. Tous ceux qui sont en état de marcher et de tenir une épée.

— Et s'ils ne le peuvent pas ?

— Tu sais bien.

— Et les blessés ennemis ?

— Qu'ils pourrissent.

Entre l'instant où l'on quitte la douleur des blessures mortelles et celui où la mort vous enveloppe de ses ailes, il y a toujours un éclair de lucidité, où l'on voit sa vie telle qu'elle a été, et, si cruel cela soit-il, parfois telle qu'elle aurait dû être.

Marcus Rae Khan était un homme puissant, doté de toute la force et l'endurance d'un Serafim de deuxième génération. Cependant, même son corps ne pouvait survivre aux profondes plaies qui entaillaient ses chairs, d'où s'écoulait le sang vital, lentement mais inexorablement, sur la terre battue de ce territoire étranger. Il respirait avec difficulté et essayait d'inspirer profondément, mais la douleur l'en empêchait. Il voulait crier : seul un faible gémissement s'échappait de ses lèvres. Il ouvrit les yeux et regarda la poignée de l'épée enfoncée dans son torse et plantée dans le sol sous lui. Lorsqu'il prenait de petites bouffées d'air, la lame frottait contre ses côtes. Il laissa tomber sa tête en arrière et essaya de voir l'ennemi, mais seuls des cadavres l'entouraient. Quelque chose céda dans sa poitrine. Il sut alors qu'il était proche de la fin.

Dans cet ultime moment, il était satisfait de la vie qu'il avait menée. Il avait engendré des fils – et des filles, lui rappela docilement son esprit –, des petits-fils, et une descendance plus nombreuse qu'il ne l'imaginait. Peut-être, songea-t-il avec un bref éclair de curiosité, était-ce l'un d'eux qui lui avait assené le coup fatal.

Il repensa comme souvent à sa jeunesse, quand les difficultés initiales avaient été surmontées, les ennemis vaincus, et quand le premier palais, splendide, avait été érigé. Ses descendants étaient des dieux parmi les hommes. *Même les filles et les gars en or… Même les filles et les gars en or…*, balbutia son esprit, ses cellules progressivement détruites, les connexions cérébrales peu à peu interrompues. *Même les filles et les gars en or doivent finir par connaître la mort et, comme les pauvres ères, redevenir poussière.* De la poussière d'or. Il imagina sa dépouille tombée en poussière, dispersée aux quatre vents, comme si ces éclats d'or défiaient les ténèbres. Il ne se souvenait pas de qui était cette citation. Giulia le saurait.

Il espérait que, de tous ces types et filles en or d'il y avait si longtemps, il ne s'était pas trompé en soutenant Araeon. Marcellus et lui, toujours fidèles à Araeon, toujours honnêtes au fil de ces longues années. Enfin, jusqu'à ces dernières années. Ils étaient morts tous les trois. Il avait toujours été quelqu'un de simple, mais il pensait encore qu'Araeon avait eu en grande partie raison, même si cela s'était si mal terminé.

Évidemment, cette bataille du Vorago était un piège ayant nécessité une longue préparation, se dit le jeune Tisserand. La plus longue qu'il ait jamais connue. Des milliers de morts. Des dizaines, peut-être des centaines de milliers. Qu'était-il arrivé à l'armée petrassi qui était retournée au nord, après le Jour des Offrandes ? Avait-elle été décimée ? Qui était derrière tout ça, quel esprit, quelle volonté maléfique avait fomenté ce plan, et avec quel objectif ? Marcellus ? Non, cela datait de bien avant le Jour des Offrandes. Un seul nom s'imposait à lui : Hammarskjald. Mais il était mort depuis longtemps. Les siens l'avaient vu mourir, puis s'étaient tenus devant son bûcher funéraire. « Bon débarras », avait même dit Giulia ce jour-là. Il la voyait encore, le visage éclairé par les flammes, les yeux brillants de plaisir.

Marcus avait eu de nombreuses épouses, toutes mortes, certaines depuis des siècles déjà. Aucune n'arrivait à la cheville de sa sœur. C'était la personne la plus forte et la plus belle qu'il connaissait. Il espérait la revoir. Mais sa foi s'était estompée au fil des siècles, et il craignait que cela n'arrive jamais. Leur père, Sikander Khan, était profondément convaincu qu'il n'existait qu'un seul Dieu, et c'était dans cette foi qu'il avait élevé ses deux enfants. Toutefois, mille ans, c'était long pour nourrir une croyance, et celle de Marcus s'était éteinte depuis longtemps. Pourtant, si quelqu'un pouvait croire en l'immortalité, c'était bien un Serafim.

Dans ses derniers instants, Marcus craignait que tous n'aient été réduits à l'état de poussière ou de cendres, son père, sa mère, et les meilleurs qu'il avait connus, ceux qui étaient venus en ce monde pour offrir le don de la connaissance, de l'ingéniosité, et avaient apporté… quoi ?

Au même instant, sur le balcon de son salon, dans l'après-midi parfumé, Giulia trônait dans son fauteuil moelleux habituel, le regard tourné vers le nord-ouest, surveillant la route par laquelle son frère reviendrait une fois sa mission accomplie.

Comme toujours, elle s'interrogeait sur Fiorentina. Sa grossesse était de la plus haute importance. Personne ne savait que les reflets étaient capables d'engendrer une progéniture. On croyait que c'était impossible. En mille ans, ce n'était jamais arrivé, du moins à sa connaissance. Si c'était réellement possible, cela changeait l'équilibre des pouvoirs de la Cité, du monde ! Araeon et Marcellus morts, ils n'étaient plus qu'une poignée à pouvoir créer des reflets. Marcus et elle n'avaient pas cette capacité, et ne l'avaient jamais eue. Reeve l'avait, même s'il n'en avait pas fait usage – encore une fois, à sa connaissance – depuis cinq siècles. Et ses enfants, Rubin et Indaro ? Impossible de le savoir. Les Gaeta, Sciorra et ses rejetons ? Parfois, le don sautait une génération. Quant aux descendants d'Archange, on ignorait leur nombre exact.

À l'annonce de la nouvelle, la première réaction de Giulia avait été de croire que l'enfant qui grandissait dans le ventre de cette fille n'était pas celui de Rafe. Fiorentina n'avait pas la réputation d'être une catin comme sa sœur, mais elle n'était pas non plus prude. Elle s'était exhibée, avait dansé et fait la fête, toujours au bras de son mari, adressant un sourire à chacun. Qu'est-ce qui était le plus probable ? se demandait Giulia. Qu'une banale courtisane ait trompé son époux, ou que les croyances des Serafim depuis mille ans soient… fausses ? Elle avait donc convoqué les domestiques de Rafe Vincerus qui avaient survécu au Jour des Offrandes pour les interroger. Tous avaient certifié que Fiorentina était fidèle, et tous y croyaient, car l'un des Dons de Giulia, quoique rudimentaire, était de discerner la vérité dans le cœur des hommes et des femmes.

De plus, songeait-elle encore, ses pensées filant telles des hirondelles, à quoi ressemblerait l'enfant ? Le rejeton d'une femme bien vivante et d'un cadavre ambulant ? Allait-il même survivre à la naissance ?

Elle plissa les yeux : elle crut distinguer une masse floue à l'horizon. Elle battit des paupières et se frotta les yeux. Était-ce un petit nuage, ou avait-elle un problème de vue ? La forme ne tarda pas à grossir. Elle s'attendit à entendre le grondement du tonnerre, comme si des nuages d'orage s'élançaient vers le Bouclier à la vitesse du son. Puis elle sentit une violente douleur dans son sein et se pencha vers l'avant, paupières closes. Lorsqu'elle releva la tête, le ciel au nord était couvert de nuages noirs menaçants, lourds de mort. Elle eut une prémonition : c'était la fin de son monde. Son frère agonisait. La douleur envahit sa poitrine ; elle poussa un cri. Agrippée aux accoudoirs du fauteuil, elle tenta de se lever.

Elle eut conscience qu'on ouvrait la porte à toute volée et que les serviteurs se précipitaient dans la pièce tandis qu'elle s'effondrait, aveuglée.

Chapitre 32

En périphérie du champ de bataille du Vorago, Hayden Tisserand gisait, comme s'il était mort, protégé jusqu'au bout par son vieil ami Rosteval, dont le cœur puissant avait été transpercé par une lance ennemie. Mort sur le coup, le destrier avait fait basculer son cavalier sur un tas de cadavres de soldats de la Cité. Sonné, il avait rampé pour rejoindre l'animal, l'avait trouvé sans vie, et s'était évanoui, épuisé et terrassé par le chagrin.

Hayden se redressa lentement pour s'asseoir, vérifia ses bras et ses jambes à la recherche d'une blessure grave, puis s'appuya sur la carcasse refroidie de Rosteval pour se lever. Il regarda autour de lui. N'y voyant pas grand-chose, il fouilla dans sa veste pour prendre ses lunettes. Malgré leur solide boîtier, elles étaient cassées, le verre avait volé en éclats. Il soupira. Elles ne lui seraient d'aucune utilité, il allait devoir s'en passer. Il essuya ses yeux pleins de sang et balaya de nouveau les lieux du regard.

Il vit tout d'abord le corps de Marcus Rae Khan, profondément meurtri. Une seule de ses nombreuses blessures aurait été fatale à un homme ordinaire. Hayden et Marcus se connaissaient depuis trente ans. En tant que généraux de camps rivaux, ils avaient participé à bien des entrevues jusque tard dans la nuit, cherchant à mettre un terme au carnage, chaque fois en vain. Puis, ces dernières années, il l'avait connu comme conspirateur allié dans la prise de la Cité, et enfin comme ami et frère d'armes. Au cours de toutes ces années, Marcus n'avait pas changé d'un iota. Hayden en était venu à croire ce que l'on racontait au sujet de la longue existence et de la constitution solide des soldats de la Cité.

Et voilà que des milliers de ces soldats, malgré leur robustesse, avaient péri sur un champ de bataille qui s'étendait sur vingt lieues ou plus, à l'est du gouffre. *La Quatrième bataille du Vorago dans l'histoire de la Cité*, se dit-il. À part l'ennemi, qui pourrait la raconter aux historiens de la Cité ? Il était entouré à perte de vue de cadavres et de moribonds. Quelques hommes et femmes blessés marchaient d'un pas chancelant, à la recherche de leurs compagnons.

Hayden ne savait plus ce que la Cité faisait de ses morts.

— Toi, lança-t-il à un soldat de passage, grand et maigre, dont les yeux bordés de rouge semblaient vouloir regarder dans des directions opposées en même temps. Brûlez-vous les corps de vos héros, ou les enterrez-vous ?

Le soldat parut aussi perplexe que lui. Il le regarda, bouche bée, puis baissa les yeux sur l'homme mort à ses pieds.

— C'est le général ? s'enquit-il.

— C'est Marcus Rae Khan, mort au service de la Cité.

— Le général Marcus ! Oh ! grands dieux ! qu'allons-nous devenir ?

L'homme secoua la tête.

Agacé, Hayden déclara :

— Vous allez vous rassembler et retourner vers la Cité en ordre. Mais d'abord, vous allez vous occuper de votre général, avec les honneurs qui lui sont dus. Un bûcher est-il une manière respectable d'honorer votre héros ?

Hésitant, l'homme hocha la tête, les yeux rivés sur le corps, tandis que d'autres soldats arrivaient, ensanglantés et couverts de bandages.

— Et vous, qui êtes-vous ? demanda l'un d'eux d'un air soupçonneux en entendant la question.

Il détailla le général petrassi de la tête aux pieds. Ils avaient raison de se méfier.

— Je m'appelle Hayden, répondit-il. Je suis un vieux camarade du général.

Un autre intervint :

— Vous avez perdu votre cheval ?

Hayden acquiesça.

— Allez chercher du bois, ordonna-t-il brusquement. Il y a un bosquet, là-bas. Nous dresserons un bûcher, pour le grand homme qui est mort aujourd'hui.

— Qui êtes-vous pour nous donner des ordres ? demanda celui qui le regardait d'un drôle d'air.

Les autres survivants s'éloignèrent cependant d'un pas traînant, satisfaits d'avoir une tâche à exécuter, quelle qu'elle soit.

Terrassé de fatigue, et sans doute affaibli par la perte de sang, Hayden s'assit aux côtés de Marcus. Au cours de cette dernière année, il s'était autorisé à espérer. Il avait espéré que son pays se rétablirait, qu'il retrouverait sa famille et profiterait des quelques années qu'il lui restait pour vivre en paix. En un clin d'œil, il avait perdu son pays, sa famille, son armée, et son frère d'armes. Il savait que son avenir dépendrait de celui de la Cité, qu'il soit radieux ou sombre.

— C'est moi qui suis responsable de tout cela, se confia-t-il à Marcus, penché vers lui. De toutes les manières possibles, j'ai condamné la Cité. J'ai laissé les barbares piller Petrus. Puis j'ai fait exactement la même chose avec la Cité. Et je me suis fait bêtement piéger.

» Tu avais raison, mon ami, avoua-t-il. Depuis le début, tu avais raison. Je croyais avoir affaire à des barbares sauvages du Nord, ceux qui portent de la fourrure et brandissent des gourdins. Nous étions censés en débarrasser notre pays d'ici à la fin de l'année. C'était ce qu'on m'avait dit, se défendit-il. Les messages que j'ai reçus de Petrus parlaient de sauvages aux cheveux blonds. Mais tu avais raison : ce sont peut-être des sauvages, mais ils ne sont pas sous les ordres d'un chef barbare. Ils possèdent un savoir plus avancé que le nôtre, des canons, de la poudre… Et ils se dirigent vers la Cité, qu'ils écraseront. La Cité, complètement vulnérable. À cause de moi.

Il se leva péniblement en pensant : *Je dois les prévenir. Je dois avertir Archange.*

— Des cavaliers ! cria-t-il à des soldats apathiques qui entassaient des branchages. J'ai besoin de cavaliers ! J'ai des messages à envoyer !

Ils le regardèrent avec indifférence, incapables d'obéir à ses ordres : il n'y avait plus de cavaliers. Plus de montures. Tous étaient morts.

En fin d'après-midi, alors que le soleil baissait à l'ouest, Stern et son frère avaient rassemblé une trentaine de survivants, dont Quora qui, sans son casque, serait morte de son coup à la tête. La douleur la rendait presque aveugle, et Stern l'observait avec angoisse, sachant que les traumatismes crâniens se soldaient souvent par une mort brutale. La guerrière était étendue, le visage blême, paupières closes, près de leur petit feu de camp.

— Trente-deux, annonça Benet. Tous blessés. Seize en état de marcher, si on compte Quora. Les six autres… (Il secoua la tête, hésitant.) Ils pourront peut-être marcher dans quelques jours.

— Des officiers ?

— Sûrement pas.

Benet renifla avec mépris. Il n'avait pas de temps à consacrer à des officiers qui selon lui, et il n'avait pas tort, l'avaient dans le collimateur.

— Bon, de toute façon nous n'irons nulle part ce soir. Nous allons prendre le risque d'allumer un feu de camp, lui dit Stern, pensant que ce serait bon pour le moral des troupes et réconfortant pour les plus grièvement blessés. As-tu trouvé à manger ?

— Un peu. Des aliments séchés, surtout. Il y a… Je ne sais pas trop ce que c'est. De la bouffe étrangère, dit-il en crachant au sol.

— Du moment que ça ne nous empoisonne pas. Dis à tout le monde de se remplir le ventre. On devra se mettre en route tôt demain. (Stern songeait à tous ces corps qui ne tarderaient pas à se décomposer dans la chaleur estivale.) Dis-leur qu'on lèvera le camp au lever du soleil, sinon ils resteront ici tout seuls.

—Si on reste là, on trouvera peut-être d'autres blessés, suggéra Benet.

On ne veut pas trouver d'autres blessés, pensa Stern. *On veut des guerriers aptes au combat.* Le sort des hommes et des femmes blessés pesait sur ses épaules. Les Piquiers se vantaient avec fierté de ne jamais abandonner un camarade derrière eux, même si en réalité ils étaient souvent obligés de le faire. Il repensa à l'officier dont ils avaient entendu la mort affreusement douloureuse de la main des Fkeni. Lui porter secours les aurait tous condamnés, et se donner la peine de transporter les camarades blessés, incapables de marcher et sûrement voués à mourir, ce serait aussi condamner Stern et les autres survivants. C'était cruel, mais vrai. S'ils ne pouvaient pas suivre, ils seraient abandonnés.

Il regarda les allées et venues des survivants, certains boitant, à la recherche d'eau et de nourriture, d'autres fouillant les corps pour trouver du matériel médical : des bandages propres, des baumes, des aiguilles… De temps à autre, on dégainait un couteau pour mettre fin à une vie qui ne tenait plus qu'à un fil. Entre deux batailles, tout le monde voulait avoir le privilège de commander. Les soldats étaient ravis de dire à leurs pairs quand manger et dormir, qui devait être de garde au sommet des remparts et qui devait dormir à leur pied. Mais, en période de danger mortel, quand chaque décision était une question de vie ou de mort, on se bousculait moins pour revendiquer ce rôle. Par définition, les soldats étaient des exécutants, formés pour obéir aux ordres. De l'avis de Stern, être promu n'apportait que des ennuis. Aucun des généraux qu'il avait connus n'avait gravi les échelons. Tous étaient des hommes riches et puissants qui avaient décidé de prendre la tête d'une armée. Même Marcus Rae Khan, admiré de ses troupes, avait eu le choix entre servir sa Cité sur le champ de bataille ou se prélasser dans un palais doré avec un bataillon de concubines. La promotion la plus belle qu'un simple soldat pouvait obtenir, c'était d'être nommé commandant de compagnie. Personne ne courait après cette fonction mi-guerrière, mi-politicienne, qui revenait à être coincée entre les troufions et les généraux.

—À quoi penses-tu ?

Il regarda autour de lui. Quora l'observait, emmitouflée dans des couvertures sales.

—À la journée de demain, répondit-il. Comment va ta tête ?

—Mieux, dit-elle en détournant le regard.

Il savait qu'elle mentait. Elle ne voulait pas qu'on l'abandonne.

—Que vas-tu faire une fois que tout ça sera fini ? demanda-t-elle.

C'était un sujet sans risque, que l'on abordait quand la situation était particulièrement difficile.

— Je retournerai à Adrastto, maintenant que les ennemis n'y sont plus.

— Chez ta mère ?

— Oui. Si elle est encore en vie. Je vais abandonner la vie de soldat et rentrer chez moi.

Depuis toutes ces années, il ne comptait plus les fois où il avait dit cela. Mais, à présent qu'il ignorait ce pour quoi il combattait, et qui étaient les ennemis, peut-être tiendrait-il parole.

— Benet ne peut plus combattre, murmura-t-elle.

La peur frappa Stern au ventre comme un coup de poignard. Quora avait formulé tout haut ce qu'il pensait tout bas : son frère était presque aveugle. Il ne distinguait même pas le visage de ses amis. Il faisait tout pour le cacher, mais personne n'était dupe. Il avait peu de chances de survivre à une prochaine bataille, et c'était par un hasard extraordinaire qu'il avait réchappé de celle-ci.

— Moi, je n'ai personne auprès de qui retourner, déclara tristement Quora.

Il le savait aussi ; c'était pourquoi elle craignait que l'impératrice interdise aux femmes de faire partie de l'armée. Elle n'avait nulle part où aller.

— Viens avec moi, proposa-t-il subitement.

— À Adrastto ?

Il perçut une certaine excitation dans sa voix.

Il observa d'un œil distrait sa petite troupe de soldats, une escouade hétéroclite de blessés. Il fronça les sourcils et se leva.

— Toi, dit-il en désignant un soldat roux accroupi près d'un feu de camp, les épaules enveloppées d'une veste noir et argent. Où as-tu trouvé cette veste ?

L'homme leva les yeux vers lui. Stern dut réprimer un mouvement de recul. Il avait rarement vu quelqu'un de vivant et de si amplement défiguré. Plusieurs années auparavant, l'homme avait reçu un coup en pleine face avec le tranchant d'une arme, peut-être une hache. La peau avait été arrachée et grossièrement recousue. Il avait perdu un œil ainsi que le nez, et sa bouche affichait un rictus permanent, dévoilant des gencives édentées. Son front était creusé d'un trou de la taille d'un poing.

— Sur un cadavre. Qu'est-ce que ça peut te faire ? gronda l'homme.

— Un cadavre de la Cité ?

L'homme acquiesça.

— Il n'en aura plus besoin.

— À quoi ressemblait-il ?

L'autre reporta son attention sur les flammes.

— M'en souviens pas, marmonna-t-il.

Stern s'avança vers lui et le mit debout. Le soldat faisait une demi-tête de plus que lui, mais il était maigre. Les yeux à une dizaine de centimètres du visage cauchemardesque, Stern rugit :

— Dis-moi à quoi il ressemblait, salopard, ou je te traîne le long de ce foutu champ de bataille jusqu'à ce qu'on le retrouve !

— Il avait une barbe grise, se rappela le soldat. C'était un vétéran.

Stern le lâcha. L'homme resta là, furieux, se demandant s'il devait riposter. Puis toute sa combativité s'envola et il s'assit. Stern retourna auprès de Quora, qui avait assisté à la scène.

— C'est la veste de Broglanh, dit-il en se rasseyant.

— Il est sûrement mort, répliqua-t-elle à voix basse. Ce serait un miracle qu'il ait survécu.

— On aurait retrouvé son corps, lui objecta Stern. Et celui de Stalker. Ils se battaient juste à côté de nous.

Quora secoua la tête.

— Benet a pu les manquer. Sans compter qu'il est parfois difficile de reconnaître ses amis. Tu vois ce que je veux dire.

Quand ils sont découpés en tranches comme sur l'étal d'un boucher, voilà ce que ça voulait dire.

— Je n'arrive pas à croire que Stalker soit mort.

— Il a disparu au début de la bataille, dit-elle. Peut-être s'est-il enfui. (Elle roula sur le dos en grimaçant.) Vers quelle destination irons-nous, demain ?

— Vers la Cité, chez nous.

— Tu connais la route ?

— C'est à l'est. (Il pointa le doigt avec une assurance feinte.) Par-delà ces montagnes. Ensuite, au sud-est jusqu'à la grande rivière.

— Nous sommes passés par ce col montagneux. Là où il y avait les Fkeni. Tu saurais le retrouver en sens inverse ?

Il regarda vers l'est, où une brume épaisse obscurcissait les montagnes qu'ils avaient traversées. Les voyait-il, même de là ? Il ne s'en souvenait plus. Tout ce qui s'était passé avant la bataille lui paraissait très loin. Tout à coup, la tâche qui l'attendait lui sembla insurmontable.

Il secoua la tête d'un air penaud.

— J'espère qu'on rencontrera quelqu'un qui connaîtra vraiment le chemin, avoua-t-il. Il y aura d'autres survivants, beaucoup, qui iront tous dans le même sens. Des officiers.

— Tu n'aimes pas les officiers.

— Je les aime bien s'ils peuvent nous reconduire chez nous.

L'un des soldats se leva. Stern lui jeta un regard noir. C'était l'homme défiguré qui portait la veste de Broglanh. Il indiquait l'ouest.

— Regardez ! Un feu ! fit-il remarquer.

— On en a un, de feu, répliqua Quora avec lassitude, mais Stern se retourna pour voir.

— Oui mais celui-là, c'est un sacré feu, constata-t-il.

Au lever du soleil, le lendemain, plus de cent quatre-vingt-dix guerriers de la Cité s'étaient rassemblés au campement de Hayden, attirés par le brasier du bûcher funéraire. Certains n'iraient pas plus loin, et un avenir sombre les attendait. La plupart étaient suffisamment forts pour marcher, même si leur progression serait lente. Une poignée d'entre eux semblaient n'avoir même pas participé à la bataille. Hayden les soupçonnait d'être des fuyards qui, voyant le bûcher, avaient décidé de revenir à présent que tout danger était écarté, ou des soldats qui s'étaient cachés dans le Vorago ou avaient fait les morts jusqu'à la fin de la bataille. Il ne les jugeait pas, mais il serait utile de connaître leur identité.

Lui-même se trouvait dans une position inconfortable. Il ne pouvait pas cacher qui il était. Aucun des survivants ne le connaissait, mais il y avait de grandes chances pour que, sur le chemin du retour vers la Cité, ils en rencontrent d'autres qui le reconnaîtraient. Le manque de curiosité des soldats serait son allié, espérait-il. Jusqu'à présent, ils avaient accepté sans réfléchir son ton autoritaire. Si ceux qui étaient présents le considéraient comme leur général, les autres qui se rallieraient à eux en feraient sans doute autant.

Il se tenait au bord du Vorago et contemplait sa terre natale, au-delà du gouffre. En vérité, il connaissait les terres de la Cité bien mieux que Petrus. Lorsqu'il lui tournerait le dos, il savait que ce serait pour toujours. Sa dernière lettre à Anna avait été envoyée cinq jours auparavant. Encore quelques jours sans nouvelles de lui, et elle le croirait mort. Une immense sensation de perte l'envahit. Si Anna le croyait disparu, n'était-ce pas comme s'il l'était réellement ?

Il songea à Rosteval. Il s'était posé la question d'emporter la selle de son vieux camarade, car c'était de la belle ouvrage ancienne, fabriquée par des artisans tanaree avec des cuirs de grande qualité et du bois sculpté à l'image des totems de ces gens, dont on disait qu'ils naissaient sur une selle, buvaient du sang et crucifiaient leurs ennemis. Il avait posé cette selle sur le dos de Rosteval pour la première fois vingt ans auparavant, quand le cheval était encore un jeune étalon fougueux. Mais elle pesait lourd, et l'emporter serait considéré comme un acte sentimental par des guerriers qui ne possédaient rien qu'ils ne puissent porter eux-mêmes. Avec un soupir, et le cœur en berne, il avait donc jeté la selle sur le bûcher funéraire de Marcus. Quand un grand chef mourait, les anciens dieux réclamaient la mort de ses chevaux. Hayden ne pouvait offrir sa monture à Marcus, aussi la selle était-elle symbolique. Après quoi son fardeau – à la fois physique et spirituel – s'allégea quelque peu.

— Monsieur ?

Hayden inspira profondément et pivota sur ses talons, tournant le dos à Petrus. Un soldat aux cheveux noirs le regardait d'un air interrogateur. Hayden fouilla dans sa mémoire, à la recherche de son nom, et se souvint que c'était Stern. La nuit précédente, le soldat avait rejoint le site du bûcher avec trente hommes et femmes. Grand, la musculature développée, le vétéran avait un regard d'acier et dégageait une autorité naturelle. Hayden lui avait déjà attribué le rôle de second.

— Prêts ? demanda-t-il.

— Oui, monsieur, répondit Stern. Cent soixante-dix-sept d'entre nous sont prêts à marcher.

— Et les autres ?

— On peut leur laisser de l'eau, de la nourriture et des armes.

Sa réponse le surprit lui-même. Il secoua la tête : les soldats de la Cité ne laissent jamais de nourriture derrière eux, aurait-il dit en temps normal.

Hayden avait brièvement songé à laisser derrière eux un peloton de soldats à peu près valides, puis s'était ravisé. Si l'armée ennemie devait revenir, une poignée de guerriers ne servirait à rien. Sans compter que, d'ici à un jour ou deux, il faudrait fuir le champ de bataille quand les milliers de corps commenceraient à se décomposer. Même les rats se rassemblaient. *D'où viennent-ils, alors que nous sommes au milieu de nulle part, à des lieues de toute habitation ?* N'importe quel garde se verrait obligé de quitter cet endroit sans tarder, comme tous ceux capables de ramper ou de marcher d'un pas chancelant. Ce serait gâcher les ressources. Sa priorité absolue restait la Cité. Il savait désormais qu'il finirait sa vie à son service. Qu'en aurait pensé Mason ?

Hayden rejoignit les soldats qui, pour la plupart, attendaient à côté de leur barda, prêts à se mettre en route. Il jeta un coup d'œil aux quelques-uns qui restaient assis.

— Je m'appelle Hayden, lança-t-il à la cantonade. J'ai combattu aux côtés de votre général, Marcus Rae Khan.

» Je pense que, si l'ennemi est parti si rapidement, c'est qu'il a l'intention de marcher sur la Cité. (Il balaya l'assemblée du regard : personne n'exprima d'étonnement.) Par conséquent, nous allons devoir nous hâter. Ceux qui ne pourront pas suivre le rythme seront abandonnés. (Il avait déjà repéré ceux qui risquaient d'être concernés, mais parfois on avait des surprises.)

» Je sais que la priorité numéro un d'un général serait d'envoyer un message à la Cité, car nous ne l'atteindrons pas avant l'avant-garde de l'armée ennemie. Nous devons donc essayer de trouver des chevaux. Il doit y avoir dans les environs des montures qui se sont échappées. Peut-être ont-elles eu peur, mais elles finiront par nous rejoindre. Avons-nous de quoi nourrir des chevaux, Stern ?

— Oui, monsieur.

— Ce peut être la mission la plus importante de votre vie. Un seul cheval, un seul cavalier, un seul message, qui réussirait à rejoindre la Cité, pourrait faire la différence et l'empêcher de tomber aux mains de l'ennemi.

Si on m'avait dit que je tiendrais ce discours un jour, songea-t-il avec un humour macabre, sachant qu'il avait passé de nombreuses années à comploter pour détruire cette même Cité.

Il observa les soldats rassemblés, hommes et femmes, tous maculés de sang, la plupart couverts de bandages, certains avec des attelles. À son apogée, il avait mené des armées composées de cent mille hommes, des soldats morts depuis longtemps au service de Petrus. Ce groupe hétéroclite, qu'on pouvait à peine désigner comme une armée, avait la résistance, le courage et l'endurance de n'importe quelle force petrassi deux fois plus nombreuse. Il pouvait désormais l'admettre. C'était sur lui qu'ils comptaient pour les mener à bon port, pour traverser un territoire hostile, et peut-être, affronter de nouveau les barbares, ce qui se solderait probablement par leur mort.

Il se rappela les dernières paroles de Marcus, dégaina son épée et la brandit.

— Que les dieux de la glace et du feu soient témoins de notre bravoure et nous octroient la victoire ! rugit-il.

Chapitre 33

Quand le soleil fut haut et chaud dans le ciel, Emly et Stalker furent contraints de s'arrêter après n'avoir parcouru qu'une ou deux lieues : Evan s'était de nouveau évanoui. Ils longeaient toujours le Vorago. Stalker choisit avec soin l'endroit où ils s'arrêtèrent. Ils se reposaient dans l'ombre d'un vieil arbre dont le tronc gris semblait prêt à basculer dans le vide, projetant des racines desséchées au-dessus de l'abîme, dans l'air immobile. Stalker faisait des allées et venues le long du bord, les yeux plissés, regardant en contrebas.

Malgré ce contretemps, il semblait de bonne humeur. Assise pour sortir de leurs sacs de la viande séchée et du pain de maïs encore plus sec, Em lui demanda :

— Stalker, tu veux bien m'apprendre à me battre ?

Il ricana.

— Tu n'as pas franchement l'étoffe d'une guerrière. Tu devrais te contenter de réchauffer le lit de ton homme, dit-il en désignant Evan d'un signe de tête, et de lui préparer à manger.

— J'ai eu beaucoup de chance jusque-là, lui objecta-t-elle en se remémorant toutes les fois où des hommes robustes l'avaient sauvée d'un danger mortel. Mais un jour viendra peut-être… Un jour viendra sûrement, se reprit-elle, où je devrai me défendre seule, sans qu'un soldat comme toi soit là pour me protéger.

Elle lui parla alors de Casmir et de sa tentative d'enlèvement. Stalker lui prêta une oreille attentive, sa tête rousse légèrement inclinée.

— Tu es minuscule, dit-il enfin en la jaugeant de son œil de guerrier. Et légère. Tu n'as ni masse ni muscles. Tu n'as pas de maître d'armes à ta disposition pour t'enseigner le maniement de l'épée, comme Indaro…

— Je t'ai, toi, protesta-t-elle timidement.

Il ricana de nouveau et cracha par terre.

— Je ne suis qu'un gros lourdaud. Tout le contraire de toi. Et je ne sais pas manier l'épée.

Plongé dans ses pensées, il tira sur ses tresses.

— Bon, va chercher ton arme, finit-il par dire.

Elle se leva précipitamment. Stalker s'éloigna du bord du gouffre pour rejoindre un terrain plat à l'écart de la masse endormie d'Evan. Em remarqua que sa cheville blessée ne gênait plus l'homme du Nord. Parfois, il boitait lourdement, et parfois il semblait indemne.

— Attaque-moi, lança-t-il. Tue-moi.

Emly dégaina le couteau de Quora et se rua sur lui à toute vitesse. Il l'observa, genoux légèrement fléchis, sa broadsword brandie. Il lui fit croire qu'il allait la recevoir avec son épée, puis au dernier moment il se contorsionna et fit dévier la lame d'Em d'un simple revers de gantelet. Elle lui fonça dedans : ce fut comme se jeter contre un mur de briques. Elle tomba à terre et lâcha son couteau, que Stalker ramassa.

— Où as-tu trouvé ça ? s'enquit-il.

— C'est un soldat qui me l'a donné.

— Beau cadeau. Et comment s'appelait ce généreux guerrier ?

— C'était une femme. Quora. Pourquoi ?

— D'où venait-elle ?

— Je l'ignore.

Il hocha la tête.

— C'est une très belle arme, reconnut-il. On va faire de toi une guerrière, petite.

— Tu m'apprendras ?

— Si je peux. (Il reprit sa place auprès du feu.) Et quand on aura affûté ce couteau. Qu'est-ce que tu as découpé avec, des navets ?

Embarrassée, elle acquiesça.

— Quand il sera aiguisé, il transpercera le cuir et la laine bouillie qui servent d'armure à ces soldats. Même certains métaux. (Il la regarda les yeux plissés, comme un tailleur de pierre aurait jugé un mur monté de travers.) Tu dois choisir tes combats, conseilla-t-il. Tu es petite et véloce. Tu offres une cible restreinte. Il faut que tu cherches les points faibles : les yeux, la gorge, l'entrejambe. Dedans, dehors. Rapide comme un lutin.

Elle acquiesça. Evan et Stern lui avaient dit la même chose.

— Et pour me défendre ?

— Tu n'as pas moyen de te défendre. Tu fais demi-tour et tu prends tes jambes à ton cou. Tu distanceras facilement un homme alourdi par son armure et ses armes.

Emly était déçue. Cela devait se voir, car Stalker reprit en se grattant la barbe :

— Je vais te montrer quelques mouvements. Quand nous aurons un peu de temps devant nous, et qu'on sera en lieu sûr.

Mais il n'y eut ni temps ni lieu sûr. Stalker releva la tête tel un vieux chien reniflant la brise. Em aussi tendit l'oreille. Elle n'entendait rien hormis le murmure du vent dans l'herbe sèche et le bruissement furtif d'un animal sauvage. Elle ferma les yeux. Au loin, elle perçut un faible bruit.

— Des sabots, dit Stalker.

Il se leva. Avec une agilité étonnante pour un homme de son âge et de son gabarit, il courut jusqu'à Merle et l'enfourcha. Surpris, le cheval se cabra. Stalker tira sévèrement sur ses rênes.

— Reste là ! ordonna-t-il à Em. Prépare ton homme à reprendre la route.

Puis il partit au galop vers le nord-est. En un clin d'œil, il avait disparu.

Malgré la chaleur, Emly fut secouée d'un frisson. Un instant plus tôt, elle bavardait joyeusement avec Stalker, rassurée et protégée par sa présence. Et voilà qu'elle se retrouvait de nouveau seule, unique gardienne de son amant blessé. Pendant un instant, elle se demanda si Stalker projetait de les abandonner, puis elle se redressa. Quoi qu'il arrive, elle serait prête. Elle rassembla leurs sacs et les attacha au destrier. Patience s'agita, comme s'il avait hâte de partir. Em s'agenouilla ensuite auprès de son homme.

— Evan. (Elle posa une main sur son cœur, où il n'avait aucune blessure.) Evan, réveille-toi.

Il ouvrit lentement les yeux, ses épais cils blonds se soulevant comme un rideau. Il affichait une expression d'un calme inhabituel, presque apathique. Cependant, son regard se concentra sur elle, et, lorsqu'il prit la parole, ce fut avec un débit lent mais d'une voix claire :

— Il est temps d'y aller ?

— Stalker dit qu'on doit se tenir prêts.

Elle l'aida à s'asseoir, restant près de lui pour le soutenir. Cela faisait plus d'une journée qu'il avait été blessé, et elle s'attendait à le voir reprendre des forces. Au fond d'elle, une pensée traîtresse voletait et se cognait, tel un papillon de nuit aux ailes froissées. *Et si jamais il ne s'en remettait jamais ? Et si, cette fois, ses blessures étaient trop graves ?*

— Thekla ? demanda-t-il tout à coup, d'une voix aussi tranchante qu'un rasoir.

Il regardait quelque chose qu'elle ne voyait pas. Qui donc était Thekla ? Elle lui caressa les cheveux, espérant que Stalker reviendrait sans tarder. Mais le temps parut s'écouler lentement, et le soleil s'était déplacé dans le ciel quand Patience leva la tête et dressa les oreilles. Emly entendit le martèlement d'une monture au galop au moment où Stalker apparaissait en haut de leur cachette. Il se jeta à bas du cheval couvert d'écume et s'agenouilla auprès d'elle.

—Nous sommes cernés, annonça-t-il. L'armée nous encercle. Ils ratissent les bords du gouffre, à la recherche de survivants. Ils ne tarderont pas à vous découvrir.

Horrifiée, Em le dévisagea.

—Alors nous mourrons ensemble.

Elle enveloppa Evan de ses bras.

—Inutile d'en arriver là, petite. Il y a un sentier en bas de la falaise, sous cet arbre. Je l'ai repéré un peu plus tôt. C'est pour les chèvres, mais si vous vous cachez en bas, ils ne prendront pas la peine de le suivre. Ils ont d'autres chats à fouetter.

—Où ça ?

Elle se leva et regarda l'endroit qu'il désignait. Elle scruta l'abîme. Elle ne voyait qu'une pente rocheuse abrupte, implacable, presque verticale, parsemée de quelques plantes rachitiques. Elle secoua la tête.

—Je ne le vois pas.

Il la saisit par les épaules et la décala vers la droite.

—Là.

Il avait raison, mais ce n'était pas un sentier pour les chèvres. Quelqu'un avait creusé de petites marches dans la surface rocheuse. Ce n'était qu'en se tenant exactement au bon endroit qu'elles étaient visibles. Em s'étonna que Stalker les ait repérées.

—Peut-on y descendre Evan ? s'inquiéta-t-elle.

—Non, petite. Toi seulement.

—Et toi ?

—Je vais essayer de traverser leurs lignes à toute allure. Ils ne s'attendront pas à tomber sur un cavalier isolé. Je reviendrai te chercher si je peux. Dépêche-toi, le temps presse.

Il l'aida à mettre Evan debout. Le soldat pouvait rester dans cette position si on le soutenait, mais il paraissait ne plus savoir mettre un pied devant l'autre. Pâle comme la mort, il regardait autour de lui, les yeux dans le vague. Em cala ses épaules sous le bras d'Evan, puis passa son bras à elle autour de sa taille.

Ils parvinrent à descendre la première marche du sentier, puis Stalker attrapa les rênes de Patience et grimpa sur Merle.

—Tu les emmènes tous les deux ? s'étonna Em, le cœur affolé.

Evan s'appuyait lourdement sur elle.

—Si j'en laisse un, il trahira tout de suite votre présence, se justifia Stalker.

Sans un mot de plus, chargé des sacs contenant l'eau et la nourriture, il fit tourner bride au hongre et s'éloigna. Em écouta. Le martèlement des sabots diminua, puis le silence l'enveloppa.

Elle ravala ses larmes.

—Viens, dit-elle à Evan. On doit aller par là. On sera à l'abri.

Avec des mots d'encouragement, elle le tira et le poussa pour passer une marche, puis deux. Elle essayait de ne pas penser au gouffre vertigineux sur sa droite, ni à la roche friable et sèche sous ses pieds, et se concentra sur les pas d'Evan – l'un après l'autre.

— Encore une marche, répétait-elle.

Evan pesait de tout son poids sur elle ; elle avait peur qu'il les fasse basculer dans le vide.

Cependant, ils parvinrent à atteindre le refuge offert par le vieil arbre, dont les racines enchevêtrées cachaient un profond renfoncement ombragé, frais et un peu humide. Emly aida Evan à s'y faufiler. Il perdit de nouveau connaissance. Elle ressortit péniblement dans la lumière et grimpa de quelques pas pour s'assurer qu'ils n'étaient pas visibles d'en haut. Elle replongea ensuite dans l'espace sous les racines et, le cœur lourd, s'assit aux côtés d'Evan. Pourquoi Stalker avait-il emporté leur eau et leur nourriture ? Combien de temps tiendraient-ils sans cela ? Il avait dit qu'il reviendrait, mais tiendrait-il parole ?

Elle se réveilla en sursaut et se demanda combien de temps s'était écoulé. À ses côtés, Evan dormait profondément. Elle songea que, si elle trouvait ne serait-ce que de l'eau, cet endroit serait aussi bien qu'un autre pour qu'Evan se remette. Dans l'obscurité du trou, elle voyait ses paupières frémir, comme s'il rêvait. Elle espérait que son sommeil était peuplé de rêves et non de cauchemars, car elle était persuadée que les pensées agréables qu'il aurait en dormant l'aideraient à guérir. Il répéta le mot « Thekla ». Une fois de plus, elle se demanda ce que cela signifiait. Elle avait soif. Si elle retournait vers le champ de bataille, peut-être trouverait-elle des outres abandonnées ? Cette perspective l'emplit d'un tel effroi qu'elle resta sur place.

Son cœur fit un bond dans sa poitrine quand elle entendit du bruit à l'extérieur : une respiration douce, suivie d'un souffle bruyant. Il faisait si sombre dans cette caverne formée par les racines, et le soleil brillait si fort au-dehors, qu'Em était aveuglée. Les nerfs à vif, elle se demanda si cela pouvait être un loup ou un chat sauvage, ou encore un ours furieux de découvrir sa tanière occupée par des intrus. Son couteau à la main, elle sortit dans la lumière en rampant.

Une grosse chèvre brune la regardait de ses yeux sombres. La bête secoua la tête et souffla de nouveau. Em sourit. Pouvait-elle la tuer pour la manger ? Elle s'aperçut alors qu'elle portait un collier.

Entendant des pas, elle brandit son couteau. Une silhouette vêtue de gris apparut, marchant à une allure soutenue depuis le Vorago. C'était une jeune femme, mince et blonde, qui pour grimper s'aidait d'un robuste bâton. Ses robes lui arrivaient sous le genou, et elle était chaussée de sandales en corde épaisse. Quand ses yeux se posèrent sur Em, elle s'arrêta. Elle remarqua le couteau et recula d'un pas, jetant un coup d'œil en arrière, prête à prendre la fuite. Em s'empressa de poser son arme à terre et écarta les mains.

— As-tu besoin d'aide ? lui demanda la femme dans la langue de la Cité.

Ce fut l'une des choses les plus difficiles que Stern eût à faire. Après seulement une demi-journée de marche, sur les traces de l'armée ennemie, des soldats blessés commençaient à tomber sur le bas-côté. Parmi eux, il y avait Quora.

Pour un homme plus tout jeune, Hayden avançait à un rythme soutenu. Malgré son âge, il était sec comme un sarment de vigne et aussi robuste que le cuir de ses bottes, ses yeux d'un bleu délavé rivés sur l'horizon, le visage sombre et déterminé. Contrairement aux généraux que Stern avait connus, même si « connaître » était un bien grand mot, Hayden portait son propre barda, un sac informe et usé auquel il avait accroché son plastron et son casque, et prenait ses repas avec ses soldats.

Mais l'homme était implacable, bien décidé à rattraper en quelques jours les soldats les plus faibles, les blessés et les malades, qui constitueraient l'arrière de l'armée ennemie. Pour ce faire, il abandonnerait ses propres blessés, hommes et femmes.

— Nous avons un long chemin à parcourir, lui fit remarquer Stern alors qu'ils marchaient ensemble le premier matin. Faut-il vraiment que nous les rattrapions si vite ?

— Nous voulons qu'ils sachent que nous sommes là, rétorqua Hayden en regardant droit devant lui. Si nous commençons à les éliminer, ils devront nous prendre en compte, songer à un plan pour régler le problème que nous poserons. Ce sera une tâche de plus pour eux, quelque chose dont se passeraient bien leurs généraux. Nous allons les forcer à changer leurs plans. Ce ne peut être qu'une bonne chose.

— Ils nous enverront une division, prédit Stern. Ils vont nous éradiquer jusqu'au dernier.

— Oui, peut-être.

— Nous sommes moins de deux cents, insista Stern. S'ils interviennent la nuit, le soleil se lèvera sur nos carcasses, voilà tout.

Mais il s'escrimait pour rien. Hayden commandait et ne tolérerait pas de débat sur la question.

Quand plus tard ce matin-là deux hommes tombèrent à genoux, incapables d'aller plus loin, Hayden ordonna une brève halte. Stern observait Quora : elle s'effondra à terre, inerte. Il la rejoignit et s'agenouilla auprès d'elle. Elle était tout juste consciente. Il vérifia la blessure qu'elle avait au flanc : elle était rouge, à vif, et du pus blanc s'en écoulait. Il regarda son visage, empli d'appréhension. Elle était pâle comme du lait tourné, recouverte d'un film de sueur, les yeux enfoncés dans leurs orbites. Elle roula sur le côté et vomit.

— Comment va ta tête ? demanda-t-il. Tiens, bois. (Elle ne répondit pas. Il la saisit par l'épaule.) Quora. Réponds-moi.

Elle souleva à peine une paupière.

— J'irai mieux demain matin, marmonna-t-elle. Qu'on me laisse dormir.

— Il n'est pas encore midi, soldat. La route est encore longue.

Elle resta silencieuse.

Benet s'approcha.

— Ces deux-là sont fichus. L'un a un genou cassé, l'autre est malade comme un chien. Je suis étonné qu'ils aient pu faire tout ce chemin. On va devoir les laisser. Comment va-t-elle ?

— Elle ne peut pas continuer.

En prononçant ces mots, Stern vit ses derniers espoirs d'avenir heureux partir en fumée.

Benet fronça les sourcils.

— C'est une femme de la Cité, affirma-t-il d'un ton résolu. Demain, elle ira mieux. Ou elle sera morte. L'un ou l'autre. C'est sûr.

Pour une fois, il avait raison, et Stern n'y pouvait rien. Au désespoir, il regarda autour de lui. Ils traversaient la vaste plaine entre le Vorago et les montagnes, et cela durerait un moment. Il y avait peu d'endroits où se cacher, où s'abriter du soleil, de la pluie et des animaux errants. Il avisa un tas de cailloux, appartenant peut-être autrefois à une construction, ou un cairn détruit par le temps, qui pouvait offrir une protection contre les éléments. Il souleva Quora et la porta jusqu'à l'ombre maigre projetée par les rochers. Elle était plus légère que le sac à dos de Stern. Il fit signe à ses camarades d'y amener les autres. L'un d'eux ne pouvait pas marcher, mais pouvait défendre ses compagnons d'infortune. Le deuxième, la peau brûlante, délirait et tremblait de fièvre. Stern laissa une outre d'eau à côté de Quora et s'assura qu'elle avait de quoi manger. Il dégaina le couteau de son amie et le glissa dans sa main. Elle enroula ses doigts autour du manche, alors même qu'elle était inconsciente. Il lui tint la main un peu plus longtemps qu'il n'aurait dû. Depuis toutes ces années qu'ils se connaissaient, ils n'avaient presque jamais eu de contacts physiques.

— On y va, dit Benet.

Stern vit l'armée disparate se remettre debout.

Il se leva. Son frère le regarda avec compassion.

— Tu ne peux pas tous les sauver, déclara-t-il.

Stern songea à tous les hommes et femmes qu'ils avaient perdus, des camarades qui avaient combattu et perdu la vie à leurs côtés. La bataille du

Vorago avait emporté les derniers d'entre eux. Il ne restait plus que son frère et lui. Il détourna les yeux de Quora, essayant de ne penser qu'aux vivants, et assena une tape sur l'épaule de Benet.

—Allons-y, dit-il.

À la fin de la première journée, quatre autres soldats s'étaient arrêtés, dont trois malades.

—Si on continue comme ça, il n'y aura plus personne, commenta Benet, l'air sombre, mais Stern pensait qu'il se trompait.

Quand tous auraient passé une nuit de sommeil, le tri serait fait entre les forts et les faibles. Stern prévoyait encore quelques pertes le lendemain, puis ceux qui seraient toujours debout le resteraient, du moins jusqu'à ce qu'ils aient rattrapé l'armée ennemie.

Remonter sa piste s'avéra éclairant, car manifestement elle aussi abandonnait ses blessés. Hayden s'arrêtait brièvement chaque fois qu'ils rencontraient le corps d'un ennemi, pour observer son armure, les tatouages visibles, les armes cassées. Ceux proches de la mort étaient achevés sobrement. Des soldats en vie, en état de combattre s'ils n'avaient eu une jambe ou un dos brisé, les regardaient d'un œil noir, crachaient dans leur direction et juraient dans leur langue. Aucun interrogatoire n'était envisageable, puisqu'on ignorait totalement dans quelle langue ils s'exprimaient. Au fond de lui, Stern se sentait des points communs avec ces féroces guerriers qui avaient marché vers leur mort en pays étranger. Hayden interdit à ses soldats de les tourmenter, ce qui renforça l'estime que Stern avait pour lui. Ils furent achevés avec clémence, la gorge tranchée net.

Une fois, Hayden s'arrêta et dit :

—Des archers.

Un carquois déchiré gisait au sol, piétiné par de nombreux pieds bottés. Stern le ramassa.

—Certains cavaliers sont capables de tirer des flèches à une vitesse terrifiante, déclara Hayden. Il faut le prendre en compte. Assure-toi que les hommes aient des boucliers.

Stern grogna.

—Nous avons croisé des cavaliers fkeni à l'aller.

Il jeta le carquois abîmé à terre. Au moment où il frappait le sol, quelque chose en tomba : un objet qui brillait sous le soleil.

—Non ! s'écria Hayden avant de dire à Stern : N'y touche pas.

Il s'accroupit près de l'objet. Stern le rejoignit. Les autres soldats les observèrent, contents d'avoir une pause. C'était une petite boîte ronde en or martelé avec un couvercle sur charnières, décorée de minuscules silhouettes livrant bataille. Hayden prit les gantelets à son ceinturon et les enfila avant de ramasser maladroitement l'objet.

—Voilà qui n'augure rien de bon, dit-il d'un air lugubre.

—Qu'est-ce donc?

—Du poison. Les archers en enduisent la pointe de leurs flèches. Une légère éraflure, et c'est la folie et la mort assurées. C'est vraiment un travail diabolique. Nous devons considérer ces archers et leurs flèches avec la plus grande méfiance.

Il resta un moment plongé dans ses réflexions, puis arma son bras et jeta la boîte loin dans la plaine. Elle brilla dans les rayons du soleil avant de disparaître. Hayden se remit en marche, suivi des soldats. Il indiqua les ornières laissées par les charrettes des ennemis sur le sol irrégulier.

—Elles sont profondes, fit-il remarquer. Leur chargement est lourd. Ils transportent des canons, sans aucun doute. Ça va les ralentir. Ils ne peuvent aller plus vite que leur chariot le plus lent. C'est une bonne nouvelle.

Stern était plus mitigé. Hayden lui avait expliqué ce qu'étaient les canons, ces grands cylindres de fer que l'ennemi avait utilisés pour cracher du feu et semer la panique sur le Vorago. Stern n'avait aucune envie de se trouver de nouveau dans la ligne de mire de ces engins.

Il demanda:

—Quel genre de poison les archers emploient-ils?

—Du venin de serpent, répondit Hayden. Dans les régions où ils vivent, les serpents venimeux sont communs. Chez eux, même les enfants apprennent à prélever le venin sur des serpents vivants. Ensuite, ils le mélangent à une substance qui rend le venin liquide plus facile à manipuler.

—Quelle substance?

—En général, leur propre merde. Comme ça, si le venin ne te tue pas, tu crèves d'une blessure infectée. Nous avons de grands risques de tomber sur ces archers et leurs maudites flèches. Tes soldats doivent recevoir des consignes pour les manipuler avec précaution. Évitez tout contact. Si une pauvre âme est touchée, il faut extraire le projectile sans tarder avec une main gantée, et découper la chair autour de la plaie. Agir vite, c'est primordial.

—Ça suffira à la sauver?

—Probablement que non. Dans ce cas, une mort rapide est préférable.

Ils marchèrent en silence. Stern nourrissait de sombres pensées. Ces nouvelles armes étaient terribles. Les vrais guerriers combattaient face à face, armés d'épées. Le meilleur gagnait et le perdant mourait avec honneur. Le poison était pour les lâches – une arme de femme. Et les archers avaient toujours été méprisés, même ceux de la Cité.

—Vos troupes utilisaient-elles ces flèches? s'enquit-il avec hésitation.

Ils n'avaient pas abordé le fait qu'Hayden était petrassi. Ce dernier secoua la tête.

— Non. Elles sont indignes. Elles tuent à l'aveuglette. Les hommes des tribus qui les utilisent sont cordialement détestés, même par leurs alliés. Leurs flèches peuvent être ramassées aussi bien par des amis que par des ennemis. Le poison est difficile à stocker, car les boîtiers en or sont convoités. Une petite boîte comme on en a vu, passée de main en main, peut tuer une dizaine d'hommes, voire le double.

— J'avertirai nos troupes. Pourquoi sont-elles en or ? Pour leur valeur aux yeux de ceux qui les manipulent ?

— Non. L'or est résistant au poison. Je m'adresserai aux hommes quand nous installerons le campement.

— Avec tout mon respect, monsieur, insista Stern, il serait peut-être préférable que ce soit moi qui le fasse. (Hayden l'écouta, ses yeux clairs n'exprimant que de l'intérêt.) Ils prennent mal tout ce qui est nouveau, car ils ne le comprennent pas. Si je leur parle des flèches empoisonnées, ils l'accepteront, car ça viendra de moi. Parce qu'ils me connaissent, pour la plupart.

— Je suis leur chef, lui objecta doucement Hayden. Jusque-là, ils m'ont suivi.

— Ils croient que vous pouvez les reconduire chez eux. Quand la bataille commencera, on verra s'ils vous suivront.

Chapitre 34

Le bruit de la bêche et de la binette creusant le sol sec troublait le silence qui régnait sur la terre brûlante et aride, auquel se joignaient le chant lointain d'une rivière et les pépiements complexes d'un oiseau volant haut dans le ciel. Le soleil dardait ses rayons accablants sur le dos d'Emly et sur les jeunes plants qui gisaient, flétris, dans leurs flaques boueuses.

Elle se redressa, s'étira et regarda les femmes vêtues de gris qui travaillaient autour d'elle dans leur champ étroit, plantant leurs cultures d'hiver. Au-dessus d'elles se dressaient les énormes falaises du Vorago. L'ombre de la falaise en face, aux bords affûtés, s'étendait rapidement sur elles à mesure que le soleil suivait sa trajectoire dans le ciel.

Em était dans cette vallée depuis plusieurs jours – huit, dix ? Elle en avait perdu le compte : tous les matins, elle se réveillait l'esprit confus, peut-être parce qu'elle dormait profondément pour la première fois depuis qu'elle avait quitté la Cité. Le trajet le long des falaises avait été ardu. Celle qui les avait découverts, Cora, l'avait d'abord laissée puis était revenue plus tard dans la journée, avec une autre femme et une civière. Il leur avait fallu une demi-journée pour descendre la paroi rocheuse. Une fois en bas, les femmes avaient installé Evan sur une charrette tirée par un âne. Après quoi le trajet avait été rapide, et elles n'avaient pas tardé à rallier la citadelle des femmes.

Emly contempla l'édifice. C'était un bâtiment ancien taillé dans une couche de roche rouge, calé sous une arête de granit gris qui cachait l'endroit vu d'en haut. C'était autrefois une forteresse, lui avait-on raconté, mais à présent ses remparts étaient percés de fenêtres et portes arrondies, l'intérieur truffé de salles et de couloirs reliés les uns aux autres. Em se vit attribuer une petite cellule, et Evan la cellule voisine. Les femmes le lavèrent et pansèrent ses blessures, mais, lorsque Em leur demanda s'il allait guérir, elles avaient secoué la tête : elles ne pouvaient se prononcer. Elles ne lui posèrent aucune question. Reconnaissante, Em était retombée dans le silence, son vieil ami.

Elle avait passé le premier jour à dormir, à manger la savoureuse nourriture qu'on lui donnait et à veiller sur Evan, espérant qu'il se remettrait. Puis elle avait proposé ses services aux champs, car elle avait observé les femmes au labeur, et tenait à les remercier de leur accueil.

Elle se remit à l'ouvrage, attrapant la plante fanée suivante.

— Ne les aligne pas, lui rappela une voix sèche.

Elle leva les yeux. La femme s'appelait Selene. Très grande et maigre, elle avait les cheveux gris coupés court comme ceux d'un soldat. Comme la plupart des femmes, elle portait un pantalon de coton gris et une chemise verte sans manches. Elle avait le teint hâlé, les yeux d'un gris cristallin.

Em afficha un sourire d'excuses. On lui avait recommandé de ne pas planter en rangs, car en regardant de là-haut, on pourrait discerner les lignes.

— Ne sommes-nous pas visibles ? avait demandé Em en jetant un coup d'œil vers le sommet de la falaise.

— Nous ne sommes que des points, avait répondu la femme. Il y a une sacrée distance entre ici et le plateau. On pourrait nous prendre pour des chèvres, ou pour une nuée de corbeaux. Les vagues de chaleur brouillent la vue depuis là-haut.

Em choisit un emplacement pour le prochain plant puis se décala sur la gauche. Elle regarda Selene, qui acquiesça. Elle creusa un trou, y versa de l'eau d'un seau, positionna le plant, recouvrit ses racines de terre boueuse et la tassa. Puis elle s'attaqua au suivant – sans l'aligner.

Elle avait passé toute la journée au champ et n'avait fait qu'une pause quand le soleil était au zénith, à l'ombre d'un affleurement rocheux, durant laquelle elle avait mangé du pain et du fromage frais. Après s'être contentée de rations de soldat, l'odeur et la texture de la nourriture étaient enivrantes. Elle se demanda si Stalker avait survécu à sa percée des lignes ennemies. L'idée lui avait semblé folle, mais Stalker avait le don de survivre en toutes circonstances, et elle aimait à penser qu'il avait réussi une fois de plus. Elle chassa de son esprit les soldats et les armées pour se concentrer sur les plantations, creusant des trous profonds, traitant les racines avec délicatesse, arrosant abondamment.

Elle sursauta quand une main se posa sur son épaule.

La voix de Selene dit :

— Tu peux arrêter, maintenant.

Em leva les yeux. Elle vit que les autres retournaient vers leur foyer, les seaux, boîtes et outils sanglés sur des ânes. Le soleil s'était couché derrière la falaise. Elle ne l'avait même pas remarqué.

— Tu travailles dur, commenta la femme alors qu'elle l'aidait à charger le dernier âne.

Em caressa les doux naseaux de l'animal et pensa à Patience et à Merle.

— Je vous suis redevable, répliqua-t-elle simplement.

Ensemble, elles retournèrent vers la citadelle de roche.

— Tu ne nous as pas interrogées sur cet endroit, ni sur celles qui y vivent, s'étonna Selene.

— C'est un refuge, dit Em. Inutile de demander pourquoi des femmes ont besoin d'un refuge en temps de guerre.

À l'approche de la citadelle, Selene attira son attention sur certains endroits : les granges où l'on stockait les céréales en hiver, le moulin qui transformait les céréales en farine, les écuries qui abritaient les quelques ânes. De grosses poules bruyantes caquetaient dans leurs jambes.

— Et ça, qu'est-ce que c'est ? s'enquit Em en montrant une rangée de boîtes en bois sur pilotis, au-dessus de la rivière.

— Des ruches, répondit la femme. (Elle vit qu'Emly ne comprenait pas.) Les abeilles font du miel, expliqua-t-elle. On prend le miel qu'elles fabriquent.

— Puis-je voir ?

Emly ignorait totalement que le miel venait des abeilles. Cela lui paraissait tout à fait improbable, et elle avait besoin de le voir pour le croire.

— Il faut une tenue spéciale pour ne pas se faire piquer. Une autre fois.

— Pourquoi celle-ci se trouve-t-elle là-bas ?

Em désignait une longue ruche, de l'autre côté de la rivière.

— Rien ne t'échappe. Le miel de celle-ci est toxique.

— Toxique ?

— Les abeilles prennent l'essence de certaines fleurs. Par exemple, ces abeilles se nourrissent du trèfle qui pousse sur les rives basses. Le miel est comestible. Tu pourras en avoir ce soir, si tu veux. Avant tout, ce miel aux grandes vertus soigne les blessures. De l'autre côté de la rivière, les abeilles butinent une plante appelée le fléau du mouton, qui ne pousse que là-bas. Ce n'est pas toxique pour les insectes, mais leur miel est fatal pour l'homme.

— Dans ce cas, pourquoi les garder ?

— Le poison peut se révéler utile. Tu as dit que ton soldat avait avalé une pilule noire qui l'aidait à dormir et à guérir. Si c'est ce que je crois, il s'agit de l'essence d'une fleur bleue, et s'il en avait pris deux cela l'aurait tué. Parfois, la frontière est mince entre ce qui soigne et ce qui tue.

— Dans combien de temps sera-t-il sur pied ?

Elle avait redouté de poser cette question. Selene afficha un air grave.

— N'espère pas trop. Il est fort, mais ses blessures sont graves, et certaines ne se voient pas. Si elles guérissent, il survivra. Sinon, il mourra.

— Qui est Thekla ? lui demanda-t-elle.

Evan leva les yeux. Il était en train d'éviscérer un lapin, ses cils épais brillant dans le clair de lune.

— Où as-tu entendu ce nom ? répliqua-t-il froidement.

— Tu l'as mentionné quand tu délirais.

Elle le vit réfléchir, puis elle ne résista pas à poser la question qui la démangeait :

— Est-ce la femme que tu aimes ?

Emly crut qu'il n'allait pas répondre. Puis elle regretta qu'il l'ait fait, car il dit :

— C'est elle qui a mon cœur.

Elle eut l'impression qu'on lui arrachait les entrailles. Elle dut s'obliger à continuer à respirer : inspirer, expirer.

— Mais qui est-ce ? insista-t-elle, détestant sa voix geignarde.

— C'est la petite-fille d'Archange, l'informa Evan.

Elle le dévisagea, interdite.

— Thekla est chirurgienne et guérisseuse. Elle a ôté une tête de lance de mes côtes, dit-il en se remettant à l'ouvrage.

— C'est comme ça que vous vous êtes connus ? Elle t'a soigné ?

— C'est Archange qui m'a soigné. Mais Thekla m'a conduit à elle.

— Quand était-ce ?

Il haussa les épaules.

— Ça remonte à des années.

— Alors, dit-elle d'une voix étouffée, essayant de ne pas pleurer, que fais-tu ici avec moi, au lieu d'être avec elle ?

— Ma loyauté va avant tout à la Cité. Il fallait que tu t'en éloignes.

— Tu aurais pu me faire enlever. Ou me faire exécuter, ajouta-t-elle avec amertume.

— Ça, c'étaient les coutumes de l'ancien régime. De plus, j'ai promis à ton père de veiller sur toi.

Elle s'assit brusquement, les larmes aux yeux.

— Mais tu agis contre l'impératrice en dérobant le voile, en m'enlevant moi.

— Une fois de plus, dit-il d'un ton posé en enfilant le lapin sur la ficelle avec les autres, ce sont les coutumes de l'ancien régime. J'agis contre Archange, mais en faveur de la Cité, et avec la bénédiction de Thekla.

Emly leva les yeux.

— Elle est au courant, pour nous ? Elle sait, pour notre voyage ? Ton amour ?

Elle avait craché ce mot.

— C'était son idée.

À son réveil, Em était engourdie et épuisée par les rêves très réalistes qui hantaient son sommeil depuis son arrivée dans la vallée. Agitée, elle ne parvenait pas à démêler le vrai du faux. Cette Thekla existait-elle vraiment ? La perspective la faisait trembler. N'était-ce qu'un fantôme, invoqué dans ses rêves parce que Evan avait prononcé son nom ? Si Thekla était réelle, pourquoi n'en avait-elle jamais entendu parler ? Que lui cachait-on d'autre ?

Elle lava son visage et ses mains et s'habilla, mais l'angoisse ne la quittait pas. Elle craignait que se produisent des événements dont elle ignorait tout. Elle prit le gobelet qu'on lui avait donné le soir, empli de lait chaud pour l'aider à dormir. Elle regarda au fond et versa dans sa paume les dernières gouttes. Elles contenaient une substance granuleuse. Elle y réfléchit longuement.

Elle se rendit dans la cellule voisine. L'une des femmes se trouvait au chevet d'Evan. Elle changeait son bandage à la cuisse. Elle leva les yeux. Em l'avait déjà vue, marchant péniblement autour de la citadelle. Ses deux jambes étaient grièvement blessées, et elle se déplaçait à l'aide de deux bâtons, en souffrant visiblement.

— Il a une bonne respiration, constata la femme.

Elle se leva avec difficulté et quitta la pièce.

Em s'installa sur le tabouret et regarda le visage de l'homme qu'elle aimait. Il avait les yeux fermés. Les coupures et éraflures qu'il avait sur le visage avaient guéri. Em se dit que ce devait être un bon présage pour les blessures invisibles. Elle posa la main sur sa poitrine, sentit son cœur battre lentement et les faibles mouvements de sa respiration.

Elle chuchota :

— Evan, je dois te laisser. Je retourne à la Cité.

Avait-elle décelé un léger soubresaut dans sa respiration, un frémissement des paupières ? Non, c'était son imagination. Il ne l'entendait pas. Malgré tout, elle se sentait obligée de lui donner des explications.

— Quelqu'un doit rentrer prévenir Archange. Je sais que tu veux me cacher d'elle, mais c'est trop important. Tout a changé, maintenant. D'après Stalker, l'ennemi marche vers la Cité. Si je ne donne pas l'alerte, qui le fera ?

Elle s'interrompit, espérant à moitié qu'il se réveillerait et protesterait. Mais il dormait toujours.

— Crois-moi, reprit-elle, je n'ai pas envie d'y aller. Mais il y a… Tu vas trouver ça idiot, je le sais, mais il y a Casmir, l'assassin. Il me cherchera, s'il survit. S'il me retrouve, ou si je tombe sur lui, il me ramènera à la Cité. C'est sa mission de m'y reconduire, saine et sauve. Alors, je pourrai avertir Archange. Ces femmes s'occuperont de toi et… (les larmes coulèrent sur ses joues)… nous nous reverrons, j'en suis certaine. (Elle se rappela une autre expression qu'il employait souvent :) Si ce n'est pas ici, ce sera de l'autre côté.

Elle sécha ses larmes et sortit. Elle demanda à une femme qui passait à parler à la responsable. On la mena jusqu'à une pièce étroite, comme les autres, mais haute de plafond, avec une grande fenêtre arrondie qui donnait sur les champs et la rivière. Selene contemplait la vue. Elle se retourna quand Emly entra.

— Quelques jours aux champs, et tu en as déjà assez ? demanda-t-elle.

Em ne sut si c'était une critique ou une moquerie.

— Vous avez mis quelque chose dans mon lait, dit-elle d'un ton de reproche.

Selene esquissa un sourire, mais ses yeux restaient froids.

— Rien qu'un somnifère. Tu étais épuisée à ton arrivée. Ne te sens-tu pas mieux ?

— Je retourne à la Cité.

Selene fronça les sourcils, les yeux brillants.

— Es-tu sûre de toi ? C'est dangereux, là-bas. Tu peux rester ici aussi longtemps qu'il te plaira. Nous avons besoin de femmes qui ne rechignent pas à la besogne.

— Je dois rentrer prévenir l'impératrice de ce qui l'attend. Une armée marche vers la Cité, et quelqu'un doit l'avertir.

— Ils ont déjà une grande avance sur toi. Tu ne pourras jamais atteindre la Cité avant eux.

— Combien de jours ai-je passés ici ?

Emly fouilla dans sa mémoire.

— À ton avis ? rétorqua Selene, ce qui rappela à Em les réponses énigmatiques aux questions qu'elle lui posait.

— Huit ?

— Ils marchent vite, et tu n'as pas de monture. Ce territoire est dangereux. Des tribus fkeni y rôdent, et rendraient ta mort pénible.

Em se mordit la lèvre inférieure. On aurait dit que la femme savait exactement ce qu'elle redoutait le plus.

— Il y aura d'autres rescapés de la bataille, poursuivit Selene. Il y en a toujours. Laisse-les se charger d'avertir la Cité. Reste avec nous.

— Je dois le faire, car je ne suis pas sûre que quelqu'un d'autre le fera.

— C'est peut-être l'arrogance qui te fait parler, Emly.

Selene s'exprimait désormais avec dureté.

Pourquoi tient-elle tant à ce que je reste ? Et comment peut-elle être au courant de la progression de l'ennemi, alors que ces femmes mènent une vie de recluses ?

Elle secoua la tête, sa décision comme gravée dans le marbre.

— Je connais mes points faibles. Je n'étais jamais sortie de l'enceinte de la Cité, et j'ignore beaucoup de choses. Je ne suis pas une guerrière…

— Si tu restes, l'interrompit Selene, nous t'apprendrons à te battre. Il y a beaucoup de vétérans, ici. Alors, tu pourras retourner à la Cité et te battre pour elle. Avec ton soldat.

La détermination d'Em en fut ébranlée. Mais elle rétorqua :

— Je ne connais pas grand-chose de vous, et je ne sais pas ce qui vous a amenées à vous établir ici. Mais je sais que vous vous cachez, et que c'est souvent le seul choix que ce monde offre aux femmes. Cependant, je ne suis pas encore prête à vivre recluse. J'ai des amis à la Cité, mon frère y est, et s'il est en danger j'irai me battre pour lui, avec les armes dont je dispose.

Jamais elle n'avait parlé aussi longtemps d'un coup.

La femme acquiesça.

— Comme tu voudras, répliqua-t-elle sèchement. Et le soldat ?

— Je vous demande de bien vouloir veiller sur lui jusqu'à ce qu'il aille mieux, ou jusqu'à mon retour. Je lui laisserai un message, même si j'écris mal. Peut-être qu'on pourra m'aider.

Selene regarda de nouveau par la fenêtre.

— Quelqu'un t'aidera à rédiger ta lettre, et un guide te raccompagnera à l'endroit où on t'a trouvée. Si ta décision est prise. (Elle se tourna vers Em.) Quel âge as-tu, Emly ?

— Dix-sept ou dix-huit ans, je crois.

— Alors ne nous juge pas. Même si tu as déjà vu et vécu beaucoup de choses pour une jeune fille de ton âge, je suis persuadée que tu as toujours été protégée par des gens puissants.

Em fronça les sourcils. *Comment le sait-elle ?*

— La plupart des hommes et des femmes ne peuvent compter que sur leur force physique et leur intelligence, poursuivit Selene. Mais parfois cela ne suffit pas. Bien souvent, le besoin de fuir et de se cacher vaut mieux qu'une impulsion irréfléchie, qui ne mènera qu'à la souffrance et à la mort.

Son discours était sensé, mais Emly voyait danser des éclats de fureur dans les yeux de son interlocutrice. Était-ce seulement de la colère ? Tout à coup, elle eut peur que la femme l'empêche de partir.

— Pardonnez-moi, dit-elle avec sincérité. Je ne voulais pas vous offenser.

La femme baissa les yeux un instant. Lorsqu'elle les releva vers Em, les étranges lumières avaient disparu.

— Je suis beaucoup plus âgée que toi, dit-elle. Quelques paroles vexantes d'une jeune écervelée n'ont pas le pouvoir de m'offenser. Si tu insistes pour partir, je ne te retiendrai pas. Va préparer tes affaires.

Elle lui tourna le dos.

En milieu de matinée, Em était prête. On lui assigna un guide – Cora – et un âne pour les aider dans leur ascension. Selene vint lui faire ses adieux. Elle lui offrit un petit pot de miel, translucide et lumineux.

— C'est du miel de trèfle, dit-elle, celui qui est comestible et soigne les blessures.

— Merci, répliqua Em, touchée par cette générosité.

Elle avait le sentiment de n'avoir rien fait pour la mériter.

Après quelques pas, Em jeta un coup d'œil en arrière, vers la citadelle rose, les femmes qui travaillaient aux champs en silence, et la haute silhouette de Selene qui la regardait s'éloigner. Faisait-elle le bon choix ? Était-elle présomptueuse de penser qu'elle pourrait faire la différence ? Selene avait-elle raison ? Cette femme était-elle digne de confiance ? Em essaya d'imaginer ce qu'Evan dirait et ferait, mais songer à lui emplissait son cœur de chagrin. Elle tenta de faire taire les doutes qui lui soufflaient de ne pas l'abandonner, sans défense, aux mains de ces femmes.

Elle espérait avoir atteint le sommet de la falaise à la fin du jour, car elle projetait de passer la nuit dans le trou, sous les racines de l'arbre. Au-delà, elle n'avait pas de plan. Elles avaient avancé à une allure rapide et, quand Cora s'arrêta, le soleil était encore haut dans le ciel.

— Je ne vais pas plus loin, déclara-t-elle.

Em leva les yeux. Elle avait encore du chemin à parcourir, mais le sentier était dégagé. Elles se trouvaient au bord d'un profond ravin qu'Emly avait à peine remarqué en descendant. Étroit, mais à pic, il traversait le sentier de chèvre qu'elles suivaient. On le franchissait grâce à un pont fait de cordes et de planches solides.

— Le pont est fermé, sauf quand on a de la visite, expliqua Cora.

— Fermé ?

— Il bascule sur un pivot, tu vois ? Il est parfaitement équilibré. Une fois qu'on le tire vers ce côté, on ne peut plus passer le ravin.

— Il n'est pas très large, commenta Emly avec hésitation, pensant qu'il était possible de le franchir d'un bond.

— Non, mais il y a une pente abrupte de chaque côté. Aucun homme ni aucun cheval ne peut traverser, parce qu'il ne pourrait pas remonter. C'est le seul accès à la vallée, hormis par la mer. C'est pourquoi nous sommes protégées. Et il y a un poste de garde, là. (Elle indiqua une petite hutte à demi cachée dans l'ombre de la falaise.) Il y a plusieurs années, des hommes des tribus ont essayé d'envahir la vallée. Ils ont utilisé des grappins pour traverser, mais nous les attendions, et nous avons pu les repousser. Ils ont fini par abandonner. C'était il y a longtemps. Personne n'a fait de nouvelle tentative depuis. (Elle ajouta avec un regard doux :) Si les choses se gâtent pour toi, tu pourras toujours revenir, Emly. Il te suffira de crier à ton arrivée. On t'entendra.

Em s'engagea sur le pont. Les lourdes cordes grincèrent. C'était le seul bruit dans le silence de l'après-midi. Sous ses pieds, elle vit des chèvres paître paisiblement sur les bords abrupts du ravin, et de gigantesques oiseaux décrire des cercles au-dessus d'elle, sans un bruit. Une fois de l'autre côté, elle se retourna et regarda Cora tirer sur une corde pour faire pivoter le pont en grinçant avant de le caler contre le flanc de la falaise. Emly hésita, sachant qu'elle ne choisissait pas le chemin le plus facile, puis commença à grimper. Peu de temps après, elle repéra le vieil arbre aux grandes racines, au bord de la falaise.

Alors qu'elle grimpait jusqu'au trou, elle entendit un cheval renâcler doucement non loin. De surprise, son cœur s'emballa. Les Fkeni, ces chauves-souris maléfiques qui peuplaient ses cauchemars, apparurent dans son esprit en hurlant. Elle se ramassa brusquement sur elle-même et regarda en arrière sur le sentier. Elle pouvait facilement rebrousser chemin et appeler Cora, afin de regagner la citadelle, où elle serait à l'abri.

Elle tendit l'oreille un long moment, mais ne perçut aucune voix, aucun bruit hormis le murmure de la brise dans ses cheveux. Elle ne pouvait pas rester là à ne rien faire. Empoignant son courage à deux mains, elle gravit les dernières marches de la falaise, tête basse. Puis elle jeta un coup d'œil prudent au sommet.

Patience était là, broutant l'herbe. À sa vue, il s'ébroua et agita son imposant postérieur. Elle balaya les lieux du regard, mais il n'y avait personne en vue. Elle franchit le bord de la falaise et s'élança vers l'animal, passant les bras autour de son encolure.

— Que fais-tu ici, mon grand ? demanda-t-elle, perplexe.

Stalker avait dû le ramener. Pourtant, il ne pouvait pas savoir qu'elle reviendrait. Peut-être le cheval s'était-il échappé et était-il revenu ici tout seul. Emly secoua la tête pour chasser ces questions auxquelles elle ne pouvait pas répondre. Pour la première fois depuis qu'elle était descendue dans la vallée, elle eut le sentiment d'avoir pris la bonne décision.

Le destrier était sellé et portait deux énormes outres d'eau, ainsi que le barda d'Evan et le sac de vêtements d'Em. La jeune fille grimpa sur son large dos. Se détournant du Vorago, elle dirigea la tête de l'étalon vers la Cité, et le fit partir au galop.

Selene observa les deux filles et l'âne jusqu'à ce qu'ils aient disparu, puis retourna dans la citadelle ombragée.

Hilly arriva, marchant en s'aidant de ses béquilles.

— Mère Selene, que dois-je faire avec le soldat ?

— Laisse-le-moi.

Elle se rendit dans la cellule où il dormait. Elle se tint au-dessus de lui, réfléchissant à ce qu'elle allait faire. Peut-être devait-elle attendre une journée. La fille pouvait revenir. Elle aurait dû rester ici, et non s'aventurer dans ce monde d'hommes, parfaite victime potentielle pour un viol ou une séance de torture. Mais elle avait abandonné le soldat, et Selene savait à présent ce qu'il lui restait à faire.

Elle sortit de sa poche un petit pot de miel de couleur foncée et dévissa le couvercle. Son parfum se répandit dans la pièce exiguë. *Si trompeur*, pensa-t-elle. Le mal prenant l'aspect de la vertu, comme pour bien des choses. Elle contempla le soldat et attendit, indécise. Elle rangea le pot. Ce serait du gâchis.

Elle se dirigea vers la fenêtre, sentant dans l'air la fraîcheur de l'automne, et regarda la vallée qui s'étendait jusqu'au nord. Les filles étaient parties. Emly ne reviendrait pas.

Elle retourna vers le lit et sortit de nouveau le pot de miel. Elle en prit une petite quantité qu'elle mélangea à de l'eau dans un gobelet, jusqu'à dissolution complète. Puis elle souleva la lourde tête du soldat et porta le récipient à ses lèvres. Il avait un bon réflexe de déglutition. Il allait de mieux en mieux, sans aucun doute. Mais pas pour longtemps, une fois que le poison commencerait à faire effet.

Elle dirait aux filles de jeter son corps dans la rivière.

Chapitre 35

Depuis le jour où il avait reçu une lance en pleine poitrine à Folmort, Evan Broglanh s'était persuadé avec complaisance qu'il détenait un miraculeux pouvoir de guérison. Toute sa vie de soldat, il avait entendu ses camarades – ceux qui étaient nés dans la Cité – se vanter de leur solidité, de leur endurance et de leur volonté de vivre, comparées à celles des étrangers. Ils avaient la peau dure, disaient-ils. Il avait entendu ça *ad nauseam*. Étant lui-même étranger, il savait qu'il avait la peau tout aussi dure, et, à sa connaissance, sans avoir une goutte de sang de la Cité dans les veines. Son rétablissement après la blessure causée par la lance le prouvait.

Il lui fallut quelques années avant de comprendre qu'il se trompait du tout au tout.

C'était l'été avant le fatidique Jour des Offrandes. Il servait avec les Chats Sauvages, la compagnie qui avait lié son destin à celui d'Indaro Kerr Guillaume et de Fell Aron Lee. On l'avait envoyé avec Indaro s'acquitter d'une obscure mission au service de l'empereur. « Protéger l'Immortel », tel était l'ordre du commandant de sa compagnie, mais Broglanh savait que Fell lui donnait l'occasion d'approcher l'empereur et de le tuer si possible.

Ses plans avaient été contrariés quand un groupe de Bleus avait tendu une embuscade au cortège et tué la plupart des gardes. Broglanh, qui chevauchait juste derrière le carrosse impérial, fut désarçonné et projeté contre un amas de rochers. Il se cassa le bras gauche, les deux os de l'avant-bras brisés net, leurs pointes blanches saillant des chairs béantes.

La douleur était insoutenable, et la nausée horrible. Broglanh tenait son bras gauche contre lui, priant pour mourir. Un camarade lui donna du lorassium. Il sombra alors dans l'inconscience en attendant qu'on s'occupe de lui, tandis que le soleil poursuivait sa course à travers le ciel. Puis une ombre se dressa au-dessus de lui. Il ouvrit les yeux.

— Thekla ! marmonna-t-il, n'en croyant pas ses yeux.

La femme renifla.

— Non, mais j'aimerais savoir pourquoi tu le penses, soldat. Ton nom ?

Il battit des paupières, essayant de se concentrer. Non, ce n'était pas Thekla. Ce visage-là était maigre et dur, le regard froid. Pourquoi l'avait-il prise pour elle ?

— Ton nom, soldat ? répéta-t-elle sèchement.

Elle avait une voix de crécelle.

— Broglanh.

— Lequel ?

— Evan Quin.

Il referma les yeux. Peut-être le laisserait-elle tranquille.

— Bien, dit-elle. Nous te cherchions.

C'était la première fois qu'il rencontrait Saroyan. Elle avait repéré son nom sur la liste des blessés. Il fut ramené à la Cité, revivant étrangement l'expérience de sa blessure quelques années auparavant. Il fut accueilli joyeusement chez Thekla à Otaro, où elle remit son bras en place et lui confectionna une attelle. La maison était fraîche, calme et disposait d'une petite cour ensoleillée où il somnola pendant sa convalescence. Il avait hâte que son bras guérisse, mais fut frustré de constater qu'au bout de trois jours les os n'étaient toujours pas ressoudés.

— Idiot, lança affectueusement Thekla lorsqu'il se plaignit. Je croyais que tu avais compris que c'était Archange qui avait soigné ta blessure à la lance. Tu avais de la valeur à ses yeux, pour une raison qui m'échappe, précisa-t-elle en souriant. Tu es fort, mon amour, mais même quelqu'un comme toi n'aurait pu survivre à ça.

Quand un visiteur se présenta chez Thekla le lendemain, Broglanh ne fut pas étonné de voir qu'il s'agissait d'Archange. Comme d'habitude, elle était en bleu. Ce jour-là, elle portait une robe d'un bleu foncé doublée d'un tissu bleu barbeau. Il commençait à se lever péniblement quand elle lui fit signe de rester dans son fauteuil.

— Donne-moi la main, dit-elle sèchement.

Il tendit son bras pris dans l'attelle.

Elle prit sa main dans la sienne et, de l'autre, monta et descendit le long de son avant-bras. La douleur s'intensifia au point qu'il dut retenir un cri, puis elle se dissipa, jusqu'à ce qu'il ne ressente plus que chaleur et apaisement. La vision sereine d'une rivière au débit lent et de montagnes enneigées lui emplit l'esprit. Thekla ôta le bandage et l'attelle. Son bras était comme neuf, en dehors d'une cicatrice encore rouge à l'endroit où l'os avait percé les chairs. Le reste de la journée, il avait eu le tournis, le bras parcouru de fourmillements au toucher, le corps débordant d'énergie.

— J'ai une mission à te confier, lui annonça Archange.

Comment pouvait-il lui refuser quoi que ce soit ? Malgré tout, il lui objecta :

— Je devrais retourner auprès des Chats Sauvages.

Les horreurs de la guerre ne lui manquaient pas, ni le sol dur sous lui quand il dormait, ni la nourriture immonde. Mais il voulait rejoindre ses camarades, Indaro, Garret, Doon et les autres.

— Saroyan s'est arrangée pour que tu quittes la Maritime. (Son ton indiquait qu'elle ne tolérerait aucune discussion.) Je veux que tu assures la protection d'un homme important.

Broglanh ouvrit la bouche pour protester.

— Cet homme, poursuivit Archange, implacable, s'est échappé des cachots et se cache sous un faux nom. Il est âgé et sa mémoire est défaillante. Je le crois atteint d'un cancer qui le terrassera bientôt. Mais il est dur, et prêt à livrer une ultime bataille. Tous nos plans sont en place. Nous avons juste besoin de Fell. Si quelqu'un peut tuer l'empereur, c'est bien Fell Aron Lee.

— Je peux le tuer, moi ! se défendit Broglanh, vexé. Vous n'avez pas besoin de Fell.

Les lèvres d'Archange se réduisirent à un trait.

— Tu ne seras peut-être pas en état de le faire à ce moment-là.

— Et Fell sera peut-être mort !

— Nous veillerons à ce qu'il ne lui arrive rien. C'est étrange que les soldats étrangers, menés à la Cité alors qu'ils étaient de pauvres garçonnets, soumis aux pires traitements, fassent preuve d'une loyauté si inébranlable envers elle, alors qu'elle leur a donné si peu et tellement volé.

— Qui est l'homme que je dois protéger ? demanda Broglanh.

— C'est Shuskara.

La mention de ce nom réduisit le soldat au silence. Shuskara, le général légendaire, que l'on croyait tué depuis longtemps de la main de l'empereur !

— Attention, ce nom ne doit jamais franchir tes lèvres à l'extérieur de cette maison, l'avertit Archange. Il se fait désormais appeler Bartellus, et il habite la Maison de Verre, dans l'allée du Canard Bleu.

Après le départ de la vieille femme, Broglanh saisit la main de Thekla et l'attira vers lui. Il passa son bras valide autour de ses hanches et enfonça son visage dans les plis de ses jupes.

— Je dois y aller, dit-elle.

Il l'entendait sourire.

— Reste, répliqua-t-il d'une voix étouffée.

Son corps à la vigueur renouvelée fut envahi d'une vague de désir pour elle.

— Il y a des gens blessés et malades qui ont besoin de moi, plus que toi.

— Ce n'est pas ton aide que je réclame, rétorqua-t-il. Reste.

— De plus, ton bras n'est pas encore totalement guéri.
— Reste.
Elle était donc restée.

Broglanh se réveilla dans un lieu baigné de lumière. Il la sentait peser sur ses paupières. Comme toujours, Thekla avait peuplé ses rêves, mais la dernière chose dont il se souvenait était Emly volant à son secours sur le champ de bataille, le destrier lancé au galop sous lui.

Il ouvrit les yeux. Il se trouvait dans une petite pièce, au frais. Il fit rouler sa tête, ce qui lui donna la nausée. Il se tourna et vomit par terre. Se sentant un peu mieux, il leva les yeux vers une fenêtre à barreaux au travers desquels on apercevait une bande de ciel. Il voulut s'asseoir, mais ses muscles protestèrent vivement. Il fit une nouvelle tentative, impatient de vérifier l'état de ses blessures. Il arracha le bandage propre qui entourait sa cuisse et découvrit des points de suture précis, et une coupure soignée propre d'aspect. Il observa les blessures sur ses bras et sa poitrine.

Il se demanda où il était.

Au bout d'un moment, il essaya de se lever. Il était affaibli et avait faim. Un pichet d'eau était posé à son chevet. Il le vida, en ressentant aussitôt les bienfaits. Ses vêtements lavés et raccommodés étaient pliés dans un coin. Il lui fallut beaucoup de temps pour les enfiler, et il dut s'asseoir une fois habillé. Il ne cessait de regarder la bande de ciel. Enfin, il se remit debout. Il n'eut pas la force de chausser ses bottes et marcha pieds nus jusqu'à la porte. À sa grande surprise, elle n'était pas fermée à clé. Il sortit.

Il se retrouva sur une vaste pente herbeuse qui descendait vers une rivière. Il observa le cours d'eau. À sa droite, il distingua des silhouettes lointaines. L'ennemi ? Non, elles n'étaient pas assez nombreuses. Il leva les yeux et se rendit compte qu'il était dans une profonde vallée flanquée de hautes parois rocheuses. Derrière lui, des habitations avaient été taillées dans la roche rouge. L'atmosphère était étrangement calme ; aucun bruit ne lui parvenait. Il finit par se demander si après tout il n'était pas mort. Il posa une main sur son cœur et ferma les yeux pour en percevoir les lents battements. Sa poitrine se soulevait et s'abaissait quand il respirait. Non, il n'était pas mort. Pas encore.

Il inspira une grande bouffée d'air frais et s'avança lentement vers la rive. Un homme y était assis. C'était Stalker. Ses tresses rousses dégoulinaient, ses vêtements étaient plaqués sur son corps, comme s'il sortait de la rivière.

— Où sommes-nous ? lui demanda Broglanh en prenant place aux côtés de son camarade. (L'eau à ses pieds était fraîche.) Sommes-nous morts ?

Stalker le regarda et éclata de rire.

— Je sais que moi, je ne le suis pas !

— Avons-nous gagné ? l'interrogea Broglanh.

Il avait tout oublié de la bataille, excepté qu'elle avait eu lieu.

— Ça dépend de ce que tu entends par « nous ». (Stalker sourit.) L'armée de la Cité, celle de Marcus Rae Khan, a été écrasée. Il n'en reste que quelques pauvres âmes, reparties vers la Cité d'un pas chancelant.

Broglanh avait l'impression d'être dans un rêve, et les paroles de Stalker ne faisaient que la renforcer.

— Où sommes-nous ? Et comment sommes-nous arrivés là ?

— C'est ta copine qui t'a amené ici. Tu es dans la vallée du Vorago.

— Emly ? Où est-elle ?

— Repartie pour la Cité, sur ton grand canasson. Elle croit qu'elle peut les sauver, mais c'est impossible. Leur sort a été scellé il y a déjà bien longtemps.

Il hocha la tête pour marquer sa satisfaction.

— Est-elle seule ?

— Oui, mais elle est plus forte que tu ne le penses. (L'homme imposant se tourna vers lui et planta son regard dans le sien.) Où est le Voile du Gulon ?

La peur envahit Broglanh lorsqu'il comprit qu'il n'avait pas affaire à son ami Stalker. Il se demanda s'il rêvait toujours.

— Qui es-tu ? demanda-t-il.

— Je m'appelle Hammarskjald, répondit l'homme en se levant. (Broglanh sentit la puissance qui émanait de lui, comme le vent du nord en hiver.) Prononce ce nom en présence des riches et des puissants, et tu les verras trembler. (Puis il baissa les yeux, le visage de marbre.) Tu es un combattant hors pair, Broglanh. Je te donnerais quelques châteaux ou la moitié de mon royaume si tu acceptais de te battre à mes côtés. Mais je sais que tu refuserais. Maintenant, dis-moi ce que tu as fait du voile.

Broglanh se sentit démuni face à lui, persuadé que l'homme pouvait le tuer d'un geste, voire d'une simple pensée. De plus, il était incapable de lui mentir : les yeux d'Hammarskjald étaient durement fixés sur lui, et seule la vérité pouvait franchir ses lèvres.

Il répondit :

— Je ne sais pas où il est. Que sais-tu à propos de cet objet ?

Hammarskjald grogna :

— Je sais tout. Il a été créé pour soigner les malades et les blessés, mais Araeon l'a perverti – comme tout – et en a fait un jouet pour son plaisir. Il a utilisé ses pouvoirs pour créer mille reflets, tous destinés à satisfaire ses infâmes besoins. (Il cracha par terre.) Mieux valait qu'il reste perdu dans les égouts. Et voilà qu'on ne sait pas où il est, une fois de plus. (Il secoua la tête avec un sourire sardonique.) Archange a été négligente. (Son sourire s'évanouit et la fureur perça dans sa voix.) Elle mérite ce qui va lui arriver.

» Où l'avais-tu caché ? Tu ne l'avais pas en ta possession, et la fille non plus.

— Il était dans ma veste, cousu dans la doublure, avoua Broglanh.

Le grand homme ricana.

— Bien sûr ! Tu le portais sur toi. Et où se trouve cette veste, à présent ?

Broglanh secoua la tête.

— Je ne sais pas. J'ai dû la laisser sur le champ de bataille. Elle doit être sous un amas de cadavres.

Il songea à Stern, Quora, et tous les autres. L'un d'entre eux avait-il survécu ?

Hammarskjald hocha la tête d'un air songeur, puis releva le menton et siffla. Broglanh entendit un martèlement de sabots. En aval, un cheval arrivait au galop. C'était une immense bête gris pommelé, sellée et prête à guerroyer. Hammarskjald l'enfourcha avec agilité. Broglanh savait qu'il devrait tenter quelque chose pour le retenir, mais il se sentait impuissant face à cet homme.

— Il te faudra longtemps pour regagner la Cité, lui dit l'homme du Nord en s'emparant des rênes, et, à ton arrivée, tout sera fini. Je veillerai sur Emly si je le peux, ainsi que sur son frère. Les autres mourront.

Il fit tourner bride au cheval en direction du nord, mais le retint tandis que l'animal renâclait et s'agitait, impatient de partir.

— Selene voulait te tuer, lança Hammarskjald à Broglanh, mais elle veut tuer tous les hommes. Je t'ai fait don de la vie aujourd'hui, fiston, car je ne supportais pas de voir un guerrier comme toi empoisonné par une femme. Mais, la prochaine fois que je te croiserai, je te tuerai.

Alors que le martèlement des sabots s'évanouissait, Broglanh s'allongea sur la rive herbeuse et repensa à leur conversation. Il avait entendu le nom Hammarskjald une fois dans sa vie, dans la grande salle de Donal Broglanh, quand le vieil homme évoquait une époque depuis longtemps révolue. Était-ce un descendant de celui que Donal traitait de criminel, ou était-ce le même homme ?

Lorsqu'il se sentit mieux, Broglanh inspecta de nouveau ses blessures. De roses, les cicatrices prenaient une teinte blanche, les points devenaient invisibles. Hammarskjald ne lui avait pas seulement épargné l'empoisonnement, il l'avait aussi soigné. Comme chaque fois qu'il ne comprenait pas quelque chose, il le relégua au fond de son esprit. Il avait besoin de nourriture. Et d'un cheval.

Il se leva lentement et retourna à l'habitation creusée dans la roche. Une femme de haute taille aux cheveux gris, les bras croisés, lui bloquait le passage. Les vieilles bottes du soldat gisaient à ses pieds.

— Va-t'en. Ta présence n'est pas souhaitée, ici, dit-elle.

Son visage lui semblait familier.

Il sentit une rage noire bouillonner dans sa poitrine, celle qui l'avait fait tenir durant toutes ces années de bataille. Il ne laisserait pas une paysanne le contrarier.

— Je pourrais te briser le cou comme une brindille, femme.

Il choisit de ne pas le faire, mais trouva l'idée satisfaisante.

Elle l'observa avec un sourire méprisant, le regard brillant.

— Essaie donc, soldat. Hammarskjald n'est pas le seul à avoir du pouvoir, ici. Je lui ai promis que je te laisserais la vie sauve, mais il ne m'en voudrait pas si tu mourais en essayant de me tuer.

La confusion brouillait ses émotions, comme les feuilles mortes tourbillonnant dans le vent. Tout à coup, il en eut assez des trahisons, stratagèmes et mensonges qui rongeaient son existence depuis la chute du Palais Rouge. Il aurait voulu se retrouver avec des soldats, avec les Chats Sauvages – tous morts à présent –, ou avec Stern et ses Piquiers, d'honnêtes guerriers luttant pour un objectif clair, qui en valait la peine.

Aussi répliqua-t-il :

— Merci de ton hospitalité.

À présent qu'il avait recouvré des forces, il pouvait se permettre d'être courtois.

— Ne me remercie pas, dit-elle sèchement. Si ça n'avait tenu qu'à moi, tu serais un cadavre flottant vers la mer.

— Qu'ai-je donc fait pour que tu souhaites ma mort ?

— Tu ignores qui je suis, n'est-ce pas ? s'étonna-t-elle. Je suis Selene Vincerus.

Il fut surpris de l'apprendre, même s'il n'en montra rien. Selene était la mère de Thekla, la fille d'Archange. On lui avait dit qu'elle était morte, ou bien folle, ou les deux. Mais il ne savait rien de ses relations avec Hammarskjald, ni pourquoi elle avait tenté de le tuer. Ses yeux gris ressemblaient à deux galets lustrés mouchetés d'or. La folie y était tapie.

Il haussa les épaules, comme si ce nom ne lui évoquait rien.

— Et Hammarskjald ?

Sa bouche se tordit en un sourire. Elle s'exprima avec jubilation :

— C'est le chef de l'Hratana, la grande armée qui a écrasé la tienne. Elle marche vers le sud, à présent, très loin, hors de ta portée. Il a prévu de détruire la Cité, de lâcher sur elle une épidémie qui tuera chaque homme, chaque femme et chaque enfant à l'intérieur de ses remparts.

— Une épidémie ? (Il imagina l'immense armée balayer la Cité et ramper tels des scarabées sur les milliers de cadavres gisant dans les rues.) Envoyer une armée contre elle ne suffit pas ?

La femme sourit.

— La mort ne suffit pas. Si Hammarskjald parvient à ses fins, la Cité sera effacée des pages de l'histoire. La seule chose qui pourrait la sauver à ce stade, c'est le voile, et tu l'as perdu sur le champ de bataille. Idiot.

— Pourquoi déteste-t-il la Cité à ce point ? l'interrogea-t-il.

Il se demanda comment le voile pouvait la sauver.

— Parce qu'elle n'a pas sa place dans ce monde. C'est un bubon qui doit être purgé, dans la douleur, pour permettre à l'humanité d'avancer et de connaître l'avenir qui lui est normalement réservé.

Délires d'une cinglée, songea Broglanh. Il ne s'était jamais laissé tourmenter par des regrets. Il n'allait pas commencer à le faire à cause du voile, perdu dans un océan de corps en putréfaction. Il avait disparu, voilà tout. En esprit, il se projetait déjà dans l'avenir. Il regarda vers le sud, vers la mer d'un bleu étincelant qui bordait son champ de vision. Il songea à la carte du monde connu, brune et décolorée, qui ornait un mur de la bibliothèque d'Archange.

— Va-t'en, répéta Selene en agitant le bras comme pour chasser une abeille. Tu peux emporter ça. (Elle lui lança ses vieilles bottes.) Une longue route t'attend.

Il se pencha pour les ramasser.

— Je ne compte pas emprunter de route, marmonna-t-il.

Sixième partie

Le siège

Chapitre 36

Alors que Dol Salida tombait à genoux, une flaque de sang se formant autour de lui, son assassin s'avança et prit délicatement l'enfant que le vieil homme tenait dans ses bras. Il se demanda que faire de lui. Le petit ne disait rien, le regard fixe à cause du choc, sûrement. Il ne tuait pas les enfants, à moins d'en avoir reçu l'ordre. Enfin, il le posa par terre et le laissa avec les cadavres. Quelqu'un finirait bien par le trouver.

Il ne prenait pas de plaisir à tuer les femmes – ni les hommes âgés, d'ailleurs. Mais celles-ci auraient succombé à l'épidémie à l'arrivée des soldats infectés. Peut-être avait-il donc commis un acte charitable. Quant à Dol Salida, c'était l'un des plus proches confidents d'Archange. Son seigneur avait été très clair sur ce point : « Occupe-toi d'abord de son cercle d'intimes, puis de ceux qui se précipiteront pour les remplacer. Rends-la vulnérable, isolée. »

Fin Gilshenan ignorait pourquoi il avait reçu de tels ordres. Il s'en moquait. Ses hommes et lui avaient été envoyés en éclaireurs pour infiltrer la montagne appelée le Bouclier de la Liberté par son réseau de galeries et de conduits, en se référant à des plans complexes dessinés par le seigneur en personne. Ils s'y étaient introduits par effraction en passant par des portes de fer oubliées depuis longtemps. Ils avaient construit et érigé de grandes échelles pour remplacer celles qui se trouvaient dans les conduits, pourries et hors d'usage. À présent, ils étaient prêts. Ils devaient entrer dans le Palais Blanc à l'aube et exécuter Dashoul, le chef de la sécurité, Darius Hex, le commandant militaire, Eufara, le général des gardes forestiers de l'empereur, et, bien entendu, Dol Salida. Le vieux conseiller les avait surpris, la veille du jour où son sort devait être scellé, en rendant visite à son épouse sur une impulsion. Ayant du temps devant lui, Fin Gilshenan avait choisi de régler cette affaire lui-même. C'était le premier maillon de la chaîne, et il tenait à ce que la tâche soit accomplie à la perfection.

Il quitta la maisonnette en fermant la porte d'entrée derrière lui. Les corps ne seraient peut-être pas découverts avant deux jours. D'ici là, l'agitation régnerait sur la montagne. Même si on les découvrait rapidement, cela ne ferait guère de différence. On attribuerait les meurtres à un vaurien de passage, ou à une bande de scélérats, car le pied de la montagne attirait nombre d'entre eux.

Il se hâta le long de la rive et traversa la vallée parsemée de feuilles auxquelles les premiers froids de l'automne avaient donné une teinte dorée. Il pleuvait à verse. Il atteignit la falaise sud au crépuscule. On la disait impossible à escalader, aussi n'était-elle pas surveillée. Quelle négligence ! Il trouva la corde dont il s'était servi pour descendre et remonta sans difficulté. Au sommet, il fut accueilli par son second, Makenna.

Quand l'homme le regarda en haussant les sourcils, Fin annonça :

— Tous morts. (Puis il ajouta :) excepté un enfant.

Makenna devait surveiller la mission à distance, au cas où une escouade de soldats serait malencontreusement passée par là. Il ne serait toutefois pas intervenu, car il était essentiel que la mort de Dol Salida ne soit pas perçue comme une partie d'un complot plus grand – du moins ce jour-là. Dès le lendemain, cela n'aurait plus d'importance. Si la mission avait mal tourné et que Fin eût été tué ou arrêté pour interrogatoire, Makenna serait rentré avertir les autres et aurait remplacé Fin. Ils ne craignaient pas la torture. À part Fin, personne ne parlait un mot de la langue de la Cité, et personne sur cette montagne, ni même à mille lieues à la ronde, ne parlait la leur.

Makenna récupéra la corde. Les deux hommes se faufilèrent dans un trou dissimulé par des branches cassées, prenant soin de replacer le feuillage derrière eux. L'ouverture, très étroite, s'élargissait ensuite pour donner sur l'une des galeries principales qui traversaient la montagne. Ils allumèrent une lanterne. Une fois le conduit recherché en vue, Fin y grimpa, la lanterne accrochée à sa ceinture. Ce n'était pas le plus court chemin : il aurait fallu emprunter le large conduit qui se trouvait au centre de la montagne, reliant sa base au Palais Blanc, au sommet. Mais, par un consensus muet, jamais ils ne passaient par là. Monter une demi-lieue sur une échelle unique était un exercice qui mettait à rude épreuve les muscles et plus encore l'esprit. Au bout d'un moment, les mouvements répétitifs, les ténèbres au-delà du halo de la lanterne, et la conscience du vide vertigineux sous les pieds finissaient par jouer sur l'esprit. On pouvait croire qu'on était en train de ramper sur un plafond à la manière d'une mouche à viande, que l'échelle n'aurait jamais de fin, ou encore que le silence ambiant cachait des créatures volantes pourvues de dents et de griffes acérées, qui n'attendaient qu'une chose : vous attaquer et vous faire basculer dans le vide et le noir infinis.

Une fois le sommet atteint, pour rejoindre le côté nord, ils prenaient une galerie construite par et pour des ouvriers à une époque lointaine, puis ils grimpaient un deuxième conduit et rejoignaient leur base.

C'était étrange d'imaginer qu'un palais perché sur une montagne puisse avoir des cachots, mais c'était bien cela : des dizaines de petites cellules, abandonnées depuis des lustres, avec des chaînes rouillées suspendues aux murs. Chacun d'eux s'était attribué une cellule. Ils ne se souciaient ni du froid, ni de l'obscurité, ni de l'humidité, car ils étaient en passe de devenir des héros. Dans la salle des gardes inutilisée, il y avait un conduit d'aération qui débouchait directement à l'extérieur, devant l'un des remparts du Palais Blanc. Grâce à lui, ils pouvaient faire du feu et parfois cuire de la nourriture. La veille, ils avaient tué et dépecé un sanglier. Ce soir-là, ils comptaient faire un festin, peut-être le dernier pour certains d'entre eux.

Fin fit part à ses hommes de son succès. La nouvelle fut accueillie par des hochements de tête satisfaits et même quelques regards jaloux. Ils avaient encore une longue nuit à patienter, puis ils se mettraient au travail. Fin et Makenna exécuteraient le chef des Faucons Nocturnes. Darius Hex avait beau être un guerrier, jeune et fort, il ne s'était pas battu depuis un an et s'était ramolli en bavardant quotidiennement avec l'impératrice et en mangeant les bons repas qu'elle lui faisait servir. Le seul problème, qui les concernait tous, serait de faire le travail en silence, et sans laisser de traces.

Fin sourit intérieurement. Tuer un vieil homme et quelques femmes, ce n'était pas un défi. Mais, à l'aube, leur vraie tâche commencerait.

Tandis que les hommes vêtus de noir discutaient à voix basse, la fumée de leur feu et les riches effluves de leur sanglier rôti flottèrent dans la galerie entre les cellules et s'infiltrèrent dans la niche où Rubin Guillaume se tenait, pétrifié et aux aguets.

Lorsqu'il avait découvert les intrus la première fois, il avait par chance repéré leurs lumières au loin avant qu'ils ne voient la sienne. Il s'était empressé d'éteindre sa torche et les avait suivis, curieux à propos de ces visiteurs clandestins. Ce devaient être eux qui avaient scié les barreaux de la porte au pied de la montagne, par laquelle Valla et lui étaient entrés. Durant plusieurs jours et plusieurs nuits, il les avait espionnés à distance, restant dans l'ombre, observant leurs lanternes et leurs déplacements le long des galeries et conduits. Il n'osait pas les suivre lorsqu'ils sortaient dans le palais en pleine nuit, et préférait attendre leur retour. Même s'il ne faisait aucun doute que leurs intentions étaient mauvaises, Rubin était réticent à l'idée de donner l'alerte. Depuis l'époque où il avait vécu dans les Halls, il était attiré par ce qui était caché et secret, et, s'ils étaient arrêtés, jamais il ne découvrirait ce qu'ils fomentaient. Il écoutait leurs conversations dans une langue étrangère et n'en comprenait pas un mot, comme personne au palais, sûrement. À présent, après bien des tergiversations, il avait conclu qu'il devait avertir le capitaine de la garde. Avant tout, il se considérait comme loyal envers sa Cité, et il ne le serait plus vraiment s'il gardait pour lui ces informations essentielles.

Laissant les intrus à leur festin, Rubin emprunta un de leurs itinéraires secrets pour se rendre au palais à tâtons, aussi discret qu'une araignée. Il trouva le panneau dans le mur et, d'une poussée, le fit pivoter sans bruit sur ses charnières huilées. Il sortit et referma le panneau. Avec un soupir de soulagement, il se mit en route dans le palais endormi. La tempête faisait rage au-dehors. Une pluie diluvienne s'abattait sur les fenêtres et le bruit de l'eau résonnait partout : elle tambourinait sur les toits et les balcons, coulait dans les tuyaux, éclaboussait les feuilles, la voûte des arbres et les bannières dans la cour. Rubin adorait la pluie. N'importe quelle autre nuit, il aurait été dehors, à se délecter de sa puissance. Mais, pour l'heure, il était plongé dans ses réflexions, se demandant comment se montrer et livrer ses informations sans se faire tuer par les soldats de l'impératrice. Il espérait aussi pouvoir se servir de ce qu'il savait sur les intrus comme moyen de pression pour découvrir pourquoi Archange le recherchait.

Il se dirigea vers le refuge ouest, où était basé le capitaine de la garde. Il en avait beaucoup appris sur le palais en observant les surveillants. Personne ne vint à sa rencontre : les lieux étaient déserts. Il arriva à un escalier dont les marches de pierre luisaient dans la lumière des torches, et grimpa prestement sur trois niveaux. En passant devant une porte, dans un profond renfoncement, il aperçut du mouvement du coin de l'œil. Quelque chose le frappa à toute volée sur la tempe. Il s'effondra.

Sonné, il entendit des cris et des bruits de pas précipités, puis on le saisit par les bras et les jambes et il se retrouva immobilisé face contre terre, membres écartés. Il entendit l'alarme se mettre en route, un bruit métallique fracassant qui se répercutait dans les couloirs, repris par d'autres alarmes, plus loin. *Non !* songea-t-il. *Cela ne fera que prévenir les autres !* Il essaya de lever la tête pour parler, mais quelqu'un l'attrapa par les cheveux et lui frappa le visage contre la pierre. La douleur se répandit dans son crâne. Il saigna du nez et s'étouffa en voulant respirer.

— Libérez-le, ordonna une voix autoritaire.

On le remit debout. Il se retrouva face à un officier. Les cheveux blond roux, le regard bleu pénétrant, il portait l'uniforme des Mille. Visiblement détendu, les mains dans le dos, il observait Rubin sans rien laisser paraître.

— Ton nom ? s'enquit-il.

— Rubin Kerr Guillaume. J'ai un message pour l'impératrice.

Le soldat haussa les sourcils et jeta un coup d'œil à ses cheveux roux.

— Tu es le frère d'Indaro ?

— Oui ! s'écria Rubin, soulagé que l'homme sache qui il était, et connaisse Indaro.

— Alors tu dois savoir qu'elle a été bannie de la Cité et que son nom est maudit, ici, déclara l'officier.

Il parlait d'une voix égale. Impossible de savoir ce qu'il pensait à ce sujet.

Incrédule, Rubin le dévisagea, étonné que l'officier puisse affirmer une telle chose.

— C'est faux ! protesta-t-il. Indaro est loyale envers la Cité. C'est son soldat le plus loyal !

— Je suis Darius Hex, commandant des Faucons Nocturnes, et je ne mens pas, répliqua le militaire. Indaro a tué l'empereur.

Il scruta Rubin.

Le jeune homme secoua la tête. Ces propos n'avaient aucun sens.

— Mais elle est loyale ! insista-t-il. C'est une méprise ! (Puis, la peur au ventre, il ajouta :) Que lui est-il arrivé ?

Darius Hex répéta :

— Elle a été bannie de la Cité. Maintenant, quel est ton message pour l'impératrice ? Hâte-toi, mon garçon !

Rubin regarda le sol, essayant d'intégrer ce qu'il venait d'apprendre. *Mais Indaro s'est battue pour sauver le Palais Rouge ! Marcellus me l'a dit.*

La voix de Darius claqua comme un coup de fouet :

— Ton message !

Rubin leva les yeux. Avec difficulté, il déglutit, ravalant ses craintes à propos d'Indaro et songeant avant tout à sa propre sécurité.

— Mon message est destiné à Archange seulement. (Le visage du commandant se durcit. Il dégaina la fine épée à sa ceinture. Rubin s'empressa de poursuivre :) L'impératrice est à ma recherche ! Je suis venu selon son bon vouloir.

Darius regarda par une fenêtre : la tempête s'était calmée. La lumière grise de l'aube chassait les derniers lambeaux des nuages d'orage.

— Je vais aller lui parler, dit-il.

Rubin fut escorté à travers le palais. Il monta de nombreux étages, jusqu'à atteindre d'immenses doubles portes sculptées, décorées d'antilopes et d'oiseaux en argent ciselé. Darius entra et resta longtemps à l'intérieur. Rubin repensa à Indaro. Où s'était-elle réfugiée ? Pas à l'Éperon, c'était certain. Puis il songea que, si son père avait fui la demeure familiale, c'était peut-être à cause d'Indaro. Il se remémora les paroles de Reeve prononcées il y a bien longtemps, lorsqu'il affirmait que le Palais Rouge n'était que corruption et perfidie. Et si Indaro n'était qu'une victime, un pion dont on s'était servi pour justifier une attaque politique envers les Guillaume ? Après tout, qu'est-ce qui était le plus probable : qu'Indaro assassine son empereur, ou que la mort de l'Immortel, qui que soit l'assassin, serve d'excuse pour un règlement de comptes ? Cette dernière hypothèse ne le rassurait guère.

Enfin, un domestique ouvrit les imposantes portes. Rubin fut introduit dans le salon de réception de l'impératrice, une salle circulaire baignée d'une lumière grise. De hautes fenêtres donnaient à l'est, où le soleil se cachait encore derrière des nuages chargés de pluie. Sur les murs étaient peintes d'étranges scènes représentant de grands édifices, élégants comme des feuilles de palmier, et des personnages transportés dans des véhicules ailés, flottant dans des cieux moutonneux. Le sol était recouvert d'épais tapis. On aurait dit qu'un millier de bougies et de candélabres étaient allumés, posés sur les tables ou accrochés aux murs. Des guerriers en livrée noir et argent étaient postés le long des murs incurvés. Darius Hex et un autre soldat encadraient Archange, au bout d'un tapis d'or.

L'impératrice trônait dans un fauteuil sculpté, agrémenté de coussins. Elle paraissait âgée, ses longs cheveux blancs attachés lâchement sur la nuque, une robe blanche couvrant son corps décharné. Elle se leva. Alors que Rubin se dirigeait vers elle, il se rendit compte qu'elle n'était pas aussi vieille qu'il l'avait cru. Elle était plus grande que la plupart de ses soldats, et son visage dégageait beauté et sérénité.

— Es-tu Rubin Kerr Guillaume ? demanda-t-elle.

Elle avait une voix grave pour une femme, et chaleureuse. Les peurs de Rubin s'estompèrent. Il comprenait pourquoi Archange devait être l'impératrice de la Cité : sa beauté et sa sagesse étaient écrasantes. Pourquoi avait-il craint de la rencontrer ? Quelqu'un l'avait mis en garde contre elle, mais qui ?

Avec un sursaut, il se rappela qu'une réponse était attendue de lui.

— Oui, Votre Altesse.

— D'après Darius, tu as un message à me transmettre ?

Elle sourit. C'était comme recevoir de l'eau fraîche sur une langue sèche. Il ne put se retenir de lui rendre son sourire, même si cela semblait impertinent. Il baissa les yeux. Il lui raconta brièvement que dix hommes s'étaient infiltrés dans les galeries. Tandis qu'il parlait, les yeux rivés au sol, le pouvoir de soumission qu'elle exerçait sur lui se dissipa. Il n'était pas dupe : il avait souvent vu Marcellus faire usage de la noirceur de son regard pour plier autrui à sa volonté. Il ne releva la tête qu'après avoir achevé son récit.

L'impératrice fronça les sourcils à l'adresse de Darius, qui s'éclipsa.

— Et toi, Rubin, que faisais-tu à rôder dans les profondeurs de ma montagne ?

Archange avait posé la question avec douceur, mais les avertissements de Marcellus lui revinrent en mémoire : « Ne lui fais pas confiance. N'aie confiance ni en ses paroles ni en ses actes. »

Il répondit avec une demi-vérité :

— J'étais à la recherche de mon père.

— Reeve ? (Un bref instant, elle eut l'air surprise, puis elle plissa les yeux.) Que ferait-il ici ?

— Il a quitté l'Éperon l'hiver dernier, seul, en pleine nuit. Personne ne sait où il est allé. On ne l'a plus revu depuis.

— Alors, dit-elle, sa voix prenant un ton froid, pourquoi ne t'es-tu pas simplement présenté aux portes du Bouclier pour demander audience ? J'aurais pu te dire qu'il n'était jamais venu ici. Je ne l'ai pas vu depuis… (elle soupira)… une éternité.

Rubin inclina la tête en signe de soumission. En réalité, c'était pour éviter son regard.

— On m'a dit que les Guillaume n'étaient pas les bienvenus ici, ma dame.

— Tu croyais que ton père serait enfermé dans l'un de mes cachots pour payer le crime de sa fille ?

— Indaro n'a pas fait ce dont on l'accuse ! s'indigna Rubin. Il y a eu une erreur…

Elle planta son regard dans ses yeux. Aussitôt, il se troubla.

— Es-tu venu seul au Bouclier… ?

— Oui, Votre Altesse.

— Ou avec ton amie Valla ?

Ce nom l'emplit de désarroi. Que savait l'impératrice au sujet de Valla ? Avait-elle été capturée, exécutée ? Il lutta pour ne pas céder à la panique.

— Non, ma dame. Je suis venu seul, répéta-t-il.

— Sans ton amie Valla, ici présente ?

Pendant un moment, il ne comprit pas ce qu'elle voulait dire. Elle se tourna vers le grand soldat qui se tenait à ses côtés, immobile et silencieux. Puis son cœur sembla cesser de battre. De nouveau en livrée des Mille, le visage inexpressif, Valla ressemblait à n'importe quel autre guerrier du Bouclier. Elle regardait au loin comme si elle n'avait aucune conscience de leurs échanges. Rubin observa son bras gauche : il n'était plus en écharpe, mais glissé dans une manche de cuir. Ses doigts, même s'ils étaient encore d'un blanc cadavérique, tapotaient nerveusement sa cuisse, ou peut-être était-ce un moyen de lui signaler qu'elle en avait recouvré l'usage.

L'air autour de lui se durcit et crépita. Malgré lui, Rubin sentit son regard s'arracher de son amie pour revenir sur l'impératrice. Elle semblait avoir encore grandi. Ses yeux noirs brillaient de fureur. Elle n'avait plus rien de beau.

— Tu crois, vociféra-t-elle d'une voix qui se réverbéra contre les murs et résonna ensuite dans ses chairs, jusque dans ses os, que tu peux venir ici et me mentir effrontément, suivre ta sœur et ramper dans mes galeries comme un rat suivant la piste d'un morceau de viande avariée ?

(Elle cracha :) Le sang, même corrompu, ne ment jamais, et les Guillaume resteront une plaie pour cette Cité. On aurait dû vous étouffer tous les deux à la naissance, toi et ta maudite sœur !

Rubin chancela sous la force de sa colère, comme submergé par une vague de chaleur brûlante après qu'on aurait ouvert la porte d'une fournaise. Il eut du mal à tenir debout. Il avait l'impression que son corps était déchiqueté par des griffes invisibles. Il poussa un cri et tomba à genoux. Toutes les bougies dans la salle s'éteignirent.

L'impératrice se dressa au-dessus de lui, menaçante.

— Saroyan, tonna-t-elle. Quel rôle as-tu joué dans la mort de ma petite-fille, jeune homme ?

Sa langue était asséchée par cette rage qui bouillonnait autour de lui. Chaque mot qu'il prononçait le faisait souffrir, mais tous étaient sincères.

— Saroyan a intrigué avec l'ennemi, déclara-t-il d'une voix rauque. Je l'ai vue dans le campement odrysien, il y a deux hivers. Dans la bataille de l'Encoche de la Couturière. Je l'ai vue avec des Odrysiens et des Petrassi. Je crois qu'ils parlaient… (il s'interrompit pour aspirer de l'air chaud ; sa gorge le brûlait, comme couverte d'ampoules)… de trahison, s'étouffa-t-il. J'en ai informé mon seigneur Marcellus. Juste avant le Jour des Offrandes, hoqueta-t-il.

La chaleur autour de lui devint si intense qu'il suffoqua. Il s'effondra à terre et roula sur le dos, tentant en vain de reprendre son souffle. Archange se tenait au-dessus de lui. Des ailes noires semblaient avoir poussé dans son dos, battant l'air brûlant. Il leva une main pour se protéger, et, malgré lui, sentit une énergie monter en lui, venant des profondeurs sous la pierre. Elle traversa son corps et jaillit par sa main tendue. Cette soudaine puissance déséquilibra Archange, qui tomba. Tout le palais parut trembler. Il entendit des soldats crier. Les yeux mi-clos, il vit Valla s'avancer avec une lenteur infinie pour se poster devant l'impératrice.

Puis, tout à coup, tout se calma. Archange reprit place sur son trône. Rubin baissa la main. Valla se tenait devant lui, secouée de tremblements, son épée à demi dégainée. La salle était pleine de fumée, baignée d'une lumière d'un vert étrange. Rubin lutta pour se mettre debout. En toussant, il s'écarta de Valla, les bras levés en signe de reddition. Il fut saisi par des soldats, qui lui tirèrent la tête en arrière, préparant sa gorge à recevoir le coup de lame mortel. Valla se tourna vers l'impératrice, dans l'attente de ses ordres.

La voix d'Archange était ténue, épuisée.

— On dirait que tu détiens un semblant de pouvoir, petit. Il ne te servira à rien. Tu seras puni pour tes actes. Saroyan, la fille de ma fille, est morte seule, loin de chez elle. On a retrouvé son corps au Passage d'Arabie, après la fonte des neiges. Elle avait reçu un coup de lance dans le dos, et elle s'est éteinte dans la neige. Je t'en tiens pour responsable. Ton rapport à Marcellus a signé son arrêt de mort.

Elle se tourna vers Valla.

— Tue-le, ordonna-t-elle.

Valla plongea son regard dans le sien. Il lut dans ses yeux l'angoisse mêlée au remords. Elle rengaina son épée et tira au clair un long couteau effilé. Elle fit un pas vers lui, le couteau brandi. Elle s'arracha de ses yeux et se concentra sur sa gorge, là où le couteau allait la pénétrer, la trancher d'un côté à l'autre, découpant les chairs, les muscles et les vaisseaux sanguins.

Soudain, à l'extérieur, on entendit un bruit de pas précipités. Darius surgit à travers les doubles portes, un courant d'air froid s'engouffrant derrière lui. Avisant la scène, il s'empara aussitôt de son épée.

Archange aboya :

— Attends. (Valla s'interrompit ; elle regarda de nouveau Rubin dans les yeux ; l'un et l'autre restèrent pétrifiés tandis que l'impératrice demandait à son commandant :) T'es-tu occupé d'eux ?

Darius répondit :

— Ils ont disparu, Votre Altesse, mais nous les retrouverons.

Il regarda Rubin et Valla, immobiles comme des statues.

— Convoquez Dol Salida et Dashoul.

Darius hésita.

— Dol Salida n'est plus sur la montagne, ma dame, lui rappela-t-il.

Elle fit claquer sa langue et secoua la tête, telle une vieille femme à la mémoire défaillante.

— J'avais oublié. Que l'on m'envoie Dashoul, dans ce cas.

— Dashoul est introuvable.

— Comment cela ?

— Il ne s'est pas présenté à son bureau ce matin. Ses gens ont pensé que c'était à cause de la tempête, mais il a disparu. Cependant, il y a plus grave, Votre Altesse.

— Eh bien ? dit-elle sèchement.

— Les derniers cavaliers que nous avions envoyés sont revenus. D'après eux, une armée se trouve de l'autre côté des Goulets et attend la marée pour traverser.

— Marcus ? demanda-t-elle dans un souffle.

— Non, Votre Altesse. Une armée étrangère, que nos cavaliers n'avaient encore jamais vue. Elle se dirige vers nous.

La pluie s'était arrêtée depuis longtemps, mais l'eau des précipitations dégringolait toujours de la montagne, dévalant les falaises, bouillonnant le long des pentes boisées, se déversant sur une épaisse couche d'aiguilles de pin, vieille d'une décennie. Des bandes de terrain abruptes, maintenues uniquement par les racines de ronciers et de plantes grimpantes désormais arrachées, glissèrent vers le Bouclier, emportant au passage les arbres et les rochers éboulés. À deux endroits, le Sentier des Coquillages fut balayé. Au Palais Blanc, des gouttières se rompirent : un torrent d'eau de pluie inonda la salle d'armes et les cuisines. Le quartier des soldats se retrouva sous les eaux, tirant du sommeil ses occupants complètement trempés.

Plus bas sur le Bouclier, au Palais des Khan, les vieux murs de grès avaient été taillés à flanc de montagne, et les eaux de pluie trouvèrent moins d'endroits par lesquels s'infiltrer. Lorsque ses habitants se réveillèrent, ce matin-là, la pluie ne tombait plus, et ils découvrirent un paysage frais, aux couleurs purifiées.

Sur la terrasse de pierre, Fiorentina Vincerus contemplait cette belle matinée ensoleillée. Elle soupira.

—Apporte-moi ma bouteille de parfum. (Elle ne tourna que la tête, car se tourner complètement lui demandait trop d'efforts.) Non, pas celle-ci. La verte. C'est une matinée verte.

Alafair apporta le parfum et souleva les longues tresses noires de sa maîtresse pour asperger son cou, déjà humide de sueur.

Fiorentina poussa un nouveau soupir.

—Tout me fait mal, se plaignit-elle.

—Je sais, ma dame. Mais le bébé ne va plus tarder.

Fiorentina se mordit la lèvre et baissa les yeux sur son ventre. Elle était partagée : elle souhaitait que le bébé naisse vite, mais redoutait l'accouchement. En attendant, elle ne savait pas quoi faire d'elle-même. Assise ou allongée, elle n'était pas à l'aise, et ne pouvait rester debout longtemps sans avoir mal aux jambes. Cela faisait six mois à présent qu'elle était prisonnière du Palais des Khan. Les Khan l'avaient accueillie avec une certaine hospitalité, à leur manière, mais l'endroit manquait de confort, les salles étaient froides et lugubres, les murs de pierre sans aucun ornement, les meubles vétustes et usés. On était bien loin de son ancien foyer, au sommet du Refuge, spacieux et lumineux, décoré de fleurs fraîches sur ordre de son seigneur. Elle aspirait à retrouver cette vie-là, et craignait ce que l'avenir leur réservait, à elle et à son enfant.

—Il faut que je sorte, dit-elle à Alafair. Je meurs, ici.

La jeune servante coiffa sa maîtresse et souffla :

—Après la naissance du bébé, vous serez libre d'aller où bon vous semblera. Soyez patiente.

Elle se trompait, Fiorentina le savait. Son bébé était un Vincerus, un fils. Un événement sans précédent depuis de nombreuses années, Rafe et son frère étant les derniers de leur lignée. Désormais, cette demi-vie, cette captivité bienveillante, serait probablement pour elle ce qui se rapprocherait le plus de la liberté. Encore faudrait-il qu'elle survive à l'accouchement.

Alafair cria.

Fiorentina leva les yeux : deux hommes vêtus de noir grimpaient sur la terrasse. Le premier attrapa la domestique et, pour la réduire au silence, plaqua une main sur sa bouche. Fiorentina se tourna vers l'autre et se redressa de toute sa hauteur.

— Je suis la dame…

Il lui décocha un coup de poing à la mâchoire et la rattrapa lorsqu'elle s'effondra, évanouie.

Valla aurait exécuté Rubin, car c'étaient là les ordres de son impératrice, mais elle n'aurait pu y survivre. Remerciant en silence Aduara d'être intervenue, elle baissa les yeux sur sa main tremblante qui tenait l'épée, et l'immobilisa. Dans un éclair de lucidité, elle se dit qu'être le bourreau de son ami Rubin aurait été son châtiment pour avoir participé à la mort de Saroyan.

Lorsque Valla avait été interrogée par l'impératrice après son arrestation, elle avait dit à Archange tout ce qu'elle savait au sujet de Rubin. La vieille femme semblait déjà connaître la plupart des informations, dont très peu étaient intéressantes : les faits et gestes quotidiens d'un jeune homme qui avait mené une existence bien remplie et qui en parlait en détail. Valla s'était portée garante de la loyauté de Rubin envers la Cité, et de son amour pour Marcellus. Elle avait fait un compte rendu complet de leur rencontre avec le Premier Seigneur, au Palais Rouge. Elle ignorait alors que Saroyan était la petite-fille d'Archange. Toutefois, si elle l'avait su, cela n'aurait rien changé. Soumise aux questions de l'impératrice, lorsqu'elle ne fut plus en mesure de l'éviter, elle avait évoqué le trajet souterrain entrepris par Rubin et elle pour rejoindre la montagne.

— Pourquoi être venus ici ? avait demandé Archange.

Valla avait avoué :

— Je ne sais pas. Il a dit qu'il était à la recherche de son père… (Archange avait reniflé avec dédain.)… Mais en réalité je ne sais pas. Il disait qu'il avait besoin de réponses.

Tout ce qu'elle avait dit à Archange était vrai, même si c'était inapproprié. Valla s'était alors demandé, comme elle continuait à le faire, pourquoi l'impératrice s'intéressait tant à Rubin. Archange avait tenu parole, malgré son évidente frustration de n'avoir récolté que des informations de si peu d'importance. Quand elle en reçut l'ordre, Valla déroula ses bandages crasseux, honteuse du membre raide, flétri et pâle qu'était devenu son bras. La vieille femme l'examina avec une moue de dégoût puis tendit la main.

Valla sentit une chaleur dorée. Aussitôt, la douleur cessa, et une sensation de légèreté se diffusa le long de son bras. On l'avait ensuite conduite à une cellule de prison, où, allongée, elle s'était questionnée à propos de Rubin, tout en observant son bras avec inquiétude. Au début, le membre était resté inutile, simple morceau de viande qui pendait à son épaule. Cependant, au cours de la journée, les sensations étaient progressivement revenues. À l'aube, le lendemain, elle avait regagné de la force et éclaté de rire, ravie et émerveillée, en découvrant que ses doigts avaient recouvré leur agilité.

Son attention fut ramenée au salon de réception d'Archange quand Eufara, le général des gardes forestiers de l'empereur, entra dans la pièce d'un pas lourd, jurant bruyamment à cause de la tempête. En quelques mots, l'impératrice l'informa de l'approche de l'armée menaçante.

— Envoyez la Dixième Adamantine à la Porte du Grand Nord, ordonna-t-elle à Darius. Quant à vous, les gardes forestiers, vous les accompagnerez, dit-elle à Eufara.

Les gardes forestiers de l'empereur, qui portaient mal leur nom, n'avaient pas quitté le Bouclier depuis des générations. Selon Valla, à part quelques échauffourées de taverne, la plupart d'entre eux n'avaient jamais connu de bataille. Elle se demanda avec mépris comment ils réagiraient face à un ennemi armé.

Le général inclina la tête.

— Oui, ma dame.

— Mais envoyez votre second. Je veux que vous restiez ici, ajouta-t-elle.

Le vieil homme, peut-être soulagé, hocha de nouveau la tête.

Archange s'adressa à Darius :

— Que Vares vienne ici au plus vite. Où est-il ?

— La Vingt-deuxième se trouve au sud, elle s'occupe des remparts détruits, l'informa le commandant. Le général Vares est avec elle.

Le silence s'abattit sur la salle. Rubin, toujours maintenu par les deux gardes, le rompit :

— Envoyez-moi au nord avec les gardes forestiers, dit-il à l'impératrice.

Valla retint sa respiration. Ne pouvait-il donc jamais se taire ?

Les yeux plissés, Archange se tourna lentement vers lui. La colère monta de nouveau en elle, comme du sang noir emplissant une plaie.

— Tu supposes que l'annonce de cette grave nouvelle annule ta peine de mort ? Détrompe-toi. De plus, tu n'as pas l'étoffe d'un guerrier, paraît-il.

— Non, je le reconnais, insista Rubin sans se soucier de son ton menaçant. Mais je sais infiltrer les armées étrangères et ennemies.

— Sais-tu d'où vient cette armée inconnue ?

— Non, Votre Altesse, mais je peux le découvrir, répliqua-t-il avec calme et assurance. Sans compter que, si vous me soupçonnez d'être malintentionné, m'envoyer au nord sera un moyen sûr de vous débarrasser de moi.

— Ce pourrait aussi être le moyen de transmettre aux ennemis des informations sur la sécurité du Bouclier.

Rubin rétorqua :

— Il me semble que la sécurité du Bouclier est déjà largement compromise, Votre Altesse.

Elle le regarda d'un air renfrogné.

— Tu marches sur des œufs, Rubin Guillaume, alors que pèse déjà sur toi le poids d'une sentence de mort. Quand as-tu vu ton ami Marcellus pour la dernière fois ?

Il fronça les sourcils devant ce revirement, mais répondit :

— Le Jour des Offrandes. (Puis il eut un hoquet, comme s'il comprenait ce que sous-entendait la question.) Vous ne pensez tout de même pas que c'est Marcellus qui est à la tête de cette armée étrangère ? s'offusqua-t-il, les yeux écarquillés.

Valla tremblait pour lui. Il s'adressait à l'impératrice avec une familiarité qui frisait l'insolence. Mais Eufara intervint :

— Que racontes-tu là, mon garçon ? gronda le vieux général. Le Premier Seigneur a été assassiné ! C'est un fait irréfutable. L'Immortelle a parlé à l'assassin en personne. (Il se tourna vers Archange.) Marcellus est bien mort, Votre Altesse.

Cette affirmation ressemblait toutefois davantage à une question.

— Quand, précisément, le Jour des Offrandes ? demanda-t-elle à Rubin, comme si le général n'avait rien dit.

— En fin d'après-midi. (Il ferma les yeux, fouillant dans ses souvenirs.) Les ombres étaient longues. Nous étions dans une partie reculée de l'aile ouest du Palais Rouge.

— De quoi avez-vous parlé ?

— Il m'a dit que la Cité et le Palais Rouge étaient envahis, et que l'empereur était mort.

— Quoi d'autre ?

— Qu'il avait l'intention de partir.

— A-t-il dit où ?

— Non, il n'a pas voulu. Il a seulement précisé qu'il chevaucherait à travers le lac Est.

— Es-tu sûr qu'il s'agissait bien de Marcellus ?

La question paraissait étrange. Rubin fronça les sourcils.

— Oui, ma dame. Nous avons parlé un bon moment. Je le connais bien.

— Et si je te disais qu'il a été décapité aux environs de midi, ce jour-là ?

Rubin retroussa les lèvres.

— Alors je vous répondrais qu'on vous a mal informée, ma dame. Je l'ai vu bien plus tard, et je puis vous assurer qu'il était en vie, sain et sauf.

— Quelles ont été ses dernières paroles ?

Le jeune homme hésita, puis dit :

— Il m'a mis en garde contre vous, Votre Altesse.

Valla entendit des hoquets de stupeur résonner dans la salle. Faire preuve d'une telle insolence envers Araeon se serait immanquablement soldé par une mort douloureuse. Mais Archange se contenta de regarder fixement le sol, l'air préoccupée.

— Non, finit-elle par dire en relevant la tête. Tu ne peux pas aller au nord. Tu resteras ici, et tu paieras pour ton crime. Nous découvrirons bien assez tôt d'où vient cette armée, et ce que veut son chef.

— C'est une armée, Votre Altesse, intervint Darius. Ce qu'ils veulent, c'est nous tuer tous.

— Toutefois, je vais reporter ta mise à mort, dit Archange à Rubin. En tant que membre d'une Famille, tu mérites autre chose qu'une exécution sommaire – comme Saroyan. Tu mourras dans vingt jours. (Elle se tourna vers Darius.) L'exécution aura lieu au Cercle du Combat, dans le quartier de l'amphithéâtre, et sera annoncée chaque jour aux Grandes Portes, comme l'exige l'ancienne coutume.

Chapitre 37

À de nombreuses lieues au nord, sur les contreforts des montagnes de la Serre d'Aigle, Benet Edasson scruta la plaine en contrebas et s'écria :

— Je les vois !

— Tu ne peux pas les voir, répliqua Stern, agacé. Tu distingues à peine ta main devant ta figure !

Son frère commentait sans cesse ce qu'il voyait pour donner le change à ses camarades, quand cela ne faisait qu'attirer l'attention sur ses problèmes de vue.

Stern indiqua le sud-est.

— Il y a une tache à l'horizon. Ce doit être l'armée ennemie aux Goulets. Ils attendent la marée.

— Tu es sûr qu'ils sont toujours de ce côté ? demanda Benet en plissant les yeux.

— Ça fait un moment que je les observe, répondit Stern. Ils n'ont pas bougé.

Il parlait aussi pour rendre service à Hayden, car il soupçonnait le général de souffrir également d'une mauvaise vue. Hayden, Brel – un capitaine petrassi –, Benet et lui avaient grimpé au sommet d'un affleurement de grès pendant que le reste des troupes, épuisé par la marche forcée, se reposait en bas.

— Sinon, pourquoi resteraient-ils tous au même endroit ? questionna Stern. Ils ont un jour ou deux d'avance sur nous. Les hommes et les chevaux feront la traversée facilement, une fois que le coefficient de marée sera le bon, mais ils ont des armes et des bagages. Pour transporter tout ça, il va falloir de nombreux canots. À ton avis Benet, combien de charrettes ont-ils ?

Benet, le seul soldat avouant avoir vu l'arrière de l'armée au moment où elle battait en retraite, proposa :

— Deux cents, voire plus ?

— Ils pourront peut-être se servir des radeaux que nous avons abandonnés sur la rive nord après notre traversée dans cette direction, dit Brel. Mais ça remonte à des semaines, maintenant, et il y a des chances qu'on les ait volés.

— Peut-être qu'ils enverront d'abord leurs soldats, et qu'ils s'occuperont de la traversée des chariots plus tard, suggéra Benet. Moi, c'est ce que je ferais.

Le général secoua la tête.

— Je ne crois pas. En envoyant uniquement leurs soldats sur les remparts nord, ils avertiraient la Cité de leur présence et n'en tireraient aucun bénéfice. Il faut qu'ils aient l'artillerie lourde en appui pour donner le premier assaut. (Il regarda Benet.) Moi, c'est ce que je ferais. Vous vous souvenez des énormes explosions au Vorago ?

Les frères acquiescèrent vigoureusement. Comment les oublier ? Stern se dit que, s'il faisait de vieux os, il se souviendrait toujours du fracas terrible des canons, des morceaux de corps retombant en pluie, des cris des hommes et des chevaux, de la peur à vous tordre les tripes qui l'avait laissé aussi démuni qu'un enfant.

— Employées correctement, poursuivit le général, ces armes peuvent détruire une porte, peut-être même de grands remparts comme ceux de la Cité. Mais les canons sont lourds, et leur traversée ne sera pas une mince affaire.

— Il leur faut des radeaux, dit Brel. Qui soient solides.

— En effet. Ils ont marché sans relâche et n'ont été retardés ni par le temps ni par aucune manœuvre militaire. Des radeaux, c'est peut-être ce qu'ils attendent. Je pense que nous avons une chance de les rattraper d'ici à un jour ou deux.

— Et après ? demanda Benet avec de grands yeux. À quoi ça nous avancera ? On est à peine deux cents.

Le général prit un air songeur.

— On peut accomplir de grandes choses, à deux cents.

Leur petite armée s'était étoffée pendant leur progression vers le sud. Ce furent d'abord d'autres blessés, réfugiés et déserteurs, qui tous furent accueillis chaleureusement par leurs camarades : il était impossible de distinguer ceux qui avaient fui de ceux qu'on avait laissés pour morts. Désormais, tous étaient des héros. Ils furent rejoints par des retardataires de l'armée petrassi, environ une vingtaine, qui avaient choisi de se rallier aux forces de la Cité. Ce fut à ce moment-là qu'Hayden se vit obligé d'avouer à Stern et à ses camarades qu'il était un ancien général de Petrus. La nouvelle avait été reçue sans trop de surprise, et même avec peu d'intérêt. En ces temps difficiles, les guerriers de la Cité choisissaient de suivre le vieil adage : « L'ennemi de mon ennemi est mon ami. »

À présent, ils le suivaient sans une plainte, du moins devant lui. Comme Stern l'avait prédit, le véritable test viendrait lorsqu'ils donneraient l'assaut.

Trois jours après avoir quitté le champ de bataille du Vorago, ils étaient arrivés à l'endroit où les femmes en fuite avaient été attaquées par les forces ennemies. Le spectacle était sinistre, mais apparemment les femmes avaient eu de la chance – dans une situation où il existait plusieurs degrés de malchance. L'armée ennemie avançait vite ; ses guerriers s'étaient contentés de massacrer les femmes de manière aussi efficace que possible, d'emporter leurs bagages et de poursuivre leur route. Parmi les cadavres sanglants, Benet avait cherché Pêche, en vain. Stern avait été tenté de rechercher Emly, car, après l'avoir protégée durant le siège des Fkeni, sur le haut col, il avait l'étrange impression d'en être responsable. Finalement, il s'était ravisé. Il ne voulait pas voir le cadavre de la jeune fille, et, s'il n'arrivait pas à la trouver, cela ne voudrait rien dire. Le lendemain matin, les soldats avaient rencontré un petit groupe de femmes et d'enfants qui avaient réussi à échapper à l'ennemi, dont la jeune catin, Pêche, et la sage-femme, Bruenna, avec le nouveau-né. Elles avaient six ânes chargés d'eau, de nourriture, de batteries de cuisine et de couvertures. Cette bonne fortune remonta le moral des troupes d'Hayden.

Leur proie en vue, ils avaient passé la journée à descendre les pentes de la Serre d'Aigle pour atteindre, au crépuscule, une vaste plaine qui les mènerait jusqu'aux Goulets puis enfin, pour ceux qui étaient originaires de la Cité, chez eux.

Allongé, le ventre plein de viande de cheval rôtie, Stern contemplait la lune. Les pensées affluaient dans son esprit. Autour de lui, les soldats chuchotaient, lançaient parfois des plaisanteries et riaient – des bruits si familiers pour Stern qu'il aurait pu facilement se croire, comme si souvent par le passé, au milieu d'une horde de vingt ou trente mille guerriers plutôt qu'avec cette petite troupe débraillée.

Beaucoup de choses lui échappaient. Il avait hâte de s'entretenir avec Hayden. Il jeta un coup d'œil vers le général, assis près du feu de camp, mais il était entouré de ses camarades petrassi. Peut-être parlaient-ils de leur pays perdu. Tous affichaient un air sombre.

Stern pensa à Quora. Il l'imagina étendue de l'autre côté du feu de camp, écoutant les plaintes de Benet ou les récits de Grey Gus, comme elle l'avait si souvent fait au cours de toutes ces années passées ensemble, lui jetant de temps à autre un coup d'œil, souriant à travers les flammes. Puis il rêva éveillé qu'elle arrivait au campement un soir, en pleine forme, remise de son traumatisme crânien. Elle avait fini par les rattraper. Chaque fois qu'ils étaient ralentis dans leur progression, il se prenait à espérer la revoir. Et ils seraient sûrement ralentis aux Goulets.

— Le général veut te voir, l'interrompit une voix à l'accent prononcé.

Stern leva les yeux. Le Petrassi fit un signe de tête en direction d'Hayden avant de s'éloigner. Stern se leva et rejoignit Hayden. Ce dernier le regarda.

— Stern. Assieds-toi. Il faut qu'on parle de demain.

Stern s'accroupit à ses côtés.

— Puis-je d'abord vous poser une question ?

— Bien sûr, soldat.

Hayden attisa le feu avec un bâton. Les flammes éclairèrent son visage anguleux, dévoilant de gros cernes noirs sous ses yeux fatigués.

— Les armes dont vous avez parlé, les canons qu'ils ont utilisés contre nous… Vous les aviez déjà vus ?

Hayden pencha la tête. Son visage fut plongé dans l'ombre.

— Oui. Mais je n'avais aucune raison de croire qu'un jour ils seraient tournés vers nous.

Stern hocha la tête. Après tout, bien des cadavres petrassi gisaient parmi les morts du Vorago.

— Dans ce cas, pourquoi les Bleus – vos forces – ne les ont-ils pas utilisés contre la Cité ? s'enquit-il. D'après vous, ces armes peuvent détruire les remparts. Mais vous avez utilisé les réservoirs, à la place.

L'autre ne dit rien, rassemblant ses pensées. Stern avait remarqué qu'Hayden parlait rarement vite et choisissait chaque mot avant qu'il ne franchisse ses lèvres. Peut-être était-ce parce qu'il s'exprimait dans une langue étrangère. Certains camarades de Stern pensaient que les Bleus parlaient une langue bizarre parce qu'ils étaient trop bêtes pour apprendre celle de la Cité. Stern savait qu'il n'en était rien. Au contraire, il s'émerveillait de voir avec quelle facilité un homme pouvait s'exprimer autrement que dans sa langue natale. Il s'assit pour se mettre à l'aise, heureux de ce délai, humant les odeurs familières de bois brûlé, de viande rôtie et de sueur, écoutant les murmures des soldats et, non loin, le chant fluide d'un oiseau de nuit.

Hayden se pencha en avant, attisa de nouveau le feu puis releva la tête.

— Vers la fin de la guerre, dit-il, j'ai rencontré un groupe d'officiers alliés – des Odrysiens, des Buldekki, et autres. Nous nous apprêtions à porter le coup de grâce à la Cité. Les Odrysiens nous ont fait une démonstration de leurs signaux lumineux, les lumières volantes rouges, et nous en ont expliqué le processus de fabrication. On le connaissait déjà. Les Petrassi, même loin de chez eux et dispersés un peu partout dans le monde comme nous l'étions alors, avaient des dispositifs presque inconnus de la Cité. Les horloges, les lanternes.

Il s'interrompit. Stern fronça les sourcils. De la poche de sa veste, le général sortit une longue chaîne au bout de laquelle était accroché un objet rond et métallique. Il le montra à Stern, qui le prit dans sa main et l'examina à la lueur vacillante des flammes. Un cercle de verre était incrusté devant, et dessous, il distingua des symboles. Étant illettré, il ne comprenait pas leur signification.

— C'est une montre, expliqua Hayden. Ces aiguilles, ces… points, tournent à une vitesse fixe et indiquent l'heure qu'il est. C'est comme une horloge solaire.

— Mais il n'y a pas de soleil, fit remarquer Stern, perplexe. Et je n'ai pas besoin de ce bel objet pour savoir à quel moment de la journée je suis.

Hayden esquissa un de ses rares sourires.

— Le mécanisme à l'intérieur fait tourner les aiguilles, qu'il y ait du soleil ou pas, donc cela indique l'heure, même la nuit.

Stern secoua la tête. Il ne voulait pas paraître idiot, mais pour lui cela s'apparentait à de la sorcellerie.

— À quoi cela sert-il ? demanda-t-il, sceptique.

— Pour une armée, cela peut se révéler très utile. Par exemple, imagine que toi et moi attaquions un ennemi par deux côtés. Si chacun de nous possède cet appareil, nous pouvons coordonner notre attaque très précisément.

Stern hocha la tête pour montrer qu'il comprenait, même s'il doutait qu'il soit possible d'avoir confiance en un tel objet.

— En avez-vous une autre ?

— Non, avoua le général. Et celle-ci ne marche plus. Mais c'est l'un des dispositifs que d'autres nations emploient et que la Cité, malgré sa puissance militaire passée, ne connaît pas. Mon frère Mason, qui en savait beaucoup plus que moi sur la Cité, m'a raconté que les hommes de pouvoir en place, l'ancien empereur Araeon et les Vincerii, avaient interdit l'usage de ce genre d'objets, et supprimé des inventions similaires. Ils comptaient sur la puissance de la Cité et de ses soldats. Le monde entier sait que ses guerriers ont la peau dure.

Stern sourit. Cela avait été prouvé à maintes reprises, et lui-même l'avait expérimenté. Mais c'était réconfortant de savoir que c'était un fait connu dans le monde entier.

— Lors de cette réunion, reprit Hayden, un vieil ingénieur odrysien, qui avait voyagé dans des pays lointains, avait dit qu'une nation située dans l'Extrême-Nord-Est, dont le peuple était barbare et cruel, avait trouvé un nouvel usage, épouvantable, pour la poudre explosive.

Il s'interrompit. Comme il s'y attendait, Stern demanda :

— La poudre explosive ?

— Quand on l'allume, cette substance brûle en dégageant une grande énergie et une chaleur intense. Les signaux lumineux que les ennemis ont utilisés au Vorago, c'était de la poudre explosive. Elle éclaire et chauffe, mais on ne peut pas vraiment s'en servir comme arme, sauf pour effrayer ses adversaires. D'après cet Odrysien, les barbares avaient trouvé le moyen de contenir la force de cette poudre dans un cylindre en fer, qu'ils employaient pour propulser sur une grande distance un boulet de pierre ou de fer, et tuer leurs ennemis. C'est cela qu'utilise cette armée. Toutefois, ce genre d'appareils est lourd et difficile à transporter. Quant à la poudre, elle doit être maintenue au sec. C'est peut-être pour cela que nous avons réussi à les rattraper : traverser les Goulets va leur poser un problème.

Stern regarda vers le sud, où l'armée attendait toujours. Il sourit en comprenant ce que voulait dire le général.

— Donc, notre mission, poursuivit Hayden, c'est de contrecarrer leurs plans en sabotant leurs armes avant qu'ils n'atteignent la Cité.

— Ça, c'est dans nos cordes, se réjouit Stern.

Comme c'était bon d'avoir de nouveau un objectif !

— Bien, dit le général. Sais-tu nager ?

Hoham Shoko était guerrier, fils de guerrier, et petit-fils de guerrier. Il portait une veste de peau humaine, et un collier en dents de femmes. Il avait combattu dans le désert, la montagne, la forêt et la plaine, et aucun homme ne l'avait jamais vaincu. Le grand Seigneur de l'Hratana en personne connaissait son nom.

Mais Hoham avait peur de l'eau. Il croyait avoir tout vu au cours de ces années de guerre, mais jamais une telle étendue d'eau. Ses intestins se tordaient à la perspective de devoir la traverser.

L'armée du Seigneur patientait sur la rive nord du large fleuve depuis deux jours. Elle ignorait pourquoi, mais le repos était bienvenu après ces nombreux jours de marche rapide. Peut-être y avait-il un moyen de le contourner, songea Hoham avec espoir, et que les chefs discutaient d'un autre chemin. Il attendit et observa, maudissant les dieux sournois des rivières qui d'abord les faisaient monter et ensuite baisser, d'une manière à la fois anormale et menaçante. D'où venait toute cette eau ? Où se retirait-elle ?

Des hommes inférieurs, esclaves et ouvriers étrangers, avaient construit des radeaux et des bateaux – de bien frêles embarcations pour s'aventurer sur ces eaux menaçantes. Ils étaient destinés à transporter leurs armes, armures lourdes, grands cylindres cracheurs de feu, et provisions. Les cavaliers comptaient sur leurs montures pour la traversée, mais les fantassins allaient devoir nager, vulnérables et à demi nus.

Hoham avait déjà traversé des rivières. Il parvenait tout juste à flotter et trouvait toujours quelque chose à quoi s'accrocher : un radeau, un morceau de débris, ou parfois, ce qui l'humiliait profondément, l'étrier d'un cavalier.

Mais aucune n'était aussi large que ce cours d'eau. On distinguait à peine la rive d'en face.

L'après-midi touchait à sa fin, et le niveau de l'eau était au plus bas. L'ordre fut donné d'avancer.

La division d'Hoham serait la dernière à faire la traversée, car elle protégeait l'arrière, même s'il n'y avait rien à craindre de ce côté-là. La bouche rendue sèche par l'appréhension, il attendit avec ses camarades de la Septième Infanterie tandis que les chefs et les cavaliers plongeaient les premiers dans l'eau, suivis de la Quatrième Division qui surveillait les bateaux chargés des barils de poudre noire. Puis ce fut au tour de la Sixième, qui menait le troupeau d'animaux. Le fleuve fut bientôt couvert dans toute sa largeur d'hommes, de bêtes et d'embarcations, silhouettes rapetissant à mesure qu'elles se dirigeaient vers le sud dans la lumière déclinante. L'attente était interminable. Hoham avait envie de vomir.

Les chariots portant les grands cylindres cracheurs de feu avaient été montés et solidement sanglés sur les radeaux les plus robustes, qu'on poussa ensuite à l'eau.

Il ne resta plus qu'un des six cylindres. Son chariot avait perdu une roue. Ils avaient reçu l'ordre de porter l'arme en métal noir jusqu'à l'embarcation, puis de l'attacher avec des cordes. Six de ses camarades, les chanceux, durent monter sur le radeau pour surveiller l'engin, mais Hoham et ses compagnons devaient les suivre à la nage.

Enfin, le dernier radeau, agité de petites secousses, s'éloigna du rivage. Hoham prit une profonde inspiration et entra dans l'eau. Il la sentit, malsaine, lécher son corps. Il s'obligea à avancer jusqu'à ce qu'elle lui arrive à hauteur de poitrine, essayant de ne pas se laisser distancer par le radeau. Même si celui-ci était lent, Hoham l'était encore plus. N'ayant plus pied, il tenta de maîtriser sa panique, lançant ses bras en avant, gardant la tête bien haute pour éviter que les eaux traîtresses ne s'engouffrent dans son corps. Il regardait l'arrière de l'embarcation s'éloigner, hors de portée, lorsqu'il vit une forme sombre émerger de l'eau, derrière les pagayeurs. Il se rendit compte que c'était une tête d'homme et, lorsque celui-ci se retourna, il s'aperçut qu'il avait un couteau entre les dents.

— Ennemi ! cria-t-il en cessant un instant de patauger pour indiquer le radeau.

Aussitôt, il coula comme une pierre. L'eau emplit sa bouche et se referma au-dessus de sa tête. Au désespoir, il battit des bras jusqu'à refaire surface, s'agitant et hoquetant. Une fois la tête hors de l'eau, il regarda de nouveau vers le radeau : l'homme au couteau avait disparu, comme les camarades d'Hoham qui nageaient déjà loin devant. Il jeta un coup d'œil en arrière. Il n'y avait plus personne. Il était le dernier à traverser.

Tout à coup, une forme noire surgit du fleuve devant lui. Des mains puissantes se refermèrent sur sa gorge, et il fut emporté sous les eaux impitoyables. Il se débattit de toutes ses forces, mais les mains froides qui l'enserraient étaient de fer.

Stern nagea sous le radeau, dans le noir. L'eau, remuée par des milliers d'hommes et de chevaux, était boueuse et épaisse. Il avança à tâtons, cherchant du bout des doigts les cordes qui maintenaient les troncs du radeau. Il prit le couteau qu'il tenait entre les dents et en trancha une. Aucun résultat. Il passa la main sur la longueur du tronc et en coupa une autre. Rien ne se produisit. Le radeau était de bonne facture. Il fut obligé de remonter à l'arrière de l'embarcation, évitant les pagaies qui se levaient et s'abaissaient, et inspira à fond. Il jeta un rapide coup d'œil en arrière. Quelques fantassins ennemis étaient encore sur la rive, mais ils entrèrent dans l'eau sous ses yeux.

Il avala une grande bouffée d'air et replongea sous le radeau. Il avait coupé deux cordes supplémentaires lorsqu'il sentit les troncs se désolidariser. Les poumons en feu, il en trancha une dernière. Tout à coup, les troncs détachés roulèrent, les cordes coupées s'agitant sous l'eau tels des fouets. Stern s'enfonça jusqu'à atteindre le fond du fleuve, puis, d'un coup de pied, remonta vers la surface. Il émergea enfin, aspirant l'air dans de grands hoquets. Il se retourna pour regarder.

Le radeau coulait, penché d'un côté à mesure que les troncs se détachaient. À bord, les hommes essayaient désespérément d'empêcher le canon de rouler dans l'eau. Mais il était trop lourd et incliné, son énorme gueule pointée vers le fleuve. L'alerte avait été donnée, et d'autres hommes arrivèrent à la nage pour retenir le radeau qui sombrait. Quatre soldats tentèrent de s'accrocher au canon, mais eux aussi coulèrent à mesure que les troncs s'écartaient. Ils ne pouvaient rien faire.

Toujours dans l'eau, invisible dans l'obscurité, Stern se mit sur le dos, battant lentement des bras et des jambes. Il écouta les cris et les jurons des ennemis et regarda le radeau couler jusqu'à ce qu'il disparaisse complètement.

Tout à coup, Benet surgit dans l'eau à ses côtés en riant. Il saisit son frère par les épaules et l'entraîna sous la surface. Stern se débattit et ressortit en crachant, puis essaya de faire couler Benet comme ils le faisaient lorsqu'ils étaient enfants, à Adrastto. Tous deux étaient fous de joie d'avoir réussi. Le seul soldat ennemi qui les avait repérés était ce gros lourdaud qui s'attardait à l'arrière de l'armée. Benet lui avait rendu service en l'étranglant : il n'aurait de toute façon jamais atteint l'autre rive.

Ils remontèrent le cours d'eau puis sortirent en pataugeant, des mains impatientes se tendant vers eux pour les aider à revenir sur la rive.

— Bien joué, messieurs, les félicita Hayden. (Il ne souriait pas, mais son regard était chaleureux.) Vous leur avez donné de quoi réfléchir. Ils mettront des gardes plus forts à la surveillance de leurs engins, maintenant qu'ils se savent suivis. Cela portera un coup à leurs plans, et à leur orgueil.

— Ils vont envoyer des éclaireurs, prédit Stern en se séchant avec une couverture.

— Je l'espère bien, répliqua Hayden. Si j'étais leur général, j'enverrais mes meilleurs éléments, et c'est pourquoi nous les capturerons. Il est temps que nous en sachions plus sur notre ennemi.

— Quels sont vos ordres, monsieur ?

— Nous marcherons toute la nuit. Nous allons suivre la rive vers l'est, sur autant de lieues que nous pourrons en parcourir en une nuit, puis nous traverserons le fleuve à l'aube. Ils nous attendront.

Il sourit puis haussa la voix pour s'adresser au reste de l'armée :

— Nous avons remporté notre première victoire, camarades ! La perte de l'un de leurs canons les affectera, et portera un coup aussi bien à leurs projets qu'à leur fierté. Nous n'aurions pas mieux agi en tuant cent de leurs soldats. Ils ressentiront profondément leur défaite, et chercheront à se venger. Ils nous enverront probablement des guerriers demain. Dans ce cas, que ferons-nous ?

Les soldats rugirent comme un seul homme :

— Tuons-les tous !

Chapitre 38

Les éclaireurs ont un poste vulnérable au sein de toute armée. Ils circulent seuls en territoire ennemi, et, s'ils sont faits prisonniers, connaissent une fin peu enviable. Malgré tout, Hayden avait découvert que travailler seul ne déplaisait pas à un certain type de soldats, et la plupart du temps les volontaires ne manquaient pas.

Aussi le général fut-il perplexe lorsqu'il demanda deux volontaires et qu'un silence éloquent lui répondit. Dans l'expectative, il observa sa petite armée. Tous fuyaient son regard.

— Mon général, intervint Stern à ses côtés, les soldats de la Cité n'ont pas l'habitude de se porter volontaires.

— Pourquoi cela ? s'enquit sèchement Hayden, furieux. Ils savent tous à quel point il est important de connaître le terrain sur lequel on compte s'aventurer. Chacun a eu la vie sauve, à un moment ou à un autre, grâce à des éclaireurs.

— Dans l'armée de la Cité, expliqua Stern à voix basse tandis que les soldats marmonnaient et grognaient entre eux, on ne leur demande jamais d'être volontaires. On leur donne des ordres.

Finalement, deux hommes levèrent la main. L'un était le soldat défiguré, que ses camarades surnommaient Tremblote, car même les jours les plus doux il tremblait de froid. L'autre était un soldat borgne qui les avait rejoints juste avant d'arriver aux Goulets. Il s'appelait Casmir. Ce vétéran de la Cité affichait un air d'indépendance qui, aux yeux du général, le classait comme chef potentiel, ou fauteur de troubles. Le fait qu'il n'ait qu'un œil n'était pas l'idéal pour un éclaireur, mais Hayden était satisfait, au moins, de ne pas avoir à ordonner aux hommes de s'engager dans cette mission périlleuse.

Ils avaient traversé les Goulets sans aucune perte, à l'exception d'un vieil âne qui s'était noyé. Les soldats de la Cité avaient murmuré qu'il s'agissait d'un mauvais présage. Le général avait appris ces derniers jours que, chez les troupes de la Cité, quantité de choses étaient censées porter malheur. Un serpent en travers du chemin était un mauvais présage, alors que dans l'armée petrassi c'était un signe de chance. Plus déroutant encore, les souris portaient aussi malheur, mais, comme on n'en voyait pas lorsqu'on était loin de la Cité, cela n'avait pas posé de problème.

Casmir et Tremblote se mirent en route à l'aube. Hayden leur avait donné l'ordre d'emprunter une route sinueuse pour éviter les troupes ennemies qui se trouveraient peut-être encore sur la rive sud, attendant de pouvoir traverser. Le duo avait pour mission de localiser l'armée, de voir quelle direction elle prenait, même si le doute n'était plus guère permis, et de faire le point sur ses effectifs.

Le lendemain, les deux éclaireurs revinrent séparément. Malgré sa réputation de salopard aux yeux de Stern, Tremblote arriva à l'aube, porteur de nombreuses informations. Les généraux ennemis avaient scindé l'armée en deux. Une partie, comprenant la plupart des cavaliers, se dirigeait plein sud, tandis que l'autre marchait droit vers le mur nord de la Cité, et probablement vers la Porte du Grand Nord. Il avait estimé son effectif à cinquante mille hommes. La plupart des charrettes empruntaient également cette direction, dont les canons qui leur restaient. Leurs intentions étaient limpides : attaquer le nord de la Cité et, sans doute, s'infiltrer par la brèche du Mur Adamantine au sud.

Ce jour-là, Casmir revint tardivement, perché sur un hongre pie, avec un sourire triomphant. Il avait suivi la force ennemie qui se dirigeait vers le sud. Selon lui, les soldats avançaient vite. Ils avaient toutefois pris le temps de détruire trois petits villages sur leur passage, qui se remettaient avec difficulté de la guerre précédente. Il n'avait trouvé que des cadavres – hommes, femmes et enfants. Plus de cent en tout. Un cheval était revenu au cours de la nuit. Au lever du soleil ce matin-là, il broutait l'herbe non loin. Casmir l'avait pris comme un bon signe, ce qu'Hayden ne pouvait que reconnaître.

— Quelle distance parcourent-ils chaque jour ? demanda-t-il.

— Vingt lieues, annoncèrent les deux éclaireurs après une brève concertation.

Casmir ajouta :

— L'armée au sud se tient éloignée à l'est des remparts, hors de vue de la Cité.

— Fort bien, dit Hayden. Il va me falloir un autre volontaire.

Cette fois, plusieurs guerriers levèrent la main. Le général choisit Casmir, qui avait déjà fait preuve d'un bon jugement, et qui en plus leur avait ramené un cheval.

— Es-tu un cavalier rapide, Casmir ?

— Oui, seigneur.

— Dans ce cas, je veux que tu chevauches jusqu'à la Cité et que tu délivres un message vital à l'impératrice.

Le borgne ébaucha un mince sourire.

Le général poursuivit :

— Je vais écrire un message que tu porteras à… quelle porte, Stern ?

Il posa la question alors même qu'il connaissait la géographie de la Cité mieux que la plupart de ses soldats.

— La Porte du Paradis, c'est la plus proche du Bouclier, répondit Stern.

— Dans ce cas, dirige-toi vers la Porte du Paradis, soldat. Nous devons informer le Palais Blanc de notre position et de nos effectifs, et demander à l'impératrice de nous envoyer de l'aide, si possible des renforts, ainsi que des armes. Prends ça. (Avec peine, il ôta de son doigt une lourde bague en cornaline.) L'impératrice saura que tu viens de ma part.

Casmir prit la bague, la glissa dans sa poche puis attendit, son œil noir insondable. Tout à coup, Hayden se demanda s'il était digne de confiance, mais sa décision était prise, et il revenait rarement en arrière. Pour lui, cela faisait partie des choses qui portaient malheur.

Il s'accroupit pour sortir du papier et une plume enveloppés dans une reliure imperméable, tout au fond de son sac. Dans les derniers rayons du soleil couchant, il écrivit quelques mots pour informer Archange de l'effectif de l'armée ennemie et de ses intentions probables. Il l'avertit à propos des canons et lui fit part de son projet de rester à l'arrière de l'armée, et de la harceler avec une force restreinte. Il roula le papier et le glissa dans un cylindre de bois. Casmir se restaura et but tandis que son cheval était nourri et abreuvé. À la nuit tombée, le borgne était prêt, désormais vêtu d'une veste noire rehaussée d'argent qui luisait dans la lueur du feu de camp.

— Bonne chance à toi, soldat, déclara Hayden en lui tendant le cylindre. Ta mission est primordiale. L'Immortelle te sera éternellement reconnaissante.

Assailli par le doute, il regarda le soldat s'éloigner sur son cheval et disparaître.

Tandis que Casmir chevauchait lentement vers le sud, dans l'étendue d'herbes ondoyantes entre les Goulets et les remparts nord de la Cité, il s'émerveilla des cartes que le destin lui avait mises en main tout au long de son existence, certaines magnifiques, d'autres effroyables. À plusieurs reprises, il avait sondé les profondeurs des tourments et de l'humiliation, et supplié les dieux de la mort qu'ils le libèrent. Vingt années auparavant, il avait lutté pour revenir à la Cité, mutilé et traumatisé après la perte de son œil, et s'était ensuite forgé une brillante carrière d'agent œuvrant pour le compte d'un grand seigneur de la Cité. L'histoire se répétait : il avait survécu aux plus cruelles séances de torture pour se voir ensuite chargé d'une mission vitale par l'impératrice.

Même s'il ne l'avait pas menée à bien, il était là, sur un cheval, avec de l'eau et de la nourriture, libre d'aller où bon lui semblerait, du moment que c'était loin des armées prêtes au combat.

Pourtant, il chevauchait toujours vers la Porte du Paradis.

Il sortit la bague du général et l'observa à la lueur des étoiles. De toute évidence, c'était un bijou de valeur. Il la mit à son doigt. Il avait été tenté de jeter le message sitôt hors de vue du campement. Sa nature prudente l'avait toutefois poussé à y renoncer, et il avait gardé le cylindre de bois à l'intérieur de sa veste, niché contre son cœur. Mieux valait conserver un maximum d'options. Il ne pourrait sans doute jamais approcher l'impératrice : non seulement il était porteur de mauvaises nouvelles, ce qui était toujours une situation périlleuse, mais il devrait aussi avouer avoir raté l'enlèvement d'une gamine sans défense. L'impératrice le ferait exécuter, ou pis, le replongerait dans l'état pitoyable dans lequel elle l'avait trouvé. Il n'était pas certain qu'elle puisse le faire, mais préférait ne pas prendre de risques.

Malgré tous ses agissements, Casmir se considérait comme un homme d'honneur. Les morts qu'il avait provoquées, de sa main ou de celle de ses agents, c'était au service de la Cité, de ses seigneurs et généraux. Il ne tuait pas à la légère, et n'assassinait pas les femmes. En fait, les femmes ne l'intéressaient absolument pas – une autre conséquence des événements terribles qui lui avaient coûté un œil. Il avait toujours apprécié la compagnie des soldats. D'ailleurs, il avait été surpris, peut-être même un peu ému, que le pauvre Tremblote, dans un élan de camaraderie, lui donne sa veste avant de partir de son côté.

Aucun des deux éclaireurs n'avait informé le général des détails de leurs aventures. Ils s'étaient contentés de rapporter leurs découvertes de la manière laconique qu'on attendait d'eux. Ce soir-là, alors qu'ils seraient rassemblés autour du feu, Tremblote ne manquerait pas de régaler ses camarades de récits mettant en scène son héroïsme personnel. Casmir regrettait un peu de ne pouvoir être des leurs.

Au début, les deux hommes étaient restés ensemble. Ils avaient eu la malchance de tomber presque immédiatement sur un éclaireur ennemi, ou plutôt, l'éclaireur avait eu la malchance de tomber sur eux. Ils lui avaient tranché la gorge avant de poursuivre leur chemin. Alors qu'ils approchaient de l'arrière de l'armée étrangère, ils avaient été surpris par deux autres ennemis. L'escarmouche avait été brève, bien que vaillante. Tremblote s'était révélé un guerrier féroce, sans doute animé d'une rage qui couvait depuis longtemps. À un moment donné, l'homme défiguré avait lâché son épée, le bras temporairement paralysé par un coup qu'on lui avait porté au biceps. Casmir avait remarqué son embarras. Se détournant un instant de son propre combat, il avait lancé son couteau en visant la tête de l'adversaire. Le geste était maladroit – il manquait d'entraînement –, mais l'arme avait cogné le casque de l'ennemi, ce qui avait laissé à Tremblote le temps de ramasser son épée au sol et d'éventrer l'homme. Distrait, Casmir avait failli perdre un bras à cause d'un violent coup d'épée, mais il s'était écarté au dernier moment, et la lame avait déchiré sa veste, en arrachant la manche.

D'où le cadeau, songea Casmir, car Tremblote n'avait rien dit. La veste en cuir noir et argent était magnifique. Elle ressemblait beaucoup à la livrée des Mille. Elle avait manifestement connu quelques batailles : une manche avait été tranchée net à l'épée, et l'épaule était déchirée, mais quelqu'un avait pris soin de nettoyer les principales taches de sang. Casmir soupçonnait Tremblote de l'avoir volée à un cadavre, ce qui ne gâchait en rien sa valeur. Elle lui allait à la perfection, bien mieux que l'ancienne, et conviendrait aussi à l'homme riche et puissant qu'il deviendrait. Il retournerait à la Cité, vendrait la bague du général, et retirerait ses économies de chez son banquier, à Otaro. Ensuite, il prendrait un nouveau nom, achèterait une maison et, peut-être, épouserait une femme de qualité. Il abandonnerait son épée pour mener une vie de coq en pâte.

Pourtant, il continuait à chevaucher vers la Porte du Paradis.

Il avait finalement décidé de remplir sa mission. N'était-il pas un homme d'honneur, après tout ? Mais avant tout, il devait trouver comment délivrer le message sans être escorté au palais puis soumis à un interrogatoire.

Lorsqu'il fit trop noir, il s'arrêta pour la nuit. Une brise glacée soufflait du nord, mais il découvrit que la veste était bien rembourrée au niveau des épaules. Il tourna donc le dos au froid et s'endormit profondément, comme un enfant.

La nuit suivante, les guerriers d'Hayden établirent leur campement à cinq lieues au nord de l'armée adverse, elle-même située à moins d'une lieue de la Porte du Grand Nord. L'ennemi était en vue depuis les murs d'enceinte. Désormais, la Cité savait qu'une force approchait, et les gardes sur les remparts attendaient. Pour Stern et ses camarades, la perspective de revoir la Cité, peut-être le lendemain, était presque insoutenable. Mais parce que l'armée ennemie avait conscience de leur présence, la possibilité d'une attaque était forte, et Hayden avait posté des sentinelles aussi loin qu'il l'avait osé. Pour une raison ou une autre, ses hommes et lui ne fermeraient pas l'œil de la nuit.

Hayden était aussi épuisé que pouvait l'être un homme âgé ayant parcouru à pied vingt-cinq lieues en une seule journée. Les yeux fermés, il était allongé contre son sac, mais n'espérait pas que le sommeil viendrait. Plus les années passaient, moins il dormait, et ce n'était pas entièrement dû à la dureté du sol sous lui. En vérité, c'était parce qu'il s'inquiétait davantage. Jeune général, il établissait ses plans, fermait les yeux et s'endormait aussitôt du sommeil du juste. Mais, ces temps-ci, il revenait sur ses tactiques, les tournait et les retournait dans son esprit, jusqu'à ce que son cerveau las abandonne et qu'il sombre brièvement dans un sommeil peuplé de mort et de cauchemars.

L'ennemi ignorait peut-être quels étaient les effectifs précis de l'armée qui les suivait, mais ses généraux anticipaient une attaque sur leurs chariots chargés de poudre. Selon eux, elle aurait lieu à l'aube, de la manière consacrée. Aussi Hayden maintenait-il son groupe à bonne distance, sur les étendues d'herbe vallonnées. Tout assaut direct sur la poudre noire étroitement surveillée serait du suicide, et sans conteste voué à l'échec. Au lieu de quoi, ils attendaient de voir ce que feraient les ennemis. Lanceraient-ils un assaut général sur la porte ou sur les remparts ? Retiendraient-ils leurs lourds canons, ou les utiliseraient-ils pour commencer l'attaque ?

La seule façon pour les guerriers d'Hayden d'atteindre les chariots de poudre était de le faire à la dérobée. Une opération plutôt délicate à mener quand l'adversaire était sur ses gardes. Selon les éclaireurs, non seulement les chariots étaient surveillés par des gardes lourdement armés, entreposés au cœur même des troupes, mais ils étaient en plus entourés de panneaux de bois érigés à la hâte, destinés à les protéger des flèches enflammées. La réussite ne pourrait s'envisager que lorsque l'ennemi serait engagé dans la bataille. À la première action, après une marche monotone et interminable, le sang des barbares bouillonnerait, et un soldat excité était un soldat inattentif. Là serait le meilleur moment pour infiltrer les rangs ennemis.

Stern s'était porté volontaire pour la mission secrète. Hayden n'en attendait pas moins de lui, mais il refusa. Stern était trop précieux, en tant que figure d'autorité, mais aussi en tant que lieutenant expérimenté. Hayden ne voulait pas prendre le risque de le perdre lors de cette dangereuse entreprise. À la place, il désigna l'un de ses Petrassi, le fantassin Pieter Bly, ainsi que le soldat de la Cité Torix, un vétéran au visage maigre et à l'air renfrogné. Chacun d'eux contournerait largement l'armée étrangère pour l'infiltrer par les flancs, Bly à gauche et Torix à droite. Les soldats ennemis ne creusaient pas de latrines, comme les troupes civilisées, aussi était-il courant de voir des hommes faire des allées et venues dans le campement au cours de la journée. C'était là un manque de discipline, voire une pratique chaotique qui, selon Hayden, tournerait à son avantage.

Ses hommes avaient pris des uniformes sur les cadavres des ennemis trouvés en chemin. En guise de tatouages, des dessins à la cendre noire diluée avec de l'eau furent tracés sur le visage des infiltrés. Toutefois, un coup d'œil même fugace les démasquerait aussitôt : ils ignoraient tout des symboles et insignes de l'ennemi, de leurs codes et mots de passe s'ils en utilisaient, et bien entendu, ils ne parlaient pas un traître mot de leur langue. C'était frustrant, songea Hayden, d'en savoir si peu sur un ennemi qu'ils traquaient pourtant depuis des semaines.

L'aube se leva dans de splendides teintes or et écarlate, marquant le début d'une nouvelle journée, mais aussi celui d'un lent glissement vers l'hiver. Prenant une profonde inspiration, Hayden se mit debout en dépit des protestations de ses genoux et de son dos raide. Il étira sa colonne, balaya du regard la troupe d'hommes et de femmes dépenaillés qui roulaient sur le côté pour se lever, se plaignaient, vérifiaient leurs blessures et leurs armes, ou buvaient l'eau des outres, puis il se dirigea vers l'endroit où Stern et son frère avaient campé. À l'approche du général, Stern se redressa d'un bond.

— Fais donc quelques pas avec moi, dit Hayden en faisant signe à deux officiers petrassi de se joindre à eux.

Que pensaient ses compatriotes de la présence de Stern aux réunions du général, et du fait qu'ils devaient s'exprimer dans la langue de la Cité pour cette même raison ? Hayden ne pouvait que faire des suppositions. Adamus Brel et Josef Menier étaient des professionnels, et Hayden voulait bénéficier de leur expérience et connaître leur avis. Mais il avait aussi besoin de Stern.

— Comment vont les blessés ? demanda-t-il tandis que les quatre hommes marchaient dans les vertes étendues, les grands brins d'herbe sèche bruissant contre leurs bottes.

C'était toujours sa première question de la journée. Stern répondit qu'après une nuit de repos supplémentaire les derniers blessés seraient en bonne voie de guérison.

— Mais il y a cinq malades, ajouta-t-il.

— Cinq ? s'étonna Hayden.

Brel ne put s'empêcher d'intervenir :

— Je croyais que vous ne tombiez jamais malades, vous autres guerriers de la Cité ?

Hayden fronça les sourcils, sentant la peur nouer ses entrailles. Cette maladie, qui avait déjà frappé deux hommes la veille, était soudaine et violente. Il n'avait jamais vu ça. Le pire serait qu'elle soit contagieuse.

Ignorant la pique de Brel, Stern poursuivit :

— Une fièvre attrapée à cause de la traversée du fleuve, j'imagine. Ou c'est peut-être la nourriture de l'ennemi que nous avons mangée.

— Les éclaireurs de nuit sont de retour, annonça Brel au général. Rien à déclarer. L'armée n'a pas bougé.

Hayden n'était pas surpris. Jusqu'à présent, chaque jour de leur voyage, les ennemis s'étaient mis en marche avant l'aube. Ils étaient pressés. Mais à présent que les remparts de la Cité étaient en vue, et qu'ils ne se fiaient plus à de simples rapports, ils devaient s'arrêter et réfléchir à une stratégie.

— Veillez à ce que Bly et Torix se tiennent prêts, ordonna-t-il, même si l'attente risque d'être longue. Une occasion se présentera. Il suffit d'être patient.

Il avait prononcé ces derniers mots sans grande conviction.

— On pourrait procéder à une diversion, suggéra Stern.

Hayden acquiesça.

— J'ai plusieurs idées en tête, mais d'abord nous devons savoir ce qu'ils prévoient.

Il ne partagea pas avec eux sa crainte que les trois chariots de poudre soient eux-mêmes une diversion. Peut-être les barils de poudre avaient-ils déjà été déchargés et distribués au sein de l'armée. Dans ce cas, les chariots surveillés qu'ils visaient ne seraient qu'un leurre, autrement dit un piège.

La journée fut longue et frustrante. L'ennemi ne bougeait pas. L'armée d'Hayden restait tendue, en état d'alerte. Ses éclaireurs lui rapportèrent que les troupes ennemies démontaient leurs radeaux et bateaux, laborieusement traînés depuis les Goulets, pour construire des échelles. Pour Hayden, ce furent d'excellentes nouvelles. S'ils prévoyaient d'utiliser des tours de siège, cela signifiait qu'ils ne comptaient pas se servir de leurs canons. Du moins pas dans l'immédiat.

Le crépuscule allait tomber quand Tremblote revint de sa mission d'éclaireur pour l'informer qu'enfin l'armée ennemie se mettait en branle. La manœuvre était connue : l'armée gagnerait du terrain à la faveur de la nuit et, à l'aube, les défenseurs sur les remparts découvriraient quarante mille soldats ennemis déployés devant eux. La surprise serait toutefois de courte durée. C'était une tactique spectaculaire, et une fois de plus Hayden se demanda qui était derrière tout ça.

Les deux volontaires, Bly et Torix, insistèrent auprès du général pour tenter d'atteindre la poudre. Hayden y réfléchit longuement. Ils auraient plus de chances de réussir s'ils menaient une attaque éclair simultanée à l'arrière de l'armée ennemie. Il pouvait envoyer ses cinquante soldats les plus véloces, armés de couteaux. L'ennemi ne disposait pas de cavaliers à proprement parler, tous avaient été envoyés au sud. Combien de fantassins les généraux ennemis seraient-ils prêts à gaspiller pour pourchasser cinquante soldats, alors que les remparts de la Cité étaient en vue ? À minuit, sa décision était prise. La poudre noire représentait un élément crucial des plans de l'ennemi. S'il parvenait à la détruire, cela vaudrait le sacrifice de tous ses soldats, jusqu'au dernier, s'il fallait en arriver là. Il convoqua ses trois lieutenants et leur exposa le fruit de ses réflexions. Ils hochèrent la tête d'un air grave. Ils savaient que c'était une mission suicide, mais aucun n'exprima son désaccord.

— Qui la force de diversion va-t-elle attaquer ? demanda Stern.

— Les gardes chargés de surveiller les canons, répondit Hayden. On ne peut pas les détruire, ni les voler, si l'on est réaliste : ils sont trop lourds et ne servent à rien sans poudre noire. L'ennemi aura donc affecté à cette tâche ses guerriers les moins compétents : les gros, les lents et les simplets.

— On ne peut pas l'affirmer avec certitude, mon général, s'inquiéta Brel.

— Non, mais il nous faut une cible plausible pour notre attaque. On ne veut pas que cela ressemble à une diversion. Un assaut sur les canons serait effectivement stupide, mais n'oubliez pas qu'ils ignorent à qui ils ont affaire. Nous pourrions fort bien être de parfaits idiots.

Au fond de lui, il se demanda s'ils ne l'étaient pas réellement.

Stern mènerait l'attaque destinée à faire diversion. Il avait convaincu le général, et il n'y avait pas d'autre choix. Les soldats de la Cité accepteraient de le suivre et obéiraient aux ordres. Il ne pouvait en dire autant d'aucun autre guerrier parmi eux.

Son frère devait rester en arrière. Pour Stern et ses camarades, la raison était évidente, mais pas pour Benet.

— Tu n'y vois rien, lui dit Stern pour la centième fois. (Puis, quand il en eut plus qu'assez, il déclara d'un ton brutal :) Tu nous condamnerais tous ! Tu serais un handicap. Nous ne pouvons pas nous occuper de toi.

— Je n'ai pas besoin qu'on s'occupe de moi, répliqua Benet d'un air boudeur. Je suis venu en renfort au fleuve, pas vrai ? J'ai tué ce gros balourd.

— Ce n'est pas la même chose. Aujourd'hui, on va devoir utiliser nos yeux.

— Mais je te jure que j'y vois clair ! (Benet regarda autour de lui, prêt à désigner, une fois de plus, ce qu'il distinguait. Il tendit un doigt vers l'autre bout de la plaine.) Je vois l'oiseau, là-bas. Celui à qui il manque un cil.

Stern sourit comme il se devait, mais la plaisanterie avait perdu toute saveur depuis longtemps. Il posa la main sur l'épaule de son frère.

— Nous nous en sortirons tous les deux, dit-il. Nous rentrerons tous les deux chez nous, quand ce sera terminé. Ne t'en fais pas, tu auras ton rôle à jouer. J'y veillerai. Mais pas aujourd'hui.

— Je ne veux pas rester à l'arrière avec les femmes ! insista Benet d'un ton irrité.

Mais Stern vit qu'au fond de son cœur il avait capitulé.

— Il n'y a pas que les femmes. La plupart d'entre nous resteront à l'arrière, se justifia-t-il. Seuls les plus rapides y vont. Et les archers.

Benet savait tout cela : on n'avait cessé de le lui répéter.

— Maudits archers, grommela-t-il, comme Stern s'y attendait.

Il fut atterré quand son frère l'entoura brusquement de ses bras. Sa moustache lui chatouilla l'oreille lorsque Benet chuchota :

— Ne me laisse pas, frérot. Tu as raison, je n'y vois rien. Je suis presque aveugle.

Sa voix était chargée d'émotion. Plein de compassion, Stern lui assura :

— Juste cette fois. Après, on restera ensemble. Tout va bien se passer, je te le promets.

Une promesse qu'il ne pouvait tenir, tous deux en avaient bien conscience.

Alors que les doigts de l'aube s'infiltraient dans la plaine, Stern attendait, accroupi dans les hautes herbes qui ondulaient sous le vent froid du nord. Il avait revêtu une armure légère composée seulement d'un plastron, d'un kilt et d'une casquette de cuir. Il avait pour seules armes deux dagues, pas d'épée. Il leur fallait être lestes. Songeant aux deux infiltrés, Torix et Pieter Bly, qui à présent se dirigeaient furtivement vers les flancs ennemis, il porta une main à son cœur et pria les dieux de la glace et du feu qu'ils permettent à ces deux héros, s'ils devaient mourir, d'être accueillis dans les Jardins de pierre. Il ignorait quels dieux vénéraient Bly et les autres hommes de Petrus, mais un héros restait un héros, quelle que soit son origine. Il regarda Brel, le capitaine petrassi agenouillé à ses côtés. Ce dernier, les yeux brillants, lui rendit son regard. Stern comprit qu'il voulait faire la course : ce serait à qui arriverait le premier chez l'ennemi. Brel agissait comme si c'était une compétition entre Stern et lui, même si la récompense qui les attendait probablement était la souffrance et la mort.

Les pensées de Stern se tournèrent vers la montre qu'Hayden lui avait montrée plusieurs jours auparavant. Elle aurait été utile pour coordonner leurs actions, songea son côté pratique, même si son côté superstitieux craignait toujours l'aura magique que dégageait l'objet.

Brel lui lança de nouveau un regard impatient, l'incitant en silence à donner l'ordre d'agir. Stern choisit d'attendre encore un peu. Cinquante battements de cœur de plus, songea-t-il, pour donner du temps aux deux hommes.

Mais la décision fut prise pour lui. Il entendit des ordres criés dans une langue étrangère, un tambourinement sonore, puis le fracas de milliers de bottes lorsque les ennemis s'élancèrent en avant, frappant leurs épées sur leurs boucliers, scandant leurs chants : « À mort ! À mort ! À mort ! »

Stern se leva discrètement, fit signe à ses hommes et se mit à courir aussi vite et aussi silencieusement que possible vers l'arrière de l'armée ennemie.

Au début, il ne vit devant lui que de l'herbe à hauteur d'épaule, puis la bannière ennemie qui, lugubre, flottait dans la brise, et enfin les silhouettes des chariots. Au-delà, pour la première fois, il distingua le rempart nord de la Cité. Il sentit son moral remonter en flèche, mais reporta aussitôt son attention sur sa cible.

Les gardes chargés de la surveillance des canons n'étaient pas les sauvages tatoués qu'ils avaient vus jusque-là. Leur armure était solide, mais ils étaient lents. Soit Hayden avait raison, soit ils étaient trop occupés à observer la progression de leurs camarades. Les hommes de la Cité leur tombèrent dessus sans difficulté. Stern enfonça son couteau dans le cou d'un soldat qui, bouche bée, regardait dans l'autre direction, et le ressortit alors qu'il s'effondrait. Deux autres gardes se retournèrent mollement. Stern égorgea l'un d'eux et Brel planta son couteau dans l'œil de l'autre.

Il n'y avait guère plus de vingt hommes autour des canons. Les soldats de Stern les éliminèrent en très peu de temps. Mais l'alerte – un coup de corne puissant – fut donnée, et ils se surent condamnés. Le cœur battant la chamade, Stern plongea entre les canons, leur jetant des coups d'œil frénétiques pour trouver quelque chose à saboter, à voler. Quelque chose qui ferait la différence. Dans le fracas des épées qui s'abattaient sur les boucliers et les armures, les grognements et les cris des combattants, il examina les canons avec un sentiment d'impuissance, se rendant compte qu'il n'y connaissait rien. Il essaya de soulever l'extrémité de l'un d'eux. Peut-être que trois ou quatre hommes pourraient en voler un, s'ils avaient tout le temps devant eux, et personne pour attenter à leur vie. Y avait-il un moyen de les saboter ? Il n'en voyait aucun. Ce n'étaient que des cylindres métalliques, ouverts à une extrémité. Stern les oublia et grimpa sur le chariot d'à côté. Là, il trouva les boulets de fer et de pierre. Malgré leur poids, il pouvait en soulever. Et ensuite, quoi ?

Il entendit un bruit de bottes et, du coin de l'œil, aperçut une ombre vacillante. Il se baissa au moment où une épée faisait voler en éclats le bois au-dessus de sa tête. Il se retourna et, avec un boulet, frappa le garde au visage. Un autre homme se dressa ; il lui assena un coup de coude dans la mâchoire, puis abattit le boulet sur son casque. L'homme s'effondra. Un soldat armé d'une épée bondit sur le chariot, mais Stern descendit de l'autre côté, roula en dessous puis rampa pour se glisser sous le suivant. Lorsqu'il se releva, il était seul. Il grimpa d'un bond sur un autre chariot pour voir ce qui se passait. Tout autour de lui, ses camarades étaient surpassés en nombre par une compagnie de fantassins, mais les ennemis étaient ralentis par leurs armures, et les chariots rapprochés accrochaient leurs épées au passage. Ses propres hommes comptaient sur leur vélocité, leur agilité et leurs couteaux affûtés. Stern regarda au sud, vers la Cité.

Il s'arrêta, le sang battant à ses oreilles. Les remparts gris se dressaient au-dessus d'une mer d'hommes armés. La clameur ambiante parut diminuer, et pendant un instant il crut avoir sous les pieds les pavés familiers de la Cité, goûter son air sur sa langue, entendre le vacarme de la foule, sentir la puanteur de ses rues – la merde, la pourriture et la mort, mais aussi le pain chaud, la bonne bière et le parfum des femmes. À ce moment-là, il sut que jamais plus il n'y retournerait. Il lui tourna le dos.

Il décréta que leur mission de diversion était accomplie. Les yeux ennemis qui ne seraient pas posés sur les remparts le seraient sur Stern et ses camarades, et non pas, il l'espérait, sur les chariots de poudre. Ils avaient donné à Torix et à Bly le meilleur d'eux-mêmes sans mourir pour la cause. Il hurla :

— En arrière ! (Il sauta à bas du chariot.) En arrière ! En arrière ! En arrière !

Ses hommes prirent leurs jambes à leur cou, du moins ceux qui en étaient encore capables. La respiration haletante, Stern sentait le vent fouetter son visage. À tout moment, il s'attendait à recevoir une flèche ou un coup d'épée dans le dos. Il jeta un coup d'œil en arrière : ils s'éloignaient, creusant l'écart entre l'ennemi et eux. Ils atteignirent le premier repère, une épée plantée dans le sol et surmontée d'un casque, puis Stern cria :

— À terre !

Chaque homme se laissa tomber comme une pierre. Les vingt archers cachés dans les hautes herbes se dressèrent devant eux. *Un, deux, trois, quatre, cinq*, compta Stern en se remettant à courir.

— En arrière ! En arrière ! En arrière ! hurla-t-il.

Ses hommes se remirent à courir, ainsi que les archers. Stern rejoignit le deuxième repère et brailla :

— Archers !

Ses hommes et lui continuèrent à courir. Les archers pivotèrent et firent de nouveau pleuvoir cinq volées de flèches sur les ennemis lancés à leur poursuite. Puis ils s'élancèrent dans l'autre sens.

Le troisième repère était en vue. Stern avait les poumons en feu. Il n'avait pas l'habitude de courir, ses jambes lui paraissaient aussi lourdes que du plomb. Le repère atteint, il ralentit l'allure avec soulagement et fit volte-face pour affronter les derniers ennemis. Puis le reste de l'armée d'Hayden, les civils qui la suivaient ainsi que les blessés et malades se levèrent de chaque côté dans les herbes et, hurlant, se précipitèrent sur les flancs ennemis avec toutes les armes qu'ils avaient pu trouver. Stern sentit qu'on lui fourrait dans la main la poignée d'une épée. Oubliant toute fatigue, il se rua sur l'ennemi. Il éventra un homme et en égorgea un deuxième. Alors que le sang de son adversaire giclait, Stern sentit le sien bouillonner dans ses veines.

Le combat fut bref. Les soldats lancés à leurs trousses étaient à peine plus nombreux qu'eux, et épuisés par leur course en armure. De plus, ils n'étaient pas aussi aguerris que les combattants de la Cité, eux-mêmes animés de la soif de vengeance.

Quand tout fut terminé et que les survivants ennemis commencèrent à battre en retraite, puis à courir se réfugier au sein de leur armée, Hayden prit une branche dans le feu qu'ils avaient allumé et la jeta dans les hautes herbes. Le vent du nord soufflait fort, et les brins secs s'embrasèrent rapidement. Les flammes ne tardèrent pas à se propager en direction de la horde d'ennemis.

Couverts par la fumée, Hayden et sa petite armée se mirent en route pour le Nord-Est, les hommes valides soutenant les blessés. À la nuit tombée, ils arrivèrent à l'endroit choisi la veille par leurs éclaireurs pour dresser leur campement. Ils se laissèrent tomber à terre, fatigués mais ivres de joie. Alors qu'ils s'occupaient des blessés, Brel indiqua qu'ils n'avaient perdu que quatorze guerriers, contre une centaine chez l'ennemi. Du bon travail, mais Hayden estimait que la mission serait un succès seulement quand ils entendraient les chariots de poudre exploser. Ils patientèrent, l'oreille tendue. À mesure que le temps s'écoulait, leur joie se mua en angoisse, puis en peur pour leurs deux camarades.

Cette nuit-là, une tempête se forma à l'ouest ; des vents forts et une pluie battante signalèrent le début de l'hiver. Assis sous un auvent de fortune, Hayden et ses officiers observaient le sud, attendant le retour de Torix et Pieter Bly. Mais ils ne revinrent jamais.

Chapitre 39

Assis dans le coin d'un cellier du palais, le gulon à la fourrure bigarrée démembrait un pigeon. Les plumes sèches et poussiéreuses du volatile faisaient tousser la créature. À chaque quinte, il regardait Valla, comme pour s'excuser.

C'était le gulon qui avait contraint Valla à dormir dans le cellier. Bien qu'elle ne fût plus membre d'une centurie, elle portait toujours la livrée noir et argent des Mille, et le chef des Ours Argentés l'avait autorisée à contrecœur à utiliser leurs baraquements. Toutefois, durant les courts instants où Valla quittait l'impératrice pour dormir, la présence du gulon dégoûtait les autres soldats. Ils avaient entendu parler de sa résurrection alors qu'il était à l'agonie. Au lieu de considérer la bête avec respect, ils l'observaient d'un œil méfiant et, quand elle était près d'eux, se signaient pour se protéger contre le mal. Ils n'osaient pas la maltraiter, mais Valla avait fini par installer son matelas dans un cellier, derrière les cuisines du palais, pour ne pas avoir à supporter leurs superstitions et leur ressentiment.

Le gulon était désormais tout à fait remis de l'épreuve qu'il avait endurée. D'après Valla, la plaque dépourvue de poils sur sa tête semblait plus petite, et ses oreilles paraissaient moins abîmées. Avait-il rajeuni ? Et elle ? Elle était prête à le croire, à présent qu'elle avait expérimenté les talents de guérisseuse de l'impératrice. Elle avait déjà été témoin du pouvoir destructeur de Marcellus. Les Serafim l'émerveillaient. Elle les considérait comme des dieux, fussent-ils terrestres.

Les nouvelles arrivaient quotidiennement au Palais Blanc, chaque jour plus mauvaises. D'abord, l'ennemi avait assiégé la Porte du Grand Nord. Ensuite, une deuxième force avait attaqué la Porte du Paradis. Enfin, on craignait qu'une troisième armée ne marche vers la brèche du Mur Adamantin, ouvert et vulnérable depuis que l'inondation avait détruit le rempart et le sud de la Cité, un an auparavant.

Les rumeurs les plus sombres circulaient au sujet de l'ennemi le plus terrifiant qui soit : une épidémie aurait éclaté parmi les défenseurs des deux Grandes Portes.

Les gens fuyaient la Cité. Les routes au sud étaient bondées de calèches de nantis et de chariots de marchands. Les pauvres avaient empilé leurs biens sur des ânes ou sur leur dos. Tous essayaient de s'échapper par bateau via la Porte de la Mer. « Bande de lâches ! » criait Archange chaque fois qu'elle entendait cette nouvelle. Son entourage approuvait, mais Valla se gardait de donner son avis. C'était bien beau de se montrer téméraire face à la guerre et à la maladie quand on n'y était pas confronté de près, et qu'on menait une existence monotone sur la montagne.

Valla frémissait d'impatience à la perspective de retourner se battre. Elle espérait obtenir de la vieille femme la permission de la quitter pour mettre ses compétences au service de la Cité, mais elle savait que c'était peine perdue. Archange le lui avait clairement signifié lorsqu'elle l'avait autorisée à arborer de nouveau la livrée noir et argent : Valla était garde du corps de l'impératrice. Un rôle très honorifique, mais Valla cherchait déjà à se libérer de ses chaînes.

Elle pouvait seulement protéger l'impératrice et observer, avec un certain mépris, les futilités que l'impératrice devait gérer. Nombreux étaient ceux qui lui demandaient une audience : guerriers, conseillers, marchands, gens du peuple. Même en temps de guerre, une partie de la journée de l'impératrice devait être consacrée à parler évacuations d'égouts, importation de pierre et de bois, célébrations de festivals divers… Ce matin-là, il lui fallait sacrifier dix colombes blanches à la déesse Vashta, dont le règne des longues nuits commençait.

Alors que les journées s'écoulaient lentement, Valla commença à craindre pour Archange elle-même, car elle la voyait dans son intimité, dont peu étaient témoins : à son réveil après une petite sieste, confuse et désorientée, ou à la fin d'une longue journée chargée. À mesure qu'on entrait dans l'hiver, l'impératrice semblait s'affaiblir. Elle paraissait plus vieille, plus tassée. Les rares fois où elle se tenait debout, elle marchait appuyée sur l'un de ses gardes, ou sur un domestique. Son regard était éteint, sans profondeur ni vitalité. Sa petite-fille, Thekla, habitait désormais en permanence au palais, et toutes deux passaient de longues heures ensemble. Même Valla en était exclue.

Elle avait appris que Dol Salida, le vieux conseiller, accomplissait une grande partie du travail de routine de l'impératrice, mais il était mort, assassiné, disait-on, par les mêmes intrus qui avaient tué le chef de la sécurité. L'autre proche confident d'Archange, Evan Broglanh, avait disparu au cours de l'été, nul ne savait où. Les seules personnes à qui

Archange se confiait ces temps-ci étaient sa petite-fille et un seigneur aux yeux noirs du nom de Jona Lee Gaeta, qui s'était glissé dans la place laissée vacante par Dol Salida. Ce Jona était aussi taciturne que discret dans ses déplacements. L'impassibilité qui émanait de lui, semblable à celle d'un chat surveillant un trou de souris, mettait Valla mal à l'aise. On racontait parmi les soldats que les Gaeta étaient dotés de pouvoirs mystiques, et elle avait vu les dieux de la glace et du feu être invoqués dans le dos de Jona. Le Palais de Fer, résidence des Gaeta qui se dressait sur la face nord du Bouclier, était prétendument un lieu où l'on entrait rarement, et d'où l'on sortait plus rarement encore.

Pendant ce temps, condamné à mort, Rubin croupissait dans une cellule. Au fil des jours, Valla avait de plus en plus de mal à croire que, la Cité étant si menacée, Archange comptait exécuter sa sentence en le traînant depuis la montagne jusqu'à l'amphithéâtre pour le massacrer officiellement. Une pensée traîtresse germa dans son esprit : la veille de son exécution, si Archange n'avait pas changé d'avis, Valla pouvait peut-être le libérer elle-même. Cette seule idée lui donnait des sueurs froides. Non qu'elle craignît la fureur de l'impératrice – même si elle la craignait bel et bien –, mais chaque instant de son existence, depuis qu'elle avait revêtu cette armure, était dévoué à la Cité et à son souverain. Si elle mettait au défi les ordres de ce souverain, quel sens aurait sa vie ? Pour le temps qu'il restait à vivre à Rubin, le moins qu'elle pouvait faire était de s'assurer qu'il ne manque pas de nourriture. Elle n'était pas autorisée à le voir.

— Valla ! appela un soldat.

L'impératrice était réveillée. La journée de Valla commençait. Elle se leva, boucla son ceinturon et attrapa son casque. Elle jeta un coup d'œil au gulon, qui avait interrompu son repas pour lever la tête vers elle, puis elle partit.

En temps normal, lorsqu'Archange se trouvait seule, et seulement dans ses périodes d'éveil et dans les pièces qu'elle fréquentait dans la journée, elle tolérait la présence d'un garde armé, même si une dizaine d'entre eux n'étaient jamais loin, toujours en alerte. Quand Valla s'était vu attribuer ce rôle, elle avait été emplie de fierté, mais, à mesure que les jours passaient, la frustration l'avait vite remplacée. La Cité était attaquée, et même l'air semblait chargé de menaces. Valla voulait être au cœur de l'action, comme à l'époque où elle faisait partie des Chiens de Guerre.

Les gardes de nuit n'avaient rien eu à signaler à la fin de leur service. Valla trouva Archange dans son salon, étendue sur le divan près de la fenêtre. Elle paraissait somnoler. Thekla était avec elle. Elle leva les yeux vers Valla quand cette dernière entra.

— Soldat, aide-moi à mettre l'impératrice au lit.

Un peu gênée de toucher Archange, Valla glissa un bras sous les épaules de la vieille femme, un autre sous ses genoux, et la souleva délicatement. C'était comme porter un sac d'os ; Valla avait peur de la blesser. Les paupières entrouvertes, la respiration superficielle, Archange semblait à peine consciente. Elle était froide comme la mort.

— Elle a dû veiller toute la nuit, chuchota Thekla. Elle est épuisée.

Valla porta l'impératrice jusqu'à sa chambre et l'allongea doucement sur le gigantesque lit. Thekla rabattit l'édredon chaud sur elle, puis Valla reprit son poste à côté de la porte.

Dans la lumière crue de l'aube, le visage d'Archange était émacié, ses yeux profondément enfoncés dans leurs orbites. Elle marmonna quelque chose et Valla comprit :

— Le voile. Apporte-moi le voile.

— Je ne peux pas, lui souffla Thekla. Il a disparu.

— J'en ai besoin.

La vieille femme lutta faiblement pour se redresser. Sa petite-fille la repoussa gentiment.

— Tiens, bois cette tisane médicinale.

Elle lui tendit un gobelet.

Dans une soudaine bouffée de rage et de force renouvelée, Archange le balaya d'un revers de la main. Il tomba et vola en éclats.

— Où est le voile ? demanda-t-elle.

Thekla lui murmura des paroles que Valla n'entendit pas. Celles-ci parurent apaiser la vieille femme, qui s'allongea de nouveau et somnola. Thekla ramassa les bris du gobelet et se rassit pour contempler sa grand-mère.

Valla se demanda de quoi souffrait l'impératrice. Était-ce le grand âge, ou la maladie ? Pourquoi Archange ne se soignait-elle pas, comme elle soignait les autres ? Peut-être n'était-elle pas en mesure de le faire, sinon pourquoi utiliser ses pouvoirs sur une modeste créature au lieu de le faire sur elle-même ?

— Soldat ?

Thekla la regardait.

— Oui, ma dame ?

— Comment t'appelles-tu ? Tu es toujours là.

— Valla, ma dame.

— Valla, ne parle pas de ce que tu vois ni de ce que tu entends.

— Non, ma dame. Mais…

— Oui ?

— Puis-je aller récupérer ce voile pour elle ? Je le ferai, si c'est en mon pouvoir.

— Non, il est perdu.

— Dans ce cas, peut-on en confectionner un autre ?

Thekla secoua ses boucles noires.

— Ce n'est pas un simple accessoire. Le Voile du Gulon est un objet ancien doté de grands pouvoirs, que l'on a utilisé au fil des siècles pour guérir et protéger. On ne peut ni le refaire ni le remplacer, comme ce gobelet brisé. (Elle regarda la vieille femme.) Sans lui, l'impératrice peut guérir, mais elle gardera des séquelles. Tu ne comprendrais pas.

Agacée par cet affront, Valla se mordit la langue, puis dit avec déférence :

— Je connais les pouvoirs de l'Immortelle, ma dame. Elle m'a guérie d'une grave blessure. Je lui dois la santé et la vie. Je l'aiderais, si je le pouvais.

Thekla se tourna vers elle et l'observa de ses yeux gris perçants.

— Elle t'a soignée ?

— Oui, ma dame. Ainsi que le gulon.

Elle rougit. La femme la prendrait pour une idiote. Cependant, Thekla se contenta d'acquiescer.

— Oui, elle m'en a parlé. Je trouvais qu'elle avait tort de sauver cette bête aux dépens de sa propre santé. Mais Archange se montre parfois… sentimentale. Le gulon est une créature ancienne.

Valla trouvait qu'Archange était aussi sentimentale qu'une pierre. Elle demanda toutefois :

— Vous le connaissez ?

— J'en ai entendu parler. Je crois que c'est le gulon qui avait l'habitude de suivre Saroyan. Cela l'agaçait beaucoup.

Elle esquissa un sourire.

— Pourquoi la suivait-il ? s'enquit Valla.

Thekla haussa les épaules.

— Qui sait ce qui se passe dans l'esprit d'un tel animal ? L'impératrice aimait beaucoup Saroyan. Peut-être est-ce pour cela qu'elle l'a soigné.

» Ou bien, ajouta-t-elle, peut-être parce que c'est la seule chose qui soit aussi âgée qu'elle dans le palais.

Valla regarda l'impératrice, qui à présent dormait tranquillement.

— Va-t-elle mourir ? demanda-t-elle à voix basse.

Thekla leva les yeux vers elle.

— Nombreux sont ceux qui voudraient connaître la réponse à cette question.

Giulia Rae Khan n'était pas morte. Elle l'avait pourtant ardemment souhaité. Après l'attaque cardiaque qui l'avait terrassée au décès de son frère, elle était restée des jours durant dans un état proche de la mort, mais son cœur blessé avait fini par retrouver son rythme, le riche sang des Serafim, plus puissant, avait circulé dans ses veines, et elle avait accepté de vivre quelque temps encore.

Pendant un moment, tandis qu'elle était assise dans son lit, observant la route vers le nord, elle avait espéré qu'il s'agissait d'une terrible erreur, ou d'une ruse de l'ennemi, et qu'un jour Marcus reviendrait, perché sur son cheval.

Ils avaient déjà été séparés par le passé, en plusieurs occasions : lors de son bref et amer mariage avec Marcellus, à cause des liaisons malheureuses de Marcus, quand il livrait bataille loin d'ici, et quand elle s'était absentée pendant son voyage d'une année. Mais dans leur cœur ils étaient toujours ensemble, et ils savaient qu'ils seraient toujours réunis, car chacun était plus précieux pour l'autre que n'importe quel fugace élan du cœur ou de l'entrejambe.

Ayant enfin accepté de devoir continuer à vivre, Giulia avait décidé d'assumer son rôle. Aussi, par une matinée d'automne ensoleillée, elle commanda un copieux petit déjeuner et tourna de nouveau son visage vers le monde.

Quand on lui avait rapporté l'enlèvement de Fiorentina, son premier réflexe avait été de se dire « Bon débarras. » Mais elle avait vite retrouvé sa façon d'aborder la vie et conclu qu'il s'agissait là d'un affront qu'elle ne pouvait supporter. Elle exigea de voir Jona Lee Gaeta, mais on l'informa qu'il se trouvait auprès de l'impératrice. Il était le seul à qui Giulia avait soufflé mot de la grossesse de la jeune femme, et il n'aurait eu aucun intérêt à l'enlever pour son profit. Comme toujours, ses soupçons se portèrent donc sur Archange, qui devait être l'instigatrice de cette offense.

Elle informa ses domestiques qu'elle quittait le palais et ordonna que l'on selle son cheval préféré, requête qui provoqua l'inquiétude chez ses vieux serviteurs. Elle finit toutefois par revêtir une chaude tenue de cavalière et monta sur son hongre favori.

Tandis que l'animal remontait le Sentier des Coquillages, suivi par une escorte de six gardes, elle observa les alentours avec intérêt. Les ouvriers qui travaillaient dur pour réparer les dégâts de la tempête ôtèrent leur casquette sur son passage et inclinèrent la tête. La plupart étaient âgés ; ils la connaissaient et la traitaient avec le respect qui lui était dû. Elle contempla la Cité au loin alors que le cheval montait encore. Pour la première fois depuis la mort de Marcus, elle sourit. On lui avait dit qu'une grande armée se trouvait aux portes nord. Cette nouvelle ne la troublait pas. Elle ne craignait pas la mort. Peut-être que ces envahisseurs étrangers, quels qu'ils soient, forceraient Archange à rendre compte des crimes qu'elle avait commis. La meurtrière d'un empereur, même si Giulia n'aimait pas Araeon, ne devait pas rester impunie.

Lorsque le Serafia fut en vue, elle fit une pause, le cœur assailli par des émotions diverses. L'édifice était magnifique, peut-être la plus belle création de toutes. Il semblait flotter au sommet de la montagne, sa myriade de flèches blanches effilées comme des aiguilles transperçant le dôme du ciel. Certaines tours étaient reliées au reste du palais par des ponts délicats qui, par un mystérieux pouvoir, paraissaient suspendus dans le vide. Entre les tours, un couple d'aigles s'éleva dans les airs, penchant leurs ailes pour attraper les courants.

À son arrivée, Giulia trouva les portes closes. Tout était calme. Elle ne vit personne sur les remparts. Seuls les aigles volaient, haut dans le ciel. Elle fit un signe à Amylas, le chef de son escorte. L'homme mit pied à terre et frappa sur les portes de son poing recouvert d'un gantelet. Seul le silence lui répondit. D'un signe de tête agacé, elle enjoignit au soldat de recommencer. Il frappa longuement et fortement. Ils attendirent.

Enfin, le silence fut brisé par le bruit d'une barre qu'on soulevait, et les portes frémirent. Une fente apparut au milieu et l'un des deux battants s'ouvrit suffisamment pour qu'un homme puisse s'y glisser. C'était un simple soldat, qui les regarda sans rien dire.

— Je suis dame Giulia Rae Khan, annonça-t-elle, pensant s'adresser à un rustre qui ne la reconnaissait pas. Je souhaite voir l'impératrice.

— Son Altesse ne reçoit personne, rétorqua-t-il.

Il se retirait quand elle insista sèchement :

— Elle acceptera de me recevoir, soldat. Dis-lui que je suis là.

L'homme retourna derrière la porte et la referma. Ils patientèrent en silence. Giulia fulminait. Enfin, le battant s'ouvrit de nouveau. Giulia remarqua avec satisfaction que le soldat qui apparut cette fois, grand et blond, était un commandant des Mille.

— Je suis sincèrement navré, dame Giulia, mais l'impératrice ne reçoit personne.

— Où est l'enfant ? explosa-t-elle, incapable de contenir sa colère plus longtemps. Dis à Archange que je sais qu'elle a enlevé le bébé !

Il fronça les sourcils.

— Il n'y a pas de bébé au Palais Blanc, déclara-t-il, modèle de calme et d'indifférence. Je vous assure. Souhaitez-vous que je transmette un message à l'Immortelle ?

L'emploi de ce titre ne fit que décupler la fureur de Giulia.

— L'Immortelle ? cracha-t-elle, laissant libre cours à sa rage. Je connaissais Archange à l'époque où elle n'était personne, juste une catin qui écartait les cuisses devant n'importe quel homme pour servir son ambition ! C'est une chienne fourbe et malveillante. Elle l'a toujours été. Voilà le message que tu peux lui transmettre, soldat !

Elle rejeta la tête en arrière.

— Où est le bébé, Archange ? hurla-t-elle à pleins poumons. Où est la sœur de la catin ? Les as-tu déjà tués tous les deux ?

Ses vociférations se répercutèrent contre les murs, résonnèrent entre les tours et leur revinrent, pareilles aux cris lointains des mouettes.

Le soldat disparut, les portes blanches se refermèrent, et le silence retomba.

Giulia porta les mains à son cœur affolé.

— Chienne, cracha-t-elle en faisant tourner bride à son cheval pour rentrer chez elle.

Même Fiorentina ignorait où elle était. On l'avait conduite inconsciente dans cette prison et abandonnée là. Cela faisait des jours qu'Alafair et elle étaient enfermées ici, sans explications ni visiteurs hormis la brute silencieuse qui les gardait et leur apportait à manger. La nourriture n'était pas mauvaise, mais les deux femmes avaient du mal à l'avaler, pour des raisons différentes : Alafair parce qu'elle était terrifiée, Fiorentina parce qu'elle avait perdu l'appétit depuis qu'elle avait la sensation que son corps était rempli. Elle avait demandé au geôlier d'appeler son supérieur, mais il avait fait mine de ne pas l'entendre. Elle s'était même demandé s'il n'était pas muet. Un jour, on lui avait dit – Rafe peut-être – qu'on arrachait la langue des gardiens des Cachots de Gath pour qu'ils ne conspirent pas avec les prisonniers. Ses pensées la ramenaient constamment à de telles atrocités.

Fiorentina supposa qu'on l'avait enlevée et qu'on la maintenait en vie à cause du bébé qu'elle portait. Elle ne voyait pas d'autre raison. On ne lui ferait donc pas de mal jusqu'à la naissance. Après tout, si ses ravisseurs voulaient que l'enfant meure, ils les auraient tués tous les deux au palais des Khan. Mais, une fois le garçon né, auraient-ils encore besoin d'elle ? La perspective de mourir ne l'inquiétait pas : sans son époux, ses journées étaient vides, et n'importe qui serait capable d'élever le bébé. Elle voulait au moins le voir après sa naissance, voir son petit visage, voir son seigneur renaître à la vie. Alors elle mourrait satisfaite.

La pièce où elles demeuraient, quelle qu'elle soit, était à peu près confortable, même si l'odeur de camphre et de poussière qui y régnait indiquait qu'elle n'avait pas servi depuis longtemps. Exiguë et peu meublée, elle était pourvue d'une fenêtre à barreaux qui ne laissait voir que le ciel. Elle était assez fraîche la nuit et assez chaude le jour. Il y avait même un endroit pour prendre un bain. Oui, pensa-t-elle, sa prison était relativement confortable, mais cela restait une prison.

Une nuit, elle se réveilla, le cœur battant la chamade.

Le clair de lune baignait la pièce. Dans son sillage argenté, au bout de son lit, se tenait une petite femme ratatinée à la chevelure blanche en broussaille.

Elle était minuscule, mais ses yeux immenses dans son visage ridé trahissaient une volonté de fer. Elle afficha un sourire édenté et contourna le lit d'un pas traînant. Elle tendit une main aux ongles longs comme des couteaux et toucha le ventre de Fiorentina. La jeune femme, gonflée et impuissante dans les derniers jours de sa grossesse, ne put que pousser un faible cri. Alafair, blottie sur le canapé, continua à dormir.

La vieille bique chuchota :

— Est-il comme son père ? Est-il mort, là-dedans, petite ?

Fiorentina tressaillit et voulut s'écarter pour échapper aux griffes acérées de la femme.

Puis elle disparut. Seul le clair de lune brillant qui filtrait à travers la fenêtre à barreaux la perturbait.

Avant de se retourner maladroitement pour replonger dans le sommeil, Fiorentina vit par la fenêtre le visage d'un homme qui la regardait. Croyant qu'elle rêvait toujours, elle s'endormit. Toutefois, à son réveil le lendemain matin, elle était persuadée que celui qui l'épiait était Marcellus.

Chapitre 40

La fin de l'été était vite arrivée, et l'automne n'eut pas le temps de s'installer. Les chaudes journées avaient paru interminables. Lorsqu'elles prirent fin, le froid et la pluie leur succédèrent, et là aussi le temps sembla s'écouler indéfiniment.

Les armées d'invasion campées à l'extérieur des Grandes Portes se réjouissaient de la pluie : leurs chefs avaient eu des difficultés à abreuver quatre-vingt mille hommes durant leur long trajet vers le sud. Ils ne craignaient pas l'hiver, car sur leurs terres d'origine régnait un froid polaire, et les vents qui soufflaient sur les steppes étaient considérés comme une manifestation de la force et de l'endurance implacables de leurs guerriers.

Les troupes de la Cité qui défendaient la Porte du Grand Nord étaient abritées des plus grosses tempêtes, et le froid mordant ne modifiait guère leurs journées : elles les passaient à surveiller les remparts, éviter les flèches ennemies tout en délogeant les frêles échelles des envahisseurs, et ériger des murs défensifs derrière la porte au cas où l'ennemi parviendrait à la franchir. On les avait avertis du danger que représentaient les canons, même si les simples soldats étaient peu enclins à croire à l'existence d'une arme qu'ils n'avaient jamais vue et qu'ils ne pouvaient imaginer. Ils étaient convaincus que l'imposante tour, renforcée avec des poutres épaisses comme la cuisse d'un homme, était imprenable.

Les forces qui défendaient la Porte du Paradis, tournée vers l'est, avaient moins de chance. Jour après jour, le vent et la pluie en provenance du nord les fouettaient tandis qu'elles travaillaient sans relâche, déplaçaient d'énormes blocs de pierre, démontaient des bâtiments, renforçaient la porte et aménageaient une zone d'embuscade derrière. Les intempéries ne les épargnaient pas non plus la nuit, lorsque les hommes tentaient en vain de dormir, repliés derrière le moindre abri disponible.

Loin au sud de la Cité, au Mur Adamantin en ruine, le travail se poursuivait jusque tard dans la nuit, quel que soit le temps. Il était impossible d'achever la reconstruction rapidement. Un grand pan de mur de la Tour du Corbeau à la Porte Isingen avait été démoli par l'inondation, et il faudrait tout l'hiver pour le rebâtir. La décision avait donc été prise de creuser un fossé défensif devant les ruines. Le travail progressait vite, mais le fossé se remplissait d'eau sans cesse, car le site se trouvait dans une cuvette. Des ingénieurs y furent amenés, interrompant leurs travaux au Palais Rouge pour concevoir un système d'évacuation des eaux via des canalisations et des canaux, vers le fleuve non loin. Les arbres étaient encore couverts de feuilles quand les vents chargés de pluie avaient commencé à souffler de l'ouest. Les derniers arbres de la Cité qui n'avaient pas déjà été coupés pour le bois de chauffage ou la construction succombèrent aux rafales. Déplacés au sud, ils furent utilisés pour les travaux de défense vitaux.

Rubin apprit tout cela alors qu'il attendait dans sa cellule au Palais Blanc, sur les hauteurs. Il passait son temps à contempler par la petite fenêtre le ciel gris et la pluie battante. Ses repas lui étaient apportés par un vieux soldat, un homme robuste, borgne et bavard dont l'activité préférée était de colporter les rumeurs sur les mouvements de l'armée d'invasion et les projets des défenseurs. Rubin prêtait une oreille attentive à tout ce qu'il racontait, essayant de démêler le vrai du faux. Le geôlier, qui s'appelait Gallan, prétendait que les gens quittaient la Cité par milliers – du moins ceux qui en étaient capables –, prenaient la mer et se dirigeaient vers l'ouest. Les riches, disait-il avec dédain, étaient les premiers à fuir. Après eux, on envoya à l'étranger les mères et les enfants de la classe marchande, plus nombreux encore qu'au cours de la longue guerre.

Rubin espérait toujours que l'armée d'invasion soit celle de Marcellus. Il se prenait à rêver qu'un jour la porte de sa cellule s'ouvrirait avec fracas et que son seigneur se tiendrait devant lui, le réprimandant pour ses démêlés avec Archange en dépit de ses avertissements. Rubin croyait que Marcellus était toujours vivant, mais trois saisons s'étaient écoulées depuis le départ de son seigneur, et il se demandait encore s'il avait prévu de revenir. Si oui, qu'attendait-il pour le faire ? Au fond de lui, il doutait que même Marcellus ait pu lever une armée de cette taille en moins d'un an.

Un point l'ennuyait par-dessus tout : pourquoi Marcellus, ou l'envahisseur quel qu'il soit, ne marchait-il pas directement vers le sud pour pénétrer dans la Cité par la brèche du Mur Adamantin ? Pourquoi frapper à la porte d'entrée ou aux portes de service quand celle de derrière était grande ouverte ?

Il se trouvait dans la cellule depuis dix jours et dormait profondément quand la porte s'ouvrit. Il se réveilla en sursaut, le cœur battant. L'impératrice avait-elle changé d'avis ? Son exécution aurait-elle lieu en secret, au beau milieu de la nuit ? Il se leva péniblement, chercha de quoi se défendre dans l'obscurité qui l'enveloppait, mais ne trouva rien.

— Rubin ? appela une voix.

Un jeune homme grand et mince se tenait dans l'encadrement de la porte, le visage vivement éclairé par la lanterne qu'il brandissait.

Rubin plissa les yeux. Il était sûr de le connaître, mais d'où ? Le ton du nouveau venu paraissait hésitant, inoffensif. Rubin sentit son cœur ralentir légèrement.

— C'est moi... Elija, dit le visiteur en avançant d'un pas dans la cellule.

Rubin le scruta, peinant à croire qu'il s'agissait bien de l'ami qu'il avait connu il y a si longtemps dans les Halls. Puis il sourit de soulagement en le reconnaissant. Elija lui rendit son sourire. Il portait une pile de livres sous un bras. Il regarda autour de lui et les posa par terre.

— Que fais-tu ici ? s'enquit Rubin en assenant une tape sur l'épaule de son ami de longue date.

Ces retrouvailles semblaient tenir du miracle : jamais il n'aurait pensé revoir un jour Elija ou sa sœur. En vérité, il les croyait morts depuis longtemps. Ni l'un ni l'autre ne paraissait avoir la force ou la résistance suffisantes pour survivre longtemps dans les Halls. Pourtant, le garçon était tel que dans ses souvenirs, toujours inquiet et aux aguets, même s'il avait grandi et semblait s'être remplumé.

Elija baissa les yeux, l'air penaud.

— C'est ici que je vis, à présent. Avec Emly.

Cette nouvelle était si inattendue que Rubin en resta coi.

— Vous habitez au Palais Blanc ? finit-il par répéter, émerveillé. En tant que domestiques ?

Elija rit. Rubin remarqua les rides d'expression que les années avaient imprimées sur son visage.

— Non. Nous sommes... Je ne sais pas exactement ce que nous sommes, avoua Elija en secouant la tête. J'imagine que nous avons été adoptés par Archange.

Rubin ne put que le regarder fixement.

— Pourquoi ?

Par quel étrange coup du destin ce couple de frère et sœur avait-il pu être conduit des profondeurs de la Cité à son sommet vertigineux ?

Elija sourit. Peut-être partageait-il la perplexité de son camarade. Il lui parla de leur vie, à Emly et lui, après qu'ils avaient quitté les Halls, et comment l'avenir d'Emly s'était retrouvé intimement mêlé à celui de l'impératrice.

— Archange ne se soucie guère de moi, toutefois, dit-il.

Rubin l'écouta attentivement, d'abord avec fascination, puis avec une impatience croissante.

— As-tu des nouvelles d'Indaro ? l'interrompit-il. On raconte qu'elle a tué l'empereur.

Elija lui fit part des événements qui s'étaient déroulés le Jour des Offrandes.

— Je ne l'ai pas vue à l'œuvre. Je n'y étais pas, mais j'en connais beaucoup qui y étaient. C'est vrai, Rubin, mais…

Ébranlé, Rubin se laissa choir sur le lit.

— Je croyais que ma sœur se battait pour la Cité, dit-il d'un ton lugubre.

— C'est ce qu'elle a fait ! affirma Elija avec sincérité. Elle a sauvé la Cité.

Rubin ricana.

— Ah oui ? Elle a l'air sauvée, à tes yeux ? Ça t'arrive d'y descendre ?

Elija se défendit ardemment :

— C'est grâce à eux que la guerre a cessé : Indaro, Fell, et leurs amis. Les Bleus sont tous partis. Indaro était une héroïne. Tu devrais être fier d'elle.

— Elle a assassiné l'empereur, et tu la qualifies d'héroïne ? rétorqua Rubin avec mépris.

Elija ne répondit pas. Il se détourna, comme s'il s'apprêtait à partir.

Ne voulant pas se fâcher avec son ami tout juste retrouvé, Rubin demanda :

— Comment as-tu su que j'étais ici ?

Elija s'adossa au mur et se laissa glisser pour s'asseoir par terre.

— Personne ne me dit jamais rien, mais je finis par connaître presque toutes les rumeurs. J'ai entendu des soldats discuter, puis j'ai parlé à Gallan, ton geôlier. C'est lui qui m'a laissé entrer. Je lui ai dit que nous étions de vieilles connaissances. C'est quelqu'un de bien.

Puis il demanda :

— Et toi, que faisais-tu ici, à rôder autour du palais ?

Rubin lui conta son histoire.

— Je suis venu pour retrouver mon père, conclut-il. Et me voilà, condamné à mort.

Évoquer ces événements le déprimait profondément. Pourquoi était-il revenu ici ? S'il s'était abstenu, il n'aurait jamais appris la trahison d'Indaro. Et il ne serait pas sur le point d'être exécuté.

— Je vais demander à l'impératrice de te gracier, dit Elija.

Il avait parlé d'un ton hésitant. Rubin était sceptique.

— Tu dis qu'elle ne se soucie guère de toi, répliqua-t-il. Pourquoi prêterait-elle attention à ta requête ?

Elija afficha un air sombre.

— Je peux toujours essayer. (Il leva les yeux vers la fenêtre.) Il fera bientôt jour. Je dois y aller. Je ne veux pas que Gallan ait des problèmes. Je reviendrai, si je peux.

Après son départ, Rubin regarda la pile de livres avec morosité. Il n'avait pas le cœur à les ramasser. Ce qu'il venait d'apprendre au sujet d'Indaro l'avait anéanti. Il s'était accroché à l'espoir qu'on lui avait menti, mais Elija n'avait aucune raison de le faire. Il devait donc se rendre à l'évidence. Alors que le jour de sa mort approchait, il essayait de se résigner, priant seulement pour que sa fin soit rapide.

Néanmoins, la nuit précédant son exécution prévue à l'aube, il ne trouva pas le sommeil, l'esprit envahi de noires pensées. Quand il entendit des pas discrets dans le couloir, à l'extérieur, il fut pris de panique. Ses entrailles se nouèrent. Il ne pouvait plus respirer ni bouger. La porte de la cellule s'ouvrit et un soldat apparut à la lueur d'une lanterne.

— Rubin, suis-moi, ordonna-t-il.

Rubin resta figé sur place. Le soldat répéta plus doucement :

— Je ne te veux aucun mal. Suis-moi, vite.

Rubin reconnut Darius Hex. La curiosité prit le pas sur la terreur. Le commandant supérieur du palais venait-il le chercher pour son exécution ? À tâtons, il chercha ses bottes par terre, animé d'une faible lueur d'espoir. Darius, qui n'était pas en armure et portait un pantalon de cavalier en cuir, semblait seul.

— Sois discret, dit-il en lui tendant la lanterne.

Ce simple geste – lui donner une arme potentielle – le rassura davantage que les mots.

D'un pas rapide, le soldat le mena à travers le labyrinthe du palais jusqu'à sortir tout à coup à l'air libre. Rubin vit qu'ils se trouvaient dans la grande cour, noire d'hommes et de montures, éclairée à la lueur vacillante des torches. Les voix s'éteignirent, mais Rubin perçut une excitation à peine contenue. Les hommes de la Première Adamantine, les Faucons Nocturnes, étaient confinés dans le palais depuis trop longtemps, et leur enthousiasme était palpable alors qu'ils se tenaient prêts à partir. Il faisait un froid glacial. Le souffle des chevaux se matérialisait dans l'air. L'aube rose commençait à poindre à l'est.

L'apparition de Darius ne fit qu'augmenter l'allégresse des cavaliers. Il y eut de brefs éclats de rire, vite étouffés. Les chevaux bougeaient et s'ébrouaient, impatients de se mettre en route. La monture de Darius lui fut amenée, sellée et munie de son barda. Une deuxième monture fut conduite devant Rubin. On lui donna un surcot de cuir et une cape épaisse qu'il revêtit avec reconnaissance. Il se demanda non sans inquiétude où on comptait l'emmener, même si la perspective de chevaucher par cette froide matinée était stimulante. Il inspira une grande bouffée d'air imprégné d'odeur de cheval et de cuir.

— Où allons-nous ? s'enquit-il en enfourchant sa monture.

Alors qu'il glissait le pied dans l'étrier, le cheval se tint parfaitement immobile, remuant seulement une fois Rubin en selle. Les Faucons Nocturnes se vantaient d'avoir les chevaux les mieux dressés de toute la cavalerie de la Cité.

— Les Faucons Nocturnes vont chevaucher jusqu'à la Porte du Paradis, l'informa Darius en grimpant à son tour sur son cheval.

Il enfila ses gantelets et regarda avec fierté les hommes et les bêtes autour de lui. Les derniers hommes se mirent en selle. Il y eut un silence, lourd d'attente.

— L'impératrice m'a-t-elle gracié ? demanda Rubin.

Devait-il sa liberté à la requête d'Elija ?

— Non, répliqua brièvement le commandant.

Il adressa un signe à ses hommes et aux Faucons Nocturnes, qui s'engouffrèrent en masse par les portes du palais.

Ils chevauchèrent à une allure lente le long du Sentier des Coquillages. Même par beau temps, le chemin était dangereux, et de grandes portions de terre avaient été emportées au cours des violentes tempêtes. Les cavaliers dépassèrent des équipes d'ouvriers qui travaillaient à la lumière des torches. Ceux-ci s'écartèrent pour les observer, appuyés sur leurs pelles. Certains leur crièrent quelque chose – des injures ou des encouragements, Rubin ne le sut.

Au pied du Bouclier, ils durent attendre que le second de Darius ait parlé aux gardes postés aux portes de bronze, puis qu'on les ouvre lentement. Rubin scruta les alentours, se réjouissant de recouvrer la liberté. Il se demanda si le commandant des Faucons Nocturnes était envoyé au combat en guise de punition pour la brèche ouverte dans la sécurité du Palais Blanc.

— Avez-vous arrêté tous les intrus ? demanda-t-il.

— L'un d'eux s'est échappé. Nous sommes toujours à sa recherche, répliqua Darius en observant les portes. Sept sont morts, deux ont été capturés.

— En avez-vous tiré quelque chose ?

Darius fit « non » de la tête.

— Nous les avons interrogés, mais ils se sont contentés de jurer dans leur langue. Nous avons fini par les mener au sommet de la plus haute flèche. (Il haussa les épaules.) Le message était clair, qu'ils parlent ou non la langue de la Cité : ils seraient jetés du haut de la flèche s'ils ne nous transmettaient pas d'informations de quelque manière que ce soit.

» L'un s'est montré inflexible, dit-il en talonnant son cheval pour le faire avancer au pas une fois les portes ouvertes, et a été jeté dans le vide. L'autre… (Il regarda autour de lui tandis qu'ils trottaient côte à côte dans le village au pied du Bouclier.) Il a pleuré en rampant quand il a vu le sort subi par son camarade. Mais il ne pouvait pas parler, ou il ne le voulait pas. Il a donc été jeté, lui aussi.

Rubin, qui était déjà monté dans l'une de ces flèches interminables, le corps tremblant de peur et de fatigue, en frissonna.

— Quelle fin terrible ! Archange était-elle d'accord ?

— L'impératrice était présente en permanence, répondit Darius en le considérant d'un œil froid dans la lumière de l'aube.

Sur la route, à bonne distance de la montagne, le commandant tira sur les rênes de son cheval en arrivant à la hauteur d'un vieil homme qui marchait seul. Quand celui-ci leva les yeux, Rubin reconnut Gallan, son geôlier. Darius se pencha sur sa selle et lui tendit une bourse. Le gardien hocha la tête et le remercia. Il adressa également un signe de tête à Rubin au passage. Le jeune homme le salua à son tour. Pour la première fois, il lui vint à l'esprit qu'on ne l'avait pas libéré. Le geôlier avait sans doute été payé pour se mettre à l'abri avant qu'Archange ne se rende compte de la disparition du prisonnier.

— Pourquoi m'emmener ? demanda-t-il à Darius. Suis-je censé mourir sur les remparts ?

— Elija est venu me voir, répliqua le commandant en gardant les yeux fixés sur la route devant lui. Il m'a dit que tu leur avais sauvé la vie, à Emly et lui, quand ils étaient jeunes. Sans eux, Archange ne siégerait pas sur le trône impérial aujourd'hui.

Rubin attendit la suite, mais Darius resta muet. Aussi s'enquit-il :

— L'impératrice sait-elle que je suis parti ?

Darius ignora la question. Debout sur ses étriers, il aboya des ordres à ses soldats. Rubin ne put qu'en conclure qu'on l'avait enlevé au nez et à la barbe d'Archange. Les Faucons Nocturnes avaient-ils eux aussi quitté le palais sans sa permission, sans qu'elle le sache ? Dans ce cas, Darius Hex semblait ne plus craindre l'impératrice. Peut-être le soldat ne s'attendait-il pas à vivre suffisamment longtemps pour affronter sa colère un jour, songea Rubin.

Peu de temps après qu'ils eurent quitté le Bouclier, alors que la Porte du Paradis se trouvait encore à une demi-journée de chevauchée, une brise glacée souffla en provenance de l'est, charriant le brouhaha de la bataille. Rubin n'avait pas combattu depuis qu'un coup de lance avait failli le tuer à l'Encoche de la Couturière. Les bruits lointains, les cris et le fracas de la guerre lui tordirent les tripes. À la mi-journée, les chevaux se rapprochant de la porte, l'impatience commença à s'installer parmi les cavaliers. Contrairement à Rubin, ils se réjouissaient à la perspective d'en découdre. L'atmosphère était désormais imprégnée des bruits de la bataille. L'air lui-même semblait poisseux de sang. Quand la Grande Porte fut en vue, ils distinguèrent l'activité intense qui régnait autour d'elle. La porte tenait toujours ; des équipes d'hommes et de femmes hissaient des blocs et les disposaient pour former un large anneau de pierre à l'intérieur de la porte, au cas où l'ennemi parviendrait à faire une percée.

Les Faucons Nocturnes guidèrent leurs montures à travers la foule. Les gens s'écartèrent sur leur passage. Au pied du rempart, Darius descendit de son cheval et s'élança dans le long escalier de pierre qui menait au sommet, dont les marches larges et basses étaient prévues pour accueillir les sabots des chevaux si nécessaire. N'ayant pas reçu d'ordre contraire, Rubin glissa à bas de sa monture et suivit le commandant. Une fois en haut, il découvrit que le vaste rempart était bondé d'hommes et de femmes en armure, certains avachis contre la pierre, épuisés par les combats, d'autres encore frais et entiers. Des enfants, filles et garçons, couraient parmi eux pour leur proposer de l'eau, des armes et des bandages propres, et ramassaient les flèches tombées afin de les réutiliser.

Darius et Rubin s'avancèrent jusqu'au parapet et observèrent le spectacle, puis se baissèrent brusquement pour esquiver une volée de flèches qui sifflèrent au-dessus de leurs têtes. Rubin jeta un coup d'œil prudent entre les merlons. Ce qu'il vit le choqua : l'armée ennemie était étalée comme une mer dans la plaine orientale. Elle paraissait s'étendre à perte de vue. Les bruits qu'elle émettait lui rappelaient les brisants de l'océan se fracassant au pied de l'Éperon. Les rangs étaient parsemés de hautes constructions en bois : des tours de siège à demi érigées. Une flèche se planta avec une gerbe d'étincelles dans la pierre non loin de la tête de Rubin, qui s'empressa de se cacher. Il regarda autour de lui et repéra un casque abandonné. Il l'enfonça sur son crâne et reprit son poste d'observation. En bas, des échelles furent élevées – dix, onze en même temps, compta-t-il – et un flot incessant d'assiégeants y grimpa. Les défenseurs utilisaient de lourds crochets pour saisir le sommet des échelles et les repousser, ou pour les balancer d'un côté et de l'autre et en faire choir les soldats ennemis. Rubin comprit qu'ils attendaient le dernier moment, que chaque échelle soit noire d'hommes, pour les faire basculer.

Un peu plus loin le long du rempart, un groupe de combattants ennemis parvint à l'escalader et une bataille rangée éclata. D'autres défenseurs accoururent ; les assiégeants se retrouvèrent vite surpassés en nombre. Sous les yeux de Rubin, le dernier fut mutilé et massacré. Après l'avoir dépouillé de ses armes, on renvoya son corps par-dessus le mur, sur ses camarades en contrebas.

— Darius ! s'écria une voix grave dans le vacarme ambiant.

Rubin se retourna et vit un vétéran de forte carrure, aux cheveux épais et grisonnants, arborant une imposante moustache. Il tenait une fronde tachée de sang. Le visage blême, il transpirait de douleur.

— Général Kerr ! cria Darius. Nous sommes venus vous aider !

Le général hocha la tête.

— Suivez-moi.

Ouvrant la marche, il les mena à la Tour du Paradis, dans une pièce poussiéreuse éclairée seulement par les meurtrières. Les murs épais étouffaient les bruits de la bataille. Sur le sol étaient empilées des armes et des armures. Le mobilier se composait seulement d'une table sur laquelle étaient posés un pichet et un gobelet, et d'une chaise robuste. Le général s'y laissa choir. C'était donc le fameux Constant Kerr, songea Rubin, chef de la vénérée Quatrième Impériale.

Le vieil homme se servit un demi-gobelet de vin et l'avala cul sec. Le regard noir, il détailla Rubin de la tête aux pieds.

— Qui c'est, celui-là ? aboya-t-il.

— Mon auxiliaire, répondit calmement Darius. Comment pouvons-nous nous rendre utiles ?

Kerr fut pris d'une longue et violente quinte de toux puis cracha par terre.

— Comme vous l'avez vu, ils construisent des engins de siège. Mes soldats font du bon travail en repoussant les ennemis des remparts. Leurs pertes doivent être énormes, mais, s'ils arrivent à ériger des tours plus hautes que le mur, ils pourront utiliser leurs archers contre nous à loisir. Nous devons détruire ces tours.

— Avec des flèches enflammées, proposa Darius.

Kerr acquiesça.

— Précisément. Nous sommes en train d'apporter des catapultes pour leur envoyer de l'huile. Les flèches enflammées devraient faire le reste, et la Quatrième Impériale se targue d'avoir les meilleurs archers de la Cité. Le problème, c'est que nous manquons d'huile. Et j'ai entendu dire, ajouta-t-il avec un grognement de dédain, que les réserves que je demande ont été déviées vers la brèche du Mur Adamantin.

Darius hocha la tête.

— La situation là-bas est grave.

Le visage de Kerr vira au rouge, et la fureur perça dans sa voix :

— C'est ici que la situation est grave ! Nous devons affronter vingt mille, peut-être trente mille hommes. Quand ils auront ouvert une brèche dans la porte, ce qu'ils ne manqueront pas de faire, c'est là que l'histoire marquera la chute de la Cité. À la Porte du Paradis. Sous ma surveillance ! L'ennemi ne menace pas encore le Mur Adamantin. Il ne l'a même pas atteint.

C'est nous qui sommes dans l'urgence ! Il nous faut de l'huile, des flèches et du matériel médical. La nourriture commence sérieusement à manquer, comme l'eau. Si vous voulez réellement nous aider, allez dire à l'impératrice que c'est d'abord de nous qu'il faut s'occuper !

Darius était silencieux. Rubin l'observa. Les muscles de sa mâchoire tressaillaient de colère, mais ce fut d'une voix douce qu'il prit la parole :

— Je ne suis pas là pour servir de simple messager, général. Je suis venu me battre pour ma Cité. Et il n'est pas question que je coure voir l'impératrice pour lui demander de l'aide à la Porte du Paradis alors que la Porte du Grand Nord est assiégée depuis plus longtemps. Et qu'elle tient encore.

Constant Kerr lâcha un juron et se leva. Il agrippa son bras ensanglanté et pâlit.

— Nous tiendrons ! cracha-t-il. Mais j'irai moi-même supplier l'impératrice, un genou à terre s'il le faut, pour obtenir plus d'aide.

— Vous perdrez votre temps et votre souffle, Kerr. Croyez-vous qu'Aquila au nord et Vares au sud n'implorent pas le palais pour obtenir de l'aide, eux aussi ?

Le vieil homme soupira et se laissa retomber sur sa chaise. Rubin vit que, derrière son arrogance, il était épuisé.

— Si l'huile dont nous avons besoin n'arrive pas avant qu'ils achèvent leurs engins de siège, dit-il d'une voix amère, alors nous l'utiliserons pour nos bûchers funéraires.

Personne ne parla pendant un moment, puis le général reprit :

— J'ai entendu dire qu'une épidémie sévissait au nord.

Il posa sur Darius ses yeux bordés de rouge et emplis de colère.

Le commandant acquiesça. Le vieil homme secoua la tête.

— C'est une terrible nouvelle. On a déjà une vingtaine de morts et une centaine de malades. Cette maladie est impitoyable et se propage rapidement. Si elle emporte nos défenseurs, autant ouvrir grand la porte pour que leur armée la franchisse.

Il baissa mollement la tête, comme vaincu.

Rubin et Darius échangèrent un regard. Rubin se demandait si le vieux général avait encore le courage de mener la défense de la porte quand un soldat entra dans la pièce dans un cliquetis d'armure. Kerr leva les yeux.

— Général ! s'écria l'homme. Un chariot plein de tonneaux d'huile est en route depuis la Porte d'Arabie. Le commandant posté là-bas a appris que nous en avions besoin et nous a envoyé tout ce qu'ils avaient en réserve.

— Voilà un homme de bien ! se réjouit Kerr en se levant d'un bond. Qu'on apporte les catapultes, et nous détruirons leurs tours de siège avant le coucher du soleil !

— Et si l'ennemi attaque la Porte d'Arabie ? s'enquit Rubin.

Le général esquissa un sourire furtif.

— Alors la porte suivante leur enverra de l'huile. C'est quand elle est en grand danger que la Cité fonctionne le mieux. (Il assena une tape dans le dos de Darius.) Vous joindrez-vous à nous, vos soldats et vous ? Comptez-vous défendre la Porte du Paradis à nos côtés ?

Le commandant secoua la tête.

— Non, général, les Faucons Nocturnes ne peuvent pas se battre derrière un rempart. Nous chevaucherons vers le sud, pour rejoindre la brèche de l'Adamantin. Là, la cavalerie fera la différence.

— Soit, dit Kerr en hochant la tête. Je respecte votre décision. Et, si vous voyez l'impératrice…

— Oui, général ?

— Dites-lui que nous défendrons la Porte du Paradis jusqu'au dernier.

Darius et Rubin quittèrent la tour pour retrouver le chaos et le vacarme qui régnaient au sommet du rempart. Ils se hâtèrent de descendre l'escalier et rejoignirent les Faucons Nocturnes qui les attendaient. Le commandant saisit les rênes de sa monture. Il posa son regard bleu sur Rubin.

— La brèche de l'Adamantin sera bientôt l'endroit le plus périlleux de la Cité, déclara-t-il. Viens avec nous si tu l'oses.

Chapitre 41

Le Palais Blanc devint un endroit étrange quand les premiers vents d'hiver commencèrent à souffler. Le vent glacé qui tourbillonnait autour des hauts minarets et des balcons rendant toute sortie désagréable, Elija restait de plus en plus souvent confiné à la bibliothèque, où il écoutait le vent s'engouffrer en hurlant dans la cheminée et la pluie marteler les fenêtres. La tristesse le submergeait. Emly dans la nature et Dol Salida mort, il n'avait plus personne avec qui parler. Rubin attendait son exécution, et tout ce qu'Elija pouvait faire pour son ami, c'était s'assurer qu'il avait de quoi lire.

Puis, une nuit, deux événements se produisirent. Rubin se volatilisa après s'être échappé de sa cellule, et Darius Hex et ses Faucons Nocturnes disparurent. L'atmosphère au palais changea. Depuis qu'Elija vivait ici, les Faucons Nocturnes arpentaient les couloirs du palais, mais les guerriers qui y patrouillaient désormais étaient des inconnus qui le regardaient sans aménité, comme pour lui signifier qu'il n'avait pas sa place ici. Il avait entendu parler de l'invasion en provenance du nord et des attaques sur deux des Grandes Portes, mais cela lui paraissait très loin de la tranquillité routinière du Palais Blanc.

L'impératrice se montrait rarement. Ses obligations publiques étaient remplies par sa petite-fille et Jona Lee Gaeta. Thekla traitait Elija de la même manière que les militaires, comme s'il était un intrus. Elle avait sûrement raison. On l'avait conduit au palais uniquement parce qu'il était le frère d'Emly. Il n'était d'aucune utilité à Archange. D'ailleurs, l'impératrice paraissait à peine consciente de sa présence. Il observait Thekla à la dérobée, comme le faisaient nombre de soldats, car c'était une beauté transcendante dans un lieu où les femmes étaient rares, et vieilles chouettes pour la plupart.

Jona était relativement aimable, même si ses yeux noirs de Serafim le mettaient aussi mal à l'aise que ceux d'Archange. Lorsqu'il s'adressait à Elija, ce qui se produisait peu souvent, c'était toujours pour l'interroger – au sujet d'Emly et de Broglanh, bien entendu, mais aussi de Rubin. Un jour, il avait demandé si Elija était loyal envers Marcellus, comme l'était son ami Rubin. « Je n'ai jamais rencontré Marcellus, et on m'a dit qu'il avait été tué. » Ce fut tout ce qu'Elija avait trouvé à répliquer. Jona l'avait observé comme s'il avait donné la mauvaise réponse.

Il était inévitable qu'Elija soit attiré par le labyrinthe de tunnels qui s'étendaient sous la montagne. Une fois ceux-ci ouverts et fouillés, les entrées furent de nouveau scellées. La porte au pied du Bouclier, par laquelle s'étaient introduits les assassins vêtus de noir, avait été barricadée. Ceux qui veillaient désormais à la sécurité du palais affirmaient qu'elle était imprenable. Elija n'en était pas si sûr et se mit en tête, plus par curiosité intellectuelle qu'autre chose, de tester ses points faibles. L'entrée qui donnait sur le sommet d'une des grandes flèches avait été verrouillée et non murée comme les autres. Elija savait où l'on gardait la clé.

Ainsi, une lanterne à la main, il partait chaque nuit explorer les galeries, et passait la journée à dessiner les plans des souterrains du Bouclier. Au début, il n'était pas rassuré, car Darius lui avait dit qu'un des intrus courait toujours, mais au bout d'un moment il oublia d'avoir peur, sauf lorsqu'il se tenait au bord d'un des conduits verticaux, regardant la noirceur de l'abîme, attiré malgré lui. Il fit et refit ses cartes, couvrant de plus en plus d'espace.

Une nuit, il s'aventura plus loin que d'habitude. Il se dirigeait vers le nord, impatient de découvrir les limites d'un tunnel en particulier. Celui-ci se terminait en impasse, sur un conduit vertical. Il n'y avait pas d'autre option qu'emprunter l'échelle. Même si l'aube n'allait plus tarder, Elija se sentit obligé de continuer et posa un pied prudent sur le premier barreau. Il paraissait assez solide. Il se promit de ne pas gravir plus de cinquante barreaux. Après quoi, s'il n'y avait pas d'issue, il rebrousserait chemin. Sur l'avant-dernier, un changement d'air lui indiqua qu'il arrivait à une galerie horizontale. Il quitta l'échelle et s'élança dans le conduit, qui rétrécissait jusqu'à ce qu'Elija se retrouve à ramper sur le ventre. Juste au moment où il commençait à craindre de devoir faire demi-tour, il trouva de la brique cassée et effritée sur son chemin. Il la repoussa d'un bras et, à tâtons, sentit que le tunnel s'élargissait au-delà. Il plaça la lanterne devant lui et se faufila dans l'ouverture. Au-delà, il y avait une paroi grise et rugueuse. Lorsqu'il la poussa, elle bougea de manière déconcertante. Elija comprit qu'il était derrière une tapisserie pourrie par la vieillesse. Il la contourna en rampant et se retrouva dans une pièce vide, humide, à l'odeur aigre. Il tendit l'oreille : rien.

Il posa la lanterne et ouvrit la porte, qui grinça de manière inquiétante sur ses gonds rouillés. Jetant un coup d'œil derrière, il découvrit une vaste salle faiblement éclairée de hautes fenêtres. C'était une bibliothèque, sans doute la plus grande du monde. Ses étagères couraient à perte de vue des deux côtés et montaient jusqu'au plafond. Il y en avait des milliers. L'endroit était empli de poussière, les livres et les rouleaux de parchemin en étaient couverts. Tout était silencieux. Elija s'avança, conscient de laisser des empreintes de pas dans la poussière, et grimpa jusqu'à une fenêtre crasseuse. Avec son poing, il frotta un carreau et regarda au travers. Le jour était levé. Il distingua une grande cour, déserte, puis, au-delà du mur d'enceinte, une partie de la Cité. Il reconnut sans l'ombre d'un doute le Menander qui s'écoulait lentement entre les décombres, et aperçut la forme pâle des nouveaux bâtiments sur ses rives. Elija sut qu'il avait trouvé un moyen de rejoindre l'un des palais abandonnés sur le Bouclier, mais lequel ? Il l'ignorait totalement. Archange serait toutefois intéressée d'apprendre qu'il était possible de se rendre de son palais à un autre, et inversement, grâce aux galeries.

Il prit la décision de rentrer immédiatement pour l'en informer. Content d'avoir une raison de quitter cet endroit sinistre, il fit demi-tour.

Un cri d'angoisse brisa le silence. Elija se figea, respirant à peine, tandis que le hurlement s'intensifiait puis s'éteignait. C'était la voix d'une femme qui souffrait. Des frissons remontèrent le long de sa colonne. Elija vivait dans la peur de la torture. Depuis la fuite d'Emly, une voix terrifiante lui soufflait régulièrement qu'un jour il serait soumis à l'interrogatoire des inquisiteurs du palais. Dol Salida avait clairement cru qu'Elija en savait plus qu'il ne le disait sur la localisation de sa sœur, d'où les parties d'urquat. Et c'était écœuré qu'il avait écouté les soldats évoquer avec délectation les souffrances infligées aux intrus qu'ils avaient capturés.

La femme hurla de nouveau, ses cris se répercutant au travers des espaces déserts. Elija s'obligea à avancer. Effrayé mais aussi fasciné, il traversa la bibliothèque en courant pour rejoindre une autre grande salle. Il regarda autour de lui, dans la lumière diffuse. Aux deux extrémités, un escalier montait vers les étages supérieurs. Entendant un autre cri, il traversa la pièce et franchit une autre porte. Il courut dans les couloirs, tous vides, sans vie. Les hurlements cessèrent et lui aussi s'arrêta, au désespoir. Ce palais était même plus grand que le Serafia, et cela prendrait des jours de le fouiller. Mais il ne pouvait pas partir, si la femme avait besoin d'aide. Il décida de trouver le moyen de descendre, car c'était là que se trouvaient les cachots, songea-t-il lugubrement.

Il avançait furtivement dans un couloir bas et sombre, l'esprit occupé de noires pensées, quand il entendit un léger bruit sur sa droite. C'était une sorte de bruit de succion humide, comme de la chair contre la chair. Il fit une halte, la peau couverte de chair de poule, et resta pétrifié. Avec une lenteur infinie, il tourna la tête à droite et à gauche et avisa, enfoncée dans le mur, une petite porte en bois.

Prenant son courage à deux mains, discret comme un chat, il se plaça devant et colla son oreille au battant. Encore ce bruit mouillé. Retenant son souffle, il poussa la porte, qui s'entrouvrit en grinçant. La vague de puanteur qui le frappa lui donna la nausée. Il scruta l'obscurité en respirant par la bouche. La pièce n'était éclairée que par d'étroites fenêtres sales. Ne distinguant rien, il franchit le seuil et attendit que sa vue s'accommode à la pénombre. Peu à peu, des contours se dessinèrent. Il se trouvait en haut d'une volée de marches de pierre mouillées, le sol loin en contrebas. Il y avait du mouvement, mais il ne vit rien. L'odeur était immonde : un mélange d'eaux stagnantes, de moisissure et de corps en décomposition. Qu'y avait-il par terre ? Il tendit le cou pour voir, la main sur la poignée de la porte, prêt à décamper.

Quelque chose de mou se posa sur ses doigts. Il fit volte-face, retira vivement sa main et cria de peur.

Une vieille femme, petite, pâle et ridée, à la chevelure blanche indisciplinée, vêtue d'une robe horriblement sale, le lorgnait depuis l'encadrement de la porte. Elle lui sourit en lui tâtant le torse et les épaules d'un air ravi. Ce contact lui répugnait. Elle avait d'immenses yeux noirs. Des yeux fous. En proie à la panique, Elija voulut l'écarter et quitter cet horrible endroit, mais elle lui agrippa le bras, ses chairs moites et froides. En dépit de son grand âge, elle était plus rapide que lui, et plus forte. Le seul moyen de la fuir était de s'enfoncer dans la pièce. Il recula, essaya de claquer la porte sur la femme même s'il risquait de lui coincer le bras, se moquant bien de la blesser. Elle poussa un terrible cri strident, et ôta son bras. Elija s'appuya contre le battant. Les doigts tremblants, il abaissa le loquet. Il n'y avait ni verrou ni barre, rien qui puisse empêcher la vieille d'entrer. Il pria pour que la porte reste close et surveilla la poignée, attendant qu'elle remue. Il pensait qu'il deviendrait fou s'il la voyait bouger.

Au bout d'un moment, sa respiration se fit plus profonde, son rythme cardiaque ralentit. Que faire, à présent ? Il n'osait pas sortir. Il s'était piégé lui-même.

Il se retourna et regarda de nouveau en bas, tentant de percer les ténèbres. Le sol était couvert d'une couche de liquide épais qui chatoyait et ondulait, comme doté d'une vie propre. Il scruta le coin où il avait repéré du mouvement. Rien que des rats, espérait-il. Il dégaina son couteau. Il avait été trop paniqué pour le faire quand la créature s'était agrippée à lui. Avec précaution, il s'éloigna de la porte, craignant de la voir s'ouvrir à la volée, mais elle resta fermée. Le couteau tendu devant lui, il descendit les marches à pas de loup, jetant régulièrement un coup d'œil par-dessus son épaule. Arrivé à la dernière marche, il s'arrêta.

Dans un coin de la pièce, se tordant dans l'eau mouvante, il vit un corps nu en décomposition, luisant de traînées de mucus écœurantes. Le corps d'une vieille femme rabougrie aux cheveux blancs. Morte, probablement. Puis, sous ses yeux, la silhouette pitoyable leva vers lui des mains ridées implorantes. Sur le point de vomir, Elija trébucha en reculant sur les marches poisseuses, ses jambes prêtes à céder sous lui. Il ne faisait aucun doute que cette créature était la même que celle qui l'avait attrapé à la porte. Comment était-ce possible ?

Elle souleva la partie supérieure de son corps, comme si elle voulait s'asseoir, et une matière visqueuse s'échappa de sa bouche. Elle lutta pour parler, puis se ravisa et se laissa retomber.

Elija fit demi-tour et remonta l'escalier en courant, ses bottes glissant sur les marches. Ne se souciant guère de ce qui l'attendait derrière, il ouvrit la porte et s'élança dans le couloir. Complètement affolé, il balaya les alentours du regard. Il n'y avait personne en vue, juste des empreintes mouillées qui s'éloignaient sur le sol de pierre poussiéreux. Elija posa les mains sur ses genoux et vomit, encore et encore, jusqu'à n'avoir plus rien dans l'estomac. Après quoi, à bout de forces, les jambes tremblantes, il s'essuya la bouche et observa de nouveau le couloir. Quel chemin emprunter ?

Il entendit alors de nouveau le hurlement de la femme. Bien plus proche. Bien que terrifiant, c'était un bruit humain, le bruit de quelqu'un qui n'était pas fou. Il se précipita dans sa direction. Faisant désormais fi de toute prudence, il appela : « Ho hé ! » Tout au bout d'une autre salle déserte, il vit alors une main blanche tendue surgir d'un renfoncement sombre dans le mur. Il s'arrêta. Une voix féminine répondit :

— Aidez-nous, s'il vous plaît !

Il s'élança et se retrouva devant une robuste porte en bois à barreaux. Au travers, il distingua une jeune femme blonde, le visage rouge et larmoyant. À sa vue, elle émit un hoquet et l'implora :

— Aidez-nous ! Je vous en supplie, monsieur !

— Que puis-je faire ? demanda-t-il en pensant qu'il n'était pas en état d'aider quiconque.

— Ma dame est en train d'accoucher ! Ça se présente mal, et je ne sais que faire ! (Elle se mordit la lèvre, retenant ses larmes.) Pouvez-vous nous libérer ?

Elija regarda derrière elle. Contrairement au reste du palais, qui était sale et désert hormis l'horrible vieille femme, cette pièce était meublée, le sol garni de tapis. Il vit à travers la fenêtre qu'il faisait beau dehors. Allongée sur un lit étroit, une femme brune poussait des gémissements de détresse, les draps sous elle ensanglantés. Tandis qu'il l'observait, elle cria de nouveau, plus faiblement.

Mais la porte était verrouillée. Elija chercha une clé, au-dessus du battant, à côté : il n'y en avait pas. Il regarda par-dessus son épaule, terrorisé à l'idée de voir réapparaître la vieille folle.

— Où sommes-nous ? demanda-t-il à la servante, qui le regardait avec impatience, attendant qu'il agisse.

Elle fronça les sourcils.

— Comment ça : « Où sommes-nous ? », l'ignorez-vous, jeune homme ?

Il acquiesça.

— Oui, je l'ignore. Mais je vais me renseigner. Je vais chercher quelqu'un, lui promit-il. Je ferai part à l'impératrice de votre problème.

Un cri atroce retentit de l'intérieur. La servante retourna au chevet de la femme en travail. Elle lui parla avant de revenir auprès d'Elija et de lui dire avec ferveur :

— Non, pas l'impératrice ! Quoi que vous fassiez, ne dites rien à l'impératrice. Prévenez Giulia Rae Khan. Dites-lui que Fiorentina a besoin d'elle.

Elija eut l'impression qu'il lui fallut une éternité pour quitter le palais hanté. Elija ne vit personne, à l'exception d'un homme râblé et pauvrement vêtu qui ronflait sur une chaise, un gourdin et un fût de bière vide à côté de lui. Sûrement le geôlier des femmes.

Une fois dehors, il regarda les alentours, inspirant l'air frais. Il se trouvait dans la cour du palais qu'il avait vue d'en haut. Comme le reste, elle était déserte. De mauvaises herbes poussaient au pied d'un énorme portail de fer lourdement barré. Conscient que le temps pressait, il longea le rempart et finit par atteindre une grande tour. Là, dans une niche entre le mur et la tour, il découvrit une petite ouverture, un tunnel coudé qui débouchait sur une porte en bois profondément enfoncée dans l'ombre du mur. Elle aussi était barrée, mais pas verrouillée. Il posa son épaule contre la barre et, de toutes ses forces, la souleva. Il poussa le battant. La lumière l'inonda. Bouleversé, il se rendit compte qu'il avait enfin quitté l'enceinte du palais.

Il soupira de soulagement et scruta les lieux. L'édifice en pierre noire se dressait au-dessus de lui, menaçant, lui-même dominé par le Bouclier de la Liberté. Devant Elija se déroulait un large sentier de coquillages blancs écrasés qui serpentait vers le sommet de la montagne. Il le remonta, soulagé d'avoir pu s'échapper, mais inquiet pour la femme en travail. Il ne croisa personne. Très vite, il arriva à une autre entrée flanquée de lourds piliers de grès. Les portes étaient ouvertes. Elija les franchit, appréhendant ce qu'il risquait de trouver. Il tomba sur une grande cour pavée de pierres dorées et, plus loin, une forteresse de grès bâtie à flanc de montagne. Un soldat lui obstrua le passage, l'épée au clair.

— J'ai besoin d'aide, dit Elija.

L'homme ricana.

— Ce n'est pas ici que tu en trouveras, gamin. Poursuis ton chemin.

— Est-ce le palais des Khan ? Je dois parler à Giulia Rae Khan.

L'homme hésita et répliqua :

— Va-t'en. La dame n'accorde pas d'audience au premier venu.

— Mais j'ai un message de la part de dame Fiorentina. Elle a besoin d'aide.

Un instant plus tard, Elija fut introduit dans le palais, un lieu froid et lugubre. Escorté par des gardes, il fut conduit dans une immense salle humide et enfumée. Un feu moribond brûlait dans le grand âtre au fond de la pièce, devant lequel était assise une femme aux traits prononcés. Elle portait une robe noire. Ses cheveux gris fer, remontés sur son crâne, formaient un chignon négligé. Elle le regarda de ses yeux myopes.

— Eh bien, petit ! s'exclama-t-elle d'une voix rauque. Où est Fiorentina ? Que sais-tu à son sujet ?

Elle l'écouta avec impatience en remuant les lèvres tandis qu'il racontait brièvement ce qui lui était arrivé.

— Où se trouve cet endroit ? s'enquit-elle en fronçant les sourcils. Exprime-toi clairement, petit !

— En bas du sentier blanc, répondit-il. Dans le palais noir.

Les yeux de la femme brillèrent.

— Le Palais de Fer ?

Elija secoua la tête.

— Je ne connais pas son nom.

— Amylas ! aboya-t-elle. Rends-toi immédiatement au Palais de Fer. Va chercher Fiorentina !

Un guerrier costaud à la barbe noire acquiesça et dit :

— À vos ordres, dame Giulia. Mais il me faudra des jours pour y entrer. Nous ne disposons ni des hommes ni du matériel nécessaires.

Elija intervint et annonça à Giulia :

— Inutile, ma dame. J'ai laissé une porte ouverte.

Comme cela fait du bien à mon vieux cœur, songea Giulia avec satisfaction. Non seulement le garçon lui avait dit où Fiorentina était emprisonnée, mais il savait aussi ce qui se passait derrière le portail noir du Palais de Fer. Elle l'écoutait d'une oreille distraite, l'esprit en partie occupé à calculer les avantages qu'elle pourrait en tirer.

— Mais qui es-tu, mon garçon, et que fais-tu ici ? l'interrompit-elle sèchement.

— Je m'appelle Elija, répondit-il. (Le lui avait-il déjà dit ? Il semblait très nerveux. Il avait raison de l'être.) Je vis au Palais Blanc avec ma sœur, Emly. C'est...

— Je sais qui c'est, rétorqua Giulia. (Pourquoi tout le monde la croyait-il dépassée ? Elle le dévisagea avec attention, à la recherche d'un signe de tromperie.) Sais-tu où elle s'est réfugiée ?

— Non, ma dame, dit-il avec une apparente sincérité. Emly ne m'a pas mis dans la confidence. Cela aurait été idiot, si elle ne voulait pas qu'on la retrouve.

— Bien sûr, admit-elle. Et Archange est une imbécile de l'avoir jamais cru.

Giulia ordonna qu'on apporte à boire et à manger au garçon, puis elle continua à l'interroger longuement tout l'après-midi, en attendant des nouvelles des hommes. Il lui raconta leur vie, à sa sœur et à lui, et le périple qu'il avait vécu la nuit précédente. Plus elle l'écoutait, plus elle s'étonnait qu'un garçon si frêle soit parvenu à survivre à une existence aussi étrange que périlleuse.

Lorsqu'elle le questionna sur le Palais Blanc et l'impératrice, il usa de faux-fuyants pour la première fois, ce qui d'une certaine manière lui plut. Elle désapprouvait la perfidie, quand bien même elle était justifiée.

— La loyauté est une qualité rare sur cette montagne, déclara-t-elle. Mais je la reconnais quand je la vois. Ton nom ne sera pas cité, je te le promets.

Elija demanda :

— Va-t-elle s'en sortir ? Fiorentina ?

C'était là une question ridicule, à laquelle elle était incapable de répondre. Elle répliqua brusquement :

— Chaque jour, des enfants naissent dans la Cité. Chaque jour, ils sont des milliers à naître dans le monde. C'est aussi naturel que respirer. Cela peut être douloureux, concéda-t-elle, mais la fille en fait sans doute tout un plat. Elle est douillette, même si elle est persuadée du contraire.

Elle lui posa des questions précises sur le Palais de Fer. Ne devant faire preuve d'aucune loyauté envers ses propriétaires, il lui fit part de tout ce dont il se souvenait. Elle hocha la tête pendant qu'il parlait, réprimant un sourire. Que la résidence des Gaeta soit abandonnée ne la surprenait guère. On disait que Saul, le frère de Jona, était mort à la guerre, et ses sœurs ne s'étaient pas montrées en public depuis de nombreuses années. De plus, Giulia avait toujours soupçonné la fabuleuse armée privée de la Famille de n'être qu'une fable.

Elija se mit à bafouiller quand il évoqua sa rencontre avec la vieille femme, et la créature dans la pièce inondée. Peut-être pensait-il que Giulia ne le croirait pas, mais elle avait le Don de perception, et elle savait qu'il racontait la vérité telle qu'il l'avait vue.

— Qui étaient-elles ? demanda-t-il d'un ton hésitant, comme s'il ne voulait pas vraiment le savoir. Elles se ressemblaient. On aurait dit des sœurs, même si l'une était à demi noyée. L'autre… (Il frissonna.) L'autre était terrifiante, petite, très âgée, mais beaucoup plus forte que moi. Et ses yeux, ronds et fixes, fous…

Il regarda Giulia, comme s'il attendait une explication rationnelle pour apaiser son cauchemar.

— Sciorra Gaeta, déclara-t-elle. Chef de la Famille Gaeta. Elle réside au Palais de Fer depuis sa construction, mais cela fait plus d'un siècle que personne ne l'a vue. L'autre créature était l'un de ses abominables reflets, ajouta-t-elle, croyant qu'il ne comprendrait pas.

Mais Elija hocha la tête : apparemment, il saisissait le sens de ses propos.

Pour la première fois depuis des années, elle ressentit une certaine compassion à l'égard de Sciorra. Malgré son âge avancé et sa sénilité, la femme semblait essayer de faire ce qu'elle faisait si facilement dans sa jeunesse : peupler son monde de reflets qui l'aimeraient, la serviraient, et lui tiendraient lieu de famille à présent que la sienne avait disparu. Combien de reflets dégénérés avaient vu le jour et étaient morts au cours des siècles dans ce terrible endroit ? Elle se le demandait.

— C'est affreux d'être si âgé, dit-elle au garçon.

Elle voulait revenir à Archange. Elija n'avait pas grand-chose à dire à son sujet, hormis que l'impératrice avait été malade, mais paraissait remise. Pour Giulia, il ne faisait désormais aucun doute qu'Archange était l'instigatrice de l'enlèvement de la fille enceinte, et que Jona avait conspiré avec elle. Mais pourquoi l'avoir abandonnée dans le Palais de Fer ? Pourquoi ne pas avoir directement emmené la mère et l'enfant au Serafia ? Là-bas, Archange aurait pu leur réserver le sort de son choix. Les tuer, ou leur laisser la vie sauve.

Elle dut reconnaître à contrecœur qu'elle avait eu tort de mettre Jona dans le secret à propos du bébé. Toutefois, Marcus étant mort, elle avait besoin d'alliés. Jona lui avait paru le meilleur candidat, même si ce choix avait ses limites étant donné l'information dont elle disposait. Mais à présent Giulia reprendrait l'avantage – si la naissance se passait bien. Elle se demanda comment empêcher la malveillante Archange de mettre sa main griffue sur l'enfant, et son cœur blessé s'enthousiasma à l'idée de relever ce défi.

— Qui est Fiorentina, ma dame ? Pourquoi est-elle retenue prisonnière ?

Surprise, Giulia regarda le garçon. Pendant un instant, elle avait oublié sa présence.

— Ce n'est personne, s'empressa-t-elle de répondre. Cependant, son fils nous servira de guide à tous – s'il vit. C'est le fils d'un… Serafim. Sais-tu ce que c'est, petit ? (Elle s'étonna de le voir acquiescer. *Après tout, ce gamin me sera peut-être utile.*) Les descendants de Serafim sont rares. Nous commencions à croire que les enfants Guillaume, Indaro et…

Elle fronça les sourcils. Comment s'appelait-il ?

— Rubin, dit le garçon.

— Oui, Rubin. C'étaient les derniers, et ils étaient décevants. Les Dons sautent souvent une génération. Reeve, leur père, est – était – très puissant. Peut-être que leur progéniture… Ont-ils des enfants, petit ?

— Rubin ou Indaro ? Pas que je sache.

— Mais un fils Vincerus ! Ce sera un miracle !

S'il vit.

— Pourquoi donc, ma dame ?

— Parce que la Famille Vincerus a toujours été la plus puissante d'entre nous. Un fils Vincerus est toujours le premier candidat au Trône Immortel.

Elija fronça les sourcils.

— Mais Archange est une Vincerus.

Giulia ricana.

— Elle n'en a jamais été une ! Elle utilise ce nom depuis des siècles pour cacher sa honte, et la plupart des gens l'ont oublié. Moi, je la connais. Et je sais qu'elle n'est pas plus Vincerus que toi.

Fiorentina pensait mourir. Personne ne pouvait endurer une telle souffrance et y survivre. Pendant le travail, le soleil s'était levé et couché deux fois. Voilà qu'il se couchait à nouveau, et toujours aucun signe du bébé. Lorsqu'il sortirait – s'il sortait un jour ! –, elle était certaine qu'il serait mort-né. Elle se rappela le cauchemar avec la vieille femme. « Est-il mort, là-dedans ? » Elle était persuadée qu'il l'était bel et bien, désormais.

Alafair ne lui était d'aucune utilité. Jamais elle n'avait aidé à une naissance, et elle n'y connaissait rien. Fiorentina avait hurlé après elle, lui avait craché dessus, avait fait pleuvoir sur elle tous les jurons de son vocabulaire, et avait même fini par maudire son seigneur pour l'avoir mise dans cet état. Après quoi, elle avait éclaté en sanglots et imploré Alafair de lui venir en aide, pleurant dans les jupes de la fille qui l'étreignait et la rassurait avec des paroles dénuées de sens. Qu'était-il advenu du jeune homme qui avait promis de les secourir ? Fiorentina n'avait cessé de poser la question à Alafair, mais celle-ci n'avait pas de réponse.

À présent, elle sentait sa vie s'échapper. Elle était à bout de forces. Les draps sous elle étaient inondés de sang. Elle partait à la dérive, rêvassant, songeant aux années passées avec son seigneur, à son existence riche et heureuse. Chaque jour, elle se demandait quand et comment il était mort. Personne ne pouvait lui répondre, puisque tous ceux qui avaient combattu ce jour-là au Palais Rouge étaient morts – du moins presque tous.

Elle aussi allait bientôt quitter ce monde.

— Ma dame ! Il y a une femme ! lui souffla Alafair à l'oreille.

— Quelle femme ? (La nouvelle n'intéressait pas Fiorentina. Pourquoi la fille l'ennuyait-elle ? Puis, dans un sursaut d'espoir, elle demanda :) Une sage-femme ?

— Je ne crois pas, non, répliqua Alafair, le teint gris. Elle est très âgée, et… terrible à voir. Elle est devant la porte. Elle essaie d'entrer !

Fiorentina s'écroula de nouveau. Pourquoi l'ennuyait-on avec cette affaire ?

On secoua la porte. Le bois grinça. Les yeux rivés sur le battant, Alafair resta aux côtés de Fiorentina, lui serrant fermement la main. À travers son voile de douleur, Fiorentina comprit que la fille était terrifiée. Elle regarda la porte, mais ne vit rien à travers les barreaux.

— Il n'y a rien, marmonna-t-elle.

Alafair s'avança furtivement et, nerveuse, jeta un coup d'œil à travers la porte. Puis elle fit un bond en arrière.

— Elle est là, ma dame ! s'écria-t-elle, tremblante. A-t-elle une clé ?

Fiorentina repensa à la femme maléfique de son cauchemar. Son cœur s'emballa et une vague de terreur l'enveloppa, l'empêchant de respirer. Elle voulut crier, mais seul un faible gémissement s'échappa de sa gorge.

Tout à coup, des bruits de pas précipités et des cliquetis d'armure résonnèrent.

— Dame Fiorentina ! appela une voix de basse masculine. Dame Fiorentina !

Alafair s'élança de nouveau vers la porte pour signaler leur présence. Un instant plus tard, Fiorentina entendit une lourde armure frapper le bois solide. La porte s'ouvrit avec fracas. Des soldats se déversèrent en nombre dans la pièce.

Pleurant de douleur et de soulagement, Fiorentina leva les yeux vers le visage barbu du capitaine de Giulia.

— Aidez-moi ! dit-elle en sanglotant.

Chapitre 42

La défense de la Cité faiblissait. Chaque jour, chaque heure, les mauvaises nouvelles arrivaient au Palais Blanc. Cent fois, Valla avait pensé s'éclipser à la faveur de la nuit, abandonnant l'impératrice et les frustrations liées à son devoir, pour rejoindre la brèche dans l'Adamantin, où les défenseurs étaient malheureusement si peu nombreux, et où la horde d'ennemis pouvait apparaître à tout moment.

Depuis le départ des Faucons Nocturnes, seuls les Ours Argentés et une compagnie d'infanterie défendaient le palais. Jona Lee Gaeta gravitait en permanence autour de l'impératrice. Il était au courant de chaque conversation, chaque réunion, chaque plan fait et refait. Même le vieux général Eufara, désormais premier conseiller militaire d'Archange, ne fréquentait pas aussi assidûment la salle du trône. Thekla avait de nouveau quitté sa grand-mère. Pour une raison que Valla ignorait, elle était redescendue de la montagne.

La seule bonne nouvelle qui parvint à ses oreilles fut celle de l'évasion de Rubin. Quand Archange apprit qu'il s'était échappé de sa cellule, elle avait par réflexe jeté un coup d'œil à Valla, comme si elle tenait son garde du corps pour responsable. Comme toujours, Valla avait affiché un visage impassible, mais au fond d'elle elle exultait. Quand on sut que l'ancien soldat chargé de surveiller Rubin avait lui aussi disparu, les soupçons de l'impératrice s'envolèrent.

Ce jour-là, la salle du trône était silencieuse. Hormis la garde personnelle, douze hommes étaient postés autour de la pièce et douze autres se tenaient dans l'antichambre. Les seuls compagnons d'Archange étaient Jona et un petit homme élégant du nom de Sully. Ce dernier s'était présenté à l'impératrice après la mort de Dol Salida. Il se disait un ami et collègue du conseiller et avait proposé, peut-être pour rendre hommage au vieil homme, d'informer Archange de ses derniers progrès. Valla avait entendu dire qu'avant de devenir le conseiller d'Archange Dol Salida était un maître espion de renom au Palais Rouge. À présent, l'impératrice et le petit homme se voyaient tous les jours, parfois dans l'arène publique de la salle du trône, parfois dans l'intimité de son petit salon. Chaque fois que le nom de Sully était mentionné, Valla croyait percevoir chez Jona une pointe d'agacement. Elle souriait intérieurement. Elle ne faisait confiance à aucun des deux hommes.

L'impératrice, Jona et deux quartiers-maîtres discutaient de l'acheminement des rations aux défenseurs assiégés qui se trouvaient aux Grandes Portes. La période de paix après la chute du Palais Rouge ainsi que la fin du blocus avaient permis qu'une grande quantité de victuailles, très attendue, arrive dans la Cité depuis l'extérieur. Les récoltes d'automne dans les fermes du Nord-Est avaient également été abondantes. Mais, à la terrible nouvelle venue du nord, la plupart des travailleurs aux champs avaient lâché leur bêche pour fuir avec leur famille vers le sud et l'ouest de la Cité, loin des portes menacées. Pourtant, ils n'y avaient trouvé aucune aide, et les quartiers ouest ne tardèrent pas à déborder de réfugiés, la Porte de la Mer assiégée par des gens voulant fuir à tout prix. Et voilà que la famine sévissait parmi les plus pauvres.

Valla écoutait la conversation avec une inquiétude croissante. À l'ouest, des familles entières mouraient de faim, alors qu'à la campagne des fruits pourrissaient sur les arbres, et personne n'était là pour récolter les céréales dans les champs. Les défenseurs valides étant tous mobilisés aux portes et à la brèche de l'Adamantin, il ne restait personne pour fournir la nourriture.

Tout à coup, elle entendit dans un couloir éloigné un bruit de pas précipités, puis des cris qui se rapprochaient. Elle regarda le capitaine de la garde. Sur son ordre, des soldats s'élancèrent pour fermer les portes sculptées d'or qui donnaient dans l'antichambre, dans laquelle les membres de la garde extérieure avaient déjà dégainé leurs épées. Bien qu'il n'y eût pas d'autre accès à la salle du trône, les guerriers d'Archange s'alignèrent devant leur souveraine. Celle-ci les regarda les sourcils froncés, l'air agacée. Valla resta à ses côtés, l'épée à la main.

— Gaius ! appela l'impératrice. Que se passe-t-il ?

Le capitaine tendit l'oreille, la tête inclinée.

— Je crains une attaque, ma dame. (Sur un geste, quatre de ses hommes firent glisser la barre de fer qui barricadait les portes dorées.) Mais vous êtes en sécurité ici, Votre Altesse.

Il ordonna à Jona Lee Gaeta de se retirer derrière la rangée de soldats.

Archange écouta, préoccupée, puis releva la tête, comme sentant le danger. Dans la salle, Valla sentit l'air crépiter. La terreur s'infiltra dans ses entrailles tel un ver gris, et ses poils se hérissèrent sur sa nuque.

Les hurlements se rapprochaient, terrifiants. On aurait dit des cris d'animaux que l'on massacrait. Valla se rendit compte que ses doigts tremblaient. *Voilà pourtant ce que tu espérais*, songea-t-elle avec sévérité. *L'occasion d'agir!* Mais son corps la trahissait: il tremblait de peur, et elle avait du mal à ne pas lâcher son épée.

Juste derrière les portes dorées, un cri sauvage déchira l'atmosphère. Valla entendit le sang battre à ses oreilles. Des coups frénétiques et irréguliers furent frappés aux portes. Valla les vit trembler, la barre de fer secouée. Les hurlements atteignirent un pic assourdissant, à en vriller les tympans.

Les portes se cintrèrent vers l'intérieur avant de s'ouvrir avec fracas, brisant la barre de fer comme une brindille, les deux moitiés volant à travers la salle. Valla crut que son cœur s'arrêtait.

L'antichambre était inondée de sang. Il pleuvait du plafond et s'écoulait le long des murs pour former une mare au sol. Les douze gardes avaient été réduits en morceaux et en un amas de chairs déchiquetées. Valla frissonna. Elle sentit son estomac protester, la bile et la terreur montant dans sa gorge.

Hors du charnier se profila une silhouette unique, baignée de sang.

Archange se leva lentement.

—Marcellus! s'exclama-t-elle dans un souffle.

Il traversa la salle du trône, laissant sur le sol de pierre immaculé l'empreinte de ses bottes ensanglantées. La livrée des Mille qu'il portait était imprégnée de sang. Il en coulait aussi de sa barbe et de ses cheveux. Il n'était pas armé. Horrifiée, Valla le regarda avancer. À chacun de ses pas, elle sentait le pouvoir croître dans la pièce. Sa peau était comme électrisée, l'énergie s'infiltrait jusque dans ses os. Elle s'entendit pousser un gémissement de terreur.

Elle avait loyalement gardé sa foi, répétant les paroles que Rubin voulait entendre: « Marcellus est notre guide. Il reviendra. » Mais, plus les jours passaient depuis sa mystérieuse disparition, plus sa foi faiblissait. Et voilà qu'il apparaissait devant elle, de retour d'entre les morts. Et sa seule réaction était d'être terrorisée.

Archange attendait, toujours debout, les yeux noirs comme du goudron. Elle leva la main vers les guerriers survivants.

—Pas un geste, leur ordonna-t-elle tandis que Marcellus approchait, même si aucun des soldats n'avait cillé. Comment oses-tu ? s'écria-t-elle alors qu'il s'arrêtait à quelques pas d'elle, regardant autour de lui d'un œil torve, mettant au défi quiconque de s'attaquer à lui. Comment oses-tu massacrer ainsi mes guerriers, dans mon palais ?

—Ils ont osé tenter de m'arrêter, répondit-il. (La colère pesait dans sa voix, et peut-être aussi la soif de sang.) C'est moi qui ai bâti cet endroit, femme ! Je ne tolérerai pas qu'on lève la main sur moi entre ces murs !

Il regarda les soldats devant lui d'un œil furieux puis s'attarda un instant sur Valla. Le silence ambiant n'était troublé que par le sang qui gouttait. La puanteur du charnier emplit la salle, puis tous entendirent des bruits de pas qui se rapprochaient rapidement.

—Congédie-les, Archange, prévint Marcellus d'une voix tendue. Tu sais très bien que je suis capable de tuer tous les soldats de ce palais.

L'impératrice adressa un signe de tête à Gaius. Le capitaine de la garde passa à grandes enjambées devant Marcellus, les yeux rivés sur lui, puis hésita un instant avant de fouler les morceaux de chair suintante, de cuir chevelu, les vêtements déchirés et les armures brisées qui jonchaient le sol. Valla l'entendit aboyer des ordres avant de le voir revenir. Archange lui jeta un bref regard et se concentra de nouveau sur Marcellus.

Ce dernier l'observait de près.

—Je pourrais te tuer sur place, Archange. Tu m'as donné plus d'une raison de le faire. Ne me tente pas.

Tout à coup, l'impératrice éclata d'un rire dédaigneux :

—À une certaine époque, peut-être. Mais moi, j'ai conservé mes pouvoirs au fil des années, pendant que tu gâchais les tiens en te livrant à des performances sanglantes telles que celle-ci. (D'un geste, elle indiqua l'antichambre baignée de sang.) Me tuer ? Tu ne pourrais même pas me marquer d'un bleu !

Elle sembla grandir, jusqu'à paraître gigantesque comparée aux soldats qui la protégeaient. L'air autour d'elle s'épaissit ; on aurait cru que des ailes avaient poussé dans son dos. Valla battit des paupières, doutant de ce qu'elle voyait. La salle vibrait d'énergie. Elle redoutait ce qui risquait de suivre.

Tous les deux se dévisageaient avec rage, l'un démon trempé de sang, l'autre ange féroce. La lumière qui les entourait vacilla en crépitant. La grande coupole au-dessus d'eux trembla, résonna, soupirant comme une cloche monstrueuse prise dans une tempête. Tous deux levèrent les yeux. Valla fronça les sourcils. Le verre chatoyait, ses couleurs jaillissantes se reflétant partout dans la vaste salle du trône. Le bourdonnement s'intensifia, faisant battre leurs tympans. La coupole ondula et s'étira, comme dans une fournaise. Elle semblait sur le point d'éclater. Valla lutta contre l'envie de déguerpir.

Tout à coup, la tension retomba. Valla put respirer de nouveau normalement. Archange reprit place sur le trône et s'enveloppa de son châle.

—Comment se fait-il que tu aies mis tant de temps à revenir, Marcellus ? demanda-t-elle sèchement. Je pensais te voir émerger de ton trou plus tôt que ça. On nous a dit que tu avais été tué, même si je n'y ai jamais cru.

Il grogna :

— Eh bien, Archange, je suis désolé de t'avoir manqué. Ça doit bien faire trente ans.

— Que veux-tu, Marcellus ? À part assassiner des guerriers qui ont toujours été fidèles à leur Cité ?

— Je n'ai pas pu m'empêcher de remarquer, répliqua-t-il avec le ton affable que Valla lui connaissait bien, que l'ennemi était à nos portes, et qu'à cause de ton alliance traîtresse avec Hayden Tisserand tu n'as plus de soldats pour défendre la Cité.

Elle l'observa, le regard fixe.

— Dis ce que tu as à dire, déclara-t-elle brusquement, et quitte ce palais.

Il ôta ses gantelets et les laissa tomber par terre. Du sang s'en écoula. Il portait au doigt un anneau de pierres précieuses qui, sous la coupole, renvoyait des éclats de lumière colorés. D'une main, il essuya son visage puis leva les yeux.

— Je suis étonné de la voir encore là, dit-il d'un air songeur. J'aurais cru qu'elle se serait effondrée bien avant.

Archange leva également les yeux avant d'admettre :

— C'est de la belle ouvrage.

— En effet, dit-il. À l'époque, on savait bien faire les choses.

Elle hocha la tête. Tout à coup, l'atmosphère de la salle s'apaisa. Les guerriers relâchèrent leur position. Valla avait déjà été témoin des changements d'humeur de Marcellus, qui en un clin d'œil pouvait passer de l'affabilité la plus douce à une brutalité sauvage, avant de revenir à son aménité coutumière. Elle s'étonnait toutefois de constater que ces deux ennemis jurés étaient capables de se parler de manière si désinvolte. Lequel des deux était le plus puissant ? Elle craignait que le palais ne tienne plus debout lorsqu'on connaîtrait la réponse.

Marcellus soupira.

— Malgré tous nos… différends, je suis venu te proposer mon aide pour défendre le peuple de la Cité et l'aider à combattre cette armée cruelle et brutale. Je dispose de deux mille fantassins qui, en ce moment même, traversent le Zarros. Ils sont à tes ordres, si tu le souhaites.

Archange plissa les yeux, mais ne dit rien. Peut-être avait-elle cru jusqu'alors, comme Valla, que Marcellus en personne était à la tête de l'armée venue du nord.

— J'ai appris qu'ils se trouvaient à moins de deux jours de marche de la brèche de l'Adamantin, ajouta-t-il. Ensemble, avec tes troupes disparates de vieux et de boiteux, et leur nouveau fossé défensif, nous pouvons lutter contre la troupe de barbares qui avance vers le sud. Dans le cas présent, tes ennemis sont mes ennemis. Même toi, tu n'es pas assez têtue pour ne pas le reconnaître.

— En échange de quoi ? s'enquit-elle.

— Rien que ton amour et ton affection, Archange, dit-il en souriant pour la première fois. Comme toujours. Et, bien entendu, le Voile du Gulon. Oh ! ajouta-t-il comme s'il venait d'y penser, et le jeune Rubin Guillaume qui, d'après ce que j'ai compris, croupit dans tes cachots.

— Tu es libre d'avoir le garçon, dit-elle en agitant négligemment la main. Je n'en veux pas. Mais tu ne peux pas avoir le voile. Tu le sais. Tu le savais en mettant le pied ici, quand tu as quitté le bastion où tu t'es établi, quel qu'il soit.

Il secoua la tête et prit un air chagriné.

— À l'heure même où je te parle, les canons de l'ennemi font feu sur la Porte du Grand Nord. Des canons, Archange ! Et ce sera quoi, ensuite ? D'ici à quelques jours, ils ouvriront une brèche dans la Porte du Paradis. Si tu laisses ne serait-ce qu'une poignée d'entre eux s'infiltrer par les ruines du Mur Adamantin, ils pourront se promener à loisir dans la Cité et ouvrir toutes les portes de l'intérieur. Posséder ce voile, est-ce si important à tes yeux ?

— Et pour toi ? Est-ce si important que tu resterais en arrière, à profiter du spectacle, sans aider la Cité que tu prétends aimer ?

Il s'avança. Valla leva son épée. Il posa les yeux sur elle. Une douleur atroce se répandit dans son bras. Elle poussa un cri, et la lame tomba sur le sol avec fracas.

— Valla, gronda Marcellus. (Un frisson la secoua.) Combattante des Chiens de Guerre. Tu as choisi le mauvais camp. Qu'en dirait feu notre bien-aimée Leona ? Je me le demande.

Elle se sentait prisonnière de ses yeux noirs. Dans son esprit résonnèrent distinctement les dernières paroles de Leona : « Marcellus est notre guide. »

Elle arracha son regard du sien et se tourna vers l'impératrice, qui acquiesça, comme si elle savait ce que Valla s'apprêtait à dire.

— J'ai livré bataille dans la salle des Empereurs le Jour des Offrandes, dit-elle à Marcellus d'une voix dont la fermeté la surprit. J'ai alors combattu pour l'Immortel, et aujourd'hui je continuerai à me battre pour celle qui détient ce titre. Je n'ai jamais changé de camp.

Marcellus émit un grognement, peut-être d'amusement, puis reporta son attention sur Archange.

— Quand nous nous reverrons, ma dame, nous évoquerons tranquillement l'époque où tu n'étais pas rongée par l'amertume, et où la

Cité était encore un rêve de liberté et de splendeur. Nous débattrons de ceux qui l'ont fuie, et de ceux qui ont perpétré les pires crimes en son nom. Mais pour le moment il est temps de mettre nos querelles de côté et d'agir ensemble pour son avenir. Pour s'assurer qu'elle en aura un.

» Au fait, ajouta-t-il, j'ai entendu dire que Marcus était mort. Est-ce vrai ? J'espère que non.

Elle acquiesça.

— Si. C'est une grande perte pour la Cité.

— C'était le meilleur d'entre nous, commenta Marcellus avec solennité.

Archange approuva de la tête, mais ce fut d'une voix glaciale qu'elle prit la parole :

— Tu n'as jamais aimé Marcus – ni personne, d'ailleurs. Tu t'es toujours pris pour le meilleur d'entre nous. Tu le crois toujours, après tous ces siècles de tromperie, de trahison, de guerre et de massacres. Si je rejette ta proposition aujourd'hui, ce n'est pas parce que je n'ai pas besoin de guerriers, mais parce que tu es indigne de confiance. Tu l'as toujours été. Je me méfierais même d'un gobelet d'eau que tu me tendrais.

Il baissa la tête, comme plongé dans ses réflexions, puis répliqua :

— Comme tu voudras. En dépit de ton imprudente décision, je vais t'offrir un présent. Si tu veux le connaître, je te dirai le nom de celui qui dirige l'armée du Nord.

Apparemment, Archange ne put se résoudre à dire « oui », mais elle ne refusa pas son offre.

Il sourit et prononça un nom :

— Hammarskjald.

Valla observa l'impératrice. Ses yeux s'assombrirent.

— Impossible ! siffla-t-elle.

— Je n'ai aucune raison de te mentir, répliqua Marcellus en haussant les épaules.

— Tu as toutes les raisons, au contraire, rétorqua-t-elle. Mais il est mort, ajouta-t-elle d'un ton peu convaincu. Araeon l'a pris au piège et l'a tué de ses propres mains. Ils ont brûlé son corps. Tu y étais.

Il sourit.

— Maintenant, Archange, dit-il avec jovialité, nous savons tous les deux qu'être mort ne constitue pas un obstacle quand on nourrit des rêves de conquête.

— Il nous méprisait tous, Marcellus, et la Cité plus encore. Tu te souviens aussi bien que moi de son réquisitoire sur la corruption du pouvoir. En supposant qu'Hammarskjald vive toujours, pourquoi voudrait-il s'emparer d'une Cité qu'il honnit tant ?

—Peut-être ne compte-t-il pas la prendre. Peut-être veut-il la détruire, la rayer de la carte. Ses doléances remontent à un millier d'années, et le passé finit toujours par nous rattraper. Nous en savons quelque chose, toi et moi.

Archange resta songeuse un moment. Valla se demanda si elle le croyait. Le silence enveloppa la salle. Même le sang avait cessé de goutter de la tenue de Marcellus.

L'impératrice leva alors lentement la tête et demanda à voix basse :

—Pourquoi maintenant ?

—Parce que la Cité est prête à l'accueillir comme une jeune mariée lors de sa nuit de noces.

Elle secoua la tête.

—Si c'est bien Hammarskjald, ce dont je doute, nous conquérir n'est pas son seul désir. Que veut-il, Marcellus ? Que ne me dis-tu pas ?

Jona Lee Gaeta intervint pour la première fois :

—Marcellus, je sais seulement qu'Hammarskjald est un nom du passé associé à de mauvais souvenirs, mais, si vous savez quoi que ce soit, dites-nous quelles sont ses ambitions.

Marcellus pivota pour regarder l'homme comme s'il venait tout juste de le reconnaître.

—Gaeta ! Je me demandais qui conseillait si mal Archange. Travailles-tu pour le compte de l'ennemi, ou es-tu idiot de naissance ?

Gaeta rougit.

—Je suis fier de servir mon impératrice et ma Cité, se défendit-il.

—Et ta mère, toujours de ce monde ?

—Oui, seigneur.

—J'ai toujours apprécié Sciorra, même si apparemment ce n'est pas réciproque. Interroge-la donc à propos d'Hammarskjald. Si quelqu'un sait quelque chose à son sujet, c'est elle.

—Marcellus, dit Archange. (Il se tourna poliment vers elle.) J'accepte ta proposition. Tes deux mille hommes armés contre le Voile du Gulon. Je ne peux pas te donner le jeune Guillaume. Il s'est échappé.

Marcellus éclata d'un rire sonore.

—Bien évidemment ! J'aurais dû m'en douter. Ne jamais sous-estimer ce garçon, Archange. Soit, nous avons un accord. Donne-moi le voile.

Valla se demanda ce qu'allait faire l'impératrice. Était-elle la seule dans cette salle à savoir qu'Archange n'avait plus le voile ?

Cette dernière hocha la tête d'un air pensif.

—Si tes deux mille guerriers peuvent défendre la brèche de l'Adamantin comme tu l'affirmes, et empêcher l'ennemi d'y entrer, alors c'est avec plaisir que je te donnerai le voile. Tu as ma parole.

Il soupira.

— Je vais donc devoir quitter cet endroit avec une simple promesse. C'est pour te prouver mon indéfectible bonne volonté que je suis prêt à m'en contenter, chère cousine.

— Si tes guerriers réussissent, je tiendrai parole, cher cousin.

Toutefois, Marcellus s'attarda, l'air songeur.

— Nous disposons d'un plan de secours, tu le sais, Archange, dit-il doucement. Il faut cinq Familles pour utiliser le voile. Nous pouvons tenter de protéger la Cité, comme c'était prévu autrefois. Nous sommes vieux et de moins en moins nombreux, mais nous avons toujours Giulia, Sciorra et Reeve. Cela devrait suffire.

L'impératrice plissa les yeux.

— Tu veux utiliser le voile comme bouclier ? s'exclama-t-elle avec dédain. Tu ne crois pas à ce que tu dis, j'espère ?

— Araeon y croyait, lui.

— Araeon. (Le nom claqua sèchement, comme un coup de fouet.) Dans ce cas, pourquoi ne l'a-t-il pas utilisé pour empêcher l'invasion le Jour des Offrandes ?

Elle posa sur lui un regard noir de fureur.

Il écarta les mains et répondit d'un ton apaisant :

— Peut-être parce qu'il a été assassiné avant d'être mis au courant de l'invasion ? (Il poursuivit avec conviction :) Les Gaeta savent comment ça marche. Sciorra a toujours eu un petit côté sorcière, dit-il à l'intention de Jona, qui ne répondit pas.

— Tu commences à croire à nos propres fables ? s'étonna l'impératrice. De plus, Reeve s'est volatilisé. Je suis surprise que tu l'ignores. Il a disparu de l'Éperon à la fin de l'année, et personne ne l'a revu. Mes agents sont à sa recherche, mais il est sûrement mort.

— Et son fils ? Rubin ?

— Le fils a un petit pouvoir, reconnut-elle. (À ces mots, Valla sourit intérieurement. Elle savait que ce « petit pouvoir » suffisait à mettre l'impératrice en difficulté.) Cependant, il n'est plus ici. Quand bien même ce serait possible, ce dont je doute fort, c'est une idée monstrueuse. Nous pourrions provoquer plus de dégâts qu'autre chose ! J'ai bien vu le peu de cas que tu fais de la vie des hommes, dit-elle en désignant l'antichambre ensanglantée, mais ce n'est pas ainsi que je procède, ni aujourd'hui ni demain.

— As-tu conscience, femme, qu'Hammarskjald utilise des canons ? insista Marcellus. (Son inquiétude parut sincère aux yeux de Valla.) C'est ce qui m'a poussé à croire qu'il était derrière tout ça. Il est le seul à avoir une connaissance suffisante de ces engins.

Malgré la gravité de la situation, il se mit à rire et ajouta à l'adresse d'Archange, sur le ton de la conversation :

— Il n'y a qu'Hammarskjald pour apporter des canons dans un combat à l'épée !

Encore ce voile, songea Valla en regardant Marcellus traverser l'antichambre à grands pas, suivi des gardes d'Archange. *Pourquoi est-il si important ?* Elle résolut de poser la question à Elija dès qu'elle en aurait l'occasion. Le garçon semblait en savoir beaucoup sur le passé de l'impératrice.

Archange se tourna vers son capitaine :

— Prévenez Langham Vares que Marcellus et son armée sont en marche vers la brèche de l'Adamantin. On ne voudrait pas que des combats éclatent avant même que l'ennemi arrive.

» J'exige que l'on suive Marcellus, dit-elle à Gaeta. Qu'on me rapporte ses moindres faits et gestes, les gens qu'il voit, leurs conversations, les allées et venues de tous ses messagers. Je ne suis toujours pas convaincue qu'il ne soit pas celui qui commande cette armée ennemie. Il ne doit pas de nouveau échapper à notre vigilance. (Elle s'interrompit un instant.) Je veux aussi que des gardes surveillent votre palais, et celui des Khan. Nous devons protéger Giulia et Sciorra.

— Le Palais de Fer est une forteresse, la rassura Jona, mais je ferai en sorte que dame Giulia ne risque rien. (Il baissa la voix.) Comptez-vous réellement lui donner le voile ?

— Doutez-vous de ma parole ? s'enquit-elle, les yeux plissés.

— Non, ma dame, mais avec deux mille soldats à peine…

— Je me moque bien de ces deux mille guerriers, l'interrompit-elle sèchement. C'est Marcellus que je veux…

Elle n'acheva pas sa phrase, tout à coup consciente de ce qu'elle venait de dire. Puis elle ajouta tout bas :

— Que Dieu me vienne en aide.

Le vieux général Eufara entra précipitamment dans la salle du trône, l'air hagard après avoir vu les corps démembrés dans l'antichambre. Il s'agenouilla avec difficulté aux pieds de l'impératrice.

— Votre Altesse, s'écria-t-il d'une voix étranglée par l'émotion, il a massacré mes soldats… Ils n'ont rien pu faire contre lui ! Quel est ce démon qui a l'apparence d'un homme ?

— Levez-vous, général, ordonna-t-elle sèchement. Combien de victimes ?

— Plus de cent, ma dame. (Il secoua la tête, son regard d'homme âgé empli d'horreur.) Tous les soldats qui se sont approchés de lui. Ils étaient sans défense…, répéta-t-il.

— Ce n'est pas votre faute, répliqua-t-elle en se radoucissant. Ce n'était pas un démon. Aucun guerrier ne peut vaincre Marcellus quand…

— Mais Marcellus était mort ! marmonna-t-il, perplexe, ne se souciant pas d'interrompre l'impératrice.

Valla se dit qu'il devait être brisé.

Gaius, capitaine de la garde, revint accompagné d'un jeune cavalier qui portait l'uniforme gris des messagers de la Cité. Le garçon s'attarda dans l'antichambre, les yeux écarquillés, une main plaquée sur la bouche.

— Quoi ? aboya Archange.

Gaius lui répondit :

— Un messager en provenance des Grandes Portes du Nord, Votre Altesse. J'ai pensé que vous devriez écouter ce qu'il a à dire.

Il lui fit signe d'avancer.

Archange regarda le jeune homme, qui tressaillit. Il n'était guère plus âgé qu'un enfant ; ses vêtements déchirés étaient tachés de sang. Il boitait lourdement à cause d'une blessure à la cuisse. Valla le vit chanceler d'épuisement.

— Quel message m'apportes-tu ? demanda l'impératrice d'une voix tout à coup aimable.

— Le… Le général m'a donné un document, bégaya-t-il en jetant des coups d'œil autour de lui. Mais j'ai été attaqué, et je l'ai perdu. J'ai aussi perdu mon cheval. J'ai dû rentrer à pied.

Le capitaine intervint, impatient :

— Dis à l'Immortelle ce que tu m'as raconté.

Le messager hocha la tête.

— La porte tombera avant la nuit de la nouvelle lune, récita-t-il. C'est-à-dire demain soir. C'est ce que le général m'a dit.

Archange reprit place sur son trône et soupira. La visite de Marcellus lui avait momentanément rendu son énergie, mais à présent elle paraissait lasse et épuisée.

— Rien de surprenant, dit-elle à Eufara. Ce n'était qu'une question de temps. Les défenses internes tiendront.

— Oui, Votre Altesse. (Le général semblait avoir recouvré son sang-froid.) Cela donnera à nos guerriers l'occasion qu'ils attendent pour se battre contre l'ennemi.

Gaius déclara :

— Ce n'est pas tout, ma dame.

Il jeta un regard noir au messager.

— Eh bien ? demanda brusquement Archange.

— Il y a une épidémie, Votre Altesse, dit le cavalier en clignant des yeux. Dans l'enceinte de la Cité. Nos soldats tombent malades. Ils sont mourants.

(Il avait dit ces mots d'une voix rauque. D'un geste impatient, le général lui fit signe de poursuivre.) Ces envahisseurs, nous les avons surnommés les Fléaux, car ce sont eux qui nous transmettent leur maladie. Avec leurs catapultes, ils jettent par-dessus nos remparts les têtes de leurs soldats morts. Au début, tout le monde croyait que c'était une sorte de rituel étranger, de la sorcellerie, alors on les leur renvoyait…

— Une épidémie, répéta Archange.

Un silence perplexe s'était abattu sur la salle du trône. Horrifiée, Valla se demanda à combien de mauvaises nouvelles il fallait encore s'attendre. Les gardes regardaient tous droit devant eux, mais elle sentait que le désespoir avait envahi leur cœur. Sa mission accomplie, le cavalier baissa les yeux.

L'impératrice demanda à Eufara :

— Avons-nous des nouvelles récentes de l'armée d'Hayden ?

Il secoua la tête.

— Non, ma dame. Pas depuis des jours.

Tous deux échangèrent un regard lugubre. Il ne faisait aucun doute qu'ils se posaient la même question : l'épidémie avait-elle également balayé le groupe hétéroclite des survivants rassemblés par Hayden Tisserand ?

— Envoyez les Ours, ordonna-t-elle.

Un profond découragement s'abattit sur Valla. Les Ours Argentés étaient la dernière centurie des Mille présente sur la montagne. Sans eux, Valla serait la seule guerrière en livrée noir et argent à protéger Archange.

Eufara protesta :

— Mais il n'y aurait plus que cent soldats pour garder le palais, pour votre protection, Votre Altesse !

— Oui, général. Je sais compter. Nous devrons nous en contenter. Si la Cité tombe, alors ce palais et moi-même n'aurons plus lieu d'être. (Elle se tourna vers Valla.) Je vais me reposer, à présent.

Valla fit un signe de tête à Gaius. Les soldats quittèrent les lieux. Une fois la salle vide, on apporta le fauteuil d'Archange. C'était un meuble de bois sur roulettes. Elle détestait s'en servir, et plus encore qu'on la voie assise dedans, aussi les couloirs qui menaient à ses appartements privés furent-ils dégagés. Valla la poussa sans dire un mot, feignant l'indifférence, le cœur plein de compassion pour la vieille femme.

Quand Archange se retrouva dans l'intimité de son salon, Valla rassembla son courage et la supplia :

— Laissez-moi partir avec les Ours, ma dame. Je suis une guerrière. C'est ma vie. Vous m'avez guérie pour que je sois de nouveau apte à combattre, mais maintenant je…

Elle n'acheva pas sa phrase, n'osant avouer le fond de sa pensée.

— Tu étais une guerrière née, dit Archange à sa place, mais maintenant tu joues seulement les infirmières pour une vieille femme. Non, insista-t-elle d'une voix dure comme le granit. Ce n'est pas un défenseur de plus qui fera la différence à nos portes.

Valla savait qu'au contraire un seul défenseur pouvait faire toute la différence. Mais elle demanda :

— Alors envoyez-moi à la recherche du voile, ma dame ! Je le retrouverai et vous l'apporterai. Si vous y tenez tant.

— Que sais-tu à son propos ? demanda l'impératrice avec circonspection, les paupières closes.

— Vous en avez parlé dans votre sommeil, Votre Altesse. J'ai aussi interrogé dame Thekla…

— Et elle t'a renseignée ?

Archange ouvrit les yeux.

— Elle ne m'a rien dit à son sujet, seulement que c'était un objet précieux, et qu'on l'avait perdu. L'a-t-on retrouvé ?

L'impératrice secoua la tête.

— Non, mais lorsqu'il aura besoin de l'être, on le retrouvera.

Étonnée par ces propos, Valla demanda :

— Est-ce un objet magique, ma dame ?

— En quelque sorte. C'est un accessoire très ancien qui a le pouvoir de guérir et de régénérer. Aux yeux de la plupart des gens, il est magique. Ce que je veux dire, soldat, c'est que le Voile du Gulon nous est autrefois revenu dans des conditions très étranges, d'une manière détournée. Dans cette période de grand danger, il est peut-être voué à faire de même.

Septième partie

Le Voile du Gulon

Chapitre 43

Quand Stern Edasson et son frère étaient enfants, pas assez grands pour se rendre utiles mais suffisamment pour se débrouiller seuls, ils avaient coutume de se promener sur les plages rocheuses de leur village, non loin d'Adrastto. Ils remuaient avec des bâtons les flaques entre les rochers, pourchassaient les crabes, pataugeaient dans les vagues argentées jusqu'à prendre peur et retourner sur le rivage dans des gerbes d'éclaboussures. Ils ramassaient des débris charriés par la mer et les rapportaient à la maison : du bois flotté pour le feu, de vieux objets cassés, battus par les intempéries et rendus méconnaissables ; des algues séchées et de l'argile colorée pour les guérisseuses et les femmes médecins d'Adrastto, dans l'espoir d'en tirer quelque chose.

Un jour d'hiver, après une tempête, ils trouvèrent le cadavre d'un dauphin logé entre les rochers. Benet avait voulu le rapporter à la maison pour le manger, mais Stern l'en avait dissuadé. C'était une magnifique créature, au corps lisse et luisant, la peau nacrée commençant tout juste à se ternir et à sécher dans le vent mordant. Il était parfaitement conservé, sans aucune marque de blessure ni de maladie. Au cours de ses rares et précieuses sorties en mer sur le bateau de son père, Stern avait vu ces animaux s'ébattre tout près d'eux, sautant et plongeant dans le seul dessein – le garçon n'en voyait pas d'autres – de s'amuser. Il s'était accroupi auprès du dauphin, avait regardé son œil éteint, et s'était demandé où sa vie s'en était allée. Était-il quelque part, toujours à jouer avec ses congénères ? Sa mère lui avait raconté que les dauphins restaient en couple toute leur vie, et que, quand l'un des deux mourait, le survivant parcourait le monde sous-marin et chantait le chant de son compagnon partout où ils étaient allés ensemble. Puis il s'échouait sur une plage, sur une terre étrangère et inhospitalière, et se laissait mourir là, suffoquant dans l'air, même si nul ne savait pourquoi.

Finalement, Stern avait cédé devant l'insistance de son frère, et tous deux avaient traîné la créature puante jusque chez eux. Pour toute récompense, leur père leur avait flanqué une belle raclée, car les dauphins étaient les amis des pêcheurs, et il les avait forcés à manger la chair fade et caoutchouteuse. Les deux frères avaient été malades comme des chiens.

Stern pensait souvent au dauphin, même s'il n'en avait pas revu depuis qu'il avait quitté Adrastto, il y a si longtemps. Lorsqu'il s'était rendu compte que son frère était mourant, atteint de la maladie qu'ils avaient appelée la fièvre des souris, le dauphin lui était revenu en mémoire. Pendant des années, il s'était souvenu de la créature comme d'un cadavre raide, mais quelques années auparavant il avait commencé à l'imaginer vivante, sautant et plongeant joyeusement. À présent, voyant son frère moribond, il se demandait combien de temps il lui faudrait avant de se souvenir de lui comme du jeune guerrier fort et vigoureux qu'il était autrefois, et non cette coquille à l'air hébété et aux yeux brillants, ayant pris le chemin de son ultime voyage.

Il prit sa main dans la sienne et pria pour qu'il meure bientôt.

L'armée diminuée d'Hayden avait installé son campement loin au nord de la Porte du Grand Nord, dans une cuvette au milieu des prairies où, d'après le général, les groupes de recherche ennemis ne les découvriraient pas. S'ils les trouvaient, alors ils seraient tous massacrés, car ils n'avaient ni l'énergie ni les effectifs pour repousser une attaque. Presque un tiers d'entre eux avaient succombé à la fièvre des souris, et nombreux étaient les survivants trop faibles, se remettant de leurs blessures, ou à l'agonie. Un sur trois recouvrait la santé. Certains étaient totalement épargnés par la maladie : Stern ou Bruenna, la sage-femme, qui sans relâche s'était occupée des malades et des mourants. De même, ni Hayden ni aucun des soldats petrassi n'avaient été affectés.

Ils avaient poursuivi leur campagne de harcèlement contre l'ennemi : chaque nuit, ils donnaient l'assaut aux franges vulnérables de l'armée, pourchassaient les éclaireurs et, dans un élan de témérité, procédaient parfois à une attaque rapide sur une aile. Ils avaient agi ainsi jusqu'à ce qu'ils soient trop nombreux à être touchés par la fièvre et trop peu pour former une unité de combat. De plus, ils n'étaient toujours pas parvenus à faire taire les canons qui, tous les jours, crachaient rageusement leurs boulets. Les ennemis prenaient l'avantage. D'après les éclaireurs d'Hayden, ils ne s'étaient pas emparés des remparts, mais, lentement, la Grande Porte était réduite en morceaux. Elle tiendrait peut-être une journée, guère plus. Hayden et ses soldats n'y pouvaient rien. Les guerriers de la Cité qui avaient de la famille derrière les murs d'enceinte redoutaient l'ouverture d'une brèche, et la terreur que répandrait l'armée barbare. Pourtant, au fond de lui, Stern espérait voir tomber rapidement le mur. Ainsi, ils seraient en terrain connu : les guerriers de la Cité combattraient l'armée ennemie sur un pied d'égalité. Au cours de ses veillées nocturnes, il se demandait toutefois si la fièvre des souris avait également frappé les soldats qui défendaient les remparts. Dans ce cas, la Cité était sans doute perdue.

Benet était resté silencieux toute la journée, respirant superficiellement, les paupières closes, le teint pâle comme du lait. Tout à coup, malgré ses lèvres sèches, il prit la parole distinctement :

— Je me sens mieux, maintenant, frérot. Je veux voir Pêche.

— Elle n'est pas là, répondit doucement Stern.

La catin blonde avait elle-même succombé à la fièvre un jour ou deux auparavant.

— Elle était si jolie, marmonna Benet. Crois-tu… ?

Sa gorge se noua et il ne put en dire plus.

Stern sentit une présence à ses côtés. Il se retourna : Bruenna s'accroupit auprès de lui et observa Benet d'un œil critique.

— Il n'en a plus pour longtemps, dit-elle à Stern.

En tant que sage-femme, elle en connaissait moins sur les blessures du champ de bataille que la plupart des soldats, mais, atteints de la fièvre des souris, c'était vers elle que les malades se tournaient – même si elle ne pouvait rien pour eux, hormis leur offrir une gorgée d'eau et quelques marques de gentillesse qui rappelaient aux hommes leur mère et qui, parfois, les faisaient fondre en larmes.

— Il sera bientôt dans les Jardins de pierre, poursuivit-elle.

La plupart des guerriers aimaient entendre cette phrase.

Mais Stern doutait. Les Jardins de pierre lui semblaient un endroit terrible, un désert lugubre où les soldats se battaient sans jamais gagner ni perdre. Ils livraient seulement une bataille sans blessures, sans fatigue, sans fin. Peut-être que chaque créature mourait comme elle avait vécu, songea-t-il. Si un dauphin avait passé sa vie puis sa mort à s'ébattre avec ses congénères, peut-être qu'un homme, si l'existence qu'il avait menée en ce monde était entachée, ne pouvait-il s'attendre à profiter d'un au-delà serein.

— Voilà le général, le prévint Bruenna en se levant.

Stern l'imita.

Hayden baissa les yeux sur le corps émacié de Benet. Il ne demanda pas comment il allait. C'était évident.

— Brel et Petronicus viennent de rentrer, l'informa-t-il. Les éclaireurs étaient en mission toute la nuit. Ils disent que la porte est sur le point de tomber. Nous devons nous tenir prêts. Lorsque les ennemis la franchiront et se répandront dans la Cité, nous devrons être prêts à attaquer leurs arrières. Nous nous mettrons en route ce soir.

Toujours préoccupé par son frère, Stern hocha la tête d'un air absent.

— Et les malades ? s'enquit Bruenna en plantant son corps imposant devant le général, les mains sur les hanches. On ne va pas les abandonner !

— Les civils veilleront sur eux, répliqua sèchement Hayden. Si proche de pénétrer dans la Cité, l'ennemi n'enverra pas d'autres soldats à nos trousses. Ceux qui sont en voie de guérison viendront avec nous. C'est pourquoi nous devons partir sans tarder. Ceux qui n'en sont pas capables…, ajouta-t-il en regardant Benet… nous les laisserons ici. Je suis désolé.

Stern savait que Benet s'éteindrait avant la tombée de la nuit. Quand bien même, la perspective de le quitter, mort ou vivant, le bouleversait. Un bûcher digne de ce nom avec d'autres guerriers était ce qu'un soldat pouvait attendre de mieux, mais cela se produisait rarement. Parfois, on les enterrait dans des tombes peu profondes, mais les soldats d'Hayden ne disposaient pas de pelles, et les collines sur lesquelles ils se trouvaient étaient dures comme du roc. Le plus souvent, un guerrier mort ne jouissait du réconfort ni d'une tombe ni d'un bûcher, et était livré aux animaux et aux oiseaux, qui se rempliraient la panse de sa dépouille.

— La fièvre des souris…, commença Bruenna.

Stern observa le visage d'Hayden : la tension formait des rides autour de ses yeux. Le général n'aimait pas avoir affaire à Bruenna, qui paraissait se plaindre sans cesse, mais ses compagnes lui faisaient confiance, et elles avaient joué un rôle essentiel en s'occupant des malades. De plus, Hayden détestait ce nom de « fièvre des souris ». Quelques jours avant que la maladie ne s'abatte sur eux, les soldats avaient commencé à voir des souris noires trottiner dans le campement. Comme ils les craignaient, ils les tenaient pour responsables. De son côté, le général croyait que l'épidémie était due à des miasmes provoqués par l'humidité de la région. Il insistait pour que le camp soit levé régulièrement afin de les laisser derrière lui. Il méprisait les superstitions, et une dispute avec les hommes à propos de la nature démoniaque des souris avait été la seule fois où Stern l'avait vu s'emporter.

— Le sujet est clos, femme, dit le général à Bruenna, comme il le faisait souvent. C'est une décision militaire. Chacune de nos actions doit servir un objectif militaire. Nous lèverons le camp… (Stern le regarda tripoter brièvement sa montre avant de se rappeler une fois de plus qu'elle était cassée)… au crépuscule.

Il s'éloigna. Stern s'agenouilla et découvrit que son frère s'était éteint pendant qu'ils parlaient. En lui fermant les paupières, il ne ressentit que du soulagement.

Casmir était allongé sur le ventre au bord d'une légère déclivité, à cent pas de l'arrière de l'armée ennemie. À ses côtés, un grand cairn – le Cairn de Cendres – marquait le site de la dernière attaque sur la Porte du Grand Nord, qui avait eu lieu plus de trente ans auparavant. L'orbite vide de l'assassin le démangeait à cause de la poussière. Il soulevait sans cesse son cache œil pour la gratter. À sa droite, Stern marmonna :

— Arrête de bouger.

En dépit de ses intentions, Casmir était retourné auprès de l'armée d'Hayden. Une fois la Porte d'Arabie atteinte, au nord de la Porte du Paradis, il avait délivré le message du général aux gardes qui y étaient postés. On l'avait laissé dans une pièce fermée à clé jusqu'à l'arrivée du chef des gardes, un soldat chevronné malgré son jeune âge. Il savait reconnaître un vétéran quand il en voyait un. L'homme avait écouté Casmir lui narrer l'histoire de la petite armée livrant bataille, seule, à l'arrière de l'ennemi, pour défendre la Cité, et avait promis que le message d'une importance capitale serait transmis à l'impératrice. Il avait dit à Casmir avec honnêteté :

— Je regrette de ne pouvoir t'accompagner, mon ami. La Cité est assiégée ; pourtant nous ne faisons rien pour l'aider.

— Vous aurez l'occasion de le faire, avait répliqué Casmir en décelant dans son regard la soif d'en découdre.

Lui-même l'avait ressentie, autrefois.

Puis il s'était retrouvé en selle, s'éloignant de la Cité en remontant de nouveau vers le nord. Il avait finalement décidé de ne pas laisser tomber Tremblote et ses camarades. Lui-même avait été abandonné vingt ans auparavant, quand les siens l'avaient laissé pour mort après l'escarmouche de Plakos. Il savait l'effet que cela faisait. Les souffrances qu'il avait endurées ne l'avaient pas incité à faire de nouveau confiance à ses compagnons, mais c'était un homme d'honneur, bien que les autres n'en soient pas. Il ajouterait son épée à l'armée de fortune d'Hayden, car il savait qu'une seule lame faisait souvent la différence entre la victoire et la défaite. Il était encore relativement jeune. Sa future vie d'opulence confortable attendrait encore un peu, jusqu'à ce que cette situation urgente prenne fin.

À présent, ils étaient étendus, au plus près du train des bagages ennemi, séparés de la horde de tatoués par une bande de terre et quelques chariots. Toute l'attention de l'armée étrangère était focalisée sur la Porte du Grand Nord. Chaque jour, elle avait reçu des boulets de canon, même si la canonnade avait faibli ces derniers temps. La porte ne tenait encore que grâce à des amas de pierres et de roche trouvées dans les ruines des constructions, qu'on avait placés derrière pour la renforcer. Depuis que le message du général avait été transmis, une communication occasionnelle avait été établie entre Hayden et le Palais Blanc. Le général avait été informé qu'une zone d'embuscade de cent pas de longueur avait été aménagée derrière la porte. La chute de la Porte du Grand Nord était inévitable. Mais, quand les ennemis la franchiraient, ils devraient gravir les ruines puis traverser le terrain à découvert sous une pluie de flèches et de carreaux pour atteindre une rangée de fortifications récemment érigées sur laquelle des soldats de la Cité, tous des vétérans de la Seconde Adamantine, attendaient avec leurs épées astiquées. Les combattants d'Hayden mouraient d'envie de se joindre à cette bataille.

Ils attendaient donc tous – ennemis, défenseurs et soldats d'Hayden – que la porte tombe.

Une si grande proximité avec l'ennemi était périlleuse. Un linceul de fumée âcre, provenant des bûchers funéraires qui brûlaient jour et nuit, les recouvrait. Les cris et les grognements des blessés leur parvenaient depuis une tente voisine destinée à les recevoir – l'une de leurs premières cibles lorsqu'ils se remettraient en mouvement. Achever les blessés ne leur apporterait rien au plan militaire, mais cela ferait enrager les guerriers adverses, du moins l'espéraient-ils. Ils avaient marché dans leur ombre plus de trente jours et trente nuits, mais en savaient encore peu à leur sujet.

Casmir se tourna vers Tremblote, allongé à ses côtés, et demanda :

— Ça va ?

Tremblote acquiesça. Atteint de la fièvre des souris trois jours durant, il avait échappé de peu à la mort. Il était désormais rétabli, affaibli mais désireux de ne pas rester en arrière avec les femmes et les mourants. Son visage mutilé était plus horrible que jamais, mais ce fut à peine si Casmir le remarquait. Il portait toujours la veste de Tremblote et son ami était vêtu d'un lourd manteau de laine, volé à l'ennemi, sous lequel il était protégé par une cotte de mailles. C'était la première fois que Casmir avait un ami, et c'était une étrange expérience que de se soucier du bien-être d'autrui.

Impatients de livrer bataille, ils commencèrent à échanger des paroles à voix basse. Les guerriers tripotaient le bord des boucliers qui gisaient à côté d'eux et la poignée de leurs épées, glissées dans leur fourreau sur ordre d'Hayden. Le général ne voulait pas que le tintement du métal les trahisse. Puis chacun fit passer à l'autre la consigne : « Ne bougez plus. Silence. » Tous s'immobilisèrent.

Ils n'étaient que soixante-sept guerriers face à plusieurs milliers, songea Casmir. La plupart d'entre eux seraient massacrés, mais lui n'avait pas l'intention d'être là quand cela se produirait. Alors qu'ils avanceraient, il tuerait sans relâche, mais, dès qu'ils commenceraient à battre en retraite, il prévoyait de faire demi-tour et de sauver sa peau. Il avait la bouche sèche et les mains moites de sueur. Il posa sa longue dague à terre, essuya ses paumes sur ses flancs puis récupéra son arme. Le mur pouvait tomber à tout moment…

Tout à coup, l'instant tant attendu arriva, sans bruit. La Porte du Grand Nord, que Casmir distinguait vaguement de son œil unique, s'effondra, tout simplement. Elle semblait robuste, inviolable, fièrement dressée comme toujours, quand la moitié supérieure disparut dans une explosion silencieuse de poussière. Un rugissement de triomphe éclata parmi la horde des ennemis, qui tapèrent du pied et frappèrent leurs épées sur leurs boucliers, dans une cacophonie assourdissante. Des roulements de tambour résonnèrent, puis leur armée tout entière se mit en branle, les premiers rangs en courant tandis que l'arrière marchait. Le grondement qui émanait d'eux rappelait les roulements du tonnerre.

Casmir jeta un coup d'œil nerveux sur sa droite, d'où proviendrait l'ordre d'avancer. Le temps s'écoulait lentement. Il regarda de nouveau devant lui. Il ne voyait pas très loin d'un œil, mais il imaginait les soldats ennemis grimpant sur les ruines de la porte en toute liberté. Il attendit, rongeant son frein. Puis, alors qu'aucun ordre n'avait été donné, ses camarades se mirent debout en chancelant, sortirent de la cuvette et s'élancèrent vers l'énorme masse noire que formait l'armée ennemie. Casmir s'empara de son bouclier et se précipita à leurs côtés, Tremblote légèrement en arrière. La fumée et la poussière obstruaient la visibilité et gênaient la respiration. Des silhouettes se dessinèrent devant lui : ils avaient atteint les chariots des bagages. Aucun garde ne les retint, et ils se faufilèrent entre les véhicules. Cela devenait une simple course à pied. Voyant Stern courir devant lui, Casmir redoubla ses efforts pour ne pas se laisser distancer. Leur récompense serait le premier ennemi tué.

Quand un mur de dos sans protection apparut dans l'obscurité, les soldats de la Cité tombèrent dessus avec des cris de triomphe. Casmir abattit son épée sur un cou, sur un autre, puis sur un troisième. Pendant quelques longs battements de cœur, il se sentit invincible. Pris de court par l'attaque sournoise, les guerriers ennemis se retournèrent brusquement, balançant leur bouclier. Un grand balourd plongea avec sa broadsword sur Casmir, qui l'embrocha adroitement entre les plaques protégeant son ventre. L'homme tomba à quatre pattes en hurlant. Casmir l'acheva en lui tranchant la colonne vertébrale.

L'attaque fit fulminer les ennemis, qui se voyaient contraints de faire demi-tour pour défendre leurs arrières alors qu'ils ne souhaitaient qu'une chose, prendre d'assaut la porte effondrée. Ils étaient féroces, mais indisciplinés. Un groupe composé d'une dizaine d'hommes riposta de façon désordonnée et se retrouva isolé, pris à son propre piège, avant d'être massacré par les combattants d'Hayden. Les chefs ennemis aboyèrent des ordres ; un semblant d'organisation fut rétabli.

Casmir vit Stern tomber, tête nue : il avait perdu son casque après avoir reçu un coup de massue. Brel, le capitaine petrassi, le remarqua aussi. Casmir et lui défendirent leur camarade jusqu'à ce que celui-ci parvienne à se mettre à quatre pattes et à s'éloigner en rampant. Comme Casmir, Brel était un maître à l'épée, mais ce n'était pas le lieu pour faire une démonstration de leurs talents. Armés d'épées et de couteaux, ils tranchaient, coupaient, énucléaient, frappaient et mettaient des coups de tête dès qu'ils en avaient l'occasion, forçant l'ennemi à battre en retraite, obligeant les généraux ennemis à envoyer toujours plus d'hommes pour défendre leurs arrières.

Casmir para un coup assené par une épée courte. À deux mains, il abattit sa lame sur la tête sans protection d'un homme et lui fracassa le crâne. Un autre s'élança vers lui, coiffé d'un casque et vêtu d'une armure de cuir. Casmir l'attaqua aussitôt. L'ennemi bloqua son coup de lame et se baissa pour poignarder Casmir à l'entrejambe. Ce dernier fit un bond de côté, son arme décrivant un rapide arc de cercle. L'adversaire para le coup mais chancela en fendant l'air de sa lame. Casmir pivota sur ses talons et lui donna un coup de coude en plein visage. L'homme tomba sur un genou et hurla quand Hayden Tisserand lui enfonça profondément sa lame dans le flanc. Casmir sourit au général, qui hocha la tête en retirant son épée.

La bataille se poursuivit et Casmir fut blessé : à divers endroits, il avait plusieurs entailles qui saignaient abondamment. Pourtant, il tenait bon, Tremblote à sa gauche, Hayden à sa droite. Toutefois, leurs effectifs diminuaient rapidement.

Ce fut alors qu'un répit bienvenu se produisit. Sur les remparts, les défenseurs avaient dû se rendre compte qu'une bataille était livrée à l'extérieur, et des arbalétriers furent appelés en renfort. Casmir s'en rendit compte quand il vit l'homme contre lequel il luttait, un soldat couvert de tatouages si noirs qu'il paraissait brûlé, s'effondrer brusquement, un carreau d'arbalète fiché à l'arrière du crâne. Il leva les yeux vers les remparts et s'empressa de battre en retraite, hurlant aux autres de l'imiter, afin de séparer clairement leurs troupes des ennemis. Dix des guerriers tatoués, puis vingt, tombèrent sous la volée de carreaux à empennage noir. Ils ne savaient plus de quel côté se tourner. Les forces d'Hayden donnèrent de nouveau l'assaut, confiantes dans la précision des tireurs. Attaqués de part et d'autre, certains fantassins ennemis commencèrent à battre en retraite vers l'est dans le désordre le plus complet. Six d'entre eux furent bloqués et tués par les soldats d'Hayden.

Casmir profita d'une baisse de rythme dans les combats pour respirer à fond plusieurs fois en regardant autour de lui. La tête enveloppée d'un bandage grossier, Stern était de retour dans la mêlée. Perché sur le dos d'un cadavre, entouré de morts et de mourants, Hayden essayait d'évaluer la situation. Il leur cria de se retirer. Le sang bouillonnant, certains protestèrent rageusement, mais Casmir savait que le général avait raison. Ils avaient obligé les chefs ennemis à revenir sur leurs décisions. Ils attaqueraient en force par la suite, avec suffisamment d'hommes pour les anéantir.

Boitant lourdement, Brel répéta l'ordre de battre en retraite. Tremblote et Casmir se joignirent à lui, poussant et tirant leurs camarades récalcitrants. Ils coururent en trébuchant pour rejoindre la crête qu'ils avaient quittée à l'aube. Mais c'était trop tard…

En provenance du sud, une compagnie d'infanterie légère s'était détachée du corps principal de l'armée ennemie et fondait sur eux : plus de deux cents hommes armés de longues lances et de grands boucliers. Casmir vit qu'ils ne faisaient pas partie de la horde de tatoués. C'étaient des guerriers d'élite, disciplinés, qui sans le moindre doute avaient bien l'intention d'en finir avec eux une bonne fois pour toutes.

Hayden cria à ses guerriers survivants de former un carré défensif pour protéger les blessés. Ils étaient dans une situation désespérée, mais il avait toujours su qu'ils en arriveraient là. Ils étaient à présent trop éloignés des remparts pour que les arbalétriers leur viennent en aide. Scrutant les alentours, il remarqua qu'ils étaient revenus au niveau du grand cairn où leur journée avait commencé. Il ne restait plus qu'une vingtaine de soldats encore debout, alors que leurs adversaires semblaient frais, armés jusqu'aux dents et bien décidés à se venger. Une ombre noire s'abattit sur lui. Il leva les yeux : dans le ciel, des nuages d'orage s'amoncelaient.

Du sang coulait d'une blessure qu'il avait à la tête et gouttait dans son cou. Il avait le dos en feu. Lorsqu'il bougeait, il sentait l'extrémité d'une lame brisée logée sous son omoplate, entaillant ses muscles et sa chair. Incapable de lever son bouclier, il l'avait abandonné depuis longtemps, ne comptant que sur son épée et sa longue dague.

Un bref éclair jaillit à sa droite, rapidement suivi d'un grondement de tonnerre. La pluie tomba à verse. Les éclairs zébrèrent le ciel, éclairant l'immense armée ennemie, les remparts qui fourmillaient d'assiégeants, et les fantassins envoyés pour massacrer Hayden et ses survivants jusqu'au dernier, qui seraient bientôt sur eux. Le général distinguait la haine dans leurs yeux, le sang sur leurs dents. Il pensa pour la dernière fois à Anna. Toutes ses douleurs se dissipèrent.

Une lance fut projetée vers lui. Il la bloqua avec son épée, mais la pointe déchira malgré tout le cuir de son armure et lacéra sa chair. Il para un autre coup, abattit sa lame sur le visage de son adversaire et reçut une entaille à la cuisse. Ce fut à peine s'il la sentit.

Un guerrier de haute taille se rua sur lui : de son épaule musclée et de toute la longueur de son bras, ce dernier lui jeta une lance. N'ayant plus de bouclier, le général s'écarta brusquement sur le côté. La lance toucha le bord de son plastron et dévia, mais l'impact le déséquilibra. Il tomba à genoux. Il se remit debout, aussitôt attaqué par un autre homme. Au désespoir, il détourna la lance qui le visait de sa main protégée par un gantelet et décocha un coup de poing dans la mâchoire de son adversaire. Sonné, ce dernier marqua une pause, puis Stern apparut sous la pluie et abattit son épée sur son cou, tranchant les grandes artères d'où le sang gicla abondamment.

Ils ne tiendraient pas longtemps. C'était une boucherie. Son rythme cardiaque parut ralentir. Cruellement, Hayden eut tout le loisir de voir l'ennemi les écraser. Grièvement blessé, Casmir vola au secours de Tremblote qui luttait contre trois hommes. Tous deux s'effondrèrent. Stern tomba à genoux après avoir reçu un coup de pied dans le ventre. Avant qu'il puisse rejoindre son lieutenant pour l'aider, un lancier enfonça profondément son arme dans le dos de Stern.

Haletant, dégoulinant de sang et d'eau de pluie, Hayden ne put qu'assister au désastre, impuissant. Ils avaient fait preuve d'un grand courage. Son petit groupe de survivants n'avait peut-être été qu'une morsure de puce pour l'armée ennemie, mais ils avaient donné le meilleur d'eux-mêmes, et avaient pu venger quelques-unes des terribles pertes qu'ils avaient essuyées au Vorago. Ils se seraient battus jusqu'au dernier. Aucun guerrier ne pouvait en demander plus. En balayant les alentours du regard, il s'aperçut que c'était lui, le dernier.

Il vit la lance fondre sur lui. Affaibli par le sang perdu, il savait qu'il ne pouvait rien y faire ou presque. Quand elle se planta dans sa poitrine, il saisit le bras de celui qui la maniait et, avec son couteau, le visa au cou. Il ne sut jamais si sa lame avait atteint son but.

Chapitre 44

Les Faucons Nocturnes chevauchaient vers le sud sous la pluie battante, les remparts de la Cité à bonne distance sur leur droite. Ils guettaient une éventuelle attaque ennemie, mais le silence régnait toujours sur la plaine orientale. Ils longeaient la limite de la forêt de Grandon, à laquelle les rangées d'arbres sombres et serrés conféraient une aura lugubre et mystérieuse. Des biches et des cerfs les observaient depuis la pénombre. Darius n'accéda toutefois pas à la requête de ses soldats, qui voulaient les chasser. « Nous chevauchons pour nous battre. C'est aux hommes de moindre importance d'apporter de la nourriture », leur avait-il dit. Après une longue nuit en selle, Rubin fut soulagé de voir apparaître sur leur chemin, en milieu de matinée, la forme massive de la Tour du Corbeau. Ce bastion du Sud-Est de forme carrée, qui marquait le point de jonction entre les remparts est et sud, était l'édifice le plus haut à des lieues à la ronde. C'était leur destination : le quartier général de la défense sud.

Darius était une figure connue des soldats de la Cité. Quand les gardes le virent arriver, ils s'empressèrent d'ouvrir la Porte du Corbeau pour faire entrer les Faucons Nocturnes. Leurs montures ralentirent à peine leur allure, leurs sabots martelant bruyamment les pavés, lorsqu'ils s'engouffrèrent dans un tunnel glacial avant de ressortir dans le tumulte odorant de la Cité. Les soldats tirèrent alors sur leurs rênes et Rubin, perclus de douleurs, glissa à bas de son cheval. Il pria les dieux pour ne plus jamais avoir à remonter en selle.

Darius gravit en courant les marches de la tour. Rubin le suivit d'un pas plus lent. Quand le commandant s'arrêta à un étage inférieur et disparut dans les ténèbres, Rubin, attiré par la hauteur de la structure, continua à monter l'escalier en colimaçon. Arrivé au sommet, il était hors d'haleine. Sur les remparts battus par les vents, quatre gardes immobiles, le regard tourné vers l'extérieur, étaient postés chacun à un coin de l'immense plate-forme. Seuls les hurlements du vent d'est troublaient le silence ambiant. Il s'avança vers le flanc ouest de la tour et regarda en contrebas. Il s'accrocha à la pierre, stupéfié par ce qu'il vit.

Son ancien geôlier, Gallan, lui avait parlé des tentatives désespérées pour renforcer les ruines du Mur Adamantin et creuser un fossé défensif, mais il avait toujours cru que c'était vain. Un fossé ? Un monticule de terre ? En quoi cela empêcherait-il les hordes ennemies d'avancer ? Cependant, il voyait à présent ce que la Cité était capable d'accomplir quand la situation était urgente.

Un pan de mur qui partait vers l'ouest de la Tour du Corbeau tenait encore debout, mais se terminait brusquement une centaine de pas plus loin. Au-delà, il ne distinguait qu'un amoncellement de pierres parmi lesquelles se dressait une tour. Devant les ruines, un gigantesque fossé d'une vingtaine de pas de large avait été creusé. On ne pouvait pas deviner sa profondeur, car il était à demi rempli d'eau. Des eaux boueuses surgissaient les pointes de milliers de pieux aiguisés qui hérissaient le fond. Derrière ces douves, un énorme travail de terrassement, arrivant à mi-hauteur de la Tour du Corbeau, avait été effectué pour recouvrir les ruines du Mur Adamantin. Des milliers d'ouvriers, principalement des femmes et des enfants, noircissaient les fortifications géantes telles des fourmis. Les équipes prenaient des pierres dans les gravats du mur, et des convois de charrettes tirées par des bœufs apportaient de la terre et du gravier. Leurs mugissements, les cris des travailleurs et le raclement des pelles sur le gravier résonnaient, couverts par le claquement des fanions agités par le vent froid qui soufflait sur la tour.

Ces nouvelles fortifications semblaient infranchissables. Rubin imagina les troupes ennemies jeter des ponts fragiles en travers du fossé et s'y engager péniblement pendant que les défenseurs leur jetaient des pierres et abattaient sur eux une pluie de flèches. Pour sa plus grande satisfaction, il vit les assiégeants basculer et s'empaler sur les pieux.

La pluie ayant enfin cessé, un pâle soleil darda ses rayons sur son visage. Il se tourna lentement vers le nord, balayant du regard les quartiers les plus au sud de la Cité, Barenna et Burman Sud, puis, au-delà, le Bouclier de la Liberté. Des nuages s'amoncelaient au-dessus de la montagne. Là-bas, il pleuvait toujours. Ses yeux se posèrent sur le mur est de la Cité qui remontait vers le nord et la Porte du Paradis, trop éloignée pour être visible. Le rempart continuait ensuite, remontant toujours vers le nord. Rubin savait qu'il aurait fallu à un cheval en pleine santé plusieurs jours pour galoper de là où il se trouvait, au sud, jusqu'à la Porte du Grand Nord, à l'extrême-nord. De cette hauteur, dans la lumière du soleil, il était difficile de croire qu'une énorme force armée assiégeait la Cité. Sauf que ce n'était pas un siège. Même une armée dix fois plus grande ne pouvait espérer attaquer les remparts de la Cité, qui couraient sur des centaines de lieues. Non, leurs ennemis s'en étaient pris aux points faibles : deux des Grandes Portes, et ici, cette maudite brèche.

Entendant des voix, Rubin se retourna. Darius et deux autres soldats apparurent au sommet de la tour. L'un, d'âge moyen, grand et mince, portait des lunettes. L'autre… Les salutations que Rubin s'apprêtait à prononcer restèrent coincées dans sa gorge.

Marcellus !

— Seigneur !

Rubin s'élança vers lui et tomba à genoux. Incrédule, il leva les yeux. Marcellus arborait désormais une barbe fournie et, comme un simple soldat, portait une tenue de cavalier en cuir. La barbe le vieillissait, mais comme toujours sa prestance et son aura balayaient tout le reste.

— Eh bien, jeune Rubin, déclara-t-il d'un ton chaleureux, le sourire aux lèvres. Nos retrouvailles se passent toujours dans les lieux les plus inattendus !

Rubin ne trouvait pas ses mots, mais aurait pu répliquer la même chose. Envers et contre tout, il avait toujours espéré revoir Marcellus, mais jamais il ne s'était attendu à le retrouver ici, au cœur des défenses d'Archange.

Son seigneur lui assena une claque sur l'épaule.

— Allez, lève-toi, idiot, souffla-t-il.

De près, Rubin crut voir que les mois qui s'étaient écoulés avaient laissé des traces sur son visage. Marcellus avait des poches sous les yeux, les joues plus creusées, la peau plus ridée.

Le jeune homme se redressa maladroitement et, perplexe, regarda tour à tour Marcellus puis Darius. Elija lui avait dit que, le Jour des Offrandes, les Faucons Nocturnes s'étaient battus pour l'impératrice. Marcellus et Darius auraient donc dû être ennemis. Pourtant, le commandant souriait.

Comme s'il avait lu dans ses pensées, Marcellus expliqua :

— Je me suis rendu au Serafia et j'ai parlé à Archange. J'ai accepté de rallier mes troupes aux siennes pour affronter cet ennemi commun. (Il s'adressa à l'autre homme.) Vous avez accompli des miracles, ici, Vares, dit-il en désignant le chantier en contrebas. Malheureusement, nous manquons encore cruellement de défenseurs. D'après mes sources, ils envoient trente ou quarante mille hommes contre nous au sud.

Contenant difficilement la prodigieuse énergie qui l'animait, il se mit à arpenter le plancher.

— En comptant vos deux mille soldats et une milice de plus de dix mille personnes, nous disposons de seize mille hommes armés, répondit Langham Vares, général de la Vingt-deuxième qui le suivait du regard. Nous avons deux cents archers. Mais les Faucons Nocturnes constituent notre seule cavalerie.

— Cette milice que vous évoquez, est-elle formée des ouvriers qui travaillent sur nos fortifications ? s'enquit Marcellus en s'arrêtant sur le versant ouest de la tour, les yeux rivés en bas. Des femmes et des enfants, des hommes âgés ?

Vares soupira. Il ôta ses lunettes et les nettoya avec sa manche. Il semblait las et découragé.

— Le temps viendra où ils devront se battre pour leur vie, seigneur, se justifia-t-il.

— Ou fuir pour leur vie, marmonna Marcellus. Les forces ennemies marchent sans relâche depuis le nord. On peut s'attendre à les voir arriver ici à l'aube. De plus, nous avons un autre problème. Un problème grave.

— Seigneur ?

Marcellus baissa la voix pour ne pas être entendu des sentinelles de la tour.

— Une épidémie a éclaté parmi les défenseurs de la Porte du Grand Nord et de la Porte du Paradis. (Atterré, Vares grogna.) Nous devons supposer qu'elle vient de l'armée ennemie, reprit Marcellus. On peut la contrôler à un certain point tant qu'il y a un mur entre les assiégeants et les défenseurs. Mais, ici, ce serait un combat au corps à corps.

Il n'en dit pas plus.

— Mais, si l'épidémie sévit chez les ennemis, ils seront affaiblis, rétorqua Vares en s'accrochant à cette faible lueur d'espoir. Peut-être qu'ils n'arriveront pas jusqu'ici…

— Même si l'épidémie leur faisait perdre un homme sur trois, nous serions largement surpassés en nombre, l'interrompit Marcellus avec impatience. Et ils n'ont montré aucun symptôme de la maladie. Leur chef se nomme Hammarskjald. Je l'ai bien connu autrefois. C'est un homme impitoyable, et je le soupçonne d'être à l'origine de cette infection.

— Comptez-vous informer les défenseurs de cette épidémie, seigneur ? demanda Rubin.

Marcellus se tourna vers lui en haussant un sourcil.

— Pourquoi le ferais-je ?

— Cela pourrait les inciter à redoubler leurs efforts pour empêcher l'ennemi de pénétrer à l'intérieur de la Cité, ou…

Voyant où son raisonnement le menait, Rubin n'acheva pas sa phrase.

— Terrorisés, ils pourraient prendre leurs jambes à leur cou, conclut pour lui Marcellus. Qu'en penses-tu ?

Rubin n'avait jamais manqué d'assurance, mais, lorsque les trois vétérans le regardèrent, attendant sa réponse, il se sentit intimidé. Il avait encore l'esprit embrouillé alors qu'il essayait d'intégrer le fait non seulement que Marcellus était en vie, mais aussi qu'il avait mené des guerriers pour défendre la Cité.

— C'est une question de morale, dit-il enfin. Comme sur le champ de bataille, quand un, deux ou une dizaine de soldats prennent la fuite, alors les autres suivent. Mais, si leurs camarades tiennent bon, alors ils les imitent, qu'ils soient soldats ou civils.

Il haussa les épaules. Cela lui paraissait évident.

— Dans ce cas, il faut que nous fassions connaître notre présence, la vôtre et la mienne, dit Marcellus à Vares et Darius. Si nous tenons bon, notre armée tiendra bon.

Marcellus consacra le reste de sa journée à passer en revue ce qui composait la défense. Flanqué de Darius et de Vares, il inspecta le fossé et les travaux de terrassement, s'adressa aux ouvriers et aux soldats. À la tombée de la nuit, il convoqua les officiers de Vares pour prendre la mesure de leurs compétences et de leur détermination. Rubin l'accompagnait en permanence, rendu euphorique par le retour de son seigneur et par le fait qu'il avait apparemment mis de côté ses griefs contre Archange pour s'allier avec elle contre leur ennemi commun.

Il était plus de minuit quand Marcellus congédia les officiers. Rubin et lui s'assirent dans une pièce froide de la Tour du Corbeau. L'air y était humide et empli de fumée, l'endroit éclairé seulement par des torches et un feu moribond. Le vent qui s'engouffrait dans le conduit de la cheminée fit jaillir des flammèches dans les braises de l'âtre. Rubin s'affala dans un fauteuil en grognant et passa sa cape autour de ses épaules. Un domestique leur apporta un pichet de vin chaud.

— Nous sommes complètement surpassés en nombre, répéta Marcellus en savourant son vin avec un soupir. (Il paraissait ne remarquer ni le froid ni la fumée.) Si ce n'était pas le cas, je ne serais pas là.

— Le fossé sera plein d'eau d'ici à demain matin, dit Rubin, qui avait regardé les ingénieurs le remplir. Les pieux ne seront plus visibles.

Marcellus renifla avec dédain.

— Un commandant ennemi digne de sa solde se doutera de leur présence. Ils devront tout de même traverser. Cela les ralentira un peu.

» Le problème, poursuivit-il, c'est que le fossé ne tardera pas être encombré de cadavres, les leurs et les nôtres. Une fois que ce sera fait, l'ennemi pourra s'en servir comme pont pour nous atteindre.

Rubin frissonna en imaginant les corps brisés et piétinés. Il avait pris la décision, quand l'ennemi frapperait, de se tenir aux côtés de son seigneur, et ce jusqu'au bout, quelle que soit l'issue. Cependant, cette perspective l'emplissait d'effroi.

— Qui est Hammarskjald ? s'enquit-il pour tenter de chasser de son esprit les images hideuses de mort et de mutilation. J'ai déjà entendu ce nom de la bouche de mon père, mais je le croyais mort depuis longtemps.

Marcellus se carra dans son fauteuil, posa les pieds sur la table et avala une grande goulée de vin. Il semblait content de passer la nuit à discuter.

— C'était l'un des nôtres, répondit-il, le regard dans le vague alors qu'il plongeait dans ses souvenirs. Un Serafim. L'un des premiers. C'était notre médecin ; un chirurgien brillant et un soigneur de talent. Mais il cherchait toujours l'affrontement et avait des opinions bien tranchées. Dès le début, il n'était guère apprécié.

» Presque immédiatement après notre arrivée, il a exprimé son désaccord à propos des projets de notre chef, et leurs querelles – uniquement verbales – étaient explosives. Il a fini par nous quitter, emmenant son peuple. Nous manquions de médecins qualifiés, et, en prenant cette décision, il a failli tous nous condamner. C'était au cours de la toute première année que nous avions passée sur ces terres. Quand bien des années plus tard il a voulu nous rejoindre, ses camarades étant tous morts, Araeon l'a banni et a juré qu'il serait exécuté s'il revenait. Nous avons tous pensé que, ce faisant, il condamnait Hammarskjald à mort, car c'était un endroit dangereux pour un homme seul. Mais il a survécu, et prospéré.

Il but son vin jusqu'à la dernière goutte.

— Après quoi il représentait une épine dans notre pied, reprit-il. Il sabotait nos plans, répandait les sujets de discorde... Il formait des alliances puis revenait sur sa parole... Et pis. Il a assassiné certains de nos meilleurs éléments. Araeon a essayé de le faire tuer, mais il était rusé, à la fois intelligent et sournois. À mesure que la Cité florissait, la haine qu'il nourrissait à notre égard croissait.

Marcellus tripota son gobelet et appela le domestique pour être resservi.

— Hammarskjald menaçait de détruire la Cité. À l'époque, je pensais qu'il en avait réellement l'intention, mais, les années passant, il fut facile de l'oublier, ou de le croire mort. Pour ma part, je l'ai sous-estimé. Je n'aurais jamais soupçonné qu'il pouvait être si patient. (Il soupira et ajouta :) C'est quelqu'un que j'ai toujours plutôt apprécié.

Un silence confortable s'installa dans la pièce. La chaleur du vin dissipa les craintes de Rubin. Marcellus fit rouler son gobelet vide entre ses paumes, le regard perdu dans le vague.

— Comment avez-vous fait pour lever une armée de deux mille hommes, seigneur ? s'enquit Rubin.

Le visage de Marcellus s'assombrit.

— Ce ne fut pas difficile. Nombreux étaient les guerriers fidèles à la Cité en colère contre les machinations qui ont permis à Archange d'accéder au pouvoir, et contre la mort de ceux qui restaient loyaux envers l'empereur. Beaucoup de gens ayant survécu au carnage du Jour des Offrandes ont quitté la Cité. Ils ont fini par se retrouver de nouveau sous mes ordres.

Bien des questions se bousculaient dans l'esprit de Rubin, mais il posa celle qui l'ennuyait le plus :

— Où étiez-vous l'année passée, seigneur ?

Marcellus secoua la tête.

— Ne me pose pas cette question, mon garçon. Qui sait qui sera au pouvoir, à la fin de cette guerre ? Tu pourrais te retrouver dans le mauvais camp. Moins tu en sais sur certaines choses, mieux c'est. (Il le regarda droit dans les yeux.) J'ai entendu dire que tu t'étais découvert un pouvoir de Serafim. J'ai toujours su que cela arriverait. Raconte-moi.

Rubin se demanda comment il le savait. Une poignée de personnes seulement étaient au courant. Marcellus avait-il des agents au Palais Blanc ? Son seigneur l'observait, attendant sa réponse. Rubin repensa à ce jour funeste, deux hivers auparavant, où il avait parlé à Marcellus de l'attaque des Odrysiens contre les blessés de la Cité au campement médical, sous l'Encoche de la Couturière.

— J'étais toujours affaibli à cause de ma blessure, expliqua-t-il. J'étais incapable de soulever une épée, et c'est à peine si je pouvais lever une main. Valla était avec moi. (Il regarda Marcellus, qui hocha la tête. Il était réputé pour se souvenir du nom de tous ses soldats.) Elle se battait seule contre les ennemis. D'une main. (Il sourit brièvement.) Je me souviens que je voulais la rejoindre. Je crois que je voulais la secourir, ou l'obliger à battre en retraite pour qu'elle sauve sa peau. Je ne sais pas. Au moment où je tendais la main, j'ai senti… (il s'interrompit, essayant de se remémorer la sensation)… une sorte d'énergie m'envahir, comme des éclairs qui jaillissent. Ça semblait venir du sol, ça m'a traversé et c'est sorti par mes doigts.

À ce souvenir, il frissonna et resserra sa cape autour de son cou.

— Les as-tu tous tués ? demanda Marcellus en se penchant en avant, ses yeux noirs luisant.

— Ça ne s'est pas passé comme ça. (Rubin secoua la tête.) Je n'avais pas l'intention de les tuer. Je voulais que le massacre cesse. Tous les combattants, les nôtres comme les Bleus, ont déposé les armes. Ils ont oublié ce qu'ils étaient en train de faire. Seule Valla a compris ce qui se passait. Alors, elle les a attaqués.

Marcellus acquiesça.

— C'est une femme de tête.

— Je sais que vous aussi, vous possédez ce pouvoir, dit Rubin d'un ton hésitant, car ils n'avaient jamais abordé ce sujet. Comme Archange. Le vôtre est bien plus puissant que le mien, ajouta-t-il. Toutefois, je ne comprends pas ce que c'est, ni d'où ça vient.

Marcellus se leva pour s'étirer le dos.

— Cela s'appelle l'*einai*, dit-il. C'est un don dangereux, à la fois cadeau et malédiction. Je suis content qu'il t'ait été révélé. J'ai toujours dit que vous seriez des êtres d'exception – toi, ta sœur, ou tous les deux. Certains parmi nous, dont Araeon, pensaient qu'on aurait dû vous tuer à la naissance. Ton père, vois-tu, était peut-être le seul homme qu'il craignait. Il disait qu'on devrait attendre que vous ayez atteint l'âge adulte, car c'était seulement à ce moment-là que votre *einai* se révélerait. Apparemment, Araeon avait raison, car Indaro a fini par le tuer.

Rubin resta silencieux. La peur le fit frissonner. Il avait d'abord été atterré d'apprendre la trahison de sa sœur, et croyait que peu de gens en avaient connaissance. Visiblement, Marcellus l'avait toujours su. Il luttait pour trouver ses mots quand le domestique réapparut avec un autre pichet de vin, du pain et de la viande. Marcellus s'assit et prit un morceau de pain.

— Pourquoi apparaît-il seulement maintenant ? demanda Rubin pour éviter de s'appesantir sur Indaro.

Il prit un morceau de viande rôtie, grasse et chaude.

— C'est ainsi, répondit Marcellus. Après tout, mieux vaut qu'un tel pouvoir ne soit pas entre les mains d'un enfant !

Rubin se demanda s'il ne vaudrait pas mieux que personne ne dispose d'un tel pouvoir.

— Mais qui l'a conçu ? Vous ?

Marcellus rit. L'air froid dans la pièce se réchauffa.

— Non, mon garçon. Pas moi. J'ai endossé de nombreux rôles au cours de ma longue existence – soldat, politicien, historien –, mais je n'ai jamais été un scientifique.

À l'extérieur, des hommes crièrent. Marcellus s'interrompit, aux aguets. Les cris se muèrent en rire. Il reprit la parole :

— Nous avons attendu avec une grande impatience. C'était la première fois depuis des générations qu'un Serafim allait avoir une descendance. Indaro et toi étiez de plus issus de deux Familles, les Kerr et les Guillaume. Nous surveillions donc ta sœur de près, mais elle ne montra aucun talent particulier hormis à l'épée, et avait bénéficié dès son plus jeune âge de l'enseignement des meilleurs professeurs. Puis tu es arrivé. (Il sourit.) Toi non plus, tu ne faisais preuve d'aucun talent particulier. Certains pensaient que le Don avait sauté votre génération et se révélerait à travers vos enfants. D'autres croyaient que les Dons avaient disparu avec Reeve, comme cela s'était produit chez les Khan.

Rubin fronça les sourcils.

— Ils ont donc été transmis par ma mère, à travers sa lignée ?

Parler de ses parents comme s'il s'agissait de bétail reproducteur le mettait mal à l'aise.

Marcellus sourit et haussa les épaules.

— Impossible de l'affirmer avec certitude. Les Dons qui sont transmis par les femmes sont toujours considérés comme purs, parce que la maternité de la femme ne fait aucun doute. Pour le père, c'est différent. Peut-être n'est-ce pas Reeve qui a engendré la lignée dont tu es issu. C'était la croyance, à l'époque. Mais aujourd'hui nous savons que c'est faux. Tu es à la fois le fils et le descendant de la lignée d'une Famille. Tu me l'as prouvé, et j'en suis content. Tu apprendras à maîtriser ce pouvoir, à l'amplifier, le moment venu.

— Quelqu'un m'a dit qu'autrefois Giulia Rae Khan et vous étiez mariés, déclara Rubin, que le vin rendait téméraire.

Il comptait lui demander s'ils avaient engendré une descendance, mais Marcellus ignora la question. Rubin reprit la conversation qu'ils avaient eue plus tôt.

— Croyez-vous vraiment qu'Hammarskjald soit responsable de l'épidémie ? Comment est-ce possible ?

Marcellus leva les yeux de sa nourriture. Son regard noir était froid dans la lueur des torches.

— Il en a le pouvoir, et il est suffisamment retors pour l'avoir fait. (Il hocha lentement la tête.) Oui, j'en suis intimement persuadé.

— Mais il tuerait ses propres soldats, en même temps que les nôtres !

— Peut-être. Peut-être pas. Nous verrons. Une chose est sûre : Hammarskjald est prêt à tout pour vaincre. Cela fait longtemps qu'il complote, et il n'a probablement pas abattu toutes ses cartes. Nous devons nous attendre à tout.

Les soldats disent toujours que le pire, c'est l'attente. D'après les expériences de combat de Rubin, la bouche sèche, les mains moites, la vessie pleine, les tremblements et la peur qui envahissait chaque nerf se vérifiaient en effet. Mais ce n'était rien à côté de la terreur à tordre les boyaux que l'on ressentait une fois au cœur de la bataille ; les gestes de panique qui poussaient à abattre son épée sur tout ce qui bougeait ; la peur constante de sentir s'enfoncer dans son corps une lame effilée, venue d'on ne sait où, alors qu'il était si difficile de distinguer quoi que ce soit à travers la visière d'un casque étouffant, à l'intérieur duquel tous les bruits résonnaient. Sans compter la puanteur, le sang et les hurlements de douleur des mourants.

Aussi, alors qu'il se tenait aux côtés de son seigneur tôt ce matin-là, s'efforçait-il de ne pas penser.

Ils se trouvaient au sommet du nouveau terrassement, séparés d'une armée de quarante mille fantassins ennemis par le fossé plein d'eau et une bande de sol caillouteux. Les soldats qui leur faisaient face n'avaient pas de canons, seulement des armes affûtées, maniées par des bras musclés et une haine palpable. Ils beuglaient, chantaient, frappaient leurs armes les unes contre les autres, hurlaient : railleries, jurons et cris de guerre. Ceux qui composaient la première ligne, vêtus de peaux et d'armures de cuir, étaient tatoués. Certains étaient équipés de gourdins, la plupart d'épées et de lances. Contrairement à celles des soldats de la Cité, elles ne brillaient pas dans la lumière matinale. Rubin comprit en sentant ses entrailles protester que les lames étaient couvertes du sang séché de leurs adversaires précédents. L'aube était levée depuis longtemps, la matinée s'écoulait lentement. Malgré tout, les commandants ennemis contenaient leurs hommes.

Les guerriers de la Cité étaient silencieux et immobiles comme des statues, en formation.

Dans son armure sang-de-bœuf, Marcellus était avec ses deux mille soldats, secondé par son nouvel auxiliaire, Rubin, qui avait emprunté une armure. En tant que tel, le jeune homme devait livrer bataille pour soutenir son seigneur, repérer les menaces qu'il ne remarquerait pas, dévier les flèches, lui proposer de l'eau si nécessaire et soigner ses éventuelles blessures. C'était une place honorifique, il se le répétait en boucle.

Quand les roulements des tambours retentirent, les ennemis se ruèrent vers l'avant comme une meute de chiens enragés. Les combattants tatoués coururent vers les rangs de la Cité, se jetèrent dans le fossé en poussant leurs cris de guerre qui se muèrent en cris de douleur quand ils s'empalèrent sur les pieux cachés. En quelques battements de cœur, la première ligne de soldats parvint à franchir le fossé, sans se soucier de ses morts ni de ses blessés. Leurs couteaux entre les dents, ils atteignirent bientôt le monticule abrupt.

Quand le premier d'entre eux grimpa au sommet, Marcellus, une longue épée de cavalier à la main, s'avança à grandes enjambées et lui assena un coup puissant qui le décapita. Du sang gicla. Il y eut un temps d'arrêt, si fugace qu'on le remarqua à peine, puis les hordes de soldats tombèrent sur les défenseurs de la Cité.

Pendant un long moment, la ligne de front tint bon et la deuxième rangée n'eut pas grand-chose d'autre à faire que d'attendre. Les soldats de la Cité commencèrent à tomber, et Rubin vit un visage tatoué plonger sur lui, à sa droite. Il bondit pour l'affronter. Il para un coup que l'autre voulait lui porter au cou, s'écarta sur la gauche et embrocha l'homme sous son plastron. Ce dernier continua à riposter puis s'effondra. Le cœur battant la chamade, Rubin s'élança pour couvrir Marcellus, cherchant du regard le prochain adversaire.

Celui-ci arriva de la gauche : un vrai ours armé d'une broadsword. Dans le long moment qui parut s'écouler avant qu'il n'atteigne Rubin, celui-ci remarqua qu'il portait un collier de scalps, et, autour de la tête, un bandeau orné de phalanges. Il gratifia Rubin d'un sourire édenté et plongea sa grande épée vers son abdomen. Pensant que le géant serait lent, Rubin s'écarta sur le côté et s'avança, mais la broadsword revint plus vite que prévu. Il l'évita d'un cheveu puis se rua sur l'homme pour lui enfoncer sa lame dans le visage. Il rata son coup ; le géant riposta en le frappant sur l'épaulière. Le coup oblique résonna comme un glas et Rubin sentit tout son corps vibrer. Toutefois, il s'en prit une nouvelle fois à la tête nue de l'homme. Ce dernier esquiva facilement, le sourire aux lèvres, mais ne vit pas le long couteau que Rubin tenait pointé vers son ventre, et se précipita dessus. Il regarda ses chairs béantes, d'où le sang s'écoulait abondamment. Rubin attendit qu'il s'effondre. Marcellus abandonna son propre combat et, en un éclair, enfonça profondément son épée dans la colonne vertébrale de l'ennemi, qui tomba comme un taureau embroché. Marcellus adressa un signe de tête à Rubin, puis retourna dans la mêlée.

La bataille fit rage toute la journée. Les forces de la Cité perdaient lentement du terrain ; de plus en plus d'hommes tatoués traversaient le fossé empli de corps et grimpaient sur le monticule de terre. La ligne de la Cité tenait bon, mais Rubin savait que cela ne suffirait pas : il leur faudrait repousser l'ennemi de l'autre côté des douves d'ici à la fin de la journée, sans quoi le dur labeur des ouvriers et des défenseurs n'aurait servi à rien, et la Cité serait perdue.

Au crépuscule, quand le soleil couchant teinta les nuages de violet foncé et le ciel de traînées orange vif, la voix de Marcellus s'éleva soudain pour couvrir le vacarme de la bataille :

— Retirez-vous ! brailla-t-il.

L'ordre fut répété le long des rangs.

De son épée, Rubin trancha la gorge d'un ennemi et, à contrecœur, recula pour regarder son seigneur d'un air perplexe. Il n'en croyait pas ses oreilles. Il n'y avait aucune raison de sonner la retraite. Même s'ils avaient perdu du terrain, ils étaient encore vaillants et avaient tué énormément d'adversaires. Ceux-ci semblaient se jeter littéralement sur les lames des défenseurs. Rubin lui-même n'avait que quelques éraflures et ecchymoses, ainsi qu'une profonde entaille en travers de la poitrine.

Mais les guerriers de la Cité, disciplinés, obéissaient.

— Allez, viens, imbécile ! gronda un homme en saisissant Rubin par le bras.

— Mais, et Marcellus ? s'écria-t-il en se libérant d'une secousse.

Désormais isolé, son seigneur ne montrait aucun signe de vouloir sonner la retraite. Il se battait comme un démon, ses deux épées fouettant l'air si vite que ni l'œil ni l'esprit ne pouvaient suivre leurs mouvements. Malgré tout, l'ennemi affluait encore, et mourait toujours.

— Marcellus peut veiller sur lui-même, grogna le soldat.

C'était un vétéran austère, qui avait combattu aux côtés de Rubin une bonne partie de la journée. Il boitait lourdement tandis qu'il entraînait le jeune homme.

Colosse en armure rouge sang, Marcellus continua à livrer bataille, ses adversaires s'effondrant après avoir été frappés par des lames vacillantes comme des flammes. Puis, lentement, les combats autour de lui ralentirent. Des ordres furent criés depuis le cœur de l'armée ennemie. Ceux qui encerclaient Marcellus regardèrent autour d'eux, apparemment indécis et désorientés. Certains battirent en retraite. Sous le ciel lourd et bas, un étrange et menaçant silence planait sur les deux armées.

Rubin se débattait toujours lorsqu'il sentit une douleur fulgurante à la base de son crâne. Un instant plus tard, il en était presque aveuglé. Il n'opposa plus aucune résistance. D'un pas chancelant, il rejoignit ses camarades qui remontaient vers le nord. Alors qu'il s'éloignait, la douleur s'estompa. Enfin, son compagnon s'arrêta. Rubin se retourna pour observer la scène.

Autour de Marcellus, les guerriers ennemis tombaient à terre en se tenant la tête entre les mains et en poussant des hurlements aigus. D'autres se jetaient dans le fossé rouge de sang, cherchant désespérément à fuir. Dressé parmi eux de toute sa hauteur, Marcellus n'avait plus d'armes à la main. Il avait jeté ses deux épées au sol et se tenait debout face à l'ennemi, les poings levés, protégés de ses gantelets.

Rubin vit avec horreur du sang apparaître dans les yeux et la bouche de ceux qui étaient à proximité de son seigneur. Le liquide ne coulait pas, mais tourbillonnait dans les airs, les gouttes formant des vortex, Marcellus au centre. Puis, écœuré, Rubin vit la tête d'un soldat ennemi exploser comme un fruit trop mûr. La poitrine d'un autre éclata, comme déchiquetée par des serres invisibles, des lambeaux de chair volant de tous côtés. Marcellus disparut dans un maelström virevoltant de sang, de chair et d'éclats d'os.

Les guerriers tatoués se battaient entre eux pour fuir les lieux, piétinant les corps de leurs camarades, morts ou pas, prenant leurs jambes à leur cou. Quelques guerriers de la Cité poussèrent des acclamations, mais Rubin ne ressentit que du dégoût.

Le vortex sanglant retomba, gorgeant le sol d'hémoglobine. Son armure dégoulinante de sang, Marcellus réapparut, entouré d'un amas de cadavres et de morceaux de chair. Des rivières pourpres s'écoulaient vers les douves pleines de corps. Marcellus arracha son casque et, triomphant, regarda ses guerriers derrière lui. Ayant l'autorisation de s'approcher, ceux-ci s'élancèrent pour regagner la bande de terre sur laquelle ils avaient commencé la journée, glissant sur les restes atroces.

Rubin les suivit avec moins d'enthousiasme. Des miasmes invisibles de sang et de tripes flottaient dans l'air. Il les sentait recouvrir ses yeux, emplir à chaque inspiration son nez, sa bouche et ses poumons. La tête lui tournait. La nausée le prit brusquement. Il se pencha et vomit dans la boue et le sang. Il s'essuya la bouche et se redressa. Un grand sourire aux lèvres, son seigneur lui fit signe de le rejoindre.

Ses dents et ses yeux noirs luisaient dans l'ovale écarlate qu'était devenu son visage. La victoire l'avait enivré. Rubin se remémora la première fois qu'il l'avait vu dans son armure sang-de-bœuf, au Palais Rouge, en haut de l'Escalier Grenat. Il avait d'abord cru qu'il était couvert de sang. Avec le recul, cette vision semblait annoncer le massacre dont il venait d'être témoin.

Marcellus ôta ses gantelets et les jeta à terre. Sans contenir sa joie, il assena une claque dans le dos de Rubin.

— Voilà le pouvoir qui est le mien, mon garçon !

Rubin acquiesça et se força à sourire. Il n'arrivait pas à partager son allégresse. Toujours perturbé par le carnage, il s'affaira à récupérer les épées de son seigneur pour les nettoyer, mais Marcellus l'attrapa par le bras et l'attira près de lui.

— Demain, nous verrons si tu es capable de la même chose, siffla-t-il.

Rubin fut frappé par la chaleur malsaine qui émanait de lui, l'odeur lourde du vin qu'il avait bu la nuit précédente, la puanteur que dégageait son armure couverte de sang et d'entrailles. Il eut bien du mal à ne pas s'écarter.

Il passa une nuit agitée. Des cauchemars fugaces troublèrent son sommeil. Il rêva de Marcellus, géant en armure dorée, piétinant la Cité. Il levait haut ses bras et ses jambes luisants et posait lourdement le pied, tel un énorme monstre mécanique. Autour de lui, les hommes, les femmes et les enfants disparaissaient dans un tourbillon sanglant, bien que pas une goutte n'entachât son corps doré.

À son réveil, Rubin était encore plus fatigué qu'à son coucher, à peine quelques heures auparavant. Il avait mal partout. Les blessures qu'il croyait superficielles la veille protestèrent. Il se redressa en grognant et secoua la tête pour chasser de son esprit les dernières bribes de cauchemar. Sur le sol froid autour de lui, des soldats épuisés ronflaient. Au-dessus d'eux, une lune cireuse brillait, apparaissant et disparaissant derrière les nuages.

Il avait tué beaucoup d'hommes, trop pour pouvoir les compter. L'affront d'Archange (« Tu n'as pas l'étoffe d'un guerrier, paraît-il ») n'était plus fondé. Pourtant, malgré toutes les vies qu'il avait supprimées de la pointe de son épée, il était toujours dégoûté par la boucherie dont Marcellus était la cause, comme par la jubilation, l'ivresse et la vantardise qu'elle lui avait inspirées. L'effroi lui serra le cœur à l'idée qu'il partageait peut-être le même pouvoir destructeur. *Qu'est-ce que c'est ? Et que suis-je ?* Il hésita puis essaya d'invoquer le pouvoir qui sommeillait en lui. Il attendit, mais rien ne se produisit. Il sentait juste son estomac vide, sa vessie pleine et les douleurs que tout mortel connaissait après avoir livré une bataille féroce. L'*einai*, comme l'appelait Marcellus, lui était précédemment venu alors qu'il n'avait rien demandé. Il l'avait subi, en avait été le jouet. À la lumière aléatoire du clair de lune, il jura que, si le pouvoir refaisait surface, il le soumettrait à sa volonté.

Ce matin-là, la bataille commença de la même manière, à la différence que les combattants ennemis semblaient avoir perdu de leur enthousiasme. Les capitaines de Vares avaient évalué les pertes ennemies à deux mille hommes, pas moins. Une victoire pour la Cité, mais loin d'être suffisante pour reprendre l'avantage. La déroute des ennemis grâce à Marcellus ne fut guère évoquée, sauf quand les soldats dirent avoir peur dorénavant en sa présence. Au contraire, Rubin craignait que son seigneur soit désormais la cible numéro un.

Il s'aligna aux côtés du vétéran austère qui, la veille, l'avait éloigné contre son gré. Il avait appris que Loomis était autrefois un Chien de Guerre des Mille. À la mention de cette centurie, Rubin avait songé à Valla et à sa foi inébranlable en Marcellus et en la Cité. Il en sourit avec affection. Malgré l'ennemi en surnombre, les nouvelles armes dont il disposait et l'épidémie mortelle, Valla serait certaine que la Cité l'emporterait. Cette pensée l'encouragea. Il espérait qu'elle était toujours à l'abri au Palais Blanc, et non quelque part en première ligne.

Lorsque les tambours roulèrent et que la horde ennemie donna l'assaut, Rubin mit de côté tous les doutes qu'il nourrissait à l'égard de Marcellus, bien décidé à protéger son seigneur jusqu'à son dernier souffle. Sinon, à quoi bon être là ?

Un soldat de la Cité tomba devant lui, laissant un trou dans le rang. Deux épéistes adverses s'y engouffrèrent. Rubin s'écarta sur la droite et esquiva un coup avant de transpercer le premier homme. Il fila ensuite sur la gauche et para une attaque violente du second guerrier, qui l'obligea à mettre un genou à terre. Il enfonça alors son couteau dans l'entrejambe de son adversaire. Quand celui-ci s'effondra en saignant à gros bouillons, Rubin se redressa d'un bond et l'acheva en l'égorgeant. Il chercha Marcellus du regard et enjamba un corps pour retourner protéger les arrières de son seigneur.

À ses côtés, Loomis était pris dans un combat contre un robuste guerrier en kilt de cuir. Le reste de son corps nu était couvert de tatouages, ce qui ne le protégeait en rien. Loomis para un coup d'épée et embrocha l'homme avec une longue dague. Tandis qu'il tranchait, coupait et bloquait les coups, Rubin se demanda pourquoi ces soldats ennemis se battaient si farouchement alors qu'ils ne portaient pas d'armure. Leur foi les rendait-elle intrépides, ou était-ce leur haine sans nom pour la Cité ?

— Rubin ! s'écria Loomis.

Le jeune homme décela un mouvement sur sa gauche. Il évita de justesse le coup d'un lourd gourdin qui fendit l'air près de son oreille. Il pivota sur lui-même et éventra son agresseur avant qu'il ait le temps de frapper une nouvelle fois. *Ils sont tous si lents !* songea-t-il. *Est-ce aussi le sentiment de Marcellus quand il se bat ? Trouve-t-il tous ses ennemis mous et faibles ?* Aucun pouvoir ne l'habitait ; malgré tout, il se sentait invulnérable, comme si ses adversaires, aussi inexpérimentés qu'incompétents, en étaient tous à leur première bataille. Alors que la matinée s'étirait, il tua tous ceux qui engagèrent le combat contre lui, sentant son sang bouillir dans ses veines.

Malgré tous ses efforts, et en dépit du commandement de Marcellus, les défenseurs de la Cité perdaient peu à peu du terrain. Même Marcellus s'était vu contraint de prendre son bouclier pour se protéger des attaques incessantes des guerriers qui, toujours plus nombreux, l'avaient pris pour cible.

À la mi-journée, il sembla en avoir assez. Il ordonna à ses soldats de battre en retraite. Certains de ce qui allait suivre, ils obéirent promptement. Cette fois, Rubin se joignit à eux sans protester. Marcellus jeta son bouclier sur un ennemi, poussa un cri de défi, et continua à se battre armé de deux épées, les lames s'agitant avec une telle rapidité qu'on aurait cru qu'une barrière infranchissable s'était dressée autour de lui. Quand Rubin sentit la douleur poindre à la base de son crâne, il regarda son seigneur avec un mélange de terreur et de fascination.

Cette fois, les soldats tatoués ne prirent pas la fuite. Ils hurlèrent en se contorsionnant, le corps soumis aux pires tourments, mais seule une poignée d'entre eux fit volte-face. Alors qu'il vivait ses derniers instants, en proie à une immense souffrance, un guerrier farouchement déterminé, du sang perlant de ses yeux et de ses oreilles, plongea sur Marcellus et enfonça profondément sa lame dans son flanc.

— Mon seigneur ! hurla Rubin en s'élançant vers lui, ne se souciant plus de ses horribles maux de tête.

Marcellus chancela. Il semblait ne tenir encore debout que grâce à son armure. Son pouvoir faiblit et disparut. Des soldats des deux camps se ruèrent sur lui, désireux d'être les premiers à l'atteindre. Rubin les dépassa tous et se jeta au-devant de son seigneur, projetant son bouclier pour dévier une épée qu'un ennemi s'apprêtait à abattre sur le cou de Marcellus. Rubin planta son couteau dans l'œil de l'homme et continua à lutter pendant que son seigneur tombait lentement à genoux. D'autres guerriers le soulevèrent et l'évacuèrent. Rubin laissa à ses camarades le soin de poursuivre les combats pour le suivre.

Marcellus fut conduit en hâte à la tente des blessés, un sang noir s'écoulant abondamment de son flanc. Il avait le teint pâle comme la mort, et toute son énergie vitale se vidait rapidement par la profonde entaille. Les yeux ouverts, il fouillait toutefois le ciel. On l'allongea sur une paillasse. Rubin l'aida à ôter son armure trempée de sang. Un chirurgien s'empressa de poser sur la blessure un pansement compressif fait avec un linge propre. Le sang qui coulait était mousseux : Rubin savait que c'était mauvais signe. Il observa le flux, souhaitant qu'il cesse, mais très vite le linge se teinta de rouge, tout comme le suivant. Il regrettait de ne pas en savoir plus sur les capacités de Marcellus à se régénérer. Avec une telle blessure, n'importe quel soldat ordinaire serait mort dans l'heure, mais Rubin lui-même avait connu pis, et malgré tout il avait survécu.

Alors que la bataille continuait à faire rage à quelques pas à peine, Rubin s'assit au chevet de son seigneur et pria pour qu'il vive.

Chapitre 45

Dans la prairie au-delà de la Porte du Grand Nord, la lumière diffuse du crépuscule naissant nimbait de douceur la scène de carnage qui se déployait près du Cairn des Cendres. Un cheval solitaire avançait d'un pas lourd. Les remparts de la Cité en vue, sa cavalière observa, consternée, les corps qui gisaient devant elle sur le sol gorgé de sang, et, au loin, l'armée gigantesque massée devant la porte brisée.

Emly se laissa glisser de sa selle et s'agenouilla auprès du corps le plus proche. Le soldat ayant reçu un coup d'épée en plein visage, il était impossible de distinguer ses traits. Elle passa au suivant, qui n'avait aucune blessure visible. Elle prit sa main ensanglantée dans la sienne. Elle était froide. Elle marcha parmi les cadavres, reconnut nombre d'entre eux, certains mutilés, d'autres sans blessure mortelle apparente, car tous étaient couverts de sang séché. Elle n'en connaissait toutefois aucun par son nom, et ce ne fut que lorsqu'elle découvrit le corps lacéré de Stern qu'elle pleura. Elle le croyait mort depuis longtemps au Vorago, et elle trouva pitoyable qu'il ait été vaincu si près de la Cité, si près de chez lui.

À travers ses larmes, Emly avisa une silhouette étendue, bras et jambes écartés, avec un cache œil. Elle s'élança près du corps et se rendit compte que c'était Casmir. Sa poitrine était barrée d'une horrible entaille, sa peau froide au toucher, mais il vivait encore : il ouvrit l'œil quand elle murmura son nom. Elle se redressa d'un bond, courut jusqu'à son cheval et attrapa son outre. Mais Casmir détourna la tête, refusant de boire.

— Emly, chuchota-t-il. (Elle se pencha tout près de lui. Son souffle lui caressa le visage telle une plume.) Tu as toujours été témoin de mes méfaits, dit-il d'une voix sereine.

Elle ne lui demanda pas ce qu'il faisait là, parmi les héros de la Cité.

— Y a-t-il quoi que ce soit que je puisse faire, Casmir ? s'enquit-elle.

Il secoua légèrement la tête. Elle savait qu'on ne pouvait plus l'aider.

— Puis-je délivrer un message à quelqu'un ? Une épouse, un fils ? demanda-t-elle.

Il ne répondit pas. Elle comprit qu'il était mort.

Elle remarqua alors la veste qu'il portait. C'était celle d'Evan, qu'elle croyait perdue sur le champ de bataille du Vorago. Avec difficulté, elle fit rouler le cadavre sur le côté et le déshabilla. Elle déchira la doublure de soie maculée de boue et de sang. Le Voile du Gulon scintilla dans la lumière pâle. Bouleversée, Emly le dégagea délicatement et le tint serré contre elle. Elle regarda Casmir, déplia le voile et l'en recouvrit doucement. Les animaux en dentelle si familiers, ses amis d'enfance qui folâtraient en faisant la ronde, lui semblaient une farce dans ce paysage de désolation. Elle posa les mains sur le torse de Casmir et pria pour que son cœur se remette à battre. Elle attendit, suppliant à voix basse les dieux de la glace et du feu de le ressusciter.

L'assassin demeurait inerte. Vaincue, elle se redressa et s'assit. On lui avait dit que le voile avait le pouvoir de guérir, de ressusciter les morts, mais elle ignorait comment. Submergée par le chagrin, elle baissa la tête. Ses larmes tombèrent sur le visage de Casmir quand elle demanda aux dieux de l'accueillir dans les Jardins de pierre, même si elle savait que, n'étant pas soldat, elle n'en avait pas le droit.

Elle finit par se lever et, le voile serré contre elle, marcha jusqu'au cairn. Le monticule de pierres plates était plus haut qu'un homme. Des mots étaient gravés sur une plaque face à l'ouest, la direction des choses ultimes. Em ne savait pas ce qu'ils signifiaient, mais ils semblaient importants. Elle se jura de revenir un jour et de les lire, si elle en était capable. Elle regarda vers le sud, là où la Cité et ses armées au combat disparaissaient dans l'obscurité. Elle savait qu'elle devait quitter cet endroit. Elle se demanda à quelle distance se trouvait la porte suivante, et si celle-ci était également assiégée.

Pourquoi l'assassin portait-il la veste d'Evan ? Il l'avait sûrement récupérée sur le champ de bataille, après les combats. Ou peut-être Casmir avait-il participé à la bataille et pris la veste ensuite. Quoi qu'il en soit, il ignorait la valeur inestimable de l'objet qu'il s'apprêtait à rapporter à la Cité à son insu.

Elle contempla les guerriers morts pour essayer de les graver dans sa mémoire, car, si elle n'en gardait pas le souvenir, qui le ferait ? Elle passa la veste d'Evan autour de ses épaules, fourra le voile dans son sac de toile, enfourcha de nouveau Patience et lui fit tourner bride vers l'ouest, en suivant le rempart.

Il lui avait fallu douze jours, pas plus, pour revenir du Vorago, Patience avalant les lieues de son infatigable allure. À part des cadavres, elle n'avait vu personne. Chaque soir, quand la nuit tombait, elle choisissait avec soin l'endroit où dormir et se privait de feu, car elle craignait les charognards, voire pis : les hommes des tribus fkeni. Elle ne pouvait pas savoir que les Fkeni avaient été décimés par l'armée ennemie quand celle-ci avait marché vers le sud, chassant et refoulant tout être vivant sur son large passage : animaux, oiseaux, végétation, et les quelques derniers Fkeni qui s'étaient vaillamment défendus malgré leur petit nombre, mais dont le peuple avait désormais définitivement disparu de la surface de la Terre.

Ce n'était qu'après son premier jour de voyage qu'Em avait découvert, sur le bord de la piste, les dépouilles de soldats dépecées et rongées par les animaux. Malgré tout, elle avait identifié le corps de Quora grâce aux perles qui ornaient ses cheveux, et à son couteau fkeni qui remplaçait celui qu'elle avait donné à Emly. La jeune fille s'était demandé ce qui avait bien pu se passer après la bataille, comment ces trois-là avaient réussi à aller aussi loin, et ce qui les avait empêchés de continuer. Elle avait ramassé leurs couteaux qu'elle avait cachés dans ses affaires, craignant par-dessus tout de perdre son long couteau des Piquiers, ce qu'elle avait de plus précieux après son étalon.

Après quoi, au cours d'une journée épuisante, elle avait traversé le col de haute montagne avec Patience lancé au galop. Elle y avait découvert d'autres cadavres, dont beaucoup arboraient les étranges tatouages des guerriers ennemis. La plupart des corps avaient été dévorés et démembrés, mais, au fil des jours, les dépouilles étaient plus fraîches. Elle sut qu'elle devait approcher de l'armée, et de la Cité.

À son arrivée aux Goulets, elle se crut perdue, car elle ne se voyait pas franchir le fleuve toute seule. Elle se remémora le jour où – des années auparavant, semblait-il – elle l'avait traversé dans l'autre sens, perchée sur le destrier pendant qu'Evan nageait à ses côtés. Cette nuit-là, elle avait pleuré, se demandant si elle rentrerait chez elle un jour, et ce qu'elle découvrirait une fois là-bas.

La traversée avait été une expérience terrifiante. L'idée que Patience et elle soient emportés par la force du courant l'effrayait. Mais l'imposante bête, dotée d'une volonté de fer, avait fini par gagner la berge opposée, épuisée et éprouvée. C'étaient trois jours auparavant. Le cheval et elle avaient passé tout ce temps sur la rive, à récupérer, à observer les animaux revenant furtivement après le passage de l'immense armée.

Une fois la Cité en vue, Emly s'était demandé une fois de plus si elle avait eu raison de revenir et d'abandonner Evan à la merci de la mystérieuse Selene. Mais avoir retrouvé le voile l'avait finalement convaincue que son choix était le bon. Elle pensait désormais qu'Evan avait eu tort de le dérober : depuis la disparition de l'objet, la malchance avait frappé la Cité. Em ne pouvait que le restituer à l'impératrice, et implorer sa clémence.

Cette nuit-là, alors qu'elle dormait cachée dans un vallon herbeux, des cadavres envahissant ses rêves, un homme pénétra dans son campement. Patience s'ébroua en le reconnaissant. L'homme flatta son encolure et murmura des paroles apaisantes. Il baissa les yeux sur la jeune fille endormie, émerveillé par sa ténacité. Il se demanda si l'épidémie la toucherait une fois qu'elle aurait pénétré entre les murs d'enceinte. Probablement. Y survivrait-elle ? Peut-être. Poursuivrait-elle son chemin si elle apprenait que la maladie sévissait ? Sans doute.

À son réveil, il faisait encore noir. Frissonnant dans l'air froid, Em s'empressa de seller Patience. Dès que les premières lueurs de l'aube éclairèrent le paysage, ils se remirent à longer le rempart, en direction de la mer, bien qu'elle l'ignorât. Pourquoi ce pan de mur était-il si calme, désert à l'exception des bêtes sauvages et des oiseaux, alors que la porte qu'elle laissait derrière elle était assiégée ? Em ne connaissait rien à la topographie de la Cité. Le seul plan qu'elle avait jamais vu était celui qui ornait la salle du trône du Palais Blanc. Étant analphabète, elle ne savait guère ce qu'il signifiait. Malgré le fait qu'elle avait passé toute son existence dans la Cité, elle n'en saisissait pas l'échelle et n'avait pas conscience des centaines de lieues de robustes remparts qui la délimitaient, des rues noires de monde dans le Sud aux terres désolées dans le Nord, de la Porte de la Mer à la Porte des Voyageurs. Elle pensait qu'en suivant le mur elle finirait par tomber sur une autre porte qui lui permettrait d'entrer. Elle espérait juste qu'il n'y aurait pas de campement ennemi devant.

À la mi-journée, Patience avançait sous le soleil à une allure tranquille quand Em entendit le martèlement d'un cheval au galop derrière elle. La panique lui noua la gorge. Elle talonna son destrier et, penchée sur son encolure, lui cria dans l'oreille de se dépêcher, terrifiée à l'idée d'être capturée par l'armée ennemie, ou pis, par les Fkeni.

— Emly ! appela une voix en couvrant le vacarme des sabots.

Apeurée, elle refusait d'entendre. Elle se décida malgré tout à jeter un coup d'œil par-dessus son épaule et vit que Patience distançait l'autre monture. Sa panique initiale s'apaisa légèrement quand elle se rendit compte qu'elle connaissait le cavalier, perché sur un cheval qui lui était également familier. Soulagée, elle tira sur les rênes de Patience et attendit, tremblante, que le cavalier la rejoigne. Elle fut plus surprise encore de voir Merle que celui qui le montait. Les deux chevaux se poussèrent du museau.

— D'où sors-tu ? demanda-t-elle à Stalker.

— Ça fait un ou deux jours que je remonte ta piste, depuis que tu as traversé les Goulets, répondit-il en souriant.

Le cœur léger, elle lui rendit son sourire. Il était la première personne vivante qu'elle croisait depuis des jours, et le voir avec sa monture bardée d'armes, une poignée de lapins accrochés à sa selle, la rassurait.

— J'espérais réussir à te convaincre de ne pas entrer dans la Cité, ajouta-t-il.

— Pourquoi ?

Les questions se bousculaient dans sa tête, la dernière en date étant : « Pourquoi était-il toujours sur ses talons ? »

— Une épidémie sévit à l'intérieur des murs. Mieux vaut l'éviter et faire un grand détour pour rejoindre la côte et te rendre au port d'Adrastto, dit-il en indiquant le nord. Là-bas, tu ne craindras rien. As-tu de l'argent ?

— Une épidémie ? (Elle redoutait ce mot ; pourtant, il lui paraissait aussi lointain que hors de propos.) Mais je dois me rendre au Palais Blanc ! protesta-t-elle. Je dois voir l'impératrice.

Il renifla avec dédain.

— La dernière fois que je t'ai vue, petite, tu la fuyais.

Elle détourna le regard, ne souhaitant pas lui dire la vérité.

— Peu importe. Je dois y aller.

Il l'observa de ses yeux gris pensifs, mais elle ne dit rien de plus. Il regarda autour de lui et talonna Merle pour le diriger vers un petit bosquet. Em le suivit et tous deux mirent pied à terre. La jeune fille ôta ses bottes et remua ses orteils dans les rayons du soleil tandis que Stalker buvait de l'eau de son outre.

— La prochaine porte est-elle encore loin ? demanda-t-elle.

— La prochaine, c'est la Porte des Voyageurs, la dernière avant la mer. Tu peux y être au coucher du soleil, mais ce serait de la folie que d'entrer dans la Cité. L'épidémie est terrible. Continue jusqu'à la côte, puis va vers Adrastto, au nord.

Elle réfléchit à ses conseils. Elle savait qu'elle pouvait lui faire confiance, car il avait combattu aux côtés d'Evan, et son amant l'estimait beaucoup. De plus, il lui avait sauvé la vie, mais l'habitude qu'il avait de surgir de nulle part avant de disparaître de nouveau la rendait méfiante.

— Pourquoi tiens-tu tant à rentrer ? demanda-t-il avec douceur.

La gentillesse de sa voix lui transperça le cœur comme une flèche.

— Je te dirai toute la vérité si, en retour, tu me dis une chose vraie.

Stalker émit un rire bref, mais ce fut d'un ton froid qu'il répliqua :

— Ce n'est pas un jeu, petite.

— Pourtant, chaque fois que je te vois, j'ai l'impression d'être un pion, rétorqua-t-elle.

Il hocha sa grosse tête.

— Oui, en un sens, je suppose que tu as raison. Mais ce n'est pas mon jeu. Alors, je t'écoute.

Il la regarda et attendit.

— J'ai volé un objet à l'impératrice, et je dois le lui rendre, avoua-t-elle. C'est quelque chose d'important. Épidémie ou pas, je dois rejoindre le palais.

Le regard sombre, il fronça ses sourcils broussailleux.

— Tu veux parler du Voile du Gulon.

Elle acquiesça. L'étendue de ses connaissances ne l'étonnait plus.

— Je peux m'en charger à ta place, proposa-t-il. (Il s'exprimait d'un ton détendu, mais ses yeux clairs, insistants, la transperçaient.) De toute façon, je vais vers le sud. Je contournerai l'armée ennemie. Je pourrais apporter le voile à l'impératrice plus vite que toi, même si tu survivais au trajet. Allons, où est-il ?

Il avait posé la question avec autorité, comme s'il avait l'habitude qu'on lui obéisse. Tout à coup, elle eut peur. Il était bien plus fort qu'elle. S'il le voulait, il pouvait lui arracher le voile sans coup férir.

— Tu ne pourrais pas entrer dans le palais, se défendit-elle, sachant qu'elle ne faisait que retarder l'inévitable. Moi, si. On m'ouvrira les portes. On me conduira directement à l'impératrice.

— Pour être exécutée sur-le-champ. C'est une femme implacable.

Elle baissa la tête en signe d'acceptation.

— C'est peut-être le sort que je mérite. J'ai trahi la bonté dont elle a fait preuve envers moi. Je l'ai volée et me suis enfuie.

Stalker se détendit soudain. Il sourit. Il s'allongea dans l'herbe, huma l'air, puis contempla autour de lui la plaine verdoyante, le ciel et la ligne grise que formait le rempart, au loin. Il regarda de nouveau Em, avec bienveillance, et parla d'une voix douce :

— Je suis désolé, petite. Je ne voulais pas t'alarmer. (Il haussa les épaules.) J'étais curieux de voir cet objet. Il est célèbre et très rare, et j'en ai beaucoup entendu parler.

Sur ces propos raisonnables, Emly sentit ses peurs se dissiper et s'en voulut d'avoir été si méfiante. Stalker était son ami. Il lui avait sauvé la vie plus d'une fois.

Elle se leva et sortit le voile de son sac. Tout chiffonné, il ne ressemblait qu'à un vieux bout de tissu. Elle le lui donna. Il le tint contre lui, comme elle l'avait fait la veille. Puis il le déplia, l'étala sur l'herbe et le caressa de sa main musclée. Le voile se mit à luire ; ses plis se défroissèrent jusqu'à ce qu'il reprenne son apparence initiale, lisse, soyeux, chatoyant dans la lumière du soleil. Au contact de Stalker, chacun des animaux en dentelle reprit des couleurs et étincela. Em s'émerveilla devant ce spectacle de toute beauté.

— C'est un objet très rare, répéta Stalker.

Sa voix ne traduisait ni effroi ni respect, seulement le constat raisonné d'un homme qui avait beaucoup à gagner… ou à perdre.

— J'ai essayé… (Elle hésitait à se confier à lui, mais voulait rattraper la méfiance dont elle avait fait preuve.) J'ai essayé de sauver un homme, hier, près du cairn, au nord de la porte. (Elle désigna le chemin d'où elle venait.) Il y a eu une bataille, là-bas. Stern est mort, comme beaucoup d'autres. J'ai essayé de sauver un soldat qui venait de mourir. J'espérais que le voile le ressusciterait.

— Il aurait pu. Mais tu ne peux pas t'en servir. Pour toi, ce n'est qu'une jolie pièce d'étoffe.

Il replia le voile. Elle tendit les mains pour le récupérer. Il s'interrompit et le lui rendit. Curieusement, il pesait lourd sur ses genoux.

— N'y a-t-il qu'Archange qui puisse s'en servir ?

— Et d'autres Serafim.

Incertaine, elle demanda :

— En es-tu un ?

Il rit. Le soleil se mit à briller un peu plus fort.

— Non, petite.

— Alors… et c'est la chose vraie que je veux que tu me dises… Qui es-tu ?

Il releva sa tête rousse et huma l'air :

— Je dois me mettre en route.

— Une seule chose vraie ! insista Em.

Elle le retint par la manche. Il regarda sa main, soupira, puis contempla de nouveau le sud, comme pressé de partir.

Il répondit :

— Je m'appelle Stalker.

Elle attendit patiemment. Le silence les enveloppa. Enfin, comme elle savait qu'il finirait par le faire, il poursuivit :

— As-tu déjà entendu parler de l'immense pouvoir de créer des reflets ?

Sa voix était devenue distante.

Emly se souvint qu'Archange les avait évoqués. L'ancien empereur avait créé des répliques de lui-même, qu'on appelait des reflets. Evan disait que c'étaient des cadavres ambulants. Em croyait que tous étaient morts dans la chute du Palais Rouge. Elle frissonna et, les sourcils froncés, hocha la tête avec hésitation.

Stalker la regarda dans les yeux.

— J'en suis un.

Elle esquissa un sourire, croyant qu'il la taquinait. C'était Stalker, son ami, un homme bien vivant qui saignait, ronflait et pissait, comme n'importe quel autre. Elle s'imaginait les reflets comme des sortes de goules nocturnes, de vagues répliques qui menaient une semi-existence honteuse et malveillante. Puis elle vit dans ses yeux infiniment tristes qu'il disait vrai.

Il regarda de nouveau vers le sud, comme attiré par un aimant.

— Mon seigneur m'a créé pour accomplir sa volonté, reprit-il.

Elle comprit qu'il lui faisait une confession, peut-être pour alléger un peu le fardeau secret qu'il portait.

— Ton seigneur, qui est-ce ? souffla-t-elle.

— Il s'appelle Hammarskjald. C'est lui qui est à la tête de la terrible armée qui assiège la Cité, prête à tuer et à piller tout ce qui se trouve entre ses murs. (Il scruta son visage stupéfait.) Il brûle d'une haine farouche pour la Cité, et a attendu de nombreux siècles le bon moment pour la détruire. Cette heure est venue.

— Mais… pourquoi ? Pourquoi la déteste-t-il à ce point ?

Stalker soupira puis rit brièvement, comme à son habitude.

— La plupart des gens la détestent, petite. Il y a de quoi. Toutefois, une querelle de longue date l'oppose à ceux qui la gouvernent. Autrefois, il était l'un des leurs, mais ils l'ont banni, puis, alors qu'il continuait à s'opposer à eux, ils ont tenté de le tuer.

— Pourquoi ?

— Chacun avait ses raisons. On le qualifiait de criminel, alors que leurs propres crimes sont monstrueux. C'est un homme terrible, même du point de vue des Serafim. Il est vieux et rusé, et ne sera pas si facile à éliminer. Il a prévu de ravager la Cité avec son épidémie et ses épées, et de détruire le Palais Blanc.

— Détruire le palais ! s'écria Emly. Peut-il réellement faire tout cela ?

Stalker hocha la tête.

— Il est bien parti pour. L'ancien empereur est mort. La Cité est vulnérable à cause de la rancune éternelle que se vouent Archange et Marcellus. Les Serafim se sont toujours disputés. Tous deux ont formé une alliance, maintenant qu'ils savent qui ils doivent affronter, mais il est trop tard. Bien trop tard.

— Pourquoi Archange le déteste-t-elle à ce point ?

— Difficile de suivre une querelle de plusieurs siècles. Un conflit en particulier les oppose, qui éclipse le reste. Archange avait deux filles. (Il tira sur ses tresses, comme Em l'avait vu faire lorsqu'il réfléchissait.) Toutes deux ont été cruellement maltraitées par l'ancien empereur, Araeon, un homme maléfique dont la Cité est désormais débarrassée. L'une des filles a perdu l'esprit. Quant à l'autre, elle a fui le monde des hommes, et elle souffre toujours.

— Quel est le rôle d'Hammarskjald là-dedans ?

— Il a essayé d'aider les filles, et plus tard les filles de ses filles. De pauvres créatures perdues.

— Et c'est pour cette raison qu'Archange le hait ? s'étonna Em, perplexe.

— Oui. Elle prétend qu'il y a d'autres raisons, mais c'est là l'essentiel. Il lui rappelle qu'elle a elle-même échoué à les sauver.

— Que leur est-il arrivé ?

— L'aînée a disparu dans les Halls. On raconte qu'elle les arpente encore, dans les ténèbres les plus profondes. J'y suis moi-même descendu pour me mettre à sa recherche, mais je crois bien qu'elle est morte. L'autre, tu la connais. Elle a trouvé refuge dans la cité perdue du Vorago, et y a trouvé une sorte de paix.

— Selene ?

Il hocha la tête.

— C'est la fille cadette d'Archange, mais son esprit est très troublé. Si tu retournes au palais, ne dis pas à l'impératrice où elle se trouve.

Songeant à ce qu'elle venait d'apprendre, Em demanda :

— Mais quelle femme n'essaierait pas de sauver ses propres filles ?

Il secoua la tête.

— Ce n'est pas aussi simple qu'il y paraît. Des griefs vieux comme le monde, des dettes contractées et acquittées depuis un millénaire mettent en péril le fragile équilibre des pouvoirs instaurés entre les Serafim. Archange a fui la Cité pendant très longtemps. C'était son choix. Mais Hammarskjald l'accuse de ce crime, ce qu'elle ne lui a jamais pardonné.

— Et toi ? Tu es son… allié ?

Il baissa la tête.

— J'obéis à ses ordres. Je ne peux pas faire autrement.

— Pourtant, tu as combattu pour la Cité, aux côtés d'Evan, de Stern et des autres.

Il sourit.

— J'ai une longue laisse, et j'aime me battre. J'encourage toujours ceux qui sont donnés perdants et qui, malgré tout, luttent jusqu'à leur dernier souffle. De plus, j'ai moi aussi la peau dure. (Il regarda de nouveau vers le sud, comme conscient qu'on l'appelait, au loin.) J'ai suivi mon propre chemin pendant de nombreuses années, mais j'ai toujours su qu'un jour il tirerait sur la laisse et m'obligerait à le suivre. Cet instant est venu. (Il s'interrompit.) Si on se recroise à l'avenir, petite, prends tes jambes à ton cou.

Il avait prononcé ces derniers mots avec un tel détachement qu'elle comprit à peine leur signification. Elle fronça les sourcils.

Il se pencha vers l'avant et tendit l'une de ses mains puissantes.

— Tu vois, l'ultime objet dont mon seigneur a besoin pour s'assurer de la destruction de la Cité, c'est le Voile du Gulon.

Emly saisit le voile, le roula en boule et se leva d'un bond. Stalker l'imita. Elle courut jusqu'à Patience et l'enfourcha. Boitant à cause de sa mauvaise cheville, Stalker attrapa son étrier, mais elle lui décocha un violent coup de pied en plein visage et sentit les os craquer. Il lâcha prise en jurant. Elle empoigna les rênes de Merle et talonna Patience pour le lancer au galop.

Alors qu'elle s'éloignait, elle entendit un rugissement dans son dos – de frustration ou de triomphe, elle ne le sut.

Emly atteignit la Porte des Voyageurs avant le crépuscule, épuisée par sa chevauchée et pleine d'appréhension avant d'entrer dans la Cité. Les avertissements de Stalker tournaient en boucle dans son esprit, et elle se demandait que croire. Une épidémie sévissait-elle réellement, ou bien voulait-il l'empêcher de rapporter le voile ? Lui avait-il déjà menti par le passé, l'incitant à se rendre au refuge du Vorago pour l'empêcher de revenir ? Mais c'était avant qu'elle ne remette la main sur le voile. Peut-être essayait-il sincèrement de la protéger. Il y avait trop de choses qu'elle ignorait, mais elle ressentait douloureusement la perte du soutien de Stalker.

Sa lassitude était aussi physique que morale. Elle resta assise, passive, sur le destrier, et le laissa rejoindre la porte d'un pas tranquille. L'entrée était faite de pierres d'un rouge intense, son immense arche faisant paraître minuscules les chevaux et les cavaliers qui se trouvaient à son pied. À la surprise d'Em, les portes étaient grandes ouvertes : des centaines de soldats, armés et en armure, paraissaient sur le point de partir. Elle se faufila entre eux, des yeux froids et sévères surveillant sa progression. Elle craignait d'être jugée : une fille seule, sale et nu-pieds, qui traversait les rangs perchée sur un destrier. Elle talonna Patience. Merle suivait derrière, jusqu'à ce que les cavaliers se raréfient.

— Pouvons-nous t'aider, ma fille ? Tu as l'air perdue.

Un fantassin blond, robuste, le teint rougeaud et portant un uniforme étriqué, se mit en travers de sa route.

Aux aguets, Em se redressa et regarda autour d'elle.

— Qui commande, ici ? s'enquit-elle.

Une guerrière aux traits anguleux se posta aux côtés de l'homme.

— Qu'est-ce que tu lui veux ?

Em hésita.

— Des soldats de la Cité sont morts près du cairn, à la porte suivante, expliqua-t-elle. Il faut que quelqu'un soit au courant.

Les deux autres la scrutaient. L'homme regarda la femme, puis dit :

— J'y vais.

Il disparut dans la foule. La femme reporta son attention sur Em. Avec sollicitude, elle déclara :

— Tu sembles épuisée. Descends et repose-toi. As-tu mangé ?

Em secoua la tête et se mordit la lèvre pour l'empêcher de trembler. La compassion de la femme la touchait.

— Je ne peux pas rester. Je dois me rendre au Palais Blanc.

La guerrière afficha un air surpris :

— Pourquoi donc ? Ça va te prendre des jours, même sur cette grosse bête.

Son collègue revint accompagné d'un capitaine de grande taille au visage dur et aux paupières lourdes. Em lui répéta ce qu'elle avait dit aux deux autres, et l'officier répliqua sèchement :

— Comment le sais-tu ?

— Parce que j'y étais.

— À la Porte du Grand Nord ? Tu as assisté à la bataille ?

— Non, je suis arrivée après. Ils étaient tous morts.

Le capitaine la fixa du regard, manifestement incrédule. Puis il se concentra sur les deux chevaux.

— Descends, gamine. On a besoin de tes montures.

— Elles sont à moi, protesta-t-elle en gémissant de fatigue.

Il la toisa de la tête aux pieds. Elle avait conscience de sa piètre allure et de ses pieds nus.

— Tu les as volées, je parie, conclut-il.

Il attrapa brusquement la bride de Patience qui, surpris, se cabra. L'officier recula.

— Attrapez-moi ces chevaux, ordonna-t-il aux deux soldats, qui échangèrent un regard avant d'avancer sans grande conviction.

Em sentit la colère monter en elle, plus forte que la fatigue.

— Je dois me rendre au Palais Blanc, insista-t-elle. (L'officier ricana. Il ne la croyait pas.) Vous pouvez prendre celui-là.

Elle n'avait pas envie de leur laisser Merle, mais, si la cavalerie en avait besoin, le garder n'était pas justifié. Elle se pencha, souleva l'outre de Stalker et le barda dont la bête était chargée, les posa en travers de sa selle et détacha la longe de Merle.

Le soldat robuste s'en saisit et lui adressa un signe de tête, mais le capitaine balbutia :

— On ne marchande pas avec l'armée, gamine ! Descends immédiatement, ou je te fais arrêter.

Elle fit tourner bride à Patience et, d'un coup de talons, le lança au trot. Elle entendit le capitaine vociférer, mais un instant plus tard ses cris se perdirent dans le vacarme créé par les soldats et leurs montures.

Elle laissa le cheval déambuler sous le ciel étoilé. Elle avait besoin de manger et de dormir, mais abandonner Patience était impossible, et elle n'avait pas d'argent. S'étant rarement retrouvée seule dans les rues de la Cité, elle ignorait quel chemin emprunter. Transformée en campement militaire, la Porte des Voyageurs fourmillait de soldats. Alors qu'il faisait presque nuit, les vendeurs de rue vantaient leurs marchandises, les enfants pleuraient et piaillaient, et les charrettes transportant tonneaux, cageots et sacs de céréales avançaient difficilement dans les rues bondées. Les charretiers s'invectivaient, les ânes brayaient et le tintement des cloches d'un temple voisin ne fit qu'intensifier la cacophonie ambiante. Tout le monde paraissait affairé, même les enfants. Em semblait la seule à être désœuvrée. Elle gardait les yeux rivés au sud, vers sa destination, le Bouclier de la Liberté désormais en vue.

Le cheval arriva tranquillement devant une rangée de tentes d'hôpital. Nombre d'entre elles arboraient un œil menaçant peint en rouge, symbole d'une épidémie en cours. Emly sut alors que Stalker disait vrai. L'endroit était beaucoup moins fréquenté. Elle fit une halte. Une main se referma sur sa cheville. Elle se redressa dans un sursaut, se rendant compte qu'elle avait glissé de sa selle, et tint fermement les rênes.

— Rassure-toi, petite, ce n'est que nous.

C'étaient encore les deux soldats. Les nerfs à vif, Em faillit talonner Patience pour s'éloigner, mais l'homme imposant écarta les paumes et recula.

— On ne te fera aucun mal, et on ne prendra pas ton cheval, lui promit-il.

Emly se détendit légèrement, sans toutefois relâcher sa prise sur les rênes.

L'homme se présenta : il s'appelait Thorum, et sa femme Wren. Ils lui proposèrent un peu de leur pain et de leur eau. Elle accepta tout en se demandant pourquoi ils étaient si gentils avec elle.

— Nous avions une amie, expliqua Thorum tandis qu'elle mangeait, toujours perchée sur Patience. Elle s'est rendue au Palais Blanc cet été, et nous n'avons aucune nouvelle depuis. Elle s'appelle Mavalla. Elle était seule et blessée. Si tu la vois, dis-lui que nous sommes avec la Quarante-septième. Nous marcherons vers la Porte du Grand Nord à l'aube, si elle veut se joindre à nous.

— Je lui transmettrai le message si je la vois, promit Em.

Elle espérait qu'ils ne lui demanderaient pas pourquoi elle devait se rendre au Bouclier, et ils ne le firent pas.

— Comment comptes-tu aller là-bas ? s'enquit Wren en la regardant.

La question semblait idiote.

— Je le vois d'ici, répondit Emly en indiquant le sud. Dans la journée, il est visible depuis n'importe où dans la Cité.

Même au crépuscule, on distinguait des lumières qui scintillaient sur ses flancs.

— Mais c'est une longue chevauchée. La Cité est un endroit dangereux, prévint la femme. L'épidémie est partout, et le capitaine ne sera pas le seul à la recherche d'un bon cheval.

— J'y arriverai, rétorqua Em, résolue.

Les dernières paroles de Stalker l'avaient persuadée qu'elle devait restituer le voile, et le plus vite possible.

— Passe par les remparts, proposa Thorum.

— Les remparts ? (Emly leva les yeux vers les imposants murs de pierre. Elle se demanda s'il plaisantait.) Est-il possible d'y faire monter un cheval ?

— Toutes les Grandes Portes disposent de rampes ou de marches basses pour permettre aux chevaux d'accéder aux remparts, confirma le soldat. Tu pourrais suivre le mur jusqu'à la Porte du Paradis puis, de là, couper vers la montagne.

— N'y a-t-il aucun risque qu'on m'en empêche ? demanda-t-elle, sceptique.

— Hormis quelques guetteurs, il n'y a plus personne là-haut. Tous les soldats valides ont été réquisitionnés aux portes, par lesquelles l'ennemi essaie d'entrer. (Thorum rit.) Tu pourrais sûrement chevaucher ainsi jusqu'à la Porte de la Mer. À ce qu'il paraît, c'est le chemin qu'empruntent les messagers impériaux.

Il regarda Wren, qui approuva d'un hochement de tête.

— Ce sera dangereux, ajouta la femme, mais pas autant que chevaucher dans les rues de la Cité. Une fille seule sur un cheval de prix…

— Merci, dit Emly, tout à coup motivée par ce plan.

Impatiente de se mettre en route, elle empoigna fermement les rênes, mais Thorum posa la main sur son étrier.

— Ne pars pas tout de suite ! s'exclama-t-il avec inquiétude. Il fait nuit, tu dois te reposer.

— Le temps presse, répliqua-t-elle. (La menace qu'elle sentait planer sur elle la poussait à continuer. Elle songea à une phrase qu'Evan avait coutume de dire : « Je dormirai quand je serai mort. ») Je dois y être le plus tôt possible. Il faut que je voie l'impératrice.

Les deux soldats la dévisagèrent, sans doute persuadés qu'elle se berçait d'illusions. Toutefois, Thorum pointa un doigt sur sa droite.

— Passe ce temple blanc et tu trouveras les marches. (Il saisit les rênes avant qu'elle ne se mette en route.) Le rempart passe au-dessus des petites portes, expliqua-t-il en la regardant attentivement pour s'assurer qu'elle comprenait. Quand tu atteindras les Grandes Portes – celles du Nord, d'Arabie et du Paradis –, tu devras redescendre. Sois prudente, prévint-il en jetant un coup d'œil au long couteau qu'elle avait au flanc. Tu pourras avoir à te battre à chacune d'elles. Cela dit, après la Porte du Paradis, tu ne devrais plus mettre trop de temps à rejoindre le Bouclier.

Elle les remercia d'un signe de tête et talonna son cheval. L'adrénaline lui donnait des fourmillements dans les mains. Si Stalker n'avait pas menti en affirmant qu'Hammarskjald pouvait utiliser le voile contre la Cité, elle devait le remettre à Archange, en lieu sûr, mais elle craignait qu'il ne soit trop tard.

Chapitre 46

Sous les étoiles, Patience galopait vers l'est. Au contact des pavés, ses imposants sabots ferrés projetaient des gerbes d'étincelles. C'était comme s'il connaissait sa destination, et il semblait aussi impatient qu'Emly de l'atteindre. Durant la première partie du trajet, à l'est de la Porte du Grand Nord, ils n'avaient croisé qu'un groupe de soldats qui leur avaient crié de s'arrêter, mais s'étaient éparpillés en voyant le grand destrier se précipiter vers eux. En dépit de la faim et de la fatigue, Em se sentait en sécurité sur l'épais rempart désert. Les champs sur leur droite étaient également vides, et, sur leur gauche, le parapet les protégeait des ennemis à l'extérieur.

Elle entendit et sentit l'odeur de la bataille qui faisait rage à la Porte du Grand Nord bien avant de la voir. Elle ralentit l'allure de Patience, qui avança au trot, et s'approcha avec une appréhension croissante. Elle s'arrêta un moment pour regarder par-dessus le parapet : telle une marée noire, grouillante comme des asticots, l'armée ennemie entourait le pied des remparts et la porte brisée. Em poursuivit son chemin. Le sommet des remparts fut bientôt bondé, défendu par les archers de la Cité qui décochaient des volées de flèches sur les assiégeants, en contrebas. Les pierres du mur étaient glissantes, couvertes de sang ; des archers blessés ou morts gisaient sous le parapet. Certains demandaient de l'aide, la main tendue, ou suppliaient pour avoir de l'eau, mais Emly se raidit, détourna le regard et ne s'arrêta pas.

Elle trouva les marches. En haut de l'escalier, elle tira sur les rênes de sa monture, pétrifiée par la bataille qui se livrait plus bas. À présent qu'elle était au cœur de l'action, elle voyait que la solide Porte du Grand Nord avait volé en éclats. Des milliers de soldats ennemis s'y étaient engouffrés, sitôt cueillis par les guerriers de la Cité. Les cris de douleur, le bruit métallique des armes qui s'entrechoquaient étaient assourdissants, et la puanteur du sang versé lui donna la nausée.

Patience battait des sabots, désireux de quitter cet endroit. Elle le mena le long de l'escalier. Elle avait prévu de contourner largement le champ de bataille, mais, une fois de retour dans les rues surpeuplées de la Cité, elle ne tarda pas à se perdre. Le chaos régnait. Elle était cernée. Les soldats se bousculaient ; certains se dirigeaient vers les combats, d'autres en revenaient. Des blessés étaient allongés sur des civières, même si la plupart des plus grièvement touchés devaient se débrouiller seuls pour rejoindre les tentes d'hôpital. Quelque part brûlait un feu dont la fumée étouffante dérivait vers eux. Les yeux écarquillés, Patience s'ébroua, mais Em le talonna pour lui enjoindre d'avancer. À plusieurs reprises, elle fut tentée de mettre pied à terre pour venir en aide à un soldat, aveuglé ou estropié par d'affreuses blessures. Mais elle s'efforçait de garder les yeux rivés sur le rempart est, ne perdant pas de vue qu'elle avait un objectif à atteindre. Elle découvrit d'autres tentes destinées à abriter les victimes de l'épidémie. Il y en avait des dizaines. Elle se surprit à respirer de manière superficielle, craignant que les miasmes de la maladie ne la pénètrent.

Une main ferme lui saisit le pied.

— Hé ! toi, petite ! Donne-moi ton cheval !

Un homme blessé, rendu méconnaissable par le sang qui lui maculait le visage, tira sur sa cheville nue pour la faire tomber. Elle dégaina son couteau effilé et le planta dans le dos de sa main. Il lâcha prise en hurlant. Elle talonna Patience, cherchant désespérément l'escalier. Le rempart se dressait, partant vers le sud-est, mais il semblait n'y avoir aucun moyen d'y accéder.

Elle remarqua alors deux hommes en uniforme qui parlaient en la montrant du doigt. Sans la quitter des yeux, ils traversèrent la foule en jouant des coudes. S'ils parvenaient à l'atteindre, rien ne les empêcherait de la tirer de sa selle. Elle assena une claque sur la croupe de Patience et lui cria d'avancer. Aussitôt, le corps imposant de la bête fendit la foule, s'éloignant des deux hommes. Le cheval piétina au passage un homme blessé. Les larmes aux yeux, Em tâcha d'ignorer ses cris et poursuivit son chemin.

Elle soupira de soulagement en repérant, sur le côté est de la porte, la rampe qui menait au sommet des remparts, et y mena Patience. Autour d'elle, la foule s'était clairsemée. La voie libre, elle incita sa monture à grimper les marches basses et aspira de grandes goulées d'air plus frais.

Une fois au sommet, elle jeta un coup d'œil inquiet en contrebas. Elle n'y connaissait pas grand-chose en tactiques militaires, mais n'importe quel idiot aurait pu dire que l'ennemi avait le dessus.

Les cages d'ascenseur à l'intérieur du Bouclier de la Liberté étaient une prouesse technique que seuls les Serafim, à l'apogée de leur arrogance, auraient pu réaliser, ou même imaginer. À l'origine, il y avait sept cages principales, dont celle du Lac des Larmes, au pied de la montagne, qui montait jusqu'au sommet du Serafia, une poignée de cages plus petites, et une myriade de galeries de maintenance. Cependant, ces ascenseurs n'étant plus utilisés depuis plusieurs siècles, ils furent condamnés avec des planches et des briques puis, en toute logique, oubliés.

Les ascenseurs cylindriques ainsi que le système de câbles situé en haut de chaque cage avaient disparu depuis longtemps, transformés en amas de rouille et de poussière qui s'effritèrent et tombèrent telle une pluie de météorites. Il n'en restait qu'un, au sommet de la cage la plus haute. L'ascenseur flottait dans les ténèbres, tremblant de temps à autre comme s'il avait conscience du sort qui l'attendait. C'était le repaire des araignées, scarabées et papillons de nuit. Pourtant, les chauves-souris à oreilles blanches qui peuplaient la montagne refusaient de s'y suspendre, à croire qu'elles savaient que l'endroit était dangereux.

Quand les soldats l'avaient atteint, lancés à la poursuite des assassins qui avaient tué Dol Salida et Dashoul, ils avaient scruté la cage pour s'assurer qu'elle était vide, sans toutefois s'aventurer à l'intérieur. Personne doté d'un minimum de bon sens n'y aurait mis un orteil : l'ascenseur menaçait de s'écraser à tout moment. Et le conduit était très long.

Avant minuit, à la dernière nouvelle lune de l'année, des papillons de nuit battirent doucement des ailes. Fin Gilshenan, seul survivant du groupe des intrus, se déplia et descendit de sa cachette située entre l'espace étroit au sommet de l'ascenseur et le plafond du conduit, où il se remettait de sa blessure. Il s'apprêtait à accomplir sa dernière mission.

Il descendit dans l'ascenseur, qui frémit légèrement, et sortit sur le sol de roche. Il alluma une lanterne, ébloui après être resté si longtemps dans le noir. Prudemment, il fit glisser du haut de l'ascenseur une longue boîte en bois et l'ouvrit. Elle contenait des tubes de cire de divers coloris. Il en prit deux de couleur verte et rangea la boîte. Puis, saisissant sa lanterne, il se mit en route.

Tandis qu'il boitait vers sa destination, sa cuisse blessée se réchauffa, et il retrouva sa mobilité. L'entaille profonde au couteau était suffisamment guérie pour qu'il puisse s'acquitter de sa tâche, mais elle avait ébranlé sa confiance. Un signal lumineux vert, voilà tout ce dont il avait besoin, se dit-il avec colère. Naguère encore, Fin aurait été certain que ses fusées allaient fonctionner sans problème, mais, comme lui, elles étaient restées trop longtemps dans un lieu froid et humide, et il ne voulait prendre aucun risque.

Il sortit dans la fraîcheur de l'air nocturne et inspira à fond. Le ciel était criblé d'étoiles, la lune réduite à un fin croissant, comme il l'avait prévu. Intérieurement, il remercia les soldats du palais qui, jour et nuit, suivant une routine infaillible, marquaient chaque tour de garde en faisant sonner les cloches. Cela l'avait aidé à garder le décompte des jours qui s'étaient écoulés pendant sa longue convalescence.

Il se trouvait sur l'un des endroits les plus hauts de la montagne, à l'extérieur des murs d'enceinte du palais qui faisaient face au sud. C'était également dans cette direction que son seigneur Hammarskjald regarderait. Il cala l'extrémité de la fusée dans une fente de la roche. Les doigts tremblants, il alluma un bâton de phosphore et l'approcha pour enflammer la mèche. Deux longs battements de cœur s'écoulèrent dans l'angoisse, puis, avec un sifflement excitant, le signal lumineux décolla loin au-dessus de sa tête, envoyant des étincelles vertes et éclairant les murs blancs du palais d'une lueur maladive.

Aveuglé par l'éclat du signal, il plissa les yeux pour observer les montagnes au sud. Il distingua peu à peu leurs silhouettes qui se découpaient dans la nuit étoilée. Il patienta, osant à peine battre des paupières de peur de manquer la réponse. Le signal serait-il rouge, ou blanc ?

Il n'avait pas vu son seigneur depuis six mois, quand ses camarades et lui s'étaient mis en route pour leur mission. Depuis, chacune de ses actions avait été axée sur cette nuit en particulier. En envoyant un seul signal vert, il les informait de sa présence, mais avouait avoir partiellement échoué : il n'avait pas trouvé de bébé, comme son seigneur le lui avait ordonné. Il était prêt, le moment venu, à en payer le prix. Cela n'affecterait pas sa tâche de cette nuit-là, s'il recevait l'ordre de poursuivre.

La réponse lui parvint alors, de bien plus près qu'il ne l'avait pensé. Une fusée rouge et brillante grimpa en flèche dans le ciel et y flotta un moment, projetant des gerbes d'étincelles. Soulagé, Fin respira enfin et sourit dans l'obscurité. *Rouge comme action*, songea-t-il. *Rouge comme sang.*

Emly escaladait le bouclier, voulant à tout prix atteindre elle ne savait quoi. Elle avait les épaules et les genoux en feu, les doigts raides tandis qu'elle s'accrochait à chaque prise minuscule. La pluie lui martelait le dos. Elle était trempée jusqu'aux os, ses vêtements alourdis la ralentissaient. Du bout de ses doigts gourds, elle tâtonna la surface rocheuse au-dessus d'elle, comme elle l'avait déjà fait mille fois, à la recherche d'une autre prise. Mais, cette fois, elle n'en trouva aucune. La paroi était lisse, implacable. La pluie redoubla et menaça de la faire basculer. Aveuglée, Em sortit son couteau de Piquier et le planta dans une mince fente de la surface lisse, avant de l'enfoncer avec son poing. Elle se hissa pour trouver la prochaine prise.

Une fois au sommet, tremblante d'épuisement et de soulagement, elle jeta un bras par-dessus le parapet et, les épaules horriblement douloureuses, s'accorda un instant de répit. Puis elle se redressa, chercha un appui des orteils, et leva l'autre bras.

Elle regarda par-dessus le muret. Armé d'une faux, un guerrier fkeni l'attendait, les pans de sa robe noire volant autour de lui. Dans un sourire, il dévoila ses dents pourries et leva sa lame vers son visage.

Le cœur battant, Em se réveilla en sursaut et faillit glisser de sa selle. Elle secoua la tête pour chasser ce cauchemar et se rendit compte qu'elle avait besoin de repos. Cela faisait désormais un jour et une nuit qu'elle chevauchait, et voilà qu'il faisait de nouveau noir. Elle sentait que le temps pressait, la poussant à continuer, mais elle avait mal partout et s'inquiétait pour Patience qui, tête baissée, avait ralenti son allure pour avancer au trot. Elle tira sur ses rênes et, les jambes douloureuses, mit pied à terre. Elle descendit le barda de Stalker et trouva la vieille casserole rouillée dont elle l'avait vu se servir. Elle détacha une outre d'eau, emplit la casserole et la posa devant le cheval, qui but goulûment. Em n'avait rien d'autre à lui donner ; elle ne pouvait rien faire de plus.

Elle observa les alentours. Sous la myriade d'étoiles, il faisait clair comme en plein jour, mais le paysage noir et blanc rendait l'atmosphère étrange. D'un côté, les champs obscurs disparaissaient dans les ténèbres. De l'autre, par-dessus le rempart, s'étendait la prairie déserte. Devant elle, le mur continuait toujours vers le sud, formant un large ruban luisant. Elle n'entendait rien hormis la brise et les battements de son cœur. Elle ferma les yeux. Au bout d'un moment, son rythme cardiaque ralentit. Le silence ambiant était réconfortant. Sachant que Patience ne s'éloignerait pas, elle s'allongea sur la pierre dure du rempart, posa la tête sur son vieux sac de toile, et s'endormit.

Fou de joie d'avoir reçu l'ordre de poursuivre sa mission, Fin Gilshenan retourna à l'ascenseur et grimpa dessus avec précaution. L'appareil frémit de nouveau. Ce serait la dernière fois qu'il s'en servirait comme cachette. À l'aube, l'ascenseur serait tout en bas, en mille morceaux.

Il tira de sa cachette une deuxième boîte, lourde, plus grande, difficile à manipuler seul. Il est vrai que ce n'était pas censé se passer ainsi. Il parvint toutefois à la descendre et la posa dans la zone située devant l'ascenseur. Il se redressa, reprit son souffle et regarda l'ascenseur béant telle une bouche affamée.

Il s'accroupit et ouvrit la boîte, le grincement sonore de ses charnières troublant le silence. Il en sortit des bâtons d'explosif, attachés en fagots. On lui avait indiqué les lieux exacts où les placer, et l'ordre dans lequel il devait les allumer. Ils mettaient du temps à exploser. Il n'avait pas prévu de mourir cette nuit-là. Il sortit un paquet. La détonation, au-dessus de la cage centrale, suffirait à faire effondrer le bâtiment principal du palais. Il mit le reste dans son sac à dos puis, grognant sous le poids, se mit en route.

Il était capable de suivre les cages et les tunnels les yeux fermés. Les soldats ignoraient toujours les itinéraires qu'il empruntait pour entrer et sortir du palais, alors même que son seigneur les connaissait parfaitement. Rien de plus simple que d'échapper aux gardes encore en poste au palais, et c'était avec mépris qu'il les observait depuis l'obscurité, les voyant marcher avec leurs grosses bottes, en parlant d'une voix forte.

Il coinça un paquet d'explosifs entre les solives qui soutenaient les quartiers des soldats, et un dans le toit au-dessus. *D'abord, toujours mettre les soldats hors d'état de nuire.* Il en plaça un autre sur le toit de la salle du trône – acte purement symbolique, d'après son seigneur, mais qui ferait son effet. Il en cacha un autre sous le mur qui menait aux appartements de l'impératrice. Enfin, il positionna le dernier de sorte que les portes blanches du palais exploseraient. Encore un symbole, mais les poutres et la roche, en s'écroulant, empêcheraient quiconque de fuir. Avec la destruction du Palais Blanc, c'était le dernier siège des pouvoirs de la Cité qui disparaîtrait.

Quand son seigneur arriverait avec l'armée triomphante, il n'y aurait que des cadavres pour l'accueillir. Ainsi que Fin Gilshenan, son fidèle serviteur.

La forme gigantesque du Bouclier de la Liberté se découpait sur la droite d'Emly. Elle avait passé la Porte d'Arabie sans incident, et espérait que la Porte du Paradis ne serait plus très loin. Au-delà des remparts, tout était calme. Le paysage s'était réduit à des prairies ondoyantes qui s'étendaient jusqu'aux montagnes, à l'horizon. Depuis qu'elle avait quitté la Porte du Grand Nord, elle n'avait vu aucun signe de l'ennemi. La Cité semblait paisible. Patience et elle surplombaient des maisons et des rues. Même si l'aube était à peine levée, des chevaux, des charrettes et des chariots étaient déjà en action, les gens vaquant à leurs travaux quotidiens, apparemment indifférents à la terreur qui régnait aux Grandes Portes. Em se demanda même s'ils étaient au courant. Elle se souvint de l'impératrice lui disant que la Cité était si vaste que, quand les quartiers sud s'étaient retrouvés envahis et inondés presque un an auparavant, les gens au nord ne l'avaient appris que bien plus tard.

Elle se pencha pour flatter l'encolure de Patience. Elle savait que le grand destrier était capable de voyager tout le jour, mais il n'avait rien mangé depuis leur retour. Quand ils descendraient du rempart, il faudrait qu'elle leur trouve de quoi se nourrir tous les deux. Qu'adviendrait-il de lui une fois qu'ils seraient au palais ? L'enverrait-on mourir à la guerre ? Était-ce là son destin ?

Le soleil était encore bas quand la porte fut en vue. Les bruits de la bataille arrivèrent aux oreilles de la jeune fille, et la peur lui vrilla les entrailles. Elle tira sur les rênes et regarda par-dessus le mur : l'armée ennemie formait une tache sombre sur la prairie. Avaient-ils réussi à pénétrer dans la Cité, comme à la Porte du Grand Nord ? Peu à peu, elle distingua de grandes tours de bois à proximité du rempart. Elle fronça les sourcils. De quoi s'agissait-il ? Dans son état de fatigue, elle ne put que faire des suppositions. Essayaient-ils d'atteindre le sommet des remparts ? Ils en étaient toutefois trop éloignés. L'esprit embrumé, elle ne trouva pas de réponse logique.

Ses yeux la piquaient. Elle devait se secouer : si elle s'endormait, Patience saurait-il où aller de lui-même ? Des hommes coururent vers elle sur le rempart en criant et en agitant les bras. Elle talonna Patience pour le lancer au petit galop. Les soldats saisirent les rênes, mais elle les dépassa et poursuivit son chemin.

Tout à coup, quelque chose la frappa violemment au flanc. Choquée et perplexe, elle baissa les yeux et avisa un trait à empennage planté dans son corps. Qu'était-ce donc ? C'était bien trop court pour être une flèche. Puis elle se laissa tomber, comme dans un puits sans fond. Quelque chose de dur la heurta de plein fouet, et les ténèbres l'engloutirent.

La première des deux déflagrations détruisit les quartiers des soldats et réveilla tout le monde dans le palais – du moins ceux qui étaient en vie. Dans son petit cellier, Valla fut projetée à terre, le corps couvert d'ecchymoses et l'esprit confus. Dans le noir complet, elle ramassa ses vêtements. Elle ignorait totalement ce qui venait de se produire. Son seul souci était le sort de l'impératrice. Elle ouvrit la porte du cellier et fut frappée par une vague de poussière âcre et brûlante. Toussant, suffoquant à moitié, elle s'élança vers les appartements d'Archange. Cherchant son chemin à tâtons, elle se prit les pieds dans les gravats et les cadavres. Les cris et les gémissements des blessés résonnaient à ses oreilles. Quelque chose la frôla ; elle sentit les flancs lisses du gulon contre sa jambe et l'entendit tousser.

L'explosion suivante la projeta à terre. Elle se releva tant bien que mal et constata que le toit s'était en partie effondré. La lumière de l'aube chatoyait au-dessus d'elle, mais elle ne voyait pas où elle se trouvait. Elle tenta de percer du regard les tourbillons de poussière, mais ne reconnut rien. Elle vit alors le gulon qui l'attendait près d'un trou noir dans les débris. Impatient, il faisait des allers et retours. Il semblait savoir où aller. Elle ne put que le suivre avec l'espoir qu'il la conduirait à l'impératrice. Il avança devant elle. Elle lui emboîta le pas avec précaution, grimpant sur des poutres, se faufilant dans d'étroites ouvertures entre les murs effondrés. N'ayant croisé personne, elle craignait d'être le seul soldat encore vivant.

Quand la poussière commença à retomber, elle retrouva son sens de l'orientation et s'arrêta pour regarder autour d'elle. Le gulon allait dans la mauvaise direction. Il descendait.

— Arrête-toi ! ordonna-t-elle.

La créature obéit puis se remit à faire les cent pas. Valla était rongée par l'incertitude. Elle devait rejoindre l'impératrice, mais ne trouvait pas d'accès aux étages. Une autre explosion les secoua. Valla s'accroupit et se couvrit la tête pour se protéger des gravats et de la poussière qui pleuvaient sur elle. *Que se passe-t-il ?* Étaient-ce les canons dont Marcellus avait parlé ?

Le gulon gémit. N'ayant pas d'autre solution, Valla le suivit. Il l'avait déjà menée à bon port par le passé.

Ils se frayèrent un chemin dans le palais en ruine, éclairé çà et là par des rais de lumière poussiéreuse, jusqu'à atteindre l'entrée d'un couloir sombre. Le gulon s'y engouffra sans hésiter. Valla balaya les alentours du regard, essayant de comprendre où ils étaient. Ici, les dégâts étaient moins gros. Elle comprit qu'ils se trouvaient devant l'une des galeries secrètes à l'intérieur de la montagne. Des torches projetant une lueur vacillante étaient toujours sur leur support mural. Elle en prit une et entra à son tour. Le gulon lui fit emprunter d'étroits couloirs, descendre des escaliers, puis ils remontèrent pour déboucher dans une vaste caverne. Valla leva la torche et observa les lieux. L'endroit avait été creusé dans la roche, mais le sol était lisse. D'un côté se trouvait un ascenseur métallique ouvert, relié au plafond sombre, suffisamment grand pour contenir plusieurs hommes. Il était suspendu au-dessus d'un trou, un grand conduit dans la roche. Valla s'avança au bord du gouffre et regarda en contrebas. De l'air froid et humide en remontait. Le gulon monta dans l'ascenseur, qui grinça et se balança doucement. La bête grimpa sur la paroi rocheuse située derrière et se mit à renifler. Elle se demanda quelle piste il avait sentie.

Puis le gulon gronda. Valla fit volte-face, tirant son épée au clair. Un petit homme mince, le dos droit, émergea de l'obscurité. Il avait la peau d'une pâleur mortelle et sa cuisse était entourée d'un épais bandage noir de sang séché. Il brandissait un bâton de phosphore. Tandis qu'elle l'observait, déconcertée, il se pencha et, sans cesser de la regarder, mit le feu à quelque chose à ses pieds. Cela crépitait et semblait ramper sur le sol. Elle se demanda ce que c'était.

L'homme dégaina ensuite deux dagues et inclina légèrement la tête pour la saluer. Valla aurait voulu sourire, mais elle savait que, malgré l'air inoffensif de son adversaire, il devait être pris au sérieux. Il se rua sur elle.

Il était habile, bien plus qu'elle ne l'aurait cru. Rapide comme l'éclair, il maîtrisait parfaitement sa technique. Mais c'était elle qui était munie d'une épée, et il ne lui fallut que quelques instants pour le désarmer puis lui trancher la gorge. Les yeux écarquillés, il recula d'un pas chancelant, le sang s'écoulant à gros bouillons de la plaie. Il finit par entrer dans l'ascenseur ouvert et y resta, les mains sur son cou, les doigts recouverts d'un sang noir.

La cinquième explosion résonna alors. Les vibrations secouèrent la caverne et firent pleuvoir des cailloux. Le petit homme tomba à genoux. Pendant un moment, rien ne se produisit. Puis l'ascenseur, enfin libre de mourir, plongea brusquement dans les ténèbres, sans le moindre bruit.

Rengainant son épée, Valla se rendit compte qu'après la chute de l'ascenseur le gulon était coincé sur une étroite saillie, sur le mur du fond. L'animal courait dans un sens puis dans l'autre, mais ne trouvait aucune issue. Il regarda au fond du conduit, puis Valla, de l'autre côté du trou. Ses yeux jaunes brillaient intensément dans la lumière de la torche. Il gémit.

Valla n'avait aucun moyen de l'atteindre. Elle prit la torche posée au sol et la brandit. Elle chercha autour d'elle et, par terre, avisa une perche métallique rouillée. Elle la ramassa. Malgré son poids, elle parvint à la placer en travers de la cage, une extrémité posée sur la saillie. Le gulon la renifla. Valla l'appela pour le faire courir le long de la perche, mais il s'assit. Impatiente de rejoindre l'impératrice, elle fit mine de s'éloigner. Aussitôt, le gulon hurla à la mort. Elle s'arrêta et fit demi-tour. Elle ne pouvait pas l'abandonner. Enfin, il posa une patte sur la perche rouillée. Valla s'accroupit pour tenir l'autre bout afin qu'elle ne roule pas. Tout à coup, le gulon traversa en courant le pont précaire. L'autre extrémité, sur la saillie, se déplaça sous les pas de l'animal et bascula dans le vide. La bête aurait suivi le même chemin si Valla n'avait pas tendu les bras au-dessus du trou pour saisir sa fourrure huileuse, puis une patte avant. Il gratta furieusement des pattes arrière, et elle parvint enfin à le mettre en sûreté.

Le gulon, nerveux, s'éloigna d'elle en bondissant puis se roula par terre, avant de retourner dans le tunnel toujours en sautant. Valla sourit.

Elle se précipita vers la flamme que le petit homme avait allumée. Elle crépitait toujours le long d'une mèche. Elle la suivit et découvrit que celle-ci était reliée à un paquet de cylindres maintenus ensemble. Valla se demanda ce que c'était. Elle regarda la flamme progresser. Quand celle-ci se rapprocha du paquet, elle l'éteignit en la piétinant. Après coup, elle eut l'idée de faire disparaître d'un coup de pied tout ce matériel dans la cage d'ascenseur.

Elle se retournait pour suivre le gulon quand une voix l'appela :

— Valla !

Elle tira son épée au clair. Une silhouette accourait vers elle dans le halo de lumière projeté par la torche. C'était Thekla, la petite-fille de l'impératrice.

— Valla, tu dois m'aider ! s'écria-t-elle en se tordant les mains. Aide-moi à sauver Archange !

Se sentant coupable de s'être laissé distraire, Valla rengaina son épée. Thekla poussa un cri et se pencha vers l'avant, comme si elle souffrait.

— Que se passe-t-il ? demanda Valla en l'attrapant par les épaules. Êtes-vous blessée ?

Elle ne vit pas la mince dague que Thekla sortit des plis de ses jupes. La femme, qui après tout était chirurgienne, la frappa en plein cœur. Valla n'eut pas le temps de prier pour qu'Aduara l'accueille. Elle mourut avant même de tomber sur le sol. Thekla essuya sa lame sur la veste du soldat et la rangea. Puis elle s'accroupit, fit rouler le corps au bord du gouffre, et l'y fit basculer.

Couteau Affûté était une montagnarde dont la tribu, comme celle des Tanaree et des Tuomi, vivait depuis des millénaires sur les hauts sommets, au-delà des plaines de la Cité. Ils se faisaient simplement appeler les Fsaan, ce qui signifiait « le Peuple ». Une fois, ils durent affronter un terrible ennemi. Toute leur attention, toute leur vigueur et tout leur appétit furent consacrés à chasser leurs adversaires. Finalement vaincus, ils avaient été réduits en esclavage puis, quand la guerre mina les ressources de la Cité, celle-ci les abandonna. Il ne resta que quelques poches où vivait le Peuple, profondément enfoncé dans les montagnes des Arbres Noirs, menant une existence frugale et précaire.

En dépit de son nom, Couteau Affûté était une bonne chevrière, comme l'avaient été ses ancêtres d'aussi loin que les plus anciens de sa communauté s'en souvenaient. Elle utilisait son couteau pour égorger ses animaux, quand c'était nécessaire, et non ses ennemis. Mais c'était une créature féroce, et elle eut besoin de toute la force et la ténacité qu'elle put rassembler quand, un hiver, deux années auparavant, les derniers survivants du Peuple furent contraints, affamés, de quitter leurs maisons et de fuir les armées assoiffées de sang de la Cité. Ils étaient descendus des montagnes pour aller chercher du secours dans le dernier endroit où ils auraient pensé se rendre un jour : la Cité elle-même.

Chaque jour, Couteau Affûté se battait pour sa famille, de toutes les manières possibles. L'hiver, elle volait de la nourriture et des vêtements, massacrait des chiens et des rats quand elle y était obligée, et trouvait de temps à autre du travail, souvent jupes retroussées. Malheureusement, pour survivre, une femme se devait d'utiliser toutes ses ressources. Elle savait que son œil d'un blanc iridescent, qui lui venait de sa petite enfance, effrayait les habitants de la Cité, ignorants et stupides. Le Peuple savait qu'un œil nacré était un signe de sagesse mystique. Certains jours, si elle avait une chance d'obtenir un travail, elle mettait un cache œil. Parfois, elle se disait qu'elle ferait mieux de se le faire enlever, car il n'était pas rare, dans ce lieu où la guerre avait sévi, de croiser des gens ayant un œil, une jambe ou un bras en moins.

Ce jour-là, elle comptait ses gains, assise sur le mur nord de la Porte du Paradis, loin des combats. Le regard tourné vers les montagnes recouvertes de forêts denses, à l'est, elle se remémora le parfum puissant de la sève et sentit presque la couche souple d'aiguilles sous ses pieds nus. Ses dieux vivaient dans les nuages qui apportaient la pluie nourricière, dans le soleil grâce auquel les cultures poussaient, et dans le sang qui véhiculait la vie. Elle ne les avait pas oubliés, même si elle avait quitté ses terres. Une décision qu'elle regrettait chaque jour.

Elle vit un cavalier à l'approche. Une vision rare sur les remparts. Elle s'étonna davantage lorsque la bête la dépassa et qu'elle remarqua que c'était une femme qui la montait.

Sous ses yeux, alors même qu'elle songeait combien il était imprudent de s'aventurer si près des hautes tours ennemies, la cavalière sursauta, comme en réponse à ses pensées, puis s'effondra sur sa selle. Le grand étalon s'arrêta à quelques pas de l'endroit où Couteau Affûté était assise. La cavalière tomba à terre comme un paquet de linge. Le cheval avança au trot avant de s'arrêter de nouveau, désorienté.

Couteau Affûté se leva. Elle rejoignit la femme, une lame à la main, même si la nouvelle venue semblait morte en plus d'avoir l'air inoffensive. Néanmoins, quelqu'un qui était propriétaire d'un tel cheval devait posséder d'autres objets de valeur. Elle fouilla le corps, à la recherche de quelques pièces, mais ne trouva rien. La femme, qui était en réalité juste une jeune fille, sentait la sueur, le cheval et la peur. Elle était pieds nus, comme une pauvre. Comme Couteau Affûté. Une flèche était profondément enfoncée dans son flanc.

Puis la cavalière ouvrit les yeux.

— Aidez-moi, souffla-t-elle.

Couteau Affûté ne pouvait rien faire. Elle contempla le sang qui formait une mare sur les pavés. Une telle blessure serait forcément fatale. Et ce n'était pas la pire mort. La fille parla de nouveau. Couteau Affûté se pencha sur elle.

— Le voile, murmura la fille. À l'impératrice.

Pâle comme la glace, elle la regarda de ses yeux noirs implorants.

Ces propos étaient incohérents. Couteau Affûté se releva. Peut-être pouvait-elle attraper le cheval... La fille la retint faiblement par l'ourlet de sa jupe.

— Je vous en prie...

Couteau Affûté s'accroupit de nouveau.

— Toi vouloir quoi ? demanda-t-elle à contrecœur, car les souhaits des mourants étaient sacrés.

— Il y a un voile, dans mon sac. Il appartient à l'impératrice, expliqua la fille d'une voix haletante, les yeux écarquillés, la respiration douloureuse. Il faut le lui rendre. Il le faut. S'il vous plaît. Prenez le cheval.

Ses paupières se fermèrent. Elle ne dit plus un mot.

Couteau Affûté regarda la montagne où vivait l'impératrice. C'était un long trajet. Elle observa le cheval, qui la regarda lui aussi. Elle se releva et s'avança vers lui. Il recula. Elle tendit la main et émit des bruits rassurants, comme elle l'aurait fait avec une de ses chèvres. Elle ne connaissait rien aux chevaux. La main toujours tendue, elle s'approcha de l'animal tremblant, prêt à prendre la fuite. Doucement, elle décrocha un vieux sac de toile de la selle. L'étalon s'ébroua et s'éloigna en trottant. Couteau Affûté fouilla dans le sac empli de vieux vêtements sales. Tout au fond, elle trouva un châle ou une étole. Elle le sortit. C'était un bout de tissu abîmé, grisâtre et froissé. Elle s'apprêtait à le laisser tomber et à s'éloigner quand un rayon de lumière matinale accrocha son regard. Elle tint le voile devant elle. Le soleil apparut au même moment, rendant toute sa beauté à l'objet. Elle vit la fine dentelle, les scintillements dorés, puis les animaux qui faisaient la ronde : un chien, un cheval, un poisson. C'était là une pièce magnifique, qui valait sûrement un joli pécule, se dit-elle, les yeux plissés. Peut-être l'impératrice lui offrirait-elle une récompense. On disait que cette femme était chamane. Elle se montrerait peut-être reconnaissante envers elle.

Elle fourra le voile dans son propre sac et se mit en route. Lorsqu'elle jeta un coup d'œil en arrière, elle vit que l'imposant destrier, retourné auprès de la fille morte, la poussait du museau.

Chapitre 47

— Pourquoi devez-vous vous rendre au Palais Blanc, seigneur ? demanda Rubin tôt ce matin-là en aidant Marcellus à enfiler son pantalon de cavalier en cuir.

Malgré la douleur que lui causait encore sa blessure et le sang qui s'infiltrait à travers les bandages, il s'était déclaré apte à chevaucher. Il avait confié à Langham Vares et à Darius la défense de la brèche de l'Adamantin pour se diriger vers le Bouclier de la Liberté.

Il afficha un air renfrogné, le visage livide dans la pâleur de l'aube.

— Ne remets pas en cause mes décisions, mon garçon, gronda-t-il.

Rubin se le tint pour dit. Il referma la veste de cuir souple de son seigneur sur sa chemise tachée de sang et en attacha les lanières.

Après un moment de silence menaçant, Marcellus soupira.

— C'est le destin qui m'oblige à me traîner là-bas, avoua-t-il, tracassé. (Il ne s'était pas rasé ; ses yeux étaient cernés de noir.) Je le sens jusqu'au plus profond de mon être, et je n'y peux rien.

Il fit rouler ses épaules pour détendre ses muscles, qui seraient mis à mal pendant la chevauchée.

Mais c'est ici que se joue la bataille pour la Cité, songea Rubin. *Qu'est-ce qui peut être plus essentiel que cet instant, cet endroit ?*

Comme s'il avait parlé tout haut, Marcellus répondit :

— Le Serafia est presque sans défense, à présent. Je crains qu'Hammarskjald ne convoite le fils de Rafe et espère que je serai retenu ici pendant qu'il l'enlèvera.

— Le bébé ? Pourquoi ?

C'était la première fois que Marcellus mentionnait l'enfant. Il n'avait jamais demandé à Rubin comment s'était déroulé le sauvetage de Fiorentina des ruines du Palais Rouge, sauf pour s'assurer qu'elle et l'enfant à naître étaient toujours en vie.

— C'est la descendance d'un reflet. Un événement sans précédent. (Marcellus s'interrompit, plongé dans ses réflexions. Son visage était strié de rides profondes, et il avait les traits tirés.) Certains craignent que ce soit un monstre. Mais je pense qu'il sera plus puissant que n'importe lequel d'entre nous.

— Hammarskjald a-t-il prévu de le tuer ?

Dans ce cas, lequel des deux serait le monstre ?

Marcellus secoua lentement la tête.

— Peut-être. La roue de l'histoire tourne et écrase toutes les certitudes que nous avions jusqu'alors. Si je connaissais les pensées de cet homme, nous n'en serions pas là aujourd'hui. (Il ramassa son ceinturon.) Allons-y.

Au cours de la matinée, à mesure que leurs montures se rapprochaient de la montagne, l'humeur de Marcellus se dégrada encore. Rubin l'observait régulièrement à la dérobée : il avait le teint couleur de cendre, la peau recouverte d'un film de sueur. Toute proposition de faire une pause était furieusement rejetée. Marcellus les força à continuer.

Quand, à l'aube, une série d'explosions secoua le Palais Blanc et résonna à travers la Cité, les chevaux, effrayés, se cabrèrent et ruèrent. Leurs cavaliers luttèrent pour les maîtriser. Marcellus murmura des paroles rassurantes à sa monture, qui se calma. Tous regardèrent vers le sommet du Bouclier, enveloppé de nuages. Marcellus accéléra l'allure.

La garnison qui se trouvait au pied de la montagne paraissait abandonnée. Rubin tira sur les rênes de son cheval et se dressa sur ses étriers pour observer les environs, surpris par le changement qui s'y était opéré en seulement quelques jours. Les cahutes de bois semblaient désertes, les enclos vides. Des chiens errants se déplaçaient furtivement dans l'ombre. Les immenses portes de bronze étaient grandes ouvertes, sans personne pour les surveiller. Marcellus garda le silence, mais arborait un visage sombre lorsqu'il les franchit puis grimpa le long du Sentier des Coquillages. Une fois en haut, ils trouvèrent les portes du Palais Blanc éclatées, comme frappées par le marteau d'un géant. Au-delà, Rubin ne vit que des ruines. L'air était empli de poussière. Au travers, il ne distingua que des soldats morts ou blessés, étendus dans la grande cour. Rien ne bougeait. Il se demanda ce qui avait pu provoquer de tels dégâts, et s'il était possible qu'il y ait des survivants. Il songea à Valla et à Elija. La peur lui noua le ventre.

Ils firent trotter leurs chevaux dans la cour. Rubin entendit fuser les ordres. Aussitôt, des gardes armés s'élancèrent à leur rencontre. Maculés de sang, sales, les yeux irrités, certains d'entre eux étaient blessés, mais ils firent bloc pour barrer le passage aux cavaliers, prêts à défendre les ruines du palais.

— Que s'est-il passé, ici ? demanda Marcellus en tirant sur les rênes de son cheval et en se redressant pour la première fois depuis des heures.

(Il examina les défenseurs un par un, puis aboya :) Laudric ! Toi, tu me reconnais.

— Oui, seigneur, répliqua en s'avançant un soldat costaud à la barbe fournie. Ça s'est passé avant l'aube, seigneur. On a entendu comme un coup de tonnerre, suivi d'un tremblement de terre terrible. (Il regarda ses camarades pour recueillir leur approbation.) Nous craignons que les dieux soient en colère.

Marcellus ricana.

— Pourquoi n'y a-t-il personne posté aux portes de bronze ?

— Les gardes qui y étaient ont déserté comme des chiens. (Laudric toussa et cracha par terre.) C'était il y a deux jours. Les habitants du village au pied de la montagne ont pris la fuite, catins et colporteurs compris. Ayant entendu dire qu'une brèche avait été percée dans la Porte du Paradis, ils ont eu peur de l'armée ennemie et de l'épidémie qu'elle répand. Quant aux gardes de la porte, ils ont disparu la nuit suivante.

— Bande de lâches ! gronda Marcellus. Les a-t-on pourchassés ?

— Non, seigneur, nous sommes trop peu nombreux. Nous avons reçu l'ordre de rester pour protéger l'impératrice. (Il se racla la gorge pour en déloger la poussière.) Seigneur, nous avons également reçu l'ordre… (Il s'interrompit et s'empourpra. Saisissant la poignée de son épée, il jeta de nouveau un coup d'œil à ses camarades.) Nous avons reçu l'ordre de vous arrêter, seigneur.

Marcellus émit un petit rire, l'air glacial.

— Des soldats de la Cité désertent le Bouclier et demeurent impunis, mais vous avez reçu l'ordre d'arrêter son fils le plus loyal ?

Avant que Laudric puisse répliquer, Marcellus leva la main. Il sourit et parla d'une voix moins forte, adoptant un ton aimable et chaleureux :

— Laudric, tu as été toute ta vie au service de la Cité. (L'homme avait les yeux rivés sur ceux de son seigneur.) Tu as combattu dans les rangs de la Quatorzième Serpentine, comme ton père Arrian et ton grand-père, Beran, qu'on appelait la Main de Sang. Il fut une époque, sur le champ de Saris, où je commandais la Quatorzième. T'en souviens-tu ?

Laudric acquiesça et ôta la main de son épée.

— Souhaites-tu vraiment en arriver là, le jour où se joue l'avenir de la Cité ? Veux-tu vraiment qu'un combat éclate entre tes hommes et les miens ?

— Non, seigneur.

Marcellus les congédia d'un geste de la main. Visiblement soulagés, les gardes hébétés et épuisés s'écartèrent sur le côté. Marcellus talonna son cheval et la bête avança. Alors qu'ils traversaient la cour, leurs montures s'ébrouant, Rubin remarqua que les dépendances du palais étaient en ruine, mais que le corps principal, malgré de gros dégâts, tenait encore debout.

Les murs, inclinés, étaient fissurés ; les ponts et balcons délicats s'étaient effondrés, tout comme certaines parties du toit, à en juger par les amas de poutres et de tuiles brisées qu'ils trouvèrent en chemin. Un incendie avait également éclaté, car par endroits les murs de pierre étaient noircis, et de la fumée se mêlait à la poussière dans l'air. Des soldats grimpaient sur les débris, soulevaient du bois et des pierres. On tira un corps écrasé et inanimé des ruines.

— Qu'est-ce qui a provoqué ça ? s'enquit Rubin, mais Marcellus ne répondit pas.

Les chevaux ne pouvant aller plus loin, les hommes furent contraints de mettre pied à terre. Devant eux se dressait un tas de gravats : ce qui restait des baraquements des soldats. On ne pouvait pas le contourner, il fallait passer par-dessus, mais les décombres étaient toujours en équilibre précaire. Sous leurs yeux, un morceau de roche de la taille d'une maisonnette bascula et dégringola pour s'écraser sur une grosse poutre de charpente, qui elle-même roula en emportant d'autres débris. S'ensuivit un glissement de gravats le long de la montagne, dont le fracas résonna dans les rochers en contrebas. Les soldats grimpés sur l'amas de ruines se pétrifièrent au moment de la chute, puis reprirent leur travail. Apparemment, ils n'avaient guère le choix.

Marcellus ne se laissa pas impressionner. Il regardait loin au-delà du tas. Rubin suivit son regard et distingua un large escalier qui menait au centre du palais.

— Apporte le coffret ! ordonna Marcellus.

Rubin prit dans son sac, sur sa selle, la boîte blanche sculptée qu'on lui avait confiée. Une fois de plus, il se demanda ce qu'elle contenait, en quoi elle était précieuse au point que son seigneur en ait l'usage dans ce lieu de désolation. Il mit son sac sur son dos.

Marcellus devait à tout prix entrer dans le palais, ce besoin était presque palpable. Suivi de ses hommes, il entreprit l'escalade des décombres. Le chemin était périlleux, même pour les plus en forme, car la pierre était meuble sous leurs pieds et la poussière dense rendait l'air irrespirable. Lorsqu'ils longèrent un mur dangereusement incliné, puis marchèrent sur des poutres brisées qui menaçaient de céder sous leur poids, Rubin sentit la peur l'envahir. Une fois à mi-chemin du sommet, il se rendit compte que Marcellus faiblissait. Il transpirait, le visage gris et le souffle rauque. Seule sa volonté de fer le faisait avancer. Contaminés par son sentiment d'urgence, ses hommes poursuivirent leur chemin et durent s'arrêter pour l'attendre. Rubin savait que ce devait être un coup cruel porté à son orgueil. Quand Marcellus arriva au sommet de l'amas de gravats, une pierre roula sous sa botte. Il tomba maladroitement sur un genou, déclenchant un petit éboulis.

Il s'immobilisa et prit le temps de respirer. Le capitaine de sa garde, jamais loin, glissa la main sous le coude de son seigneur pour le stabiliser et l'aider à se relever. Marcellus fit volte-face et l'injuria copieusement. L'homme recula, impassible.

Mû par la rage, Marcellus se remit en route. D'abord soulagés d'avoir atteint l'escalier, ils constatèrent rapidement qu'il était obstrué, plus haut, par un pan de mur effondré. Il fallait encore grimper pour le franchir.

À l'intérieur du palais, la situation était pire. Dans le silence lugubre et poussiéreux, ils entendirent les supplications, grognements et gémissements des hommes et des femmes écrasés par les décombres. Les chances de pouvoir les secourir étaient infimes : Rubin supposa qu'il faudrait de nombreux hommes forts pour soulever les gros blocs de marbre et d'albâtre. Les survivants, soldats et domestiques, allaient et venaient en portant de l'eau, des civières et du matériel médical à ceux qu'ils pouvaient aider.

Enfin, ils se retrouvèrent dans un large couloir, presque intact. Des dizaines de soldats morts ou blessés, tous recouverts d'une épaisse couche de poussière, gisaient sur le sol ou étaient affalés contre les murs. La seule différence entre les morts et les vivants était que ceux qui s'accrochaient à la vie continuaient à saigner. Rubin se pencha pour inspecter chacun d'entre eux au passage, redoutant de trouver Valla morte ou moribonde. Il s'attarda pour venir en aide à un homme dont les jambes avaient été broyées, qui le suppliait de lui donner de l'eau.

— Rubin ! aboya Marcellus.

Le jeune homme ignora la détresse du soldat et poursuivit son chemin en accélérant le pas.

Heureusement, la poussière étouffante était moins présente à mesure qu'ils montaient. Ils débouchèrent à l'extérieur, respirant un air plus frais. Rubin tendit le cou. Au-dessus d'eux, une forme incurvée noire, appartenant à une imposante structure, se découpait contre le ciel. Il ne savait pas ce que c'était. Il suivit Marcellus qui marchait à pas lents et grimpa les dernières marches pour atteindre le bord d'une immense plate-forme circulaire. Il regarda autour de lui, essayant de comprendre ce qu'il avait sous les yeux. Le carrelage en damier noir et blanc était recouvert d'une couche épaisse ressemblant à de la glace. Il y faisait frais et le silence régnait. Au-delà du bord de la plate-forme, seuls des nuages gris étaient visibles. Rubin frissonna. On aurait dit qu'ils étaient arrivés sur le toit du monde.

Il observa Marcellus, qui déclara brusquement :

— La salle du trône.

Rubin découvrit avec étonnement une lueur de satisfaction dans son regard tandis qu'il évaluait l'ampleur des dégâts.

Les murs de la grande salle s'étaient effondrés. Seul un pan tenait encore debout, sur leur gauche. Sur leur droite, une vingtaine de gardes du palais flanquaient un grand trône blanc à l'autre bout de la plate-forme. Là, enveloppée de châles, assise sur de riches coussins, se trouvait Archange, entièrement vêtue de noir, ses cheveux blancs dénoués. Seule une femme, en robe dorée, lui tenait compagnie. Rubin scruta les visages des soldats, à la recherche de Valla, mais ne la vit pas. On lui avait dit qu'elle ne quittait jamais l'impératrice, alors pourquoi n'était-elle pas là ? Sans perdre espoir, il continua à fouiller les visages du regard.

Marcellus s'avança. La glace craqua sous ses bottes. Rubin se rendit compte que c'étaient en réalité des millions d'éclats de verre qui scintillaient dans la lumière diffuse.

Marcellus et Archange se regardèrent. Aucun chant d'oiseau, aucun bruit n'émanait des ruines du palais en contrebas, pas même le souffle d'une brise. La brume grise étouffait tout. Quelque part au loin, un chien aboya une fois, puis ce fut le silence.

Marcellus prit la parole :

— Eh bien, Archange, s'écria-t-il, quel chantier !

Il avait parlé d'une voix claire et forte. Seuls Rubin et ses hommes voyaient la tache écarlate luisante sur sa veste.

Comme l'impératrice, indifférente, ne disait rien, Marcellus poursuivit :

— Je suis venu chercher le Voile du Gulon.

Il fit signe à Rubin, qui s'avança avec le coffret. C'était un bel objet en bois blanc brillant, décoré de silhouettes sculptées qui dansaient et volaient, et dont le couvercle était fermé par une minuscule attache dorée.

Archange ne répondit pas, mais une voix profonde tonna avec jubilation :

— Elle ne l'a pas, espèce d'idiot !

Ce ne fut qu'à ce moment-là que Rubin remarqua le grand homme assis en tailleur au pied du seul pan de mur encore debout. Malgré son âge mûr, il se leva avec grâce et ramassa l'épée qui gisait à côté de lui.

— Hammarskjald ! s'exclama Marcellus, comme s'il saluait un ami perdu de vue depuis longtemps. Je me doutais que tu serais là ! Est-ce à toi que nous devons tous ces dégâts ?

— En effet, gronda l'homme.

Il rengaina son épée comme si, malgré la présence de tous les hommes armés, il n'allait pas en avoir besoin. Il portait l'uniforme dépareillé des mercenaires. Ses cheveux en bataille d'un roux grisonnant et sa barbe foisonnante étaient tressés. Grand, les épaules larges, il paraissait tout à fait à son aise dans cette salle, se croyant visiblement chez lui.

Voici donc le fameux Hammarskjald, chef de l'armée ennemie, songea Rubin. Il devait être bien arrogant pour oser se présenter seul ici. Tous les soldats, même Marcellus, en état de faiblesse, semblaient écrasés par la présence de l'homme. Cet homme avait-il, comme son seigneur, le pouvoir de massacrer les gens à distance ? Rubin frissonna, sentant la peur l'envahir. Il craignait d'être témoin d'un autre carnage.

— Et cette épidémie dont j'ai entendu parler ? demanda Marcellus avec sa familiarité et son amabilité coutumières. Elle porte ton empreinte sanglante.

Il semblait détendu en présence de son ennemi, comme s'ils discutaient des mérites d'un pur-sang ou du prix du bois. À le voir ainsi, pensa Rubin, on n'aurait jamais cru qu'il était grièvement blessé, peut-être à bout de forces.

— Oui, répondit Hammarskjald.

— Il faudra que tu m'en dises plus à ce sujet, un jour. En attendant, dit Marcellus en jetant un coup d'œil perçant à Archange avant de revenir à l'homme, est-ce toi qui as le Voile du Gulon ?

— Non, répliqua l'autre. (Il s'avança à grands pas jusqu'au bord de la plate-forme et regarda la brume en contrebas.) Personne ne l'a, ajouta-t-il en donnant un coup de pied dans un morceau de verre avant de l'écouter tomber.

Captivé par son aura et l'impression d'invulnérabilité qu'il dégageait, Rubin gardait les yeux rivés sur lui. Il parvint à en arracher son regard et vit que les autres hommes armés observaient eux aussi Hammarskjald. Ils savaient qui était en position de force. En observant les épaules massives du guerrier, les cheveux et la barbe nattés, Rubin se rendit compte qu'il avait déjà vu cet homme.

Hammarskjald se retourna vers Marcellus, comme s'il avait un moment oublié sa présence.

— Le voile a été dérobé par un soldat renégat qui est parti au nord, avec l'armée de Marcus. Il a disparu au Vorago. Une grande victoire a été remportée, là-bas. (Il s'interrompit et ajouta, avec un sourire carnassier :) Par mon armée, évidemment.

— Dans ce cas, que fais-tu ici, Hammar ? Tu es juste venu te gausser ? demanda Marcellus. (Sous ses manières affables, Rubin perçut la tension dans sa voix et se demanda combien il lui en coûtait pour maintenir l'illusion qu'il était en pleine possession de ses moyens.) Tu dois bien avoir conscience que jamais tu ne quitteras cette montagne vivant.

Sur ces mots, ses hommes tirèrent leurs épées au clair.

Hammarskjald les ignora et répondit :

— Je suis venu pour l'enfant. (Il se tourna vers l'impératrice.) Donne-moi le morveux, Archange, et je jure que mon armée et moi nous lèverons le camp et quitterons la Cité. C'est tout ce que je désire. L'avenir de la Cité et de tous ses habitants, contre un nourrisson.

Enfin, Archange s'anima. Comme s'il n'y avait eu aucun échange, ou qu'elle ne soit pas concernée, elle fit remarquer :

— Tu es blessé, Marcellus.

Sa voix était rauque et Rubin la trouva fragile. Pourquoi attirait-elle l'attention sur ce point ? Marcellus était pourtant son allié, non ?

Ce dernier en fit peu de cas.

— Ce n'est qu'une égratignure.

Hammarskjald s'avança au milieu de la salle, donnant des coups de pied dans les bris de verre comme si c'étaient des feuilles mortes. Il observa Marcellus avec intensité, comme s'il jaugeait sa force, puis son regard s'attarda brièvement sur Rubin. À son tour, Hammarskjald sembla le reconnaître. Puis Rubin se souvint : l'ennemi légendaire était l'homme à la cheville blessée qu'il avait rencontré dans les égouts le Jour des Offrandes. Un homme qu'il regrettait d'avoir abandonné à la mort. Était-ce bien lui ? Comment était-ce possible ? Ils s'étaient vus dans la pénombre et s'étaient à peine parlé, mais Rubin se remémora l'apparente insouciance dont l'homme avait fait preuve face à sa situation désespérée, ainsi que sa satisfaction lorsqu'il avait appris que le Palais Rouge n'était qu'un amas de ruines. « Qui bâtit un palais sur une rivière ? je te demande un peu. Il faut être complètement idiot. » Voilà ce qu'il avait dit.

— Où est-il, femme ? demanda Hammarskjald à l'impératrice. Mes agents ont fouillé le palais. L'enfant n'y est pas. Où les as-tu cachés, la mère et le fils ? Ils se trouvent quelque part sur cette maudite montagne.

Sa voix avait pris un ton menaçant, mais Archange ne semblait pas l'entendre et s'affairait à resserrer ses châles autour de ses épaules pour se protéger de la fraîcheur matinale. Compatissant, Rubin frissonna – de peur ou de froid, il n'aurait su le dire. Il observa les trois ennemis mortels : Marcellus et Hammarskjald, tous deux confiants et détendus, et Archange, indifférente. Il savait que chacun d'eux jouait un rôle, pour les spectateurs et pour eux, mais il les soupçonnait, au fond d'eux-mêmes, d'y prendre du plaisir. Il comprit que, alors que l'avenir de la Cité dépendait d'eux, ils se livraient à un petit jeu familier, auquel ils avaient déjà joué à d'autres époques, dans d'autres lieux, bien que les conditions et les enjeux se soient modifiés au fil des siècles. Ce jour-là, ils mettaient en péril la vie de tous les habitants de la Cité pour pouvoir s'approprier un enfant, et quoi ? un vulgaire bout de tissu ? Aucun d'entre eux n'avait le voile, si l'on pouvait faire confiance à Hammarskjald, mais qui, de Marcellus ou d'Archange, avait le bébé ?

Hammarskjald dévisagea longuement l'impératrice puis décida de changer de tactique.

— Thekla ! appela-t-il.

La femme aux côtés d'Archange s'éloigna de l'impératrice et traversa la plate-forme. Rubin vit que c'était la chirurgienne au ton incisif qu'il avait rencontrée à l'hôpital, quand il était à la recherche de Valla. Elle avait troqué sa tenue grise pour une robe fourreau dorée qui paraissait incongrue à côté des soldats épuisés et crasseux qui se trouvaient dans la salle du trône en ruine. L'impératrice la regarda, impassible, tandis que la joueuse qu'elle croyait son alliée rejoignait son adversaire.

— Elle n'a rien voulu me dire, mon amour, dit Thekla à Hammarskjald d'une voix qui ressemblait à un chant d'oiseau mélodieux après une longue nuit. La vieille chouette prétend ne rien savoir au sujet de la progéniture du reflet. J'ai essayé de la faire parler, mais elle est têtue, en plus d'être méfiante.

Elle jeta un regard méprisant à l'impératrice.

Hammarskjald lui prit la main et la porta à ses lèvres. Ils formaient un couple mal assorti, lui dans sa tenue sale dépareillée, elle dans son fourreau de soie, avec ses perles chatoyantes dans la lumière renvoyée par les bris de verre. Elle avait manifestement choisi sa toilette avec soin, pour ce jour, pour cet homme, comme si la mort et les décombres qui l'entouraient comptaient moins que son apparence.

— Que s'est-il passé, ici ? lui demanda Hammarskjald. Fin Gilshenan a échoué. Le palais est encore en grande partie debout.

— Ses plans ont été contrariés par une guerrière, répondit Thekla. Elle l'a tué avant qu'il puisse achever sa tâche.

— Alors heureusement qu'il est mort, sinon je l'aurais étripé moi-même.

En les regardant tous les deux, Marcellus secoua la tête et émit un petit rire.

— Ces femmes Vincerus, Hammar, qu'ont-elles de si spécial ? Tu ne peux pas les laisser tranquilles, même après tout ce temps ? Elles provoqueront ta chute, tu peux me croire. Elles ne valent rien, à l'exception de Saroyan. C'était la seule qui était intelligente.

Thekla se tourna vers lui, sa jolie voix désormais pleine de venin :

— Pourtant, tu l'as condamnée à mort ! Tu vas le payer ! cracha-t-elle. Le chant qui relatera ta mort sera sans fin.

Marcellus haussa les épaules.

— Vous voyez ? Elles sont toutes bonnes à enfermer ! lança-t-il à la cantonade. Une nuit, elle se glissera furtivement auprès de toi et te plantera un couteau dans le dos, dit-il à Hammarskjald. Ou pis.

Il fit un clin d'œil.

C'est donc ça, être un Serafim ? songea Rubin. *Se vanter, se pavaner comme des vendeurs de rue tandis qu'en bas des soldats loyaux saignent, gisent écrasés, et que dans la Cité les gens meurent dans d'atroces souffrances ? C'est à ça que leur grand pouvoir est réduit ?*

Depuis qu'il avait entendu pour la première fois le mot « Serafim » dans la bouche de son père, et compris le poids de l'héritage qu'il portait, Rubin avait glané toutes les informations qu'il avait pu trouver sur ces êtres mystérieux. Il avait harcelé de questions sa mère et ses professeurs, collecté des indices et des références absconses dans les livres, et conservé précieusement les bribes de renseignements que son père, malgré son indifférence, laissait parfois échapper. Marcellus avait répondu à nombre de ses interrogations, mais il gardait les lèvres scellées sur l'origine de son peuple et la nature exacte de ses pouvoirs.

À présent, Rubin se tenait parmi eux, et découvrit qu'ils ne lui inspiraient que du mépris. Il avait été horrifié par le massacre que Marcellus avait perpétré sur ses ennemis, tout en l'acceptant comme une abominable nécessité. Mais là, c'était pis. Pour la première fois, il voyait Marcellus se comporter avec ses pairs. Pour la première fois, en regardant son seigneur, il ressentit de la honte.

Marcellus se tourna vers Archange.

— Ce doit être le grand âge, cousine, qui t'a incitée à baisser la garde face à ce putois enragé.

Thekla plongea sur lui en poussant un cri de fureur. En deux pas vifs, Hammarskjald la rattrapa et lui saisit le poignet. Les hommes de Marcellus se postèrent aussitôt devant lui, mais il lâcha un ordre et ils battirent en retraite. Hammarskjald souffla quelques mots à sa compagne en la tenant contre lui, une main sur sa taille. Elle hocha la tête avant de gratifier Marcellus d'un sourire glacial.

— Donc, conclut Marcellus en frappant l'une contre l'autre ses mains protégées de gantelets. (L'atmosphère de haine et de malveillance qui régnait dans la salle semblait le revigorer.) On dirait bien que nous sommes dans une impasse.

— Pas du tout, répliqua Hammarskjald. D'ici à quelques jours, mon armée aura conquis la Cité et répandu une redoutable épidémie, mortelle pour tous ceux qui vivent entre ses remparts. (Il s'interrompit pour laisser ses propos pénétrer les esprits.) Moi seul peux empêcher cela. Avez-vous réellement l'intention de condamner la Cité tout entière, pour un seul enfant ?

Archange s'éclaircit la voix et, pour la première fois, s'adressa à lui :

— Et toi, condamnerais-tu tant de gens à une mort terrible, pour un seul enfant ?

Alors que le silence s'éternisait, Rubin tentait de comprendre. Les Serafim vivaient très longtemps, même si personne ne savait exactement combien de temps, car on ne connaissait aucun Serafim mort de vieillesse. C'était du moins ce que Marcellus affirmait. Mais, quand on mène une si longue existence, quand on est doté de pouvoirs semblables à ceux des dieux, qu'on peut utiliser pour obtenir tout ce que l'on souhaite, considère-t-on qu'il y a encore quoi que ce soit qui vaille la peine ? Auprès de qui faire valoir ses réussites, hormis ceux, peu nombreux, qui vous sont semblables ? Au fil des ans, les Serafim s'étaient disputés au sujet des terres, des armées, des frontières, des châteaux, de l'or, des concubines, et du Voile du Gulon. Tout cela pour désigner qui, parmi les trois, prendrait l'avantage sur les autres. *Hammarskjald utilise sa force composée de dizaines de milliers de guerriers pour menacer la Cité d'Or, dans l'espoir de mettre la main sur le bébé de Fiorentina*, songea Rubin. *Un coup de dés risqué pour s'approprier quelque chose d'inconnu, qui ne sera peut-être pas un Serafim, qui ne survivra peut-être même pas au traumatisme de la naissance !*

Il ne pouvait plus se taire. Il devait faire quelque chose pour les sortir de cette impasse. Malgré sa peur, il s'avança et proposa :

— Je viendrai avec vous, seigneur. Prenez-moi, plutôt que l'enfant.

Hammarskjald le regarda sans rien laisser paraître, mais ses yeux clairs s'assombrirent.

Rubin sentit la main de Marcellus l'attraper par l'épaule.

— Ne sois pas idiot, mon garçon ! prévint-il, mais le jeune homme l'ignora et insista, sachant que les dés étaient jetés.

— Je suis le fils d'un Serafim et de deux Familles. Utilisez-moi à la place de l'enfant pour servir l'objectif que vous visez.

— Tu es le frère d'Indaro ? demanda Hammarskjald de sa voix profonde.

En dépit de sa peur, Rubin eut envie de rire jaune. Serait-il toujours considéré comme « le frère d'Indaro », « le fils de Reeve » ? Il acquiesça.

Hammarskjald rejeta la tête en arrière et éclata d'un rire si sonore qu'il résonna dans toute la Cité. Comme en réponse, le soleil perça les nuages et brilla ardemment, éclairant le terrain de jeu.

— En voilà un chiot arrogant ! s'insurgea l'homme. Je ne veux pas de Serafim. J'en ai vu plus qu'assez au cours des siècles. Ce nouveau-né est une première. Il est unique, incomparable ! Tu n'es qu'un descendant parmi d'autres d'une lignée d'imbéciles.

Humilié et furieux face au mépris qu'il affichait, Rubin invoqua le pouvoir qui était en lui. Que celui-ci ait répondu à sa peur ou à sa colère, il ne le sut, mais, à sa simple évocation, l'énergie afflua dans son ventre.

Vif comme l'éclair, avant même que Rubin comprenne ce qui se passait, Hammarskjald emprisonna le jeune homme dans ses yeux devenus noirs. Comme saisi par le froid, Rubin resta pétrifié, incapable de bouger, brûlant d'une énergie qui déchira ses vêtements puis sa peau. Horrifié, il hurla de douleur. Hammarskjald le libéra. Il fut alors projeté à l'autre bout du sol en damier, glissant sur la glace jusqu'à arriver au bord du gouffre. Dans un instant de pure folie, complètement terrifié et en proie à d'atroces souffrances, il chercha une prise de ses doigts ensanglantés, mais n'en trouva aucune. De nouveau, il hurla de terreur quand son corps nu et écorché bascula et plongea dans le vide…

Il battit des paupières.

— Pourquoi une épidémie, au fait ? demandait Marcellus à Hammarskjald. (Son intérêt paraissait sincère.) Drôle de choix pour une arme.

Rubin tremblait. Au bord de la panique, il baissa les yeux et constata qu'il portait toujours ses vêtements usés et ses vieilles bottes. Il serra contre sa poitrine le coffret blanc comme si c'était un bouclier et essaya d'apaiser son cœur affolé. Comme brutalement tiré d'un cauchemar, il lutta pour séparer le monde réel de ses rêves. Personne ne faisait attention à lui : tous les yeux étaient rivés sur Hammarskjald.

— Ce n'est pas n'importe quelle épidémie, se vanta le chef ennemi. Elle a été mise au point pour n'affecter que ceux qui ont du sang Serafim dans les veines. Du sang étranger. Autrement dit, presque tous les habitants de cette maudite Cité, puisque cela fait un millénaire que vous la gérez. (Il avait craché ces mots avec mépris.) Quant aux autres, ils ne tomberont pas malades, mais porteront le germe. C'est pourquoi mes soldats répandent la maladie sans y succomber. D'ici à quelques jours, tous ceux de votre sang – et du mien – disparaîtront de la Cité, effacés de la planète. Bon débarras.

Il balaya les lieux d'un regard triomphant, se félicitant à l'avance de ce qu'il s'apprêtait à accomplir. Lorsqu'il s'attarda sur Rubin, ses yeux brillèrent.

Marcellus affichait désormais une expression grave, toute trace d'amabilité envolée.

— Tu t'es forgé une immunité, je parie ? demanda-t-il avec dédain.

— Même toi, Marcellus, tu dois admettre qu'après tout ce temps tu n'as fait que déformer le cours de l'histoire avec tes interventions répétées. (La voix d'Hammarskjald s'assombrit.) Cette épidémie est en quelque sorte le remède à tous ces maux, même s'il est cruel. Elle fera disparaître tous ceux que nous avons entachés.

— La maladie est-elle toujours fatale ?

— Non, mais elle fera de la Cité une nécropole pour les générations à venir.

Sur ce, Rubin vit Thekla lever vers son seigneur des yeux brillants d'admiration. Il se demanda si l'un comme l'autre avaient perdu la raison.

Marcellus s'avança, suivi de ses gardes.

— Dans ce cas, pourquoi as-tu besoin de l'enfant ? demanda-t-il. Pour le disséquer, « docteur Hammarskjald » ? Pour découvrir comment un reflet honni a pu engendrer un enfant vivant ? Est-ce vraiment cela qui t'a fait sortir de ton trou ? Trouver comment élever une nouvelle race de Serafim, les soumettre à ta volonté, et remplacer les anciens, qui se révèlent si têtus ?

Hammarskjald ne répondit pas à cette provocation. Il observa l'assemblée.

— C'est le moment de prendre une décision toute simple, déclara-t-il. Je ne patienterai pas davantage. Donnez-moi l'enfant. Si vous refusez, je m'en irai et la Cité se mourra dans d'atroces souffrances.

— Tu n'iras nulle part, Hammarskjald ! s'écria distinctement une voix nouvelle dans la lumière du soleil. Aujourd'hui, tu mourras, ici. Je te l'ai promis.

Rubin se retourna : une épée à la main, un soldat élancé, de grande taille, surgit dans la salle du trône, écrasant sous ses bottes des éclats de verre. Blond, les yeux clairs, il dégageait une énergie qui sembla trancher, telle une lame effilée, la guerre de mots perverse que se livraient les Serafim.

— Qui est-ce ? demanda discrètement Rubin à son seigneur.

Marcellus plissa les yeux.

— Il s'appelle Evan Broglanh, répliqua ce dernier.

Broglanh était un homme sociable. Il appréciait la compagnie des soldats et des femmes, mais pas nécessairement au même moment. C'était au cœur d'une bataille qu'il se sentait le plus vivant, dans le brouhaha d'une auberge bondée, ou au milieu d'une course débridée de chevaux. Ayant presque toujours été entouré au cours de son existence, il n'était pas habitué à la solitude. Il n'aimait pas l'introspection, et ne voulait pas avoir l'occasion de s'y livrer.

Lors du voyage en mer qu'il entreprit depuis le Vorago pour regagner la Cité, il eut toutefois le loisir de réfléchir : à Thekla, à Selene et à Archange, aux choix qu'il avait faits dans le passé. Il fut contraint d'admettre à quel point il s'était fourvoyé. Enfin, il comprit qu'on s'était servi de lui.

Dès le début, soumis aux faiblesses de la chair comme seul un jeune fantassin peut l'être quand une belle femme lui offre le traitement d'un prince, il s'était épris de Thekla. Qu'elle soit la petite-fille d'Archange – qui s'intéressait à lui de près depuis son enfance – était à ses yeux le fruit du hasard. De même, il considérait comme une simple coïncidence que son projet de longue date de tuer l'empereur soit en phase avec les ambitions d'Archange pour la Cité.

Aussi, chaque fois qu'il quittait un champ de bataille gorgé de sang et pouvait retourner à la Cité, il se précipitait chez Thekla qui, chaleureuse et engageante, était toujours là pour lui. Qu'elle soit chirurgienne et que sa place se trouve auprès des blessés de guerre ne lui avait pas traversé l'esprit. Ferré comme un poisson par le désir qu'elle lui inspirait, il croyait qu'elle avait succombé à son charme tout militaire.

Après l'accession d'Archange au trône, Thekla lui avait confié pour la première fois son inquiétude croissante au sujet de sa grand-mère. « Je crains qu'Archange ne soit condamnée à prendre la même voie qu'Araeon », avait-elle dit alors qu'ils étaient au lit, chez elle. « À mesure qu'elle vieillira et s'affaiblira, elle cherchera à se servir du voile, pour renforcer ses pouvoirs et peupler le palais de ses reflets, comme Araeon. Le pouvoir corrompt toujours, et elle en a déjà plus qu'aucune femme ne le devrait. » Aspiré par ses yeux immenses, il avait été convaincu qu'il valait mieux, pour le bien de la Cité, que le voile disparaisse à jamais. Broglanh ignorait tout des relations ambiguës et tourmentées qu'Archange entretenait avec ses filles et ses petites-filles. Et, s'il l'avait su, il ne s'en serait pas soucié.

Thekla avait donc mis au point un plan, auquel il s'était laissé convaincre de participer. Ils étaient convenus qu'il déroberait le voile, puis qu'il se rendrait avec Emly au port petrassi d'Arocir. Thekla finirait par l'y rejoindre, ils mettraient Emly en lieu sûr et le couple pourrait s'enfuir avec le voile, sans que personne les retrouve jamais.

« Nous devrions le détruire », lui avait objecté Broglanh, inquiet malgré tout. Elle avait acquiescé, mais l'avait prévenu : « C'est difficile. On ne peut ni le brûler ni le déchirer. Il faut le mettre en pièces, petit bout par petit bout. C'est un ouvrage très complexe, et je ne pourrai m'y atteler que lorsque tout danger sera écarté. »

Contrairement à Emly, Broglanh connaissait bien sa géographie. Capable de visualiser la carte du monde connu, il savait que le plus court chemin pour rentrer du Vorago était de passer par la mer. Après avoir quitté Selene, il avait marché un peu chaque jour pour reprendre des forces avant d'allonger progressivement son temps de marche. Il avait laissé la vallée derrière lui et longé la côte est jusqu'à atteindre le village de pêcheurs le plus proche. Là, il avait trouvé un homme qui avait accepté de l'emmener au sud de la Porte de la Mer.

Sa joie de débarquer dans la Cité s'était toutefois muée en désarroi lorsqu'il avait vu la foule des gens qui essayaient de fuir. La Porte de la Mer était transformée en un campement de réfugiés aux abois, tous désireux d'échapper à l'armée d'invasion et, comme il l'apprit, à l'épidémie propagée par l'ennemi. Entrer dans le port noir de monde depuis la terre ferme était presque impossible. Les tarifs pour se rendre aux îles Wester et au-delà atteignaient des sommets. En discutant avec les soldats, marchands et pêcheurs rencontrés dans le quartier de la Porte de la Mer, il avait appris que la Cité était assiégée sur trois côtés, et que deux des Grandes Portes étaient sur le point de céder à tout moment. Il avait acheté facilement une monture, car les chevaux étaient nombreux dans le port : tout le monde en avait en arrivant, et personne ne repartait avec.

Quand tôt ce matin-là il entendit les explosions sur le Bouclier, il leva des yeux inquiets vers le Palais Blanc. Il y était presque. Alors qu'il franchissait les portes brisées sur sa monture, observant les alentours, des soldats se retournèrent sur son passage. Il savait qu'ils l'avaient reconnu, mais ils étaient trop occupés à soigner les blessés pour réagir. Dans la cour, il mit pied à terre, entrava son cheval et avança à grands pas vers les ruines. Il remarqua à peine la petite femme à la peau brune qui portait un chapeau noir orné des rubans de couleurs vives des prostituées.

— Seigneur ! s'écria-t-elle. Seigneur !

Elle le saisit par la manche. Il se libéra d'une secousse.

— Va-t'en ! lui cria un soldat en accourant vers eux. Je te l'ai déjà dit, va-t'en !

— Seigneur ! insista-t-elle en trottinant aux côtés de Broglanh, qui traversait la cour.

Elle fouilla dans son sac de toile et en sortit un chiffon crasseux qu'elle tenta de lui montrer.

— Je ne…, commença-t-il en la prenant pour une colporteuse.

Puis il vit ce qu'elle tenait et, stupéfait, il s'arrêta.

Le Voile du Gulon ! Il le prit avec respect, sentant le tissu soyeux sous ses doigts. Mais comment était-il revenu ici du Vorago ? Pendant un instant, il crut qu'Emly l'avait rapporté, mais non, il l'avait perdu sur le champ de bataille…

— Où as-tu trouvé ça ? demanda-t-il.

— Une fille, répondit la femme. Une fille mourante.

Il la saisit par l'épaule.

— Où ? (La catin, minuscule, ne lui arrivait qu'à hauteur de poitrine. Elle poussa un petit cri de frayeur.) Où est-elle ? répéta-t-il en la secouant.

— Elle meurt ! Elle avoir dit… (Elle indiqua sa bouche pour mieux se faire comprendre.) Elle avoir dit : « Donne à l'impératrice. »

Elle montra le voile et hocha la tête avant de le regarder avec insistance, espérant qu'il comprenait.

— Où est-elle, femme ?

Elle tendit le bras vers l'est.

— Le rempart, répliqua-t-elle.

Assailli par le doute, Broglanh regarda la direction indiquée. Son cœur lui criait de retrouver Emly et de la sauver s'il le pouvait. Mais cela risquait de lui prendre la journée, si toutefois il la retrouvait, et si la catin était digne de confiance. Pendant ce temps, il tenait le Voile du Gulon, qui était revenu à lui par un incompréhensible coup du sort. Il savait qu'il devait d'abord voir l'impératrice et, si elle était toujours en vie, le lui remettre.

—Reste ici. Tu as compris? Reste ici! cria-t-il à la femme, qui tressaillit. Compris?

Il attrapa son sac de toile, ignorant ses protestations, et y fourra le voile. Puis il se tourna vers le garde qui, les yeux grands comme des soucoupes, avait assisté à la scène.

—Sais-tu qui je suis? aboya Broglanh. (L'homme hocha vigoureusement la tête.) Apporte-lui à boire et à manger, et veille à ce qu'elle ne bouge pas d'ici, ordonna-t-il. Si elle t'échappe, l'impératrice fera rôtir tes couilles à la broche!

Il grimpa sur l'amas de gravats – ce qui restait des baraquements des soldats – et avisa une poignée de guerriers ensanglantés, couverts de poussière, qui s'employaient à creuser les décombres pour dégager leurs camarades. Il décida de se diriger vers l'ouest, où se trouvaient les appartements de l'impératrice, mais ne tarda pas à être bloqué par un mur qui menaçait de s'écrouler. Il le contourna et découvrit un trou entre les pierres, par lequel il se faufila. Il s'arrêta et regarda autour de lui, essayant de se repérer. Il reconnut l'escalier de marbre qui menait à la salle du trône et s'y précipita, avant de se retrouver de nouveau coincé par d'autres gravats. En les contournant, il se rendit compte avec stupeur que les murs de la salle du trône étaient tombés, et que l'immense coupole de verre avait volé en éclats.

Il entendit alors, au-dessus de lui, la douce voix de Thekla. Rongé par l'incertitude, il s'arrêta. Au cours du voyage, il s'était convaincu qu'elle avait planifié sa mort, celle d'Emly, ainsi que la chute de l'impératrice. Il ne savait pas encore exactement quels étaient les rapports qu'elle et sa mère Selene entretenaient avec Hammarskjald, mais il était à présent persuadé que ses intentions étaient mauvaises. Pourtant, les notes suaves de sa voix lui rappelèrent aussitôt la douceur de sa peau, le parfum de son corps, la chaleur de son désir. Il resta un moment immobile, indécis. Toutefois, en écoutant ses propos effroyables, emplis de bile, il sut que ses doutes étaient fondés. Une voix grave familière retentit ensuite, menaçant d'annihiler la Cité. Alors, il tira son épée au clair.

En surgissant dans la salle du trône, il fut frappé par l'atmosphère de haine et de malveillance qui y régnait. Flanquée de son garde du corps, Archange, le dos voûté, était assise sur le Trône Immortel et serrait un châle noir autour de ses épaules. De l'autre côté de la plate-forme, le grand homme qui ressemblait à Stalker, mais qu'il savait être Hammarskjald, avait le bras autour de la taille de Thekla, dont le cœur – il le comprenait désormais – était noir de corruption malgré ses perles et sa robe dorée.

Il se tourna vers le troisième groupe, huit hommes armés qui se tenaient de chaque côté de l'impératrice. Quel était leur rôle dans tout cela?

Soudain, il reconnut Marcellus et en eut le souffle coupé. *Marcellus ? Vivant ?* Il avait pourtant été exécuté par Fell Aron Lee le Jour des Offrandes ! Ils en avaient parlé, en frères d'armes, après la chute du Palais Rouge. Fell lui avait dit avoir décapité Marcellus, et jeté sa tête des remparts. Marcellus était mort. Les pensées de Broglanh tourbillonnèrent. *Au nom de tous les dieux !* songea-t-il, *que s'est-il donc passé depuis mon départ ?*

Tout cela ne dura que le temps de deux battements de cœur. Il prit sur lui pour mettre de côté ce mystère. Il n'avait qu'une seule mission à accomplir ici.

— Tu n'iras nulle part, Hammarskjald ! dit-il au chef ennemi. Aujourd'hui, tu mourras, ici. Je te l'ai promis.

Thekla accourut vers lui avec de grands yeux.

— Evan !

Une rage froide monta en lui. Il brandit son épée. La pointe dirigée vers le sein de la jeune femme, il l'empêcha d'aller plus loin. Il eut du mal à se retenir de l'embrocher.

— Un pas de plus et je te perce le cœur, femme, gronda-t-il.

Elle observa son visage et y lut la fureur qui l'animait. Elle tomba à genoux.

— Evan, le supplia-t-elle, écoute-moi ! Tu es mon seul véritable amour. Cet homme…

Broglanh fit comme si elle n'était pas là, se tourna vers Hammarskjald et éleva la voix :

— Tu m'avais dit que, la prochaine fois que nous nous verrions, tu me tuerais. (Le grand homme acquiesça.) Alors essaie.

Hammarskjald éclata de rire.

— Je crains de devoir décliner ton offre.

— Tu as fait une promesse, insista Broglanh.

Il savait l'homme orgueilleux.

— J'ai avant tout l'esprit pratique, répliqua Hammarskjald, et tu disposes là d'alliés puissants qui auraient encore plus de plaisir que toi à me voir mort.

— Quoi, deux vieillards et une poignée de soldats ? le railla le guerrier d'un ton méprisant en regardant autour de lui.

Hammarskjald émit un petit rire.

— Ces deux « vieillards », comme tu dis, ont le même âge que moi, et ils sont puissants, même s'ils le sont moins qu'avant.

Marcellus s'avança. De son œil de soldat expérimenté, Broglanh remarqua qu'il marchait avec un peu de gêne, ce qui trahissait une blessure.

— J'apprécie un combat loyal tout autant que les autres, intervint Marcellus. Allez-y. Je me tiendrai à l'écart. Archange aussi.

Broghlan lui jeta un coup d'œil ; l'impératrice acquiesça. Il recula.

Un moment de silence s'ensuivit. Il tenta de réprimer son impatience, laissant naître sur ses lèvres un sourire las et dédaigneux.

— Entendu, dit Hammarskjald, visiblement décidé.

Il dégaina sa grande épée. Broglanh l'avait déjà vue de nombreuses fois – ou des modèles qui lui ressemblaient – trempée de sang. À présent, elle était propre et affûtée. Il ne ressentait toutefois aucune peur, seulement du mépris. L'homme imposant était fier comme un coq, et cela provoquerait sa perte.

Broglanh laissa tomber au bord de la plate-forme le sac de toile qui contenait le voile, ainsi que son ceinturon. Les deux hommes se placèrent au centre des ruines de la salle du trône et s'observèrent mutuellement. Broglanh sentait les bris de verre glisser sous ses bottes. Un terrain dangereux pour se battre en duel, pour l'un comme pour l'autre.

— Je te mettrai d'abord hors d'état de nuire, puis je t'écorcherai vif, menaça Hammarskjald d'une voix qui ne cachait plus sa colère.

Broglanh fit rouler ses épaules.

— Ne te donne pas tout ce mal pour moi.

La première fois qu'il avait pris une épée en main, il avait cinq ans. Depuis, il avait combattu avec tous les modèles existants. Il avait appris à trancher, à frapper au cœur d'une bataille, quand seules l'angoisse et la mort l'entouraient. On lui avait enseigné l'art subtil de l'escrime, au fleuret et au sabre. Soldat depuis trente ans, il avait tué un grand nombre d'hommes et de femmes. Il s'était battu en armure lourde, coiffé d'un casque, en plein hiver comme dans la chaleur aride du désert. Ce jour-là, il portait les vêtements légers qui étaient les siens depuis six mois : usés, sales et maculés de sang, mais qui lui allaient comme une seconde peau. De plus, il était plus fort que jamais, en partie grâce à celui qui lui faisait face. L'air de la montagne lui emplissait le cœur. Il savait avec une certitude presque absolue que, si un guerrier au monde était capable de tuer Hammarskjald, c'était bien lui. Mais il devait agir rapidement, car il soupçonnait son adversaire de pouvoir se battre la journée entière, et le lendemain s'il le fallait, sans jamais faiblir.

Il plongea en avant, concentrant sa force et son attention sur le cœur de son adversaire. Son attaque fut facilement parée. Il échappa d'un cheveu à une redoutable riposte qui déchira sa chemise. Hammarskjald fondit sur lui à une vitesse terrifiante, faisant pleuvoir une série de coups cherchant à percer sa défense. Broglanh para et bloqua. N'ayant jamais eu affaire à quelqu'un d'aussi véloce, il sentit la tension l'envahir peu à peu, sa lame ralentir légèrement.

Un spectateur aurait pu les croire du même niveau : ils se tournaient autour, échangeaient des coups, se tournaient de nouveau autour, aucun des deux ne cédant. Mais Broglanh se défendait avec tout son savoir-faire. Il frôlait constamment la mort.

Il resta toutefois concentré et chercha à profiter de chaque avantage, si infime soit-il. Stalker, il le savait, était blessé à la cheville gauche. Hammarskjald le força à reculer à grands renforts de coups, dont le dernier lui entailla l'épaule. Du sang perla de la plaie. Le cœur battant, Broglanh en profita pour reculer de quelques pas, se mouvant avec légèreté sur le sol glissant. Rapide comme un chat, Hammarskjald le suivit. Broglanh remarqua que lui aussi sollicitait moins sa jambe gauche. C'était comme si, d'une certaine manière, son reflet et lui partageaient la même blessure. Broglanh ne comprenait pas ce phénomène, mais il pouvait en tirer parti.

Il dégaina son long couteau. Hammarskjald sourit. *Dis quelque chose,* le pria Broglanh en pensée. *Prends-moi de haut. Alors tu négligeras de dégainer ta deuxième lame.*

— Tu te défends plutôt bien, déclara le chef ennemi, mais tu vas avoir besoin de toutes tes armes pour affronter quelqu'un de ma trempe.

Broglanh sourit.

Hammarskjald attaqua. Au lieu de reculer, Broglanh bondit vers lui, dévia sur sa droite, plongea et roula sur le côté de son adversaire. Ce dernier pivota sur son pied gauche et, de son épée, fendit l'air de droite à gauche, prêt à frapper Broglanh dans le dos avant qu'il ne puisse se redresser. Au moment où le grand homme fit volte-face, son talon glissa sur les bris de verre. Il se contorsionna un bref instant pour recouvrer son équilibre. Sa lame manqua Broglanh, qui se retourna et enfonça son couteau jusqu'à la garde dans le flanc de l'homme. Il le retira puis s'écarta d'un bond, sans quitter son adversaire des yeux.

C'était comme s'il ne s'était rien passé. Hammarskjald reprit son équilibre, fit un pas en avant à la vitesse de l'éclair et, de toute la longueur de son bras, projeta son épée vers le cœur de Broglanh. Celui-ci esquiva, mais la lame lui entailla les côtes. Faisant fi de la douleur, il s'écarta en pivotant. Il vit alors que la blessure qu'il avait infligée à son adversaire, et qui aurait mis à terre n'importe qui d'autre, l'avait tout de même légèrement ralenti. Une tache pourpre fleurissait sur le tissu de sa chemise. Il bondit en avant et planta sa lame dans le bras gauche d'Hammarskjald, transperçant son biceps en profondeur. L'autre hésita.

— Achève-le ! gronda Marcellus.

Hammarskjald sourit et prit l'épée dans sa main droite.

— Je peux me battre avec l'une ou l'autre, mon garçon, affirma-t-il.

Broglanh eut l'impression que le temps ralentissait. Son sang battait à ses oreilles. Il inspira une grande bouffée d'air pur, sentant ses vertus le pénétrer. Puis il plongea en avant et visa le cœur d'Hammarskjald, qui brandit son épée et écarta violemment l'arme de Broglanh. Il se rua sur lui ; une fois de plus le soldat fit un pas de côté et para le coup, avant de frapper les flancs d'Hammarskjald une seconde fois avec son couteau. Ce dernier beugla comme un bœuf et saisit Broglanh par un pan de sa chemise. Tous deux tombèrent à terre, mais ce fut Broglanh qui se releva.

Après avoir ôté son couteau du flanc d'Hammarskjald, il regarda le liquide cramoisi jaillir de la plaie. Puis, dressé au-dessus de lui, il plongea son épée dans le cœur de l'homme jusqu'à ce que la pointe atteigne le sol de marbre, sous lui. Les yeux révulsés, Hammarskjald émit un hoquet. Broglanh se releva et contempla le flot de sang qui s'échappait des deux blessures. Le flux ralentit, mais ne s'arrêta pas. Par prudence, il s'accroupit, saisit la tête rousse entre ses mains et la fit pivoter dans un craquement, lui brisant le cou. Il entendit Thekla crier au loin. Il se leva, pantelant. Il regarda le visage de l'homme. Celui-ci cligna des yeux.

Broglanh courut vers le sac de la femme des tribus et en sortit le Voile du Gulon. Tout le monde poussa un hoquet de stupeur. Il roula le tissu en boule et le mit sous le nez d'Hammarskjald.

— Je l'avais depuis le début, grand homme, déclara-t-il. Je t'ai eu avec une telle facilité !

Il attendit. Enfin, le regard d'Hammarskjald devint vitreux. Broglanh resta immobile, prêt à se servir de son épée.

Marcellus le rejoignit.

— Il est mort, soldat, confirma-t-il.

— Fell vous croyait mort, vous aussi, rétorqua-t-il, les yeux rivés sur le corps.

Marcellus rit, mais sa voix sembla empreinte d'une lassitude redoutable :

— Ce n'était qu'un reflet.

Broglanh ferma les yeux, sentit son sang battre sous ses paupières. Il songea à Stalker, et se demanda brièvement qui il venait de tuer.

— Peut-être que c'est un reflet, lui aussi.

— Non, répondit Marcellus.

Le soldat se tourna et le regarda : il avait l'air satisfait.

— L'avais-tu réellement en ta possession depuis le début ? lui demanda Marcellus en désignant d'un signe de tête le voile que Broglanh tenait dans son poing.

— Non, avoua-t-il. Je l'avais perdu. Une fille courageuse l'a rapporté à la Cité.

Il marcha alors sur le sol maculé de sang pour rejoindre Archange. Lorsqu'il s'agenouilla devant elle, la douleur dans son épaule et dans ses côtes le transperça, et son genou faillit céder sous lui. Il ferma les yeux un instant.

Le sol sous lui bascula. Il inspira à fond, s'efforçant de chasser sa souffrance et sa fatigue, car il n'en avait pas encore terminé.

— Ma dame, je vous offre mon épée, et ma vie.

Alors qu'il lui tendait le voile, il la regarda attentivement pour la première fois. Il la trouva vieillie, ratatinée, depuis leur dernière entrevue, l'été précédent.

— Je devrais te faire pendre et écarteler, dit-elle doucement en prenant le voile et en le serrant contre elle. Où est Emly ?

— Elle est morte, je le crains.

Ces mots sonnèrent comme le glas. À présent que le combat était terminé, et que le Voile du Gulon avait retrouvé sa propriétaire, Broglanh était saisi d'effroi. Emly était-elle réellement morte ? Avait-elle réussi à rapporter le voile à la Cité – les dieux seuls savaient comment – seulement pour venir y mourir ?

Des sanglots lui parvinrent. Il se retourna. Thekla s'était jetée sur le corps d'Hammarskjald. Broglanh se concentra de nouveau sur Archange, qui observait sa petite-fille, le visage de marbre. Elle fit signe à l'un des gardes d'emmener la femme.

— Je me fais vieille, avoua-t-elle à son lieutenant. Je savais qu'il avait un agent au palais, mais je ne me suis jamais doutée que c'était elle.

Cela n'avait plus d'importance pour Broglanh.

— Ma dame, avec tout mon respect, dit-il, souhaitant ardemment prendre congé, je dois retrouver Emly et la ramener au palais, morte ou vive. Je jure qu'ensuite je me rendrai.

Elle hocha la tête. Il se leva et quitta précipitamment les lieux.

Loin au sud, sur la brèche de l'Adamantin, Darius Hex regardait, désespéré, les hordes d'ennemis se déverser à travers les défenses de la Cité. La colonne vertébrale brisée, les jambes inertes, il gisait, à l'agonie, incapable d'agir.

Les Faucons Nocturnes avaient vaillamment combattu. Ils avaient lutté sans relâche pendant deux jours, de moins en moins nombreux, jusqu'à ce qu'ils soient trop peu pour changer le cours des choses. Darius avait alors donné l'ordre d'abandonner les montures pour rejoindre les derniers défenseurs qui, malgré des pertes terribles, tenaient encore la brèche. Langham Vares mort, Darius s'était retrouvé commandant de l'armée assiégée.

Il était tombé tôt ce matin-là, alors que le soleil se levait derrière une brume cafardeuse. Malgré leurs sous-effectifs, il avait continué à se battre, armé de son épée et de son bouclier, jusqu'à ce qu'un homme muni d'une hache la plante dans son dos sans protection. Les camarades de Darius avaient tué son assaillant, mais le commandant savait que jamais plus il ne pourrait tenir debout. Sur ses ordres, ses guerriers l'avaient traîné au sommet du rempart brisé qui surplombait le champ de bataille. Il était armé d'un couteau qu'il comptait utiliser contre tout soldat ennemi qui s'approcherait, et peut-être contre lui-même, à la fin.

Il avait vu des vagues de guerriers ennemis frapper, encore et encore, comme s'ils ne craignaient pas la mort, triomphant à la perspective de la victoire toute proche. Ils étaient menés par un homme de haute taille, large d'épaules, à la barbe et aux cheveux tressés. Même s'il n'était pas jeune, il semblait invincible, et les soldats de Darius étaient sans défense contre sa puissante épée. Il hurlait son cri de guerre. Au milieu de toutes ces horreurs, il paraissait presque s'amuser.

Puis, alors qu'il brandissait son épée pour porter un coup fatal, il se figea. D'une main ensanglantée, Darius s'essuya les yeux. L'homme imposant resta immobile un moment, puis ce fut comme si le monde avait cessé de tourner. Trois soldats de la Cité le transpercèrent de leurs lames. Il s'effondra et disparut dans la horde.

Toutefois, Darius aurait juré qu'il était mort avant d'avoir été frappé.

Chapitre 48

Rubin regarda Marcellus, qui contemplait la Cité, et se demanda à quoi il pensait. Au cours des dernières heures, il avait perdu de sa superbe. Le jeune homme l'avait vu se quereller avec ses pairs et se livrer à des jeux mesquins pour obtenir l'avantage, pendant qu'en bas, dans les rues, des soldats honorables sacrifiaient leur vie. Il avait été obligé de regarder deux hommes plus forts que lui se battre pour déterminer l'avenir de la Cité. Marcellus était-il encore capable d'éprouver de la honte ?

Il suivit le regard de son seigneur : une colonne de fumée s'élevait au sud. Ils avaient quitté les combats qui s'y livraient le matin même, pourtant cela lui semblait déjà loin. Il leva les yeux vers le soleil. Ayant passé son zénith depuis longtemps, l'astre amorçait sa descente à l'ouest. Toutefois, cette longue journée n'était pas encore terminée. La mort d'Hammarskjald, bien que cruciale ici, sur cette montagne, ne ferait guère de différence dans la Cité. Le lendemain, ou plus tard ce même jour, si l'impératrice le décidait, ils devraient retourner livrer bataille.

Rubin entendit un raclement de bottes et se retourna : un vieux soldat, le visage tuméfié et ensanglanté, le bras dans une écharpe tachée, traversa précipitamment la salle du trône. Perplexe, il regarda au passage la dépouille d'Hammarskjald puis s'adressa à Archange :

— Ma dame, dit-il en s'inclinant avec raideur, toutes mes excuses. Le toit de mes quartiers…

— Des nouvelles, Eufara ? l'interrompit sèchement l'impératrice.

— De terribles nouvelles, Votre Altesse… La Porte du Grand Nord et la Porte du Paradis sont toutes deux tombées. Ainsi que la brèche de l'Adamantin. Les défenseurs sont submergés. Les ennemis se sont répandus dans nos rues ; ils tuent et brûlent tout sur leur passage. (Il toussa à cause de la poussière qui tapissait sa gorge.) J'ai donné l'ordre que l'on renforce les portes de bronze. Tous les soldats disponibles, hommes et femmes capables de tenir debout et de manier une arme, ont été envoyés pour les défendre. Je les rejoindrai moi aussi, et…

— Non, ordonna l'impératrice. J'exige que vous restiez ici.

Le vieil homme baissa la tête.

Effaré, Rubin insista auprès de Marcellus :

— Nous devons aller défendre les portes ! L'ennemi pourrait être ici dès ce soir !

Son seigneur ne répondit pas immédiatement. Il regarda lentement autour de lui. Rubin se rendit compte qu'il ne semblait pas découragé. Son expression était grave, mais le feu de la détermination brûlait dans ses yeux.

— Non, mon garçon, déclara Marcellus. Il existe un autre moyen. (Il se tourna vers l'impératrice.) Archange ! Nous pouvons encore sauver la Cité en utilisant le voile. Tu ne peux plus le nier !

Assise au bord de son trône, elle l'examina avec méfiance. Au grand étonnement de Rubin, elle prononça quelques mots dans une langue qu'il n'avait jamais entendue. Marcellus lui répondit de la même manière. Puis Archange se carra sur son trône et soupira.

— Soit, dit-elle en revenant à la langue de la Cité. S'il n'y a pas d'autre solution… Je reste persuadée que cela ne sert à rien. Et nous devons être cinq pour essayer.

— Les Gaeta se vantent d'avoir les compétences requises, répliqua Marcellus. Qu'as-tu fait de Jona ?

Archange ne répondit pas. Au lieu de quoi elle fit signe à Eufara, qui envoya deux de ses hommes au pas de course.

— J'ai demandé qu'on aille quérir Giulia également, annonça-t-elle à Marcellus. Elle fera partie des cinq si tu tiens absolument à tenter cette dernière chance.

— Je ne comprends pas, avoua Rubin en regardant tour à tour Marcellus et Archange. Est-ce de cela que vous parlez ?

Il désigna le chiffon froissé que le grand guerrier avait donné à l'impératrice, et qu'elle gardait serré sur ses genoux.

— C'est le Voile du Gulon, expliqua-t-elle en le brandissant. (Il se déplia. Le soleil éclaira sa dentelle délicate. De gris terne, le tissu prit une teinte argenté chatoyant.) Il est très ancien, aussi ancien que nous. Nous l'utilisions autrefois pour soigner les blessés et les malades.

— Mais il a un plus grand pouvoir, ajouta Marcellus. Grâce à lui, cinq d'entre nous, cinq Serafim, peuvent former un bouclier autour de la Cité. Ses créateurs l'ont prévu au cas où la situation serait critique…

Rubin l'interrompit :

— Dans ce cas, qu'attendez-vous ? Pourquoi tergiverser ? Des gens meurent, là-bas !

— Tais-toi, petit ! aboya sèchement Archange. Tu ne sais pas de quoi tu parles !

La fatigue, le dégoût que lui inspiraient leurs querelles, l'humiliation que lui avait fait subir Hammarskjald, sa peur pour la Cité… Tout se mêla en Rubin, qui explosa de rage.

Il regarda l'impératrice et rugit :

— Ne m'appelez pas « petit » !

L'autorité qui avait percé dans sa voix fendit l'air. Les soldats en armure tressaillirent, comme s'ils venaient de recevoir un coup de fouet.

Archange acquiesça en silence.

— Ce n'est pas quelque chose qui s'entreprend à la légère, lui expliqua-t-elle. Il se peut… Je dis bien que c'est une possibilité…, insista-t-elle en se concentrant sur Marcellus. Il se peut que le voile protège ceux qui ont du sang Serafim, mais à l'origine il a été conçu pour soigner les maladies. Il identifiera ceux qui ne sont pas de notre sang comme des êtres infectés. Il les anéantira tous, assiégeants comme assiégés. Es-tu prêt à cela ?

— Mais cela reviendrait à tuer nos propres citoyens !

Marcellus secoua la tête.

— Notre sang est fort, Rubin. C'est pourquoi le peuple de la Cité vit beaucoup plus longtemps que tout autre ailleurs dans le monde. C'est pourquoi il a la peau si dure. Au fil des siècles, les plus aptes, les descendants des Serafim, ont survécu et prospéré. L'épidémie répandue par Hammarskjald est redoutable, précisément parce que notre sang coule dans les veines de la plupart des habitants de la Cité.

— Néanmoins, intervint l'impératrice, ce serait la première fois que nous ferions une telle tentative, et le voile est désormais vieux et abîmé.

Elle le serra contre son cœur, comme si l'idée d'en être à nouveau séparée lui répugnait.

— Pourquoi n'a-t-on encore jamais essayé ? s'enquit Rubin, songeant à la longue guerre qui avait opposé la Cité aux Bleus.

— Parce que ses concepteurs ont décidé que cinq Familles sur les sept devaient se mettre d'accord pour déployer toute sa force, expliqua Marcellus. Ce consensus n'a encore jamais été atteint en mille ans.

— Et parce que, pendant des siècles, l'empereur le gardait pour lui, et le considérait comme son jouet personnel, précisa Archange, les lèvres retroussées en une moue de dégoût.

Au fond de lui, Rubin sentit l'espoir renaître : non seulement il était possible de sauver la Cité, mais, pour la première fois en un millénaire, les Serafim, dont lui-même, allaient peut-être s'allier pour atteindre un objectif commun. Il avait l'impression d'être une pièce maîtresse de l'histoire.

Un garde arriva dans la salle en poussant devant lui, à la pointe de son épée, un prisonnier enchaîné. Le nouveau venu, mince, avait les cheveux sombres, le visage tailladé et couvert d'hématomes. Du sang avait séché sur ses vêtements. Lorsqu'on lui ôta ses fers, il regarda le cadavre d'Hammarskjald puis, l'air interrogateur, posa les yeux sur l'assemblée présente.

—Jona, déclara l'impératrice avec raideur, contrairement à ce que je croyais, il semblerait que tu n'agissais pas pour le compte d'Hammarskjald.

Dans la bouche d'Archange, c'était ce qui ressemblait le plus à des excuses.

—Non, femme, déclara Marcellus. Il a toujours été mon agent. (Un éclat malicieux brilla dans ses yeux, et il ajouta :) On dirait que tu n'es pas très douée pour choisir tes alliés. (Il se tourna vers Jona.) Les Gaeta affirment savoir faire apparaître le mystérieux bouclier à partir du voile. La Cité est assiégée de toutes parts, et l'épidémie y fait des ravages. C'est le moment ou jamais d'y avoir recours.

—La situation est sans précédent, répondit Jona en fronçant les sourcils et en balayant les lieux du regard. Il nous faudrait cinq Familles de Serafim réunies, cinq sources d'*einai*…

Marcellus l'interrompit en s'adressant de nouveau à Archange dans la langue inconnue. Elle hocha la tête.

—J'ai envoyé chercher Giulia, dit-elle à Jona, et voici Rubin, le fils de Reeve.

Les trois Serafim tournèrent la tête vers lui. Il sentit le pouvoir qui bouillonnait en eux, telle une tempête qui se prépare. Il espérait être à la hauteur de ce qu'on attendrait de lui, quoi que ce fût.

—J'ai besoin du coffret, dit Jona en désignant d'un signe de tête la boîte que Rubin tenait toujours.

Ce dernier la lui donna. Jona la contempla avec avidité, faisant glisser ses doigts sur les reliefs sculptés.

Le deuxième garde revint et parla à Eufara.

—Votre Altesse, dame Giulia a disparu ! s'exclama le vieil homme. D'après ses domestiques, elle a quitté le Palais des Khan avant l'aube.

—Seule ? demanda Archange.

—Non, ma dame, avec le jeune Elija, ainsi qu'une femme et un bébé.

Marcellus jura longuement puis considéra Jona d'un œil furieux tandis que celui-ci examinait toujours le coffret, l'air de fuir son regard. Archange les observa tour à tour, avec dans les yeux une lueur d'amusement, ou peut-être de curiosité. Rubin sentait de forts courants passer entre eux trois. Beaucoup de choses lui échappaient encore.

—Est-ce le bébé qu'Hammarskjald voulait ? demanda-t-il. Le fils de Fiorentina ?

Marcellus hocha la tête distraitement, son calme coutumier manifestement ébranlé. Rubin se demanda pourquoi. Si la Cité perdait, alors le Palais des Khan serait lui aussi pris d'assaut et finirait par tomber aux mains de l'ennemi. Giulia avait sûrement emmené la mère et l'enfant en lieu sûr.

Débordant d'impatience, il mit de côté toute spéculation et éleva de nouveau la voix :

— À chaque instant que nous perdons, des gens meurent ! J'en ai assez de vous entendre tergiverser. Le moment est venu d'agir ! Giulia a beau avoir disparu, nous devons tout de même essayer, que nous soyons cinq ou quatre. Nous sommes l'ultime espoir de la Cité !

La veille, et même quelques heures auparavant, jamais il n'aurait osé s'exprimer ainsi. Mais il en avait appris beaucoup au sujet des Serafim, et le respect qu'il éprouvait jusque-là à leur égard avait été sapé, définitivement. Il regarda les trois Serafim avec colère, les mettant au défi de le contredire. À ces mots, Marcellus avait semblé furibond, mais il hocha la tête, imité par Jona.

L'impératrice soupira et dit :

— Fort bien. Nous essaierons, même si je crains les conséquences que nous subirons tous.

Broglanh se hâta de quitter la salle du trône et dévala les escaliers du palais, bousculant les soldats qui déblayaient le passage. Il avait déjà oublié le plus grand combat à l'épée qu'il lui avait été donné de livrer. Toutes ses pensées étaient tournées vers Emly. La catin lui avait dit qu'elle était morte, mais il devait la voir pour en avoir le cœur net. Il savait qu'Archange avait le pouvoir de la guérir, si seulement il parvenait à la retrouver et à l'amener au palais. Il sauta une dernière volée de marches et déboucha dans la cour déserte, hormis les cadavres qu'on y avait alignés.

— Evan !

Malgré lui, il se retourna en entendant cette voix féminine.

Elle lui apparut mélancolique et débraillée, sa magnifique chevelure poussiéreuse, la robe en désordre. Elle traversa la cour, les mains posées l'une sur l'autre sur sa poitrine, comme en signe de prière.

Il la regarda approcher, fouillant en lui-même, en quête de sentiments. Mais il ne ressentait plus rien pour elle, pas plus que pour une catin voleuse qui lui aurait fait les poches pendant qu'il cuvait son vin.

Thekla marchait pieds nus sur les pavés, tête basse. Lorsqu'elle leva les yeux, il fut subjugué. Elle était magnifique. Il la désirait de tout son cœur. Elle n'était pas coupable, mais victime. Hammarskjald l'avait séduite, avait abusé d'elle, l'avait trahie ! Le temps de longs battements de cœur, il resta prisonnier de ses charmes.

— Je t'en supplie… Evan…

Tenant fermement le couteau ensanglanté qu'elle avait caché entre ses paumes, elle le visa au cou. Elle était rapide, mais Evan le fut davantage. Il lui arracha l'arme de la main et lui causa une profonde coupure d'où le sang s'écoula abondamment. Elle émit un hoquet, parfaite image de la femme blessée, les yeux agrandis par le désarroi. Mais il avait clairement conscience de sa duplicité.

Il empoigna une touffe de ses cheveux noirs et bouclés, tira sa tête en arrière et lui assena un coup de poing. Elle tomba à terre mais se releva aussitôt, agile comme un chat. Les lèvres ensanglantées, elle lui hurla sa haine. Elle se rua sur lui et tenta de lui crever les yeux. Il la saisit par le bras, elle lui mordit profondément la main. Il la lâcha en poussant un juron.

Elle avait le souffle court, le visage crispé. Ses yeux brûlaient d'une haine folle.

— Je vais te tuer ! cria-t-elle d'une voix aiguë, pleine de fureur.

Elle essaya de lui donner un coup de genou à l'entrejambe, puis chercha à l'étrangler à mains nues. Il lui attrapa les poignets et les écarta brusquement. Hurlant de frustration, elle plongea les dents dans son cou.

Broglanh la repoussa comme si elle était un serpent venimeux. Elle retomba à quatre pattes. Il dégaina son épée.

— Mon amour ! s'écria-t-elle en se mettant à genoux.

Elle écarta les bras, véritable héroïne attendant que son cœur soit transpercé. Il marqua une courte pause, fit un pas en avant et lui trancha la gorge.

Il se détourna, ignorant les bruits de son agonie. Il remarqua alors la petite femme des tribus qui, horrifiée, se tenait dans l'ombre d'un mur écroulé, les mains plaquées sur la bouche pour étouffer un cri. Elle voulut s'enfuir, mais il la rattrapa en trois grandes enjambées.

— Je ne te ferai aucun mal, dit-il avant de se rendre compte qu'elle hurlait.

La tension le faisait trembler. S'efforçant de recouvrer son calme, il parvint à baisser la voix :

— Dis-moi, où est la fille qui avait le voile ?

La femme le dévisagea. L'avait-elle compris ? Il la relâcha et recula d'un pas, rengainant son épée.

— Je ne te ferai aucun mal, répéta-t-il doucement. Dis-moi où elle est. S'il te plaît.

Elle s'exprimait de façon hésitante. Il l'écouta attentivement en essayant de saisir le sens de ses propos. Il regarda dans la cour et vit un cavalier qu'il connaissait franchir les portes brisées en menant un convoi de chevaux. Entraînant la femme avec lui, Broglanh s'élança vers l'homme.

— Amalric ! Grimpe en selle et suis-moi ! ordonna-t-il. Et prends cette femme avec toi !

Puis il courut chercher son cheval.

Broglanh quitta le palais perché sur sa monture et se dirigea vers la Porte du Paradis. Il cravacha le cheval, hurlant envers quiconque gênait son passage. Il gardait les yeux rivés sur la Tour du Paradis, au loin, souhaitant ardemment qu'elle se rapproche.

Tout son esprit était occupé par Emly. Depuis le jour de leur rencontre, lorsque contre toute attente il avait sauvé le père de la jeune fille du terrible incendie qui avait ravagé la Maison de Verre, elle s'était toujours montrée sincère et courageuse, en dépit des épreuves qu'elle avait traversées. Les longues journées d'été passées à voyager avec elle, au sein de l'armée de Khan, comptaient parmi les plus heureux moments de son existence. À mesure qu'il s'éloignait de Thekla et de l'emprise qu'elle exerçait sur lui, il s'était mis à douter du bien-fondé du vol du voile, mais il avait continué à croire en elle – même si sa foi était ébranlée –, jusqu'à sa rencontre avec Hammarskjald et la mère folle de Thekla, dans la vallée du Vorago.

Le fait d'avoir trahi Emly tourmentait sa conscience, comme celui d'avoir trahi la Cité en lui arrachant le voile au moment où elle en avait le plus besoin. À présent, il l'avait restitué à sa propriétaire, et, en tuant Hammarskjald, il espérait avoir en partie acquitté sa dette auprès de la Cité et de l'impératrice. Toutefois, si Emly mourait, si elle était déjà morte, ce serait de son fait, et il n'envisageait pas de vivre avec ce fardeau.

Penché sur l'encolure de son cheval, il le talonna puis jeta un coup d'œil en arrière pour s'assurer qu'Amalric le suivait. À mi-chemin vers le rempart, ils croisèrent sur la route un flot de femmes, d'enfants et de personnes âgées, leurs effets personnels entassés sur des charrettes, sur des ânes ou sur leur dos. Tous s'éloignaient de la Grande Porte d'un pas traînant, fuyant l'armée d'invasion et la terrible épidémie qu'elle propageait. Parmi ces réfugiés se trouvaient des guerriers blessés, mais nombre d'entre eux, incapables d'aller plus loin, gisaient sur le bord de la chaussée. L'air était imprégné de la puanteur presque palpable du sang et de la mort.

En approchant de la Porte du Paradis, Broglanh se souvint des indications de la catin et mena sa monture couverte d'écume en direction du rempart qui courait vers le nord. Il resta à l'écart des armées qui se livraient bataille, faisant fi autant que possible, même si cela le prenait aux tripes, du tintement des épées qui s'entrechoquent et du bruit du métal qui s'abat sur les chairs. Il talonna de nouveau sa monture.

Se moquant des flèches perdues, il tira sur les rênes et se jucha sur les étriers, à la recherche des marches qui allaient vers le nord. Il les repéra, ainsi que les guerriers de la Cité qui les défendaient. Il fit contourner le lieu des combats à sa monture et se promit que, si Emly était réellement morte, il reviendrait ici et mettrait fin à sa vie avec honneur. Combien de temps s'était-il écoulé depuis qu'elle avait été blessée ? Bien trop, il le craignait. Il étouffa toute lueur d'espoir.

Enfin, le cheval se dégagea de la foule et Broglanh lui fit grimper les marches avant de le lancer au galop, une fois sur le rempart. Derrière lui, les bruits de la bataille faiblirent puis, dans un élan d'espoir et d'effroi, il vit le grand destrier toujours sur le mur, devant lui. La bête se cabrait et ruait chaque fois que quelqu'un l'approchait. Sa cavalière n'était visible nulle part. Ignorant la bataille qui faisait rage tout près, un groupe de civils s'était rassemblé pour regarder la scène : quelqu'un avait réussi à passer une longe autour de l'encolure de l'étalon, mais celle-ci s'était rompue, et l'extrémité fouettait l'air dès que le cheval s'énervait.

Furieux de voir ces gens se passionner pour un cheval agité plutôt que pour la bataille qu'on livrait pour eux, Broglanh se jeta à bas de sa monture et s'élança vers eux en criant. Comme des moutons, ils s'éparpillèrent. Le soldat s'arrêta et appela l'étalon. Patience fit pivoter ses oreilles. Abandonnant toute méfiance, l'animal se dirigea calmement vers le soldat, qui lui flatta l'encolure.

Ce fut alors qu'il la vit, petit tas de haillons blotti contre le parapet. Son cœur sembla ralentir, et le reste du monde – les gens bouche bée, la bataille au loin – disparut. Il n'entendait plus que le sang battre à ses oreilles, et sa respiration rauque.

Elle était recroquevillée, tournant le dos à l'extérieur. Il s'agenouilla et la retourna doucement, légère comme une plume. Ses mains étaient couvertes de sang. Le liquide formait une mare poisseuse sous elle. Il cessa de respirer. Une telle quantité de sang, pour un si petit corps… Il la prit dans ses bras et regarda son visage, aussi pâle que du lait sous la poussière, et pria pour qu'elle soit encore en vie. Il repoussa ses cheveux et caressa sa joue. Sa peau était froide. Il posa l'oreille sur son sein et écouta : rien. De grosses larmes, qui n'avaient pas coulé depuis son enfance, inondèrent ses joues.

Au bout d'un moment, il prit conscience de la présence de la femme des tribus, accroupie à ses côtés.

—Morte, affirma-t-elle avec certitude. Morte, maintenant.

Émue par la dévotion totale du guerrier, Couteau Affûté posa la main sur la tête de la morte et adressa une prière au dieu des Fsaan, dont la volonté restait un mystère, mais dont la clémence était éternelle, pour qu'il épargne la fille. Derrière elle, la foule, tout à coup respectueuse, s'agenouilla et pria ses propres dieux.

Au sommet de la montagne, le voile flottait et s'étendait. Emmêlé dans ses fils, indifférent au sort de la Cité et à sa détresse, Rubin vivait l'existence millénaire des Serafim comme si c'était la sienne. Enfin, il comprenait. Il savait ce qu'ils étaient. Et cela l'émerveillait.

Il n'avait qu'une vague conscience du Voile du Gulon. Vivant, celui-ci continuait à s'étendre, impatiemment, tel qu'il avait été conçu pour le faire, ses bords courant vers les remparts de la Cité pour former un gigantesque dôme englobant toute sauvagerie.

Puis, comme une pluie argentée incandescente, il descendit.

À la Porte du Grand Nord, les combats brutaux au corps à corps ralentirent puis cessèrent quand les guerriers des deux armées levèrent les yeux vers le ciel, à la fois sidérés et terrifiés.

Un rideau de lumière vive s'abattait sur eux, tel un drap enflammé. Lorsqu'il atteignit le sommet de la Tour du Grand Nord, des étincelles jaillirent de la pierre, qui s'enflamma. Le feu gagna les remparts. Pris de panique, les soldats, défenseurs comme assiégeants, se dispersèrent en courant.

Les anciens camarades de Valla, Thorum et Wren, soldats de la Quarante-septième, coururent également se mettre à l'abri. Pris de court, ils se jetèrent sous une voûte de pierre effondrée. Ils ne pouvaient pas s'échapper. Partout, des grains de lumière argentée tourbillonnaient, et il n'y avait nul endroit où se cacher.

Croyant que la mort allait les emporter, Thorum prit la main rugueuse et tachée de sang de Wren dans la sienne.

— Tu es toute ma vie, lui confia-t-il. Mon épouse, ma sœur, mon amie.

Ils tressaillirent quand les étincelles les touchèrent, mais ce fut comme être arrosé par une pluie rafraîchissante par un après-midi torride. La douleur provoquée par leurs blessures s'atténua. Émerveillés, ils échangèrent un regard, émergèrent de leur cachette et contemplèrent les alentours.

Tous les assiégeants, qu'ils soient sur les remparts ou dans les rues, se consumaient, s'enflammaient brièvement puis finissaient carbonisés, comme des papillons de nuit piégés dans les flammes.

Darius Hex ne nourrissait plus aucun espoir. Le spectacle des ennemis se déversant dans la Cité par la brèche de l'Adamantin lui était insupportable, tout comme les voir fouler les morts et les mourants dans le fossé, grimper sur les cadavres pour atteindre le sommet du terrassement, et prendre le dessus sur les derniers courageux défenseurs. Il avait supplié ses dieux de le libérer, mais ils avaient rejeté sa requête.

Un moment de calme et de silence s'ensuivit alors. Le vacarme de la bataille avait cessé. Il ouvrit les yeux dans l'espoir de voir apparaître les Jardins de pierre, tout en craignant de se retrouver face à la lame qui l'achèverait. Le ciel semblait empli de lumière. Il cligna des yeux pour en chasser la sueur et, la colonne brisée, poussa un cri en essayant de s'asseoir. Le champ de bataille paraissait recouvert d'une couche d'argent poli. Les combats s'étaient interrompus, et pour cause : tous les ennemis gisaient, morts, le corps calciné et torturé, comme victimes d'un terrible incendie. Perplexes et désorientés, les guerriers de la Cité erraient d'un pas chancelant.

Darius s'aperçut qu'il n'avait plus mal, comme s'il n'avait jamais été blessé. *Suis-je mort ? Ou est-ce un rêve ?* Il avait recouvré l'usage de ses jambes. Tremblant, il se mit debout et, abasourdi, contempla la Cité enveloppée de silence.

Evan Broglanh ne remarqua pas le voile argenté qui descendait du ciel. Il n'entendit pas non plus les cris de frayeur et d'étonnement qui s'élevaient autour de lui. Il gardait les yeux rivés sur le visage d'Emly, priant toujours ardemment pour qu'elle vive.

En trente ans, il avait beaucoup tué : des centaines de guerriers sacrifiés, au nom des dieux de la glace et du feu.

Quand Emly ouvrit les yeux et le regarda en souriant, il crut, comme il le croirait toujours lors de leur longue vie commune, que, pour une fois, les dieux s'étaient montrés miséricordieux envers leur plus fidèle serviteur.

Chapitre 49

Absorbé par le voile qui l'enveloppait, Rubin errait tel un spectre dans les souvenirs vieux de mille ans des Serafim, assemblant la myriade de bribes d'émotions, vivant leurs accomplissements et leurs échecs comme si c'étaient les siens. Il s'émerveilla du courage de ces pionniers et de la folle ambition qui les animait, avant de pleurer sur leur ultime tragédie.

Car les Serafim étaient le dernier et le meilleur espoir pour l'humanité d'éviter son extinction.

L'oubli, prédit depuis longtemps, mettrait du temps à venir, mais l'arrogance et la cupidité de l'Homme, comme son insatiable curiosité, provoqueraient dans un avenir lointain un inexorable épuisement des ressources planétaires. Les conséquences implacables du chaos s'ensuivraient, rendant inévitable l'extinction de la race humaine. Les derniers survivants de la planète Terre auraient alors cruellement conscience d'être seuls dans le cosmos, une aberration étrange dans un univers par ailleurs stérile. Ils sauraient aussi que leur mort mettrait fin à cette expérience improbable et brève : la vie.

Dans un vaisseau réalisé avec une technique novatrice, dont la construction avait épuisé les dernières ressources d'une planète de plus en plus sombre, trois équipes de voyageurs avaient été envoyées dans le passé, à des moments charnières de l'histoire de l'humanité. Ces voyageurs étaient humains, mais avaient été formés pour être les meilleurs, les plus forts et les plus endurants. Ils possédaient des Dons particuliers, certains partagés, d'autres individuels, tous surdéveloppés. Leur objectif : protéger et guider les peuples primitifs qu'ils rencontreraient, et, peut-être, modifier le fil de leur histoire pour sauver le monde futur, et la vie elle-même. L'une de ces équipes était composée des Serafim.

Chaque personnalité emplit l'esprit de Rubin. Araeon, chef sage, dont la force et l'ingéniosité leur avaient permis de survivre dans un monde étranger où beaucoup mouraient. Marcellus, toujours fidèle, archiviste studieux de l'équipe, qui plus tard devint seigneur de guerre légendaire. Archange et Hammarskjald. Iskander Khan. Donal Broglanh. Et bien d'autres. Rubin les connaissait tous, et leurs secrets les plus noirs lui furent dévoilés.

Au début, les voyageurs avaient lutté pour leur survie dans ce monde hostile, unis dans les épreuves auxquelles ils faisaient face. Les tribus primitives qu'ils rencontrèrent refusèrent de recevoir leurs enseignements, d'être guidées ou même aidées. La nature sauvage était féroce. Même la Terre, comme perturbée par cette présence anachronique, avait été secouée de violents séismes. Mais, à mesure qu'ils prenaient leurs marques, et que les humbles fondations de ce qui deviendrait la Cité étaient creusées, des schismes commencèrent à naître entre ceux qui avaient décidé d'observer, de noter, de guider subtilement les incultes, et ceux qui voulaient leur imposer de force le changement. Un conflit éclata entre les Serafim, bientôt suivi de trahisons et de meurtres.

La plupart d'entre eux abandonnèrent la Cité dans le courant du premier siècle, découragés de voir ainsi leurs grands idéaux si pervertis. Ils tentèrent de rentrer chez eux, et nul ne sut ce qu'il advint d'eux. Ceux qui restèrent et fondèrent les nobles Familles Khan, Sarkoy, Vincerus, Guillaume, Gaeta, Kerr et Broglanh, décidèrent de refuser leur échec, déterminés à imposer leur volonté au monde. Ils ciblèrent dans les tribus les premières étincelles de progrès scientifiques, car la technologie effrénée motivée par la quête du profit et les besoins militaires serait, à terme, la cause la plus importante du saccage de la planète. Ainsi, comme la moindre innovation pouvait enclencher la roue de l'histoire et mener à un effondrement catastrophique, Araeon décréta que chaque invention devait être étouffée dans l'œuf. Ses acolytes parcoururent les terres et les océans pour les repérer – la presse d'imprimerie, les loupes, la poudre à canon, la machine à vapeur –, et leurs créateurs furent soit découragés, soit éliminés.

Malgré leur ruse et leur détermination, les Serafim ne purent contrôler totalement que la Cité, tandis que le reste du monde poursuivait envers et contre tout sa course vers sa destinée. La Cité finit par se retrouver isolée, gouvernée aux yeux du monde par des pouvoirs magiques maléfiques.

Même les ambitions les plus honorables peuvent être corrompues par le temps et les circonstances. Au cours du millénaire, les Serafim, qui se voulaient initialement enseignants empreints de sagesse et de bienveillance, devinrent des dieux autoritaires et tyranniques.

Se prélassant dans ces souvenirs profondément ancrés, Rubin se rendit compte que l'*einai* s'éloignait de lui. Lentement d'abord, puis à une vitesse vertigineuse. Les fils du voile, naguère souples et tièdes, étaient désormais rigides et pleins d'accrocs. Furieux, il se mit à douter des autres Serafim.

Mais l'ennemi était le voile lui-même : devenu gigantesque, incontrôlable, il se tortillait comme un serpent noueux. Rubin se défendit pendant que le voile cherchait à aspirer son pouvoir. Il fut frappé par la peur puis par le désespoir ressentis par les trois autres quand le voile aspira leur *einai*, pareil à un désert aride absorbant l'eau de pluie. Rubin luttait de toute la vigueur de sa jeunesse. Dans un effort terrible, il arracha son esprit et son âme et parvint à se libérer. Il s'effondra sur le sol de la salle du trône où il demeura inerte, comme mort.

Dans son corps, son esprit toujours pris au piège se fracturait. Des idées et des images folles le torturaient ; des souvenirs qui n'étaient pas les siens essayaient de le faire basculer hors de la réalité. Même libéré du voile, il était coincé dans les empreintes de pas des Serafim, dans un monde de pierre et de métal, à la fois riche et stérile, filant dans les cieux à bord de leur frêle vaisseau. Il respirait leur air putride, les yeux levés vers un ciel dépourvu d'étoiles. Son esprit tentait, en vain, de s'arracher à ce maelström de souvenirs terrifiants, mais, chaque fois, c'était comme se réveiller d'un cauchemar et se rendre compte que les rêves étaient vrais, et que des monstres s'apprêtaient à le dévorer. Il ne parvenait pas à se rappeler le fil de sa propre existence, ayant tout oublié sur lui-même, jusqu'à son nom. Il s'enfonçait dans un bourbier effroyable constitué des expériences des autres, et ne trouvait pas le moyen de s'en extraire.

Qui suis-je ? se demanda-t-il. *Quel est mon nom ?* Il tenta désespérément de retrouver la mémoire, mais des esprits plus forts et plus anciens que le sien l'engloutissaient, tels des fantômes vociférant et se livrant à une lutte de pouvoir.

Il marchait dans les couloirs du Palais Rouge, mal à l'aise dans sa nouvelle armure sang-de-bœuf, furieux et frustré que des hommes inférieurs se soient montrés plus malins que lui. Sa garde personnelle le suivait dans un bruit de ferraille, et des officiers supérieurs pressaient le pas à ses côtés en lui prodiguant des conseils qui arrivaient trop tard. Il s'arrêta au sommet de l'Escalier Grenat et, impassible, écouta d'une oreille distraite leurs propos sans intérêt. Pendant ce temps, il se demanda qui était réellement responsable de l'invasion du Palais Rouge. Hayden Tisserand et son frère n'avaient ni l'intelligence ni l'imagination ; Saroyan, elle, manquait de courage.

Du coin de l'œil, il perçut un mouvement dans l'obscurité et vit apparaître dans l'escalier le jeune Rubin Guillaume, dont le visage s'illumina à la vue de son seigneur. Il le salua d'un signe de tête tout en pensant : Pourquoi ne vois-je pas cette dévotion évidente sur le visage de tous mes soldats ?

Rubin Guillaume. La perspective changea ; dans un tourbillon vertigineux, il se reconnut dans les souvenirs de Marcellus. *Rubin.* Il saisit les souvenirs de Rubin et eut une série de flashs : le visage souriant d'Indaro tourné vers lui, les ténèbres et la puanteur des Halls, Valla qui combattait avec un seul bras pour le sauver. S'arrachant à ces souvenirs mêlés, il s'évanouit.

Lorsqu'il reprit conscience, il avait réintégré son corps, son esprit. Il poussa un grognement de douleur. Après avoir été enveloppé par le voile soyeux, sentir le marbre dur sous lui fut une véritable torture. Il se redressa sur un coude, l'articulation douloureuse, puis roula sur le dos. Chacun de ses muscles lui faisait mal. Même ses os.

Prudemment, il essaya de se rappeler les repères qui jalonnaient sa vie. Avec soulagement, il se souvint de la maison sur l'Éperon, des mouettes qui criaient dans l'air marin. Il se rappela les longs après-midi passés en compagnie de Marcellus, qui le régalait de contes merveilleux et de ses récits de guerre. Il vit le visage blême du capitaine Starky surgir de l'obscurité et sentit les angles durs des osselets dans son poing. Des réminiscences qui n'étaient pas les siennes réclamaient toujours son attention, mais il pouvait les contrôler.

Puis, avec effroi, il songea de nouveau aux Serafim et à ce qu'il avait appris à leur sujet. Il se souvint de tout ce qu'ils avaient traversé, de leurs tentatives, leurs échecs, et le chagrin pour leur humanité perdue le submergea. Pendant un long moment, il resta prisonnier d'une mer de détresse.

Les douleurs de son corps épuisé finirent par le tirer de sa léthargie. Toujours dans la confusion, il voulut se rappeler ce qu'il faisait avant le terrible assaut donné à son esprit. La mémoire lui revint alors : l'invasion de la Cité, le déploiement du voile à eux quatre… Il ouvrit les yeux. Loin au-dessus de lui, le Voile du Gulon scintillait.

Il roula de nouveau sur lui-même et, avec lassitude, se mit debout. Puis il tourna en rond, le regard dirigé vers la Cité. Le dôme nacré formé par le voile englobait tout depuis la Porte de la Mer, au sud, jusqu'au rempart du Grand Nord, de l'Éperon à la Tour du Paradis. À travers son chatoiement, il perçut le soleil couchant. Il venait de partager la vie d'autres hommes durant plusieurs siècles, pourtant il semblait que peu de temps s'était écoulé ici, sur la montagne.

Il baissa les yeux sur le sol. Dans les éclats de verre et le sang, Marcellus était étendu sur le dos, bras et jambes écartés. Rubin s'agenouilla auprès de lui, prêt à le réveiller, puis se figea, stupéfait. Le visage de son seigneur était presque réduit à l'état de crâne, les yeux perdus dans l'obscurité des orbites, la peau très fine et blanche comme de l'os. Apeuré, Rubin lui toucha l'épaule.

— Seigneur ! souffla-t-il.

Le soulagement l'envahit quand il vit ses paupières papillonner. Le jeune homme se leva et se tourna vers les autres. L'impératrice était rejetée en arrière sur le Trône Immortel, les yeux ouverts, mais éteints. Jona gisait, inerte. Tous deux avaient vieilli. Pris d'effroi, Rubin observa ses mains. Elles tremblaient légèrement, mais il ne remarqua rien : ni peau ridée ni taches de vieillesse.

Il aida doucement Archange à s'asseoir. Délicate comme du duvet de cygne, avec sa frêle ossature, elle semblait nager dans ses vêtements.

— Ça a marché, déclara Marcellus d'une voix grêle.

Rubin s'empressa de le rejoindre pour l'aider à se lever. Son seigneur tenait son flanc blessé, qui s'était remis à saigner.

— Nous avons réussi, grogna-t-il en regardant ses mains. (Les mains d'un vieillard.) J'ai senti les ennemis brûler. Mais le voile a aspiré toute notre énergie. Nous ne l'avions pas prévu.

Jona se leva également avec lenteur. Ses cheveux noirs étaient devenus gris fer, mais il semblait avoir subi moins de dommages que Marcellus et l'impératrice.

— À quatre, nous étions trop peu pour le contrôler, soupira-t-il. Si Giulia…

— Nous avons sacrifié beaucoup de notre personne, l'interrompit Marcellus. Mais nous devrons vivre ou mourir avec ça. (Il leva les yeux vers Rubin et, les sourcils froncés, le dévisagea de la tête aux pieds.) On dirait que ta jeunesse t'a protégé.

Même s'il ne l'avouerait jamais à Marcellus, Rubin était satisfait du résultat. Il estimait que la perte de l'*einai* serait une bonne chose pour la Cité. Malgré les hautes ambitions que les voyageurs nourrissaient à l'origine, la Cité était devenue une arène dans laquelle se disputaient les Familles, avec leurs rivalités, leur jalousie mesquine et leurs vendettas. Ses habitants n'avaient été que des pions dans leurs luttes de pouvoir. À présent que les derniers Serafim étaient terriblement affaiblis, le peuple avait peut-être une chance de prendre en main sa destinée.

— Nous devons descendre, dit-il à son seigneur. Il va y avoir beaucoup à faire, et on aura besoin de notre aide. Il faut se débarrasser des corps, rassembler et distribuer de la nourriture, rebâtir nos défenses.

Il se rendit compte qu'il parlait tout seul. Marcellus ne l'écoutait pas ; il regardait Archange comme pour l'évaluer.

— Tu es un train de mourir, chère cousine, conclut-il froidement.

Rubin vit qu'il disait vrai. Avant même que le voile ne lui arrache ses pouvoirs, il avait su que l'impératrice n'avait plus beaucoup de temps devant elle. L'air grave, elle s'agrippait aux accoudoirs du trône comme elle se serait accrochée à une falaise. Elle avait le regard perdu, semblable à celui d'un enfant, et ses lèvres remuaient de manière incontrôlable comme si elle voulait parler, sans trouver les mots.

— Je pourrais attendre que tu meures, dit Marcellus en posant sur elle le même regard qu'il aurait eu pour un chien blessé, se demandant si cela valait la peine de l'achever, mais il se peut que cela prenne des jours, et la Cité a besoin d'un chef fort. De plus, nous savons tous que le Trône Immortel me revient de droit.

Il dévoila ses dents dans un sourire de mort.

Rubin le regarda avec désespoir. Après toutes les révélations de cette journée, toutes ces horreurs, Marcellus n'en avait-il rien tiré ? Il se remémora le jeune pionnier que son seigneur avait été jadis. Tous ses grands idéaux balayés, corrompus par des ambitions personnelles. Au fond de lui, Rubin se sentit terriblement triste.

Voûtée sur son trône, Archange murmura :

— Ce serait toi, l'empereur ?

— Telle était la volonté d'Araeon, et nous y avions tous consenti il y a des lustres, répliqua Marcellus. Tu t'en souviens aussi bien que moi, Archange.

» De plus, l'enfant change la donne, poursuivit-il. Un nouveau-né Serafim, engendré par un reflet… Il pourrait être le premier d'une longue lignée. Une nouvelle race de Serafim, qui ne serait pas souillée par le passé, exactement comme l'a prédit Hammarskjald.

Archange le scruta avec attention. Ses lèvres tremblaient, mais elle parla distinctement :

— Tu te sers d'abord d'Araeon pour te justifier, et maintenant d'Hammarskjald, croassa-t-elle. Cela en dit long sur tes ambitions.

— Mes ambitions n'ont pas varié : œuvrer pour le bien de la Cité, se défendit-il.

Il regarda autour de lui en souriant. Jona vint se poster à ses côtés.

Archange se pencha en avant et cracha :

— Tu es un imbécile, Marcellus ! Comme Hammarskjald, ton orgueil provoquera ta chute.

Elle garda les yeux rivés sur lui. Surpris, Rubin sentit une fois de plus son pouvoir menaçant peser lourdement sur eux. Celui-ci était bien moins puissant qu'auparavant, mais il suffisait à maintenir Marcellus, déjà mal en point, en état de faiblesse. La fureur se peignit sur son visage lorsqu'il comprit, trop tard, ce qu'elle faisait. Incapable de bouger, il rugit comme une bête prise au piège. Archange posa brusquement ses yeux noirs sur Jona. Avant que Rubin ne se rende compte de ce qui se passait, Jona avait dégainé un couteau et l'avait plongé profondément dans le cœur de Marcellus.

Ce dernier s'effondra à genoux, les traits déformés. Avec un hurlement de souffrance, il s'agrippa au manche du couteau, l'arracha et, incrédule, le contempla. Il leva les yeux vers Jona et s'exclama d'une voix étouffée :

— Traître !

Puis il tomba à la renverse, son sang épais se répandant à gros bouillons sur sa poitrine. Pris de panique, Rubin se laissa choir à ses côtés et essaya de comprimer la plaie, mais le sang, impossible à endiguer, continuait à couler entre ses doigts.

Tentant de parler, Marcellus n'émit que des gargouillis, puis le sang afflua dans sa bouche. Sous les yeux pleins d'angoisse de Rubin, le regard de Marcellus devint vitreux, les muscles de son visage se relâchèrent. Le flot de sang ralentit, puis s'arrêta.

Rubin se leva d'un bond. Levant une main ensanglantée vers Jona, il projeta sur lui un éclair d'énergie. L'assassin fut propulsé haut dans les airs et s'écrasa par terre avant de glisser sur le sol couvert de bris de verre. Impuissant face à la fureur de Rubin, il traversa ainsi toute la salle du trône.

Le temps ralentit tandis que Rubin le regardait, savourant sa revanche. Les yeux agrandis par la panique, Jona atteignit le bord du sommet de la montagne. Il cherchait une prise, comme Rubin l'avait fait en esprit quand Hammarskjald l'avait tourmenté. Mais, quand le jeune homme revécut sa propre terreur et la vit sur le visage paniqué de Jona, il immobilisa sa main au dernier moment pour stopper la glissade de l'assassin juste au bord du gouffre, le laissant pétrifié.

Il se tourna vers le corps de Marcellus. Sous le choc, fou de chagrin, il se laissa tomber à genoux, les joues baignées de larmes.

Les paroles venimeuses d'Archange lui parvinrent, comme venant de très loin :

— Jona n'a jamais été un traître ! dit-elle au mort. Il m'a toujours été fidèle… Mais ton *ego* monstrueux t'a toujours fait croire qu'il était ton agent.

Elle semblait avoir oublié que Marcellus n'était plus.

— Il est mort, dit Rubin à travers ses larmes, mais elle ne l'entendait pas.

— Je t'avais prévenu que tu me paierais la mort de Saroyan ! dit-elle d'une voix traînante.

— Il est mort ! répéta Rubin en levant la tête. Il ne vous entend pas.

Sous le coup de la colère et du chagrin, il se mit brusquement debout et se dirigea à grands pas vers le trône. Face à lui, l'impératrice se recroquevilla. Il décela sur son visage ridé des émotions contradictoires : la peur, le triomphe, la confusion. Et la malice.

— Tu peux me guérir, mon garçon, marmonna-t-elle. C'est toi désormais qui as le pouvoir.

Elle voulut lui prendre la main. Il la retira, dégoûté. Elle laissa errer son regard, naguère si terrible, comme si elle oubliait aussitôt tout ce qu'elle disait. Rubin pensa qu'elle avait dû utiliser ses dernières forces pour détruire Marcellus et, comme l'avait prédit son seigneur, qu'elle n'allait pas tarder à mourir.

Il lui tourna le dos et contempla la dépouille de Marcellus. *Suis-je capable de le guérir ? Puis-je le ressusciter ? Et, si c'est en mon pouvoir, dois-je le faire ?* Le doute l'assaillait. Il était perplexe à présent qu'il semblait avoir le contrôle de son Don. Puis il songea à l'impensable. *Le monde se portera-t-il mieux sans Marcellus ?*

Il s'agenouilla auprès de son seigneur et posa les mains sur sa poitrine. Délicatement, il lui ferma les paupières. Il lui fit ses adieux en silence, ne pouvant se résoudre à les faire à haute voix. Il se leva et se dirigea vers Jona qui, pétrifié, se trouvait toujours à moitié dans le vide. L'homme le regarda s'approcher, les yeux emplis de peur.

— As-tu toujours œuvré pour le compte d'Archange ? demanda Rubin sans aucune émotion.

Malgré sa situation précaire, Jona répondit d'un air de défi :

— Depuis que j'ai eu l'âge de prendre des décisions.

Rubin se pencha et lui saisit la main. Le libérant de sa paralysie, il aida l'homme à se mettre en sûreté. Jona voulut se lever, mais ses jambes cédèrent sous lui et il s'assit. Au bout d'un moment, Rubin l'imita. Tous deux se retrouvèrent assis côte à côte, au bord de la plate-forme tachée de sang, contemplant le soleil qui se couchait sur la Cité.

— Pourquoi m'avoir épargné ? s'enquit Jona au bout d'un moment, ses yeux noirs pleins de curiosité.

Parce que la traîtrise et la loyauté sont les deux faces d'une même médaille, songea Rubin. *Et j'en aurais fait autant, à une époque. J'aurais tué Archange si Marcellus m'en avait donné l'ordre.* De plus, il y avait eu suffisamment de morts.

Il répondit simplement :

— Un jour, mon père m'a dit que la loyauté était la première des vertus.

Il s'abstint d'ajouter : « Il faut toutefois en choisir le destinataire avec soin. »

Les pas furtifs des soldats se firent entendre derrière eux. Sans se retourner, il les repoussa violemment par la pensée. Il les entendit tomber et rouler avec fracas, leurs armures et leurs armes faisant un bruit de ferraille sur le marbre noir et blanc.

Jona observa la scène avec intérêt.

— On dirait que c'est toi qui as récupéré le pouvoir que nous avons perdu.

Rubin haussa les épaules.

— Je ne sais pas ce qui s'est passé. Je n'ai rien demandé.

— Tu vas devoir monter sur le trône, maintenant.

Rubin le regarda. *Ces gens sont incorrigibles ! Qu'ont-ils à être obsédés de la sorte par le pouvoir et ses usages ?*

Pourtant… Devait-il devenir le nouvel empereur ? Avec tous ces morts, et Archange moribonde, qui s'y opposerait ? Une fois que les armées auraient eu un aperçu de ses pouvoirs, elles fileraient droit. Il serait un souverain sage, bienveillant, et rattraperait quelques-unes des transgressions des Serafim.

Il caressa cette idée un court instant puis secoua la tête.

— La Cité n'a pas besoin d'un autre empereur. Elle doit être prise en main et reconstruite par ceux qui la définissent : les gens de son peuple.

Des gens comme Elija, Emly, et Valla.

Même si l'ennemi avait été éliminé, la Cité mutilée souffrait. Il y aurait énormément à faire. Il pouvait utiliser ses pouvoirs pour réparer et restaurer. Toutefois, il savait que c'était ainsi que les Serafim s'étaient corrompus, d'abord en imposant leurs volontés, puis en décidant des mesures pour les faire respecter. *Non, je laisserai la reconstruction de la Cité aux mains de son peuple. C'est lui qui doit forger son avenir, pour le pire et pour le meilleur.* Il prévoyait plutôt de se mettre à la recherche de Fiorentina et de son fils, pour s'assurer qu'ils étaient à l'abri. Ainsi, il accomplirait la mission que Marcellus lui avait confiée il y avait si longtemps. Il comptait également envoyer un message à Indaro pour lui dire qu'elle pouvait rentrer, désormais. À cette pensée, la morosité qui avait envahi son cœur s'estompa.

Mais avant tout, il devait retrouver Valla.

— Les Serafim étaient des hommes et des femmes d'honneur, déclara Jona d'un air songeur, les yeux rivés sur l'horizon. (Le soleil y avait laissé une tache rose teintée de doré.) Ils voulaient sauver leur monde. Pour chaque action entreprise, c'était leur objectif.

Rubin comprit que Jona avait dû partager la même expérience que lui dans la transe provoquée par le voile.

— Ils poursuivaient toutefois un objectif impossible, répliqua-t-il. Ils ignoraient de quelle manière exactement leur monde avait basculé, et ne pouvaient que deviner comment réparer les erreurs du passé.

Dans le tréfonds de sa mémoire, il entendit la voix de Marcellus – un Marcellus jeune, que le pouvoir et les rêves déchus n'avaient pas encore perverti. « Nous ne savons pas ce que nous faisons », avait-il dit autrefois dans un accès de franchise. « Nous sommes des aveugles qui utilisent des massues pour pratiquer la chirurgie du cerveau. » Il sourit. Marcellus ne disparaîtrait jamais véritablement tant que Rubin conserverait des souvenirs de lui.

Il se tourna pour contempler sa dépouille. Les soldats avaient envahi les lieux. Jetant des coups d'œil apeurés vers les deux hommes, ils prirent soin de les contourner largement. Certains soulevèrent le corps de Marcellus et l'évacuèrent. D'autres s'occupèrent de l'impératrice, qui semblait inconsciente, ou morte. Rubin n'en savait rien, et cela lui était égal.

— Pourquoi Archange et Araeon se détestaient-ils à ce point ? demanda Jona en suivant le regard de Rubin. Elle ne m'a jamais rien dit à ce sujet, alors que c'est à cause de cette haine que nous en sommes là aujourd'hui.

Rubin songea qu'il avait à la fois tort et raison. Si Archange n'avait pas comploté contre Araeon, alors la Cité n'aurait pas été affaiblie au point qu'Hammarskjald se sente en position d'agir. Pourtant… Si Marcellus n'avait pas été aussi loyal envers l'empereur, peut-être ne se seraient-ils pas laissé embourber dans un conflit usant et interminable. Par ailleurs, ils n'étaient pas les seuls coupables, Rubin le savait à présent. La plupart d'entre eux étaient morts depuis longtemps. Il fallait beaucoup de personnes pour détruire une Cité, ou un monde.

Il se pencha sur les souvenirs qui déferlaient dans son esprit.

— Il s'est passé quelque chose avant même l'arrivée des premiers Serafim ici, expliqua-t-il. Ils avaient prévu d'assurer leur position en augmentant leurs effectifs. Mais les naissances d'héritiers étaient rares, et se produisaient à intervalles espacés. Quand enfin le rythme s'est accéléré, ils mouraient en général à la naissance ou durant leurs premiers jours de vie.

» Certains d'entre eux croyaient que ce voyage dans le temps, cette remontée à travers les siècles, était une insulte à la nature, et que celle-ci les avait frappés de stérilité pour se venger.

— Pourtant, ils avaient tout le temps devant eux, lui objecta Jona. Avec des existences aussi longues, les femmes avaient des siècles pour engendrer des enfants.

— Oui, et peu à peu leur nombre a augmenté, mais ils n'ont jamais prospéré. C'est pourquoi ils ont commencé à se reproduire avec des primitifs. Cela n'avait jamais été leur intention ; en fait Araeon l'avait même interdit. Mais…

Rubin s'interrompit et haussa les épaules. Il en avait appris énormément ce jour-là, mais Jona avait toujours des centaines d'années de plus que lui, et le jeune homme n'avait rien à lui enseigner sur le chapitre des amours interdites.

Au lieu de quoi il poursuivit :

— Araeon a commencé à perdre la raison il y a très longtemps. C'était un chef puissant et un homme arrogant, qui voulait absolument des fils Sarkoy. En vain. C'est sans doute pour cela qu'il s'est mis à abuser du Voile du Gulon, pour créer des reflets dans les sombres profondeurs du Palais Rouge. Il espérait parvenir à créer une version féminine de lui-même pour s'accoupler avec elle et engendrer une descendance.

Rubin n'était pas rebuté par cette idée et n'émettait pas de jugement. *Tout savoir, c'est tout comprendre*, songea-t-il. Mais le visage de Jona s'assombrit. Rubin pensa à sa vieille mère, Sciorra, emprisonnée au Palais de Fer, et à son atroce obsession. Sitôt qu'ils prenaient leur première bouffée d'air, ses reflets difformes étaient tous tués, sur ordre de Jona. *Cette folie nous prendra-t-elle tous si nous vivons aussi longtemps ?* s'inquiéta-t-il. Il frissonna à cette terrible perspective.

— Finalement, reprit-il, Araeon a fait ce qui semblait à la fois évident et inévitable : il a épousé sa sœur. À cette époque, rares étaient ceux qui se souvenaient du lien de parenté qui unissait Archange et Araeon, et ceux qui le savaient s'en moquaient. Malgré tout, ils n'eurent pas de fils, mais deux filles. Le cœur noirci par la corruption, Araeon a bassement abusé d'elles, comme de ses petites-filles.

» Par la suite, Archange regretta peut-être de l'avoir épousé, car elle prit le nom de Vincerus pour elle et ses filles. Marcellus était de mèche avec elle. À l'époque, cela l'arrangeait qu'elle lui soit redevable.

» Mais il s'était rendu compte qu'elle avait mauvais fond. Elle avait épousé Araeon avec l'intention de fonder une dynastie. Et leurs filles, Selene et Eithne, furent perverties dès leur naissance. Sans avoir sa force, elles partageaient la capacité d'Archange à haïr. Thekla, engendrée également par l'empereur, était aussi corrompue que son père, bien qu'elle le cachât derrière le masque de la beauté.

Rubin se leva lentement et sentit peser sur ses épaules le poids du monde. Il regarda autour de lui. Les soldats étaient partis. Seul le corps d'Hammarskjald, entouré de sang coagulé, avait été abandonné aux charognards. Il leva les yeux : des aigles cramoisis volaient au-dessus de lui.

— Fixer son cœur sur un seul objectif, si louables nos intentions soient-elles, nous fera toujours courir le risque de finir corrompus, déclara-t-il.

Jona le regarda dans les yeux et hocha la tête. Tous deux savaient que c'était là un avertissement.

Rubin observa ses mains poisseuses du sang de Marcellus. Il cligna des yeux : elles étaient propres. Puis il traversa la salle pour rejoindre l'escalier en ruine, avec l'intention de se mettre à la recherche de Valla. Tout à coup, il s'arrêta et fit volte-face. Là, dans la pénombre naissante, tout au bord de la plate-forme, se dressait dans un silence implacable le Trône Immortel. Rubin s'avança vers lui et, pour la première fois, l'examina de près. Il caressa sa surface lisse et tiède, ferma les paupières et tendit l'oreille pour écouter l'albâtre parler. Que lui disait-il ?

Il recula et fit remonter une infime goutte d'*einai* du puits profond qu'il devait contrôler, puis il projeta le trône en arrière. Celui-ci bascula de la montagne et vola en éclats sur les rochers en contrebas, réduit à un amas de poussière et à des débris blancs comme de l'os.

Épilogue

Trottinant à pas feutrés dans les décombres du Palais Blanc, le gulon à la fourrure bigarrée descendit les longs tunnels en sous-sol, concentré sur sa recherche. Le temps n'avait aucune signification pour la créature, qui inspecta scrupuleusement chaque salle, chaque cour et chaque couloir, s'enfonçant de plus en plus profondément dans les différents niveaux de la montagne, ne se laissant décourager ni par le temps ni par les blessures.

Quand enfin il la trouva, le corps brisé, morte depuis longtemps, gisant dans le noir complet au pied de la montagne – un lieu que les hommes ne redécouvriraient pas avant des siècles –, il renifla ses cheveux d'un blond glacé, puis sa livrée noir et argent. Il comprit que ce n'était qu'un cadavre, sans aucune utilité, même comme nourriture.

Il s'assit sur son arrière-train et attendit un moment, se grattant de temps à autre. Puis, toujours déterminé, il obéit à ce que son petit cœur fidèle exigeait de lui et s'éloigna tranquillement, persuadé qu'il n'allait plus tarder à trouver *la femme*.

Aubin
IMPRIMEUR

IMPRIM'VERT
Votre imprimeur agit pour l'environnement

Achevé d'imprimer en août 2016
N° d'impression 1606.0144
Dépôt légal, septembre 2016
Imprimé en France
2810089-1